雾几

一也 著

谨以此书献给人类最忠实的朋友萌萌（一头北极熊），
献给白冬冬以及数百年来长眠在极地的所有英灵！

中国工人出版社

目录

CONTENTS

目录

C O N T E N T S

第一章 冰原

北极冰原上的雾，时常让人难以琢磨。轻一些的时候，像一道柔曼的薄纱，被风推拉得飘忽不定。因为它的若有若无，天空并不怎么灰暗，倘有合适的阳光从合适的角度透过，甚至可能出现赤、橙、黄、紫之类的准虹霓现象，那些突出于地面的雪脊冰包之类，还会有种撩拨人的立体感。雾如果略重些，薄纱就变成灰幕，冰原跟铺了匹土布似的失去层次。要是再浓重，碰巧又阴天，薄纱和灰幕也不足以形容了——要说清充盈于大地与天空间的尤物，得借用这么一个词儿——铅盔。是的，这时的雾就如一顶倒扣的铅盔，什么都被捂在里面，别说看，喘口气儿也堵嗓子。

三月里一个上午，正巧雾天。这种雾天，应该属于上述三种降雾情况中的第二种：辽阔冰原氤氲在灰暗的雾气里，原本洁白的沟峁坎梁，虽然在隐隐透出自己倔犟的轮廓，但人的视野却只局限在眼前几十步光景。阴沉沉的雾中，两挂狗拉雪橇相隔刚好能互相看得见的距离，在狗们的吠叫声中，就和浪里小船一样，时露时隐地颠簸穿行。如果没有大雾，会看到驭手胡子上滴里当啷的冰挂，还有狗橇呼啸而过所扬起的阵阵雪尘。

这两挂雪橇的驭手，前是爱斯基摩猎手古里班古老爹，他橇里驮着从机场取回的邮包和一路上吃用之物；后是中国考察站的生物学家于大河，他的橇斗则坐着一位身穿大红羽绒衣裤的姑娘——这位姑娘大概是和造物主走得非常近的那类，因为她身上所具有的种种自然条件，会让很多女人怨尤上帝对自己的不公平——两弯细眉下，一双大眼明亮清澈；挺而微翘的鼻子，在骄傲地统领五官的同时，又略显一点顽皮和倔强；瓜子脸上浅浅的酒窝和自然浮现的笑容，永远透着金露般的清纯和红宝石似的天生丽质。姑娘叫白冬冬，是国内某知名医院外科的主治医师。这次受命来北极，除了做队医，还兼领一项母校交办的课题——极区人体生命医学研究。两个驭手为了尽量缩短路上的时间，正大呼小叫地催趱着狗们，往远处那个冰海边的考察站上赶。

冬冬头一遭走出国门，而且又做梦似的一翅子飞到北极，满眼都是新奇。想一想也就过去七八个钟头光景，当她由波音737换乘专飞极区的小飞机雪鸟号时，一种说不出的亢奋便在心里洋溢。雪鸟越往北，这亢奋越强烈，身上每一根血管，不管是静脉动脉，还是密如蛛网的一根根毛细血管，都在幸福地贲张着。“呵，我来到北极了！”趴在舷窗上贪婪地看着下方的冰雪世界，心里一遍又一遍这样呼喊着。等到两脚咯吱一下，真正踩到北极大地的冰雪上，特别是坐进狗拉雪橇之后，心里又忽生一丝疑虑：“这是北极吗？”洁白的冰雪，嗖嗖而至的寒风，还有橇犬嗷嗷吠叫，都在告诉她：没错呀姑娘，这就是北极！“哦，我的天！”她在心里惊叹道。血管里的全部血液，简直有了一种燃烧般的沸腾，就是砭刺入里的寒冷和扯地连天的阴雾，也没减了分毫。如果这种亢奋还可以做另一番形容的话，那么，即使有三百对雏燕，把第一回搏击蓝天的全部激动与兴奋累加起来，恐怕也无法与之相比！在冬冬对北极的渴盼与向往中，还糅杂了一种半是朦胧半是清晰的东西，这种东西既像面引子，又像一粒胚芽，虽然有时如冰原飘雾，却植根内心深处，而这一切都是因为他，那个正在驾橇的男人。

冬冬和大河的初次相识，是十六年前一个秋风吹着泡桐叶子满地跑的傍晚，起因是当老师的爸爸买了学生于大河半麻袋花椒。事情的细枝末节早已在记忆中漫漶不清，但正写着作业的地大附小四年级学生白冬冬，在为敲门者打开房门时看到的一双眼睛——准确一点说是细长眼睛中一道一闪即逝的眼神，则像曝光在胶片上的影像，自此定格在脑子里，再也无法抹去——这道眼神的拥有者就是于大河，而那时她更喜欢称他为于花椒。

花椒成了一个美好故事的开头。打那儿，乡下的时鲜菜果当然也包括花椒什么的，常常长了腿跑到冬冬家。爸爸的书房里，也因为多了一个虚心探究学问的年轻学生，平添很多生气。有意思的是，只要于花椒一来，头上扎着两把小刷子的冬冬，也愿意往前凑，听他们讲起那些鸟啦鱼啦昆虫啦什么的，她眼前便跟着会出现蓝天大海，出现碧绿的原野。

梦幻般的往昔为少年时代铺上一层柔曼的底色。但真正让她对于大河认识产生飞跃并刮目相看，是读高三的时候。那天是仲冬后一个寒冷的日子，北风凛冽，雪花飞舞。校园里粗壮的泡桐和宽展草坪，很快披上一袭洁白的银装。纷纷大雪中，学校请来一位搞北极研究的学者做报告。披着一身雪花的学者一上讲台，那道独特眼神便从细长眼睛里放射出来，冬冬一看，这不是爸爸的学生于花椒嘛！才五六年不见，当年那个穿补丁衣服的干瘦小伙儿，已长成干练的青年才俊。冬冬静静地听他描绘那个神秘的地方，那些神秘的人和生物……不知不觉间，一颗生命力顽强的种子，就这样埋进一位少女的心田。

“我要能去北极多好呵！”她时常这样傻傻地想。甚至有几次还梦到像鸟儿般飞了去，醒过来还觉得那冰雪直晃眼睛。

报告会之后，她对爸爸的这位高足忽然有了一种新的感知，那双细长而睿智的眼睛，那眼睛里透射出的很特别的神采，总在脑海里睒来睒去。

青春的园子究竟会结什么果子，有时候树也不清楚。

冬冬高中毕业考入医科大学，到了另一座城市。这期间，大河和旅行社一位漂亮导游小姐结婚并有了一个女儿。不幸的是，女儿一出生就患上一种先天性心脏病。在孩子三岁那年，心肠比铁还要硬几分的导游小姐，把女儿抱到大河姐姐家，冷冷说道：“于大河不是研究北极熊吗，那就让他也研究研究他的闺女吧！”说罢，甩头就走，女儿在后面哇哇大哭。不久，女导游跟一个棕色皮肤的外国人走了，他们定居在一个到处是高大棕榈树的太平洋岛国。这时候，大河正在冰天雪地里搞一项极区动物与气候环境演变的研究——他不知道，家里环境已经演变了，而女儿成了受害者，成了一只可怜的鸟儿。

研究生毕业，冬冬参加工作当上一名外科大夫，她工作的医院和大河单位同在一座城市，相距只三条马路，但咫尺天涯，见面也是能数得着的几次，而且还是因为爸爸出差来到这里。现在想起来，那几次见面不能不说心情复杂。爸爸与他的学生还像当年一样在他们共有领域里谈天说地，而她和大河却仿佛陌生不少，说话客客气气，眼神也躲躲闪闪。与之相比，见到大河的女儿，那个可怜而又乖觉的小慨儿，就是另一个样子了。

当年，也就是冬冬读大一时，她从妈妈电话里知道大河结了婚，心里猛一咯噔。又是几年过去，听说他离了婚，女儿也寄养到姐姐家，不觉就多了一桩心事。那时她正在一家医院毕业实习。一天，一位把大半个面孔都藏在花围巾里的农村妇女，抱着一个用红线毯裹着的先天性智障儿，放在门诊部木板连椅上，说了声俺挂个号去，就再也没了影子……由那被遗弃的智障儿，想到了慨儿。慨儿有爸爸，有姑姑，可爸爸不在身边，姑姑也毕竟不是亲妈呀！“可怜的慨儿，你为什么是这个样子呵！”冬冬一天价心里乱极了，口中不时地这样自言自语，似乎那丢在医院的智障儿是慨儿，而遗弃的责任就在她白冬冬。“我应该去看看她，承担一些照顾的责任……”这样奇怪的想法，时不时冒出来。忽而又想，我是慨儿的什么人呢？是于大河的什么人呢？我有照顾她的责任与义务吗？纠结来纠结去，最后还是请假去看望了慨儿……想一想，这都是造物主的安排——冬冬不看则罢，看了就再也割舍不下了。大学毕了业，又读研究生，又参加工作，正年轻上进的她，精力全投到业务上。但时间一宽余，必做的一事就是看慨儿。谁也说不上这是为什么，但要是因为特殊情况去不了，心里要难受好久。现在，八岁的小慨儿，已经是小学三年级学生了。她有着一张粉扑扑的小圆脸，眼睛像爸爸，细长而明亮，鼻头笑起来一撅一撅，像摇曳在春风中的小红果……冬冬的出现，总会带来欢乐，她和这位大眼睛小酒窝的阿姨老亲不够，待在一起的时间也嫌太短。说来真是不可思议，姑姑待她也挺亲，可要和冬冬比起来，这两种亲情如果必得让小慨儿做出抉择，那么她更愿意选冬冬。

这些年来，像冬冬这样贤淑漂亮的姑娘，就和满园子月季里拔出的一株牡丹，既鲜亮又富贵，不争妖艳却冠盖群芳，这怎少得了青年才俊追求？大一时候，同学中一位省长的公子和一位富豪的公子，同时向她展开爱情攻势。两人较着劲儿写情书，最后竟闹到要去槐树林决斗。读研究生和参加工作，明里暗里的追慕者少说两位数，追慕的花样也五花八门，对于这一切，冬冬就和看到枝头有树叶落地一样，根本不予理会。这一点，不仅让同学和同事奇怪，就是爸爸妈妈也不好理解。

天长日久，冬冬和慨儿互相间都很依恋。在去海滩或儿童游乐园玩的时候，冬冬也变成了一个大孩子，两个人会满头大汗连家都忘了回。临来前一个星期天，冬冬领着慨儿在海边放风筝、挖蛤蜊、捉小螃蟹，一直到天黑，慨儿出门时换的一身卡通狗漂亮套装泥污斑斑，一对小脸蛋也让海风吹得发了红。

“坐雪橇的滋味，”这时候，雾小了，雪橇驰上一段比较平缓的上坡路，大河飞身从橇板上跃下，道，“是不是不太好受？”一句话把沉浸在以往的冬冬拉回现实，她感到一丝慌乱，忙欠欠身以作掩饰，口里则答道：“还好，有点像坐小舢板呢。”

过了雪坡，是平缓漫长的下行地带，狗们可以轻松地拉橇前行了。大河又是敏捷一跃跳上后踏板。看着他那矫健自如的样子，冬冬深受感染，仿佛雅典娜在大地里撒下橄榄种子一样，心里充满对未来幸福的希冀。她相信，播于沃土的这粒种子，一定会长成树，一棵代表希望与美好的橄榄树。这样想着，就侧身看大河，见他两手扶橇，目视前方，一副专心致志的样子。冬冬心里甜美，叫了声“大河哥”，便又随口问道：“咱们北斗站上，是不是都会驾橇和滑雪呀？”

“那不是，”大河眼睛仍旧紧盯前方，“要论驾橇嘛，也就我和一风、老牛能舞弄两下子。至于滑雪，除了炊事员老拴头几个，一般的都会。”

“你说的那个老牛，是不是叫牛得田？”冬冬问这话时，干脆别转了身子。

“唔，是牛得田，你怎么知道的？”于大河点点头，并没看冬冬。

冬冬笑了笑，却忽然转换话题：“有阵子，慨儿和我说过，你们那年还收养过一头小白熊，说你给她数呱过好多次了，长得非常非常可爱，慨儿心里好喜欢呢。现在小熊是不是长大了？临走的时候，慨儿还叮咛我拍张小白熊照片，等回国给她看呢。”

“噢，那小熊叫萌萌，”大河见冬冬问起小熊，而且又是慨儿所关心的，就动情地道，“它本是个孤儿，在爱斯基摩老乡家里养了两年，早放归野外了。唉，萌萌回白熊谷也两年多了，我和尤尼塔他们都惦着哩。”

“尤尼塔？”冬冬不解地问道，“尤尼塔是谁呀？”

前面冒出一个小雪包，大河急忙吆喝着狗们躲开，也没顾上答话。狗橇突突往前跑，颠簸的幅度很大。冬冬目视前方，两手用力握住把手，也顾不上说话了。

第二章 鲸头顶下

沿着冰原一直往北，地势便起了些变化。原本较平坦的冻土带，渐次升高，一些还不能称作是山的凸起地貌，分布越来越广，隆包也越来越高大。从这一地带再继续向北，出现了几道略呈西北——东南向分布的山脉——说它们为山脉多少勉强了点，因为它们没有一般山脉所具有的连绵性，在走向上也不太规则。过去四五公里样子，几道山岭接近交叉，再延伸一段，就断了踪迹。此外，这些山并不怎么高大更说不上险峻，如果从山下平缓处算起，其相对高度也不过百把米。但它们是山，这一点无可置疑，而且还是地道的雪山。山上除了顶部陡峭处裸露着赭红色岩石外，其余部分被厚厚的冰雪覆盖。山间一道道峡谷，拥挤着深达数十米的坚冰，由于年代久远，炸裂开一条条缝隙，缝隙中永远幽幽地闪着或紫或蓝的寒光，像窖藏着数不尽的红蓝宝石。要是从稍远处看，峡谷中这些冰川，颇似从高处狂泻而下的道道激流被瞬间速冻，凝固的冰舌贪婪地下伸着——但亲吻大地，却成了一个永远的梦。从两山间平缓谷地转过去，再走上几百米，风光就变幻成另一种模样：那里是终年冰雪覆盖的海洋，人们习惯称之为北极洋、北冰洋，而濒洋而居的爱斯基摩人更愿意称其为老冰洋。

如果笼统一点说，北斗考察站就坐落在冰原与大海的交接处。它的西、北两面是山，山势由西转北再转向东，依次降低，就如一头大鲸鱼的样子：西面高高的山头，理所当然被叫作了鲸头顶，而东面低缓的山岭叫鱼尾岭。说是鱼尾岭，其实这道岭既低缓又狭长，扯扯拉拉也有个几千米的样子，而且其末端，和一条蛇尾似的伸进了冰洋之中。这样一来，鱼尾和蛇尾加之对面一道狭长山岭，便将冰洋的一部分圈成一个U字形海湾。队员们把它叫作汇泉湾。

选择这样一个地方做站址，还是有点讲究的。首先，因为西、北两面有鲸头顶山做屏障，漫长寒冬中可大大减缓暴风雪的袭击，而地势平缓又不至于在大雪时有埋没站舍的威胁；其次，在北面山下有一处十七八亩地见方深二十几米的沉降盆地，在夏季接收了来自周边三四条冰谷中融流的雪水，因而形成一个小湖泊，队员称它为莫愁湖。北斗站的生活用水主要取自此处——也因为莫愁湖的缘故，队员们把北斗站顺嘴叫成了莫愁村。另外一点，因为北斗站设在冰原与大海的交接处，那么，在空间上的回旋与灵活就大了不少：进，可考察奥妙无穷的冰洋；退，又可研究广袤的冰原冻土带。于地利而言，十分上也算占了个八九分。

现在，站上建有科研栋、生活栋、发电栋、库房栋和设备气象栋五幢房子。要是乘飞机从空中俯瞰，分布在鲸头山下、莫愁湖畔的这五幢房子，很像五个大花瓣，合在一起便是一朵绽放的梅花。所谓房子，除了生活栋是一幢二层楼房外，其余皆为高大的平房，它们其实是一些特制集装箱的着意组合，外面是涂着红色防锈漆的金属外壳，里面镶着厚厚的红松长条木板。进到里面，就是走进了木板房里，一间间木屋宽敞温馨，散发着松籽油的浓烈香味。在生活栋门前，还建有一块水泥地面的标准篮球场。

北斗站从勘察站址到现在，满打满算才三个年头，建设还没完全收尾，科考又刚铺了个头，诸事纷纭，按下葫芦起来瓢，这让站长高凌霄感到肩头担子有万钧之重，有时压得透不过气来。

高凌霄看上去要比实际年龄老得多。才五十多的人，早就谢了顶，剩下大半圈灰白驳杂的头发，勉勉强强拢来把秃顶主要部位遮了个大概——对此，他戏称这是地方支援中央。问题是这一二年，地方上困难越来越多——原本不很景气的半圈头发，像捆在葫芦上的半圈草腰子，日见其稀朗、荒芜，甚至大有自身难保之势，这就让支援中央越发的捉襟见肘了。

与不争气的头发相比，已过天命之年的高凌霄，其处世为人可谓日臻圆熟老到。无论对上对下，对内对外，包括在国内对那些同级别的官员，都会找准自己的位置，心平气和、恰如其分地处理好各种关系。论起来，高凌霄当上正司级干部也有几个年头了，可他从来不会让上司感到自己头上有角，也不会让属下觉着难说话，更不会让同僚认为不好共事。生活工作中诸多的矛盾、利益关系，总像一团理不清的乱麻，很多人或深陷其中不能自拔，或逃避其外图个心净，或越理越乱火上浇油，结局往往事与愿违。而他不一样，总能在乱麻中理出头绪，处理过程也会把握住度，使利益各方都觉着这样是很不错的。殊不知，处理关系、解决矛盾，难就难在如何把握那个度上。度是分寸，是标准，是南极和北极之间的赤道线，也是原则性与灵活性的最佳融合点。到了适度这个分上，就不仅仅是圆熟老到，而且必得有见识和学问了。自然，这就是能力和本事。高凌霄办公桌上有一块鸭蛋大小的黄河石，暗黄色的石头滚圆光滑，外表像涂了一层蜡油。这块黄河石是高凌霄二十多年前参加黄河流域生物多样性调查时，在壶口河床捡到的。当时，他非常纳闷在黄河坚硬的石质河床上，为什么会分布着一个个大小不一的圆形深坑，而且这些圆坑里无一例外都有块滚圆滚圆的石头。最后终于解开其中奥秘，原来石头在滔滔激流冲击下，棱棱角角日复一日给磨平了，石头越来越圆滑。圆滑的石头虽然块头上比过去小多了，但却经受了洪流考验，不但在河床上留了下来，而且还把坚硬的河床，磨出一个比自身大数倍乃至数十倍的圆洞。这个圆洞，便是它为自己建的一所房子，更是为自己创造的一个合适的生存空间。也许，就是这黄河石给了高凌霄以感悟和灵性，因此才有了他的圆熟和对度的圆熟把握，这大概就叫外圆内方吧。你看那些不缺棱不缺角的石头，全都堆在岸边，河心哪儿见得到？官场即如河流，石头就是那混官场的人。要混大了，不磨圆滑只能在一边待着。从大学毕业到科长、副处长、处长、副司长，再到正司级，一路顺利走来谁能说这都是偶然呢？谁又能说与那块他走到哪就带到哪的黄河石没有关系呢？

话又说回来，黄河石虽然外表光亮圆滑，其实质却坚硬无比，就像关汉卿说的那铜豌豆；高凌霄仕途中看起来圆通练达，实际和这黄河石一样，骨子里有种东西也倔得很，无非没碰到节骨眼儿罢了。

此刻，在北斗站宽敞的站长办公室里，高凌霄右手握着那块油光发亮的黄河石，正沿着西北、东南向的对角线，循环往复地走了一趟又一趟。柔软的鹿皮鞋底踏在木地板上“吱儿、吱儿”的，听起来很有节奏感。这已经成了他的习惯，每逢思考问题，就会手握黄河石，在办公室木地板对角线上一遍遍地走。一边走一边不停地转动石头，右手转一会儿，再倒左手转一会儿，周复往还，不厌其烦。在伏案工作感到劳累需要片刻的放松时，也会攥着黄河石走一会儿。按高凌霄的解释是，攥着石头走一走，就相当于不花时间成本的散步，走的过程腿动、手动，大脑也动，小则舒筋活血有健身之功效，大则不忘根本可保持清醒头脑。而之所以选择走对角线，纯属于从取最大长度上的考虑。久而久之，木地板有了一道明显印痕；黄河石呢，也更加油亮润泽。

半个来小时后，高凌霄光光的额头连同圆圆的秃顶，都微微地有汗冒了出来。他感到活动得差不多了，就伸展腰肢走到宽大的办公桌前，把攥得汗津津的黄河石，放到桌上一个红木雕花托盘上，又匆匆浏览了几眼近日要报回国内的科考要点，忽觉几项工作强调得不够到位，打算坐下来再斟酌斟酌。

今年已经展开或将要展开的科考项目，粗略说来有大气、地质、冰雪、生物、海水海冰、气候环境和宇宙哨声观测凡十几项，诸项科目中，有的要依托站上现有设施设备进行，有的要到陆地野外采集样品，有的要到海冰甚或远处无人荒岛布点观测……在北极建站考察，没有现成经验可资借鉴，一切都得摸索着来，甚至走一步看一步，哪一步都不能出差池。差池就是失误，高凌霄知道，在这么个地老天荒的地方，差池或曰是失误的成本是异常高昂的。换言之，这里简直就不能允许失误！他也知道，在众多站长人选中部里最终能敲定他高凌霄，并不是他的研究专业多么重要，也不是他的能力有多大，除了他为人圆熟老到，各方面关系协调得体，就是因为这么多年来工作上没有或很少有失误。比如黄土高原一千年来气候环境演变课题调查，比如三江源头生物多样性调查，比如太平洋环流调查，比如南大洋生态环境与鳞虾资源调查，等等。他主持或参与主持的大小课题不下十几个，虽说没什么大的成果，但有一条，也都没啥失误或是明显失误。一路走过来的脚印，既是一道往昔的轨迹，同样也标示了以后的发展走向——这其实也是高凌霄从不轻易示人的处世秘诀：不求有功，但求无过。不求有功容易，闭眼跟着混就行了；可要做到无过就不那么简单了。有些灾咎过错，别说是闭着眼，即使你大睁两眼想躲过去，它也有迎面直扑和你撞个满怀的时候。无过即是有功，这在生活中是被一千次、一万次证明了的颠扑不破的真理。也正是基于这个缘由，高凌霄对这份科考要点做到了细之又细，慎之又慎。这会儿，他翻到有关陆地和荒岛两次野外考察的内容，又一字字仔细审阅起来。这两次考察，一个是在距此数十里之遥的白熊谷，一个是在更远的北冰洋海冰或者是荒岛，都是人迹罕至之地，真要有个三差两错的，通讯联络都是个问题，更遑论什么接应和救援了。所以，涉及这两次考察的每一个细节，他都得一钉一铆严加把握，甚至还做了很多假想：万一哪点上出现了意外，野外科考人员应该如何应对？站上应该如何应对？科考人员和站上要是应对不了又该怎么办？这份计划国内打电话催要了几次，他本来是可以就这样子报上去的，可要是部里领导看了，对计划中不周不妥之处会怎么看呢？会不会由此及彼影响对他本人的看法呢？进一步说，如果领导没看出来或者是宽容了计划中的疏漏，那么，在未来工作中因疏漏而造成的苦果，又由谁来承担呢？不用说，板子肯定还会打到他屁股上的。为此，对那些催命鬼般的电话，他会恭敬有加，好言以求，末了总忘不了一句："尚有不周全处，容我再考虑考虑"——再考虑考虑，总不会错吧？

咚咚、咚咚，有人敲门。高凌霄边看材料边道："请进！"随着呀的一声门响，进来一个穿一身天蓝色羽绒服的秀眉俊眼的毛头小伙儿，因为室内温度高，小伙儿走进门来，呼啦啦甩掉羽绒服抄在手上，里面露出一件织着暗格的大红毛线衣。高凌霄一看是海洋物理学博士兼翻译和报务员童圆，就道："是小童呵，有事吗？"童圆道："谷一风老师让我给站长报告一声，说据鲸头顶气象观测点发现，于大河老师他们的两挂狗橇，现在已经转过了鲸头山，估计再有十来分钟就到站区了。站长您看——"高凌霄看了看腕上的手表，道："噢，你看你看，已经晚上七点了。走，咱迎迎去。"说着，把钢笔往材料上一搁，起身换上到室外活动的羽绒服和雪地鞋，又抓了一顶厚厚的毛线帽，拢了拢稀稀拉拉的头发，扣到缺少遮拦的脑袋上，就急急地和童圆走了出去。

和老爹接来冬冬，于大河感到一阵轻松。在队友们闹嚷嚷欢迎冬冬的时候，他和老爹一起卸了橇，喂上狗，又安顿老爹到厨房老拴头那里休息喝茶，就拿上背囊回到自己房间。

室内柴油暖气热烘烘的。大河一进屋就脱掉雪地靴和羽绒衣裤，只穿着一套紫红两色拼织的波浪花纹的毛线衣裤，脚上是一双浅灰色的羊绒袜子，立马感到舒坦了许多。他踩着铺在木地板上松软的墨绿色化纤地毯，走到写字台前。那里，几棵用赭红色泥盆种植的蚂蚱菜，正卧伏着暗红色身躯，在从遥远家乡带来的泥土中吸吮着北极的雪水，欢快地伸展着嫩嫩的枝叶。大河喜欢这些蚂蚱菜花儿，累了，烦了，瞧上一眼，立马神清气爽。他从洗手间拿来一只装着雪水的塑料瓶子，给蚂蚱菜浇了一点水。做完这些，弯腰从放在门边的背囊中，拿出一个花毛巾缝制的有本辞书那么厚的包裹，外面粘贴着许多彩纸剪成的小星星。这是女儿慨儿让冬冬阿姨带来的。打开包裹，里面是一封信和一捆大红板纸叠的小鸥鹰。展开信，女儿那稚拙的笔迹跳到眼前——

亲爱的爸爸：

我有两年没见到您了。您说过您和爱斯基摩人放过一头小白熊。那头小白熊是叫萌萌对吗？我挺喜欢这个名字的。萌萌现在好吗？它找到它的妈妈了吗？冬冬阿姨说，北极是包在冰里的，小白熊会怕冷吗？我晚上睡觉，老是梦见小白熊。等您回来，再给我讲讲它的故事。

我叠了九十九只纸鸥，您要一天放一只，白爷爷说人是有心灵感应的，您一放，我一定就会感应到。爸爸，您知道我为什么不叠一百个吗？白爷爷说九九就是久久，这个数字吉祥，一百就满了，满则溢，就不好了。

爸爸，我还要告诉您一件事：冬冬阿姨在去北极之前，和爷爷一起给我办了转学，现在，我已经离开姑姑家那个学校，在地大附小上学了。冬冬阿姨说这个学校教学教得好，对我的学习和成长有利。学校就在爷爷家门口，爷爷奶奶接送我也方便。新学校挺好的，老师和同学们都喜欢我，我也喜欢他们。

原先在姑姑家的时候，冬冬阿姨常来看我，给我买好吃的和好玩的。以后，冬冬阿姨再也不用跑这么远了，一回到家里就能看到我。

爸爸，您回来时，别忘了带一张萌萌的照片（我也给冬冬阿姨这样说了），我的同学们也都想看看白熊宝宝呢。

您的女儿　慨儿

看了慨儿的信，女儿那张大红苹果似的可爱脸蛋浮现在眼前，大河心里有一种针扎般的难受。从结婚到有了慨儿，再到现在，他待在家里特别是陪伴慨儿的时间，即使瞎子摸摸也数得上来。慨儿今年八岁了。八年里，他大部分时间都在北极，即便回到国内，那些会议啦，报告啦，项目啦，论文啦，还有杂七杂八推也推不掉理也理不清的日常琐事，忙得只恨没有孙行者拔毛分身的本事。而照顾慨儿，往往成了一张空头支票。前年四月，刚回国还没几天的于大河，兴冲冲做好计划，要在黄海之滨那座三面环海的城市待上几周，陪慨儿好好玩一玩，他俩甚至商量好了什么时候下海戏水，什么时候划船钓鱼，什么时候在沙滩上挖蛤蜊、放纸鹞，然后再利用暑假到医院，为慨儿治病……慨儿曾为此兴奋得几个晚上没睡好。

一个突发情况的出现，把爷儿俩的如意算盘打乱了：国家要在北极建立科学考察站，勘察选址、规划建设及与当地有关方面打交道，等等，都亟须一个对各方面情况精熟的先导。无疑，大河就是这方面最合适的人选。要命的是，先遣队月底就得出发。到头来，急急忙忙处理完公务，只陪慨儿住了不到十天，就再次踏上北极旅途。最后这次和女儿分别，慨儿一对细长但却好看的眼睛，哭成了两个红桃子，本来常常有红晕的小脸蛋，这会儿更显红晕……那一刻，大河抬着头，鼻子酸酸的，眼睛不敢看慨儿，怕自己控制不住情绪。

“我的慨儿，好孩子，爸爸对不住你了。爸爸欠你太多了，以后一定加倍，不，要十倍、百倍地偿还你！”大河一遍遍在心里说。

尤让大河心碎的是，慨儿患有先天性心脏病。大夫说，这种病必须手术治疗，要不然，寿命也许只有三五年，也许只有十来年——可爱的生命随时会亮起红灯，含苞的花蕾不知哪天要遭严霜荼毒。每每想到这里，心里像结了冰，情绪万分灰暗，只想一个人深埋到黑暗里……

再回国内，天塌地陷也不管，必须找个最好的医院、最好的大夫，为慨儿做手术。不能再等了！大河心里打定主意。

在欢迎冬冬的酒会上，大河只喝了一杯橙汁，随便吃了几口东西。席尚未散，就和坐在一处的老卜打个招呼，一人悄悄离去。

在鲸头顶下高高的雪坡上，乘着寒风，他放飞了第一个纸鹞。这时的北极高纬度地区早已进入极昼。滑向地平线的太阳，把天空和冰原染成一片红胭脂。夜阳余晖里，纸鹞儿借着风力，打着旋升到空中，飘飘摇摇往南飞去。

“慨儿，我的小慨儿，你感应到了吧？我知道你一定会感应到的：爸爸在北极雪坡上，正放飞你叠的纸鹞呢！这只鹞子，载满了爸爸的爱和祝福……”眼盯着飞远的纸鹞，大河嘴里轻轻念叨着，眼泪不觉流了下来。

从雪坡下来已是夜里十一点多，欢迎晚宴早散了。大河感到心绪烦乱，便绕过莫愁湖，沿汇泉湾信步而行。走了一会儿猛抬头，见到了汤姆帐篷前。这位留着一脸乱蓬蓬大胡子的美国加州大学生物学博士，一周前来到北斗站营地，为的是与中国队员合作进行火岩岛冰上考察。汤姆是大河导师威尔逊的长子，有了这层关系，加之专业对路，又投机缘，因而两人过从甚密，多次一起合作在北极考察。大河轻轻咳嗽一声，拉开帐篷门，脱下鞋子钻了进去。

汤姆打晚宴已经回来了一会儿，这阵儿正盘腿坐在睡袋上，捧着一张泛黄的黑白照片发愣呢。见大河进来，挪挪屁股腾出点地方，蓝眼珠子一转道：“夤夜造访，定有见教，阁下请坐下一叙。”

大河也不接腔。拿过汤姆手里照片，看了看道：“老惦着高爷爷那茬呵，但愿这次能了了你的心愿。”

汤姆点点头道：“此谜一天不揭，我汤姆一天食不甘味呐！”

大河道：“听人说，卢特吉尔老君岭附近的冰雪里埋着一些旧物，等我打听明白了，咱们去看一看，或者与你高爷爷的探险队有关呢。”

汤姆道：“卢特吉尔有几处确实发现过旧东西，我也看了，都是爱斯基摩人的。不知这一处又会怎样？”

大河道：“但凡有一点儿线索就不要放过。我相信这句话，苦心人天不负，有志者事竟成。”

汤姆看着大河，沉思了一会儿，点了点满是蓬须乱发的头。两人又信马由缰聊了点别的，大河就告辞钻出帐篷。在回手给汤姆拉上篷门的时候，大河关切地道：“胡子元帅，到站上住吧，给你留着房间呢。再说，吃饭什么的也方便。”

汤姆道：“我还是习惯一个人在野外待着，和野鸟雪狐做伴心里安稳。吃饭好说，要缺了什么，我会去站上要的。”

大河没再说什么，起身回到了站上。

第三章

倾斜的伊甸园

冬冬的到来像旱地经了足雨，北斗站那些蔫苞米棵子一般的男人们，一下子蹦精了百倍。

鲸头山下从有这座考察站，进进出出就是一帮老爷们。今天你瞧我，明天我瞧你，抬头低头，睁眼闭眼，瞧见的面孔永远生硬呆板，像埋在地里三年没出的老窝瓜。纵使炊事员老拴头使出七十二般手段，把饭菜烧得让人一闻味就馋涎欲滴；纵使站长高凌霄变着法儿力图让每个人都快乐地工作，但因为高纯度单性世界造成的阴阳失衡，始终让莫愁湖畔这个光棍村，少了那么点生气。

而百公里外的那家友邻站，就按一定性别比例，配备科考及站务人员。据说这样做好处很多，至少有一点，有异性生活其间，从感官上（主要是视觉和听觉）、气味上都可起到一定的调节作用，从而直接或间接影响到感觉甚至心理活动，有效地缓释压力，保持平衡和谐。这正如万绿丛中的一朵红花，有了她，这绿便添了精神，有了活力，一园子的生动就跳出来了。要是没有这朵红花呢，那绿尽管碧浪万顷，终也单调灰暗，有如画龙而无点睛，满天繁星却少了一轮明月。

俗语云：男女搭配，干活不累。如果这话剔除了调侃和玩笑成分，那么，其中所蕴含朴素的人本思想昭然可见。这就非常人性化了，中乎情，也中乎理——因为这毕竟不是两千年前的孔老夫子时代，男女大防，授受不亲。要是伊甸园里只有一个生胡子长喉结的亚当，还能叫伊甸园吗？一部《圣经》还有传下去的必要吗？

还有一点必须特别指出，人是社会的产物，如果把人比方成鱼，社会环境就是水；如果把人比方成花草树木呢，社会环境就是土壤了。鱼自然是离不开水的，花草树木离开土壤也没法活。那么人呢，离开社会环境能成吗？北斗站在这片冰雪世界里，四周漠漠大荒，而人呢又是一条条热血奔涌的汉子，身上的荷尔蒙只怕比济南七十二泉涌得还猛，嘎巴一下离开熟悉的生活环境，长期与人类社会尤其与女性隔绝，会是一个什么样子呢？他们的心理、生理以及性格脾气，又会发生怎样的变化呢？

呜呼！那个装在宝瓶里名字叫孤寂的魔鬼，就趁此机会偷偷溜了出来。

孤寂蚀磨人的意志，改变人的性格，扭曲人的心灵，既具有无孔不入、无坚不摧的疯狂性，又具有迅速复制、星火燎原般的无限蔓延性。

孤寂这个魔鬼虽然厉害，也不是什么也治不了它。正如青霉素能有效杀灭某种病菌一样，孤寂有时也很容易被杀灭。

总而言之，白冬冬，这位年轻貌美的女医生来了之后，站上情势起了很大变化。一村人仿佛吃了生神丹或还魂散，精气神儿噌地上来了。素日那些衣冠不整、邋里邋遢、不刮胡子不剪指甲的，出门时总忘不了反复照镜子，将自己尽量收拾得光鲜体面，人五人六，好像要去哪里相亲。有几个因贪睡不吃早餐的懒种，这下像得了馋痨，早晨起得恨不能比做早餐的老拴头还早，往往不等伙房里滚粥出锅，先已敲碟子打碗儿在餐厅等着了——因为医生白冬冬是个生活很讲规律的人：按时作息，按时三餐，尤其是早餐，常常早去一刻钟，帮老拴头打个下手，摆摆酱碟菜碗，端端饭盆汤钵。这样，懒种们就有机会多搭讪上几句话。诸位，别小看了这不咸不淡几句话，有时多几句话就等于多了几个快乐因子。快乐因子是发面的酵母，美好的一天像发开了的面，做出来的点心就是开心果。

还有两点在此也应一并指出，以使大家对这位女医生到来所引起的蝴蝶效应，有个更为完整一些的了解。一点是：一个个体壮如牛、从来不见生病长灾甚至连头痛脑热也少见的老爷们儿，有事无事总爱往弥漫着来苏水味的医务室磨蹭，今儿牙疼，明儿脚痒，后天颈椎不舒服或者是什么消化不良、嗓子发炎，反正小蛤蟆蝌蚪闹头疼——浑身是病。如此这般，只要找个狗屁理由，就恨不得接上八条腿往这儿踅。如果不幸连个疥癣小疾也没有，再来医务室，就跟本分的老农突然有了想偷窃邻家瓜果的主观故意，手上发痒，心里却免不了几丝羞惭。即使这样，晚上或周日休息时间，各类“病人”照样会把小小医务室挤得关不严实门。冬冬医生是个职业上的完美追求者，对所有来访者一概视作自己的病号，当然也一概的热情友好，耐心细致地问病查症。天长日久，难免有那么个把人，看病积极，服药无心，可遇上冬冬医生，算是自己绊腿闪腰崴了舌头——她会两眼盯得你心尖尖发虚，脑门上滚汗珠子，然后还得咕咚一口把药吞进肚子里。另一点是：冬冬未来之前，莫愁村犹如圣人不到的蛮荒之地，光棍汉们像野叟村夫，扯骚拉荤出口成章，京骂乡詈张嘴连篇，似乎不如此就无法抵御极地酷寒和无边无际的孤寂。冬冬来了就不同了，偌大站区顿成诗礼风化之地，光棍汉虽然还是光棍汉，但说话斟字酌句，一个个俨然雅士墨客，就这么一步从茹毛饮血的原始社会蹦到了文明时代。

故事到了这里，应该多少看出或揣测出，我们的女主人公白冬冬是多么厉害吧。厉害这词儿是童圆对她的评价，虽简约含糊，却一锛刨到木头上——她不独有着造物主赐予的姣好容貌，还有善良、朴实、勤谨、亲和诸般不可多得之品性。这些品性无疑皆出于一种天性。其具体成分少不了大地的厚德，阳光的明丽，春风的柔顺，雨露的惠爱。倘若仅仅依秉这些，着可贵可敬四字足可称颂。事情的精妙处在于，白冬冬医生一颦一笑、一举手一投足间，就像花儿的绽苞吐蕾，那种天生丽质及优雅大气，便会自然透现，出淤不染，濯清不妖，一切浑然天成。加之正值豆蔻年华，青春活力如初升之阳，那般冉冉腾挪、勃勃跃展之势，没有一种力量可抗拒阻挡。

以上这些先天禀赋以及后天之德，理所当然便形成了场，而且是一种磁性超强的场。男人都是生铁末儿、碎铜渣儿，被磁场吸引是再正常不过的。

从另一个角度讲，一粒种子可以改变世界，反过来世界对种子就没有影响吗？当然不是。土壤、温度、湿度，还有时间，都将以自己的方式确定与种子的关系，做出对种子最终的反应与考评。冬冬毕竟年在花季，缤纷多姿的世界之门，对她刚打开一道窄缝儿，种种诱惑会像季风一样吹过青苗茁壮的麦田。实际情况的确如此。

冬冬来到北斗站，最初的感觉就是来到另一个世界，一个只在梦中和想象中出现的奇妙世界。冰天雪地里这片橘红色建筑，这一朵绽放在地球极北端的雪里红梅，是那样娇艳多姿，奇崛峥嵘，以至于引起了她无尽的遐想。毋庸置疑，这里将留下她一生中最重要的一段足迹，生命的绚丽将在极地昼夜递嬗中焕发夺目光彩。一切都那么令人神往，那么令人欢欣鼓舞！

在尚未来北极之前，她曾对这座冰雪王国做过无数次憧憬。北极无异于基督徒眼中的天国，而踏上北极大地就有了朝觐一般的神圣。她时常呆呆地想：在这样一座圣洁的殿堂里，心中那粒情感的种子，即便埋藏再深，也会慢慢顶破坚硬的壳子，一点点抽出嫩嫩的芽儿，扎下根须，伸出叶片，绽开花蕾，最后一定会结出香甜的果实。每每想到这里，幸福的涟漪就会在心中一圈圈荡漾。极地的土壤、水分，甚至于温度，也许不适合自然界植物的生长；但爱的幼苗却可以葳蕤茂盛，把这里当成水草丰美、气候适宜的快意绿洲。对此，冬冬深信不疑。有时候，恍惚觉得有一股光亮，一股可烛照千万层黑暗的奇异光亮，在冥冥中导引着她，为她指出前行的路径，就像天使在导引走向天国的灵魂。由此便感到这里的阳光越发的明媚，冰雪越发的洁净，飞过头顶的鸟儿越发可爱，就连寒风也不让人畏惧。她的心头仿佛有一只精灵的燕子，正在春风中鼓动轻盈的双翼，在高远而又幽秘的理想天空中欢快飞翔，呢喃的絮语到处述说着青春的壮丽和生活的精彩。

冬冬从心底对北斗站产生了浓厚兴趣。一方面，她感到哪儿都新奇，像乡下孩子第一次走进繁华都市，宽路、高楼、川流不息的人流车流、闪闪烁烁的霓虹灯，光可鉴人的玻璃幕墙，看哪儿都觉得眼睛不够用。另一方面，因为这种兴趣源自她对北极由来已久的向往与心灵深处的朦胧情感，因而就有了持久、深远、厚重的特性。如此，兴趣就不仅仅是兴趣了，它很容易转化成责任。新奇也会先经发酵而后再沉淀为克职以尽的义务。事物内在的发展逻辑就是这样奇妙。

现在，让我们再回到这片梅花瓣状分布的红色建筑群中。

作为五幢建筑物中最高大也最醒目的生活栋，坐北向南，为二层建筑。它的底部由耐低温防腐蚀的钢架结构支撑，距崎岖不平的花岗岩山体地面，平均高度约有一米，这种把房子架离地面的建筑风格或者是特点，说来大有讲究。在早期的南极建站中，人们曾把房屋实实落落建在地面上，结果在暴风雪中，不是受到风暴的猛烈冲击，就是被雪堵了通道，埋了房子。教训使人们变得聪明起来。再建房屋，下面便预设了一条风雪通道，自此再无暴风冲击和大雪埋堵之虞。极地是风暴的故乡，因为不时有大风从这里呼啸而过，房屋下面的通道就像经常有动物进出的洞穴，光光溜溜，怕连一粒细砂子都找不到。

生活栋兼有生活和办公两大功能，底层南侧正中，是一间建在室外的木结构全封闭门楼。为防风雪，门楼的木楼梯呈之字形回环上升，升至离地面一米多高，便是防风挡雪的第一道门——但要从门楼进来，还要经过一道厚厚的木制保暖门，这才是底层的门厅。

进到里面，北侧是一架羊角形木楼梯——楼梯上至中间，又回头分向两侧递级而上直达二楼走廊。在底层楼梯两边，左手边是一架几近一人高的地球仪，这是建站之际友邻站送来的贺礼；右手边是一块碾砣大小从国内带来的泰山石。不远万里运来此石，寓意自然可以想见。

地球仪和泰山石，一个象征着全球和全局，一个意味着根和家。一远一近，一理一情，搭配得倒也有些意思。

门厅将生活栋分为两个区，西区自西往东依次为伙房、餐厅（兼文体活动室、会议室等多项功能，队员戏称为万国大厅）、影视室、台球室和样品陈列室；东区自西往东则依次为洗衣房、图书馆、阅览室、医务室、传真报房以及站长办公室。二楼除了几个杂物间，其余均被用来做了队员宿舍。站上的临时党委书记卜维国办公室兼宿舍，还有一个综合性实验室，也在二楼。

需要补充一点的是，生活栋（包括其他房屋）所有的窗户，全为厚厚的双层有机玻璃镶嵌，大小只有我们通常房屋窗户的三分之一，并且封闭严密，不能开启——作为窗户，它的全部功用是在需要的时候，比如说是在极昼的时候，能透进一点光亮儿——和瞎子眼睛中只起美观作用的假眼球相比，这是唯一的不同之处。窗户里面无一例外都挂有双层天鹅绒做的深黑而且厚实的布帘子，即使在太阳一天二十四小时明晃晃照在头顶的极昼之时，布帘子一拉，里面顿时暗无天日，如果睡觉呢，你尽管四仰八叉徜徉于梦乡就是了，不拉开帘子，太阳就永远照不着屁股。

之所以不厌其烦地啰唆房屋布局、设置及其建筑特点，目的是想把故事中人物处在怎样的生活环境做一个交代。因为在极区条件下，这片大地，这方天空，这泓海域，对我们而言毕竟太陌生，太神秘了，它的任何一点细微之处，都够研究上几年、几十年甚至一辈子。此外，还有一个问题不能有任何理由隐瞒：白冬冬医生来到不久，不经意间有一惊异发现，让她对北斗站或曰莫愁村的认知与了解，向前大大跨越了一步。

生活栋上上下下几十间房子，除了站长室、书记室、老拴头的伙房和万国大厅，几乎所有房间的门侧及床头等处墙壁，都赫然贴着大美女的照片，就如同旧时农家的门灶之神，这里面有好莱坞国际巨星，有港台当红大腕，也有大陆影视界的扛鼎台柱，或搔首弄姿，靠眉目传情；或丰乳肥臀，以玉腿撩人。一律的风姿绰约、性感多情，纵是金刚也难免不目迷意乱心旌摇荡。当然，有些房间的略隐蔽处，还藏着弄不清产地叫不出姓名的靓妞俊嫚，跑光露点，气质粗俗，实在不堪入目。

这一村俗的发现既偶然又简单。那天，在冬冬入住紧挨医务室的那间宿舍时，刚刚把行李放到床上，一位金发碧眼的巴黎女郎，便曲胸扭腰，翘着白白圆圆的大屁股，从床头上方的墙壁上，向她投来一个妩媚而又意味深长的微笑。冬冬觉着，那女郎两只蓝蓝的大眼睛，似乎带着一百把倒刺的金钩，在把人往她的胸前拽，往她的眼里勾，把把金钩都放射着能蚀骨销魂的蓝色电光。刹那间如被黄蜂蜇了一般，脸上一阵热辣辣的灼烫。

她知道，这里以前住过的肯定是一位男队员。

这件事情过去不久，冬冬在翻译兼报务员童圆博士的协助下，对所有队员房间以及图书馆、影视室、餐厅等场所，进行了一次喷撒食醋的消毒灭菌行动——虽然说北极温度超低，细菌病毒要生存繁殖，就像在电冰箱的速冻状态下一样不容易，站上也确实从来没有因为细菌或病毒引起过什么感冒或肠道类传染病，但医生白冬冬依然坚持要进行消毒灭菌。结果便有了上面所提到的惊异发现。

把发现形容成惊异，不是危言耸听，也不是故弄玄虚。因为所有贴画及挂图除了清一色大美女，看不到一位男星，什么阿兰·德隆，格利高里·派克，罗伯特·泰勒，高仓健，通通狗屁，连被瞥一眼的资格也不具备，即使风光、动物一类图片也少之又少。

据说，为了抵制这种不健康的资产阶级生活方式，被称为布尔什维克大叔的卜书记曾托人从这个国家首都买来极精美的装裱纸，用彩色打印机打上队员守则，要大家张贴到宿舍里，以压制和取代那些大美女们。结果是，写了守则的装裱纸，或被弃之一侧，或被美女们一屁股坐到腚下——托画的装裱纸，装裱了美女，只露了四个红边儿，倒也名副其实了。

也许是出于一种女性的特殊心理，也许是出于大夫的职业敏感，也许是二者兼而有之吧，反正，白冬冬在发现这一奇异现象的时候，脸上确曾出现过一丝不易为人察觉的难堪，心里也自然地涌上几许心地纯洁的姑娘都会有的羞涩。好像墙上贴的不是什么巨星名模，而是她白冬冬自己。她诧异自己为什么会有这样的心理反应？爱美之心人皆有之，人家贴什么美女与你何干？再说，这照片印出来不就是让贴的吗？但这种想法只持续了短短一会儿工夫。不久，职业的思维又占了上风。她是医生，又做着人体生命医学研究，凭直觉，她感到这里面的问题没有那么简单：一个人或几个人的行为，可以理解为偶然；如果大多数人不谋而合采取了同一种行为方式，从而表现出共性这一事物的另一种属性，那么，从哲学的角度来理解，怕就不是偶然，也不是单纯的巧合了。为此，她漂亮的额头微微蹙起，一种思索的神态跃然显现，本来白皙秀美的瓜子脸上，此刻更加靓丽生动。

她急于想找出这里面的答案。由此，像笨拙古怪的数学家证明哥德巴赫猜想一样，对北斗站的“美女门”产生了求解的兴趣。她隐约觉得，自己正在不自觉地走向一个幽微的隐秘世界。不知道结果会怎样，甚至也不知道自己这种想法除了课题研究之外，还出于一种怎样的动机，但她还是有几分懵懂地走了进来。

就在冬冬的好奇心被一种神秘力量拨动的时候，娄书仪捧着一盆似开未开的水仙来到医务室。二十七八岁的娄书仪，又矮又胖，头皮都起了棱。因为愿意留平头，故而起了棱的头皮像长裂纹的大西瓜，疤瘌流丘尽显无遗。此外还有个结巴的毛病，不紧张还罢，要是一紧张，一句话顿卡半天，脸憋得红里透紫像副生猪肝。冬冬对这位初中时的老同学一直印象平平，甚至有种说不出来的反感。老实说，她不喜欢娄书仪那副猥猥琐琐的窝囊德性，更不喜欢他说话时的样子，一双耗子般的小眼睛紧盯着你的脸色，似乎那磕磕巴巴蹦豆般蹦出来的语句，要随时根据听话者的反应来做出调整。冬冬觉得这实在怪异得很。但因为天性中的善良和宽容，故而对这种反感就从形式上减弱了很多。除此之外，这种善良和宽容的美德，还衍生出一种超乎寻常的品质，那就是设身处地地为人着想。因此，冬冬在面对别人的弱点、缺点、不良习性甚或误解时，多是先站在别人的角度想一想，有时还会替别人找出一堆理由，然后予以宽厚的包容。即使对娄书仪，那套行为做派虽然让她在心底感到别扭，但不仅从未点破，也从未在话语当中或表情上流露出来。包容就如大海，有了接纳千万条江河小溪的肚量，她才得以汹涌澎湃浩瀚无际。

“这是漳州的上、上品，我从老拴头那淘的。”娄书仪一进门，脸上讪讪地笑着，两个小眼珠子骨碌着满屋子撒觅，想找个合适地方安置花盆，“多好的花啊，搁谁那儿都糟践了。”

冬冬看那花儿，六个白白胖胖圆葱头般的块茎，你拥我抱紧挨一起，胡子般白嫩根须，在精致浅平的紫陶花盆底部亲密缠绕着。每个圆葱头都抽出一簇一拃多高的叶片儿，肥嘟嘟的青翠欲滴。一些淡绿浅黄的花骨朵儿，像刚秀的麦穗儿从叶片间钻出来。口里不由得赞道：“得水能仙天与奇，寒香寂寞动冰肌，真是一盆好花！”

娄书仪把花盆放在桌子上，肥硕的脑袋不无得意地摇晃着，头皮上的西瓜纹泛着青光。

娄书仪的殷勤让冬冬想起一些往事。她记得，干部子弟娄书仪上课时常打瞌睡，而下了课就欢天喜地和女同学嬉笑打闹。同学们编了几句顺口溜说他：“上课是个瞌睡虫，下课变成小蜜蜂；鲜花丛中到处飞，不知春夏与秋冬。”那时候，班上有两个女同学，一个叫李小妹，一个叫李小玫，仅一字之差。但两人一个长得娇小瘦弱，走起路来如弱柳扶风；一个壮壮硕硕，一行一动风风火火。两人都是高鼻杏眼，绝色漂亮，美中不足是学习上都还差了那么一点。但没有关系，仅凭一张俊脸儿，自然就是班里甚至是校里的两颗耀眼的星星，哪个男同学不把她俩当成理想中的白雪公主？谁不盼望在美好的想象中会突来一支丘比特之箭？要说这娄书仪也算得上有些手段，神不知鬼不觉竟黏上了那个弱不禁风而又心气很高的李小妹，整日里昏天黑地地写情书——这时候，他们已经读初中二年级了。天下事就有那么巧的，偏偏就有两封阴差阳错寄给了李小玫。这下来了好戏瞧。李小玫把娄书仪这两封甜言蜜语、卿卿我我的情书，悄悄塞给了一位同年级但不同班的闺密。闺密不知出于何种心理，看完又转给了一位好事的男同学。这位男同学的作为就不一般了，比传手抄本还神秘地先在要好同学中一传，后来干脆贴到了学校大门口！一时间鸡飞狗跳，校舍的楼板都差点崩塌下来。那个本就体弱的李小妹，一气之下病了三个多星期，病一好就转了学。娄书仪也像霜打的茄子蔫了不少。关于这段韵事，一位才高八斗的同学编了一首打油诗——

一个是带刺的玫瑰，
一个是可人的小妹，
多情麻雀乱踏枝，
哎哟哟，
却将那玫瑰的刺儿哇，
误扎了我娇滴滴的小妹。

打那，同学私底下都管娄书仪叫多情麻雀。

冬冬取来纸杯，倒了杯开水递给娄书仪。看看他也没有什么事，应答了几句，就走到一个高大药架后面，上上下下地整理药品。

娄书仪坐在椅子上，嘴对直冒热气的杯子咝咝地吹了会气儿，也觉无聊，就推开杯子来到药架跟前，隔着那些大大小小、各式各样的药盒子，神秘兮兮地对冬冬道："有件机密事，我只能告诉你一个——咱们站上组织野外科考队，都、都削尖了脑袋往里钻哩。"

娄书仪说着侧耳听了听门外，表情夸张地嘘了一声："有人来了——"

冬冬一听，走廊上果然传来一阵脚步声。

娄书仪道："是老牛他们。你听，牛得田还唱什么莫愁啊莫、莫愁哩，哈哈，这个老牛！"

"是谁在呼唤俺老牛哇，莫不是我们那漂亮的白衣天使吧？"牛得田推门一脚踏进来，同来的还有海洋学家谷一风和气候与环境学家安子儒二人。

牛得田一看娄书仪在这儿，咧嘴一笑道："我还以为只有冬冬小姐在呢。"

"哟，是牛大哥、谷大哥你们呵，快请坐，"冬冬一手攥着一盒药，两手朝前举了举，笑盈盈说道，"早餐时听说你们要去鲸头顶，咋这么早回来了？"

谷一风道："是安老师他们要调试临时观测站的一台设备，我和老牛是打下手的。安老师手上快，不到两个小时就OVER了。”

牛得田向谷一风挤了挤眼，道：“安老师下山说右眼老是跳，一定要来找大夫瞧瞧。其实这病俺老牛也瞧得了——左眼跳财，右眼跳喜嘛。”一句话逗得大家乐了。

安子儒从走进门，两眼就直勾勾盯着白冬冬。听到大家都哈哈大笑，也咧咧嘴跟着笑了笑。

“没有莫愁女，咱这村还叫啥莫愁村呀？冬冬小姐呵，依俺老牛看呐，你就是那鲸头山下的莫愁女——”牛得田说完，嘴里一本正经念了一首古诗：

莫愁在何处，
莫愁石城西。
艇子打两桨，
催送莫愁来。

念完又道：“咱们雪橇有两架，拉着冬冬来。以后也别喊白大夫、白小姐，干脆叫莫愁得了。”言毕，牛得田自己啪啪地拍起巴掌，谷、娄、安三人也一齐跟着说好。

“其实哩，”娄书仪转脸向着谷一风道，“就是莫愁女也比不了我这老同学，是不是，谷老师？”

谷一风没买账，却对冬冬道：“可得防着点，娄书仪是块黏毛糕。”

“啥？啥叫黏毛糕？”一直走神的安子儒，一脸惶惑。

“这黏毛糕嘛，就是发霉长了黏毛的糕，糊哪儿都揭不掉。”谷一风轻拂一下水仙花油漉漉的叶子，悠悠地道。

马屁拍到蹄子上，娄书仪一脸尴尬：“一风老师，看您说的……”

牛得田见状急忙打圆场，完了说道：“来，让冬冬大夫，不，俺们村里的莫愁女，给安子儒老先生瞧上一瞧，看看右眼跳的是不是洞房花烛之喜呵，哈哈。”

安子儒闻言还是像先前那样咧嘴笑了笑，但接着又闭上了。

第四章 幸运的海豹

就在冬冬对墙上大美女发生兴趣的时候，距鲸头顶百把里的东面冰海，我们故事中另一位主人公，却正在和一头海豹较着劲儿——

海豹圆圆的脑袋从冰洞露了出来，就像一只篮球，两个铜铃般大眼迅速而又诡秘地打量着它认为并不安全的冰上世界。

洁白的冰面一览无余。

看看没有什么异常，海豹哧溜窜到冰上。向前急急蠕动一阵，然后在一处平坦的雪里翻转身，两个由上肢退化的短短胸鳍，一先一后忽闪几下，仰面朝天晒开了太阳。

这是一只漂亮的豹海豹。白色的斑纹，黑黑的胡须，流线型的躯体肥大而匀称，浑身上下透着一种盛年海豹的威猛和成熟。

趴在不远处一个雪堆后面的尤尼塔，再次举枪瞄向了它。和前几次没有什么两样，扣在扳机上的食指冰冻一般僵硬，身上也不由自主传出一阵微微抖动。她眼窝深陷的漂亮眼睛眨巴了两下，沮丧地放下了枪。

尤尼塔是上午来到村东北这片海冰上的。凭直觉，一眼便选中海豹在冰上掏的这个透气孔。被冰雪半遮半掩的透气孔还有几个，但她选中了这一个。就如相信太阳每天早晨会从东方升起一样，她相信海豹一定会打这里出现。从冰洞大小，她还知道这是一只成年的大海豹。

她隐身的雪堆简直是一个完美的伏击场：距冰洞不近不远，既不容易被海豹发现，又便于出枪射击。雪堆高出海冰不到半米，但后面是一个松软的雪坑，人可蹲可卧，还避风。今天的光线相当有利，太阳挂在她正后方也就是南面的天空上，因此瞄着海豹的方向，是狩猎者求之不得的顺光。诸多条件决定，这只漂亮的海豹第一次出现，准确地说，是在它圆圆脑袋一露出洞口的时候，凭尤尼塔在村里那数一数二的枪法，足可一枪夺命。如果等它完全暴露在海冰上，即使像九头怪那样，再多几条命怕也无济于事了。

卧在雪堆后面的尤尼塔，一身地道的猎人装束：从头上戴的帽子到身上穿的风雪衣和裤子，都是驯鹿皮做的，而脚上则套着一双海豹皮靴子。略做处理的皮制衣帽，颜色白里泛黄，和海冰、雪原接近得差不多浑然一体，因而在狩猎时具有很好的隐蔽性，这给猎获物对危险的逃避增加了不小的难度——这身装束，虽然遮住了略呈棕黄色的头发，椭圆的脸蛋看上去显得有些扁圆，甚至匀称的身材及优美的线条，也被臃肿的猎装裹了一个严实，但，这个本就有着四分之一白人血统的漂亮爱斯基摩姑娘，妩媚中倒更增了几分英武。

晒着太阳的海豹惬意极了。尤尼塔甚至听到它嘴里发出呼噜呼噜的鼾声。但尤尼塔扣着扳机的食指僵硬，喘气不匀，身上也还在抖动。穿着一身花衣服的豹海豹，的确非常好看。它在平展的冰上躺着，有时还摇摇鳍，翻动翻动身子。奇异的是，海豹此时在太阳和冰雪的共同作用下，就和电影里的特技镜头一样，似乎总在幻化成一些不同的影像，让人眼花缭乱……

尤尼塔心里像掖了把驯鹿毛，又堵又乱。

昨天晚上，猎手萨姆·卡尔路克托快嘴二婶玛尼米尔，把一只精美钻戒送到家里。玛尼米尔拉着尤尼塔的手，眼盯着放在橡木桌上亮闪闪的钻戒，把这位村长的大公子夸成了英国王子，似乎不嫁给他就是天下第一号傻瓜。玛尼米尔的丈夫奥布约克，跟古里班古是堂兄弟。三年前，猎手奥布约克在一次捕鲸时，那头受伤的弓头鲸又疼又怒，拖着插在身上的三支投枪和一串红塑料浮球，呼地从水里腾空而起，而后庞大的身躯像一座小山般砸向了捕鲸船——小船顷刻间碎成数片，奥布约克和一名操舵手，就这样被鲸鱼拖去垫了背。此后，膝下连一男半女不曾留下的玛尼米尔，生计全靠帮教堂做清洁工或给卡尔路克家的超市打短工维持。因为心肠热加上能说善道，说媒也算作她的第二职业——如簧的巧舌便是造钱工具——一合媒说成得到的鲸肉或海豹肉，少说也够吃上半月二十日。

卡尔路克央求快嘴二婶提亲不是第一次了。就在三个多月前那个平安夜里，尤尼塔和爸爸古里班古、妈妈奥乌里娅、弟弟托尼参加村里舞会，玛尼米尔就曾当着这一家子为卡尔路克保媒。圣诞节这天，又替卡尔路克把一支美国军工厂制作的单管连发猎枪，用红绸裹着送来当定礼。那真是一支哪个猎人看了都摘不下眼的好枪。性能好，准头大，枪身瓦蓝瓦蓝，村里的猎手绝对没人用过，或者连见也没见过。但尤尼塔连一指头都没戳一下——二婶怎么拿来的，又叫她怎么拿走了。

尽管快嘴二婶说的好话三架雪橇拉不完，尤尼塔一点不为所动。让她着恼的是，二婶走后他们一家刚洗涮了睡下，喝得已经沾了八分酒的卡尔路克，手提酒瓶子摇摇晃晃来到尤尼塔家门外。一边继续往嘴里灌着乙醇浓度很高的液体，一边大声吵嚷让尤尼塔出来答话。

卡尔路克半夜三更粗野的举动，引起阿黄的警惕和不满。对主人无比忠诚的狗儿，瞪着充满敌意的蓝莹莹的眼睛，围着醉态朦胧的来访者，汪汪直叫，一步不让他靠近门口。

醉话与狗吠混合成的嘈杂声，吵起了古里班古。老爹披着一件长毛朝外的驯鹿皮风雪衣站到门口木阶上，好劝歹劝让他回家醒醒酒。哪知这魔头越劝越长角，仰脖咕咚喝了一口酒，满嘴喷疯话："你尤尼塔凭啥瞧不起我卡尔路克？哼，不愿当我的老婆，说明你还是没忘了那个混账的中国小子！"说完暴躁地又蹦又跳，左脸颊一块柳叶状刀疤在夜阳下红紫发亮。

老爹见劝不动，气得拔腿回屋。里面尤尼塔不耐烦了，抄起一把猎枪，喊声"好一个撒野的无赖！"哐地推开门，对着卡尔路克脚下一块鲸鱼脊椎骨，砰就是一枪。鲸骨打了个滚，骨碌到雪坑里。

卡尔路克吃这一惊，一泡尿撒满了裤筒，酒瓶子一扔，拔脚鼠窜而去。

太阳的光线很柔和。尤尼塔从枪上的缺口看过去，海豹身上的斑纹甚至圆圆的眼睛、黑黑的鼻孔，也清晰可辨。似乎听到了一点什么动静，睡着的海豹警觉地探起头来，眼睛扫视了一圈。周围白雪皑皑，天上闲云悠悠，一切那么安然恬静。于是，又懒懒地倒头睡下。

尤尼塔的外祖父约翰·鲍尔，是南方很远一个州的州长的儿子。“二战”时，鲍尔作为盟军的一个步兵上尉，在欧洲战场同纳粹军队作过战，身上因此中了十六处大大小小的枪伤，一只耳垂肥厚的漂亮大耳朵，也永远留在了阿尔卑斯山下一片茂密的落叶松林里。战后，这位一只耳朵、十六处枪伤的前步兵上尉，毅然做出一件令父母兄妹及战友都莫名惊诧的举动：只身一人跑来遥远而又寒冷无比的北极，创办了卢特吉尔历史上第一所学校。后来又娶了一位聪慧漂亮的爱斯基摩女孩——也就是尤尼塔的外祖母——做了妻子。很小的时候，尤尼塔就从母亲奥乌里娅那里知道了外祖父的故事。一只耳朵的外祖父的余生，可以说完全彻底奉献在了这片冰雪世界里。出身望族的鲍尔看得很清楚：导致爱斯基摩人落后的真正原因不是生活方式，而是文化。为此，他将毕生精力用到了办学——让爱斯基摩人提高文化上。温和适宜风光如画的南方，那片养育了他童年的故土，竟然关山万里，再没踏上过半步。

一直到外祖父谢世之前，尤尼塔的母亲奥乌里娅，才知道老人家之所以热爱北极，并将自己后半生全部托付给北极，还有一个他从未说出的原因：约翰·鲍尔的曾祖父斯蒂芬，一位颇负盛名的地理学家和探险家，曾在地理大发现年代，英勇地参加过一支深入冰洋腹心的探险队，后来和他的全体队友一起在冰海遇难。约翰·鲍尔献身北极，也是为了慰藉先祖的在天之灵。奥乌里娅继续了外祖父的未竟事业，做了学校的校长。不过，这时候，尤尼塔已经能在大人帮助下，爬到校园内一个小雪包上往下溜冰了。

尤尼塔在母亲做校长的学校里读完中学课程，十七岁那年，到外祖父的家乡，那个遥远南方的大城市读大学。毕业后，完全可以留下找一份称心工作。实际上，外祖父老家的亲戚们，也的确为她联系好了工作——尤尼塔只要愿意，随时可以到一所中学里做教师。或者，到州博物馆去当一名管理员。但她没有，还是胡马依北风般，选择回到她真正的家乡——卢特吉尔，先是在村学校兼课当老师，不久又应聘做了村政府秘书，这样就兼有了两个职位。因为受父亲影响，尤尼塔还从小对打猎有一种发自内心的兴趣，甚至可以说就是一个天生的猎手坯子。十二岁那年跟随父亲去冰原，亲手猎获了一只狡猾的雪狐。

尤尼塔记得，那是她生平第一次开枪，所用猎枪就是现在正对着海豹的这支。而那时，枪口前方是一只雪白的狐狸。第一次扣动扳机的感觉让她终生难忘，尤其是枪响后那种麻酥酥的战栗，甚至直到现在，还在右肩胛间轻微地传动。那次，她没用第二枪就击中了猎物眉心，雪狐甚至连一个潇洒的狐步没做出来，就倒地毙命。

这一枪，让古里班古觉得，女儿尤尼塔注定了一辈子做个好猎手，做一个卢特吉尔从来没有的让全村男子都羡慕的好猎手。但他的想法却只对了一半。

尤尼塔什么时候也不会怀疑，在她充满青春活力的血液里，有两种已经水乳般交融在一起的东西在流淌：一种是渔猎，一种是文化。如果说前者代表的是这个极地民族千年相沿的悠久的传统；那么，后者则昭示着这个民族在不情愿中变革的未来。作为这个民族新一代中的优秀代表，她一方面为这个地球最北端族群的伟大和勇敢而自豪，另一方面又为其根深蒂固的弱点与不足而忧虑。毋庸讳言，她所属的这个民族，当今已经处在了一个生存与发展的十叉路口，外来文明像强有力的海潮般一浪接一浪汹涌冲击，而本民族却顽强而执拗地坚守在固有生活方式的沙堤中。其痛苦其无奈，哪一个爱斯基摩人都可以感知到，作为优秀代表的尤尼塔，自然感受尤甚。

更让尤尼塔茫然和困惑的，还有一种来自内心深处的期盼。这期盼有如石板下一株刚刚钻出地面的嫩芽儿，往上长吧，越长越接近黑咕隆咚且又牢不可破的极限；侧面虽然有空间，也有阳光与雨露，但要得到这些，就必须委身以求，曲意逢迎。这看起来是个两难选择，其实不然，嫩芽儿生命力再强，能强得过石板吗？所以这个选择到头来就成了单向：只能倒伏着、扭曲着自己的身子，往侧面有阳光有雨露的空间生长。难道不是吗？在自然界，在人类社会生活中，这种委曲求全的现象俯拾皆是。这似乎成了一条铁律。

尤尼塔的苦恼在于，虽然知道冥冥中有一条铁的定律在维系着某种平衡，但总是不甘心听凭命运的摆布。她试图在定律中寻找那种打破平衡的罅隙，即使险隘万重，即使迭遭挫折，最终被碰得头破血流也无怨无悔。

可这是一种多么痛苦的寻找呵！读初二那年，对，也就是第一次狩猎到雪狐那一年，村里来了一位黑头发黄皮肤的外国小伙儿，是考察研究生物的。那小伙卧蚕眉下一对细长的眼睛，看上去那么有神，尤尼塔第一眼就被牢牢吸引了。从此，记忆深处在这里挽了个结。想想那阵儿，的确有点傻里傻气，对世界，对生活，对什么都懵里懵懂。

长着一双细长眼睛的小伙儿是位中国人，叫于大河，当时还在一所大学研究生院里读书。让尤尼塔喜出望外的是，住在她家里的于大河，没多久便和一家人相处得十分融洽。那时候，她一只耳朵的外祖父还健在，中国小伙和老鲍尔成了忘年交，尤尼塔时常见到一老一少在不停地谈论着什么。有的时候，耳朵背了的外祖父听不清于大河说的是什么，就打反牙，结果多半驴腚诌到马胯上，惹得一家子哄堂大笑。

“大河里的鱼，”豁达而又让人感到敦厚亲切的老鲍尔，时常以这种玩笑的口吻称呼于大河，“难道我说得不对吗？嗯？”看着众人和大河依然忍俊不禁，前盟军上尉约翰·鲍尔，也咧着缺了几颗牙齿的大嘴，爽朗地大笑起来。那只战争中幸存下来的耳朵，随着大笑快乐地颤动着。

大学二年级时候，尤尼塔放假从南方回到老家。凑巧，于大河第四次来卢特吉尔，大概是在做一项有关白熊方面的研究吧。一晃数年过去，当年那位中国小伙儿，脸上多了几许成熟和沧桑，人看上去也更加精干练达。于大河在一次闲谈中告诉爸爸和妈妈，他已经离了婚，国内有一个患病的小女儿。当时，妈妈难过得流下了眼泪。

这时候，年高德劭的外祖父早已谢世，尤尼塔也从一个不谙世事的黄毛丫头，变成楚楚动人的大姑娘了。因为混血的关系，她不像她的同族姐妹那样身材矮胖，脸型也不是圆而扁平，当然也不完全像白种人那样瘦削突兀。尤其是那双聪慧有神的浅蓝色眼睛，虽说眼窝深深，但两眉弯如新月，倒颇有几分东方古典女性的风流韵致。一个多月的假期中，除去有几次随父亲到海冰上打猎，她把大部分时间用来陪大河做了野外调查。为此，妈妈封了她一个官衔叫科学家助理。

这真是一段快乐而又难忘的时光。那些日子里，她这位助理亲驾雪地摩托（有时也赶狗拉雪橇），于大河坐在后面宽大的木拖斗里；有时于大河驾车，她坐在木拖斗里。他们突突突地在一望无际的冰原上往来驰骋，三上鲸头顶，七进白熊谷，风餐雪饮，起早恋晚，白熊谷里那些主人们，怕都会认得出他们来了。

太阳一寸寸从枪身上滑过，尤尼塔面对海豹方向的顺光，现在已经变成了侧逆光。这种光线带来的夹角关系，如果是用来给海豹拍一张睡姿的玉照，应该是一个不错的角度，拍出的照片层次感和透视性会非常好；但要是开枪射击，这种光线对射手就会大有影响，因为缺口有一片很难排除的虚光。不过，对尤尼塔来说没有什么关系，即使光线再刺眼一点也不要紧，她只要轻轻扣动一下扳机，海豹就注定永远返回不了大海。但她不仅没有这样做，而且还把枪收了回来。以往独自一人在冰原或是海冰上，只要一趴到雪地里，飞扬浮躁的心情总是很快得到煞伏，接下来就会和一根钢钉楔在那里，任凭风来雪去，自是纹丝不动，哪怕是一整天不见猎物出现，也决不会着慌——这是一个优秀的爱斯基摩猎手所必须具有的心理素质。可今天委实反常得很，她穿着厚厚的驯鹿皮风雪衣趴在雪窝里，那份耐心和定力，却一溜烟跑到了火星上。

那个熟悉的身影连同往事，像随风飘荡的云彩，又缓缓漫了过来。

她仿佛又回到了四年前。那一天，太阳就和今天这样高高地照着，起伏不平的雪原，反射着刺眼的光亮。寒风微微中，她驾起十二条狗拉的一架橡木雪橇，带上冻肉、干肉饼、面包和苹果，来白熊谷看望于大河——这时候，大河已经孤身一人在白熊谷待了好几天。那一天她的心情就和辽阔的天空一样舒朗洁净。一路上不停地哼唱着一首歌，那是读大学时学会的《种葡萄的姑娘》——

有位种葡萄的蓝眼睛姑娘，
她的家乡在那遥远的南方。
姑娘爱上北方一个牧羊郎，
他英俊又勇敢让姑娘向往。
姑娘日日夜夜中都在思念，
做梦也挽着小伙有力臂膀。
可他们相隔有九十九道水，
还有九十九座峻峭的山岗。
姑娘把每年采下的鲜葡萄，
精心做成一坛甘甜的醇酿。

七七四十九坛酒塞满地窖，

姑娘的秀发早已染成白霜。

这首歌看上去凄恻婉约，但曲儿写得极好，尤尼塔喜欢得老挂在嘴上。动听的曲子，百灵鸟般婉转的歌喉，再加上歌唱者欢快饱满的情绪，因而听上去不但不忧伤凄婉，还快乐甜蜜，就像刚考了一百分的小学童，正沿着淙淙流水的小河，蹦蹦跳跳地放学回家。狗通人性。尤尼塔情绪好，狗儿们自然受感染，个个逞勇施能，撒开四蹄狂奔，一路雪尘冰雾就撵进了白熊谷。在东岸雪山下，蓬头垢面、胡须脏乱的于大河见了她一句话没说，把一只只狗在雪地里安顿好，就带她走进了谷底。

尤尼塔想起来，就在那里，白熊谷底那块葫芦状石砬子上面的一道罅隙中，她心灵中那个最为柔软的部分，猛然被一幕忧凄的情景，深深地撼动了！

他们发现一头年老体衰的白熊，带着一个幼崽儿，在寒冷的雪谷中，一前一后艰难地跋涉着。那老的迈步艰难，走一会儿仰头喘几口气儿，似乎一阵风过来就能把它放倒。而那头比兔子大不了多少的崽儿，更是可怜：体瘦肚瘪，毛色肮脏，而且在额心正中位置，还丑陋地长着一小撮黑毛，就像白净面孔上的一颗黑痣。

小熊跟在年迈妈妈的后面，一边走一边不停地嗅着。地上除了大石头，就是液态因寒冷而固化了的水，但小熊崽儿还是试图从中找到一点什么——它肚子里大概早就空空如也。

“这一老一小咋这么可怜呵！”趴在罅隙斜坡后面的尤尼塔，眼里泪光闪动，一只手紧抓着大河胳膊，声音里带着莫名的酸楚。

“动物和人类一样，有凶猛强大的一面，也有柔弱悲惨的一面，总之，在生老病死上，上帝都是公平待之的。”一直观察着白熊的于大河，声音略带迟疑地说道。

看看尤尼塔没吱声，他又接着道：“像那头衰老不堪的大熊，少壮时一定威猛无比，一定有一些食弱求存、过关斩隘的辉煌经历——它能活到现在，足以说明这个问题。”说到这里话锋一转，像是自言自语起来：“只是，那头小熊羔子，真让人担心呐！”

尤尼塔没接话茬儿。她想起了于大河在国内的女儿。她没见过慨儿，却数次听于大河深情谈起过自己的女儿，知道慨儿的妈妈一年前撇下孩子跟人跑了。忽然觉得，眼下这只小白熊就像可怜的慨儿……心里一酸，眼泪无声地流了出来。趁于大河没注意，悄悄用毛手套抹了两把。

此后几天，相依为命的两头白熊，不知是怕同类相残，还是出于寻找食物的需要，竟然翻过白熊谷高耸的雪岭，沿着谷外崎岖的雪地，步履蹒跚地到达了冰海岸边。在这里，它们停止了跋涉。老熊不知从哪叼来一小块干瘪的海豹腐尸，可怜的小家伙，趴在上面贪婪地啃嚼着。

在它们迁徙到海边的第三天，那头大概是出去打猎的老熊，就再也没有回来。小熊从早到晚哀叫着，样子十分绝望。一直跟踪着小熊的大河和尤尼塔，也觉察到了情况的不妙。

尤尼塔把一块干肉饼丢到小熊跟前，它伸嘴闻了闻，又呜呜哀叫。凄凉的叫声让人心里发紧。

又是一天过去，老熊还没回来。声音嘶哑的小熊，又累又饿，身子一缩趴在雪里，再没动弹——它在等候命运对它最后的裁决。这时候，连叫唤的力气也没有了。

“唉，这个可怜的宝宝，怕要成为一个弃儿了。”于大河走到小熊跟前，弯腰想把它抱起来。小熊看了看这个直立行走的陌生怪物，吓得拼命挣扎。于大河柔声道：“小宝宝，别怕呵，我可是个好人哩。”说着，一把抄起来抱在胸前。小熊毛茸茸的身子不停颤抖，一对惊恐的小眼睛瞪得溜圆……

“噢，还是让我来吧。”尤尼塔看了看于大河，小心地揽过熊宝宝，一只手轻轻地抚摸着。尤尼塔亲昵地道：“好乖乖，别怕，有我呢，一切就会好的，就会好的。”

渐渐地，趴在尤尼塔怀里的小熊，身子停止了抖动，眼神也安详了许多。小家伙多像一个婴儿呵，眨巴了几下小眼睛，然后把毛茸茸的小脸贴到尤尼塔胸膛上。尤尼塔让于大河从背包里取出一块海豹肉，用刀子拉下一条，蘸着海豹油喂到它嘴边。

小熊就和没看见似的，并不理会。

尤尼塔把海豹肉杵了杵它的嘴巴，柔声道：“哦，我的小乖乖，这可是你最喜欢吃的呀。来，尝一尝嘛。听话，哎，这就对了，这就对了。”

小熊驯顺地嗅了嗅。接着，张口咬住海豹肉，翻动着小眼睛大嚼起来。

看到小熊那滑稽的样子，尤尼塔和于大河禁不住哈哈大笑。

饱餐一顿后，小熊像条小狗那样，伸出舌头在尤尼塔手上舔来舔去。

那真是一头可爱的小白熊呵。从这一天起，命运发生了逆转，它被尤尼塔和于大河收养回来，户口就算从白熊谷迁到了卢特吉尔。于大河为它起了一个好听的名字：萌萌。一家人也都喜欢它那憨憨的样子，小心地呵护着它。尤其是于大河，时常像抱一只小羊羔似的将它拢在怀里，用五指轻轻梳弄它柔软的毛毛。不多久，小熊胖得上了膘，毛色也油光发亮。

一家人对萌萌的厚爱，就连与世无争的老狗阿黄以及阿黑，都有了一些妒意。

因为有了萌萌，于大河去野外就少了。尤尼塔发现，于大河的心思似乎都在小熊身上。萌萌走路，他盯在后面；萌萌吃东西，他蹲在一边；萌萌有时饶有兴致地啃玩驯鹿骨头或是撕扯胶皮似的海豹尾鳍，他也像个孩子似的好奇地看上大半天。在萌萌刚来那些天，因为担心它晚上独自在外面太孤单，竟然把它抱到自己床上。这个宝贝疙瘩好像成了这个中国小伙儿的一切，如此这般，阿黄也看不下去了。有几天早晨，于大河还未起床，它就跑过来用爪子嚓嚓啦啦扒门。一边扒，一边不耐烦地唧唧呜呜。阿黄的这种举动，在以前是绝对没有过的。家里人不管是谁，都知道这是在表达一种情绪，很不满意这个小外来户在主人面前的争宠。

尤尼塔记得清楚，有几次，她要于大河跟她到海冰上打猎，于大河推说没时间；约他去村里参加青年交谊舞会，他也借故走不开。一天晚上，大河倒是跟她去了舞会，村里那么多穿着入时的姑娘小伙，在曼妙的舞曲和溢彩流霞的灯光中，尽情地跳呵蹦呵，半个村子都浸泡在欢乐中。特别是她尤尼塔，那天特意进行了一番打扮，里面穿了一袭在那个南部城市买的粉红色羊绒套裙。当她在暖烘烘的舞厅中脱去臃肿的羽绒衣裤，一个与平时简直判若两人的靓丽佳人儿，一下出现在人们面前，村里青年小伙都看直了眼。偏偏于大河跟截木头似的，陪她跳了一曲华尔兹，就一人冷冷地坐在角落想心事，到散场竟再没抬抬屁股。让尤尼塔更难以理解的是，在回家路上，于大河不仅没夸她衣着鲜亮和舞姿优美，倒一连声在嘟囔："快回去瞧瞧，萌萌的消化不良是不是好些了？"那几天，萌萌不知咋回事，老闹肚子，拉的屎稀不啦唧的。但她不明白，一头小熊崽儿，咋就那么容易拴了他的心。

萌萌虽然可怜，也可爱，但它毕竟是动物，是兽类。既如此，就不会比她尤尼塔这样一个大活人更重要，因此于大河就应该多关注她的存在，多理解她的感受。想到这些，尤尼塔心里捂个小兔子似的嘣嘣乱跳。她知道，自己已经爱上了这位中国小伙子。

爱情就和青草一样，因为有阳光和雨露的无私惠顾，就不分昼夜和节气地疯长。她不在乎生长在哪里，也不在乎以后谁会把她拿来做什么，但是生长，此即足矣。这就是生命，这就是自然界生生不息的奥妙之所在。这也是地球上最动人最有魅力之处。

尤尼塔对于大河的爱虽然是鲸枪的浮子一头沉，但也像疯长的青草一般，表现出一种无所忌惮的勃勃向上之态。一次，她借着询问慨儿健康，率直地向于大河表露心迹。可他竟虎着脸，一副冰冷的混账样子。

那天的情景着实让她又羞又恼，什么时候想起来，心里都像被冰凌刺划过——

晚餐后，尤尼塔和于大河如往常一样带着萌萌散步，阿黄也摇晃着尾巴跟在后面。

小萌萌那天有趣极了，在雪地里迈动着四条小腿，撒着欢奔跑。突然，它发现了一具麝牛头骨，嘴里吼一声扑上去，一顿撕咬之后退回来，又煞有介事地端详着，像在欣赏这骨头何以如此美妙绝伦，而后举起前爪猛打下去——就如堂·吉诃德与风车大战。

颇见过世面的阿黄，在一边冷眼相观，表现得无动于衷。

尤尼塔和于大河一边看着萌萌大战麝牛头，一边站在雪地里闲聊。

尤尼塔问大河："你上回说过慨儿患先天性心脏病，不知可有好转？生活上是不是有人照料？"

见问起慨儿，于大河忧心忡忡："慨儿现在由姑姑照料，老师一家也常接她去住。生活和学习我倒也放得下心，就是这病，唉，必须做心脏手术……"

"于大河先生，"尤尼塔两手掌心相合，一边相互摩擦着一边羞赧地道，"你难道就没想过，给可怜的小慨儿找个妈妈吗？"说完，右脚底反复踯搓着地上的一个冰块，两朵红云飞上了俊美的脸庞。

"这、这……"于大河一时语塞。

小冰块在尤尼塔坚硬的雪地鞋下，一点点被研成了粉末。

过了一会儿，尤尼塔吞吞吐吐地道：“如果不嫌弃，以后由我照顾慨儿好吗？我相信自己会做好的，她一定会喜欢我。”

尤尼塔这一说，于大河急得脸红耳赤，连连摆着手道：“不行，不行，这肯定不行！”

“于，您能告诉我，这是为什么吗？”尤尼塔也着了急。

“没有为什么，不行就是不行，”于大河镇静了一会儿，语气果决而又不容置辩地说道，“我不愿任何人为我受拖累，更不愿现在谈这个问题。尤尼塔，希望你能谅解，于大河谢谢你了！”

“你、你，简直是一个冷冰疙瘩！”尤尼塔一句话没说完，眼泪涌了出来。

回到南方的学校以后，一直过了很长时间，尤尼塔心里还是那种冰凌刺划过的感觉。她想忘掉于大河，想把有关这位中国人的一切，都从生活和记忆中抹去。可就如同要在阳光底下摆脱自己影子那样，她实在没有办法做到。在于大河身上，就是有那么一种东西，一种你能感觉到却说不出的东西，一种看似平常却弥足珍贵的东西，一种一旦失去便不可复得的东西，像强有力的磁场一样在吸引着她。

那么，这东西到底是一种什么呢？是有形的还是意识的？是与生俱来的还是后天禀赋的？是一种命运的导引还是心灵的感应？也或者，它什么都不是，就是乌龟看绿豆——对了眼？

反正，她总是无法忘记于大河，睁眼闭眼，那双炯炯有神的细长眼睛，便好像有道毫光直射过来，透人心肺般地清澈明亮。她之所以在大学毕业后，毅然决然从南方返回卢特吉尔，与这双眼睛不能说没有一点关系。尤尼塔知道，那位痴迷着北极的中国人，已经把他事业的基石夯进了这片冰雪之土。冰雪，寒冷，风暴，甚至那些大大小小的动物，也成了构筑他生命宝塔的重要元素。因而走千里万里，隔重重山道道水，他都会回到这里。对于这一点，尤尼塔坚信不疑。

相形之下，她对自己所秉持的态度，倒有些把握不住了。虽然大河明确表示过他们之间是不可能的，可那是真心话吗？小慨儿不是没有妈妈照顾吗？要是说的不是真心话，那大河又是出于什么心理？总不能嫌我尤尼塔配不上他吧？尤尼塔心里一遍遍问自己，一天价车轱辘似的转悠八百遍，怎么也理不出个头绪。

尤尼塔回到卢特吉尔之后，大河也随着建站又返回到北极，这段时间，他们极少见面，即使见面，大河也总以朋友之礼相待，倒不如尤尼塔在主动示爱前的那种兄妹般的无拘无束。尤尼塔想大了脑袋，也弄不明白这位让她心旌摇荡的中国阿哥，葫芦里究竟卖的是啥药。

……

不知不觉间，太阳向西走过了一个直角。晒足太阳也睡足觉的海豹，抬起圆圆的脑袋，惬意地抻了抻肥大的躯体，蠕动到冰洞跟前，略停了停，便头先尾后唰地扎了下去。

海冰上空空旷旷。一阵寒风吹了过来。她从伏击的雪窝里站起来，挥手在身上轻轻拍打了拍打，嘴里喃喃道："祝你永远好运，漂亮的家伙！"

第五章 太阳三月明晃晃

高凌霄稀里糊涂一夜没睡好，连着吃了几片安啶，也没管用。脑壳挨在枕头上，里面程序却像未关主机的电脑，仍在继续高速运转着。

时令已是三月下旬，北极表面看冰疙瘩一块，但随着气温渐日回升，北冰洋海冰不知不觉间出现融化，有些纬度偏低的海区，可见冰面上有一汪一汪的水潭，还有些地方已悄悄撕裂了口子，墨蓝海水形成的小溪流，像一条条黑花蛇，蜿蜒爬行在银色的冰面。

前天，他和大河、牛得田几人驾橇下海，甚至有几次陷在了冰雪覆盖的溶潭中，在推拉雪橇时，几个人裤腿和雪地鞋，都弄得湿漉漉的。北冰洋海冰的溶化，不能不让他一天比一天忧虑。

可是，从春节到现在，眨眼过去一个多月，野外科考队还未组织起来，心里似乎有三百六十只山猫爪子同时在抓挠，说不上多么烦乱焦躁。

这是一个晴丽的上午。早晨起床，高凌霄拉开厚厚的天鹅绒窗帘，明媚的阳光顿时充溢了整个房间，自己秃顶的脑门也被照得光亮闪闪。

这要在过去，如此明亮温暖的阳光，会让他心情无比舒朗惬意。然而现在，他倒愿意变成那个力大无穷的犹太人领袖参孙，一只手拽住这阳光，不让它再强了；一只手再拽住时间，不让它往前走。因为太阳暖一分，海冰就融化一分；时间过一天，心就往起紧缩一下。他攥着油光发亮的黄河石，一边在掌心翻来覆去地转动着，一边沿着办公室那条走了无数个循环的对角线，不紧不慢地踱起步来。

按照计划，最迟在四月中旬，北斗站要组建一支精干的野外队，到一二百公里外冰洋腹地一座荒岛搞两周综合性科考。此外，考察也是为将来在那里建一座夏季站踩点，这可是北斗站扩大考察半径楔进老冰洋的一根钢钉——这一秘密目前还不为外界所知。但仅凭能首登荒岛这样一件看似发之于毫末的芥豆小事，却已经像人类第一次向太空发射探测器那样，引起世界大哗。

野外队要抵达的荒岛叫火岩岛，只有在比例尺较大的海图上才能找到它。而据高凌霄了解，北斗站迄今为止所接触有关这个岛的资料极其有限，因为这个岛除了海鸟和北极熊，会喘气的其他动物尤其是高智商动物，还没有上去过。正因为人迹罕至，又处于北冰洋腹地，故而其生物学、地质学、海洋学、冰川学等方面的科研意义就非同寻常，这也是北斗站把到火岩岛作为野外基点，进行综合科考的关键用意之所在。可是，由于中国的极地考察研究起步晚，北斗站之外再派小分队赴野外建立临时基点，这样的科考方式还没有先例可循，也没有现成经验可资借鉴，更何况前去火岩岛冰海茫茫，凶险四伏，所以高凌霄对这次野外考察是铁笊篱捞粉丝——心里没有多少底。

其实这些还只是技术操作层面的事。科学考察嘛，不是竹风花影里品茗对弈，也不是坐在舒适的家中绘画绣花，它本身就是在考察、在探索，在做前人没有做过的事，因而经受一些波折困苦甚或危险，也在常理之中。对所有这一切，高凌霄都有充分的思想准备，站上也有一条条周细计划和应急预案。

让他头痛的是庙好安神难供。组建野外小分队，拢共七八个人，竞争的激烈程度仅次于美国人选总统。站上凡是与科研沾点边的，大概除了做饭的老拴头赵拴柱，哪个都在极力争取，当面软缠的，背后硬磨的，写请愿书的，递交项目计划的，公说公理，婆说婆理，似乎谁都应该成为这七八个中的一员，谁去考察都能一把抱回个大金娃娃，让高凌霄这个当站长的答应不是，不答应也不是，整天价像揣了个小老鼠，谁一来找，心里先自扑通个不停。“嘿嘿，如今放钱的倒成了个欠债的，见了谁都得赔着小心哩。”高凌霄时常这样自我解嘲。

更有甚者，国内那些说情的电报、电传，这段时间风刮豆叶般涌了过来。尤其那些老领导老同事，甚至个别并没有直接关系的叔伯领导、远房同事，干脆直接把越洋电话打了过来，话说得推门见山，指名道姓让高凌霄安排谁谁谁参与冰上荒岛考察。

为了去冰岛，队员们也是能找到玉皇大帝的就不找如来佛，能使上千斤顶的就不用石头撑，一个个使开浑身解数，疏浚八方门路，真个是内外呼应，上下连动，大有不上冰岛誓不还乡之慨。

照说，让谁不让谁上火岩岛，就和一家子人叫谁去买米买盐、叫谁去舂米磨面一样，工作分工不同嘛，有啥好争好抢的？

其实不然。自古至今，国俗最有讲头的就是四个字：先入为主。这四个字用老百姓的话解释就是：谁先占山谁称王。你想，国家第一次在北极建站，站上又是第一次往冰洋腹心冰岛派野外队，国内外众目所瞩，就像当年盯着第一个飞上太空的宇航员加加林那样，紧盯着这支小分队的动向。谁要是第一个破天荒登上冰岛，那等于谁就是第一个尝试吃螃蟹的功臣，谁就会第一个摘下荣誉的桂冠。此后，就少不了鲜花铺路，或领赏受勋，或加级晋爵，自有说不尽的好处在前面拐角处等着——如果你不明白什么叫镀金，那么如此一说就明白了，这就是镀金，24K的，亮光闪闪，受用终生。这样顺理成章的例子，古往今来，多得像海滩上的沙子——姑且不去提它。

再一个是，这里面也有部门利益纵横其中。队员们来自有关部委或科研机构，都背后有山可依，有树可缘，因而每个人就无形中代表着某个利益团体。谁能上了冰岛，自然也是本部门本单位的荣耀，大会小会，上面下面，领导也有资本可以说道说道。了解国情者都知道，这些从表面上看很不起眼的孤零零的事情，颇像那些断砖碎石，而通向前面的路就是由它们铺成的——其中学问，深而如渊。

上述这些，明摆着连傻子都心知肚明，但却谁都秘隐于九宫深处，绝不会点明捅破。这就是一条社会潜规则——很多事是只能做不能说的——当然，也有些事正好相反，只能说不能做。如果把只能做的说了，或者是把只能说的做了，那么，这个人就犯了忌，不是半吊子就是二百五。

自然，凡是争，凡是找，尤其是发动领导帮着找，总有八百条能说出口的理由，而且这些理由条条叫得响过得硬。科学研究毕竟是造福人类的嘛，争着去野外，争着去吃苦，往哪说也不是一件丢人的事。可是，千条线都得打一个小小的针鼻里面纫。神多牌位少，究竟谁重要谁不重要？叫张三去还是叫李四、王二麻子去？如果纯粹是科学研究倒好说，要命的是这里面牵涉到的东西，政治上的，人脉上的，情感上的……东挂西搭，千缠万绕，哪一条似乎也忽视不得，哪一条和科学相比看起来都微不足道，但哪一条都可能会成为让科学翻船的暗礁，成为让拿破仑倒霉的滑铁卢，甚至也成为高凌霄的滑铁卢。

高凌霄是科学家，更是科学家里面的官员。几十年仕途中风雨拼争，一路跌跌撞撞走过来，使他比一般官员更懂得宦海之险。他深知，有些东西，你本来就无法摆脱它，即使在万里之外，看起来天高皇帝远，说起来将在外君命有所不受，其实能行吗？不行。它依然在缠绕和禁锢着你，诱导和左右着你，就像阳光下的大树，永远不可能甩脱自己的影子。

就在昨夜刚上床睡觉的时候，突然有个电话打了进来，高凌霄当时纳闷，谁这么晚了还打电话？狐疑中抓起话筒一听，脑门子冒出一阵汗，原来是部里一位刚退下去的老领导。这位老领导曾是高凌霄的顶头上司，多年主管科技，年初刚刚上了二线。老领导说起话来虽然不像在职时的那种命令口吻，但温和委婉中，仍透出几丝威严，似乎是在提醒着你，让你感到有一种不可抗拒、不容置疑的东西，不仅没有远去，而且还时时在笼罩你于无形之中："凌霄呵，娄书仪这小伙子还是不错的嘛，业务上也有一套，我看就让他上冰洋荒岛去磨练磨练。年轻人嘛，应该多吃点苦，多经受点困难的考验，你说是吧凌霄？"

接完电话，高凌霄的愁肠就一节节叠成了七级宝塔。

翌日晨，老卜堵门进来，一副急哇哇的样子，刚张口要讲话，高凌霄抬手制止了他。还用讲吗？脸上就写着嘛，那个电话连这个临时党委书记也没放过。

这次组建野外队，高凌霄实际上早拟好了一个名单，也和老卜商量过了，其上共有八人：于大河、谷一风、牛得田、安子儒、刘振宗、童圆、白冬冬，另外还有一个是美国加州大学生物学家汤姆博士。于、谷、牛、安、刘，都是独当一面的学科领头人，于大河还是野外队队长，此五人自是必去无疑；童圆和白冬冬呢，一个是海洋物理学博士兼翻译和无线电联络员，一个是随队医生，从野外队员安全角度来看，不管是通讯联络还是伤病救治，这二人能少得了吗？当然不能。而汤姆博士呢，也算是北斗站的老朋友，在国际生物学界颇有名气，这次是自费加盟，与中国队合作进行课题研究。这八个人里，其实中方队员只是七个人。高凌霄用优选法，统筹法，披沙拣金法，末位淘汰法，挖空心思用尽种种能用的办法挑选，认为只有这个组合最合适，合适得甚至于让全世界的瞎子来摸摸，都没有谁感到有什么不妥当。至于娄书仪，包括其他几个争得狗咬猫撕的队员，他感到实在爱莫能助，到末了恐怕只能说声对不起了。

考虑到老领导那似乎是不容置辩的电话，考虑到娄书仪黏毛糕似的老在没完没了地黏附，高凌霄也不是没动过让他去的念头。要是真让娄书仪上了，那叫谁下呢？一二三四五六七，狮子豹子和老虎，似乎挪了哪个都是大窟窿。野外队一个萝卜一个坑，去多少人是一定的，这一点部里早有要求。再一个，狗橇所能承载的人员和物资也是有限的，多一个人就会多一份累赘。

可如果真的不让娄书仪上，那又如何面对刚卸任的老领导呢？往好里说，会给予理解，会大人大量宽容处之；若不理解不宽容呢？会不会觉得人一走茶就凉，我刚退下来，你就给我上眼药，并进而积怨结仇，一旦时机合适，即反攻倒算给他一壶好喝的呢？别看老领导人上了二线，他盘根错节纵横交叉的社会关系，却没退到二线，他在官场特别是科技界的实际运作能量，也没退到二线。更何况，对于某些权势者来说，压根就没有什么一线二线之分。

老卜在这件事上，倒是高风亮节，主动分忧解难，表现出了一种当老大哥的大度与宽厚。他说将来对上级领导也好，对娄书仪也好，不让上冰就是他老卜的主意，出了天大的事由他顶着，反正他也就混个年啦半载的了。

可陷同仁于不义，置兄长于寡德，显然也不是他高凌霄的做派。

娄书仪呵娄书仪，你这块黏毛糕真是害苦了我老高，凭空五十掼我手里一个大刺猬，让我捧又捧不得，扔又扔不得。

高凌霄伤透了脑筋。他摸了把光秃秃、汗津津的脑门，停止了踱步。手里攥出油的黄河石，也被咚一下摁回到了桌上的托盘里。

洗脸的时候，从镜子里发现头上秃顶形成的地中海，面积似乎比以往更大。眼袋不知不觉间也垂了下来，脸色因一夜失眠而发暗绿，像有一张宽大的菜叶子蒙在上面，一些平时并不怎么明显的老年斑，这会儿和一些大绿头苍蝇一样，趴在菜叶上，说不出有多扎眼。高凌霄仿佛从镜子中窥到了自己十年后，不，应该是二十年后的模样。他感到有些吃惊。

“当了这么个芝麻绿豆官儿，事管得不多，心操得不少，没准儿还跟着折寿哩。唉，折腾来折腾去，人就这么一年年老了，不知不觉就接近了终点……”擦完脸搭好毛巾，高凌霄颇有些悲哀地自言自语。

到餐厅吃早餐，高凌霄一手端一碗稀饭，一手端一个分格盛菜的不锈钢托盘，想到铺着桌布的乒乓球台前坐下。结果今天人来得特别齐，铺餐布的地方已经没了座位。以往，吃早餐者稀稀拉拉，因为战线拖得长，一张球台也够了。

见没了空座，高凌霄撤步要到另一张没铺桌布的球台上去。

坐在谷一风和于大河中间正吃着饭的娄书仪，见状一撇筷子站起来，道：“高、高站长，您就坐我这儿吧。”说着，急手躁脚去端自己的盘子碗。

“你坐着别动，我来这儿吃，很好的，很好的。”高凌霄说着，把手上的粥碗、菜盘放到另一边的球桌上，又到墙角放着的一摞折叠椅那里，伸手抽了一把过来。

已经两手端起盘子和粥碗的娄书仪，走不是，放也不是。犹豫了几秒钟，还是讪讪地来到高凌霄旁边。放下粥碗和菜盘，也想去墙角抽一把折椅。

“我说娄书仪哇，要走就走罢了，干吗把我的碗也端了去呀？难道老谷喝的粥里，还卧着海参鲍鱼不成？哈哈。”谷一风嘴里嚼着一口馒头，笑着嚷道。

娄书仪低头一看，原来刚才只顾注意高站长，没留意竟把靠在一起的谷一风已经喝了一半的粥，当成自己的端了过来。娄书仪一张脸臊成猴子腚，尴尬地笑了笑，道：“真是不好意思谷老师。”说完，赶快把粥碗换了过来。

坐在谷一风对过的马松宝，颇有几分诡秘地挤了挤那对小眼睛，龇牙笑着，小声吐了仨字：“黏毛糕！”

正在一边吃饭的白冬冬，猛抬头见马松宝挤鼻子弄眼的样子，也没听清他说的话，就不解地问道：“啥？你说的啥？”

牛得田咽下一口小米粥，舔了舔嘴唇，故意向冬冬打反牙道：“双面胶！”

童圆听牛得田如此一说，忍了忍没忍住，哧地一口饭喷出来。饭厅里一阵哈哈大笑。正在隔壁厨房里刷锅的老拴头，一听餐厅这般热闹，也咧着缺了一个门牙的大嘴，提着炊帚疙瘩跑过来。待了会没看出个丫二幺，就又跑回厨房，挥舞着炊帚疙瘩刷锅去了。

早饭后，高凌霄想和于大河聊聊去火岩岛的事，并听听他这个当队长的意见，顺便也问问去白熊谷考察的准备情况。

走到于大河房间门口，见屋门大开，于大河正站在写字台前，握着一只雪碧瓶子改装的简易喷壶，往花盆里一棵什么花草上小心地喷着水。

“哈哈大河，你这捯饬啥名花异卉呢？”高凌霄说着，先回手带上门，然后走到花盆跟前——花盆里，几株紫梗的高凌霄叫不上名字的矮棵植物，因为刚浇了水，此刻显得生机勃勃。梗桠间的苞蕾，也隐隐待放。

“这是打老家野坡挖来的几棵蚂蚱菜。这种野菜呀，穷时候靠它充饥活命；现在不吃了，好多庄户人把它弄回家当花养。这花有个最大好处：耐实。”大河收起喷壶，擦了把手，把高凌霄让到写字台一侧沙发上，自己则拖过一把椅子，坐在高凌霄对面。

对于于大河，这位老同窗白昆仑的高足，高凌霄历来青眼相看。早在十几年前，老同学就向他夸耀说有棵好苗子，将来堪为栋梁之材，这说的就是于大河。后来，于大河硕士毕业，老同学真的如走马荐诸葛的徐元直一般，专程到北京推介他的学生。当时，高凌霄已经是一家科研所的副所长了。虽然于大河的专业和自己所里的研究方向不尽一致，但他还是尽自己所能向部领导极力保荐，并最终留了下来。前年初，国家成立北斗科学考察站，部里让高凌霄当首任站长，他招兵买马号下的第一个人，便是于大河。当然，这时的于大河在科技界尤其是在北极的有关研究方面，已经成了领军人物。由于这些原因，特别是于大河为人上的厚道持重，做事上的刚毅、执着和富有见地，让高凌霄在北斗站的诸项工作中，对大河多有倚重，遇到一些不好剖断的事情，也愿意听听大河的意见——总之，在他和于大河之间，多的是信任和挚友般的坦诚与轻松，而很少有上下级的顾忌和前后辈之间的那种僵结。

“大河呵，去白熊谷准备得怎么样了？”高凌霄坐下后，身子往沙发过直的短靠背上倚了倚，一手放在扶手上，一手搁在大腿上。放在扶手上的那只，很自然地以手掌为支点，几个手指微微并拢，一翘一落轻轻打着拍子。

“去白熊谷也不是第一次了，没啥好准备的。再说啦，就一个星期的事，又是和汤姆一起，万事皆备，就等我手头营生一处理，马上动身。”略略一停，大河又道，“要是快的话，明天一早就能走出去。”

高凌霄摆了摆手，道：“急不急的也不差个一天半天。我看，明天上午就不要去了，咱们上午和冬冬、童圆上一趟卢特吉尔，找古里班古老爹和村长艾奥诺。一来定一定到火岩岛租用狗橇的事；二来呢，爱斯基摩人的捕鲸季节也到了，看看村里需不需要咱们帮点什么忙。别一年到头老麻烦人家，人家有了事，倒躲得远远的。”

“也好，那就等从卢特吉尔回来吧。要是早的话，我和汤姆明天下午就赶往白熊谷。”

“很好的，很好的。你和汤姆博士一起去，什么时候动身我都是再放心不过的。”说到这里，高凌霄用来打拍子的那几个并拢的手指，突然下意识地伸开来，举到光光的额头上，捋着头发往起抿了几抿——其实，地方支援中央的头发，这时并没开小差滑落下来。他就又接着道：“我今天来，不光是为了白熊谷的事，更主要的是想听听你对火岩岛组队有些什么考虑。”遂把他和老卜商量多次的组队名单，小声说了一遍。

大河欠了欠屁股，刚要说话，高凌霄又摆手制止。高凌霄自顾自说道：“现在的问题是僧多粥少，狼多肉少，加上一个汤姆，总共去八个人，可是，争得差不多要打破了头。难剃的脑袋是那个娄书仪，自己黏黏糊糊地泡呵磨的还好说，要命的是他搬了一个退下去的老部长来当说客，泰山压顶呐，大河！”

“野外队的人数，是部里早就限制死了的，一个不能少，也一个不能多。如果从科考的实际需要出发，这个组织结构，依我看还是比较合理的。特别是科考人员，都是各学科独当一面的好手，综合素质也都不错，完成任务应该不会有问题。只是，再上个搞科研的，让谁下来呢？”大河说话时两手交叉抱于胸前，细长的眼睛因思考问题眯成了一条缝。

“难就难在这里，”高凌霄接着大河的话茬儿道，“实话给你说吧，大河，为了这个娄书仪上和不上，我在心里扯大锯似的折腾了不知道多少遍，要是能长茧子，这工夫怕也要有鸡蛋大了。可你上了，叫谁下呢？明摆着，人家哪个做的项目，都比你那摊子重要，手里头也来得比你漂亮。还有一点，你不去，气象上那档子事，至少有安子儒可以顶着，误不了啥事；可要是叫你上了，你娄书仪能扛起老安那头子吗？嗯。”高凌霄愤然作色，话也越说越急。

于大河道：“不管怎么说，既然老领导打来了电话，这事还是要慎重对待，尽量想个周全之策，不看僧面看佛面嘛。”

“这个娄书仪，原先只是一个搞管理的普通干部，搭上八十竿子算成了个气候与环境工作者，哭着号着参加了北斗科考站。这阵儿，仗着老子爹的一些特殊关系，又削尖脑袋往野外队里钻，真没见过这么厚脸皮的——”这番话，是高凌霄在肚子里说的。到了嘴上，就变成了这个样子：“这个火岩岛考察，不是正月十五闹花灯，也不是游山玩水看风景，而是要真刀实枪地拿成果，是一项严肃认真的科学调查，你不掂量掂量自己吃几碗米，我这当站长的呢，还要对得住屁股下坐的这把椅子吧？”

于大河没有接高凌霄的腔。

看得出，高凌霄今天情绪上有些激动，这与他练达圆通深藏不露的惯常处事风格，着实大相径庭。于大河抱着手臂略略想了一会儿，突然起身走到写字台前，在抽屉里一阵翻，找出一盒“一枝笔”香烟和一个打火机。他笨手笨脚地撕开烟盒，抽出一支给了高凌霄，又抽一支放到自己嘴上。点上烟，两人一时谁也没说话。

他和高凌霄都没有吸烟的嗜好。于大河吸了两口，呛得连声咳嗽起来。

“得，得，不会抽就算了，也别装模作样找罪受了。”高凌霄说着，探身把香烟杵到刚浇过水的花盆里。

于大河也掐灭烟，起身扔到写字台旁边的垃圾桶里。

重新坐下后，于大河看着高凌霄道：“这样看来是定了盘子，不打算再做人员调整了？”

高凌霄道：“是呵，过几天，我就想把这个预定方案，作为最终结果让老卜报到部里。我这把年纪了，混到现在，祖茔上也算出了棵高草。往后呢，也不希图那个什么级什么职的了。所以在为人做事上，也不能太憋屈了。”

“话是这么说，但也不必过于悲观，”于大河说到这里，话锋一转，“不过，我看这个方案，也不是一点调整余地没有。”

高凌霄瞪了一眼于大河，不解地问道：“咋？你是说娄书仪还是可以上？”

于大河点了点头："当然。"

高凌霄噗一下笑出声，伸指头点了点大河，道："从你这个当队长的到童圆，再到白冬冬，我和老卜是竹篦子梳头一般，来来回回不知篦了几百遍。换谁呵，换你于大河？嗯，哈哈。"

"换白冬冬！"

"换冬冬？"

"没错，换下白冬冬，让娄书仪上。"

"噢，为什么要换下白冬冬？说说你的理由。"高凌霄忽然来了兴致。

"理由嘛，很简单，"于大河掰着手指，道，"这一，野外队去火岩岛，虽说路途遥远，环境恶劣，但要论时间，也就半来个月光景，跟不跟个队医的没啥关系。这二嘛，正因为环境恶劣，白冬冬又是女的，远路风程，蹚冰顶雪的，也不甚方便。还有第三条，因为她入队晚，没学过滑雪，只能坐狗橇。因此，换上个男士，既能搞科研，又会滑雪，可能更稳便些。"

于大河说这番话，无论是从野外队的角度考虑，还是从高凌霄的角度考虑，自然都有道理。可高凌霄却从这些侃侃而谈的话语中，捕捉到了隐藏在大河内心深处的另一些东西。而这些东西，就如同悬浮于大气中的某些金属离子，只有在条件合适的时候，它们才会聚集到一起，并在阳光作用下熠熠生辉。

高凌霄很清楚大河与冬冬一家的关系。撇开大河与冬冬爸爸这层亲同父子的师生之谊不说，单是一个冬冬，多年来一直暗恋着大河，对于这一点，她虽然没向家人挑明，也没有向大河或其他亲友挑明，但大伙儿也都看得出来。作为离异多年的于大河，当然不会一点感受不到。但是，大河是个德厚品高之人，生怕因自己的种种不足而带累了别人。同时，大河也是个十分自律的人，时常如古贤般三省吾身，不愿因自己的某种不检点，而给团队和工作造成不良影响。冬冬来到北斗站，他的自律意识也就加强到了5A级。由此来看，他提出换下冬冬，以规避某种嫌疑，也自在情理之中。

高凌霄不想捅破这层薄薄的窗户纸。

沉思了一会儿，高凌霄又续着大河前面的话尾巴，道："你的这些想法，我非常理解。但是，我来问你大河，假如撤下白冬冬，万一野外队发生冻伤或其他外伤，或是谁得了什么急病怎么办？总不能干挓挲着手，噼里啪啦空甩那十个胡萝卜吧？好了，你会说：我们带着药品，自己救急嘛。可要是你们自己救不了怎么办？我的大河先生呵，那是在远离基地的北冰洋荒岛上，一旦有难你是叫天天不应，喊地地不灵哩——没有个医生怎么行呢！真要出了什么差池，你于大河担得起这个责任吗？！”

大河嘿嘿地笑了笑，道：“言重，言重。”

高凌霄道：“什么言重，凡事预则立，不预则废嘛。话说回来，咱们明明有现成的白衣天使，这就是关键时刻救急救难的观世音菩萨，那咱为何不带上？野外队和基地，好比刀刃和刀背，没有好钢便罢了，只要有了，咱们当然要在刀刃上用——换不换人这个事，我看咱们就到此为止，不再讨论了。”

大河笑着道：“站长先生，那你的压力可就大了。”

高凌霄咬了咬嘴唇，然后也咧嘴一笑道：“放心吧，敢张口吞下弯弯铁，自有那转角折勾脖。天还塌得下来吗？！是不是呵，于花椒同学？哈哈！”

听高凌霄一本正经说前一半话，大河还觉得颇有几分风萧萧兮易水寒，壮士一去不复返之悲壮，让人不能不为之情动于五内；及至听到后边，高凌霄连销带打地拿出于花椒仨字来调侃，不觉红了脸。大河颇有几分不好意思地道：“肯定听冬冬瞎谝的，这丫头，都秦始皇他姥姥年代的事了。”

高凌霄嘻嘻哈哈说笑了一阵，就辞别于大河，找老卜商议事情去了。

过了一会儿，谷一风推门走了进来。一看桌上刚打开的一包烟，眼睛一亮，道：“哟，老家带来的？来一支。”

点上烟，猛吸了一口，又有滋有味地吐出一串烟圈儿，道：“不是不吸烟吗？来客人了？”

于大河告诉他是高凌霄来闲坐了一会儿，刚刚走了。

谷一风一屁股坐在高凌霄方才坐过的沙发上，二郎腿往起一翘，道：“火岩岛组队这破事，恐怕把个高老头折腾得够呛。加上摊了娄书仪这块黏毛糕，揭吧揭不掉，甩吧又甩不了，黏黏歪歪的，搁谁身上也着急上火。唉，这世道！”

“这世道——”是谷一风的口头禅。凡张口，多半不会少此三字。一风为人耿介，能入其法眼者少，站上二三十口子人中，却独独对大河所视甚高，敬重有加。

私下里能够串串门掏心窝子说几句话的，也就是在大河这里。

大河找过一张废纸，三下两下折成个盒子状，往谷一风手里一塞，道：“接着点烟灰。”

谷一风犹自在那里愤愤不平道：“刚才我在过道碰见安子儒。老安说，娄书仪昨天就放话说，去火岩岛他姓娄的是老太太捏软柿子——十拿九稳。呔，这世道，大河你说真要是这样，还有点正事嘛！”

大河料想谷一风并不知道国内为娄书仪说情的事，也不会知道组队的具体情况，就不愿多谈这些敏感话题，因之说道：“一风，咱不谈这些。反正不管怎么说，不让谁上火岩岛，也得让你谷一风谷大人这个搞海洋的上。只管做好你自己的准备吧，别临走了再急三火四地寻东找西。”

说到这里，大河先自笑了。他想起春节前那次去看望古里班古老爹。临去卢特吉尔，大河掐破耳朵嘱咐谷一风，千万别忘了给老爹捎那包早就准备好的胃药。一风说区区小事就不劳你操心了。结果到了老爹家往外拿药包，背囊抖个底朝天，连根毛也没找到，谷一风急得抓耳挠腮。回来一看，嗬，药包还好好地躺在自己床头上呢。

窜烟冒火般发泄了一通，愤懑之气渐平，谷一风就问大河：“是不是上火岩岛人员名单一揭锅，队伍马上就得出发呀？”

大河道：“是呵，现在马上三月底了，北极进入了极昼，再耽误下去，冰上的危险就会增大。不过，咱们这儿是高纬度，情况还不至于那么糟糕。”

一风道：“我看咱们这个老高呐，就是少点杀伐决断的霸气。凡事前思后想，婆婆妈妈的，该谁上谁上，不该谁上待一边凉快去。里里外外这么几头人，找个瞎子摸摸，也知道该让谁上嘛，有啥好磨叽的？又不是选驸马爷。”

“也不像你说得这么简单，”大河有意岔开话头，“哎，一风，你这两天见到汤姆了吗？”

一风一听问汤姆，来了劲，道：“这个大胡子也真他妈的牛，来鲸头山下一个多星期了，叫他住站上，不来；自己在汇泉湾边雪地里扎了一顶帐篷。可晚上睡觉呢，有时候扯一条鸭绒睡袋，就躺在雪窝里。我的妈，简直怪人一个。”

大河笑着道：“没见识了吧一风，我给你说吧，这个汤姆的家族，可是有点子来历的。一百多年前他的高爷爷克林斯特，带着一支一百二十多人的探险队，悄无声息失踪在老冰洋，现在还是全球探险界一大迷案呢。”

一风惊诧地瞪大了眼睛，道：“哇，原来这汤姆祖上，竟有如此悲壮故事！”

大河没理会一风，继续说下去：“后来，汤姆家族和北极就结了缘，他的祖父，他的父亲——也就是我的导师威尔逊先生，都踏着先辈脚印，一代接一代地探索研究北极。到了汤姆，更不消说了，一年里大半时间泡在这里。前年，一个人赶着狗橇跑到了北极点。”

一风感叹道：“人不可貌相，海不可斗量。别看汤姆邋里邋遢的样儿，倒是一位真正的独胆英雄！”稍顷，又道：“这次去火岩岛，汤姆不是和咱们同路吗？”

大河道：“是呵，汤姆一直有这么一个想法：试图解开高爷爷探险队的失踪之谜。去火岩岛，除了科学调查，他也想实地查考一下，看能不能找到一点蛛丝马迹……”

谷一风不知是听得入了迷，还是出了神，手上的烟熄灭了也没觉得，一截烟灰毛毛虫似的耷拉在过滤嘴上……

第六章 卢特吉尔

早餐后，大河拎着背囊来到门前雪地，收起盖在雪地摩托上的防雨布，前后左右检查一遍，又突突地发动起来试了试车。看看没啥异常，一扭钥匙熄了火。这时，冬冬和童圆也收拾好送给老爹的东西和药箱，放进了摩托后面的宽大木斗，三人就站在雪地里说着话等高凌霄。

过了一会儿，高凌霄急步走了出来，一面走一面忙不迭地往头上扣一顶黑色的毛线帽。帽檐蹭起一绺支援中央的头发，从额头上耷拉下来，他又摘下帽子，重新理好再慢慢扣上去。“对不起了各位，叫大家久等了。”一面说着，抬腿就往车斗里跨。

“等、等一下”，随着声音，娄书仪一溜小跑追过来，“我就跟站长您说一句话。”高凌霄转回身道：“有什么回来说吧，还用火燎了腚似的？”娄书仪讪讪地伸手把高凌霄拉到一边，一脸媚相道：“去火岩岛那事，您看——”高凌霄有些不耐烦地打断他：“书仪呵，给你说过多少次了，去火岩岛不去火岩岛，分工不同嘛，有啥好争的？这事最后定夺，还得取决于部里嘛。”娄书仪斜睨一眼大河他们这边，看到冬冬正伸出一只戴紫毛线手套的手，在给大河拍打沾在右肩上的一片雪碴——那是揭摩托车防雨布时弄上去的——他咧了咧嘴，又转向高凌霄，道：“话是这么说，可还得请您高抬贵手。”高凌霄一摆手：“这事先不说了，我急等着去卢特吉尔哩。”说完扭头走了几步，跨进摩托车后斗。

车子突地发动起来。眼瞅着摩托飞驰而过激起的一阵雪尘，娄书仪心里很不是滋味。

雪上摩托顺鱼尾岭往东跑了一个多小时，就来到了卢特吉尔。

坐落在鱼尾岭东边鹿角山下的这个爱斯基摩村子，也就三四百户人家。大小高低不一的木板房屋，像谁抓了把沙子随手一撒，散乱分布在一片起伏不平的雪坡上。这些孤零零的房屋，从外观来看很像这个国家南部城市的别墅，绝不像中国农村房屋那样一切都中规中矩——这种规划建筑上的无序，倒十分典型地体现了游猎民族的粗犷和随意性。只要不畏冰雪，不惧荒凉，这里总有无尽的空间，房子怎么盖，是大是小，是方是圆，是造楼还是起脊，完全由着你自己意思，一点不用担心谁来查这证那证，就当这是到了月球。

卢特吉尔所占据的这片雪坡，其实完全可以看成是鱼尾岭的东向延伸。只不过，自西而来的本就不高的山势，到这里便成了一片低矮的丘陵地。有意思的是，这片丘陵地像一只巨大的蝌蚪，它的细长扁平的尾部，连接着茫茫冰原；而它硕大的头部，也就是陆地的突出角，则扭一个大弯向北偏东插进万顷冰海。假如仅仅到了这里，地势地貌的也不算有多少奇特。让人叫绝的是，这个蝌蚪脑袋在插进冰海时突然拔身而起，头高高地昂了起来，于是，成就了一座巍峨高耸且又披了一身冰雪外衣的山峰。如果打冰海上看过来，这座雪峰还分着两个叉儿，就和驯鹿的两个角似的，因此，这里最有资格的原始居民们，就把这雪山称之为鹿角山。如此一说我们自然会明白：卢特吉尔就在蝌蚪头部也就是鹿角山的西南麓，她的西、北、东三面都环海。早些年，地球最北头的卢特吉尔非常封闭，他们与外界的唯一联系是每年夏季的那些捕鲸船。后来，二三百公里外的阿尔里斯修建了飞机场，卢特吉尔便有了一条沟通外部世界的空中走廊。当然，因为没有公路，村里人要到飞机场，就只有坐上两三天的狗拉雪橇。这个年代，虽然烧汽油的雪地摩托甚至汽车已经有了不少，但因为加油的不便以及路况（本来就没有路）的不适宜，现代化的交通工具反而没有用武之地。所以那些喝油的摩托雪橇，就只适应于在沿岸及附近的冰原上跑，连冰海都不能上——那些笨重的铁家伙，万一掉下去可不是好玩的。这样一来，这里的爱斯基摩人在代步和运输上，就更加信赖那使用了成百上千年的狗拉雪橇。也因此，卢特吉尔古风犹存，一些在中国来说也许是秦始皇他老姥姥时的习俗，今天也还能看到一些影子，甚至于依然故我地保留着。

从地理位置上来看，天高皇帝远的卢特吉尔是封闭了些。但就是这个看上去封闭的爱斯基摩小村，名气却非同寻常：从十九世纪中叶到二十世纪初，在狂热的地理大发现中，卢特吉尔俨然成了一个桥头堡，那些不畏艰险远涉重洋来北极的探险者，多半都把卢特吉尔当成了陆地大本营，在这里进行物资补给和人员休整，因而很多英勇悲壮甚至直到今天提起来仍让人感奋的故事，都与这个爱斯基摩小村有着千丝万缕的关系。一百多年前，汤姆的先祖父带着一支一百二十多人的探险队，分乘两条木帆船，想寻找一条从西方到达东方的最近的海上通道。后来，还是这支探险队，又试图往极点位置靠近，以期发现更多一些陆地和岛屿……这支探险队前后两次的探险，都到达了卢特吉尔，并由此向人类未知的最为恶劣的险境做最后冲刺。那时候，卢特吉尔遇到了很多从未遇到的新鲜事，见识了很多从来没见到过的新鲜玩意儿。因为这些蓝眼睛白皮肤的探险者，给他们带来了火枪、面包、罐头、布匹、药品、蜡烛油和杜松子酒，还有有文字的语言、书本以及爵士乐、探戈舞甚至鸦片，等等。

说起来，古里班古老爹的老辈也非常荣耀。就在汤姆先祖那两艘木帆船第一次驶近卢特吉尔的时候，一村人带着一种对外星来客般的畏惧，惊恐不安，远远地躲着。是老爹祖上那位有见识的长者，也是村里最有威望的老猎手，以手抵额向天拜了三拜，又从刚打来的一只驯鹿身上掏了掏，将一手殷红的鲜血往脸上横竖两下抹了抹，拽开步大胆地向木船走去……就是这一步，世外桃源从此和外界有了联系，文明的光亮开始一点点烛照进了这个未开化的角落。从这个意义上讲，这位长者无疑就是卢特吉尔改革开放的先驱。他之于卢特吉尔的意义，不亚于燧人氏把火引入人类的生活。

老爹的家在村子最东边，大河开着摩托没怎么费劲就找到了房子跟前。

这是一幢建在平缓高坡上的木板房屋，坐北朝南。仅从外观看，房屋与中国北方的农舍有些相像，前脸后背，两堵山墙，上面是起梁的高高屋脊。其不同之处在于：房屋高大宽敞，全为厚厚的优质红松木构建而成。前脸、后背及山墙，被漆成了深重的栗皮颜色，屋脊两侧的顶盖部分，则被漆成了铅灰色；屋基部分和自上至下的转角处，有一层特意镶上的起保护和装饰作用的护墙板。护墙板一律为清油所漆，原色的松木板上，一个个形状各异的疤节清晰可见——这种色调，和墙面的栗皮色、脊顶的铅灰色形成鲜明对照，让人感到温馨而舒服。此外，房屋的门窗也略有不同。整幢屋子除了后背墙之外，东、西山墙及前脸墙都根据透光通风的需要，开着一扇扇日字形大窗户——这种窗户，光前脸墙就呈不对称形状排列着六个；屋门也是一大特点，其实这同北极地区几乎所有的屋门一样，另在门外面建了一个回形门廊，也算是一道复门，既防风挡雪，又保证了室内温度不至于因门户的不断开阖而走失。

停好车，大河在前，高凌霄、冬冬、童圆在后，一行人向屋门口走去。屋门外，一条已显老态的黄狗正与它一个黑颜色的同类默契合作，趴在地上很认真地啃一只驯鹿头盖骨——那牛头大小的兽骨如同塑料面具，异常光洁干净，恐怕拿到显微镜下也难找到一丝可食之肉。但两只狗把它掉来倒去，总在锲而不舍地啃着。看到有人来，它们几乎同时停止了这项很打发日子的工作，抬起头来，骨碌着四只黄眼珠子，警惕性很高地打量着一群来客，并在迅速做出判断以决定采取何种处置态度。

“阿黄！”大河冲着两只狗中的一只，亲切喊了一声。那条被叫作阿黄的狗，这时也认出了大河，赶忙丢下它的同类和那块光洁的兽骨，摇摆着有些老毛斑驳的尾巴，欢快地跑过来，拿毛茸茸的脑袋往大河身上蹭。大河脱下右手的毛线手套，弯腰亲昵地摸索着阿黄的头和脸。阿黄激动地伸出长长舌头，反过嘴来在大河手上一下一下舔着。一些热乎乎的黏液，很均匀地涂抹在大河手背、手心及手腕处。

黑狗一看阿黄这模样，知道来者不是什么歹人，埋下头，又津津有味地啃起骨头。

“这就是阿黄，风里雪里跟了老爹十几年呢。”大河说着拍拍阿黄脑袋，站了起来。

听到门外说话的声音，老爹披着一件驯鹿皮外套从屋里走了出来。一见是大河和高站长他们，高兴地大声道：“怪不得早晨起来我右眼皮直跳呢。尤尼塔说，照中国人的说法这叫右眼跳喜，左眼跳财。老伴也说我右眼皮跳，肯定主着来贵客。哈哈，让她们给说中了！”老爹伸出干瘦有力的大手，一边笑哈哈地把高凌霄他们往屋里让，一边朝屋里高声喊："托尼，赶快泡上茶！"

高凌霄他们在经过回形门廊的时候，一个个在门口铺着的化纤脚垫上蹭干净鞋底沾附的雪尘，才走进屋内。

进得屋来，是一个足有四五十平方米的宽敞大厅，方格式天花板上吊着一盏挂有很多细长玻璃穗的子母吸顶灯，地面松木地板上铺着踩上去十分松软的毛地毯。靠后墙处是一条贯通东西的小走廊，往西是并排着的四个主人使用的起居室，还有洗手间及一个淋浴室；往东则是厨房、杂物间及一个二十多平方米的小客房——小客房是一个独立单元，里面带着卫生间和淋浴室。当年大河几次来北极，就住在这间小客房里。略呈长方形的大厅，布置成三个板块：进门左手边靠墙，是一个放满各类图书杂志的书橱，挨着书橱的是一条红木长几，上面摆放着电视机及一组音响设备；中间摆着一个橡木的长方条饭桌，饭桌的两边各是四把高背软座橡木椅子；右手边是一组粗麻布沙发和一个正方形玻璃钢茶几。

"快请坐，"老爹指着沙发道，"你们要是不来呀，我和尤尼塔嘀咕，过几天就去站上看你们呢。"高凌霄笑着道："你看老爹，不是说来就来了嘛。"说完，脱下羽绒服顺手搭在饭桌边的橡木椅背上，又将线帽摘下来装进羽绒服口袋，然后两手举上去理了理弄乱的头发，便在一个长条沙发的居中位置坐了下来。大河、冬冬、童圆也脱下羽绒服，仿照高凌霄的做法搭到椅背上，并各自找位置在沙发上坐下。室内空调开到了二挡，高凌霄他们虽然上身只穿羊绒衫或毛衣，仍感到暖煦煦的。

好客的阿黄跟着跑了进来，温顺地趴在地毯上，两个黄眼珠一眨不眨地盯着大河，就像端详一位阔别的老友。在大河身边坐着的冬冬，伸手摸了摸阿黄的头，道："真是一个可爱的家伙，特别懂得体贴人。"白洋淀边上长大的童圆道："我们老家有句话挺在理：狗是人心，猫是奸臣。"冬冬道："这话我小时候也听奶奶讲过，狗是最讲情义的。"说完轻拍着阿黄的脑袋，低头对阿黄道："你说是吧，阿黄？"阿黄抬嘴巴舔舔冬冬的手，表示它并不反对这样的评价。

这时候，一个下穿牛仔裤、上穿花格子衬衫年龄在十六七岁的小伙子，两手端着一只放有四个白瓷盖杯的红塑料茶盘，快步走了过来。小伙子黑头发，蓝眼睛，挺挺的鼻子显得满脸生动，笑起来腮角一鼓一鼓，带出一分稚气外加一点腼腆。他把盖杯递到客人手里，递一杯，点一下头，说声："请喝茶！"声音又柔又细，倒像个大姑娘。老爹道:“这是托尼，尤尼塔的弟弟。高中读下来了，正准备和他姐姐那样，到南方读大学呢。”托尼腼腆地笑了笑，刚想转身离开，老爹又吩咐他:“去村政府把艾奥诺喊来，就说高站长和大河哥哥他们来了！”托尼道:“是不是也让姐姐回来？”老爹道:“那还用说！”托尼答应一声，和高凌霄他们打了个招呼，就换上外出的装束快步走了出去。

“大婶呢，怎么没见她呵？”喝了一口茶，大河问老爹。

“尤尼塔的妈妈伤了腰，在床上躺着呢。”老爹点了烟，慢慢吸了一口道。原来，前天下午卡尔路克送来一头刚打的海豹，往门口一卸就赶橇走了人。大婶知道人家送东西图的是什么，哪里肯要？于是就找来滑板车，要拉了给他送回去，结果拖海豹不小心把腰扭了。

“赶得早不如赶得巧，咱正好有现成的扁鹊、华佗嘛，”高凌霄说着向冬冬道，“走，一起去瞧瞧大婶。”

奥乌里娅大婶脸朝外侧，弓腰曲背躺在床上，稀疏的已经有大半变成花白的棕色头发，还有白皙面孔上的一双深蓝色眼睛，不仅表明了她年轻时的貌美漂亮，而且也表明她有着很正宗的白人血统。虽然她的妈妈是一个爱斯基摩人，但这方面的遗传，似乎一点儿也没在她的身上派上用场。大概两种不同的基因相遇，也像两军对垒，因为一方被另一方突然攻击缴了械，这一方也就只能听任对手摆布——不管咋说，奥乌里娅就是这个样子，让人看上去是一个地道的白人老年妇女。当下，奥乌里娅见高站长和大河他们进来，挣扎着要从床上爬起来，刚一起身，就疼得啊哟了一声。

冬冬见了，忙越过高站长和大河走向前去，把药箱往床边一放，伸手按住大婶肩膀，道:“您躺着别动大婶，我马上给您看看。”

“要是没猜错的话，”大婶攥着冬冬的手，忍着疼强舒眉头，道，“这闺女敢情就是冬冬了。你老爹早就说，北斗站来了一个小姑娘，长得跟奥林匹斯山上的仙女似的。”看得出，大婶是个快乐达观的人，几句话说得一屋子人都笑了，冬冬的脸上也飞上了两朵彩云。

高凌霄、童圆和大婶早就熟悉，大河更不用说了。他们问候了大婶几句，高凌霄又嘱咐冬冬要好好诊治，就一个个回到客厅，喝着茶，和老爹说一些捕猎方面的闲话，等候着艾奥诺和尤尼塔。

里面，冬冬询问了伤情，帮大婶侧倒下来，趴卧在床上。冬冬掀起大婶衣服，用右手大拇指在腰椎两侧边移动边按压，问：

“这儿疼吗？”

“不疼。”

“好。这个地方呢？”

“也不疼。”

“好的。”冬冬的大拇指又往下移动了一点，轻轻一按，奥乌里娅皱紧眉头，身子猛一抽搐。又按压了按压周围，大婶都没感到明显不适。

“就这儿了，”冬冬从药箱取出一块碘棉球，在第四腰椎一侧巴掌大一块地方涂擦了一下，道，“大婶呵，您这是急性腰肌扭伤，应该不难治的。我要是用中国的办法，哦，也就是针灸治疗，您不会害怕吧？”

“害怕？”为了方便说话，大婶把头歪到了一侧，道，“闺女呀，这会儿别说针灸，就是动刀子能把这病剜了去，大婶也不怕的。”

“那我可要给您下针啦，”冬冬帮大婶重新调整了一下姿势，又取过一个枕头垫在大婶下巴下面，道，“您就这么卧着别动。”说完，用骨度分寸定位法找到大肠腧①，并用指甲在皮肤上掐个十字作记号。然后，用肥皂洗干净两手，拿出酒精棉球，在大肠腧、委中穴和阿是穴②几处穴位上，由里向外仔细涂抹一遍，又左手持棉球把将要行针的右手拇、中、食三个指头也擦拭了。

尽管奥乌里娅行针前说不害怕，但看到冬冬尖着手指取过一根长长的银针，心里还是咯噔了一下。等嗖地一针下去，虽然像小虫儿叮了一口，倒也没啥别的不适。让她惊异的是，在冬冬前后左右反复捻转进针时，仿佛一股电流通了进来，行针部位又麻又酸，还伴随着一阵阵的鼓胀感，让她感到惶惑而又奇妙……

“大婶感觉还好吗？”布完针，冬冬又仔细检查了一遍，在床边坐下来，拿起奥乌里娅那只搭在外侧的手，放在自己掌心里，边轻轻拍着边问道。

---

① 大肠腧：大肠腧为大肠之气转输之处，位第四腰椎棘突下、旁开一点五寸处。

② 委中穴和阿是穴：委中穴位于人体腘横纹中点；阿是穴指以压疼点或其他病理反应点作为针灸治疗的穴位，又名不定穴、天应穴。

大婶点了点头。她的眼睛微闭着，好像还在体察着那种神奇而又微妙的感觉。

“按中医的说法，这种扭腰，是由于突然受力损伤了肌纤维或筋膜。针灸的作用就是通经疏络，叫气血活起来。”冬冬说。

“看不出，你年纪轻轻，就有这等本事，该不是从小就学的吧？”

“那也不是。我读医大学的是外科，但学校一位老教授是我爸中学同学。他祖上几代都以中医传世，最拿手的就是针灸。沾了和我老爸这层关系，他得空就教我学习。几年下来，还算没辜负了他。”

两人正说着，忽听门外嚷道：“光听说北斗站有个仙女姐姐，今儿算是降临凡间了。”话音未落，一位上穿茄紫色羊绒衣、下穿米黄色羽绒裤的身材匀称而又健壮的漂亮姑娘，推门一溜烟走了进来，一面走一面像扇扇子似的呼打着手里的黄线帽子。

“是尤尼塔，这闺女，整天风风火火的，没个正形。”奥乌里娅大婶说道。

冬冬赶忙站起来，迎上一步握着尤尼塔的手，笑着道：“你好尤尼塔，刚来站上就听大伙说你是个打灯笼难找的好姑娘，漂亮，聪明，心眼好，枪也打得好。”

“姐姐真会夸人，”尤尼塔两手抓着冬冬的胳膊，一双略呈蓝色的大眼睛，把她上下端详了个遍，道，“姐姐一来也没喘口气儿，就给妈妈治病。”

大婶道：“看你尤尼塔，耶稣还为门徒洗脚呢，还不快去给客人煮杯咖啡？”

“遵命妈妈，我这就去，”尤尼塔一边答应着一边把冬冬按到床边坐下，笑着道，“姐姐和妈妈聊着，我马上就来。”

尤尼塔出去不大一会儿，端着一杯冒着热气的咖啡走了进来。经过简单梳弄的浅棕色头发，瀑布似的披在肩上，衣服也换成了在室内穿的一身粉红颜色的棉线衣裤，看上去更加动人。

和尤尼塔说了一会儿话，冬冬看看手表，留针已经有了半个多小时，就对大婶道：“您稍微忍着一点，我把针起出来。”尤尼塔道：“要帮忙吗？”冬冬说声不用，就自上而下开始起针。尤尼塔也凑了过来，好奇地看着冬冬的一举一动。只见她先用左手拇指和食指，拿着消毒干棉球轻轻按压在针刺部位，右手的拇指和食指则灵巧地捻转针柄，边捻转，边随势将针慢慢提起，针至皮下，两个水葱般纤细白嫩的手指往起一挑，长长的银针噌一下迅速拔出。动作之轻盈灵巧，操作之娴熟到位，既像手持宝瓶的南海观音在轻弹净水，又如颔首拂琴的月里嫦娥在柔拨和弦，病人没有一点不适感——尤尼塔看得出了神，心里道："哇，几根细针儿就使得这般奇妙，怕也只有神仙才能办得到了！"

冬冬逐一将针起出，又逐一将针位点用酒精棉球轻轻按压了一会儿，看看一切正常，就告诉大婶："第一个疗程算完成了，您起来稍微活动一下，看看中国的土法儿是不是还管点用。"

大婶见冬冬这样说，就将右腿曲起，想爬起来。尤尼塔赶忙探身上前扶妈妈下床。奥乌里娅站在地上伸了伸胳臂，走了几步，又轻轻活动了活动腰，高兴地道："真的是不疼了！你看，腰也敢动了。感谢主，我的上帝。"尤尼塔笑着轻握粉拳，捅一下冬冬道："我的姐姐，你的神通比得上雅典娜了！赶哪天我要是病了，就让姐姐来帮我扎上一针。"冬冬道："像你这么强壮的，鲸鱼、白熊的都怵你，哪个瘟神敢招惹你？"大婶道："可也是，这孩子长这么大了，还真没生过啥病受过啥灾呢！"尤尼塔笑着看了妈妈一眼，道："没办法，上帝把我降生到这冰天雪地，所以就格外看顾我尤尼塔。你说是吧，妈妈？"大婶道："瞧着瞧着，说她胖她就喘了。"三个人哈哈笑了起来。笑了一阵，冬冬对大婶道："大婶呵，要巩固住效果，还得针灸两个疗程。这几天，要注意别扭着，也别受了寒。有什么家务活儿呵——"她嘴巴一努，眼睛瞥了瞥尤尼塔，话音也拖得比较悠长："那——就——劳——"尤尼塔做了个鬼脸，笑着接道："那就劳尤尼塔姑娘的大驾喽！放心吧冬冬姐，家里的活这些天就由尤尼塔代劳，妈妈吆喝吆喝就行了。"大婶笑道："就你那粗手大爪子的样儿，打打猎或者是弄一弄外面的事还行，家里那些细活儿倒不如托尼呢。"尤尼塔故作娇嗔道："看你，妈妈，和冬冬姐刚见面就揭我的短，小心姐姐以后揪我小辫子呢。"冬冬笑道："看你天不遮地不拦的，也不是没个怕惧呀，是不是呵尤尼塔？"奥乌里娅一看尤尼塔和冬冬一见如故的样子，心里也高兴，就伸出手指戳了一下尤尼塔，笑着道："以后就让姐姐来管着你！"

在大婶、冬冬和尤尼塔说笑着来到餐厅时，村长艾奥诺正在讲村里一个古老的故事。这个故事听起来像聊斋，说的是村里一个青年外出打猎，救了一头快饿死的母熊。母熊孩子为报恩，变成了一个美女，和青年猎手成亲过上了好日子。六十岁的艾奥诺矮胖粗壮，脸又圆又平像个高粱面大饼子。眼睛嘴巴像在面饼子上抠了几个窟窿眼，而低平的酒糟鼻子，怎么看都像是在面饼子上摁了个枣儿。要命的是他一字胡下面那张嘴，因为啃冻肉扯掉了两颗下牙齿，在冰上打海豹又磕倒碰没了一颗大门牙，说起话来鼻子齉齉，口里漏风，嘴里永远像含着一块海豹骨头。这个爱斯基摩人口口相传的故事，情节非常简单，但艾奥诺一会儿说成熊，一会儿又说成狐，急得童圆抓耳挠腮地不停追问。艾奥诺虽然说话呜呜噜噜，脾气倒不躁，你即使急得七窍生烟，他也不温不火，总是按照自己的思维和习惯，慢慢悠悠地呜呜着。你着急那是你的事。正是这个慢性子，加之又有个菩萨般心肠，在村里倒很有人缘，也因此稳稳当当坐在村长这个位子上。

当下于大河见奥乌里娅几人笑盈盈走过来，就站起来道："看大婶轻松的样子，想必腰疼好多了。"高凌霄也问道："大婶是不是感觉好了一些？"奥乌里娅道："可不是吗，闺女扎了一会儿针，腰就不疼了。你们瞧——"奥乌里娅夸张地做了个狩猎舞造型动作，"是不是耶稣显了神迹？"说完，扯起冬冬的手走到饭桌边，"闺女，你就挨着我。"

艾奥诺上午听说奥乌里娅病得不能下床，这工夫见她只扎了几针就活蹦乱跳地到处走，不由得瞪起因长期饮酒过量而红肿的眼睛，吃惊地看着冬冬，道："呜呜，你这姑娘，还真有些手段！"尤尼塔一把拉起冬冬的手，做了一个鬼脸，道："我这姐姐厉害着呐，往后你儿子要再胡闹，就让姐姐给他身上扎满针！"说完，夸张地做了一个扎针——不是扎针——是拿鱼叉叉海豹的动作。大婶伸出手指戳了她一下，道："好了尤尼塔，别闹了，吃饭。"

艾奥诺尴尬地咧了咧缺牙少齿的嘴，就招呼高凌霄和大河等入席吃饭。他自己一屁股坐在长条橡木桌里侧正中，高凌霄挨着艾奥诺坐下，其余人各找空位落座。看看还少了个椅子，尤尼塔就搬来一把红塑料圆凳儿，挤在大河身边。

高凌霄问童圆道："小童呵，咱们不是带了两瓶茅根斋老窖吗？拿上来，让艾奥诺村长和老爹品尝品尝嘛。"童圆应了一声，起身去找背包拿酒。艾奥诺一听有酒，圆面饼子脸上立时罩了一层兴奋的光泽，两个小眼睛笑成一条缝。

爱斯基摩人吃饭没有那么多繁文缛节，更没有长长短短虚虚实实的祝酒词。众人坐齐，就听一片刀叉叮叮杯盘琅琅之声嚯然而起，喝酒喝水的吸溜声，咀嚼生鱼熟肉的吧唧声，间或还有谁被肉噎着的勾斗、勾斗的打嗝声，涨落杂然，声声入耳。

老爹和托尼准备的午餐，其丰盛程度毫不逊色于美国总统的国宴：黄油煎驯鹿胸脯、圆葱烧海豹里脊、清炖鲸鱼肉、西红柿鸡丁比萨、蔬菜水果沙拉，外加一盘生海豹肉、一盘生鲸鱼肉，还有一盘鬼才知道从哪里弄来的冒着热气的新鲜海豹肝。

“闺女，敢吃这个啵？”奥乌里娅拿刀子切下一小片鲜红的生海豹肝，放到冬冬面前的白瓷碟里，眼睛看着冬冬，目光里充满了爱意。

“这……”冬冬一下不知如何是好。吃吧，没有胆量；不吃吧，又怕拂了大婶一片好意。她手持叉子拨动着那片让巫山猿人看了都不敢下嘴的生兽肝，眼神迟疑地看了看坐在斜对角的大河。

这时候，尤尼塔正好也切了片生海豹肝放在大河碟子里，大河一点艮儿没打，叉起来塞进嘴里。一边有滋有味地嚼着一边道：“这可是好东西呐，在五星级酒店也享用不到哩。”说完，微微一点头，给冬冬递来一个鼓励的眼神。

冬冬皱了皱眉，叉起海豹肝，眼睛一闭填进嘴里，嚼不两下，咕咚咽了下去，赶紧挖一勺果菜沙拉嚼着往下压。

看见冬冬那不堪的样儿，尤尼塔乐得笑了起来。放下正叉起来的一块生鲸肉，拍了两下巴掌，道，“不吃生鱼生肉，就了解不了我们爱斯基摩人。来呵，能不能再吃块生鲸肉？”说着，俏皮地向盛生鲸肉的盘子努了一努嘴。

奥乌里娅佯嗔道：“我的尤尼塔，饶了姐姐吧。”说完，站起身叉着一块煎鹿肉放到冬冬盘子里。又嘱咐冬冬：“想吃什么就吃什么，这里没有那么多规矩。再说啦，现在的爱斯基摩人也不是从前了，吃熟食也多了，特别是年轻人。”

冬冬道：“其实吃生肉生鱼还是有很多好处的。里面很多营养成分特别是维生素 C，都没破坏掉呢。”

“还是白医生呜呜说得在理，”接连干下两大杯烈酒，艾奥诺的脸倒名副其实变成了一个大高粱面饼子，一直红到了脖子根。他醉意朦胧地拿起刀子，笨拙地切下一块生海豹肉放进嘴里，一面利用口腔中现存坚硬和非坚硬的进食器具艰难咀嚼，一面更加呜噜不清地呜噜着：“莫管是鱼呜呜是肉，还是吃生的来劲。”

老爹有酒量，却不稀罕酒。饭局临近终了，一杯子酒也没干出来。他看到艾奥诺沾了酒的这个样子，就小声对大河和童圆道：“这个艾奥诺，本来笨嘴拙舌，一喝上酒，就啥也嘟噜不清了。”童圆道：“瞧，还要呢。”老爹道：“要也别倒了。不然的话，他就是醉倒了也还得去搂酒瓶子呢。”大河小声对高凌霄道：“亏了饭前把该商量的都商量了，要不然，这阵儿就没法儿弄了。”高凌霄笑着只顾吃饭。

艾奥诺见要了半天酒没给倒上，就趔趄着身子去抓酒瓶，没想到脚下失了根，扑通一声向前栽去——高凌霄忙伸手去扶，却已经晚了——一张饼子脸严严实实捂在那盘只吃了一半的菜果沙拉上，鼻子、胡子涂了厚厚一层沙拉酱，就像京戏里的二花脸，稀稀拉拉的左眉毛上挂着一小片生菜叶，粗圆的下巴颏中央糊着一块圆葱片儿。

“瞧着、瞧着，我的艾奥诺村长哎，嫌叉子勺子不够用，就一头扎盘子里吃上了。”尤尼塔颇有几分幸灾乐祸地笑着。

“别贫了，”奥乌里娅瞪了尤尼塔一眼，道，“还不快和托尼扶村长去洗把脸。”

尤尼塔伸一下舌头，正待起身，童圆抢先一步站起来，和托尼一左一右搀起了艾奥诺。

太阳偏西的时候，高凌霄、大河和童圆告别了艾奥诺和老爹一家，坐上雪地摩托返回了北斗站。

冬冬因为还要给大婶针灸几个疗程，加之大婶和尤尼塔也坚持挽留，就住在了尤尼塔家里。高凌霄答应，过几天，就派人来接她回去。

第七章 白熊谷

一夜风雪，白熊谷又披了一层晶莹新装。

离谷岸不远一座小山包的背风处，一顶被雪捂在下面的橘红色帐篷，只剩一块小小的前脸，像一片在寒风中招展的硕大枫叶。

风雪过后，天地间无比宁静。太阳不知啥时候穿过稀稀浓浓的云层，爬向了东南方，间或从云层缝隙透下的光芒，让雪地更加明亮。大河捂着厚厚羽绒服从帐篷里钻出来，一张口哈出一道白汽。他伸出戴着海豹皮手套的手，在帐篷外雪里掏摸了一会儿，找到插在那里的一把红塑料柄木锨，开始嚓嚓啦啦地铲雪，清理进出的通道。

数天前，他和汤姆来到白熊谷，选择这座山包底部的向阳面扎下帐篷。营地选在这里，不能说没有眼力。西行千把米，即是白熊谷，如果天气晴好，时常会有单独或仨俩成伙的白熊，在谷底悠闲漫步。有一些拖儿带女的母熊，还会在大快朵颐之后，领着孩子们在雪地里打闹嬉戏，一边消食，一边享受着天伦之乐。更多时候，它们会去北面冰海打猎，或是藏身在谷底西岸洞里睡大觉。不管怎样吧，把营地安在东岸山坡前都不失为一种明智之举。这里前为冰原，右临雪谷，背后又有山可依，真如兵家所说的通形之地，不管是前去谷地观察研究，还是回撤到安全地带，都稳便得很。这一点，就是两千五百多年前的孙武孙长卿知道了，也保不住会竖大拇指的。

清理出通道，又铲掉压在篷衣顶部及半腰的冰雪。顶上的雪虽然不怎么厚，但帐篷还是被压塌了不少，幸亏在扎帐篷时，他俩把地面的雪往下掏了一米多深，人在里面也站得起来，因此对在帐篷里的起居活动影响不大。扒掉雪的帐篷像个彩色大蘑菇，在白雪映衬下光鲜夺目。

做完这些，感到身上热烘烘的，脊背及腋下流出的汗水，像几条小蚯蚓在蜿蜒蠕动。他把木锹朝雪里一插，哧一把拉开上衣，又摘下线帽和手套塞进羽绒服口袋，让身上和头上的热气冒出来，然后蹲下身捧起一把雪糊到脸上，两手转轮般急速揉搓着。一种麻沙沙凉丝丝的感觉顿然弥漫开来。雪粒子在他的揉搓下变细，变软，又化成了水……野外这几天，没洗过脸，也没刷过牙，他和汤姆个个灰头土脸。特别是汤姆，那挂胡子现在更加荒芜，大半个脸都像遮掩在一篷枯黄的乱草中。洗过脸伸腿摺胳膊活动一会儿，感到舒坦多了，便回到帐篷。汤姆还在鸭绒睡袋里蒙头大睡，发出的鼾声像头小牛犊子。大河没有惊动他，而是悄悄拿铝桶出外取回冰块，点起煤油炉吱吱啦啦化冰烧水。一会儿，一大桶冰雪化成了小半桶水，水又咕嘟咕嘟冒开了热气。大河先把自己与汤姆外出携带的保温瓶灌满，然后在剩下的水里下上了面条、干肉丁、干菠菜、干笋片，此外还有几种美国人喜欢煮吃的半成品豆类——大河将此称为八国联军。等水又滚了几滚，饭就熟了——这便是他们的早餐。这几天，他和汤姆每天早晚两顿饭，顿顿都是八国联军当家。

吃了早餐，大河抓把雪蹭了蹭碗。见汤姆还没醒，就穿戴好衣帽，拿起自己的背包、相机、望远镜和保温水壶等，弯腰往帐篷外面钻。一只脚刚迈出去，就听汤姆瓮声瓮气地嚷:“这么早出去，是不是还惦着你那萌萌呵！”大河回身道:“没错呀，我是想找萌萌。”说完，又叮嘱汤姆，“眯一会儿起来吃早餐吧，在桶里呢！”汤姆胡乱应答一句，又蒙上头睡了。大河掩好帐篷门，扑哧扑哧向谷底走去。

白熊谷真是个好地方。南通雪原，北达冰海，一道十几公里的长谷，两岸雪山寒气逼人，谷底的地势地貌却是千奇百怪:或岩峣崚嶒，或洼湫沮洳，或坳垾坪坦，凸凸凹凹，各个不一。因此，要做一个既精要概括又确切到位的描述，不如打一个比方——这好比一位赶集回来的老太太，篮里盛满了瓜果梨枣儿，还有一些大饼馒头和油条麻花，脚步蹒跚地走到一个破窑场，恰恰和一个担了一挑子瓷器的莽老汉撞在一起。那一篮子食物和着碟儿盆儿碗儿罐儿，一齐摔烂在破砖头碎瓦片上——赶巧儿，又落上厚厚一层石灰粉儿——这个破窑场，就是那白熊谷谷底。不过，那瓜儿果儿盆儿罐儿的，在这里则都是一些巨大的石头件儿，哪怕一个枣儿也胜过碾砣子——聪明的白熊们，就选了这么个神奇地方，在雪谷西岸也就是阳坡之上，建立了它们的安居乐园。

这是一座名副其实的熊城。居民们的住所也就是洞穴散乱而又奇妙地分布着，白熊们在这里进进出出爬上爬下。每一处洞穴之下的雪地，都被硕大有力的蹄子踩踏得溜光发滑，像专门修筑的雪路。要是没有被最新的降雪覆盖，沿着这些冰道，很容易就会发现它们的老巢，进入它们的内宅。对于白熊来说，雪山下的这片雪坡，就好似神仙居住的蓬莱岛，栖居在这风水宝地，莫管三皇五帝，老子天下第一，真是好不安闲自在，快快活活。

走到白熊谷岸边的时候，大河停下来喝了一口水。看看手表，又望了望天空，云彩比刚出营地的时候似乎更加稠密了些，但在南方天际，隐隐透出一片片耀眼的光亮，像晚霞时的火烧云。“是晌午了。”大河自言自语道。

想不到，直线距离一两千米的雪路，竟弯来拐去跋涉了快两个钟头。下到谷底，坎梁纵横，乱石密布，大河变得小心起来，每走一段，必得观察仔细了再迈步。他知道，这里相当于白熊前花园，突然从哪窜出一头冒失的家伙也再正常不过。

四年前来白熊谷，他曾做过很长时间的观察，发现这里栖居的白熊有一百几十口子。从居住和行为方式来看，完全有理由认为分属于两到三个族群。族群虽有不同，活动规律倒很一致：那就是出门就向左转，一挺拐向冰洋。

那一次，大河曾试图发现白熊沿着雪谷南上猎捕驯鹿的踪迹，他为此在谷底与冰原交接处一个山包上宿营观察。这个时候正是初春，一些驯鹿结束了在冻土带南部过冬的生活，陆陆续续往北迁徙，就连卢特吉尔的一些猎手，也赶起狗橇，驮上干肉饼，迎着鹿群向南边去了。结果白熊谷一点动静没有。在山包上守候了一个礼拜，不仅白熊，就是一只狼或者是一只雪狐也没出现过。由此得出一个初步结论：白熊谷里的白熊，其主要食物是海豹，狩猎雷打不动的围场，便是北面的冰洋。而对于穿过雪谷到南边更远一些的地方猎获驯鹿，只是人们的一个猜测，白熊谷的居民似乎没有这个习惯或曰是嗜好。关于这一点，大河一直大惑不解。他曾和汤姆交流过，汤姆摸索着一脸乱蓬蓬的胡子也说搞不懂。

大河不相信吃腻了海豹肉的祖宗们，就不想弄个把野鹿打打牙祭换换口味；也不相信这么庞大的一个白熊种群，居然会没有特立独行的叛逆者，或者是意志不够坚定的变节者，或者是经不住色与利诱惑的腐化堕落者，从而昂首阔步或者是摧眉折腰般地趱路南行。为此，在雪谷南侧，他花了不少工夫，想查找到一丝白熊的足印或者粪便之类，最后自然连根熊毛毛没看见。"也许，"大河想，"白熊谷的主人们，除了北面的冰海，压根儿不晓得南边还有冰原，也不晓得有比腥不啦唧的海豹脂肪更为鲜美可口的驯鹿肉排呢。"转而又想，自己这一考察毕竟时间有限，若因此做出白熊不能南上捕猎驯鹿的结论，还嫌武断了些。他决定找个机会，把这项调查再继续下去。

在火烧云偏向西南的时候，大河来到一座高大的石砬子跟前。石砬子高有六七米，长比得过半节火车厢，中间凹陷且又打了点弯，远看活像歪脖子大葫芦。这里距最近的白熊洞穴，也就四五百米，不能再往前了。他在大葫芦西南侧，找到了一个离地面一人多高的大石罅，卸下了背囊。观察白熊活动，这真是一个不可多得的地方，安全隐蔽，背风挡雪，而且从大葫芦到西岸边，地貌趋向开阔平坦，白熊进来出去的一眼瞅个明白。石罅上窄下阔，底部是厚厚的积雪，足可容四五人躺下身子。上部裂开一庹宽的豁口，又正好为观察带来便利。空旷的雪谷寂静极了，连风的喧哗也没有，甚至，让人记不起这个地球上还存在一个嘈杂不堪的人类世界。大河的目光越过了那些横七竖八的石头，也越过了一个个隆积而起的雪包，一切都那么安静恬然，就像上帝创世的第五天以前，看不到一丝一毫有生命活动的迹象——尽管他又用上那架德式望远镜，使肉眼目力因为光学仪器的帮助而提高了八倍。

"这些熊家伙，"他喃喃道，"咋一头也不出来呢？"

云层比先时薄了，磨到西边的太阳闪出大半个脸儿，雪谷被镶上了一层金箔。那些石头、雪包及凹凹凸凸棱棱角角之处，如同着彩笔勾过，有了一种好看的立体感。

"那天的景象就是这个样子，雪谷简直漂亮极了！"大河说着，脑子里再现出四年前那个记忆难磨的美好时刻：她赶着狗橇来了，就在这道石砬子的罅隙中，他们膀靠膀观察前方，彼此的喘息声也听得清清楚楚。哦，那一天，她老在哼唱一首歌，可惜，现在能记起的就这么两句——

有位种葡萄的蓝眼睛姑娘，她的家乡在那遥远的南方……

是的，就记着这两句了。虽然只记得两句，可那歌像一股缓缓流过芳草地的甘泉，像一阵轻轻掠过翠竹林的和风，像一队排成人字形从头顶飞过的雁阵，让人陶醉忘情。他从未听到过唱得这么好听的歌，美妙的旋律把他带进一个神话般的意境，他好像要跟着那位种葡萄的蓝眼睛姑娘，回到她南方美丽的家乡……心里忽然涌上的这种甜美感觉，如同一股潺湲细流，随着歌声和姑娘的深情在慢慢汇聚着。终于，细流变成洪涛，奔出闸门，冲破大堤，漫过高堰，就像阴历初一或十五的海水，竟然越涨越猛，越涨越高，高得猛得起了浪花，浪花上起了泡沫，泡沫又被风吹洒四散在空气中。于是，全世界都弥漫了温情的躁动，他的身子也在微微颤抖——这实在让他始料不及——大河既非圣贤，又非草木，一般人所有的七情六欲他都有，一般人所有的弱点和短处他也有。何况正值三十来岁的虎狼之年，又是遇到像尤尼塔这样的女孩，人像鲜葱一般水灵，热情像火一样燃烧，任凭你个金刚不倒之身、铜打铁铸之心，也不会无动于衷，麻木如呆瓜一个。大河自然不是。他尊敬她，欣赏她，喜欢她，愿意看她眼窝中淡蓝明亮的眸子，愿意听她如傻小伙般的爽朗笑声，更愿意近距离听她娇喘吁吁的声音……然而越是如此，心里便越是有一种坚韧执拗的东西，迅速而不容置疑地累积着。这东西是一道堤防，是一条底线——因为他会突然想到冬冬——让自己也感到奇怪的是，冬冬此时浮现在大脑里的影像，会比以往任何时候都清晰——岂止如此，简直大活人一个，那双秋水般清澈的大眼睛，就在热切而又信赖地注视着自己……同时，他还会想到慨儿，想到自己的身份和责任……这道由种种材料筑建起来的堤防，这条由道德、伦理、情感、义务、责任还有文化背景等打造的底线，就像希腊神话中海神波赛冬把手臂挥过一般，顷刻间会将那些被阵风、旋风或者是龙卷风掀起的波浪，无情地予以粉碎，一切平复如初！

此外，伴随着堤防和底线，还会出现一种奇异的生理反应，身上会有短暂的战栗和牙齿的嘚嘚作响。这都和冰水浇向滚汤一样，因荷尔蒙激起的浪涛一下便被打消下去。

如此一来，他与尤尼塔的关系自然也就变成了这个样子：表面上彬彬有礼，说起话来客客气气。实际上在很多时候，多礼，正是距离和隔阂的象征；而客气，又是疏远与陌生的开始。因为大河所能给予尤尼塔的，也只有朋友之情和兄妹之谊。除此而外，他实在没法也不能够再有任何超过某种限度的表示，不能有任何情感方面的惠顾与施与，更遑论在用情上的随心所欲了。为此，他曾断然回绝过尤尼塔的求爱，并明确表示他们的结合是万万不可能的。他让尤尼塔彻底放弃这种想法。虽然尤尼塔对他的冷冷回绝非常不理解，甚至由不理解又进而生发出一些误解和怨怒之情，他都默默接受了，没有解释，没有剖白，更没有什么安慰，有的只是木然的表情和铁石般的心肠。他知道，不如此，美丽花朵所面临的只能是凄风与严霜，尤尼塔要遭受的也只会是苦痛和伤害。起于青萍之末的柔风，最好在穿林越壑之前就让它化散消解；发于星星点点的欲火，也最好在入肝动心之时将其扑灭熄掉。

想一想，那天的经历也真够奇特。就在他刚刚用“防”抵御住狂涛猛浪冲击的时候，幼小可怜的萌萌又出现了——

心猿意马想到这里，大河知道走了神，为了惩罚自己，顺手从石壁掰下一块核桃大的冰碴子，一缩脖塞进了衣领……

右前方起了一阵小旋风，一条雪龙上下翻飞蹿了几蹿，又一头扎在雪里熄灭了。雪谷西岸高高的山头正在一寸寸挨近太阳，悄悄吹来的下降风，肆无忌惮地调戏着积雪的山谷，一些经不起诱惑的雪，傻呵呵跟着风在天上狂欢乱舞。它们不知道，风在玩弄够了的时候，还会把它们重抛回大地。

突然，镜头里晃晃悠悠走来一只白熊。他兴奋得眼里一亮：这会不会是萌萌呢？为了看得更清楚些，他把望远镜的视度调整螺又微调了一下。“从前年春上把你放回来，”大河道，“狗日的，眨眼两年了。”

大河此番考察白熊谷，其中一个很重要内容，就是能近距离观察或是接触萌萌，看看这只人工驯养两年多的白熊，放归野外后性情及行为方式都有哪些变化，由此与其他白熊作一对比研究。可是来白熊谷三天多了，一直没见到它的影子。

“现在好了，它来了，我的萌萌，再近一点，就能看清额心那撮黑毛毛了。”大河想。

当真正看清楚白熊的时候，又有些沮丧了。原来，那是一头刚刚领孩子打猎回来的母熊。就在后面不远，屁颠屁颠跟着两个叭儿狗大小的熊宝宝——他知道，萌萌是雄性。在北极，带孩子从来都是白熊中的女性公民来做。唉，屈指算来，萌萌现在四岁多了，照理说也到了谈情说爱的年纪。只不知，小家伙是不是有了意中人？也说不定连宝宝都有了呢……

“不是它就不是吧，反正只要它在白熊谷，迟早会见到的。”他嘟囔道。

一会儿，白熊一家在一块碾盘状石头旁停了下来。这个距离，用肉眼也看得清清楚楚。大河放下望远镜，揉了揉有些酸涩的眼睛。

好像发现雪里有什么可疑，妈妈低头嗅来嗅去。两个胖宝宝歪头看了看妈妈，也煞有介事地闻蹭起来。嗅辨了一会儿，感到这样太枯燥乏味了，就一先一后离开妈妈，跑到碾盘石跟前。两只小熊学着大熊样子，侧身在石头上搔了搔痒，有一只还翘腿撂脚，星星点点地往上撒了几滴尿，然后双双拿头去拱冰石头。拱了几拱，石盘纹丝不动。两个又窜又叫，绕着石头追逐打闹，弄得一头一身雪末子。这时，妈妈已经用嘴巴在雪地里掘出一个坑，一块不知什么动物的棒槌般白骨赫然裸露。正和一些钓鱼发烧友只在意垂钓过程而不喜欢吃鱼一样，妈妈似乎也只是对寻找和挖掘感兴趣，等见到预期中的成果，倒索然无味了。

妈妈从雪坑里撤出身，呼呼啦啦甩了甩脑袋，再也不往坑里看一眼。两个熊宝宝倒来了兴致，一个大一点的，跳进坑一口叼住白骨，呜呜叫着往上拖。小的也不示弱，趁着白骨头上来一口咬住另一头。一个拖着向南，一个叼住朝北，两个谁也不让地拔起河来。

小的毕竟劲拙气短，只相持一会儿，就被大的拖着往前走；占了上风的那大的，趁小的不留神，突然用力把整根骨头拽了去，趔趔趄趄跑到碾盘石后面。小的懊丧地一屁股蹲在雪地上，泪汪汪地望着前方发呆。妈妈走过来，伸出舌头慈爱地舔了舔它身上滚起的乱毛，一面安慰它，一面似乎在说：“不要伤心了孩子，弱肉强食是我们这个世界的生存法则，赶快长大吧，你可以吃掉那些比你弱小的动物，当然也可以从同类那里抢来吃的——人类那个叫达尔文的小老头说了，这就叫物竞天择，适者生存哩。”

抢走骨头的那大的，半舔半啃地耍闹了会儿，又觉无趣起来，此前，它跟妈妈和弟弟（也可能是妹妹），在冰海饱餐了一顿海豹脂肪和心肝肺之类，到现在还不停地打饱嗝呢。这阵儿，即使一条肉鲜味美的海豹肋排搁眼前也不馋了。而之所以与那小的抢一根烂骨头，只是出于一种本能，或者仅仅觉得它好玩而已。它吭哧了几下鼻子，很是不屑地瞥了一眼沾了它不少臭唾沫的烂骨头，爬起来跑回妈妈身边。

白熊妈妈领着它的孩子们，悠悠然回到了雪岸上的家中。此后，陆陆续续又有五六头白熊，晃动着圆鼓鼓的肚腹，不急不躁从外面回到坡上洞穴，个个是享用过美味大餐之后满足的样子；也有几头睡了至少是一个大白天的白熊，带着一副饿死鬼托生的可怜相，迈着碎乱的步子，猴急猴急地向冰海踮去。

大河晚上九点多回到营地，汤姆已经吃过饭，屁股坐在睡袋上，左手握着一支一次性碳水笔，在往摊开在膝盖上的本本记着什么。今天他沿谷岸去了冰海附近，观察雷鸟和北极燕鸥。碰巧拍到了雪狐猎捕雪兔的照片，他认为这是一个绝对经典的瞬间，因此这工夫还兴奋着哩。

见大河进了帐篷，汤姆扬了扬手中的笔，道："于先生，桶里的饭，唔，八国联军，还热着呢，赶紧吃吧。"大河说了声谢谢就放下背囊，摘掉帽子，盛了饭，坐在自己睡袋上吃了起来。汤姆则埋下头，继续写他的东西。

吃了几口饭，大河突然问汤姆："喂，你看尤尼塔这姑娘怎么样？"汤姆抬起头来，愕然地看了看大河，不知为什么会问这个问题。汤姆忽闪着瓦蓝的眼睛想了想，道："尤尼塔嘛，当然非常好啦，花儿似的。"大河道："往后别傻乎乎老弄你那一摊子，瞅空儿，多往卢特吉尔跑跑。"汤姆待说什么，大河却呼呼噜噜扒开了饭。

吃完饭，到帐外用雪抹净了饭桶饭碗，大河爬到雪山顶上，迎着刚烈的朔风，为慨儿放飞了一只纸鹞。

夜里忽然起了大风，帐篷被刮得呼呼啦啦响，要不是篷衣四周钉得牢固，加上下半部分又有雪培着，肯定早被掀到天上。大河被风折腾得没法入睡，就摸出那本一直带在身边的《古文观止》来读。夜里的阳光不是很亮，但透过帐篷照进来，看书写字的倒不怎么受影响。看了会儿书，觉得一阵困倦袭来，歪头看看汤姆，这阵儿早一路打着呼噜进了梦乡，便撂开书，把羽绒服帽子往头上一拉，酣然睡去。

过了不知多久，忽听帐外噼噼啪啪一阵响，间或还传来粗猛的喘息声，三层尼龙绸帐篷推来荡去打开了摆子。大河起初以为在做梦，等帐篷哗啦一声压下来，猛然惊醒："糟了，准是来了那憨霸王！"手心冒出来一层汗。

这时，风刹了，除了外面白熊一劲捣腾弄出的声响，雪地里很安静。大河摸索着拉了好几次才拉开睡袋拉锁，急慌慌钻出来一看，汤姆早蹲在一边，手里紧握着那把用来防身的五连发猎枪，样子十分警觉。

汤姆向帐篷门努了努嘴，道："瞧，就在那！"接着，晃了晃满脸胡须的大脑袋，向大河挤挤眼。

大河伸手指指食品箱，问道："为了这个吗？"

汤姆点了点头。

大河拿来一袋干肉，想找机会扔出去将白熊引开。

这个企图失败了。白熊就蹲在门口，一张嘴，四只掌，加上十分地顽强和执着，又撕又拍折腾一阵，就把一顶大风没吹垮的帐篷弄趴了窝，但那薄薄滑滑的尼龙绸却阻碍了它进一步的企图，因此烦躁得呜嗷乱叫。

待在里面的两位，比守在门外的更焦急无奈。多亏扎营时把帐篷底盘挖了下去，要不的话早被摊了鸡蛋饼。蜷缩在下面狭小的空间里，大河和汤姆你看我，我看你，黑眼瞪蓝眼，大眼瞪小眼，一时不知怎样才能脱身。

正忧虑着，忽听外面呼哧呼哧多了一个喘息的声音。大河小声道："坏醋了汤姆，又来了个凑热闹的。"

大河话犹未了，就听响起一阵猛烈的撕咬声。呜呜噜噜，吭吭哧哧，啪啪嗒嗒，嗷嗷呕呕，一阵高尖，一阵粗浑；一声咆哮，一声凄厉。看来，后到的和先来的咬成了一堆。

耳听外面混乱之声，两人各是一脸迷惑。过了一会儿，大河恍然似有所悟。他看了看汤姆，汤姆蓝眼睛忽闪了忽闪，好像也觉察出了什么。

"是不是你那萌萌？"汤姆一脸神秘。

大河没吱声。

撕咬声渐远渐小，雪夜复归于寂静。大河和汤姆从帐篷里钻出来时，太阳已经很高了。他们发现不远处雪地上，哩哩啦啦有一些鲜红的血迹，已经牢牢冻在了冰上。附近的雪地一片凌乱，仔细辨别，还能找见一团团白毛毛。

第八章 心中有花慢慢开

白冬冬妙施圣手，连着又针灸三个疗程，奥乌里娅大婶腰病就基本痊愈了。冬冬惦着站上有事，想赶紧回去。结果老爹、大婶、尤尼塔以及托尼，说什么也不让走。尤尼塔为此和冬冬急红了脸。最后不管三七二十一，拖着冬冬到村政府给高站长挂了电话。高站长那头倒是一副乐哈哈的样子，他操着福建味很浓厚的普通话，慢条斯理地说道：“哈哈，不让你回来？很好的，很好的，那就在卢特吉尔多待上几天嘛，一来可以加深和老爹一家人的感情；二来嘛，得空也可以给老乡们看看病是啵？反正尤尼塔也不肯放你。”

老卜和老拴爷刚包完一锅大包子放屉里开着，正赶上冬冬她们来电话，也一起跑到报房通了话。说炊事班的同志都希望她安心在卢特吉尔多住上几天，站上一切正常，炊事班伙食改善得也不错，因此不要记挂家里。嘿嘿，她和老卜一帮厨，伙房倒扩了编，老拴爷成了班长，冬冬和老卜自然也就成班员了。

通话要结束的时候，布尔什维克大叔没忘了书记职责，提醒她道：“你这样做，也是给咱发展中的中国扩大国际影响哩！”老拴爷从旁插一句道：“影响不影响的不说，顿顿生肉生鱼的，倒是磕打坏了你。孩子，改天回来老拴爷给你蒸大包子吃！”

这样，冬冬在尤尼塔家就安心待下来。来卢特吉尔几天工夫，冬冬和尤尼塔一家就熟了，特别和尤尼塔，两人情同姐妹，互相爱慕。尤尼塔喜欢冬冬的文雅贤淑，冬冬欣赏尤尼塔的豪放率真。两人见了面，要么没大没小地嬉笑打闹，要么叽里呱啦不停地说话，简直就是一对一刻也消停不下来的山雀儿，总在用清丽的鸣啭和蹦蹦跳跳，来表达它们无限的欢快。“这姐妹俩呵，”老爹说，“在上辈子，肯定是一对恩爱的雪鸮夫妻来着，要不，咋这样亲哩。”奥乌里娅大婶也笑着打趣：“我的儿，你俩咋就没投一个娘胎里来呢。”

她还住在当年大河住过的那间客房里。小小斗居，冬冬感到一种莫名的亲切和温馨。

自大河走后，小客房一直空着，东西原样放置，只是在桌上椅上和床上盖着两块印着郁金香图案的红花绿底大亚麻布。冬冬进住前，尤尼塔掀去盖布，抹了抹地板和窗台，小屋子又干净得一尘不染了。

来卢特吉尔那天晚上，尤尼塔拎着冬冬的小药箱，带她走进这间屋子。尤尼塔进门后把药箱往桌子上一搁，笑着道：“我的姐，这是于先生使用过的房间，从他离开卢特吉尔，两年多了再没住过人。妈妈说啦，这间房子以后不能再随便叫什么人住了，省得弄腌臜了——瞧，都成名人故居了。”一边说笑着，一边伸出两手把冬冬往床边一捺，让她坐下。自己也顺势一腚蹾在椅子上。

“简陋是简陋点，倒还干净，被褥也拆洗过，你就对付着下榻吧，我的好姐姐，管保睡得又香又甜，没准呐，”尤尼塔故作诡异地收起笑容，道，“还能在睡梦里会一会我那未来的姐夫哩！”冬冬笑着拧住了她的腮帮子，说道：“该打，你这没正经的丫头，看你以后还敢不敢乱说，嗯！”尤尼塔赶忙捂着冬冬的手，告饶道：“好好好，尤尼塔再也不敢乱说了，请姐姐高抬贵手，饶了我这一遭。”冬冬松开手，故作嗔怒道：“再敢乱说，小心你那半边子脸！”稍停了停，冬冬又问道：“丫头，于先生来卢特吉尔好多次，都住这屋子吗？”尤尼塔莞尔一笑，道：“当然啰，不住这儿，难道住冰屋不成？”说着抬手一指墙上挂的三幅地图，又指了指桌子上码着的一摞书刊，“冬冬姐你瞧，地图，书刊，还是从前的样子呢。你要睡不着啊，就翻翻书刊解解闷儿，这都是于先生看过的。”尤尼塔说着，顺手抽出一本带彩插的地理杂志，趴在桌上饶有兴味翻弄起来。

尤尼塔深一句浅一句，不经意间这么一说，冬冬心里突然涌上一种奇妙而又复杂的感觉。她感到这间小房子除了亲切和温馨，好像还有种一时无法说清楚的东西，在暗暗缠绕和吸引着自己。这种缠绕和吸引，犹如堤岸之于海浪，苞蕾之于蜂蝶，巨木之于细藤，深林之于归鸟，不可抗拒，不可阻挡。她不知道这是冥冥中的机缘呢，还是一种宿命的安排？

她从床边站起来，仔细打量着这间屋子。虽然在她走进来的时候，房间里的一切已扫视了不下十遍。但她还是像初次走进北京故宫的珍宝馆一样，把这间小屋子好奇地再打量了一番。红松木墙壁，红松木天花板，红松木地板，就连门窗桌椅和橱子，还有睡觉的床，也是上好红松木打造的。房间像建造在红松树林子里，一股好闻的松香味儿弥漫了所有空间。墙壁上的三幅地图，膀挨膀挂在床对面松木板壁上，这给朴拙的木屋，不独平增三分雅趣，似乎还添了几许厚重。

冬冬走到地图前一看，发现这三幅地图，一幅是比例尺为二百万分之一的北极地图，另两幅分别是比例尺十万分之一的鲸头顶和白熊谷地形图。扎眼的是那张白熊谷地形图，上面标示着一圈圈等高线，怎么看都像是静卧在海底的一只大海参，头北尾南，略呈弯曲状蜷伏着。在海参下面标示雪原的空白处，还有十几行用钢笔、圆珠笔或铅笔等不同书写工具标注的小字，有的规整，有的潦草，在有的句子中，中文、英文混杂，还外加一些她无法看懂的符号。冬冬凑上去再加端详，看到有的注着某年某月某日来白熊谷，观察，拍照，有的注着某年某月某日至某日，在白熊谷观察并采样。最下面一行小字，是用红铅笔写上的，笔画粗浑，字迹稍有些模糊。经反复辨认才看明白，原来上面写的是：

一九九四年三月某日，与 Y 至白熊谷，¤萌萌归山

另外还有几处地方，或圈圈点点，或描描画画，因为字迹模糊潦草，圈画又勾勾弯弯，存疑之处众多，一时无从鉴辨破解。但可以肯定的是，所有这些字迹，皆出自大河之手。笔迹自然又是足迹。冬冬深信，那些圈点描画之处，不光印满了大河脚印，也寄托了他的梦想与期待，特别是反复做标记的那个白熊谷，那个从地图上看像只大海参的白熊谷，该有多少秘密在吸引着他，诱惑着他呵！要不然，为什么要不避辛劳艰险一次次跑了去，而且有时一去就好多天呢？

白熊谷，从名字上来看，一定是道白熊出没的山谷。在站上的万国大厅，也时常听队友说起过，总这个耳朵进那个耳朵出，未往心里去。现在想来，地图上标示的和队友口里说的白熊谷，还有大河一次又一次去的白熊谷，定然是一回事儿。那么，大河为什么老往那跑呢？白熊谷真的那么有吸引力吗？想到这里，冬冬突然为自己的幼稚感到不好意思起来，心里自讽道："人家搞的就是包括白熊在内的生物研究，研究白熊又不去白熊谷，那不是联合国里讲段子——开国际玩笑吗？"

地图和这些手写的标记，让冬冬浮想联翩。由地图而白熊谷，由白熊谷而白熊，再由白熊想到大河，她猛然感到心里像有只手在一下又一下地揪，那种发紧的感觉，仿佛透不过气来。冬冬也影影绰绰听说，大河从卢特吉尔一回站上就要和汤姆去白熊谷，要是一切如期进行，那么，现在他们已经赶去了那里。想到这里，脑海中倏地浮现出一些血糊淋拉的场面……冬冬为有这样奇奇怪怪的念头，有些不自在起来，脸上赧然而红。偷眼瞅瞅尤尼塔，见她捧着书正看得起兴，也不知看到什么有趣处，竟手一掩鼻子咯咯地笑出了声。

"这个没心没肺的丫头，跟孙猴子偷吃了太上老君的还魂丹似的。"冬冬心里说着，悄悄走到尤尼塔身后，说了声"我叫你笑！"探手去夺那书。尤尼塔不明就里，挓挲两手去捂，捂了两捂没捂住，书已被冬冬绰在手上。冬冬迅速睃了一眼——原来是图片中一头在雪地里打滚的小白熊，紧搂着一块冰疙瘩当玩具哩——那憨态可掬的样子，着实惹人发笑。"傻丫头，"冬冬晃了晃书，故意绷脸说道，"我以为你得了啥异宝呢，哼。"说着，把书往尤尼塔怀里一推。

两人说说笑笑闹腾了一会儿，尤尼塔看看时间不早了，才依依不舍和冬冬道了晚安，回自己房里睡觉去了。

尤尼塔走后，冬冬躺在被窝里，翻来覆去睡不着，满脑子尽是白熊吃海豹的血腥场面，驱也驱不散，甚至越是强迫不去想，那一幕一幕就涌上来越多。这像小孩子听鬼的故事，心里越怕耳朵越尖。她想起苏格拉底说过的那个痛骂自己眼睛的故事，恼恨得抓耳挠腮，折腾半夜才迷迷糊糊睡去。

蒙眬中，忽闻外边一片嘈杂，阿黄和那头黑狗狂吠不止。一阵杂乱脚步声过后，就听一个声音闷闷地道："不好了，出大事了！"冬冬急忙穿好衣服跑到门外，隐隐约约地，看见一大群男女簇拥着一副裹着白布的担架，一个个悲戚戚的样子，像红楼梦里给老祖宗发丧。冬冬挤进去一看，高站长、谷一风、牛得田、安子儒、刘振宗、老拴头、童圆他们都来了。可怎么没有大河呢？唉，大河哪里去了？低头再一看，担架边上趴着一个人，穿着一身黑，那是尤尼塔，她呜呜咽咽，已然哭成一个泪人。“这是怎么回事？”冬冬大声问道。问了半天，谁也不睬。她眼巴巴瞅着高凌霄，高凌霄把脸扭到一边；再看谷一风，一风抬眼瞅着昏冥的天空。冬冬拉着老拴头的手，哀求道：“老拴爷，这是怎么回事，请您告诉我！”老拴头叹口气，却待要说，忽然胳膊一甩，挣脱了冬冬的手。冬冬又去扯尤尼塔：“丫头，我们是好姐妹，告诉我，这是怎么回事？”

“怎么回事？”尤尼塔把担架上的白布劈手一掀，怒冲冲道，“你自己看吧！”

天哪，原来躺在担架上的是于大河！脸上血肉模糊，五官难辨，下半身被白熊啃得七零八落，一根白色的韧带，像绢条一般在大腿上搭拉着；五脏六腑也被掏空了，但一颗拳头大小的鲜红的心脏还在，而且像只青蛙一样，在胸腔里扑通、扑通蹦。尤尼塔挓挲两手去按，那心脏像长了眼睛，总能躲开她的手，蹦到另一边……

“啊，大河，我的大河哥！”冬冬撕心裂肺般大叫一声，一头栽倒……奇怪的是，虽说晕了过去，但好像也就持续了一眨眼工夫，身上短路忽然又接通了。这时，虽然手不能动，口不能言，却分明听见有人在一声声叫她。竖耳朵听了听，没错，是在叫她——那是大婶的声音：“闺女，醒一醒。”冬冬噢一声睁开眼，见大审披着一件羽绒大衣坐在床前，正慈爱地拍打着自己。

“唉，刚才我去洗手间，听到你大声喊叫，知道睡冒胧了，就赶紧跑过来了。我的闺女，做噩梦了是吧？”

冬冬感激地点点头，从被窝探身拉过大婶的手，贴在自己脸颊上。稍过了一会儿才轻轻说道：“没事，大婶，您去睡吧。”

“那你也快睡吧孩子，时候不早了，明天还有乡亲找你看病呢。”大婶说着，给冬冬掖了掖蹬开的被角，带上门，轻手轻脚走了出去。

在尤尼塔家里住着，般般都好，一家人怕她冻着热着，就像大观园里拿着那个衔玉而生的贾宝玉一般。可有一件，爱斯基摩人是吃惯了生肉生鱼的，如今虽说也有煎炸烹炒，也烤比萨面包，但毕竟以食生啖腥为主，吃点熟的或是面类，算是换口味。如此便苦了冬冬。且不说生的腥的，即便是做熟了，顿顿鱼餐餐肉的，也败了胃口。大婶变着花样煮蒸烤烩，尤尼塔和托尼时不时露几手打外面学来的手艺，也总脱不了那些荤腥。幸亏临来的时候，老拴头怕她吃不惯村里的饭食，往她背囊里塞了几斤挂面，还外带了十几包方便面、方便粥。当时，冬冬觉着老拴头有点婆婆妈妈。现在，婆婆妈妈的这些东西管了大用，冬冬早午晚三餐吃不服的时候，全仗这些东西帮着撑上一阵子哩。她因此打心眼里感激和佩服老拴头，想，这次回站上，一定得给老爷子带上点什么他喜欢的玩意儿。

卢特吉尔有个久远而又古朴的习俗，但凡谁家来了客，人们会一传十、十传百地相互告知，先是房前屋后左邻右舍，继之岭南崮北沟头湾边，里里外外没个不知道的。不啻如此，好客的卢特吉尔人，还会带上他们认为最好吃的东西，比如刚剖下的海豹肝、已经腌制好的驯鹿胸脯、鲸鱼尾肉、麝牛后肘还有鳕鱼、鲆鱼、鲥鱼、鲱鱼、鲽鱼、鲐鱼，等等，前去探望来客。因此，主人家便如逢会赶集一般，热闹得比一年一度的捕鲸节也差不到哪里去。

卢特吉尔这一独特习俗，在这个市场经济高度发达的国度显得有些怪异。据说这曾引起南部一位民俗学家的好奇，他怀着一种探究外星人的复杂心理，在地球最北端这个犄角旮旯一住就是一个多月。其间不乏刨根究底、搜奇罗异，不乏旁征博引、见豆疑谷，最后得出的结论不外乎两点：一是因为这里地处绝偏极僻之地，天荒地老，见个生面孔，就跟被佛祖压在五行山下的孙猴子遇到唐僧似的；二是因为这个民族上去多少多少千年，是从另一大陆板块迁徙过来的，在漫长的自身进化和社会进化中，那种游牧民族所具有的好客特性，就和企鹅的短翅、鲸鱼的后腿、水蚺的残肢、人的尾骨及阑尾一样，竟莫名其妙地保留了下来。这种颇滑稽的考证并不让爱斯基摩人领情，他们认为自己之所以热情好客，一是出自一种人初之善的本性，二是遵从了上帝的旨意——他们居住在地球顶端，离上帝最近，这种近水楼台最方便接受主的训诲，而圣父圣子圣灵要求敬信上帝的人，最要紧的是彼此切实相爱，不可忘记用爱心接待客旅，因为用爱心接待客旅的，不知不觉就接待了天使。

话说回来，村里人对待一般来客尚且热情如此，何况是对待中国考察站的白冬冬，又何况是年轻漂亮还会扎针的女医生白冬冬。这样一来，尤尼塔家里自然热闹非凡，厨房桌子上堆积的东西像小山，那些来做一般性探望的，带着好奇心想看看中国姑娘长个什么样子的，来找她诊疾问病的，还有借诊疾问病之机一窥其美貌的，种种人物带着种种想法，皆麇集在此，这比当年先祖瞧见第一个白人哆哆嗦嗦的场面，简直判若云泥。

村里也有家私人诊所，医生的医疗技术水平，往高处说是中国农村赤脚医生级，往低处就没法说了。反正没有不能扎瘸的病，也没有能扎瘸好的病，更没有耽误不了的病。因此，村里人真要看个病，得赶着雪橇到阿尔里斯，从那里坐飞机到巴芬卡，或者是到更远的南部城市去。

冬冬干的是外科，露的是针灸，因此那些看病的，人不分男女老幼，科不分内外妇儿，病不分轻重缓急，都觑着那根针儿，想让她给扎一下。冬冬或号脉听诊，或观望问询，一会儿口述剖断，一会儿下笔开方，能断的断，能针的针，略觉疑难危重，即千叮万嘱，催趱其到大医院诊治，省得延误了病情。真个是有条有理如《西厢记》上红娘梳头，忙而不乱像三国中凤雏先生判案。尤尼塔和托尼成了她的帮手，姐弟俩伺前搭后张罗着迎来送往，还不时地给冬冬端茶倒水儿，揩汗卷袖儿，搬凳看座儿，递针取药片儿，少不了又要解说方言土语当着翻译官儿，也是一阵阵手忙脚乱，昏天黑地。

这天傍晚，快嘴二婶玛尼米尔领着她的娘家侄女伊莉娅，来找冬冬瞧病。十五六岁的女孩儿，正如花一般的年纪，只因为上年二月跌进冰沟伤了脑袋，落下一个病根儿，一发病身上抽抽，不省人事。

“这闺女贱命贵脾气，得了病还不想看，要不是我这当姑妈的生拖死拽，她才不来呢。”玛尼米尔一只脚还在门外，大嗓门先响了起来。

这阵儿，看了一天病的冬冬又乏又累，靠在沙发上想眯一会儿，见快嘴二婶领着病人进来，就撑着要起来。坐在旁边的尤尼塔一把摁住她，嘴一噘道：“老实待着！看这头汗。”说着没好气朝玛尼米尔瞪了一眼，“二婶呀，也不看人累成什么样子，明天再说吧！”

一直低头藏在姑妈身后的伊莉娅，抻了抻姑妈衣角，声音小得跟蚊子嗡嗡：“咱回吧。”

快嘴二婶让尤尼塔拿话一噎，向来利索的两片嘴皮子不好使了，干吧嗒一阵没出音，脸也耷拉下来。这会儿见侄女儿拉扯她衣角，气得右手往后使劲甩了两甩——两眼却乞求般瞅着冬冬，道：“冬冬姑娘，你看……”

冬冬用力握了握尤尼塔的手，道："二婶既然领着伊莉娅来了，就看看吧。我歇憩了会儿已经好多了。"尤尼塔看了看冬冬略显苍白的脸，爱怜地点了点头，道："悠着点哟。"

一听给看病，快嘴二婶脸上放了晴。她堆着一脸笑，把伊莉娅扯到冬冬跟前。

冬冬初步判断，伊莉娅是脑外伤引发癫痫，俗话叫羊羔疯儿。就嘱咐二婶和伊莉娅，赶快到巴芬卡去做进一步诊治，最好再拍一张脑 CT。

"不能再耽误了呵，"冬冬接过尤尼塔递来的毛巾，轻轻揩了揩脸上冒出的虚汗，道："这是脑外伤留下的后遗症，治得越早越主动，效果也越好。"说完，摸着伊莉娅的脑袋，又嘱咐道："记着姐姐的话，要有信心呵！"

伊莉娅汪着两眼泪朝冬冬深鞠一躬，然后倒退着出门，一脸忧郁地走了。

"咱村里这大夫呵，啧啧，雪狐狸要是脖子上挂架听诊器，也不会比他差哪儿去的。当初孩子跌伤，包了包再给点止痛片，就这么打发了。"二婶撇着嘴说罢，扭头拖把椅子往沙发前一蹾，挨着冬冬坐下来。

快嘴二婶的话倒把尤尼塔逗乐了，她笑着赶了一句："照这么说，是不是野鸭子会说话，也能当媒婆子哇！"

快嘴二婶也没恼，晃了晃脑袋，笑道："你可别这么说尤尼塔，老古语说得好：'宁可少盖十座雪屋，也要多成一桩姻缘。'要是没有我们这些媒婆子，卢特吉尔有些爷们呵，怕是桉树杆儿去了皮——八成要打光棍哩。"

"得了吧二婶，没有海雀子吵吵，雪地里会更清静；没有了媒婆子，只怕地球照样转哩。你去纽约和华盛顿看看，人家的日子难道就不用过了？"尤尼塔话里明显带着骨头。

"野鸭子下锅煮不烂，就赖着嘴硬。我说尤尼塔呀，别看这会儿牙咬得紧，恐怕早晚还有央求我二婶的时候哩。你说呢，冬冬大夫。"说着，觍着脸朝冬冬笑了笑。

冬冬坐沙发上本来要迷糊着，两人一斗嘴，颇觉新鲜有趣，倒精神了不少。她没接二婶话茬儿，却笑着向尤尼塔打趣："像我们尤大丫头呵，将来不嫁个王子，起码也要嫁个影帝，什么贾利・古柏啦，什么劳伦斯・奥立弗啦，卢特吉尔这座小庙，只怕供不下这尊仙呢。"

尤尼塔故作嗔怒地白了冬冬一眼，打算酌量一个辛辣词儿回敬。不想话未出口，嘴快舌疾的二婶却抢了先——但话锋指向不是冬冬，而是尤尼塔：

“也别这山望着那山高，我看你和卡尔路克这门亲，在卢特吉尔那是天上难找——”

“请你闭嘴二婶！提这事你不觉脏了嘴巴，我还感到腌臜了耳朵呢。咱有言在先，这话到此为止，再提，可别怪做晚辈的没有好脸子！”快嘴二婶刚提到卡尔路克，尤尼塔那里就乒乓五十吼上了，仿佛鲸头顶上雪崩，一片飞冰碎雪猝不及防捂了下来，快嘴二婶瞠目结舌，一下窘在那里。

正在厨房烤比萨的奥乌里娅，听尤尼塔霹雳火闪地一嚷，也不知出了什么事，挓挲两只沾了白面的手，急急来到客厅，一见快嘴二婶脸不是脸鼻子不是鼻子地坐在那里，顿时明白个八九分。奥乌里娅朝快嘴二婶点头打了招呼，就使眼色把尤尼塔叫厨房去了。

这里，快嘴二婶见尤尼塔一走开，如同搬开压在心口窝的一块冰坨子，长舒一口气，道：“冬冬大夫，说起来不怕笑话，俺这个侄女尤尼塔呀，长得俊模俊样，也识字解文，可天生一副雷公风婆脾气。翻了脸，连天王老子也敢给他一鱼叉哩。”

冬冬笑着道：“这丫头一发毛，半边子山也崩得塌。”

快嘴二婶道：“要说起来呢，她爸爸是老猎手，一辈子不管和谁，从不带摔脸使性子的。我的这位老嫂子呢，老辈上是有教养的尊贵人，噢，就是尤尼塔的外公，是南方来的白人，行医，教书，办教会，募捐修路，做了很多善事，说起来满村人都念他的好。如今呢，唉，老人家也不在人世了——”

说到这里，快嘴二婶眼睛一红，流出了泪水，抬起油脂麻花的袖管抹了抹，又继续道：“老嫂子那时还年轻，按着老辈的愿望，当然也是全村人的要求，接过上辈的班教书，在卢特吉尔一教就是一辈子，脾气好得没人不圆。尤尼塔的弟弟托尼呢，腼腆得像个大闺女，一句话说不一半就脸红。单单这个尤尼塔，不知是天罡星临界呢，还是地煞星下凡，整日价风风火火，脾气大得没人敢惹。依我看呀，她八成应该是个男孩来着，结果托生成了姑娘。走橇使船，抡叉舞枪，夜叉见了也怵三分哩。”

冬冬听快嘴二婶一阵数落，扑哧笑出了声，就道：“二婶呀，这丫头既然厉害，往后就找个更狠的女婿来管她。”

快嘴二婶听冬冬一说，眼睛瞅了瞅厨房门口，见没啥动静，就两手把着椅子往前挪了挪，脸俯在冬冬耳边道：“知道她为什么看不上卡尔路克吗？”那神秘的样子，简直像袁世凯向慈禧太后密报康梁变法，“还不就是相中了考察站那个于、于什么河嘛，那姓于的起先在这里住过很长时间，后来听说两人还到白熊谷待了好几天呢……”

冬冬脑袋嗡一下，眼前冒出一片金星，脸上刚消了的虚汗又涌出来。快嘴二婶再絮叨些什么也听不见了。

冬冬闭眼靠在沙发上，只觉心里一阵发堵，身上没有力气。赶忙摸出随身揣的小瓶瓶，倒出一粒药丸塞进嘴里。在沙发上靠了一会儿，觉得还是不得劲，就悄悄回房躺下。

吃晚饭时，大婶端上四大盘驯鹿胸脯肉加土豆、圆葱、果仁烤制的比萨，一大盘生鲸鱼肉，一大盘专门为冬冬做的煮海豹肉，还有一碟蔬菜和水果做的沙拉。一家人温馨地围坐在香味扑鼻的餐桌前，做了饭前祷告，等着冬冬。但冬冬躺在床上没能起来。老爹道：“这孩子连着看病，八成累着了。”托尼道：“我和尤尼塔给冬冬姐提醒了好几回，让她悠着点，可姐姐哪里肯听？”老爹又道：“这孩子看上去体格就弱，不像咱这些冰里行雪里走的，这个样怎受得了？”说完了又对冬冬连连称赞。

听着古里班古和托尼说话，奥乌里娅一言没掺，心里却犯嘀咕：“玛尼米尔在的时候，还有说有笑，咋一会儿就躺下了呢？”她看了看尤尼塔，道：“你这孩子，说话走烟窜火的，是不是说什么伤了姐姐？”尤尼塔搂着妈妈肩膀娇嗔道：“看妈妈说的，俺疼姐姐还来不及呢！”略沉思了沉思，又对妈妈道：“是不是二婶惹姐姐生了气，或者是触景生情想起了心事……”大婶道：“二婶有啥惹她的，怕是有心事吧？”奥乌里娅说着又像是自言自语起来，“不对呀，听这孩子拉起过，家里爸爸妈妈身体挺康健的，这儿工作也称心如意。站上也好，村里也好，老老少少都宝儿似的捧着她，会有啥心事？”说到这里，推了尤尼塔一把：“去，瞧瞧你姐，别是病了啥的。”尤尼塔朝妈妈吐了吐舌头，蹑手蹑脚向冬冬房间走去。

过了一会儿，尤尼塔阴沉着脸走了出来。大婶问道：“咋的，病了？”

尤尼塔啥也没说，一屁股坐在椅子上。

“看你这孩子，问你呐，姐姐她是不是病了？”奥乌里娅佯装生气白了女儿一眼。

“病了、病了，你就知道病了，好好儿的就这样咒人家？！”尤尼塔鼻子不是鼻子脸不是脸。

“瞧你，谁招惹你了？跟吃了枪药似的。算了，我看看这闺女去。”大婶说着，顺手解下围裙，去了冬冬房间。

恰这时，伊莉娅的父亲——又矮又粗的猎手帕波雷克，推门撞了进来。一只脚才跨进门里，就倚门框大喘着粗气嚷：“古里班古大哥，八成是萌萌来了。”

老爹让托尼拉过来一把椅子，用手指了指道：“帕波雷克，来，里边坐下慢慢说。”

“不坐了，不坐了，”帕波雷克一边摆手一边道，“刚才我打猎走到村西北海滩，看到一群狗追咬一头大白熊。狗怎么咬，白熊也不还口；不光不还口，还被逼得一步步往后打倒腿哩。你想想，要是别的白熊来了，狗们能讨这么大便宜？听到狗咬赶过来的卡尔路克，举起枪就要搂机子。节骨眼上你家阿黄窜出来，一下把卡尔路克扑倒了……”

“哇，是萌萌！”托尼闻言兴奋地喊了一声，道，“一去都两年了，我以为忘了咱卢特吉尔了呢。哈，到底还是来了。爸，姐，你们吃饭，我搭大叔雪橇赶过去看看，别让萌萌吃了啥亏。”说完，到门口抓过防寒服就往身上套。

“托尼，老老实实待着你的！”尤尼塔突然粗着嗓门吼了一声，托尼愣了一愣，瞪眼看着尤尼塔，不知她发哪门子邪火。

老爹嘴巴张了张，啥也没说。

尤尼塔头也不抬，三把两把穿上衣服、鞋子，喝令托尼：“去，拿块海豹肉！”

托尼跑去拿来海豹肉，盛在一个塑料袋里交给尤尼塔。看着姐姐一副让人摸不透的样子，托尼讨好地碰了碰她的胳膊，低声道：“姐，想想法儿，看能不能把萌萌带回来。”

“那要看它愿不愿意哩。”尤尼塔说着转过身，头也不回跟着帕波雷克出了门。

第九章 母亲

冬冬吃药躺了一会儿，胸口不难受了，但心里如有一把乱草戳着。尤尼塔看上去没肝没肺，单纯得像汇泉湾的海冰，谁知她是属大白菜的，一包心儿全在里面呢。要不是听快嘴二婶说她和大河如何如何，真不知道这妮子竟会磨眼里插木头——横上这么一杠子！怪不得于大河住过的这间屋子，隔这么久了，摆设还是一动未动，敢情这里面寄托着她一份情感哩！在这妮子的眼里，屋子里的东西，怕是和陆游留给唐婉的金钗、司马相如送给卓文君的玉坠儿一样，都是念物儿呢。哼，还说她妈妈不让外人住哩，明明是此地无银三百两嘛。这么想着，一个翻身，不意又看到对面墙上那几幅地图。那天晚上，白熊谷地形图上那行潦草的圆珠笔小字，就曾引起过她的留意，但也就一转念的事，再没往深处想。现在，这行小字就像一群带翅的蚂蚱，连飞加扑棱蹦到她的眼前——与 Y 至白熊谷，那 Y 是谁呀？是不是尤尼塔？又一想，不是她还能是谁呢？ Y 是尤尼塔的简称。对了，快嘴二婶不是说，他们还在白熊谷待了好几天嘛。那么，¤ 萌萌归山又是什么意思？冬冬一葫芦事儿闷在心里，左思右想，脑仁儿发疼也没想出个幺二三。

人的思维有时就跟夜间在汽车光柱里跑的兔子，一点不知拐弯。此时的冬冬，就进了这样一个死胡同——

啊，两人居然还在白熊谷待了好几天。那白熊谷荒凉得除了熊瞎子，连一根人毛儿也没有，正是青春年韶的壮男倩女，几天几宿在一个帐篷住着，他们……难道……会不会……唉，想到这里，头像炸开来一样，两耳鸣胀，鼻子发酸，太阳穴嘭嘭跳，眼前一片雾蒙蒙，委屈的云彩不知打哪漫过来，眼泪不知不觉流了下来。急忙拿手绢去擦，一边擦着，眼泪像雨后山泉，一个劲地涌。小手绢濡湿了，又拿来枕巾，后来干脆把枕巾蒙在脸上，任眼泪掀海倒江，肆意汪洋。她真想放声哭上一场，到一个没人的地方，到一个能把身与心都彻底放平的地方，痛痛快快、淋漓尽致地哭一场。活了这么大，从来没喜欢过、爱过一个别的男人。唯独对爸爸的这个学生于大河，一心相系。在她的心灵深处，大河占据的那个位置，就是梁山伯在祝英台心目中那个位置，就是罗密欧在朱丽叶心目中那个位置。如此，又有谁能取代得了呢？因而她对大河的情感，就像美玉那样毫无瑕疵，就像白云那样纤尘不染。爱情的花园，本来就是两个人的专属领地，再多踏进一只脚，不，就是多踏进一个脚指头，甚至是一种踏进脚指头的企图呢，也让人不堪忍受。

但是，冬冬在天性中，又是一个文雅贤淑、内涵丰厚的人，纵是对大河情感如火，却从不主动道明。总觉着爱情应该像瓜果梨枣一样，熟透了，自然就香甜了。贸然为之，就是口里一千个一万个我爱你，也像强摘的瓜果，收获的只会是苦涩和酸楚。对于女儿的爱情观，年迈的妈妈很不以为然。妈妈有好几次要给慨儿的姑姑说开，甚至还想直接找大河，当面锣对面鼓替她表白心思，把女儿这件终身大事，一钉一铆砸实下来。冬冬说啥也不让，甚至和妈妈急红了脸。“丘比特的神箭，怎么会只射中我呢！月老的红丝绳，也不会只递到一个人手里啊！”冬冬心里想。可说到嘴里的话就不是这样了。她对妈妈道：“人家要是不愿意，咱不是自讨没趣吗？！再说啦，这样的事又不是谈买卖，哪能你二五我一十直接说到当面呢！这事您就别操心了。”话出了口，冬冬心里也后悔，她知道，在她和大河这件事上，妈妈一起初并不愿意。妈妈总觉得大河好是好，但终归离过婚，带着个女儿又有病。像冬冬这样的条件，什么好的找不到？但看到女儿对大河一往情深，和慨儿处久有了感情，自己也喜欢和怜爱上这个苦命的小娃娃。慢慢地，心里就愿意了。心里一愿意，倒着了急，巴不得女儿早早把事定下来。

临来北极前一天晚上，妈妈帮她收拾行李，一切妥当之后，坐在沙发上的妈妈，一把把她像小孩子似的揽到怀里，一边用指节突起的粗粝的右手，爱抚地摩挲着她瀑布般黑黑长发，一边半是疼爱半是嗔怪地说道："冬儿，你也老大不小了，和大河的事，这回见了面是不是就明确下来呀，老不温不火地拖着，让妈妈心里揣个转葫芦，从早到晚没个着落处。"

依偎在妈妈怀里，冬冬感到心里暖融融的。她歪了歪头，仰脸看着妈妈，颇有点调皮地道："妈妈，看你老人家又来了，不是说不让你操心嘛。"

妈妈伸出一个手指，轻轻剜一下女儿脑袋："傻闺女，你说的就跟灯草灰那样轻巧，可你是妈妈心尖上掉下来的肉呵，能不操心吗？你和大河这么多年了，不说青梅竹马吧，互相也是知根知底的，还有啥说不出口的？你们的事早一天定下来，一来当父母的去了块心病，二来对慨儿的照料也更妥实了。你看，你和爸爸也把孩子从她姑姑家接来了，连邻舍百家的也知道咱们都是一家子人了。"

"妈妈，别管我和大河的事定不定下来，对慨儿，咱们该怎么关心就怎么关心，该怎么照料就怎么照料。你和爸呢，就是她的爷爷奶奶。现在，小慨儿也到地大附小读书了，有个小孩子在眼前，整天欢蹦乱跳的，你和爸爸也不孤单，省得一天到晚光盯那破电视看。"

"说到照料慨儿，你和大河都不用担心，我们拿她就跟亲孙女儿似的。慨儿呢也单单见了我和你爸亲。唉，要不怎么说不是一家人不进一家门呐，只可怜那病……"

说到这里，妈妈眼里含着两汪泪，眼看着就要往下掉。冬冬怕妈妈继续说下去，忙打断她的话道："这会见了大河，我想和他谈谈慨儿手术的事，不能再拖了，孩子年龄越大越不利，要做就得抓紧。"说完想了想，又道，"不过，做手术嘛，最好就到我们医院，我情况熟悉，上上下下的找谁也方便。"

妈妈瞪大眼睛看着她："心脏做手术，该不会有啥危险吧？你爸系里张老师有个亲戚，孩子和慨儿差不多大，也是娘胎里带来的心脏病，去年在一家医院做手术就没下来手术台……"

冬冬嗔怪道："妈妈，看你说的！我们院做几百例了，都很成功。这一项心脏手术是我们医院的绝活，在国内那是没说的，就是在国际上也有些名气哩。当然啦，我会给慨儿找最好的主刀。"

妈妈道："要这样最好啦。不过，这个事你真得和大河好好商量，做手术终归不是小事情，不十拿九稳——”妈妈说到这里觉得不妥，想了想，又道，“不行，十拿九稳不行，必得十拿十稳，必得一百成咱才能做。这可不比在脚上抠个鸡眼拔个骨刺。”

冬冬笑了笑，道：“妈妈你放一百个心吧，我们人民医院里的人民医生，个个又红又专，一定会把咱小慨儿病治好的。”

妈妈笑着拍了拍冬冬的头，把刚才话题又拽回来：“我给你说冬儿，到北极见了慨儿爸爸，横竖第一件，得把你俩的事给我砸实喽。以后孩子做手术，你也好，我和你爸也好，照顾起来更名正言顺，谁也道不出个不字。”

冬冬侧过脸，只把眼来向妈妈挤了挤。

妈妈顺势在冬冬胳膊上拧了一把，道：“死丫头，看鬼诈得你！这事办不好，哼，小心不让你进这个门！”

冬冬转过身来，两手勾着妈妈脖子，撒娇道：“我要是不进门呵，别说是你呀，就是我老爸也得急，还不找根棍子拄着，满天下找他那宝贝千金？”

妈妈笑道：“看美得你！到时候你想进门，慨儿那儿也不会答应的。”

老实说，冬冬并不怀疑大河对自己的感情，虽然大河从来没向她或向任何人表白过。但她有一种直觉，这种直觉很要命，就像上帝的眼睛，能穿云透雾，洞悉人的心灵。而她，就是凭着这双眼睛，看到或是感受到了大河的内心深处。

直觉这种东西，特别是女人的直觉，又特别是女人在感情方面的直觉，说起来就是这么神。虽然它只是一种主观感觉，甚至还有些臆测猜度，还有些朦朦胧胧，却往往八九不离十。而且这种直觉之灵敏，就好比高精度的雷达，再小的目标也能捕捉得到；又好比最先进的计算机，不管表象多么纷纭复杂，它总能找到切入实质性数据的有效路径，从而剥茧抽丝般把一团乱麻理出头绪来。在这一点上，冬冬还是颇自信的。大河禀性仁厚，感情上的事要从他嘴里掏出个话来，就像让卡西摩多直接向阿丝米拉达表达爱情一样困难。尽管如此，细心的冬冬还是能从他言谈举止上，从眼神情态上，甚至从慨儿的身上，从好多好多方面的一些细微之处，感觉到大河对自己的真实想法。虽然捕捉这些信息，就像从空气中的悬浮颗粒中提炼黄金那样不容易，但她靠自己的直觉，还是捕捉到了。春天的小苗发芽，只消一场小雨就够了；有情人之间的会意，常常不需要第二个眼神。

想到这里，觉得不比先时那么憋屈了，眼泪也不流了。同时又想，大河也不是轻浮随意之人，对他的为人做事，其实大可将心放肚子里，不必听到风就是雨，见了雾露想河水。更不可以世俗之心妄加揣测，招些不该招的烦恼，生些不需生的闲气。至于尤尼塔，这实在是一个难得的好姑娘，德才貌三宝，件件都有，又正是如花似玉的年纪，喜欢上甚至于爱上于大河这样优秀的男人，也是再正常不过的，自己完全不必小肚鸡肠将她视为情敌，既伤了姐妹之情，又徒致非议，生气上火。就顺其自然吧，事情都会有一个自行了断的结局。这样想着，心里又好受了些，觉着口里发干，没滋搭味的，就起来喝了口水，找了粒薄荷丹含着，这才又上床躺下。

躺下睡不着，就摸过放在枕边的《全唐诗》。书是读不下去的，但她翻出里面夹着的一张照片，正好在杜子美《春望》一页。那是一张彩照，是她临来北极前和慨儿在海边照的。照片上的慨儿，穿一件大红羽绒服，戴一顶白羊绒帽，紧紧依偎在她的胸前，脸上笑得像一朵刚刚绽放的蚂蚱菜花儿，本就细长的眼睛眯成一条缝儿。而照片的背景，则是蓝蓝的海水和一片没被冰雪完全覆盖的赭色礁石。照片实际是爸爸的杰作。那一天，妈妈和爸爸也去了海滩，一家人和小慨儿一起拍了整整一卷柯达，但冬冬顶喜欢她和慨儿的这一张。妈妈倒有点不以为然，认为爸爸把女儿的年纪照小了，和慨儿怎么看都像是姐妹俩。

这张放大成七寸的照片，大小和书页差不多，她就当书签夹在书里，在打开书的时候，总是先端详笑成一朵花的慨儿，心里就涌出好多念头。这些念头，像清晨花瓣上的露珠那样晶莹，像穿过杏林的春风那样柔和，里面埋藏着她对生活对未来深深的向往。看着慨儿，一种充实而又幸福的笑容，灿烂地绽开在冬冬白净的脸上。她嘴里道："小慨儿，你还好吧？你知道吗，我每天都跟你的眼睛在说话呢！"

嘴里正说着，忽听房门吱一声响——不用问，听脚步也知道是谁闯了进来。她慌忙闭上眼睛装睡着，照片却来不及夹回到书里去。

"好呵我的姐姐，知道你没有睡着，就起来吧，妈妈做了你爱吃的比萨，一家人等着你呐。"不知为何，尤尼塔嘻嘻哈哈说过这几句，在她床边站了一会儿，又忽然走了。

过了一会儿，大婶又来了。她见冬冬脸朝里躺着，像是睡着了的样子，也没忍心叫醒。只轻轻为她掖了掖被角，把露在外面的一只手，塞进被窝里，便悄没声退了出去。

大婶的探视，让她心里着实宽慰了不少。也不知为什么，见了奥乌里娅大婶，她总是想到自己的妈妈；想到妈妈时，也会情不自禁地联想到大婶。两位老人，一位是远在万里之外的中国妇女，一位是近在眼前的有白种人血缘的爱斯基摩妇女，她们虽然人种不同，语言不通，文化教养与传统习惯也不尽相近，可她们的头上都有着同样的白发，她们的脸上都有着同样的皱纹，她们的心地都是那么善良，她们的面容都是那么慈祥。她们一句温暖的话语，一个关切的眼神，一个爱抚的举动，哪怕仅仅是想起她们呢，也会让人从心里感到熨熨帖帖。在她们的身上，都有着一种做母亲的最高贵、最博大、最恒久的特质——与其说是特质，倒毋宁说是一种最宽广无边的母爱。就是因为有了这种母爱，春风才会柔和，阳光才会明媚，百鸟鸣啭才会好听，绿树鲜花才会有意义。这实际上是一种力量，一种坚冰之所以能够融化、春草之所以能够生长的力量！这也是一种踏实，一种从云空回到地面、从汪洋踩上陆岸的踏实！正因为如此，人类才成其为人类，才能有别于草木沙石，有别于其他一切生灵。可以说，自从上帝或者是女娲谁的创造人类到现在，还没有一种光亮能超越母爱发出的光辉，还没有一种伟大能胜过母爱的慈厚，还没有一种无私像母爱那样彻底，更没有一种包容能像母爱那样无边。太阳的光芒还有照射不到的角落，还有被遮挡的时候，而母爱不会，她能穿越时空，直达心灵。

由两位母亲，进而又想到了慨儿和大河，冬冬心里透了亮儿，一种暖融融的感觉，开始在血液里发酵蒸腾，开始在经络中渗流奔涌，她仿佛一下子回到春天，花儿鸟儿，树呀草的，满目新绿，身上觉着轻松舒坦了许多，胳膊腿的也有了力气。她掀开被子，从床上一骨碌下来，到洗手间里拧开热水管，哗哗啦啦放了一洗脸池水。洗了几把脸，还是有点涩，两个眼角发紧，头也有点木，就干脆把半个脑袋浸在水池里，呼呼噜噜泡了一会儿，果然清爽了不少，这才拿毛巾把头和脸擦干。

从洗手间出来，对着桌子上一只嵌着海豹图案的圆形镜子，往脸上搓了点蟾宫牌护肤粉蜜，往嘴唇上抹了点西施丹唇膏，双唇微微合了一合，从镜子里看到脸啦眼的和平常没有什么不一样了，这才穿好衣服，踩着一双尤尼塔的红丝绒做表的棉拖鞋来到饭厅。

餐厅里，老爹、大婶和托尼坐在餐桌边，静静地等着冬冬。见冬冬出来，三个人都很高兴。托尼嗵地站起来给冬冬摆好椅子，又倒了杯热茶递到冬冬手里，亲切地说道："姐姐，你先喝杯茶暖和暖和。"大婶问道："孩子，是不是觉着比先时好多了？"冬冬喝了口热茶，坐在椅子上，道："刚才有点晕，可能是昨儿晚上和尤尼塔说话说得太晚了，没有睡好。"一看一家人等了她这么老半天，就有点不好意思，便接着道："老爹，大婶，你看让你们等了这么久，饭都凉了。"老爹摆了摆手，道："快别这么说，咱爱斯基摩人呐，冻肉冻鱼的吃惯了，还在乎饭凉吗？凉了吃起来爽。"

大婶用刀子划了一小块比萨，站起来放到冬冬的盘子里，道："吃不来那些生的腥的，就不要吃，别弄坏了胃口。来，尝尝我烤的这饼，看合不合口味。"说完，也不坐下，两眼慈祥地看着冬冬。

冬冬咬了口比萨，慢慢嚼着，眼泪差点流出来。以前，她每次从外地回到家里，妈妈做了好吃的，往她眼前一推，就这样两眼盯着她，一直定定地看着她吃下去，自己才动筷子。现在，大婶也是这样看着她，眼神里流露出来的慈母之爱，让冬冬心里百感交集，只觉着有一种暖暖的、甜甜的、柔柔的东西，在自下往上、自里往外涌动着。这种东西力量强大，强大得几乎世间没有什么东西能够和它抗衡——因为在它面前，冷冰可化，生铁可熔，隔膜容易消除，距离能够缩短，甚至丑陋会变得美丽，邪恶能皈依善良……此刻，她真想抱住大婶亲切地叫一声妈妈。可她没有，就在这种情感上升到爆发点之际，她勒住了那头扑向嫩绿青草的小鹿。

"大婶，这比萨太好吃了，真的，我还从没吃过这么好的烤饼呢。"咽下一口饭，冬冬几乎一字一顿地道。

"既然好吃，"托尼正嚼着一片抹了海豹油的生鲸肉，听冬冬一说，赶紧一缩脖咽下去，噎得打了一个嗝，伸了伸舌头，这才继续说下去："姐姐，你就支持一下妈妈的工作，多吃一点。要不然，她造了这么多产品可就滞销了。"托尼的性格，和尤尼塔刚好相反，或者叫作互补，平常里见了生人，一说话脸就红，因而家里来客，多半躲得远远的，不得已要说话，也是打声招呼赶快走开。可和冬冬在一起时，不但愿意说话，而且还常常抢着说，一点不腼腆。这一点，连大婶和老爹也感到匪夷所思。尤尼塔有一次甚至和妈妈开玩笑："这个小托尼，是不是看上人家冬冬了？”大婶捶了她一把，骂她没个正经。

正如同把尤尼塔看作自己的小妹妹一样，对于托尼，冬冬也把他当成小弟弟。来北极时间虽然不长，和尤尼塔一家的接触，从认识老爹开始，满打满算不到十天光景，可她觉着和这一家子，见了面有种自来亲。特别是托尼，就像个七八岁的孩子，得空便缠着他的冬冬姐讲中国的事，似乎什么都让他感到新鲜。

听托尼劝饭，冬冬使劲咬了一大口，这才猛然发现家里少了个最爱说话的人，就问尤尼塔怎么不来吃饭。

老爹道："刚才你睡着的时候，伊莉娅的爸爸跑来说萌萌来了，尤尼塔一听跟着他的橇就去找了。这一会儿——"老爹往门口瞅了瞅，"见不见着的，也好回来了呀？"

"萌萌？"冬冬颇有些不解地问道，"是那头小白熊吗？"

托尼笑着道："姐姐原来也知道呀，对，就是大河哥哥和尤尼塔从野外拣来的那头小白熊。养了两年多，后来长得比阿黄都高这么大一块——"托尼用手比画了一下，"看看放到野外也吃不着亏了，他俩就把它带白熊谷放了。"

老爹道："托尼还说呢，当初放萌萌，你可是哭着号着不干哩。"

大婶道："别说托尼，就连我也舍不得呢。养了那么久，和人有了感情。"

一家人说着萌萌的时候，冬冬想起了地图上那行潦草小字。现在她明白了，萌萌归山，就是把小白熊放回白熊谷，而那个符号 ¤，看上去嘛，也许是晴天的意思，也许是一个下雪的标志，当然也可能既是晴天又飘着雪花。晴空飘雪这样的天气，北极也是有的。于是就问托尼："萌萌毕竟是野兽，放野外这么久了，会不会返了野性？"

托尼知道冬冬担心尤尼塔，就道："不会的姐姐。萌萌和别的野兽不一样，聪明着呐。别说放归野外才两年，就是时间再长，也忘不了咱们家呢。"

大婶道："这辈子我就信一条，好心总会有好报的。哪怕是个狗呵熊呵，只要真心实意疼它爱它，它也有情有义。"

听大婶说起报应，冬冬想起了艾奥诺那个故事。就问大婶："这个村老辈上有个猎人救过一头白熊，这事总会有的吧？"

大婶道："这些事呵，一桩桩一件件的，都装在你老爹脑子里，他知道的最多，也最清楚。你想想，爱斯基摩人世世代代生活在这冰天雪地里，和鲸鱼呵白熊呵，能少得了打交道吗？所以，这猎人救下白熊的事，自然也就不稀奇了。像艾奥诺说的故事，玄是玄了点，但起码说明这白熊也是有情有义的，你救它一难，它报你一恩。这一点，比世上有些人还好一千倍呢。”

这时候，老爹已经吃好了饭，却没有离开餐桌。一边坐在那里慢慢喝着茶，一边拿一根桦木牙签，很执着地剔着牙。老爹年轻时有口咬钢嚼铁的好牙，又硬又韧的鹿蹄筋，咔嚓一口就咬断。现在不行了，啃咬冻肉冻鱼，特别是那年掉进雪坑里吃了几天冰雪，伤了牙口，牙齿松动不说，还有缝子，肉丝老往里面钻，因而每顿饭花在剔牙上的工夫，已经赶上了吃肉的时间。听到老伴和冬冬说起白熊媳妇的故事，就道：“说白熊给人当媳妇，那是一辈辈编啦成的。但猎人救下熊崽这种事，不说其他地方，光是卢特吉尔，也有过好几回了。就说玛尼米尔的爷爷吧，早年在冰海打猎，可巧遇到一只受伤的小熊崽，抱回来一直养到成了年，能自己打食吃了，又把它放了。我听我的父亲说过，后来那头熊真的还帮玛尼米尔的爷爷打过海豹呢。”

“这事不假，而且还好几回呢。”托尼道。

冬冬听大婶和老爹讲的入了迷，叉子上叉着一小块比萨，老半天了找不着嘴。大婶看她出神的样子，就笑了，道：“闺女哎，老爹讲老爹的，你吃你的，咱这里有的是这样的故事，让你老爹一桩一桩都讲来给你听。”

大婶这一说，冬冬才发现一家人早吃好了，都坐在桌子边等着她呢。就把叉子上的比萨送进嘴里，三口两口吃下去。托尼问她还要不要尝尝烧海豹肉，冬冬摆着手道：“饶了我吧托尼，饱了，没口福再吃了。”托尼扮了个鬼脸，道：“那姐姐还吃带来的方便面吗？”大婶笑着剜了托尼一指头，道：“咱们托尼越来越调皮了。”

大家正说着话，就听哐啷一声响，尤尼塔带着一阵风进了屋，人一边走着，反手把门砰地一甩，朝自己房间去了。脸上阴沉沉的，也不说话。

大婶看了尤尼塔一眼，朝冬冬一笑，小声道：“瞧那驯鹿踢了一脚的样子，定准是没见到萌萌。”

托尼看到尤尼塔一脸不高兴，心里发急，就一撇嘴站起来，要追着问个究竟。大婶使个眼神，让托尼老老实实坐下。大家谁也不说话。

换好衣服鞋子，涂脂擦油地磨蹭了一阵子，尤尼塔才从自己房间出来。坐在冬冬对面椅子上，头不抬，眼不睁，拖过一盘煮海豹肉，拿刀子切了，慢慢吃起来。

大婶起身倒了一杯茶递过去，道："喝口茶，看噎着。"尤尼塔端起杯子喝了一口，也不放声，低头只顾吃自己的。

冬冬切了一片比萨，叉起来放到尤尼塔盘子里，顺手用叉子敲了敲盘沿儿，道："我的大小姐，倒是开一开金口呵，是不是出师不利呀？"

托尼也急哇哇地道："难不成萌萌吃了亏？"

尤尼塔咽下一口肉，这才懒懒地道："萌萌走了。"

"走了？"托尼和依旧在剔着牙的老爹浑然不解，几乎异口同声问道，"这到底咋回事儿？"

大婶和冬冬，也一脸茫然地看着尤尼塔。

尤尼塔放下刀叉，两手一摊，没好气地道："咋回事？谁知道咋回事呵？！我和帕波雷克叔叔去了海边，除了一片乱蹄窝儿，啥也没见到。"说罢，也不吃饭了，两手在胸前交叉一抱，眼瞅着墙壁出神儿。

托尼顿了顿脚，道："帕波雷克叔叔说卡尔路克要杀萌萌，是阿黄救了它，哎——"托尼突然眼睛一亮，"我看看阿黄是不是在家。"穿上衣服鞋子就跑去了室外。

"阿黄，阿黄！"托尼唤了几声，阿黑摇着尾巴跑了过来，却不见阿黄，就又回到室内，道，"阿黄没在家，是不是和萌萌在一起呢？"

尤尼塔没开口。好不容易像干完一件工程那样剔完了牙的老爹，点着一支香烟，舒坦地吸了一口，慢慢说道："托尼说得有道理，阿黄兴许和萌萌在一块儿呢。"

"在一块儿又怎样，蹄子长它们身上，这阵儿谁晓得跑到了哪里？"大婶叹了口气。

"得，我知道它们会去哪儿，我找找去！"好像有了一项重大发现，托尼说着，就兴冲冲地往外走。

托尼前脚刚跨出门，尤尼塔起来追几步走到门口，抓起那袋被她丢在风雪门边的海豹肉，往托尼怀里一扔，说了句："看你冒失的！"

和大婶、老爹及托尼吃着饭说笑了半天，冬冬心情已经非常好了。但见了尤尼塔，有些东西还是疙疙瘩瘩放不下。脸上就像刚下过雨的天空，太阳是出来了，几片薄薄的云彩还在飘着。特别是尤尼塔从外面回来，脸上阴嘟噜的，见了她也不理不睬，全不似往日那般亲密。虽然说没找到萌萌，让一家人尤其是让她心里难受，可心里再难受也不能甩脸子呵。坐在尤尼塔对面，眼瞅着那副冷冰冰的样子，冬冬感到有些尴尬，就站起来，想借着帮大婶收拾杯盘之机走开，一下又觉太过孩子气，跟出了什么事似的，让一家人都不好理解。欲待像往常一样说说笑笑吧，总提不起精神，也开不了口。于是，就跟卖秫秸似的戳在那里。

这时候，尤尼塔抱着的手臂倒是放下了，但一只手端着一杯茶，既不放下又不喝，也是一副心事重重的样子。

收拾完厨房的大婶，洗了一盘嫩绿的葡萄，端着走过来，瞧一眼尤尼塔，又瞧一眼冬冬，见两人一个坐着一个站，聋子对哑巴，谁也不搭话，心下思量：下午她们还好好的，怎么一转眼都跟变了个人似的？再一看老爹，只在那里一口接一口地抽烟，也是个闷葫芦。就笃笃地敲着桌子道：

“喂，请你们吃葡萄了！”

老爹摇了摇头。他对水果这类东西，向来不感兴趣。冬冬和尤尼塔，倒像是没听到似的，各人依旧在那里想心事。

大婶对冬冬道：“来，孩子，坐过来吃葡萄，甜着呐。”

冬冬还算着尤尼塔的账呢，忽听大婶跟她说话，一走神，恍恍惚惚也没听明白。只是瞪了一双大眼傻愣着，茫然不知以对。

倒是老爹看出冬冬哪里不对劲儿，就问道：“孩子呀，是不是不舒服啦？”

老爹一说不打紧，大婶赶紧走过来，抬手摸了摸冬冬额头，道：“乖乖，头上热呼啦的。”

正发着愣怔的尤尼塔，听妈妈一说，急忙把茶杯一放走过来，也拿手放在冬冬额头上，稍顷，猛地道：“不好，脑袋烫人，真的是生病了！”

冬冬一把推开尤尼塔的手，道：“看你一惊一乍的，到底你是医生，还是我是医生呵？”

尤尼塔倒不生气了，拉了一把冬冬，用少有的慢声细语说道："好了姐姐，你就别要强了，赶快回房里休息吧。忙活这一天，肯定累坏了。"

大婶、老爹也一齐劝冬冬回房歇着，冬冬向两位老人点了点头，也没再理尤尼塔，就抬腿回到自己房间。

这里，大婶目送冬冬回到房间，用手指剜了一下尤尼塔，道："我的尤尼塔，这么大了恁不懂事。只顾闭着眼吃饭，也不搭理姐姐，叫那不知道的，倒像是谁欠了你的债。"

尤尼塔眼里含着泪珠儿，刚张口要说什么，老爹接过去道："奥乌里娅你别这么说，尤尼塔也是心里不好过。萌萌好不容易回来一趟，又差点挨了黑枪。"

大婶道："话是这样说，可姐儿俩平日亲亲热热，一下子好像生分了，我心里倒有些不大得劲儿。"

老爹把吸完的烟蒂在烟灰缸里掐灭，笑着道："你们这些有文化的人呵，心肠子就是细。要我看呐老伴，啥也没有，净是你多心哩。"老爹说着又歪头向女儿道，"是不是呵尤尼塔，老爸我没说错吧？哈哈。"

尤尼塔看了爸爸一眼，并不接话茬儿，眼皮子抹瞪了抹瞪，扯腿也回到了自己房间。

老爹和大婶面面相觑，如堕五里雾中，不知女儿今儿转了哪根筋。

老两口闷头坐着，谁也不说话。过了一会儿，奥乌里娅起身拿来一个驯鹿皮做的线笸箩，取过一块熟好的海豹皮，戴上老花镜，比比画画着，打算给老爹缝一双靴子。她在极北之地教了一辈子书，像这些只有爱斯基摩老年妇女还能做的手工活，她是做不惯的，但老爹穿不惯商场里买来的洋靴子，因而只好将就着缝一双了。

看着奥乌里娅要缝靴子，老爹道："家里还有些上好的海豹皮子，冬冬走的时候，你看要不要叫她带几块去，缝几双靴子袜子的，脚上穿着也暖和。"

奥乌里娅一听老爹的话，扑哧笑了，她摘下花镜，点着老爹的鼻子道："现如今姑娘小子的，不像你们老古董，谁还稀罕穿这些粗粗拉拉的手工货？不过——"她口气一转又道，"拿上几块，或是给家里老人缝个皮背心啦，或是送个什么人呵，倒还是可以的。"说到这里像是想起了什么，就自言自语道，"得看看这个闺女去，是不是要喝点水了啥的。”

奥乌里娅站起来，倒了一杯白开水，试了试不热不凉，就端着来到冬冬房间。见她已睡熟，把水杯轻轻放在桌子上，又退出来掩好房门。

奥乌里娅再回到客厅的时候，老爹把已经煮好的咖啡倒了两杯，一杯给老伴，一杯自己端在手里。两人喝着咖啡，又说一些家里村里的琐事，这样过了一个来钟头，忽听街上传来一阵摩托车刹车的声音，接着又听托尼在外面嚷道：“妈妈，尤尼塔，快着点，咱们家来客人了！”

老爹和大婶闻言，急忙向外走去，还没到门口，就听一阵踢踢踏踏往尼龙门垫上蹭鞋的声音。老爹伸手去拉门，还没碰到把手，门却吱地被推开，于大河和汤姆两人顶着一头一身的雪花，闪了进来。

第十章 风缓云脚低

从白熊谷回来的当天下午，大河放下背囊，进淋浴室痛痛快快洗了个澡，又喝了一杯热咖啡，就去找高凌霄，想汇报一下白熊谷的考察，再把去火岩岛的一些想法进一步谈谈。到办公室找了几次，人不知哪里去了。跑厨房里找老卜，正在择菜的老卜说，吃早餐时碰到过高站长，一天了再没见他影子。现在，他也有事想找着商量呢。

回到房间才想摊开笔记本写点东西，却发现花盆里的土干得起了皴。就到洗手间去拿塑料瓶子——每次给蚂蚱菜花浇完水，总是顺手把瓶子灌满熟着，这样再浇花儿不受屈。

蚂蚱菜越来越旺势了。粗壮的蔓子，粉扑扑肥嘟嘟的，齐刷刷爬到了花盆外面。枝桠间花蕾已经有小米粒大小，这阵儿像待字闺中的姑娘，虽然还羞羞答答，但已经咕嘟起了嘴儿，不久就要放开来。

大河什么时候看到这花儿，心里都会飒然一爽。打记事，就知道蚂蚱菜和庄户人甚至和他于大河是一种什么关系了。那时候，生产队里分的粮只够吃大半年，空着的半截肠子，得靠蚂蚱菜来填巴。在家乡的山谷野地里，最不缺的就是蚂蚱菜，挖一茬发一茬，发一茬吃一茬，茬茬济穷活人。蚂蚱菜就是穷人的活命菜，是老百姓的根。年成好些，蚂蚱菜从人的食谱里悄然隐退，猪羊鸡鸭鹅们的饭食，倒因此晋级上了档次——蚂蚱菜用刀一拦，再拌上点糠壳麸皮，畜牲们就吃出了猪悟能嚼人参果的味道。

知道蚂蚱菜除果腹、饲畜之外还有审美功能，是在大学毕业前那年夏天。他记得，那个傍晚，夕阳低照，红霞似火，他从百多公里外那座城市回家，一推开院门，看见刚做完直肠癌手术的母亲，一手捂着腰间粪袋，一手拿一把可乐瓶改装的喷壶，在给短墙上一字摆着的花盆浇水。那些花不是别的，就是蚂蚱菜，这时候开得正艳，红的黄的粉的绿的，盆盆婉丽动人。说真的，他还从来没看到过土里土气的蚂蚱菜，栽到盆里是那么好看。手捂粪袋的母亲和姹紫嫣红的蚂蚱菜花，一个给予了他生命，一个曾养育过他的生命，人和花就像一幅图画，一刹那深深刻在他的脑海里，走千里万里，经冬冬春春，从没褪过颜色。也是那一次，母亲打点他返校时送给白老师的礼物，满满两个旅行包，一个是刚摘下来的花椒、玉米和豆角，一个就是几盆蚂蚱菜花儿。没想到，老师一家都喜欢。特别是冬冬，见了这野花，倒比牡丹芍药什么的还高兴，说了声“这一盆归本小姐”，捧起一盆开红花的，就踮进自己房间。那一刻，他心里忽地发了一阵热。

似乎就是打这时起，大河对蚂蚱菜竟有了新的看法。觉得它不再是一种普普通通的野菜。那花儿，有玫瑰的热烈，牡丹的富贵，康乃馨的俏丽，郁金香的典雅，更有月季的朴实和杜鹃的坚韧。总而言之，各种名花异卉的好处，蚂蚱菜花儿好像都占着。甚至就连它匍匐的身姿，也是谦逊品格的象征；浑身上下散发的土腥味儿，也是让人亲切的因由。

这是大河对蚂蚱菜认识上的一次革命性飞跃。从此，人过千山万水，蚂蚱菜也跟着他度云破雾，很少离开过他，即使几次来北极，也带了这花儿。累了困了，寂寞了孤独了，看看它，或者摆弄上一摆弄，心胸豁然万里，云峰宛在脚下。“这就是根和本哩，”大河一个人面对着蚂蚱菜花的时候，时常这样自言自语，“啥时候忘了这根本，人就会和柳絮一样，虽然满天飞，却轻飘飘一文不值哩。”

由蚂蚱菜花，自然而然想到了萌萌。正如同狼孩莫格里落入狼群，注定了他与狼们的关系一样，自大河和尤尼塔把萌萌救下的那一刻，也就注定了它和人之间的关系，注定了它必将与自己的同类同族，有着另一种不同的命运。那天早晨在白熊谷东岸，当他和汤姆小心地从帐篷底下钻到外面，看到不远处那片打斗过的痕迹，特别是看到那些血迹和毛团，几乎没容多想，萌萌，那头憨态可掬的小白熊，刷地从脑海里蹦了出来。不管是凭第一感觉，还是凭第六、第九、第二十七感觉，他觉着这是萌萌干的。其实就在两只白熊死命打斗的时候，大河已经这样猜测了。如果不是萌萌，就凭先头那熊疯狂而又执着的劲儿，不把帐篷翻个老底朝天，能善罢甘休吗？如果不是萌萌，又有谁胆敢去阻止一只饿熊掠食？

浇完花，顺手又给喷壶灌上水，就听有人敲门。打开门，见童圆手捏一份材料站在那里。童圆道："听卜书记说大河老师找高站长，他这阵儿正在鲸头顶呢。刚才牛老师从山上下来，让老拴头给留饭，高站长他们一时半会怕下不来呢。"

谢过童圆，大河换上野外行头，沿着积雪的山坡，径直向鲸头顶走去。

建站的时候，就设想在鲸头顶搞一个联合工作站，把气象以及对太空观测研究的仪器设备都码进去。结果工作堆压堆，摞挤摞，一项项如同神仙葫芦里的豆子，总没个倒完的时候，因而到这工夫，还八字没一撇，一堆气象设备只能暂存库房。急得安子儒他们，整天价跟在高凌霄屁股后面，火燎了眉毛似的叽叽哇哇。那神仙的豆子，粒粒法力无边，可撒而成兵，可聚之无形，挥抛自如，皆凭所愿。工作就不同了，尤其是现在的工作，那是推着石滚子爬坡，一不使劲，别说往前走，就是能稳住脚跟不打倒腿，也很难很难。既没有顺水的舟船天掉的饼，也没有好啃的骨头省油的灯，有的还是一团乱麻裹着带刺的盘丝头，让你捋不得，撕不得，掰不得，捶不得。要么驴不走，要么磨不转。软不成，硬不成，急不成，慢不成，青蔓耗成了老枯藤。

"世人只道做官好，做官的难处，又有哪个晓得了？"类似贾雨村式的叹息，高凌霄暗地里发过不知多少回。

好不容易，高凌霄在今天下午倒了个空儿，就带着谷一风、牛得田、安子儒和刘振宗几人，一路说着话上了鲸头顶。一行人俯高就低，瞻前顾后，南转北绕，左踏右勘，看看联合工作站到底建在哪里合适。

天近日影斜，风缓云脚低。一步跨到野外，高凌霄感到心情舒朗了许多。昨天晚上，妻子吕菊萍打来一个电话，急哇哇说了两件事儿，件件让他心里添堵。

一件是，在国外留学的儿子小强，又催命似的叫家里打钱。说起来，小强真是夫妻俩的一块心病，在孩子从幼儿园到初中这个关键阶段，夫妇俩都忙在事业上，虽有赵父[1]望子成龙之心，却无孟母迁居择邻之功，对孩子关心不够，又疏于管教，孩子学习就半撂了荒。三年前，小强到那个曾号称鹰不落的国家留学，学成个什么样子不知道，夫妇俩的钱匣子倒一年比一年瘪。小强一般不往家打电话，打电话就不一般，内容永远都是一个字：钱。上年过年小强回了趟国，高凌霄以为烧了这么多钱，孩子总归有点出息了吧？结果回来就躺床上倒时差，在家两个月，时差倒了六十天，啥也不和你交流。高凌霄气憋在心里没地儿出，晚上就把床帮捶得嘭嘭响，一边捶，一边长叹："真是家道不幸，出此不肖之子，奈何奈何。"听说小强又催打钱，高凌霄心里不觉隐隐作痛。

二一件还是那个娄书仪。这小子不知托得哪路神仙，竟然让人找到他的家里，给夫人施压，吕菊萍没有当回事。过了不几天，公公又转弯抹角找她谈话。你他妈的娄书仪，工作不咋的，兵法学得倒不错，还国外国内、避实就虚搞起了前后夹攻哩。吕菊萍所在的那家报社，社长姓瞿，名太坚，因为说话娘娘腔，为人处事爱装腔作势，虚拉八唧，没个男人样，又沾着太监的谐音，大家背地里就叫他公公。五年前，公公在科研所的一位亲戚，想参加一个南极的科学考察，高凌霄没让去，公公把气撒在吕菊萍身上，把这位在报社总编室干了二十多年的资深编辑，调到图书资料室，去干一个初中生都有人才浪费之嫌的活。夫人身体不太好，功名心自然淡了不少，一看资料室清清静静，这个账也算认了。

这一会儿情况比前时有些不同。公公先是表扬吕菊萍淡泊名利，干一行爱一行，图书资料管理得比历史上任何时期都要好，而且不是小好，也不是中好，是没有人超过的大好；接下来又拉着娘娘腔，假惺惺检讨说自己这个当社长的，平日里对资料室工作缺乏应有的重视，对管理员吕菊萍更是关心得不够。喃喃嗌嗌、哈哈哼哼绕了老半天，这才暗度陈仓转入正题，说出了娄书仪那事。末了，公公若明若暗、似软又硬地表示：要是高凌霄安排娄书仪上冰，不仅她可以调回编辑部继续当编辑，而且还会顺利解决副高职称。

"只要以人为本嘛，这个、这个，是不是，嗯，那个各方面呵，哈哈，就皆大欢喜喽是啵。"想起菊萍在电话中，学着公公的娘娘腔说出的这句话，高凌霄就跟

① 赵父，指赵奢，其子为战国时善纸上谈兵的赵国大将赵括。

吃了苍蝇似的，说不出多么恶心。

“他妈的什么玩意儿！见过不要脸的，还没见过这么不要脸的。手里有芝麻大点权力，就得谋取比西瓜还要大的私利，小人呵小人！”听菊萍学完娘娘腔，高凌霄忍不住在电话里愤愤骂道。也就是和菊萍讲话的时候，高凌霄才如此不藏不掖，心里有什么，张开口就来什么。

话说回来，菊萍大学毕业到了这家报社，辛辛苦苦干了二十多年，那些比她去得晚资历浅的大姑娘小伙子，一个个火车过站似的越过她，成了副高、正高，成了副主任、主任。而她呢，就像时下一些国有资产，不仅没有增值保值，反而大贬其值。每每想起此事，心里总觉愧对妻子。他大小是个司局级干部，在官场上高低的也算个人物。如果自己稍稍昧点良心，拿手中权力来个交易寻租，或者是动用一下关系网略加周旋，菊萍断断不是现在这个样子。

有时候，菊萍心不静，也发牢骚，埋怨高凌霄不做柱子不做梁，看起来脑袋上忽忽闪闪顶着三寸纱帽翅儿，手里头硬硬软软捏着个官印子儿，实际是个银样镴枪头，好看不顶用。但牢骚归牢骚，埋怨归埋怨，菊萍并没往牛角尖里钻，往往是话从嘴边说，气打生时消，这边下雨，那边出日头，哪还到心里去？加之菊萍属于贤淑的那类女性，再难听的话到了嘴上，也像三春里刮起的风，想硬都不行。可这一次，大概也是让小强要钱给气的，加上公公软里硬里明里暗里的一羼乎，一扇巴，又想想自己从总编室到资料室，就剩下个传达室没去了，火气就蹿到了头顶。她对着听筒那边的高凌霄，结结实实发了一通安娜·克列尼娜式的脾气：“凌霄呵，老高呵，你惯常里不是很主张圆通吗？咋到你头上就不灵光了呢？不圆通来个变通也成嘛，让那个娄书仪上冰又咋了，左不成还能影响解放全人类，还能耽误实现共产主义吗？全中国的布尔什维克里，你这样的人恐怕就一个了……”

在高凌霄的印象中，两人从恋爱结婚到现在，一个屋檐下过了这么多年，勺子也曾碰着锅沿，牙齿也曾咬过舌头，但被菊萍没鼻子带脸一顿数落这种事，还真没怎么有过呢，高凌霄心里悒悒然，怅怅然。在郁闷的同时，还有种古里古怪的新鲜感。

不过，菊萍这样一说，倒着实让高凌霄脑子里多拐了不少弯子。官场混了这么多年，他太清楚公公这类人了。他们就像屋烂土里长出的蒺藜蔓，一无是处，还扎手扎脚伤害人。可这土壤适宜，墒情温度的也适宜，因而就疯长，扯里挂外的到处是，让你躲又躲不及，防又防不了。蒺藜蔓的妙处在于，它们看上去也是一派绿意盎然，也表现得生机勃勃。然而那扎人的刺疙瘩，就深藏在绿叶的下面；而公公们呢，像蒺藜，自然又比那野蒺藜高级得多、可怕得多。他们手中大大小小的都有些权，而对于攥在手中的权力，就视作自家一亩三分地里的摇钱树，除了让这棵树分分秒秒为自己摇钱，别人连想看一看这棵树的风景也是枉然。惯常里，他们把自己打扮得人五人六，话说得比八哥鹦鹉还好听；私底下，心比炭黑，脸比腚厚，干的勾当比蛇鼠之辈还阴暗龌龊。毫无疑问，公公拿菊萍的工作安排和职称晋升，来和娄书仪上冰做交易。

“这些厚颜无耻的东西，连起码的原则也不要了。”高凌霄愤愤地骂了一句。

平心而论，高凌霄虽然圆滑老到，虽然也不时在提醒自己，尽量和他经常把玩的那块黄河石一样，将任何棱角磨光。但骨子里有种东西，却像那麦子面里的面筋，你怎样筛，怎样罗，怎样磨，怎样淘，面筋不光去除不掉，而且还越折腾越劲道。这种东西，大概就叫作良知吧。正因为此，很多事情，就只有按照自己的逻辑走了。菊萍也好，高凌霄也好，公公和娄书仪也好，谁也不能例外。

在鲸头顶上转了大半天，心情好多了，站址甚至上山的道路修在哪面坡，也都勘测好了。正准备和安子儒几个下山的时候，大河气喘吁吁爬了上来。

“嗬，我们几个正要下山呢，你倒上来了。怎么样，野外还顺利吧？”高凌霄说着，眼盯脚下，趔趄着身子在雪坡上向下出溜了几步。

“还好，还好。”大河一边应答着，一边往上迎了两步，两手做出要随时扶一把的架势。

高凌霄没用大河扶。两脚稳稳踩在没有冰雪的石头地上。

“哎，老安，”高凌霄忽然回身对安子儒道，“这个斜坡背风处有一大块平缓地方，我看呵，在这地儿建它一个避难所，放上点吃的用的，遇到恶劣气候，上下山的人员可暂且在这里躲上一躲。”没等安子儒回答，又转过头来向着大河，“你看呢大河，是不是半路上得有这么个地方？”

几个人停在这里，前后左右端量一番，议论一番，然后说着话儿向站区走去。

看到大河找高凌霄有事，谷一风和安子儒几人知趣地加快脚步超过了他们。

大河和高凌霄并肩而行，一边走，大河一边把野外考察的情况，简要向高凌霄做了汇报。在说到和汤姆夜遇北极熊袭击的时候，大河推断说，很有可能是原先收养过的那头白熊救了他们。高凌霄听到这里瞪大了眼睛，脚步也不知不觉停了下来，他问道："收养过一头白熊，居然还救了你们？唔，还有这档子事，这么长时间了，怎么没听你说起过呵？"大河遂一五一十把那年和尤尼塔如何去白熊谷考察，又是如何追踪一老一小两头熊并最后救回萌萌一折，说给高凌霄听。高凌霄听得是一头一脸稀奇，一面听着，脑子里转出了公公那副嘴脸，因之说道："这动物呢，也是有情有义的，你只要真心对它好，它也记着人的好处，懂得知恩图报哇。唉，相比起社会上有些人来，真也是白白地披了一张人皮！"然后又连连感叹了一番。

大河道："本来这次和汤姆进白熊谷，一个重要动因，就是想追踪调查萌萌在离开人类社会后，其习性和生存状态较之其他白熊，都有哪些改变。观察了几天，雪谷中其他白熊见了不少，就是没见它的影子。起初，我还真怕萌萌适应不了环境呢，谁知这家伙在暗里猫着呢。"

高凌霄道："哈哈，这倒有点意思。里里外外这番折腾，充分说明了这个，这个，叫啥来着？对，萌萌，萌萌不仅适应了严酷的自然环境，保持了凶猛的兽性，而且还有点人性。另外呵，哈哈，我看它的智商也蛮高，是个干潜伏的高手哇，是不是大河？"

大河道："这件事出了以后，连汤姆也觉得匪夷所思哩。胡子元帅说，萌萌的故事，简直可以让好莱坞拍个大片呐。"

高凌霄道："大河呵，我有个预感，咱们和萌萌的故事，好像才开了个头呢。"

大河道："萌萌毕竟是个畜类。至于以后怎样，还得看缘分哩。不过，有了这个萌萌，倒是丰富了考察内容，也在我们的北极生物学研究中，提出了一些新的课题。对于这些北极生灵，人类实在知之甚少，也缺乏应有的关注，关爱就更谈不上了。"

高凌霄道："是呵，我们研究生物学的目的是更好地保护这些动物植物，更好地保护我们的地球。可现在，地球和人类的麻烦越来越多，对地球上的问题，我们究竟知道了多少？又做了多少呢？前几天，我看了一个材料，说全世界一千多种哺乳动物、一千多种鸟类和两万多种野生植物正面临灭绝的危险。而实际上，它们就是一天比一天被消灭着减少着。联合国曾组织专家搞了个预测，说在未来一二十年中，现存物种要减少百分之二十到百分之二十五，也就是说，根据这个速度，每天要消失的物种有八十到一百四十个，你说可怕不可怕呵！物种为什么不断在减少？这些上帝的生灵为什么总在遭受涂炭？问题就出在人类本身，出在人类的贪婪、贪婪！人类要是不好好控制自己的贪婪，别说物种，更别说萌萌，就是地球也迟早会被人类自己毁掉！”

高凌霄说到这里，右手伸出往下劈了劈，表现出了一种他这个年龄和职位少有的激动，说起话来就和进了流水线的易拉罐，一句紧接着一句，语调也比平时慷慨激昂了不少，大河一句话也插不上。但说着说着，忽然意识到了什么，话戛然而止，流水线也不转了。静场了一阵，才又恢复了惯常语调：“唉，操闲心了。咱们别学那王熙凤，东府里的事没整明白，却又去打西府的差——还是扫净家门口的雪，干好眼前的事吧。”说到这里，对大河道，“噢，你看你看，光顾着说萌萌了，你是不是还有别的事？”

大河点了点头，就把去火岩岛的一些新想法，说给了高凌霄。这些想法，其实都是一些考察细节，是大河在白熊谷时一点点想到的，这里面包括租用狗橇、联络方式以及要携带什么样的食品、防寒防冻物品，等等，事无巨细，一一铺陈。

高凌霄认真听着，嘴唇微咬，右手掌习惯性地在一伸一握，一握一伸，好像那块油光发滑的黄河石，这工夫就攥在手里。

等大河把话说完，高凌霄道：“很好的，很好的，这些想法都很好。一旦去了火岩岛，你们将孤立无援，不管出现什么问题，都得靠自己来解决。因此，行前还得再仔细想想，看还有哪些事需要办，特别是一些具体细节，都要考虑周全，不要因为一块板，洒光了一桶水。”

大河道：“这些自不必多说，我还会把此行所有问题，在脑子里再过上几遍筛子。事情的关键是——”说到这里，大河略略停顿了一下，然后加重了语气，“关键是把出发的时间定下来，而且宜早不宜迟，不能再拖了。”

听大河说到出发时间，高凌霄眉头微微皱起，右手的伸握动作也慢了下来。“是不能再拖了。”沉吟片刻，嘴唇咬了咬，果决地说道，“这样吧大河，你和一风、安老师他们做好准备，算上今天，咱们就定在三天后正式出发！”

一听高凌霄说三天后出发，大河那双细长的眼睛发出了光亮。但也就眨了几眨眼工夫，忽然又有些担心起来。他担心的不是三天后走成走不成，而是在组队上给高凌霄带来的压力。于是说道：“好肯定是好。只是嘛——”他摘下毛线帽，挠了挠头皮。

“只是啥嘛，吞吞吐吐的，又不是借谁的印子钱。”高凌霄道。

挠完头皮，扣上帽子，大河这才道：“娄书仪上冰的事，你咋向老领导交代呵？”

高凌霄道：“顾不了那么多了。要是哪座庙都烧到了香，叩到了头，我看黄花菜也凉了。再者说了，将在外君命有所不受，何况现在到了过年贴对子，开镰，开镰，哎，你们北方叫啥来着？”

大河接着道：“开镰割麦子。”

高凌霄道：“对，对，是开镰割麦子。你来想想嘛，过年贴对子，要的就是这个日子，过了年，那对子再贴上还有啥劲？割麦子就更不用说了，这个你比我明白，北方谚语曰麦熟一晌，到时候你不开镰，它就给你把粒子掉到地里去。这上冰的事就这么定了，等一切办得牢牢棒棒了，我再给家里发电传。你们只管做好准备，其他啥事儿，有我这个当站长的兜着。”

这样说着说着进了站区。在生活栋一楼分手的时候，大河对高凌霄说，出发前他还得和汤姆去一下卢特吉尔，因为帕波雷克说在离村子四十多公里的老君岭冰堆中，发现了一些久远年代人们使用过的东西。汤姆怀疑有可能是他先祖留下来的，或者是能够从中发现一些与他先祖有关系的线索，就约大河和他一起去察看察看。大河道：“一次次跑到北极考察，汤姆最大的心愿就是能找到高爷爷失踪的线索，从而揭开谜底。然而，每次都很失望，克林斯特一百二十多人的一个队伍，还有两条当时最先进的木桅机器船，竟然像一下子被什么吸进地心里似的，连根毛儿也见不到了。”

其实，大河还有一层意思没表达出来，就是想借去老君岭之机，让汤姆有个能够单独接触尤尼塔的机会。他一直觉得，汤姆与尤尼塔应该成为很好的一对，而自己恰有成全的责任。

高凌霄道：“我也听说过，克林斯特是汤姆爷爷的祖父，但不管找到找不到探险队的踪迹，克林斯特会永远受到后世的敬仰，他们对人类所做出的贡献，人们也永远不会忘记。”说到这里，话题一转，“出发时间很紧张了，那你们打算什么时候去卢特吉尔？”

大河道：“吃口东西垫巴垫巴肚子，马上动身。”

高凌霄道：“很好的，很好的，快去快回。不过，一定要注意安全！”

大河答应着转身离开，刚走出几步，高凌霄又叫住他，道：“回来时，别忘了把咱们的大夫接上。冬冬在那儿也有几天了，再不接她回来，就该埋怨我这个当站长的叔叔不关心她了。另外，她回来也好准备准备。”

在大河和汤姆临离开北斗站的时候，扎着白围裙的老拴头，拎了几包七星台速冻水饺，一溜小跑追上来。老拴头道：“闺女这些日子，肯定让生肉生鱼的磕打坏了。带去这点水饺，顺顺嘴，养养肠胃。”大河道：“看你老拴头，冬冬在那儿也吃不了一顿半顿的了，还捎啥水饺呵。”老拴头咧着缺了一颗门牙的大嘴，笑着道：“那不行，她哪怕吃一顿，或者是吃一口哩，也得给咱捎，闺女娇嫩着呐。”

大河替冬冬谢过了老拴头，把速冻水饺装到背包里，就和汤姆发动雪地摩托，带着一股雪尘向卢特吉尔驶去。

第十一章 七七四十九坛葡萄酒

尤尼塔回到房间，衣服没脱躺到床上，两眼铃铛似的盯着天花板。

事情来得太突然了。下午叫冬冬吃饭，冬冬佯装睡着，她一点也不介意。可无意间看到的那张照片，就像淮阿喀亚人看到波塞冬突然间把他们的人和船变成石头一样，一下让她发了蒙。她甚至不知道当时是怎样走出冬冬房间的。

现在想起来，那张照片让她心里多难受呵！画面上，冬冬跟一个小女孩相依相偎，亲如母女。不用猜，只看一下眉毛和那对细长的眼睛，也知道小女孩就是大河那个患有先天性心脏病的女儿。

如果换一个人，或者换一种心态，也许会因为这张照片而高兴。高兴冬冬的善良、漂亮，高兴慨儿的天真、幸福，更高兴这一大一小两个人在一块儿的和美融洽。她早就听大河说过，他的老师也就是白冬冬一家，时常照料慨儿，她因此替大河替慨儿满心欢喜。可现在，看到冬冬和慨儿在一起那幸福快乐的样子，心里竟说不上有多慌乱。她想起白熊谷大河欲热又冷的极力克制，想起萌萌大战麝牛头时她的表白遭受到无情拒绝，想起了大河平日里对待她所把握的那种度数和分寸……

不行，不行，这肯定不行！尤尼塔耳边又响起大河的声音。说实在的，当时她听到大河说这话，虽然心里委屈难过，像脸上挨了一巴掌，但她并没绝望，并没对大河丧失信心。不仅如此，而且还倒过来替大河着想，觉得不愿意答应她的求爱，是担心慨儿的病会连累别人，或者是自己没有能力照顾好别人。因为拒绝常常是出于善良，退让则更能表现出高尚的美德。由此，她才坚持从条件优裕的南方，回到家乡这片冰凉的大地。要知道，这样做，外公老家的人是多么不理解呵！就像当年外公执意要留在北极一样。这些亲戚们，都认为这个小姑娘脑子有问题。可又有谁懂得她的心呵。她不图别的，就是图能在这洪荒的冰雪之国，再见到把她魂儿牵走的于大河；就是图自己一直漂泊的爱情之舟，能有个停靠归依的幸福港湾。

让她苦恼和不能理解的是，大河从来鲸头山下建站的这两年里，和她见面的次数不能算少，单独相处的机会也有过几次，可热情中总是透着冷静，友好里带着客气。有好几次，尤尼塔想直截了当再剖白心迹，可一接触到大河那用复杂情感材料构筑起来的屏障，就如拳头打在橡皮墙上，往往话没出口先已没了劲，自己往日里的大胆泼辣，竟被撕扯成淡云几抹，直爽勇敢也化为清风数缕。在应邀到北斗站过中国春节的时候，她一夜没睡觉写了一封信，A4 的纸满满十六页，可谓句句情切意笃，字字披肝沥血，石头人看了都要动心的。信是直接交到大河手中的。几天后，大河倒是回了信，虽只寥寥数语，尤尼塔看了，心尖儿像被剜了一刀子——无疑，大河写的是一封回绝的信，里面所表达的意思再明白不过：对于尤尼塔的爱，他是不能接受的。这封信，不就是一份坦诚的告白书吗？！这连小学三年级学生也看得懂。可痴心的尤尼塔，偏偏上来这股子痴劲，倚在床头读罢信，绝情书儿往胸口一捂，偷偷哭了大半宿，眼泪把信纸都打湿了。她能想明白极夜时候天上的星星为什么会眨巴眼睛，极光为什么会七彩斑斓飘忽不定，老冰洋为什么会冻得冰坨子一个，可就是想不明白，这个中国佬为什么要拒绝她的爱。当然啦，这是接到大河回信当天晚上的事。那个晚上，她真不知道倒悬的泪河最后是怎么收住的，一颗离开了胸口窝的心又是怎么归回原位的。一个多月来，这封信像一块石头压在她的心上，虽说是无形，却又沉甸甸的，让她气也透不过来。与此同时，她又和冰冻石顶部的苔藓一样，明明知道覆盖在石头上的冰雪化光之后，自己有可能要因干旱而枯萎，可又满怀着希望企盼冰雪赶快融化。尤尼塔表面看上去欢蹦乱跳，就像什么都没发生过，可又有谁知道她心里的苦楚哇……看了冬冬和慨儿的照片，尤尼塔如梦方醒，她日思夜想的这个于大河，为什么和她总是水与油融溶不到一起，却原来心里装着的是白冬冬呀……

人如果活在梦里该多么美好呵！在梦中，风是柔的，云是彩的，冰和雪是暖的，人是没有忧虑的，自己的爱情之舟，永远荡行在平静而又浪漫的海面上。醒过来，这美好中的一切，都被无情地粉碎了，粉碎得如同一个摔在坚冰上的青花瓷瓶，再也回不到过去了。冬冬，这个认识时间虽然不长，却让人发自内心敬佩和亲切的中国女医生，她已经把她当成了自己最亲密的好友和姐姐。然而现在，她又是多么陌生呵！这陌生中甚至还掺杂了些许敌意，尤尼塔心里一遍又一遍在哭喊着："为什么会是你呀，为什么会是你呀……"在寻找萌萌回来的路上，经过卡尔路克家门口，这个衣衫不整的倒霉蛋，正吊着一只胳膊在收拾雪橇呢，脸上还是一副惊魂未定的模样。看到卡尔路克那恶心的样子，尤尼塔憋了一肚子的冤屈和火气，挤在一路发了出来。她啪地拍了一把拖斗的木帮，冲着他大吼一句："瞎了眼的东西，怎么不让阿黄把你那胳膊给撕下来呵！"这一吼，不啻是让卡尔路克，就是给她开摩托雪橇的帕波雷克叔叔，也茫然不知所措，不晓得大姑奶奶这是从哪里来的雷霆之怒。

尤尼塔绝望了，绝望得仿佛陷在一个黑咕隆咚的深洞中。身体像一片树叶儿，正飘飘落向不见天日的洞底……

天花板与墙壁交界的一角，有一个三角形蜘蛛网，一个灰褐色的小蜘蛛儿，忙忙碌碌地在富有弹性的网上爬来爬去，不知在做着什么。让尤尼塔惊奇的是，房顶上有这么一个小邻居，小朋友，却从来没有注意过。

"你好吗？我的小朋友。"尤尼塔对着忙碌的小蜘蛛，问候了一声。小蜘蛛不答话。尤尼塔自言自语道，"老人们都说，屋里的蜘蛛，都是吉祥的，是喜蛛儿，它们总会给人带来好运。可是你这小蜘蛛儿，为什么晚不见，早不见，偏偏在今天这个时候和我相见？你会给我带来什么呢？啊，你这可怜的虫儿呀，你知道尤尼塔此时在想些什么吗？你知道我心里的苦楚吗……"小蜘蛛还是没有回声。扯丝拉线，爬上爬下，依然故我地在忙活着。尤尼塔悲伤得不能自已，她把目光从蜘蛛身上移开，拉过一床被子蒙着头，尽着情，由着性，把心里的酸楚化成泪水，把胸中的抑郁变为悲声，抽动着肩膀，号号啕啕痛哭了起来。

天花板上的蜘蛛儿，像是从哭声中听懂了尤尼塔，也理解了她的心思。它趴在网上的一个角落里，一动也不动地看着尤尼塔——如果我们能够看清楚它眼神的话，那么，蜘蛛的眼神此刻一定会是忧伤的，也许眼角还挂着泪滴呢。再进一步，假如我们还能够解读这种眼神，就会相信这只同是孤独的蜘蛛，早就读懂和理解了它的主人，只不过它用来安慰与同情的方式，表达得极为独特罢了。

哭了一会儿，尤尼塔拉开被子，禁不住又想，也许自己爱上于大河，就和安娜·卡列尼娜喜欢上渥伦斯基一样，从一开始就是一个美丽的错误。诚然，于大河不同于渥伦斯基。他的胸怀，一个男人的胸怀，固然很大，大的能装下北极，装下地球，装下忧愁，装下悲伤，装下慨儿，装下冬冬。可是，还能装得下她尤尼塔吗？装得下一个爱斯基摩姑娘尤尼塔对他的一片挚爱吗？想到这里，尤尼塔自己也连连摇头。她承认，大河是个优秀的男人，也许正因为他的优秀，尤尼塔才会被他礼貌而又友好地阻挡在爱情大门之外；大河也是个有责任的男人，可能正是这责任，让尤尼塔此时此刻更加感到一厢情愿的幼稚。于大河这样做有错吗？没有，当然没有。那么白冬冬有错吗？没有，当然也没有。尤尼塔这样一面问着，又一面自己回答着。渐渐地，恸声啼哭变成断续的哽咽，断续哽咽变成小声啜泣，小声啜泣又变成了无声的流泪。流着泪，尤尼塔忽然小声地唱起了那首她平时最愿意唱的歌——《种葡萄的姑娘》——

也是奇怪，这首在南方学来的歌，唱了一千遍一万遍，只觉得歌儿好听，舒缓，委婉，还带着淡淡的忧伤，却从未细想歌词所表达的内容。今天唱着一琢磨，原来，这位种葡萄的姑娘是多么傻呵！为什么隔着一座座山，隔着一道道水，家在南方，却偏偏爱上一个北方的牧羊郎？关山迢递又难以见面，期盼中的爱情犹如画饼充饥，就这样一年年酿造着哀伤和痛苦，把一个不幸发酵得一辈子都没法改变。歌里唱的其实是一个梁山伯与祝英台式的悲剧，是一段罗密欧与朱丽叶般的凄伤。哦，你这种葡萄的傻姑娘呵！我亲爱的姐妹，你让我说你什么好呢……

由种葡萄的傻姑娘，又联想到自己，尤尼塔感到眼前有扇门倏然而开，通过这扇洞开的门，仿佛看到墙外一样有花香鸟啭，日升月落；一样有洁冰净雪，白云晓风。黑洞没有了，身体也不再飘落，心情似乎好受了些。可是，要她像平常那样去面对大河，面对冬冬，还是虚里带怯，心里一点没底。

“月亮女神阿尔忒弥斯呵，请您赐给我智慧和勇气。”尤尼塔闭上眼睛，在心里默默祈祷……

小蜘蛛儿还是一动不动地趴着，似乎在用心感受体察着它的女主人，喜则与之同喜，忧则与之同忧。

就在尤尼塔伤心欲绝的时候，寻找萌萌和阿黄的托尼，驾驶着雪地摩托来到了东北沟子。东北沟子是村东北角的一道大雪沟。在萌萌还小的时候，他和尤尼塔，有时还有大河哥哥，都喜欢带着憨憨的萌萌来这里玩。自然，这种时候也少不了忠诚的阿黄。那阵儿真是一段好时光。他们和萌萌、阿黄，会在这里一玩就是大半天。雪沟是一条山谷，从村西南弯弯曲曲延伸到东北角，又拐了个弯子探向冰海，总共有个十来里的光景。这道山谷之所以又被称为雪沟，或被称为东北雪沟、东北沟子，是因为山谷在西南这一段，虽然表面上隐隐约约有个大致的状貌，但基本上都被终年不化的坚冰硬雪所覆盖，只有村东北靠近海边的这一段，也就是两三公里的样子吧，冰雪半埋半掩，而且越是近海处沟谷越深。雪沟的两岸，南一侧因了丘陵之故，起起伏伏，错落有致；北一侧突兀而来竟是一马平川，地地道道一个冰雪铺就打谷晒麦的场院，大小跟得上五六个足球场。

雪沟、冰丘、打谷场，成了萌萌和阿黄撒欢的乐园，嬉戏的天府。每次来这里，萌萌晃动着棱棱的脑袋，圆圆的屁股，沟南沟北，坡上坡下，不是窜就是蹦，不是打滚就是翻跟斗。这时候阿黄就像幼儿园阿姨，摇着尾巴，颠着步儿，紧紧跟在它的旁边。也有的时候，萌萌自己玩烦了，就和阿黄滚在一起打闹，它挥舞着前臂，没轻拉重的，常常将阿黄打疼。但阿黄宽宏大量，打疼了顶多嗷嗷一声，却从不着恼生气。这时候，萌萌的个头已经赶上了阿黄，一副傻头傻脑的样子。

如果说，东北沟子是萌萌练习搏击的第一所学校；那么，阿黄差不多也算得上是它的半个教练了。因为托尼看到，正是在萌萌和阿黄的嬉戏打闹中，萌萌在逐渐长大，并越来越显成熟起来，它不再仅仅像一个毛茸茸的玩具熊，而是一个谁也不敢小觑的大熊崽子了，一般的狗或是雪狐狸，要想打它的主意，心里就得好好掂量掂量了。

托尼在出门的时候想，萌萌和人的感情很深，又像马贪栈豆似的恋旧，没准儿离开村北海滩，就会和阿黄到东北沟子来故地重游呢。正是基于这个考虑，开着摩托照直奔了过来。

东北沟子一带，沟上沟下白雪皑皑，甭说兽蹄印儿，连一个雪燕的脚踪也找不见。托尼掉过头来，沿着雪沟北侧，又向村西北开过去。那片海滩靠近村头的雪地上，蹄印脚踪的乱糟糟一团。看得出，此前不多时，曾有为数不少的兽类在此群聚。

“萌萌——”

“阿黄——”

托尼停下车来，向着空旷的四周，像喊孩子那样大声呼唤着。冰原把喊声分解稀释得很微弱，倒是风声和远处海冰的断裂声，听上去更加清脆入耳。

托尼连着呼唤了几遍，就又折向北面，沿着冰陵起伏的海滩，驾车向西北方驶去。他判断，萌萌如果进不了村子，就一定会从那一带撤回冰海。因为此处冰情复杂，很有利于白熊潜身其中。

托尼想得没错。沿海岸又斜插了几百米，在一处雪岭附近，终于发现一大一小两行蹄印儿。大的蹄印比牛蹄窝子还大，这一定是萌萌的。而另一行则要小许多，这当然是阿黄的。从两行蹄印一左一右排列来看，它们是相距很近并排往前走的。这一点，托尼一眼就看得出来。

这两行并行而进的蹄印儿，让托尼一颗悬着的心放了下来。他知道，阿黄和萌萌一样重情重义，萌萌如果被逼无奈退回冰海，阿黄一定会护送它走到海冰边缘。

托尼还想继续跟踪一段萌萌和阿黄留下来的蹄印，但雪把它们抚平了。

“有阿黄陪伴，”托尼说道，“萌萌，你在卢特吉尔就会是安全的！走吧，回你的冰海，回你的白熊谷，上帝会看顾你的。”

托尼在冰海岸边打眼罩四处瞭望，不见有什么异常。看看时候不早了，就发动车子往回走。来到村东头高坡下面，突地一声响，一辆带木拖斗的红色亚马孙牌雪地摩托从后面赶了上来，与他并驾齐驱。托尼侧身一看开车的长方脸汉子，高兴地大叫一声：“哇，大河哥哥！你怎么来了？”大河欠了欠屁股，同样大声说道：“你好呵托尼，我和胡子元帅来找帕波雷克有点事。”托尼一歪头，这才看清坐在斗里的汤姆。就打招呼道：“汤姆哥哥，近来可好呵？”汤姆笑着点点头，也热情地问候了托尼。

走到门口停好车，托尼也顾不上看阿黄回来没有，大声喊了一嗓子妈妈和尤尼塔，就急忙接过大河和汤姆的背包，忙不迭地把他们往屋里让。

晚饭后正在家里闲聊着的老爹和大婶，见大河与汤姆顶着一头雪花进了门，心里自是十分高兴。老爹指着门里墙壁上的一排紫铜挂钩，一面张罗他们把脱下的防寒服挂在上面，一面笑哈哈地道："这人呵真不扛念叨，早晨我和你大婶还说，你们俩出去好几天，这阵也该从白熊谷回来了。这不，念叨着念叨着，俩大活人就蹦到了眼跟前。"

大婶倒了两杯热咖啡，轻轻放到茶几上。大河就问大婶的腰怎么样了。大婶笑着道："好了，一点事没有了。"说着，又接了刚才老爹话头，道："你们回来，我和你老爹也放心了。不瞒孩子你们说，刚听说你俩去白熊谷的时候，这心里七上八下的，那地方可到处是白熊呀。"

大河像在自己家里，走到沙发前一屁股坐下来，端起咖啡来喝了一口，道："没事的大婶，我和汤姆这样的人命硬，别说白熊，就是那阎王老爷也敢捋一捋他的胡子呢！"大婶和老爹听大河如此一说，都哈哈地笑开了。

大河拍了拍身边沙发的扶手，叫汤姆坐下。自己则又接了刚才话题，道："再说啦，去白熊谷也不是一次两次了。那年，对了，就是拣回萌萌来的那一次，我和尤尼塔在白熊谷的大石砬子上，不就一待好几天嘛，汗毛也没少了一根呢。"

见大河说到尤尼塔，进门来还没开腔的汤姆，问老爹道："咱们的尤尼塔老师呢，不会还没下班吧？"

老爹还没说话，大婶把右手食指在嘴唇上一竖，悄声道："我们家这位夜叉呀，不知咋回事，饭没吃上几口，耷拉着脸子窝进房间，到现在也不见出来呢。"

老爹道："看那样子呀，还不就是因为萌萌！"

"因为萌萌？"大河和汤姆互相对望了一眼。

老爹就把帕波雷克来传话和尤尼塔跟着找萌萌又扑了空的事说了一遍，正说着，托尼突然摆手示意，不让爸爸作声。他自己翘手敛脚走到门口，嘎地拉开屋门，大家就听到一种什么爪子扒拉风雪门的声音。

托尼惊喜地喊了一声："阿黄！"一把推开外面的风雪门，阿黄带着一股子凉气钻进来，摇着尾巴，就往托尼身上扑。托尼一手接住阿黄伸过来的两只爪子——上面沾满了凉冰冰的雪，一手摸着它的脑门子道："阿黄，你把咱们萌萌送往了冰海是吧？好样的！"

受到赞扬的阿黄，尾巴高高地翘着，亲过了托尼，又亲老爹和大婶，最后来到大河跟前，两条前腿一伸趴下来，伸了长长的舌头就去舔大河的手。大河也亲切地回应着阿黄，从脑袋到脊梁一下一下抚摸着它。阿黄挺着脑袋，一副舒心惬意的样子，就是孙大圣被玉帝爷封了弼马温也不过如此。

“这阿黄，”大河夸道，“就是一条义犬哩。”

汤姆道：“阿黄好归好，就是忒偏心眼子，在座每个人都亲过了，为何独独不理我汤姆呀？”

“说谁偏心眼子呵？”话音甫落，只见上身穿一件绿羊绒衣的尤尼塔，轻步走了过来。一见到坐在沙发上的大河和汤姆，就道，“嗬哟哟，这是刮的什么风呀，把二位给吹了过来？”

尤尼塔虽然心里头难受，但隐隐地听到外面传来大河和汤姆说话的声音，还是有种说不出的高兴。就赶紧打床上爬起来，上上下下把自己收拾一通，走到了客厅。

大河和汤姆站起来，跟尤尼塔握了握手。大河笑着道：“怎么啦尤尼塔，听说你在为萌萌的事不好受是吗？放心吧，萌萌聪明着呢。你看，阿黄也回来了，更不会有事的。”

“也难怪你揪心呵，尤尼塔，”汤姆想起那晚白熊谷遭袭的事，就两手同时竖起大拇指，道，“萌萌可真不是一般的白熊哩！”

尤尼塔谁的话也没接。却道：“这个时候赶过来，该不会只为了说萌萌吧？”说着扯过一把椅子，在他们对面坐下来，两腿一叠，拿一双大眼瞅着大河和汤姆。

大河道：“当然不是。听说帕波雷克在老君岭看见一些旧物，就趁现在还有点空儿过去看看，兴许是汤姆祖上遗留的呢。”

“汤姆祖上遗留的？”尤尼塔诧异地瞪大了眼睛，像不认识似的看着汤姆。大婶和老爹也拿眼盯着汤姆，但没说话。

汤姆让尤尼塔看得有点不好意思，就又摸脑袋又搓手地道：“这话说起来就长了。是这样的尤尼塔，一百多年前，就在离卢特吉尔不远的冰海上，一支探险队出了事，全队一百二十多号人，活不见人，死不见尸，多少国家、多少人，打破了天也找不见踪影。这支探险队的首领呢，就是我的高爷爷克林斯特。”

“探险队？克林斯特？”尤尼塔自言自语着看了看妈妈。大婶则侧脸看着老爹。

汤姆从背包里拿出一张放大了的黑白照片，放到餐桌上。尤尼塔、大婶、老爹和托尼都围了过来。

汤姆指着泛黄的老照片，道：“这张照片呢，就是高爷爷他们出征前在码头上以埃里加罗尔号和拉斯曼号两艘探险船为背景拍的合影。中间那位留大胡子双手握六分仪的就是克林斯特，瞧，老人家多神气！不过，那时候他还是个青年人呢。他左边那两个人，两手握着一把猎枪的，是埃里加罗尔号船船长皮尔·舍克，他倒像是一个老头子了，虽然拿着枪，但看上去人挺和蔼；另一位手上拿着一卷海图的，是拉斯曼号船长霍夫曼。再看我高爷爷右边，那个头戴礼帽拄着一根木把冰镐的，是他的好朋友地理学家斯蒂芬。”

“斯蒂芬？”大婶和尤尼塔，几乎同时惊叫一声。

尤尼塔道：“妈妈，外公说的他那位曾祖父，不就叫斯蒂芬吗？而且，也是探险死在了老冰洋。”

大婶若有所思地点了点头，说了声：“你们等着！”就喊上老爹急三火四地离开了。

这里，大河、汤姆、尤尼塔和托尼，四人八眼瞅着，正不知是怎么回事呢，大婶和老爹已经又回到了餐桌跟前。老爹手提一个紫檀木箱子，往桌上一放打开来，大婶小心翼翼地从里面拿出一个红绸布包。一层层打开来，里面是一本黑封面硬壳装帧的《圣经》。接着，大婶又从《圣经》里面，翻出了一张黑白颜色的也是泛了黄的老照片。

大婶道：“这个箱子，是尤尼塔外公留下来的。老人家曾经亲口对我说，这本《圣经》是他曾祖父留给后人的唯一一件念物。你们来看——”奥乌里娅打开来书的扉页，继续道，“这本书，是女王在探险队出发那天，特意赠予斯蒂芬做纪念的。这儿，瞧，就是女王的亲笔签名，还压了带有皇室徽记的纹章。斯蒂芬也许已经预感到了什么，他特别珍重女王的赠予，把行前请摄影师拍的一帧个人照片，也郑重地夹在书里，让家人带回来好生保管。”

众人再一看从书中翻出的照片，年轻英俊的地理学家斯蒂芬，头戴一顶黑色宽边礼帽，身穿一款在当时英伦三岛很流行的黑花呢大氅，脚踏一双擦拭锃亮的黑皮鞋，两手合攥，拄着一支长木柄的冰镐。轮廓分明的脸上，一双褐色的大眼睛凝视远方，沉静而又自信。

大家对照汤姆的那张合影照，显而易见，两张照片上的斯蒂芬，准确无误是同一个人，那就是尤尼塔外公的曾祖父斯蒂芬，也是汤姆高爷爷克林斯特的同队好友斯蒂芬。

尤尼塔一吐舌头，对妈妈道：“哇，好帅、好性感的小伙子嘛！你这么藏藏掩掩的，像窝着卢浮宫宝贝似的，咋以前没听你说过呵。”

大婶轻轻拧了女儿一把，道：“没个正形。外公在世时吩咐过，他这个宝贝盒子，谁也不能乱动。也是和汤姆先生有缘，今儿说起这个冰封百把年的故事，又拿出了老照片。平日里呵，这个盒子我忘得一干二净，总觉着陈皮子烂骨头的，八百年派不上个用场。”

如果是听天书，也不会有这样惊奇了。托尼瞪着惊愕的大眼睛，认真地问汤姆：“要是从老辈上论，汤姆哥哥，咱们两家算不算亲戚呵？”

看到托尼一副天真的样子，大河先笑了，道：“亲戚住上个一百多年也早不亲了。要我看呐托尼，你们两家呢，是真正的世交，比亲戚还要亲哩。”

“大河先生说得好，自然比亲戚还要亲呢。”汤姆悄悄瞄了一眼尤尼塔，眼里闪着兴奋的亮光，“这真让我高兴呵，没想到，刚进卢特吉尔，就有如此收获。说实话，我来到这片冰天雪地，已经数不清多少次了。除了研究，最大的愿望，就是想知道高爷爷和他的探险队，是如何在老冰洋神秘消失的。可是，一回回满怀希望而来，却两手空空而回。今天真是个好兆头，我找到了斯蒂芬的后人。往后呐，寻找克林斯特探险队，看来汤姆不用再孤军奋战了，是不是呵尤尼塔老师？”

尤尼塔佯装没听见，放下交叠着的腿，却探了身子去够桌子上的茶盏。

“汤姆，咱们是不是也该去找帕波雷克了？要不然，跑老君岭怕来不及了。”大河一看尤尼塔有点发窘，连忙站起来解围，岔开了汤姆的话头。

“别着急，这里的夜里亮着呐。你们先在这儿坐一会儿，我去喊他帕波雷克叔叔，让他开车带你们过去。”老爹说着，走到门口，从挂钩上抓过鹿皮大衣，就要往身上抡。

大婶向老爹使个眼神，道：“得得得，哪里就枪指着脑袋似的非要夜里去？依我看呐，大河和汤姆今晚在家里好好歇一宿，明儿早上暖暖和和吃过饭，再去也不迟嘛。那些旧物件，反正冻在雪地里有了年头，隔一个两个晚上，雪狐狸也叼不走的。”

老爹闻言，把大衣重新往挂钩上一放，道：“你大婶说的也是，咱就这么定了，明天吃过早饭去！过一会儿呢，我去给帕波雷克递个话，让他明天一早在家等着。”

大河转头看了看汤姆，见汤姆也没有非得夜里赶去的意思，就不再坚持，回到沙发上又坐了下来。

大婶忽然想起了什么似的，扭头对尤尼塔道：“说了大半天话，也不知孩子这会怎么样了。尤尼塔，看看你姐去。”

大河道：“是呀，来了这么长时间，咋没见冬冬的影儿？”

尤尼塔站起来，噘着嘴瓮声瓮气说了句：“你等着，我这就去给你喊！”就沿着走廊，向东首咚咚咚走了过去。走到冬冬门口，尤尼塔刚要推门进去，转念一想，却把推门的手掌一握，变成了拳头，声音不大又不小地敲了几下。听到里面有了应声，就隔着门说道：“白大夫，来客人了，起来瞧瞧吧！”

冬冬吃过晚饭回房间睡了一觉，醒来后身上轻松多了，就扭亮台灯，摸过放在枕边的《全唐诗》，读了起来。这次来北极，她还是带了一些书的，但忙起来，就很少有空看了。这本《全唐诗》，是带来卢特吉尔读的，她曾答应过大河，回到站上，就把这本书给大河看。可在这里七八天了，也就勉勉强强才看了一半。正在看着，隐隐约约从客厅里传来说话的声音，凭感觉，尤尼塔家里似乎来了什么客人，也没在意，埋头继续读她的书。

尤尼塔敲门说来了客人，还让她起来，心下就疑惑：这么晚了来客，会是谁呢？如果是村里看病的老乡，大婶一家无论如何会劝说他们明天再来，况且她今天晚上确实不舒服。除此之外，实在想不出，还会有什么客人和她有关系，而且还非得叫她起来见一见。

“难道是站上的队友吗？”冬冬心里想道，“对，一定是队友来了。高站长临走时说过，过几天就会派人来接我的。”想到这里连忙穿好衣服。临出房门，又到洗手间里对着镜子，用梳子简单拢了拢头发。

走到客厅一看，见来客是大河和汤姆，心里一阵惊喜，脸上不知不觉涌上一片红晕。她高兴地道："呵，是大河哥你们来了！怎么也不早通知一声呵。"

托尼赶忙搬来一把椅子，让冬冬挨着尤尼塔坐下。尤尼塔顺势用胳膊肘轻轻拐了一下冬冬，道："别光顾着高兴，身体怎么样了？"

大婶倒了杯热茶给冬冬，也关切地问道："不难受了吧孩子？"

冬冬接过茶来，感激地对大婶和尤尼塔点了点头，道："没事了，睡一觉就好了。"说着把脑袋向大婶一歪，"大婶您摸摸。"

大婶摸了摸冬冬额头，道："这会儿真的是不热了。以后可不能再累着，爸爸妈妈不在身边，连个照顾的都没有。"

大河用询问的目光看了看冬冬。

冬冬对大河道："也可能看病号多了点，就有点累。这会儿好了，放心吧。"

大河对冬冬道："这次来卢特吉尔有两件事：一是和汤姆先生有点事公干；二来呢，高站长让把你接回去。冰上队就要出发了，站上有些事，医和药的，还需要你回去准备准备。这些日子，你给老爹和大婶一家肯定添了不少麻烦。"

老爹听大河这样一说，摆着手道："什么麻烦不麻烦的，一家人不说两家话。冬冬大夫这些日子给村里不少人看了病，大伙感激她还来不及呢。"

托尼听说要接冬冬回去，有点急，他挪了几步，凑到大河跟前，道："大河哥哥，我冬冬姐在这里没几天哪。你和高站长说说，就让她多待些日子吧，村里好多人还等着姐姐看病哩！"

托尼说着，又回过头来问冬冬："是不是呵，姐姐？"

冬冬看着托尼，嘴一抿笑了起来，却没吱声。

大河拉着托尼在身边坐下，道："托尼呵，舍不得冬冬姐了吧？回站上又不是去天涯海角。想姐姐了，你骑摩托上狠踩几脚油门，眨眼就到了汇泉湾。"

大河说得大家都笑了起来。只有尤尼塔，心里到底不是滋味，傻愣愣坐在那里不知怎样是好。

还是大婶心细，早看出女儿哪里不对劲，坐着老走神儿，就道："不是要给帕波雷克打招呼吗？我看就让尤尼塔去一趟吧。再晚了，人家好躺下了。"

尤尼塔感激地看了妈妈一眼，站起来说了声"对不起"，赶快穿衣服换鞋子，唤上阿黄，推门走了出去。

第十二章 上帝是平衡大师

冬冬从卢特吉尔回来，开门见地上躺着一封信，信封只俩字：内详。打开来眼一扫，是娄书仪写的，心里纳闷："这个多情麻雀，不知要掇弄啥名目哩。"细一看，信上这样写道——

冬冬老同学玉鉴：

中学一别，恍然十有余年，不期然竟于北极晤面，真乃一大幸喜之事也。想这天地之间，人世之上，得如此机缘者，能有几人？但凭这一点，书仪亦算作有福之人了。

弱冠未及之时，于世事懵懂未开，于求学不思进益，冥顽愚钝，多贻笑柄。而今思之，虽为少小之事，亦面赤耳烫，心内惴惴。追思往昔，君之品行举止，如出水之莲，如傲雪之梅，清淑大雅，宛在眼前。书仪恨未能引为知己，相托心迹——高攀了，高攀了，幸勿见怪。

现今，同窗相遇蛮荒之地，家国万里，倘论亲疏远近，此处也只你我二人，可共一语。需书仪处，但请直言，纵肝脑涂地，亦无二话。站上复杂，人心叵测，望君善自珍重，勿轻信于人。

另，见君离站多日，心甚挂悬。卢村野人，皆化外之民，想必会多粗陋之烦，真的是难为你了。长言难表，切盼早归。再叙再叙。

不才书仪于某月某日顿首

看完信，冬冬感到有些好笑。上中学时，冬冬也不过十三四岁年纪，一心只在学习上，哪里理会得班上闲事？外面飞鸡走马的，她才不在意呢。就是娄书仪和李小妹的事闹得不亦乐乎，同学们个个神秘兮兮，都当了新版的西厢来传，冬冬听了，也只如一阵风吹过芭蕉林子一般，脑子里并没多想些什么。比她大两岁的同班同学于秀爱，见冬冬小小个人儿，诸事沉得住气，倒有些好奇起来。有天课间休息，瞪着一双大眼问冬冬："多情麻雀弄得一林子吵闹，你咋跟世外人似的，权当没这码子事呢？"冬冬当时正在翻看一本插图版《古诗选鉴》，头也没抬随口念道："几日行云何处去。忘了归来，不道春将暮。百草千花寒食路。香车系在谁家树……"于秀爱戳了她一指头，道："唉，真个小书呆子呀！"其实那时候，除了正常的学习，爸爸还给她指定了一大堆经典名著，要她课外来读。而她对这些名著呢，恰也和铁末儿遇了磁石，沾上就拿不下手了，天天带着她的林黛玉、喀秋莎及海丝特·白兰们，徜徉在唐诗宋词和其他古今中外名著里面。初中三年，倏然而过，除了耳朵里刮进娄书仪拈花惹草这档子事，对他再没特别的印象。可以说，如果不是在这里相遇，也许一辈子不会再记起他。

娄书仪信所传递出的意思，当然再明白不过，那就是一种极度示好。借着一层老同学关系，表表关心，献献殷勤，话自然是可浅可深，可轻可重，全在于你怎么去理解。然而里面还有一层，娄书仪把这封信，是当作了问路石来用的，看了没啥反应也就罢了，但凡冬冬态度上有一点点迟疑或者是暧昧，这就跟鸡蛋有了缝一样，娄书仪一定会变成苍蝇，牢牢地叮紧，抓住一点不及其余，迅速展开于连或是渥伦斯基式的攻击。想到这里，冬冬感到有些为难。写封信回绝吧，快刀斩乱麻，定然会断了他的想法。可是，人家信里也并没说要和你怎样怎样呵？把话往明里一挑，倒成了疑心生暗鬼，空惹些此地无银三百两的笑话。要是不这样呢，依了娄书仪黏毛糕的德性，腻腻歪歪的，总少不了纠缠。冬冬握着娄书仪的信，倒像两手托着个烫山芋。思来想去，想到了老拴爷。这阵儿刚开过午饭不久，老拴爷正好有些空闲，不如去找他唠上一唠，而老卜有眯午觉的习惯，这阵儿也不会去厨房。冬冬就把信往抽屉里一放，向生活栋西端的伙房走去。

在站上，能掏心窝子说话的，除了大河，就只有老拴爷了。照理说，她和大河的关系，捅不捅明的，两人心里都清楚，也只差一层窗户纸了，还有啥不能剖白的？但恰恰有些话，对大河不好说也不能说。这老拴爷就不同了，慈眉善目的像菩萨，冬冬见了他，总想起自己的爷爷，什么也愿意跟这位一头白发的老汉唠叨。老拴爷呢，也拿着她亲，厨房里有那好吃好喝的，总先惦着冬冬。同是改善生活，却常常暗地里给冬冬留个后手。譬如蒸大包子吧，冬冬喜欢吃，可大家和大包子也没有仇。蒸大包子一周或两周才一次，大家都认为这是老拴头对大家的一次大犒劳，吃饭时敲碟子打碗的，如同过小年。但也就是那么一顿，撑了个肚子滴溜圆，下一顿该吃什么就又得吃什么。冬冬则不一样，一顿吃过去，老拴头还打着埋伏，让她至少吃个三顿两顿的偏食，别人干馋捞不着。牛得田窥出其中门道，就乐了。有一次吃馒头，见老拴头趁没人注意，又往冬冬碗里放大包子，眼一挤巴，道："瞧，这人长得漂亮呵，干馒头也会变成肉馅大包子哩。"老拴头咧着缺门牙的大嘴，用汤勺一指牛得田，笑道："你小牛啥时候不要贫了，咱老拴头包肉馅大饺子犒劳你。"冬冬一听也笑了，道："老拴爷说得好，饺子就包牛肉的——牛得田的牛！"一向不爱说笑的安子儒，一听冬冬这话，也嘿嘿地笑了。

冬冬走到伙房，却听侧门外响起几声敲铁盆子的声音，脸上一笑，知道老拴头又在喂他那些鸡。那些鸡是雪鹀、贼鸥还有几只雷鸟，老拴头将些残汤剩羹门外雪地上一摆，只需当当几下，早就守候在不远处的鸟儿们，便扑棱着翅儿，嘎嘎叫着，争着抢着过来享用免费自助餐。冬冬转到侧门外，见一群鸟儿正吃得欢实，老拴头在一旁，一手叉着腰，一手抿着白了的头发，恣得脸上皱纹都放了光。

"老拴爷，"冬冬道，"这些鸟儿叫您老惯的，可真成一群鸡了，肚子饿了就跑来等着喂，也不去找食了。这样下去，会不会成为不劳而获的鸟贵族？"冬冬说着，咯咯地笑了起来。

一见冬冬来了，老拴头笑道："世上等等之物都是有情有义的。就说这些禽鸟吧，你不作践它，还一副热辣辣的肠子对着它，它也知冷知热的，对你有感情哩。"

冬冬看着鸟儿，点了点头。

老拴头道："就说边上那只尾巴被什么咬去一截的小雪鹀吧，它是上个月才加入进来的新食客。刚来那会儿老是惊恐不安，就是喂它，也隔着你老远，吃起食来东张西望，生怕谁会给它一弹弓。现在你看，像在自己家里似的，只管闭着眼放心大胆地吃。"老拴头说着，从白围裙兜里掏出了一把米，哗啦往前一撒，十几只鸟儿连扑拉带飞地围上来，脑袋一点一点，捣大蒜似的啄那些米粒。老拴头上前一步，又摸一把米在手里，却没有撒，蹲下来，手心向上朝着那些鸟。那只短尾巴雪鹀和另一只小鸟，几步跳过来，伸了头啄米，全无一点惧怕的样子。

老拴头手上的米很快被啄光。短尾巴雪鹀抬起头，骨碌着两只绿豆般的黑眼睛，乞求地看着老拴头，样子似乎在说："白毛老头儿，好事做到底，送佛上西天，您还能再给点儿吃吧？"

老拴头回头对冬冬道："瞧着没有，这还是一个调皮的家伙呢。哈哈！"接着，又从兜里往外掏米。

冬冬也上前两步，蹲了下来，动情地道："老拴爷，您真善良，对鸟儿都这么好。您一定会有好报的。"

老拴头道："也不图啥好报不好报的，人活着，不管是对人，还是对鸟和畜的，都得有善心。人人肯发善心，行善事，世上作恶的就少了。"

冬冬道："我的老拴爷哎，您说得真是好极了，人本来就该这样的嘛。诗经上说投我以桃，报之以李，投我以木瓜，报之以琼琚呢。"

老拴头道："要说起啥学问，你老拴爷懂不个仨瓜俩枣。可咱知道，人来世上走这遭不易哩。通了这层理，心里就清爽了。"

冬冬点着头，若有所思地道："唉，大家要是都像老拴爷您这样就好了。"

老拴头笑了笑，摸出一把米放在冬冬手上。冬冬也学着老拴头的样子，把一只纤纤玉手伸向前去。一只小鸟儿，扑地飞过来，轻轻地啄食她手上的米。

小鸟儿可爱极了。白白的羽毛，红红的喙，两只细细的小脚却是灰褐色的。它下嘴快而精准，米吃在嘴里，尖尖的角喙又触不到人的手。啄了一会儿，大概是肚子饱了吧，麻瞪着小眼，颇调皮地歪着脑袋看冬冬。

冬冬道："吃吧，吃吧，再多吃一点，你这可爱的鸟儿。"小鸟歪着头，又看了看冬冬。它好像听懂了冬冬说的话，就拿长喙在翅膀上，吱吱地啄几下，意思是：

“谢谢你，漂亮的姑娘，肚肚吃饱了。你看，我都在挠痒痒了呢。”

喂完鸟，冬冬和老拴头站在雪地里，冬冬就把娄书仪给她写信以及初中同学的事一五一十说了。至于她和大河的关系，老拴头自然早就清楚。私下里还不止一次地数落过大河，让她照顾好冬冬哩。

“要依咱看呐，闺女，”听冬冬说完，老拴头道，“这个娄书仪对你是有想法的。像你们这些年轻人，都在谈情说爱的年纪，谁对谁有个想法啦啥的，也在情在理嘛，就是觉着他哪儿不顺眼，也不要别别扭扭的。该咋样就咋样嘛，路宽着哩。”

“要说不别扭是假的，您老和大家伙也知道我心里装着的是谁。难就难在我不知道怎样对待娄书仪这封信，是回呢还是不回？”冬冬两手相扣，轻轻揉搓着。

“人家信上既然没明说，你就权当没有这档子事嘛。至于回不回信的，在咱来看呢，天天抬头不见低头见的，动笔弄墨的就免了吧。可有一件，心里有啥不愿意，要紧别甩脸子上，更不能说让人伤心的话，大伙儿撇家舍业聚在这里，怎么说也是个缘分呐，你说呢，孩子？”老拴头慈爱地看了冬冬一眼，说道。

“这一点，老拴爷您放心吧，我不会叫人家难堪的。”冬冬道。

“着哇，这就对了嘛。”老拴头说到这儿，话题一转，“闺女呵，别怨老拴爷多嘴多舌。和大河的事呵，也不能老是打哑谜。两人这么知根知底，互相也都中意，该着明确表示嘛，就明确表示，都啥时候了？面团糊糊摊开来才是煎饼哩。唉，大河啥事都精密，就这事迷瞪，得，瞅空儿咱敲打敲打这小子。”

“老拴爷您，您看您……”冬冬脸一红，羞得低下了头。

老拴头见冬冬的样子，笑了笑，道：“不说这事了，咱进屋。”说完，向伙房走去。冬冬也跟在后面进了屋。

老拴头弯着腰，从库房里拖出一编织袋土豆，骨骨碌碌倒在一只铝合金大盆子里。他道：“刮刮皮儿准备着，晚上再加一道牛肉烧土豆。”

冬冬道：“一位伟人在诗句中说，土豆烧熟了，再加牛肉，哎，老拴爷，这是不是不太符合烹调规律呵？土豆这么不经火，如果烧得熟了再放牛肉，会不会烂的烂，生的生，菜不成个菜啦呢？”

老拴爷一咧豁着门牙的大嘴，笑着道：“那不是诗嘛，人想咋写就咋写，过瘾就成。烧菜可不行，弄得不好，谁稀罕吃？”

说完看了看冬冬，又道：“我告诉你个秘密，大河和一风就好这一口哩。嘿，简直没个够。”

冬冬没说话，心里却爽爽的。她到橱架上拿来两块专刮土豆皮的白铁片儿，递一片给老拴头，自己拿一片，在老拴头对面坐下，摸了土豆刮起来。刚刮了没几个，忽听走廊传来娄书仪的喊声：“我说那个老拴头，冬冬是不是在、在伙房呀？”

老拴爷还没应声，娄书仪就又咋呼：“你个白毛老拴头，哑巴了咋的？”

老拴头朝冬冬笑了笑，道：“瞧这个娄书仪，真还有股黏糊劲儿。”没等冬冬回腔，向走廊喊道，“人在这儿呢小娄子，别穷咋呼了，跟叫魂儿似的！”

娄书仪一晃肥胖的身子闪进屋来，头朝老拴头点了点，笑着对冬冬道：“找了一圈没你的影，刘振宗叫我到莫愁湖边看看，说你老愿在那转悠，可我没去。我猜你、你肯定跑老拴头这儿了，果不其然哩。”

“噢，城门楼子着了火似的，有什么事吗？”冬冬看了眼娄书仪，又低下头刮她的土豆。

老拴头侧身拽过一个小方凳，拍了拍，朝娄书仪一歪头，笑道：“来小娄子，别卖秫秸了，把你那四两虾皮子腚呵，搁这上面。”

娄书仪说声谢谢，拖了小凳到冬冬身边坐下，腆脸笑道：“倒不是城门楼子失火，就是真的城门楼子失了火，又、又关咱啥事？是安子儒、谷一风老师和刘振宗他们，要到南面冰岭回收二氧化碳和二氧化硫采集器，要我带上枪，和他们一起去呢。我想，那儿地势起伏大，雪景很漂亮，还有可能看到动物啦什么的，因此想请你一道看看光景。请老同学轻启莲、莲步，赏个光喽。”

“真的能看到动物？”冬冬一脸狐疑，刮着土豆的手也停了下来。

“这哪能骗你呢。上一回，安老师他们在那儿看到了狐狸和驯鹿。说不定，还会跑出头北极熊呢，不然的话，咋、咋要我背上枪呢？”娄书仪磕磕绊绊说着，又朝老拴头道，“你说是不是，老拴头？”

老拴头看了看冬冬，道：“倒是听安老师他们说过，那地场夏季是一片沼泽，冬季经常有野兔子和麝牛啥的，在雪地里找草吃哩。”

娄书仪觍着脸，赶紧接上道：“是哩，是哩，去了保准儿能看到动物！我敢打赌，要是看不到，我、我……”娄书仪一时找不到个合适的词儿，脸憋得发紫。

老拴头一看娄书仪急得个猴样，赶紧对冬冬道：“人家小娄子这么热心来请你，也是难得哩，收拾收拾去吧，反正今儿个也没啥事，就权当逛逛雪景儿散散心呗。”

“那我去了老拴爷，这土豆留一些等我回来刮吧。”冬冬说着站起来，拧开水龙冲了冲手。

老拴头举着一只土豆晃了晃，道：“看你说的，这点儿营生，连我自己也不够干的呢。再说啦，一会儿老卜还要来的。快去吧闺女，穿得保暖点儿，别冻着了。”

冬冬答应一声，就回宿舍换衣服。刚拐出门口，娄书仪狗踮步似的跑上来，道：“我们在大门前旗台下恭候，慢慢来，不用着、着急。”

冬冬穿戴好走到旗台下面，刘振宗已经骑在摩托上发动了车，谷一风、安子儒一左一右，坐在后斗两边的搁板上，娄书仪背枪站在车下，俩小眼紧盯着门口在等冬冬。冬冬走到跟前，娄书仪先扶一把让她上了车，自己又跟着爬了上去。安子儒见冬冬上来，屁股朝一边挪了挪，拉了她的手一下，轻轻道：“白大夫，请坐我旁边吧，让书仪靠着一风。”冬冬道了声谢，挨着他坐下来，摩托就突突地往前跑了。

鲸头顶南面，是高纬度地区的典型冻土带景色，荒原下面为深达数百米的永久性冻土层。倘在七八月份，气温会升到零上，有些地方甚至会达到零上十几摄氏度。冰雪消融了，冻土带上面形成一片片沼泽地，地衣、苔藓、驴蹄草、虎耳草、巴料草、鹧鸪草、羊胡子草还有野蘑菇、北极柳，都生长得恣意烂漫；那些显花植物如香蒲、棉营、罂粟、马先蒿、金凤花、蒲公英、紫云英和勿忘我等，开着或红或紫或兰或黄或红或粉的小花儿，引得野蜂、蝴蝶甚或苍蝇与蚊、虻之类，上下翻飞，嗡嗡鸣唱。这个时候，飞到南方躲避极地酷寒的鸟儿们如雁、隼、鸢、雷鸟、云雀、雪鹀、绵凫、野鸭、乌鸦、白枭、鹬雀及鸩白鸟、灰斑珩鸟等，也回来了。当然，那些土著居民如旅鼠、雪兔、北极狐、北极狼等，更是随处可见它们匆忙的身影。上帝恩赐给北极荒原的温暖季节虽然不长，但不管是植物还是动物，无一例外地都适应了这种节律。各类植物会一分一秒也不敢懈怠地加紧生长，动物们则欢快地相恋、交配，忙着繁育自己的后代。不须说，这里的夏季是一个繁荣而又忙碌的自然王国，是一个生机盎然的生命世界。而眼下，厚实而又洁白的冰雪，将草类植物深埋在下面，因而就不乏一些牛儿鹿儿兔儿鼠儿的，远远地跑来这里，用坚硬的蹄子或是尖锐的牙齿，搞开冰雪，吃那下面的地衣、苔藓、草根和草籽儿。

谷一风一行数人沿着鲸头顶东侧雪坡，在冰原上南行了七八公里光景，就见一道长长的冰岭挡了去路。冰岭本为一道半人高石岗，弯曲起落，窄阔不一，东西有个两三千米样子。但因为长年累月的雪封冰砌，石岗就长成了一道颇为壮观的冰岭，其高度，均摊平扯的总也有人头多高。而矮石岗子呢，作为核或者是骨架，则被严严地裹在里面——在接近丘陵地带的北极冰原，类似的冰岭并不少见。安子儒那些采集化学气体的瓶瓶罐罐儿，每隔十几步一个，就安放在冰岭的向阳面。

一风他们绕到冰岭南面停下车，踩着新落下的深及小腿的积雪，说说笑笑地往东行进，一边走一边把那些瓶瓶罐罐儿，找出来放到安子儒带的一只保温箱中。

正走着，刘振宗呀的一声喊："快看，雪兔儿！"

大家顺刘振宗手指方向望去，果见前方几十步远的地方，有块炕席大的裸露地面，一只通身雪白的兔儿趴在那里，安详地啃食着地上的草根。啃几口，三瓣的小嘴抬起来，快速抖动着嚼上一会儿，然后又低了头去啃。两只尖长的耳朵，像是地对空雷达的天线，一直警觉地竖着，随时从振荡的空气中捕捉影响安全的因子。

冬冬见了，又惊又喜，小步往前趋了几趋，回头以手掩口，向大伙道："哇，好漂亮的精灵呀，该不是王母娘娘阆苑里的玉兔吧？！"

一风抬起左手，用右手食指往上一顶，向冬冬做了个停的手势，轻声道："不要往前走了，看你失惊打怪的，别惊扰了玉兔大仙用膳呢。"

听一风一说，冬冬吐了吐舌头，大家也都停下了脚步。

"咦，快瞧，"大家正惊叹着，眼尖的刘振宗又叫一声，"旁边还有一只呢！"

果不其然，离那只食草雪兔不过十来步光景，雪地里还有一只。这一只，与刚才那只大概是一对儿，大小、毛色一般无二。不知何故，它不去吃那露出来的草根，却后腿一蜷蹲在雪地里，瞪着俩眼儿，紧瞅着刚才那只吃东西。那专注多情的样子，倒像男友给自己热恋中的情人点上一道可口菜肴，看着情人吃得香甜，自己心里高兴，却舍不得动筷子。

眼下一幕，让冬冬看呆了，一风、安子儒他们退后了十几步，也没觉察到。一直肩枪站在一边的娄书仪叫了她两声，这才回过神来，慢慢退回到大伙跟前。

"真看不出来呀白大夫，你倒是这么喜欢小动物。"安子儒看着冬冬，嘴上不紧不慢地说道。

冬冬还没开口，娄书仪倒抢过了话头，道："我这老同学呐，你们都不了解，那是正经的一、一副观世音菩萨心肠，对天地间举凡万物，都有悲悯之心。"一边说着，俩小眼瞄向了冬冬，"你说是吧，老同学，悲悯之心！"

冬冬看着前面，眼睛并未从雪兔儿上摘下来。

娄书仪见冬冬没理他，脸上便有了几分尴尬，但也只是几秒钟工夫，便调整得没事人一样了。他定定神，用手拍了拍肩着的枪，没话找话道："雪兔儿这么漂亮，要是打了来炖汤，肯定也会鲜、鲜美无比的……"

没等娄书仪把话说完，一风就一句堵上去："你这个娄书仪，顺嘴一咧咧下了道。方才还扯啥悲悯之心呢，咋眨眼变成了狠心的狐狸？"

"哎呀，你们看！"一风话音未落，忽听冬冬惊叫一声。

众人再一看，我的天，谁也搞不清打哪里真的窜出来一条狐狸，也是通身的雪白，俯身低首，长尾拖地，像贼一般偷偷接近那只啃草的雪兔儿。结果可想而知，只要狐狸再靠前几步，突然发起袭击，雪兔儿定然在劫难逃！冬冬的心，一下子被一只无形的手攥得很紧，呼吸都感到了困难。

突然，一直蹲在雪地里的那只兔儿，腾的一个高蹦起来，这一蹦，啃草的那只得了警报，就地一个滚儿，翻下一道雪沟，撒开四腿拼命狂奔，眨眼不见了踪影。

雪地里这一只惨了——狐狸一看紧盯着的那只逃走了，却又蹦出来个不怕死的，就后腿蹬地往起一蹿扑了上去——

冬冬哇的一声尖叫，一颗心提到了嗓子眼。她指着前面，向娄书仪喊道："快，救救那雪兔，救救那雪兔！"

娄书仪正出神欣赏眼前这幕狐兔斗呢，忽听冬冬要他救雪兔，愣了愣才回过神来。慌手笨爪子从肩上取下枪，瞄着那狐狸要扣扳机。

一风跨前一步，伸手把枪管往下一按，制止道："不能打！狐吃了兔，狐就得以生存；兔逃了，那是它的造化。这是北极的生存法则，为什么要破坏它呢？"

冬冬不解地看着谷一风，道："那也不能见死不救呵！"

娄书仪见冬冬如此说，挺枪又要打。谷一风炸雷似的吼道："娄书仪！"

娄书仪身子一哆嗦。但看谷一风凛然不可犯的样子，悄悄吐下舌头，放下了枪。

雪兔儿终究是个弱者，绕着一个小冰包转了不到三圈，便被狐狸咬着脖子叼在嘴里。鲜红而又耀眼的血滴，从雪兔的毛上，漓漓拉拉滴答到了雪地上。

狐狸踮步曳尾，叼着它的战利品，跑到冰脊的隐蔽处美美享用去了。

冬冬眼里流出了泪水。她看着谷一风，气咻咻地道："你真是个冷血动物，比北极狐还冷血！"

一风释然道："难道救了它就不冷血了吗？这兔子，躲过初一还能躲过十五吗？总不见得打光这些狐吧？即使打光狐，还有狼，还有熊，还有人呢！"

冬冬抹了把眼睛，赌气道："照谷老师如此说，我们是不是什么都可以袖手旁观了？难道这就是人类应持的态度？"

谷一风笑了笑，道："那倒也不是。凡事顺其自然，该管的管，不该管的不管。像今天这事如果管了，就僭越了本分，上帝他老人家知道了，怕也会不高兴的。"

一直盯着雪狐狸的刘振宗，听了谷一风的话扑哧笑了："谷老师您可真逗，上帝究竟有没有暂且不说，即使有这么一位老先生，天下这么大，事情又乱糟糟的，管得过来吗？"

谷一风道："当然，要不怎么是万能的上帝呀？告诉你吧小刘，上帝可是平衡大师呢——"说完耸耸肩，嘴角不经意流露出几丝苦笑，然后轻轻唱了几句戏文——也不知是哪出戏里的——

汹汹大江水，
只把日月流。
韶华随梦逝，
闲愁无尽头。
哪里寻汉家陵阙千里月，
何处觅玉砌雕栏画吴钩。
叹只叹，
当年那铁打的江山、八百座军州，
到而今，
只落得个笑谈佐饭下酒……

第十三章 莫愁村头号新闻

娄书仪嗓子像热豆浆烫过，一阵火辣辣地灼疼，折磨多日的口腔溃疡总没个消停的时候。龇牙咧嘴喝了口水，吞下两粒黄莲上清片。看看冬冬给他的药里还有薄荷丹，又捏了两粒含到嘴里，立时觉出了清爽。

蹬掉鞋躺在床上，对面墙上的伊丽莎白·泰勒，便含情脉脉向他微笑起来。这真是一个多情美女。波浪翻滚的黑发，折了两道弯儿垂到胸前，遮在两个白面饽饽似的乳房上。春山巍巍，绿草含羞，乳头儿似隐似显，如两个熟透了的大樱桃。泰勒就是天仙下凡，身条、脸蛋包括右面颊上那颗黑痣，都是上帝按人类审美最高标准造出来的，让人挑不出丁点儿毛病。最拿人的还是那双褐色大眼睛，里面汪了不知几湖几江的水，只用眼角瞥上一瞥，管保你仨魂儿有俩半找不到回家的道。当然啦，娄书仪看这泰勒，却不仅仅用眼角瞥，也不是通常拿着俩眼瞪，而是眼观心想，意会幽思。如此一来，里面就大有了学问，泰勒就成了一种意象，不，是意境！是娄书仪身体里和精神里那些不安分的小虫子们，在私密世界里乱钻乱拱，导致他臆想幻化出来的意境。在这种意境当中，他就是皇帝、神仙，是一匹腾空驾云的天马；他就是响当当好莱坞大明星伊丽莎白·泰勒的男友、情人、丈夫，甚至是一夜情的嫖客。这时候，这位右面颊有黑痣的高傲的泰勒，会笑盈盈走下来，宽衣解带，嘤嘤哝哝，与他良宵缠绵……

娄书仪房间里的贴画，还有几幅露屁股的女郎，虽然也是千种风情，万般媚态，但与镶在镜框里的伊丽莎白·泰勒比起来，俗得边儿挨不上。每次由外面回到空荡荡的屋内，最喜欢也是最习惯的动作，就是往床上一躺。这一躺，熨熨帖帖正和泰勒对上眼。古希腊英雄伊阿宋，身上抹了美女美狄亚送给他的普罗米修斯油膏，立即增添无穷无尽的力量。这个伊丽莎白·泰勒，就是抹在他身上的普罗米修斯油膏。要不然，长夜永昼，真不知如何打发是好。

这阵儿躺在床上，全不似往日那般感觉，眼里看的是泰勒，心里想的却是冬冬。让他纳闷的是，看泰勒的时候，自己是高傲的、放纵的，野坡驰马，平湖荡舟，为所欲为；而想到冬冬，倒有些庠童见了塾师一般，顽劣不恭之心，浮浪狎谑之气，竟跑得无影无踪。上中学时，无论年龄还是个头，冬冬在班里都是最小的。站队在最后一个，座位在最前面一排，加之性情静淑沉稳，只懂得往书本用功，不知道人情里找乐，连个玩笑也不知道开，这就和浮浪不羁的娄书仪，入不了一类。有几次，他甚至私下里和李小妹讥笑白冬冬简直傻瓜木枣一个。后来，他和李小妹的事闹了个满城风雨，同学都不拿正眼儿瞧他。倒是小傻瓜白冬冬，主动和他搭话，没半点门缝看人的意思。而今，当年那个傻瓜木枣，出落得楚楚动人，漂亮中透着大气，文静贤淑里多了成熟。可以说，你见到清波里挺挺的芙蓉，见到阳光下带露的花朵，是一种什么心境想法；那么你见到冬冬，就应该是一种什么样的心境想法。

冬冬虽然有着公主般的娇贵，却至今绿牡丹开荒山——名花无主。这就是说，谁都倚枝可攀，他娄书仪同样有折桂在手的机会。凡事只有想不到的，没有做不成的。更何况，他与冬冬是老同学。倘若顺利上冰，自己就是功成名就，不怕她情感天平不往自己这边倾斜。

一想到诱人美景在上冰后才能实现，娄书仪心里又没了底。如果上不了冰，这一切都将成为镜花水月，梦桃画饼！听童圆说，上冰队近日就要出发，时间如此紧迫，为何队员名单迟迟没有产生？为何他几番找高站长询问上冰的事，高凌霄总是拖着长腔打哈哈，王顾左右而言他？前天晚上，他用站上卫通电话悄悄拨了刘部长宅电。刘部长当时好像正在看一部什么电视剧，接电话时人还没从故事里走出来呢，拿听筒喂喂了半天，才晓得来电话的是谁。弄明白娄书仪的意思，刘部长那口衡阳腔便拉出这样的韵儿："小娄子呵，你小子要耐心等待哟，莫得着急嘛。我给你们高凌霄已经打了招呼，上冰嘛，那就要等一等喽。人家不是没说不让你去嘛。嗯，是不是？对，莫得着急嘛。"刘部长是父亲的老战友，两家关系一直过从甚密，因而他给刘部长打电话也没有什么拘束。

娄书仪两手托在脑后，将眼睛从泰勒的身上移开，盯上了天花板。天花板是红松木的，木头上一个个发黑的疤节，像一个个"？"，这会儿都眼睛似的在瞪着娄书仪。按常理，刘部长即使上了二线，话还是管用的。特别是对于高凌霄来说，他是高的老上级，高要继续往上爬，就不会不在乎这些老家伙。而高凌霄，就和官场中所有人一样，对于加官晋爵，又岂有不朝思暮想、馋涎欲滴之理？人们见过草料撑死的驴，却没见过拒绝荤腥的猫。退一万步讲，即使高凌霄升迁的心淡了，可刘部长毕竟是他多年领导，纵无伯乐相马之恩，鬼谷师授之德，仅凭这个曾经的上下级，给个面子谅来问题不大。另外，娄书仪也多了个心眼，没把宝全压在刘部长那里。他让家里人拐了二九一十八道弯儿，托人拿下高凌霄夫人单位的一把手，从侧面配合给高凌霄施压。这年头，司机、秘书、夫人及子女，已成为打通领导关系的一条最便捷通道，而且屡试不爽。娄书仪对此还是蛮有信心的。这一招，也算是一个双保险吧。想到这里，心情豁然如拨云见日，再去看那木疤瘌，乖乖，一下子都成了"！"。

"应该再给白冬冬写封信，对，应该再写一封！"娄书仪嘴上说着，身子一跃而起，找着蹬了东一只西一只的鞋，趿拉在脚上，坐到写字台前，铺开纸提笔写下抬头：冬冬老同学台鉴。是台鉴好，还是玉鉴好？捏着笔斟酌一番，觉得还是玉鉴好，特别是冬冬这样的女孩，嫩葱儿似的。要是称台鉴，岂不叫得老成了？于是把写了字的纸一揉扔到墙角。换张空白纸重新写下"冬冬老同学玉鉴"。猛地又一想，那天塞到她门下的信，也不知看了有什么想法。写那封信，本来就是投石问路，白冬冬如果厌烦呢，就权当没这回事，以后阳关道独木桥，各走各的，井水不犯河水；如果表现高兴或是没啥反感呢，再暖和暖和上炕，一步步由浅入深，试探着逼近目标。但今天，看她刚到野外时脸上那掩饰不住的兴奋，小酒窝里都藏着笑哩，这说明情况正常。女人嘛，尤其是自恃优越的女人，总是表现矜持一些，哪里有轻露闺房幽思之理？更何况白冬冬这样才貌双绝的女子。按自己的小九九，是想在野外趁着她高兴，问问看没看那信。谁想突然间蹦出个野兔子，又窜来头贼狐狸，血乎淋拉一闹腾，好好的气氛被搅了局。还有那个老倔驴谷一风，攥着枪筒子，死活不让开枪打，打了又咋了？少了一只骚狐狸，北极生态就失衡了？天就塌下来了？真是看三国掉眼泪，净是替古人担忧愁。要不然，白冬冬何至于哭鼻子抹泪，弄得情绪如此沮丧？他老娄哩，又何至于干瞅着，连说句悄悄话的机会也没有？吃晚饭的时候，他两眼到处撒觅白冬冬，直到老拴头叮叮咣咣刷锅洗盆，也没见她来吃饭。心里想：这真是个菩萨心肠的女人，见不得一点儿血腥。死一只兔子，就伤心成这个样子。自然界里，大鱼吃小鱼，小鱼吃虾米，这样的事每时每刻都在发生哩，有啥好可怜的？就是人类社会，不也一样弱肉强食，胜者为王吗？！让娄书仪生气的是，白冬冬没来餐厅吃饭，谁也没当回事儿，特别是几个没心没肺的家伙，美滋滋吃饱了肚子，拿牙签左一下右一下，舒坦地挖掘着牙缝儿，打着饱嗝放着响屁，依然故我在高谈阔论，扯些咸不咸淡不淡的话题，舅舅不喜，姥姥不爱，有啥意思嘛，嘁！

这样忿忿想了一会儿，又捋着肠子接着往下写——

冬冬老同学玉鉴：

前次奉上尺牍，不知赐阅否？今修微札，再表芹意。书仪仰慕冬君，如大旱之望云霓，暗夜之盼星月，实时日久矣。恨无丘氏之爱箭，月老之红绳，以结秦晋之好，同为连理之枝。书仪仰望之，期盼之，心系之。

今至郊野，天清气朗，冰凝千里，穹窿之下，尽呈皎皎。仙乡异景，令人追昔思远，心神怡悦。正行间，忽见一兔芼草而食，一兔做态戏雪，众人观之，如睹社火傩戏，无不欣欣然也。

正所谓天有不测之变，人有难虞之机。狡狐倏尔窜之于后，凶虐险诈，俄顷毙杀一无辜之兔。冬君怀释佛之慈，耶帝之爱，悲悯不忍，垂泪黯然；书仪虽愚钝不堪，亦凄怆于怀，良久难安。尤在进餐之时，未睹君颜，知伤感深恻，一时难平。书仪心中怅怅然，几无吞粒也。

僻地万里，凄风凌人，望君善自珍重，优渥玉体。书仪躬谨听命，愿效驱驰。

即颂

安祺。

书仪于某月某日奉

写好信，从头到尾细读一遍，觉得“恨无丘氏之爱箭，月老之红绳，以结秦晋之好，同为连理之枝。书仪仰望之，期盼之，心系之”几句，像胡同里扛竹竿，大门外供家谱，直通通，赤裸裸，让人一看就知道啥花花肠子。而他和白冬冬呢，再怎么说，除了那层同学关系，也就是北斗站普普通通的队友了，交情尚浅不说，连推心置腹的沟通交流都缺乏。不行，这样太过莽撞，依白冬冬的心性，虽然不至于交恶，但也会瞧不起自己的。想了想，哧哧划掉，改成“苦无良机，一吐心曲，宁不为祝梁之憾乎？”，这样一来，较之前信，话挑得稍明朗了，但又不失含蓄，措辞也让人容易接受些。于是又重新抄过，打头再看一遍。这一看，又有了毛病，觉得“宁不为祝梁之憾乎”中“祝梁”二字，十分地不妥。祝和梁，分明指的是祝英台和梁山伯嘛，不行，不行，还是太露。起手划去祝梁，句子成了“宁不为憾事乎？”默读几遍，感到比原先好多了，就用惯常于斜形书写的娄体，一笔一画誊下来，正好满三页信纸，遂折成个燕子形状，小心地放进牛皮纸信封里，用胶水封了口，又提笔在信封上写了内详二字。写完，自己先笑了。这内详二字也不知谁发明的，实在考究得很，在这样的环境里写这样的信，用上是再合适不过了，既能传递明码信封应有的信息，还不显山露水。

对于写给白冬冬的这两封信，娄书仪还是十分得意的。上一封，已经从门下送达——这条邮路，其实比官办的邮政渠道更牢靠，邮差就是自己，签收人就是门缝。可以毫无疑问地说，白冬冬一定是看了。只要是看了，就达到了目的，就传递了他娄书仪要传递的信息。这和张君瑞托红娘传给崔莺莺的信，和司马相如弹给卓文君的琴，在本质上有什么两样？没有两样。相反，却比张珙的信和司马先生的琴，在表达方式上更为含而不露。这些个古人们，爱欲之火烧起来真是不得了，一封书信一首诗，表现得竟如饿隼捕雀儿，是那样的急不可耐，那样的俗套轻狂。你看那个崔莺莺，还是前相府的千金呢，信里就写些什么“寄语高唐休咏赋，今宵端的云雨来”，这不是赤裸裸在求欢做爱嘛！还有那个辞赋高手司马相如，借着一架木头琴，就要和人家小姐得托孳尾[1]哩，这和鸟兽叽叽喳喳着要交尾有啥区别？竟还能脸儿不红地大声唱出来，嘿嘿，也真有他的！咱老娄两封信，也是要求爱，一比那些老祖宗，倒更显文雅含蓄。特别是这一封，意思比上一封进了一大步，却仍然文文绉绉。冬冬是个才情女子，不是中学同学李小妹那样的绣花枕头，想必会更喜欢他这样的表达方式。在这之前，娄书仪怎么也想不到还能拉出这样一橛子硬屎，真有点猪八戒做新郎官，镜子里都认不出自己了。他心里恣得放了花，想：人都道爱情这玩意儿神奇，果然哩，才着了一个边儿，就跟服了张天师灵丹似的，那潜能不知不觉就出来了。真要是爱出个梁祝西厢的，那还得了！娄书仪回头瞅了一眼泰勒，满心欢喜，胖胖的脸上放了光儿，肉褶褶里都发亮，口里恣悠悠唱了句莫愁湖边走，抓起信放进衣袋里，出了门，又往下摁了摁，这才腿轻脚快下了楼，径直走向医务室。

医务室开着门，娄书仪拳起右手的中指和食指，才待往门框上敲，却听里面有人说话。急忙缩手侧身，悄悄避在墙边。细一听，是于大河和冬冬，似乎在说上冰的事，心里不由得一咯噔。只听于大河说道——

“早晚的也就这几天的事了，宿营的帐篷、睡袋，煤油炉，吃的喝的，还有工作用的仪器设备，等等之物至少两架狗橇才装得下，要是再加上个别人员和其他东西，怎么着也得三架橇呢。老爹和帕波雷克一人一架——他们俩从头到尾跟随队伍行进，我呢，也赶上一架。”

“老爹和帕波雷克那边都说妥了吧？”

“妥了，老爹他们是一百个愿意。就一件，尤尼塔死活也要去呢——”

听到这里，娄书仪又是一阵咯噔。心里想，看来上冰人员都确定好了，不然，怎么连去几架橇都定下了呢？哼，还有那个爱斯基摩丫头，疯疯癫癫的，也挤了摞来凑热闹，这是赶大集呢还是逛庙会？真是的。甭着急，再听听他们还能吐噜些什么——

“那就让她去呗，这丫头到了冰上，不比你们男爷们差呢，雪地里经验也丰富。”冬冬声音柔柔的，像风从芭蕉林里穿过。

---

① 语出司马相如《凤求凰》，全句为“凰兮凰兮从我栖，得托孳尾永为妃”。

“话是这么说，但高站长考虑，一来家里已经出来一个老爹了，托尼近期又要去南方读书，尤尼塔要再跟着走了，剩下大婶孤孤单单的，一早一晚连个说话的也没有；二来呢，少去一个人就少一个人的开销，也少一份风险，尤其是女孩儿家。”

“我也是女孩儿家呢。”

娄书仪听冬冬的声音，有点撒娇，忽然像有个苍蝇吃进肚里。

“你不一样，你是队医。队医如同军医，战士在哪里战斗，军医就应该在哪里出现，职责所在嘛。”

难道白冬冬也要上冰吗？部里定了上七个，于大河是队长，海刀鱼头一轱辘儿；谷一风和安子儒吧，一个是搞海洋的，一个是搞气候环境的，两人无论从资望上还是专业上，也是板上钉钉要上的，要是再加一个白冬冬，那么还剩三个名额。这三个人里面，还有谁比自己更有竞争力呢？娄书仪像刚开机的电脑，脑子里的程序开始高速运转起来。

如果按照专业特点决定上冰人员，牛得田是搞冰川的，研究海冰变化也是他的业务范畴，因此上冰考察也该有一份儿；刘振宗呢，学的是大气物理，上不上冰，工作一样开展；其他的人吧，或者专业与上冰没有多少关联，或者是身体状况不太适宜，或者是资格上、关系上差着那么一点儿，总而言之，能和他娄书仪争高低上下的，是张三还是李四，他一时半会儿还真想不起来。美中不足的是，他的专业和安子儒相同。但细论起来，安子儒更侧重的是古气候环境，这方面自己虽然不甚精通，但大通套走下个过场应该没啥大问题。因此，这个专业多上个人，也是说得过去的。况且，他的手里还攥着两张牌哩。公对公，硬碰硬，自己尚且有不小胜算。倘若亮出底牌，即使有些出人意料之处，他深信，天平的砝码也会在顷刻间偏到自己这面。这没有什么好怀疑的，就耐心静等揭开锅的那一刻吧。另外，自己的心上人白冬冬（想到这里脸上有点发烧，因为这毕竟还是剃头挑子一头热哩——嘿，管他一头热不一头热，反正她在自己的心上），竟然也要上冰，这不是天赐良机、天遂人愿嘛，中了状元招驸马，大白饽饽往肉汤里滚哩……哈哈，好事会一桩连一桩哩，他不由得在心里笑了起来，脸上一副刚中了六合彩的样子。

走廊上响起脚步声，像是有人从楼上下来，娄书仪赶紧缩回脑袋，伸手整了整衣领，拉起一副就要进门的架势。但脚步声只响了几下，像个猫儿似的，大概是窝回头又往外去了。娄书仪摸一把额头冒出的冷汗，又继续贴在墙根下细听——这会儿是白冬冬在说话——

“……慨儿这孩子，打从转了学住在爷爷家里，真是要多乖有多乖。早晨奶奶一叫就起来，一点不赖床。晚上写好作业，交给爷爷检查完，洗刷了就上床睡觉。刚才我和爸爸通了电话，爸爸说，慨儿在学习上更不用大人操心，前几天学校搞摸底考试，每门功课在级部都排在前三名，把个班主任小胡老师高兴得不行。而且受你这个当爸爸的影响，小慨儿对生物学有种莫名的兴趣。将来呀，怕又是个搞科研的料哩。”

慨儿？慨儿是谁？又是奶奶爷爷、爸爸妈妈的，还有什么受你这个当爸爸的影响、是个搞科研的料。刚才一分神，云里雾里的没听明白。难道，难道这个慨儿是于大河的孩子？前些时曾影影绰绰听说过，他老婆跟一个洋鬼子跑了，留下个有病的妞儿没人管。娄书仪眉心堆起三道弯，不由得满腹狐疑：如果慨儿是于大河的孩子，那么，慨儿的这个奶奶、爷爷，又会是谁呢？听白冬冬说话的语气，倒好像是说自己的爸爸妈妈。对，是白冬冬的爸爸妈妈，肯定是白家收养了于大河的女儿。既然能收养人家的女儿，就说明白冬冬家和于大河不是一般的关系。不是一般的关系，又是什么关系呢？娄书仪心里涌上来三百六十般滋味。

正猜疑着，忽又听白冬冬说道：“和爸爸通话的时候，小慨儿就在旁边，抢过爷爷话筒告诉了我一个秘密：下个月俄罗斯海军编队访华，市里挑选了八个小姑娘登船献花，小慨儿被选中了呢。她问我到了那一天，是穿红连衣裙好呢，还是穿白连衣裙好——这两套衣服，都是我在家时给她买的。我告诉她穿白的，洁洁净净，素素雅雅，衣服和肤色也相配，又显身段线条的，就像天使一样。慨儿快乐地答应下来，唉，这孩子。”

“慨儿跟着老师和师母，我也放心了。刚过去的时候，我还真担心她淘气，惹爷爷奶奶不高兴呢。唉，老人们到底也是上了岁数。”

“那你可真低估了她呢，我们的慨儿非常懂事。”

我们慨儿，白冬冬你怎么能说成是我们慨儿呢？还左一个右一个的叫。于大河的孩子和你是什么关系？你和于大河又是什么关系？过分了，太过分了吧！娄书仪扶在墙上的那只手，有几个指甲狠狠地掐进了木板里。

里面的谈话还在继续。好像谁在端瓷杯子喝水，杯子盖儿当啷响了一声。

“大河哥，”又是白冬冬的声音，哼，越来越肉麻了，娄书仪下意识地捏了捏口袋里的信，一股无名火气，夹杂着说不清楚的怨气、怒气、丧气和不服气，一块儿往上顶。他咬紧嘴唇，克制着不使自己流出眼泪——

“大河哥，慨儿电话里还、还要我答应她一个小小心愿呢——”

白冬冬说到这里忽然停住了。瓷杯盖儿又当啷了一声，间或还有吹茶叶的声音。

“唔，这妞儿有啥心愿？”这是于大河的声音。

“慨儿说，慨儿说——”

“慨儿说些啥哩？是不是又要给你添什么麻烦？”

“慨儿说，让咱们俩，让咱们俩拍张有北斗站背景的合影，连萌萌的照片，一块儿寄回去……”

一片黑云漫了过来，娄书仪眼前没有一点亮色。这一瞬间，仿佛从峰巅摔到了山涧，从温床跌进了冰窖，把一万个失恋者的痛苦，都融合叠加在一起，让他一下子做了个总体验。不知什么时候放进衣兜的一只手，把一封饱蘸柔情写就的辞意委婉、文采飞扬的信，攥成了一个纸蛋蛋。不听了，他不想再听了。那心里的怨，肠里的愁，肝里的火，肺里的气，文文武武一齐发作起来，泪珠儿不觉得被怨、愁、火、气，连推带拱顶出了眼眶。他抹把泪，猛捶一拳自己肥嘟嘟的脑袋，扭头往回走。到了拐角处，一个不仔细撞在墙上，脑袋木地发了蒙。一摸头，右侧鼓起一个包，疼得骂了一声，伸脚狠狠跺向了护墙板……

谷一风吃过晚饭，在万国大厅和大家海阔天空、山南水北大话一通，就收拾碗筷回到宿舍。一风是个既好动也能耐得住寂寞的人。业余里喜欢登山、游泳、钓鱼，唱唱京剧，也喜欢下下象棋和打打乒乓球。爱好挺广泛，但在北斗站上，却都没了用武之地。象棋倒可以下下，可他觉得几个下棋的，如刘振宗、老拴头和大宋，甚至加上布尔什维克大叔老卜，等等，一堆的臭棋篓子，让他们一匹马，还要悔棋。摊上这样的对手，棋还能下出啥滋味？

乒乓球呢，他算半个业体出身。当年曾有好多次代表学校甚至区里，出去打比赛，孬好的也拿过几个名次。凭这两下子，在北斗站里就算得上个国家队了。尽管童圆、马松宝几个球迷，差不多霸着台子天天晚上蹦蹬，可和一风过招儿，随随便便拉个弧圈儿，就找不着球在哪里。没有对手其实也痛苦。所以，并不是什么事拔了尖都好。

在宿舍躺着看了回金庸，觉得谄天蒙霹雳的，太不靠谱儿，就把书一扔，学着京戏里青衣的叫板，喊道：“哎呀呀，长昼漫漫，赤日炎炎，觉儿睡得够够，棋牌懒得上手，和一班女儿们话又没得说，咄，奴家好一个无聊哇——”随即爬起来，在桌上摸过杯子，喝了几口还温着的茶水，换好出门的衣服下了楼。

走到楼梯口，忽然心生一念：到白冬冬那里看看。今天在野外，物伤人悲，这个姑娘竟心疼得落泪，以至于晚饭也没见她去吃，这工夫也不知怎么样了。心里想着，脚步就朝走廊东首医务室走来。才行几步，猛见医务室门口有人贴墙根站着，样子像是黏毛糕娄书仪。

一风像见了蛆虫似的，心里起了一阵厌恶，几乎连想也没想，掉头向楼道大门走去。

晚上的站区十分宁静，低垂的夜阳，把高大的集装箱式楼房镀得一层橙黄。天不太冷。白日里聚集在伙房门口的那些鸟儿，早被老拴头喂饱了，这会儿不知宿哪里去了。谷一风自觉神清气爽，拉一拉防寒服的帽子，嘴里哼着“虽说是烟云锁、关山断，鱼雁杳杳尺素难传”，信步向莫愁湖边走过去。

平常日无风无雪，常有队员在晚饭后沿着莫愁湖边的雪岸散步。当然啦，在北极的雪地散步，可比不上紫金山下的花径、玄武湖边的柳荫，也没有秦淮河的灯火、栖霞谷的红叶。有的只是皑皑的白雪，亮亮的坚冰，你得小心别滑倒，还得提防着不要一脚不慎，陷进雪坑里。尽管这样，在室内憋久了的队员，还是愿意在好的天气，穿戴得暖暖和和，沐浴着夜阳到雪地里走走，活动活动筋骨，接一接地气。对于谷一风来说，风雪中散步，更有一种别样情趣。别看有风有雪路不好走，可越是这种时候，出来的人越少，散步的人越清静。因为清静，思考起问题来就冷静，好多平时想不起来的，这会就能想起来；好多平时想不明白的，这会就容易想明白。风、雨、雾、雪，都是大自然的使者，你越是喜欢和它们接近，上帝对你就越慷慨。在这一点上，他和于大河很接近。往常里，他在外面雪地散步，碰到最多的人就是大河。在散步这一点上，他俩都不太在乎什么样的天气。

谷一风来到湖边，发现前面有一个穿蓝色防寒服的人，正深一脚浅一脚走着，从走路姿势来看像是牛得田。就往前紧赶几步，高声道："老牛呵，天天置身极地，对夜阳雪景竟然还有如此兴致？"

那人听出后面是谷一风，就停了下来，侧过身，用两只戴绒线手套的手，在脸上搓了几把，然后说道："哈，是一风老师呵，风雪中漫步，我可是学您的风雅呢。"

"噢，原来是我们卜书记呐，失敬，失敬。您怎么不和老拴头、大宋他们杀几把呀？少了您，这盘磨可就拉不转哩。"谷一风后悔没早一点看出是老卜，要不然，就岔开路去汤姆那里了。

谷一风也纳闷，对这位教了一辈子政治的北斗站临时党委书记老卜，心里头为什么总有一层无形的隔膜呢？隔膜这东西很奇怪，只要有了，就不好去了。尽管只是薄薄一层，看起来相距很近，却永远贴不到一起。其实他也知道，这位卜先生看起来打了政治标签，心地还是不错的。特别是下起象棋来，他那痴迷的样子和实在不敢恭维的棋艺，形成巨大反差。无论是下棋的举止神情，还是走的步儿用的招数，真是让人发笑。有时为了拱匹马象个炮的，竟能和大宋撕撕把把地夺起子来，那会儿一点布尔什维克的风度也没有。当然，大宋这个憨大头，也是个没大没小的，站着和躺着反正都是个维修工。有几回，他俩甚至红了脸，老卜当场发誓金盆洗手，再不下了。但过不了两天，又会端着棋盘讪讪地去求大宋。大宋也痒得爪子刺挠，恨不能立即把那棋子儿捞过来亲上两口。

见谷一风还是一副敬而远之的样子，老卜就笑哈哈地打趣道："大宋那臭棋，一输了就要赖，喝醉了不认酒钱。今晚，我老卜挂牌罢战，看看他和老拴头，能杀出个幺二三来不成。"

谷一风心想，臭棋篓子没一个觉得自己棋臭。人呐，就这贱性。他不愿顺着老卜的话说，也不便把心里想的拿到外面来。就踢了一脚地上一个冰疙瘩，没话找话道："老卜你说北京的冬天，现在见个雪都难，好不容易下来场雪，过不个三天两日，化得一干二净，而且还弄得到处脏不拉唧。嗨，这世道！"

老卜倒随和，就道："是呵，前年冬天，我夫人和上大三的女儿莎莎，要拍张雪景的全家福。为此，女儿跑王府井专门买了身大红面包服。结果你猜怎么着，好过年的时候，倒是下了一场雪，但看上去还不如松花江雾淞厚实呢。可巧，我这天又临时替会出不去，就答应次日一早拍照。哪里想到第二天太阳出来，早化得个一塌糊涂。气得女儿和老婆一劲抱怨，好像那雪是我弄化了似的。”

“要说看雪，”谷一风对随便聊起的这个话题，感觉甚好，就兴致勃勃地道，“还是要到地球的两极。那年去南极的普里兹站，在大冰盖一站，哇，纯净洁白得人都要醉了。我甚至在想，如果有那么一天，能和极地洁白的冰雪长眠在一起，那该是多大的福分呵！”

“是呀，”老卜道，“这雪，特别是极地的雪，的确是天下一大奇观，而且好像还有一种神奇的功效——能净化人的心灵。不说别人，我到了北极，一个人独自在雪原上走一走，真能顿悟好多东西呢。”

“所以古人说道法自然哩。人要有机会，就得多到大自然里面去，那应该是人类的课堂。尤其在两极，这里隔着上帝，距离上似乎是更近一些。”一风道。

“这一点，就看出你们当科学家的优势来了。你想想，全中国包括全世界，有幸到极地者能有几人？这一回，领导要不是照顾我退休前出来趟，我怕做梦也来不了这儿呢。唉，想起来自己这辈子，先是教了半辈子书，稀里糊涂的，就像是墙头上摇摆不定的芦苇，只知跟风跑马，张口闭口念本本，正儿八经的东西，能明白多少呵！脑瓜子当了人家跑马场哩。想一想教过的那些学生，我常常感到满面羞惭！”

老卜蹚着雪，两只戴手套的手还在搓来搓去，好像在揉一件被油垢渍透了的衣服。

谷一风能想到雕塑园里的石羊爬起来吃草，却没想到这位布尔什维克大叔，能这样掏心掏肺地痛剖自己。过去的一些年代，给人留下了太多的伤痕和遗憾，老卜又何尝不是流水之上的一叶浮萍呢。虽经炼狱却良知未泯，看似僵冷倒心热如火。谷一风忽然对这位临时党委书记，这位他眼中的臭棋篓子，这位他一直视为路人的队友，认识上有了一百八十度的转弯。

“世道如此，能奈其何？想必你老卜也是尽了力的。”谷一风看了看老卜，一时倒不知说什么好。

老卜继续搓着手道:“西楚霸王乌江别姬一刎，是生命的一种结局；诸葛孔明出师未捷身先死，忠心泣别后主是生命的一种结局；曾一匡天下、九合诸侯的春秋霸主齐桓公小白，最后竟饿毙斗室而尸身都生满了蛆，也是生命的一种结局。我在想，这些都是历史上了不起的人物，虽然结局不济，却都曾经使历史改变过走向，生命的过程波澜壮阔，留下了永远的精彩。而我们这些升斗小民呢，也许在生命到了尽头的时候，结局不至于那么糟糕。可，我们生命的过程呢？唏嘘复唏嘘，不堪回首呐一风老师！”

老卜的眼里似乎有泪光在闪动。真想不到这位党委书记，而且还是一直在做官儿的一个人，竟有如此柔肠，而且还这么容易动感情。

谷一风张了几次口，想插上几句话，可老卜的话像开了闸门的水，突突地往外冒，根本就没有收住的意思——

“后来到了科研部门，我老卜干得还是政工，虽说勤勤恳恳，可踩下的脚印又有多少是无悔的呢？夜深之时扪心而思，心里常常不安稳呵……唉，假如时光可以倒流，假如时光可以倒流，唉……”老卜啪啪地拍了几下自己的脑门子，没再往下说。

两个人一下子沉默起来。雪地靴踩在表面硬化的雪地上，发出的声响真切而又踏实。

默默走了一会儿，不知不觉把莫愁湖绕了过来。两人正要循路再走上一遭，却见连防寒帽也没戴的童圆，光着个脑袋，急三火四地从生活栋找了过来。到了两人跟前，童圆和一风点头打了个招呼，就对老卜道:“卜书记，高站长有事找您呐。”

老卜答应了一声，就对一风道:“你别说，这莫愁湖的夜晚，还是挺迷人的。”

一风上前一步，握着老卜的手摇了摇，道:“瞅空儿好好杀一盘……”

老卜和童圆走后，一风一个人沿着冰冻的莫愁湖又转了一圈，这才回到生活栋里面来。忽然又想起冬冬没吃饭的事，就抬脚拐到一楼走廊东边来。刚走到洗衣房门口，见冬冬守着一盆衣服在发呆。

一风以为还是为下午的事，就想这姑娘咋像林黛玉呢，遇了什么事都触景伤情，痴痴呆呆的，这还了得？就说道:“白姑娘，不就是一只雪兔嘛，这北极大地千里万里，白茫茫无边无际，那玩意儿多得去了——”

“不是的，一风老师，”冬冬打断一风的话，嘴里嗫嚅道，“我、我丢了东西。”

“丢了东西？这倒稀罕了，我在这两年了，还从未听说谁少过一根针。”谷一风满脸疑惑。

冬冬脸一红，道：“在去卢特吉尔之前，有回晾在洗衣房的衣服忘了收，后来发现单单少了胸衣，以为是自已弄错了呢，也没在意。今天晚饭没去餐厅，就泡了一盆衣服，想晚上洗出来。结果刚才进来，发现胸衣什么的又没了，你说奇怪不奇怪，是不是进来了野耗子？”

“怕不是野耗子，”一风两眼一瞪，道，“我看是出了家老鼠。龌龊的东西，竟行如此卑鄙之事！”一风嘴上骂着，脑子里却闪出下楼梯时看到的那个身影。

正打完球走到楼梯口的马松宝和刘振宗，听到谷一风火刺刺地在骂人，就快步走了过来。马松宝以球拍做扇呼打了几下热汗津津的脑袋，一双小眼看了看白冬冬，又看了看谷一风，诧异地道：“咋了一风老师，不是谁让白熊舔了一口吧？”

一风阴沉着脸道：“让白熊舔一口也算不得什么。可这事真他妈让人窝火，什么世道！”

刘振宗看着冬冬，脚一跺问道：“到底咋了，让一风老师这么窜烟冒火？”

“没、没什么。”冬冬浅浅地笑了笑，道，“真的没什么。”

她越装得若无其事，马松宝和刘振宗越觉不对劲。马松宝一对狐疑的小麻种眼闪着亮光，像找贼赃一样上下打量着冬冬。刘振宗抓抓耳朵扯扯腮的，也是一副闷闷不解的样子。

冬冬意识到站在这里挺尴尬，就道：“那我先回了。”道声晚安，端盆子进了房间。

第十四章 牙齿咬出来的靴子

老卜走进高凌霄办公室的时候，穿一身绛紫色羊绒衣裤、趿拉着一双黑绒布拖鞋的高凌霄，正握着那块不知握了八千遍还是一万遍的黄河石，在房间踩出浅浅印痕的木地板对角线上，来回踱着步子。高凌霄眉头挽了个疙瘩，心情也比往日有些焦躁。

见老卜进了门，高凌霄朝皮椅子指了指，示意他坐下。自己也停止踱步，把石头往写字台嘭地一放，顺手将一份带国字头的机要传真推到卜维国眼前，道："你看要命吧老卜，最后通牒都下了。"

高凌霄说完干笑了一声，身子往高靠背皮椅里一倒，半躺半坐地把头枕到靠背上，眼珠子却一动不动斜瞅着天花板。

老卜也没坐，伸手拿过传真，手却往衣袋里乱摸。"在那儿呢。"高凌霄看也没看，抬手指了指放石头的红木雕花托盘。老卜取过花镜戴上，仔细一看，传真上这样写道——

凌霄并维国同志：

关于娄书仪同志参加火岩岛冰上考察一事，还望二位从培养优秀青年科技人才的大局出发，认真加以考虑，多给有培养前途的优秀中青年创造锻炼机会。

祝二位并全站同志身体健康、工作顺利。

看完这封刘部长署名的传真件，老卜嘴唇一咬低下了头。右手的拇指和食指，翻来覆去捻弄着一条眼镜腿。过了一会儿，老卜把文件和花镜同时往桌上一放，抬头看着高凌霄，口里悠悠吐出几字："这手伸得可够长的。"

"知道厉害了吧，老卜，"高凌霄从天花板上摘下眼睛，正了正身子坐起来，道，"这叫作张居正称疾，眼不离朝纲；蒋介石下野，权不下三军呢。人呢，看起来是退下去了，天天赋闲养花遛鸟，日日无事打牌听戏，可心思和控制权利的欲望，怕是一天也没减退呵！"

"这倒是中国一大特色呢，离而恋职，退而不休，只要还有这口气，哪个尝到过表演甜头的人，都不甘于退出政治舞台。"老卜说着摸了摸下巴。他的下巴每天早晨都要精心刮过，这会儿只有短短一层黑胡子碴碴。

"前些日子他曾打过电话，还弄得我丈二金刚摸不着头脑。心里想，这刘部长退了休，还关心我们的极地考察，也难得一番老骥之志呵。可谁知竟是贪恋栈豆的驽马，明修栈道，暗度陈仓，还是为了让那个娄书仪上冰。也真不明白，这小子到底使了啥法术，就牵着部长大人鼻子溜溜地转。"高凌霄话语里带着明显的鄙夷。

"鸡雏儿撒尿，各有各道。那你想怎么办呢高司长？"老卜谦和地道。

私底下只有他们两人的时候，老卜还是习惯称呼高凌霄为高司长。这一是因为高是他的老领导，叫顺了嘴；二是表示了他对高凌霄的尊重；三呢，也在表明他能摆正自己位置，没把这书记太当回事。他可以在站上当出力的老觅汉，干活的大把头，但绝不会揽权越权，更不会抢权和擅权。不管大事小事，高凌霄咋说就咋办，既不顶牛尥蹶子，更不暗地使绊子。这是老卜的厚道之处，也是他的聪明之处。

"怎么办？当然还是按既定方针办喽。出征在即，七个队员，咱过筛子也过了不止八百遍，简直比菩萨给唐僧选徒弟还严格，比美国挑宇航员还苛刻，这前前后后来龙去脉的，你也清楚。这阵儿，你说能把谁拿下来？"

老卜在高凌霄对面皮椅上坐下来，两肘支在桌上托着下巴，眼睛看着高凌霄在说话。

高凌霄见老卜没吱声，就继续道："古人云，临阵易将，于师不祥。别说刘部长是退了干政，就是依然在职，武断地指定不合适的人上冰，占去一个宝贵名额，这事也得说道说道的。你说这小娄，在专业上有哪样提得起来？往高了说也就个生坯半拉子，精力从没往正地方用过。他要上了冰，还不是占了茅坑不拉屎，封了牌位不显灵？难不成还能让安子儒下来吗？这会让人笑掉大牙的。但凡他能顶起砣来，咱又何苦和他过不去呢？！又何苦不像刘部长说的那样，给他个锻炼机会呢？！”

“刘部长项庄舞剑，意在沛公。指名道姓让娄书仪上，而且还要我们从培养优秀青年科技人才的大局出发，咄咄逼人嘛，这和黄世仁欺压杨白劳有啥区别？”

一听老卜拿黄世仁和杨白劳来打比方，高凌霄忍不住笑了，在心里说，这个老卜，咋驴腚沿马胯扯到这上面，哪儿跟哪儿呵？他也不说破。抬手往上抿了抿头发，却轻轻把球踢给老卜，道：“在部里这么多年，你也是个老政工了，依你来看，如今这事怎么处理更稳便些？”

老卜眼皮子麻打一下，把支着下巴的两手一撤，身子往后仰了仰倚在椅背上，道：“倘要细论，这个人情，无论如何还是要做的，尤其是对刚退下不久的老领导。不管于公于私，于情于理，更遑论从现实和长远的角度去看，给刘部长一个面子，都会皆大欢喜。当然啦，这是从私心出发。可，可除了西方人的那个上帝，谁又会没有私心呢？”

“要依你说，老卜，咱是不是得脑筋转个弯儿，拿下安子儒或牛得田谁的，让娄书仪上？”高凌霄看着老卜，瞪大了眼睛。

老卜笑了笑，右手几个指头撮在一起，有节奏地敲了敲桌子，道：“倘要息事宁人，往后百鬼不侵，是得这么做，而且还要新姑爷给老丈人送喜饽饽那样，表现得心甘情愿积极主动。问题是，咱们老脑筋没有那么活络，小算盘子又不会拨弄。所以嘛，这事就是另一种办法。结局呢，怕也会出现另一种……”

高凌霄笑道：“老卜你要这样说，我也一颗心放肚子里了。至于你担心的另一种结局，无非是咱上房人家下面抽梯子，咱走路人家脚底使绊子。如果真要那样，吃鸡蛋扎破嗓子，喝凉水塞了牙缝，又有啥法子呢？咱总不能昧着良心胡来三篇吧？！”

老卜道：“说句掏心掏肺的话，高司长，我老卜混到这份儿上，祖坟也算冒了股青烟。现在，位子、房子有了，女儿也研究生毕业参加了工作，一家人安安康康的，知足了。在退休前呢，你和领导又费事把力安排我来了这趟北极，不担什么心事，倒见了世面，真的没啥遗憾了。我担心的是，你正是干事的好时候，在部里司局级干部中，无论资历、能力，还是声望、业绩的，谁都不是个儿。树上结了果子，谁不想摘？有些人踩砖踏凳的，还差着一截儿；可你不一样，稍微跷跷脚儿，就够得着的。真的，就差了那么一点儿。因此呢，我是怕不要因为谁上冰谁不上冰的，误了你的前程哩！”

高凌霄听到这里摆了摆手，道：“啥前程不前程的，你一番好意高凌霄心领了。现如今，能力、水平、业绩的值几个钱？没有个关系和靠山，什么都是枉然。没见红楼梦上的护官符吗？少了那个不成的。”

高凌霄说着，情绪上有些激动，一扶桌子站起来，趿拉着鞋往外走了几步，又转过头来，道：“老卜，你刚才有些话，说得好哇。咱们这些人出身寒门，熬到这份儿上，的确是老茔冒了青烟，因此该知足时就要知足。那年去山东曲阜，看到孔府内墙画着一个叫贪的怪兽，张牙舞爪的，说龙不是龙，说马不像马，吞金吞银的还嫌不足，就去吞天上的太阳，结果口干而死。千百年来，孔府就是用这幅画告诫世子世孙千万莫贪。这个人呐，一起了贪念，就收不住了，既得陇复望蜀呵！”

老卜一边听，一边若有所思地点着头。

高凌霄继续道：“如果放在前些年，我也许想法还多些，因此顾忌也多。现在想开了，一心贪位谋权的，多大是个头哇，人心不足蛇吞象，粪蛋蛋滚了屎壳郎，总不能上了天吧！横着看看，竖着比比，在这个十几亿人口的泱泱大国里，咱不是已经很好很好的了吗？还有啥不能满足的？嗯，没有啥了。欲念少了，心里就清爽了。哪些该拿起来，哪些该放下，就庞统醉卧逍遥榻——心里有了数。剩下的，摸着良心干吧。”

“高司长，”高凌霄一番心灵剖白，显然让老卜动了情，他站起来，道，“找支烟抽抽。”

他和高凌霄是那种不喝酒不吸烟的人。不喝酒不吸烟，说的是不喝酒的时候不吸烟，并不是既不喝酒又不吸烟。主动找烟抽，拿牛得田的话来说，这叫感情调动了内分泌。

高凌霄翻箱倒柜一阵折腾，连个烟把儿没见着。临了拍了拍少毛的脑袋，道："这些烟鬼，常来这里吞云吐雾的，走的时候有的丢三落四，落这里半拉盒子，我都是追着他们的屁股扔。这会找烟了，反倒一根寻不见了，哈哈。"

"哎，有了，有了。"高凌霄说着，推门进了隔壁小会议室。一会儿擎着半盒红塔山，笑嘻嘻走了进来。

"哈哈，有道是：苦心人天不负，三千越甲可吞吴；有志者事竟成，百二秦关终属楚。我就知道，站长室不会这么山穷水尽的。"高凌霄兴奋得像个孩子，从烟盒里抽出两支烟，先递一支给老卜，自己含嘴里一支，然后擦火柴点上。

吸了一口，老卜略沉吟了下，道："高司长，跟你干了这么多年，老卜是个什么样的人，不用自己说，你心里清楚。既然你都这样说了，我又有啥可说的？我只是担心顶不起砣来，只要顶得起来，有啥仨瓜俩枣的我来扛！"

要说掏心窝子，这就是了。这么多年来，这位年长他几岁的山东汉子卜维国，一直在他手下勤勤恳恳工作，用厚道和踏实，支起了一大摊子。按说，搞了一辈子政工，后来又在领导岗位上混，人就是没变了个成精的狐狸吧，至少也修得世故圆滑，像掉在油篓里的石头蛋子。可老卜不是这样，虽然有时也弄弄官腔，样子怪周吴郑王的，骨子里头却清纯得可以。有时像年轻人似的，血的沸点超低，人容易激动。特别是投了缘分，对了撇子，不披肝摘胆的，就不叫说话，而且年龄越大，跟老倒青了似的，这个特点便越是突出。也正是这一点，这位山东汉子颇得高凌霄赏识。平常日，这种赏识像不经意撒落在土里的种子，还看不出什么。到了关键时候，也就是温度湿度等条件都具备的时候，就不一样了，种子就要用发芽来证明自己的存在了。譬如说在配临时党委书记的时候，高凌霄就极力荐之，非他不成。当时一位副部长，执意要把另一科研单位的党委书记安排进来。为此，差点惹得这位副部长不愿意。

老卜一番话，让高凌霄心里好受了许多，情绪也平静下来。他拿过那块黄河石攥在手里，沿着木地板对角线，又慢慢踱起步来。走了一个来回，突然快步来到老卜跟前，目光坚定地看着他的这位老下属，道："这样吧，老卜，你要是没什么意见的话，咱们就让冰上考察队后天早饭后出发，一刻也不再耽误了。大火窜到房梁上，还斯斯文文顾得了那么多？"

“上冰名单你看什么时候公布？时间挺紧了，队员还要有个准备时间。”老卜道。

“事不宜迟，我看就明天吃早餐的时候吧。”高凌霄话一出口，又觉得枪攮了腚似的，太急促了点，这也不符合他素来的处事风格，就接着道，“要不的话，就上午宣布。”

“好的，高司长，”老卜激动得脸发红，上前一步握着高凌霄的手，使劲攥了攥，道，“大家也都盼着这个时候了！我一点意见也没有。不过，”老卜说到这里停顿了一下，眼看着高凌霄道，“宣布名单是个很慎重的事，咱们是不是按照常规开上一个会呢？”

高凌霄道：“也好，那就明天上午开全站大会，你来主持。”

老卜点点头，道：“名单还得由您来宣布，我就敲个边鼓，再讲讲注意事项。”

高凌霄道：“至于其他的，就瞎子走道迈一步拿棍子拨拉一步吧，反正我们也没有上下耳和前后眼。将来打破锅说锅，打破碗说碗，天总塌不下来吧。”

老卜道：“宣布了上冰名单，别的都好说，就担心那个娄书仪，猴子捞月空欢喜，心里头肯定窝火。瞅便，我和他聊聊，别结了疙瘩。”

高凌霄道：“很好的，很好的。让谁上冰不让谁上冰，不是小孩子玩过家家，得一根笋长起一竿竹子，一个萝卜顶起一个坑坑哩。”

老卜点头道：“咱上对得住天地鬼神，下对得住职责良心，经得起历史检验！”

“这自是不必说的了。”言罢，高凌霄回到写字台前，抓起黄河石坐在椅子上，一面和先前那样瞅着天花板，一面在手里转弄着石头。

老卜看高凌霄没啥说的了，就打声招呼转身离去。刚到门口，高凌霄又把他叫下，道：“这些天来，不管上冰还是不上冰，都让大家按上冰要求做了准备。大河和一风他们，把向卢特吉尔借人借狗橇等等一应之物，也都一钉一铆地安排妥实。我现在担心的是小童、振宗和白冬冬几个年轻人，从来没有野外生存体验，到了冰上，会不会经受得住呢？”

老卜见高凌霄这样说，就道：“这样吧，我分头找他们谈谈，看看都有些什么想法。但我觉得问题不大。这些年轻人呀，嘿嘿，可不能小看哩，高司长。”

高凌霄笑了笑道：“但愿如此。不过老卜，如果是找白冬冬嘛，我看你这老头子灰目土眼的，就别瞎掺和了。给大河递个话儿，这事就让他负责喽。大河野外经验，比谁都丰富，你说好不好哇卜书记？”

高凌霄说完，自己先笑了起来。老卜一听自然明白，也会心大笑。

老卜一边笑一边往外走，嘴里说着：“言之有理，就让大河来做这个工作！”

老卜从高凌霄办公室出来，看到谷一风和马松宝、刘振宗三人站在洗衣房那里，好像正谈论着什么，谷一风立目横眉，像谁欠他的钱又赖了账。

“站在这里卖秫秸呵，”老卜打着哈哈道，“一个个也不嫌累得慌。一风老师呀，有事屋里说嘛，外面透风撒气的，哪像个议事地方？”

“真是有辱斯文呵！”谷一风怒冲冲来了一句，也没接老卜的话茬儿。

老卜一看一风在火头上，自己不明就里，也不便说什么，可又怕在走廊上这么吵吵嚷嚷的，影响不太好，就道：“有啥事明天说，大家都劳累一天了，快回屋歇着吧。”说完，自己前头走了。马松宝、刘振宗和一风站了一会儿，很快也散了，各自回到了宿舍。

老卜回屋打个旋，见走廊上没了人，就悄悄去找谷一风。一风还在气头上，见老卜来问，遂把下楼看到娄书仪躲躲闪闪以及冬冬丢东西的事说了一遍。末了道：“说出口来都嫌脏呵，老卜！”

听一风这么一说，老卜也窝了一肚子火。这个娄书仪，平日腻腻歪歪的，不像个大老爷们样，原来竟干出这种卑鄙的事来！前些日子，他也听说过娄书仪黏歪白冬冬，可觉得那是成熟男性对漂亮异性的一种正当追求，这就和蝴蝶喜欢鲜花、蜻蜓偏爱水草一样，没啥大惊小怪的。如今鼠窃狐盗的，不是脑袋让驴踢了吗？唉，想一想就恶心。本来为上冰的事，搬了个刘部长当大耳朵獾，就弄得人挺烦的。现在，葫芦没摁下，又浮起了瓢，你说这娄书仪，不是棍子插茅坑成了个搅屎（事）精了吗？

老卜越想越上火，恨不得马上薅过来，指着鼻子臭骂上一通。辞别一风回到房间，老卜倒背着手，叹着气，在屋子里走来走去，一时也想不出个好法子。最后，还是决定先给高凌霄汇报汇报，不管怎么说，这也不是个小事情。

想到这里，老卜扯件衣服披在身上，趿拉棉拖鞋下了楼。

就在老卜为窃衣事件窜烟冒火的时候，事件的当事人之一，也就是作为失窃者的站医白冬冬，倒是另有一番不同心境。

下午野外血腥一幕，的确惨不忍睹。多漂亮可爱的一只雪兔儿呵，简直就是上帝派来的小天使，眨巴眼工夫，被那狐狸，狡猾凶狠的撒旦，让人诅咒的恶魔，叼在了尖长的嘴里。鲜亮的血滴，在下午的阳光照耀下，像红色的珍珠或是舍利子那样，无声地滚落在洁白的冰雪上。冬冬心里一阵痉挛，险些晕过去。仿佛那殷红的血，不是从雪兔，而是从自己的身上流了下来。虽然这只是一刹那的事，却实实在在让她感到了惊悸和震颤。谷一风讲的也许是对的。自然界甚至人类社会，每时每刻都在以各自的方式，践证着达尔文那物竞天择、适者生存的不朽论断，这些方式或野蛮、半野蛮，或文明、半文明，或合法、半合法，或包装、半包装，总在阐述着一个万古不变的道理：拳头大的是哥哥。动物世界的生物链，其实又何尝不是人类社会的生物链呢？道理虽然是这个道理，但想起这个血腥场面，肚子里便闹腾腾的要吐。

晚饭后，大河过来了。平常日，除了万国大厅，医务室是最聚人气的地方，那些爷们有病没病的，都愿往这儿黏。在这一点上，独独大河是个例外。不知他是忙呢，还是有意在躲避着什么，也许是面筋粘浆糊，两下的劲儿都有，反正来这里，比天上出了日食或者是月食都稀罕。因此一来，事情就显出了些乖张：冬冬和大河一对恋人，倒像是做地下工作的，近在咫尺如隔万里，要见面，多半只能在万国大厅或是其他公众场合；要说的话呢，自然也可想而知，都是写纸上能公开张贴出去的标准语。

大河的到来，把冬冬野外遇到的不快冲得一干二净。他虽然待的时间不长，只聊了聊工作和慨儿，甚至连白冬冬为什么不去吃饭也没问，但冬冬却是难得的高兴。尤其说到她也要随队上冰，这让冬冬激动得简直要蹦起来呢！要不是看大河那拘谨的样子，她真想上去吻他一下哩……尽管大河也承认，来说让她上冰的事，是高凌霄站长的授意。幸福有时来得就是这么简单，一个见面，一个信息，哪怕是一句话一个眼神呢，就让人感到了满世界的灿烂！

要不是后来出现丢衣服的事，这巨大的幸福感，一定会让她以失眠来付出代价的。

发现丢衣服，是大河走了以后的事。当时她曾纳闷，刚刚泡上的衣服，有几件心里清清楚楚，咋就会少了呢？而且又单单少了胸衣和内裤！要不是谷一风的愤愤而骂，她还真以为进来带四个爪子的拖走了呢。

没了东西，特别是没了这样的东西，这对于一个女人来说，是件非常难为情的事，也很让人着恼生气。其实，我们这是在按一般人的逻辑思维做推论，是大错而又特错的。因为对于冬冬而言，却恰恰不是这么一回事。我们不要忘了，她是一位大夫，而且还是兼有极地人体医学研究使命的一位有完美追求的大夫，她一直都在悄悄注意着站上所有队员，在生活和情绪、性格等方面发生的变化，力求在琐细、平淡的蛛丝马迹中，找出一些因果上的必然联系，去印证她尚未形成清晰线条的某些学术上的思考。加之大河刚走不久，那种完全可以把人架空的幸福感，还充溢荡漾在整个身心中。由于这些原因，她在确定丢失了什么东西的时候，只是短暂的愣怔了一会儿。尴尬在脸上停留的时间，也不会比黄莺吞食一只蚂蚱所花的工夫更长。马松宝和刘振宗过去的时候，她之所以三缄其口，低头快速离去，是因为担心此事一扬摆，不仅会满城风雨，而且可能会引起种种猜测，把事情搞得不清不混。但就自己的内心来说，反而觉着坏事变了好事，无意中又为自己的研究，增多了一手实证资料。这种职业上的考虑和需求，甚至还让她多了几分惊奇与窃喜。

回到宿舍，冬冬一把拉开窗户厚厚的绒布帘子，夜阳橙色的光，便慷慨地照了进来。室内明亮如昼，即使地上有根头发丝儿，也看得清楚。她细心地又检查了一遍去野外要携带的东西，那是一些药物、器械，还有生活用品。自己的东西呢，尽量精简，能不带的就不带，能少带的就少带，必带不可的，就一件件装在一个八十升的登山包里。至于药品之类的，考虑到常备和急用两种情况，倒是尽量多带了一些。她把这些片剂、针剂、丹散膏丸，还有那些刀子、剪子、镊子、钳子之类，装在一只玻璃钢壳大行李箱里。此外，还收拾了一个小卫生箱，随身背着。检查小卫生箱的时候，她忽然想到某块戏里或者是电影里，女卫生员英姿飒爽地背着药箱，随部队在林海雪原中行军的情景。遂挎起箱子，右胳膊肘朝前一撑，左臂往后一甩，做了个行军状的舞台亮相。看看大镜子中怪模怪样的自己，不禁扑哧一笑，嘴上道了俩字：“洋相！”

早在去卢特吉尔之前，这些东西已经准备了个差不多。因为站上要求，每个人都要根据专业特点做好上冰的两手准备。什么叫两手准备？两手准备就是一手要准备上，一手要准备不上——上是指让你做好物质准备，别临急抓了瞎；不上是思想准备，万一上不去呢，也要正确对待，别怨天尤人的跟谁过不去。但不准备不行。她当然不能例外。准备是准备了，但当时并不敢奢望能上得去冰。因为从她一到这座北斗站，就觉察到大伙都暗暗较着劲儿想上冰，这从空气里都闻得出来。上冰好比群狼逐肉，谁都必欲得之，但毕竟狼多肉少。为争这口食儿，眼都要急红了的。这个比方或许有些不当甚至是失敬，但实际情况就是如此。没想到，自己不争不抢的，倒是无心插柳成了荫。周易噬嗑卦中有句爻辞——噬干肉得黄金，正是这意外之喜，让冬冬沉浸在一种对未来的憧憬中：跟随队友们，特别是跟随着自己心爱的人，在冰洋荒岛沐风栉雪，那该是一番什么感受呵……

憧憬是向往，也是一种美好的心境。这种心境，就和雅典娜看到银色叶子的橄榄树，从地里长出来一样。那一刻，心灵上绽放的花朵叫幸福；而托举这花朵的枝叶，则叫神圣。憧憬有时候又是一道风景，像虹霓一般绚丽，像星空一般迷人。冬冬在这道风景中徜徉着，遐想着，快乐的心像鸟儿似的，在幽深奥秘的思想天空里随意翱翔。

痴痴地想了一会儿，从包里拿出那双还没缝完的海豹皮靴子，坐在床边，一边轻轻摩挲着，一边细细审视缝过的针脚。在卢特吉尔的时候，大婶给了她两块海豹皮子，还教了她一些如何咬皮子和缝制衣物的方法。那天晚上，大婶在给她皮子的时候道："这天寒地冻的地方，没啥好稀罕的。这两块皮子嘛，是从尤尼塔上年打的那头海豹身上裁的，漂亮、结实不说，还特别柔软，带回去做双靴子、袜子的，让上年纪的人冬天穿了，腿脚的不吃屈。"那时她就想，就给大河做双靴子，上了冰在帐篷里穿。回到站上，她把其中一块送给了老拴爷，另一块，还在卢特吉尔的时候，就开始按着大婶教的办法，用嘴一点一点地咬开了。那皮子虽说已经简单处理过，但还是有股令人作呕的腥臭味儿。她也不嫌，大半个夜晚都在咬，腮帮子累得发了酸，牙根磨出了血，皮子上好几处地方沾了殷红的血迹。其实，现在熟皮子有的是新办法，完全可以不用牙齿来咬的。可冬冬不，她就喜欢用这种最古老最笨拙的办法。甚至在咬皮子的时候，脑子里联想了很多的东西。这统统都是一种愉悦的享受，付出点辛苦心里也高兴。

靴子现在已经缝得有了模样，穿脚上试了试，哪里都好，就是左脚一只，腰上有块地方硬邦邦的。就拆开线，把那还不够柔软和熨帖的地方，用细密洁白的牙齿，又细细地咬了一遍。摸起来有点像棉絮的感觉了，这才用晴雯补雀毛裘的细心，一针针又缝合好。然后，在每只靴腰上面的收口处，又各绣了五朵红蚂蚱菜花儿。这真是一个了不起的创意，原本普通的皮靴子，却因此生动了不少。这些都做完了之后，她把两只皮靴并排摆在床头柜上，自己则坐在床头，两臂一抱，像欣赏一件艺术品似的仔细端详起来。这样看着看着，倒感到这靴子有了生命——它们多么像两个孪生的小胖娃娃呵，呆呆地站着，而朵朵红花，正是穿在娃娃身上的小肚兜儿。冬冬把两只靴子揽在胸前，仿佛真的是抱着两个大胖娃娃哩……

正胡思乱想着，忽听咚一声门响，打外面闯进一个人来，走上前一把夺过靴子，道："好呵，缝这么漂亮的靴子，不是给我的吧？"冬冬愣了愣，一看是尤尼塔，就嗔道："死丫头，吓了我一跳。"说着，从尤尼塔手上抽过靴子，若无其事地放到床头柜上。

"这么晚了跑这里来，是不是有要紧事？"冬冬起身拖把椅子，让尤尼塔在桌边坐下，接着又倒了一杯温开水，递到尤尼塔手上。

"心里烦着呢，"尤尼塔接过水，咕咚喝了一口，道，"来找姐姐说说话儿，不然尤尼塔一定会闷死的。"

"这个疯丫头，要说话有的是工夫，还用这么晚了来？冰天雪地的，也不找个人陪着，看不把大婶和老爹给担心死。"冬冬想了想，道，"这样吧，我到报房给艾奥诺家挂个电话，让他给家里传个话，就说你到了北斗站，今晚就住我这儿了。"说完，转身就要出门。

"挂什么电话？"尤尼塔一偏身，把冬冬又捺到床头坐下，道，"我是和胡子元帅一起来的呢。"

"胡子元帅？"冬冬茫然地瞪大了眼睛。

"噢，你还不知道哇，"尤尼塔道，"胡子元帅就是大胡子汤姆呵，这还是大河给他起的外号呢。"

胡子元帅就是汤姆，冬冬又怎能不知道呢？只不过她刚才走了下神，对尤尼塔的话没反应过来罢了。见尤尼塔又作了解释，就笑着道："哦，知道、知道。"

尤尼塔道："昨晚不是说胡子元帅要和大河一起去老君岭嘛，这事我和帕波雷克叔叔白天带汤姆办了。看完了那些冰里埋的老古董，我送他回来，正好和姐姐说说话。”说到这里，又朝门外指了指，“我还带着阿黄呢，家里没个不放心的。”

冬冬一听遂放下心来，就问尤尼塔：“跑了一晚上路，肚子也饿了，是不是要吃点什么？”话音未落，猛听得楼外啪的一声枪响。

两人疑惑地对望一眼，谁也不知发生了什么。

“不好了，不好了，卡尔路克要找人拼命哩！”楼道里不知谁喊道。

尤尼塔闻听此言，一把火蹿到颅门上，怒冲冲一把拉开门，摸起倚在门外边的猎枪，喊了声：“阿黄！”拔腿跑了出去。

冬冬连着叫了两声尤尼塔，哪里拉得住？直惊得心里面扑通扑通乱跳。

第十五章 醉猎手

矮胖的身材饼子脸，五官又恰似在面饼子上揿枣抠眼搞了点手工制作——这样一副尊容，使人很容易联想到说话漏风撒气的艾奥诺村长。如果由毕加索给艾奥诺来一幅速描，相信这位立体主义大师在作品里的几笔勾勒，一定会夸张地突出这些特点。但作为艾奥诺先生一生中唯一的作品，他的独生子卡尔路克，他老人家甚或他老老人家的基因，似乎在遗传中发生了很大变异。所幸，这种变异不仅不十分糟糕，而且还出乎意料地有了大大改良：它让卡尔路克身材变得高大了不少，脸盘儿不是那么圆而扁平，鼻子也有模有样地挺了起来。尤其是眼睛，一只差不多能割他父亲的三只出来。而且眉毛黑漆漆的，像卧了一对蚕。作为正版的艾奥诺，眉毛枯枯巴巴，好比谷芽芽刚出土就遭了蝼蛄拱。

卡尔路克基因中的这种优化，给了他一副远胜过其父的皮囊和外观，然而也使他在成年时付出了一定的代价。十七岁那年，一起打猎的青年巴巴拉克，说卡尔路克不是艾奥诺下的种，当下戳翻了老虎腚眼。两人嗷嗷叫着滚打到一堆，后来腿脚拳头的不够用了，就动起了刀子。作为那场关乎到家族名声保卫战的辉煌印记，卡尔路克在左脸颊上留下了一块永久的勋章——柳叶疤；当然，作为回报，也把另一位左手的小拇指削去了一小节。在此之前，说类似巴巴拉克这种闲话的还大有人在。但经了刀战之后，闲话便被西北风永远刮跑了。因为谁都知道，别看平日里卡尔路克一副提着耳朵腿拖地的面汤样，二虎性子一上来，马王爷再多长上一只眼他也不怕的。

卡尔路克之所以有这副外壳子，除了上帝的恩赐，其实主要应归功于他的母亲贝拉娜。时光倒流八九十年光景，也就推上个三四辈子吧，一位英国捕鲸船长与在船上做缝衣工的爱斯基摩青年妇女，仅仅进行了一次绝无第三者介入的零距离密切合作，就成功地给这个世界的人种又增添了一个品类：混血私生女。在那个地理大发现年代，这类事在北极很常见。这个混血私生女，正是贝拉娜那可怜的曾祖母。由此，这个村子多了一段凄婉的传奇，关于卡尔路克在长相上的存疑之处，似乎也就有了一个合理的解释。对于这一点，生于十九世纪初叶的自然科学界那个最伟大的幽灵——遗传学之父孟德尔，一定会大加赞同，因为在遗传学的无数例证中，又增加了典型一例，这和那些做遗传学试验的豌豆，具有同等重要的意义。

别看卡尔路克外形不肖其父，但要论起性格脾气，还有种种嗜好，却是果子狸生山猫，地地道道是打一个模子抠出来的。譬如说喝酒，爷儿俩谁闻见酒味都苍蝇见了血似的拉不动腿，乙醇高浓度进入血液所刺激起来的兴奋，会让他们感到这个世界无比奇妙，时空可以错位，动静能够更易，空气有了绚丽色彩，乌云也会发出黄鹂的歌唱，仿佛这世界上的一切就是为他们准备的，连天使也不会比他们更快乐。由于他们对酒精的十二万分热爱，但凡沾酒，壶总是止不住的，一点一滴必定要由壶里进了杯里，由杯里进了嘴里，由嘴里进了肚里，然后再从肠胃那些器官分配到血液甚至是神经里，只有达到人像泡在酒里的这种饱和状态，那才能叫喝酒。酒后人们要是能看到这爷儿俩头朝上脚朝下稳稳站立着，真比见到海豹自动爬到砧板上还要稀罕些。醉酒后的爷儿俩，完全是截然不同的两个样子：老子像吃饱喝足的泥母猪，不拘趴在床上、地上还是酒桌上，上眼皮和下眼皮往起一搂，哪里管天上的日月地上的霜雪？不睡他个乾坤倒转是爬不起来的；儿子恰恰相反，过量的酒精会使他狂躁得超过十头发情的公狼，天王老子来了也敢上去掀个腚蹲。

也许人们会以为，谁家要是摊了这爷儿俩，就是倒了十八辈子血霉了。其实也不是这回事。这一点，贝拉娜心里最有数。

贝拉娜十八岁上嫁给了艾奥诺。亲事一经张扬，村里人说她糊涂油蒙头，鲜花插在狗屎上。如果仅从外表看，贝拉娜与艾奥诺相比，的确是红彤彤的苹果挨上老窝瓜，横里竖里的咋看也不般配。那时候，贝拉娜身体不像现在这么发福，腿长腰细，身段少有的匀称，脸盘五官又特别的周正，她走在路上，后面会追来半个村子的目光。渐渐地，人们就佩服了她的眼力。艾奥诺别看嗜酒如命，在除此以外的任何方面却是一百个好：首先心眼好为人厚道，从来不知道给谁亏吃；其次是外愚内慧，做事不失大体；还有一个则是倔。倔是这个民族共有的美德，在冰上打不到海豹，他会三天三夜蹲那里不回家。正是这些优良品性，让他当了村长，而且一当就是二十多年。村里人坚信，天堂里可以没有上帝，卢特吉尔不能没有艾奥诺——这个村除了他，恐怕谁也拨拉不转的。至于喝酒，贝拉娜并没觉得是啥大毛病。地球最北边的这个游猎式民族，整天价寒风冷雪的，恨不能骨头缝里结冰碴碴，没有酒咋成？要是不喝酒，还能叫爱斯基摩男人吗？！当然啦，要是喝得烂泥一滩伤身误事，那也就不好了。因此在喝酒上，她对艾奥诺还是能做到总量上控制的，几十年的夫妻恩爱也证明，这种控制的效果还是能让贝拉娜满意的。这也就是说，艾奥诺想当泥母猪，也没有那么多的机会。不然的话，这村长是不是也当得太离了点谱儿？

让她操心的倒是宝贝儿子，不喝酒大常人一个；一喝了酒，天老爷就成老二了。

中午，那个曾经给他留下柳叶疤的巴巴拉克，听说卡尔路克昨晚没打到熊还叫狗咬了，就把他叫去喝酒压惊，吆五喝六地一直到了晚上才跌跌撞撞回到家里。七八年前的一战，虽说动了刀子，而且刀子又在两人脸上手上留下难以磨灭的印记，但上帝却又让他俩不计前嫌，成了难分难解的好朋友。卡尔路克本来让阿黄惊飞了八千里的魂，到现在还飘荡在半道呢，让这位难兄难弟小酒一灌，左脸颊上的柳叶疤，立时放射着红釉的光亮，人又成了打不烂的金刚一个。闻惯他身上酒味的花狗舍利，对这副醉酒模样，表现得比饿狐狸扒到一窝雷鸟蛋还兴奋，尾巴摇得像风中的芦荻花，俩黄眼珠儿巴巴地紧盯主人不断喷吐出浓烈酒气的嘴巴。历史的经验一次次表明，舍利的企盼从来不会落空。果然，卡尔路克刚在客厅沙发坐下来，突然觉得墙壁和天花板陀螺似旋转起来，他坐在中央还没搞清咋回事，哇的一声，那些掺和着胃液的白酒、啤酒、葡萄酒，还有嚼得半烂不烂的海豹肝、海象舌以及驯鹿胸脯肉之类，仅仅在肠胃里混合搅拌了半天工夫，就呈放射状从嘴里喷涌而出——其爆发之猛，喷射之疾，甚至连反应非常敏捷的舍利，也冷不防被溅了一头一身。舍利本能地一甩头，跟着又抖动身子，那些酸臭不堪的呕吐物，便雨点一般飞溅到茶几、沙发和卡尔路克的身上。

“舍利，”卡尔路克抹去迸到脸上的肉类残渣，一只手在空气中胡乱挥舞着，口里含混不清地道，“老子犒劳你、你一顿法式大餐。来，尝尝这味道，是不是不错呵？哈哈。”

舍利低下头，忠实地按照卡尔路克的吩咐，舔食着一地一茶几的法式大餐，嘴巴里发出一阵呱唧呱唧的声响，好像在称赞：不错不错。

我们如果能够理解有人喜欢吃收拾不干净的猪大肠，那么也就会对舍利的这种特殊嗜好，给以充分的宽容。因为对于舍利来讲，它把主人的每一次吐酒，都当成对自己的恩赐——它总能在这些未来得及消化的呕吐物中吃到肉（而不是主人经常扔过来的光光的骨头），虽经嚼过，又拌进了很多别的成分，但还能差强人意，尤其在长期习惯了之后，觉得这还是一种别有风味的美食呢。退一万八千步讲，这总比吃屎好多了吧！特别是，还有幸能从中间接地品尝到了酒，这实在是太美妙了！它不仅不感到多么酸辣腥臭，异味扑鼻，反之，倒认为这就是那琼浆玉液呢。孙猴子当时偷喝了王母娘娘的酒是啥感觉？舍利不懂中国西游记里的神话故事，其实也不懂啥是琼浆玉液，要是懂了，只怕比那齐天大圣还要美上几分哩。

舍利的酒量并不比它的主人大多少。那舔食的工作完成了差不多一半之后，就嘴里吐着酒气儿，软软地醉倒在卡尔路克脚下。

“站起来舍利，你这不中用的家伙，就这点儿酒量还、还能叫喝酒？”卡尔路克用脚踢了踢舍利。舍利耳朵一扇动，懒懒地睁开眼看了看卡尔路克，把尾巴费劲地摇了摇，嘴里呜噜一声，好像是说：“老子喝多了，你他妈别来烦我！”然后又闭上了眼睛。

“舍利这可怜的家伙，真让我笑话。不就一杯小酒嘛，哈哈，你看我，老子还早着哩。”卡尔路克摸索着拿茶几上一个盖杯，哐啷一声拨拉下盖来，抓过杯子在眼前摇一摇，里面空空如也，又哐啷一下放到茶几上。

“哈哈，舍利我告诉你，妈妈怕我喝醉，老把酒藏着。就这么栋房子，你还能放哪里去？就是放到尼特堡山崖的石窟里，我也会变成奥丁[①]，把那灵酒盗、盗出来哩。”卡尔路克说着站了起来，趔趄着身子到食品橱子找酒。沙发到食品橱的距离，不会比两只狗橇接起来的长度更长。但不幸的舍利，正好躺在当道。他夸张地抬起右腿，要打斜躺着的舍利身上跨过，偏偏一脚踩在尾巴上，舍利疼得嗷一声跳起来。卡尔路克一慌神，脚落到一团黏稠物上，重重摔了出去。

“你这狡猾的魔鬼撒旦，你这出卖耶稣的叛徒犹大，看老子不给你踹、踹出臭狗屎来！”卡尔路克从地上爬起来，口里恶狠狠骂着，飞了右脚去踢舍利。

舍利莫名其妙挨了一脚，感到冤枉。但一看醉主人余怒未息的架势，哪里还敢停留？头一低，嗷嗷叫着撞开门窜出去。

卡尔路克不解气，跟到门口追打舍利，却不防妈妈正好从外面进来。

“卡尔路克，我亲爱的儿子，你，你这是——”贝拉娜走进屋里，闻闻卡尔路克一身的酒气，再一看满地狼藉的样子，爱、怜、忧、戚、恼，种种复杂的情感，顺着纵横的皱纹一下爬满眼角额头，在眉心那里聚成一个无可奈何的疙瘩。贝拉娜眼里含泪道：“卡尔路克，你看你一个大青年小伙子，都成了什么样子？不喝酒倒还好，一喝上那口辣汤子，怎么就像巨人洛奇[②]站在我的面前呢？”

卡尔路克天不怕地不怕，父亲老子也不怕，对母亲贝拉娜，倒是心存几分畏惧。见母亲那痛苦的样子，嘴里嗫嚅道：“妈妈你看你，不就喝了点小酒嘛，又没惹啥乱子。”

“还惹乱子呢，”贝拉娜一边说着，一边拿一卷擦手纸巾，揩那地板上茶几上的呕吐物，“光是喝酒，扯破耳朵嘱咐你多少回了，就是管不住自己。老这么醉三把四的，谁家闺女愿意嫁给你呢！”

“这，这……”卡尔路克嘴里哼哧半天，也没哼哧出个经云子曰。

贝拉娜就是见不得儿子这副窝囊样子。一看卡尔路克干戳在那里，心里就有股火气往上蹿，她扬扬手，没好气地道：“唉，还不快去洗洗回房间躺着？看那埋汰劲儿，什么时候能不让我操心了呢，我的上帝！”

卡尔路克让妈妈数落了一顿，心里闷闷的，洗了把脸回房间滚轱辘一躺，满脑

① 奥丁盗灵酒的故事，源出北欧神话。

② 源出北欧神话。洛奇是奥丁的表兄弟，外表俊美，却常与众神作对，干一些糟糕的事情。

子走狐奔兔想开了心事。

卡尔路克这段时间老走背字。托了快嘴二婶到尤尼塔家提亲，几次三番，人家理也不理，带去那么贵重的彩礼也没人稀罕。这让他不光失了体面，还觉着有一种从来没有过的丧气。前些日子，也是借了点酒劲，半夜里大呼小叫去找尤尼塔，结果差点挨了枪子，吓得连裤筒都尿了。昨晚上打猎回来，正为白跑了一趟老冰洋闹心，却突然看到一只白熊跑进村，心里一阵暗喜，仿佛看到一挂眨眼间就会到手的上好熊皮。举了枪瞄得准准的，就差右手食指往回里再轻轻一勾了。哪曾想，天上掉下来个阿黄，猛然把他扑翻在地，又一口叼住了手腕子……想想这些窝火的事，真比吃了大粪里的胖胖蛆还难受。要是换个人，也许早一头扎进了冰窟窿，但卡尔路克没有，他心里有个刺挠疙瘩儿，正叫痒痒虫抓咬得火烧火燎哩。

在卢特吉尔一大庄子人里，高矮胖瘦的姑娘，三架五架雪橇也拉不了，这个卡尔路克是海象撅蛤蜊——就认一口食，看好了尤尼塔。你想那尤尼塔在庄子里如凤翔雁阵，一个邋里邋遢的卡尔路克，怎入得了她的青眼？念小学时，高年级的卡尔路克和低年级的尤尼塔，经常混班上课，卡尔路克撕了作业本画的小熊和小海豹，多趁老师不注意的时候，空投给尤尼塔。尤尼塔睬也不睬。有一回体育课在村南大雪包上溜冰，雪包东侧坡度长而平缓，西侧陡而险峭，老师反复强调只能溜东坡。卡尔路克想在尤尼塔面前逞能，轮到他溜的时候，大呼一声却滑向了西坡，结果滚王八摔兔子般一直钻进了雪沟，浑身成了个雪猴儿，旁观者无不哈哈大笑，尤尼塔也看逗狗似的乐着。卡尔路克窘得恨不能再钻回那雪沟里。后来，卡尔路克厌学当了猎人，生活就把他变成了冰原上的一头野鹿，思维和行动，多半是在本能和种族惯性的驱使下，竖蜻蜓翻跟斗地自由自在发展。本族的、老辈的人身上所具有的东西，在他身上不仅完好地保留了，而且有些惰性和劣根性，彰显得更为突出。一句话，卡尔路克更像是徘徊在自然道路上一个民族疲惫的影子。尤尼塔就不一样了。上初中、高中，到南方大城市读大学，加之从小受母亲的影响熏陶，骨子里血液里饱受着另一种文化的浸润，这和本族那些优秀的基因交融到一起，倒像是老桃树嫁接了干枝梅，本儿硬，花儿香，有极地猎人的勇敢无畏，有文化青年的才情风雅，那眼光胸襟的，又岂是卡尔路克之辈可比！如此一来，事情的走向自然是白石板上滚黑豆，清楚明了。只是这卡尔路克吃多了牛魔王他姥姥秘制的迷魂散，因此事情就越弄越离了谱。

卡尔路克云里雾里想了一气，满脑子都是尤尼塔。他叹口气，闭上了眼睛。恍惚中，穿一身葱绿的尤尼塔，忽然笑嘻嘻地推门而入，喜得个卡尔路克眉笼烟霞脸放花，喊一声“我的心肝尖尖儿，可想死我了”，张了两臂就搂——却是什么也没有……

“尤尼塔呀尤尼塔，”卡尔路克眼睛无神地看着灰暗的房顶，嘴里嘟囔道，“你怎么竟是铁石一般的心肠呵，难道真的以为我卡尔路克和你是水老鼠配大白鲸，天生的不是一对吗？难道你真的和快嘴二婶说的那样，看上了那个连酒碗都不敢端的中国人吗？”

想到那个瘦巴巴像个大虾米的中国人于大河，卡尔路克顿时窝憋得慌。那年感恩节，爸爸请他来家里吃饭，古里班古、帕波雷克，还有尤尼塔，都来作陪。自己和爸爸喝得舌头捋不直了，连平素不贪杯的古里班古也放开了酒量。可那个中国人，动也不动那个酒杯一下，你说破了天的劝，他愣说不会喝，还笑眯眯的，你说怄人吧？逼急了，就拿嘴唇沾一沾，好像这也是看在上帝的分上。孙子，你这是心里怯哩，啥不会喝？会喝水就会喝酒，脖子一仰，雪地摩托的汽油也下得去的。其实喝不喝酒的，倒也没什么。让卡尔路克受不了的，是尤尼塔看于大河的时候，乖乖，那眼神儿像带了一把把倒刺钩儿，挂上去就拿不下来。卡尔路克心里多酸楚呵，可又有谁能知道呢？没出气处，只有拿着那大虾米下粘。无奈尤尼塔胳膊肘儿往外拐，左右总护着他。“卡尔路克，人家不喝就算了，你逞什么能，是不是喝骚狐狸尿了！”当他一手按着于大河肩膀，一手提酒瓶子要灌酒的时候，尤尼塔杏眼一瞪说道。这时候，帕波雷克和古里班古也站那中国人一边，说他卡尔路克不像话。你瞧这阵势，还不把这中国鬼子宠上了天……当然啦，一个外国鬼子，上不上天的管自己屁事？卡尔路克怕的是哪一天会把自己日思夜想的尤尼塔，从卢特吉尔拐走……

意识到这一层，卡尔路克冰水浇了头似的，不由得打一个激灵，人忽地从床上坐起来。

这时候，忽听客厅里隐隐约约有人说话。起初还以为爸爸回来了，或者是妈妈在逗舍利呢，他也没在意。但听着听着就听出一些名堂，原来是快嘴二婶来了，正在跟妈妈说超市的一些事情。

卡尔路克家开的超市，在村子偏南一点的雪山下面，是一幢比一般民居要高大宽敞的木结构白色建筑。超市在村里不是唯一的，但却是办得最早和最好的。起先，艾奥诺先生和夫人贝拉娜创建超市，是极具战略眼光和经济胆识的。这地老天荒的地界，除了肉呵鱼的就是寒风冷雪，那些油盐酱醋米面茶等日用之物，都得通过遥远的南方空运到阿尔里斯机场，然后再用雪橇倒回卢特吉尔。家家户户长年累月这么折腾，那个麻烦劲儿便不用说了。有了超市，一来给老少爷们行了方便，二来也是有利可图。还有一点最重要，就是给他们这个不长出息的儿子留了个谋生门路。贝拉娜早打算到了，卡尔路克天生不是读书的料，想让他靠脑子里面的弯弯纹路出人头地，这等于是让拉橇的狗去学电脑编程；而眼看着他弄枪使狗地当猎手吧，又于心不甘。办超市则不然，风吹不着，雪打不着，不受累不遭罪，也没啥危险，而票子倒可以稳稳地赚。这在卢特吉尔，怕连上帝也不会给他找到比这更好的工作了。阳光再好，总有喜欢黑暗的蝙蝠。卡尔路克就是一只这样的蝙蝠，或者说是一头牵着不走赶着打倒腿的犟驴。他一进超市，就和一头牛跑上了让人眼花缭乱的旋转舞台，面对那些品类繁多的商品和各种数目字，头比家里煮肉的电饭煲还大，眼睛里起的雾超过卢特吉尔一个冬季大雾的总和，耳朵眼子里也仿佛钻进夏季沼泽地里全部的蚊子，不一会儿就憋出一脸一身的臊汗。贝拉娜一看儿子烂泥糊不上墙的样子，叹息一声“生就的骨头长就的肉”，也只好自己雇人打理，玛尼米尔即是其中的一个雇员。

如果玛尼米尔的到来只扯些超市里的闲篇，卡尔路克也许就和妈妈平时对自己的训诫一样，装不进耳朵里去了。偏偏地，两个女人在说了些生意上的陈骨头烂皮子之后，突然神神秘秘的，声音压低了下来，听上去就不甚分明了。

这人怪就怪在，想让你知道的吧，觉得是缺了盐的卤菜没滋没味；不想让知道的，反倒如雪狐狸听兔子在窝里发情，伸长了耳朵也想知道个究竟。当下卡尔路克轻手轻脚来到门边，悄悄把门错开一扁指宽道小缝儿，外面说话的声音就听得非常清楚了——

玛尼米尔：“一个还没出阁的黄花大闺女，没羞没臊的，光知道往男人那里拱，老祖宗的脸也不知往哪搁了。唉，尤尼塔这个夜叉，今天又赶着橇跑去找那个于什么河了……”

卡尔路克听到这里，一股从子虚国乌有乡发出的无名火儿，算是又泼上了四两油，偏狭、嫉妒、暗昧和无知为可燃物的火苗子，噌地蹿上了天，左脸颊的那道柳叶疤，也由红变成了紫。趁着妈妈和玛尼米尔去超市，急忙穿戴了去野外打猎的装束，抄起枪，出门跨上了摩托车。

娄书仪强忍副交感神经纤维形成的巨大压力，不让那些带着情感的液体，随意地从泪腺中分泌出来。那封写给冬冬的信，先是在裤袋里被揉成纸蛋蛋，接着又恨恨地捻搓开，并一点点弄碎……从上初中到大学毕业再到参加工作，这些年来，正经的恋爱也谈过三四回，有过那么一种暧昧或者准情人关系的女孩，五个六个总也是有的。暗地里曾把这些女孩和白冬冬做过比较，觉着她们不过是一群给把米就能唤到眼前的母鸡罢了。现在细想想，其实从过去到现在，能让他真正动心并敬慕爱恋的，还就是白冬冬这样的人。那场多情麻雀乱踏枝风波之后，他对这位文雅沉静的女同学有了更多的留意。谁知这一留意，觉得她身上有种东西，一经接触便像磁场一样吸引人。奇怪的是这磁场，除了吸引力，同时还有一种不可抗拒的排斥力，让你远远不得，近又近不了。老鼠瞅着热锅里的爆栗子，干馋不敢伸爪子。此后一段时光很快过去，一切平平伏伏，沟和河的再也没起过什么浪花花。对白冬冬的印象好像也只定格在最初的时候。想不到时隔多年相见，竟忽然觉得压根就没真正淡忘过她。岂但如此，甚至就和一直保持了密切关系一般，感到她与自己才是天造地设的一对儿。因此，娄书仪心里一次次在为自己和白冬冬，为自己构想出来的充满诱惑的未来，做着大胆而又热烈的憧憬。偶然间在医务室外面听到大河和冬冬的对话，使他一厢情愿构筑起来的琉璃宝塔，无情地轰然坍塌。娄书仪真的是昏了头。

他恨于大河。如果没有于大河和他那个小闺女慨儿，白冬冬怎么会不选择他娄书仪呢！他甚至还恨于大河那个跟洋鬼子跑了的老婆，要是她不跑，于大河还能去贴糊白冬冬吗？同时，他对白冬冬也是异常恼怒。于大河除了在科研上算棵高草，其他还有什么？年龄、家庭……哪样比得上他娄书仪呀？不消说还有个孩子的拖累。你白冬冬可真是拿骡子当驴使看走了眼。

冷不丁又一想，人家于大河招了你还是惹了你？再说了，白冬冬答应过要和你谈恋爱，答应过要嫁给你当老婆吗？没有，都没有，连个毛毛也没有。既然什么都没有，你恨个球？！恼个球？！这不是稀罕皮袄了往疯狗身上趴，皮袄没捞着，还赚了叫疯狗咬吗！当然了，这里没有什么疯狗，人家谁也没把自己怎么样，只是自己找些不素净罢了。快安安稳稳过自己的日子吧，别想那些五花六花了，三条腿的青蛙没有，两条腿的姑娘有的是呢！

如同夜行遇到鬼打墙，越想绕出来，就越转得迷糊。这时候，白冬冬就会活蹦乱跳地站在自己面前，人尚无语眉眼先开，朱唇才启笑靥怡怡，那娇小婀娜的身段，那娴静淑雅的姿态、气质，比泰勒更多了些不同韵致……如此一个好女子，怎会和他娄书仪无缘呢？如果是因为于大河的出现才让他美梦破碎，就是把他娄书仪的脖子拧断一千次，他也不会甘心！白冬冬哇白冬冬，你咋就看不出我娄某人对你的一片痴情呢……

娄书仪无法找到走出来的途径。

他想回房间放声大哭上一场，不期然竟顺着走廊到了生活栋外面。灰暗的天空正飘着雪花，身上没穿防寒服也不觉得冷，就这么稀里糊涂往前走着。

突然，一辆雪地摩托嘎一声，擦着他身子刹住。娄书仪被挂了个趔趄，惊得炸起一身汗毛。

“他妈的，找死呵！”娄书仪正要发火，不料开摩托的却先骂上了。

娄书仪恼得上去要揪那人领子，仔细一看竟是醉醺醺的卡尔路克，伸出去的一只手，只好又缩了回来——上年复活节去卢特吉尔，满村子丁壮老幼，独独和卡尔路克王八盯绿豆对上了眼，吆三喝四拼了场酒，就成了难兄难弟。眼下见这活宝一身酒气而来，知道也没什么好事。

果然，等卡尔路克也看清楚他差点撞倒的人是谁时，就半是诉苦半是发狠地道：“你们这些中国人呀，都他妈花花肠子，专门坑骗大姑娘。去，去把你们那个于、于，对，于大河找来，我要当面问问他，凭啥一回回勾引尤尼塔？！”说着恨恨地在车把上捶了一拳。

听醉鬼说于大河勾引尤尼塔，娄书仪其实并不相信。因为他知道，像于大河这样性格和做派的人，是不会随随便便去招惹一个爱斯基摩女人的。况且，从他和白冬冬的私下谈话里也能听得出来，于大河其实早就心有所属，和白冬冬结缘匪浅。而自己呢，充其量不过是做着黄粱梦的卢生，是觊觎着天鹅肉的一只蛤蟆。但一转念，倒忽然有了一种祭司长听到犹大来出卖耶稣那样的窃喜。你于大河科考上风光，情场上得意，可没想到会让这位不长脑子的蠢货揪住小尾巴吧。不管是真是假，只要把勾引爱斯基摩姑娘这事在站上闹一闹，轻则可替自己出一口恶气；重则嘛，这条有关国际影响的桃色新闻，对黄花闺女白冬冬，也会有不小的情感杀伤力。她即便是块木头，也得发发热，重新掂量掂量和于大河的关系。没准呢，自此崩了盘也是可能的。话再退一步说，即使两人崩不了，这样的花边故事传回国内，哈哈，他于大河也是猴子吃芥末，有龇牙的时候哩——可这样对白冬冬，是不是太不厚道，甚至还有点残忍？嘿，管它呢，女人这玩意儿和天上云彩似的，飘飘忽忽，让人难以琢磨。你就是把一颗心掏出来，人家也不看一眼哩！

想到这里，娄书仪就俯身对卡尔路克道："我再告诉你个秘密，这姓于的，马上要去火岩岛了，听说还要带上尤尼塔哩——"

卡尔路克本就吃了满肚子枪药，让娄书仪一点火，立时就爆了——

他来到生活栋外面篮球场的雪地上，跳着高吼："于大河，你给老子出来！"

建在极区的房屋，御寒、防风、隔音的效果非常好，就是外面打声闷雷，里面也听不分明。卡尔路克又恨又恼一阵折腾，不妨肚子里翻江倒海，趴到雪地吐了起来。吐完抓把雪一抹嘴，又接着吼——

刘振宗从洗衣房回到房间，洗涮完了，忽然想到打球时手表落在万国大厅。房间其实有个石英钟挂在墙上，但他睡觉起床的，还是看习惯了手表。犹豫了一会儿，便穿上衣服下楼去拿。在走廊无意间朝窗外一看，雪地里有个人一窜一跳的，好像在吆喝什么。来到门外一看是卡尔路克发酒疯，劝他拉他都不听，非找于大河拼了性命不可。刘振宗无奈，只好回里面搬救兵。谁想刚进楼，就听后面砰地响了一枪……

枪管子发出的声响，比那肉喉咙自然不同。一时间，牛得田、童圆、大宋还有于大河等，都闻声来到门外雪地。

正趿拉着棉拖鞋要去高凌霄办公室的老卜，听到枪响，也赶紧回房间穿衣戴帽，又换上雪地鞋，急匆匆赶到室外。

一见来这么多人，特别是来了于大河，卡尔路克更是头上长了角，上前揪着要动武。

众人看看于大河，大河苦笑着摇了摇头，一脸茫然。众人就一齐解劝卡尔路克。

卡尔路克哪是听劝的主？越解劝，越跐鼻子登脸。口里还大声嚷嚷："告诉你姓于的，尤尼塔是我卡尔路克的，你休想夺走她！"

"什么？"大河更是一头雾水，看看卡尔路克，又看看大伙，满脸不解地道，"夺走尤尼塔？这是哪儿跟哪儿呵！"

老卜一看，知道这位憨猎手一定转错了哪根筋。就上前一步，轻轻掰开卡尔路克的手，笑着道："卡尔路克呀，尤尼塔是个好姑娘，是卢特吉尔的一朵花儿，我向你保证，北斗站不要说大河，就是高站长，就是我老卜，也夺不走她的。"老卜说完，下意识地挠了挠毛发稀疏的脑袋。

老卜把大伙说得都笑了。牛得田扮个鬼脸，悄声道："乖乖，我要是尤尼塔呀，就是嫁给十头北极熊，也决不跟这位呆子！"大宋捅捅他，也做一鬼脸，道："你这老牛，要注意国际影响哩。"

"不管怎么说，在这块地盘上，谁也不能抢走尤尼塔，她是我、我的。"卡尔路克冲众人扬了扬手，"谁要敢动她一指头，我和他玩命……"

卡尔路克闹得正欢，不防尤尼塔带着阿黄疾速走了过来。只听她大吼一声"卡尔路克！"话就刀子般刺了过来："今儿我明言告诉你，卢特吉尔的男人都死绝了，姑奶奶也不会嫁给你！也不撒泡尿照照，是个啥德性，哼！"

见了尤尼塔，就和老鼠见了猫，卡尔路克心一虚，腿先软了半截。但守着一大帮子人，决不能服软当㞞包。愣了愣神，又伸了手要去舞划于大河。

尤尼塔喊了声："阿黄，上！"

懂事的阿黄，早耐不住了。听主人发了令，呜的一声吼，两只前爪扑到卡尔路克肩膀上——白森森的一口獠牙闪着寒光。

阿黄这一扑，卡尔路克猛地想起昨晚那一幕，他的右手到现在还隐隐作痛哩——因此吓得酒醒大半，叫了声："我的娘哎！"慌忙松开手，身子软软的，往下就塌……

第十六章 夜雪无风

尤尼塔本来心里乱草一堆，想趁送汤姆回汇泉湾之机，找冬冬说话排解排解。卡尔路克没鼻子带脸一闹腾，倒是胡同里打墙更添一层堵。几个人连拖加拽弄走卡尔路克，她余怒未息去套狗橇，非得连夜赶回不可。你想北斗站大河和老卜他们，怎会放心一个女孩子家，冒雪趁夜去蹚几十里冰路？况且又在火头上。因此，大伙儿七嘴八舌又来安抚她。大宋他们弄来剩饭剩菜，给刚开过饭的橇犬加了餐，还找来锤子，把雪地里那些拴狗的铁橛儿砸实，狗们就安顿好了。

尤尼塔还在气哼哼地发拗呢，冬冬不知什么时候也来到雪地上，见状走上前拽了她一把，笑着道："傻丫头，多大点事儿呀，也伤肝动肺地发脾气，叫那不知道的，还以为鲸头顶让雷劈了半拉子呢。得得，就到姐姐那儿住下，我还有舍不得吃的两个贡梨呢，今儿个犒劳犒劳你。"冬冬这一说，大伙儿也都乐了。老卜道："好呵，尤姑娘，既然白大夫那里有好吃的伺候，我们是干馋捞不着了，所以也不过去掺和了。"说着拉了把大河，"时候不早了，咱们也歇着吧。"大伙就跟着老卜，边拍打身上的雪花，边跺着脚往楼里走去。

这里冬冬替尤尼塔拨拉几下沾在帽子上的雪花，挎起她的胳膊，也随在众人后边进了生活栋。一路上，尤尼塔紧绷着脸，嘟噜着嘴。冬冬呢，对晚上发生的事儿，虽然心存疑惑，但脸上平静，嘴里也是一个字儿没有。

卡尔路克冷不丁闹得这一出，荒唐是荒唐，可也引发了老卜一些思考。他忽然打消要去高凌霄那里的想法，决定先跟大河唠一唠。一行人上到二楼的时候，老卜朝并排走着的大河使个眼色，有意在楼梯口停了停，见童圆和大宋几个都回了房间，这才小声道："还有'一枝笔'吧？到你那鼓一根去。"大河点点头，走到前面推开了自己房门。

老卜和大河，说来也算交情甚笃。某年，大河那做导游的前妻刘小兰，抱着女儿到司里撒疯，非要把于大河从北极追回来不可。那一次，大河参加了一个环极圈极地生物多样性研究，课题时间为九个月，而他去了刚半年。半道回来是不可能的。刘小兰放言：于大河如若不回来，就把孩子放在单位里。这个刘小兰，的确是个厉害角色，说得出做得到。一看于大河是回不来的，单位也不会按她的如意算盘听拨拉。心一横，真的把孩子放在极地司走了人。那一年，慨儿还不满三岁。一看妈妈转身没了影，急得打着滚哭，谁哄也不中。砍柴的遇上了难劈的盘丝头，这让高凌霄和司里一帮大老爷们，仨猫瞪着六个眼，一下子抓挛了手。

就在大伙没咒念的时候，党委副书记卜维国挺枪出马，给大家解了围。他一个电话，把内退在家的老伴王老师搬来。王老师此前是东方幼儿园园长，舞弄孩子自然有一套。当时，王老师正在家里和面包饺子，一接到老卜八百里快报式的加急电话，两只沾满面醭的手往围裙上抹了抹，一路小跑来到司里。你说怪不怪？王老师抱起慨儿，亲亲地叫了声："好乖乖，"晃晃悠悠拍打了几拍打，小慨儿竟然在王老师怀里，安安顿顿就睡着了。

小慨儿在老卜家里住了三天。三天里，王老师白天带她去幼儿园，晚上陪她唱儿歌、垒积木、讲大灰狼。慨儿乖觉得像个懂事的大孩子，不哭也不闹，连妈妈也不找了。这几天里，老卜倒忙坏了爪子。两脚不沾地地找刘小兰，也找刘小兰单位领导，嘴皮子要是有一拃厚，只怕也磨薄了一手虎口。终于，在第四天的早上，刘小兰屈生犟扭地到老卜家，骂一阵哭一阵地接走了慨儿。

也就是这个缘故，大河和老卜走得就近了。在国内的时候，两人常在一起喝茶说说话。有时候，大河也带慨儿到老卜家里走动走动。王老师自从照料了几天孩子，也有了感情，有那好吃的好玩的，总少不了买了来送给慨儿。

当下老卜在大河房间里，把帽子往桌上一扔坐下来，和大河一人点上一根"一枝笔”。吸了一口，又呼地吐出来，老卜习惯性撸一把光秃秃的额头，慢吞吞地道：“今晚上真热闹，先是冬冬失窃，再就是卡尔路克发飙。哈哈，简直能演一出《闹天宫》了。”

大河还不知道刚刚发生的胸衣事件，一脸疑惑地问道：“冬冬失窃？这是啥时候的事？”

老卜道：“事是不多一会儿的事，但说来蹊跷，不短金不少银，单单丢了胸衣和内裤，你说不是怪事一桩吗？而且在你们去卢特吉尔之前，这样的东西已经丢过一次了。”

“噢，原来是这样呵，”大河沉思了一下，缓缓说道，“如果仅仅丢失一件女性用品，的确不可思议。不过老卜，长长的蔓子圆圆的瓜，凡事总有个因和果，也许这事并不那么简单哩。”

老卜道：“我也这么想呢。一听说的时候，你不知道我上多么大的火。堂堂一个国家级考察站，聚拢来这么多学科的精英，搞多少项目，出多少成果，谁也不会觉得有什么奇怪，因为你是吃这碗饭的嘛。可出这样一档子事，老爷们脸面往哪搁？你说这位怪癖的行窃者，不是心理变态又是什么？！”

大河道：“要说心理变态嘛，肯定是有的。恕我直言，老卜，如果换个角度来看，难道就没有我们的责任吗？就没有体制、管理、精神疏导，或者其他方面造成的原因吗？那年我到一家外国考察站，一位外国同行就告诉我，他们站上人员的构成，男女都是按一定比例搭配的，绝对不会出现清一色男性这种情况。”

听到这里，老卜嘴一咧笑了。

大河继续道：“你别笑老卜，这是真的哩。这几年，人性化这个词儿人们老挂在嘴上。可是，什么叫人性化呀？我的理解，这不是一句空话，他是要你把人当成人，而不是把人当成木头，当成会说话、吃饭又会工作的机器。当然喽，人家配备一定的女性工作人员，也并不是非要干什么——”

老卜插一句道：“那是自然。”

大河点点头，接着说下去：“事实的确如此。人家这样做，完全出于一种人性化安排。其实，这也是一种积极、健康、有序的良性社会管理。那位同行朋友说啦，有异性在，哪怕是经常看看模样，听听声音，甚至闻一闻气味，这也就够了，你精神中的微量元素，就能得到及时补充了。现在就是老农民种地，除了氮、磷、钾，还要讲个锌啦硒啦什么的微量元素呢，何况乎人哩。”

说到这里，大河跟着问了一句：“这样说，是不是有点玄乎呵，老卜？”

老卜哈哈一笑，道：“这倒也说得是，不玄乎，不玄乎。男女搭配，干活不累嘛。哈哈。我们伟大的老祖宗嘛，尤其咱们山东的那位大成至圣先师，留给我们的禁锢太多太多，以至于在长达几千年中，将很多比铁还坚硬万分的精神烙印，牢牢地烫在，不，是揳进人们的观念意识中。殊不知，这也把人性压制得变了样子。在男女两性间，那些所谓道德礼教，铺设下一道无形却又牢固的大防，人们谁都想越过它，可谁都怕碰触到它。说到这里呢，我倒是想起一个故事——”老卜把吸得只剩一小截海绵过滤嘴的烟蒂，在大河递过来的一个午餐肉罐头盒里摁灭了，又接着道，“一位中国爷们和他的一位美国朋友逛书店，美国朋友拿起一本刊登裸体女郎的杂志，情不自禁赞道：‘呵，简直和天使一样美丽！’说着贴嘴上一个吻。你猜我们那中国爷们，”老卜瞅了大河一眼，“看到这样的杂志，会做如何反应？”

大河道：“这还用说嘛，会想得食不甘味，寝难安枕，但表现上却又要像正人君子，装出一副柳下惠坐怀不乱的模样。”

老卜道：“说得是呀。那位美国人看过也就看过了，心里头平平静静。而中国爷们呢，表面一副平淡不屑的样子，但瞅个人少又返回去，悄悄将那杂志买了，半夜偷偷趴在被窝里看。这个故事说明什么呢？难道还不说明人们被那个两千多年的精神烙印，压抑得偏离人性是多么远吗？！似乎想想女人，甚至看一眼裸体美女，就是淫，就犯了大忌，就要被人耻笑，连自己也感到不光彩。实际是这么一回事吗？我看不见得。所以呵，在社会上，在工作中，在生活里，甚至在人们的主观意识里，有很多看似合理的东西，细究起来，也未必是那么回事。这确实值得好好反思呵。”

大河和老卜，两人间从来无话不说。可老卜像今天这样直截了当鞭辟入里地谈人性，谈男女之事，还从未有过。大河很了解这位搞了半辈子政工的老卜，知道他心地善良，却又有个性，有思想。过去教本本，却从本本字里行间思考出另一些东西。后来搞政工，悟出的东西也是醍醐灌顶。看透了是一回事，具体工作、生活是另一回事。这就和泾水入了渭水一样，虽然清是清，浊是浊，但却各行各的，同时并存于同一条河流。这是老卜的一种生活与生存状态。当然啦，也是很多国人当下的生活与生存状态。不管如何，老卜一番宏论，还是让大河受到了触动。触动其实也就是感动。如果说水的分子式是两个氢和一个氧，如果说感动也有分子式，那么，这个分子式就是两倍的信任再加上一种投缘。

大河本不吸烟，进屋后陪老卜点上一支，只轻轻吸了两口，早顺手把烟头朝下杵在罐头盒里。看着烟卷儿自己燃着，一点一点缩下去，大河道："所以我想，在女性用品的失窃事件里，难说不会有一种合乎情甚至也合乎理的成分，虽然这种做法表现极端，让常人感到龌龊与不齿。问题是，我们也不能光知道循着常人的固有思维逻辑，去做被动式思考。思维一简单，事情只能变得更复杂，而处理的结果呢，便会更糟糕。这里面，我们是不乏历史教训的。"

老卜微微点头，示意大河继续说，自己则又摸了一支烟点上。

大河接着道："譬如说我老家一个人，时常抠墙上的一种泥巴吃，村里人无不说他怪癖。后来到医院做检查，发现是肚子里生了一种寄生虫。大夫说，吃那种泥巴，就是叫虫子闹的。治了虫，那人就再不抠泥巴了。这个例子说明，他吃那种泥巴，是因为泥巴里含有抑制病虫的某种化学成分，不吃就受不了。从医学的角度来看，这人的行为完全是合理的。又如同性恋，这是一个人人都忌讳的话题，避之唯恐不及。一提到它，有些人非常敏感，立即厌恶得和吃了蛆似的。可是，你能说同性恋没有合情又合理的成分吗？当然不会。我们无非对其知之甚少且又缺少应有的宽容罢了。"

老卜道："你说的这些我都能理解，也完全赞同。那么，咱把话头再拉回来，在对待窃衣事件上，你认为应该怎么办呢？"

大河道："我的意思很明确，对于心理变态者这样的猥琐行为，第一，不应该是外交照会式的一味谴责，第二，不是农村泼妇般的顺嘴詈骂。当然，更不应该像警察破案那样，非得循着蛛丝马迹，弄个水落石头出的。通过这件事，我倒觉得站上，甚至是更高的层面上，是不是得好好思索思索，我们在这种事里面都缺失了什么？如果知道缺失了什么，也就知道应该去弥补什么。如此，怎样对待这一事件，或者是对待将来会出现的诸如此类的事情，就知道该怎么办了。"

老卜仰着脸，轻轻吐着烟，脸上几颗浅浅的麻子，因为沉思和烟雾的关系，显得格外凝重。

如果说，一听到窃衣事件时老卜所做出的反应，只是由于本能厌恶和社会教化两个方面的共同作用，而爆发出的一时之愤；那么，在经过深思熟虑之后，尤其是经过和大河一番掏心掏肺的交谈之后，老卜的怒气早已悄然化解于无形。相反，他那宽厚的禀性加之后天的彻悟，倒融汇成了一种新东西。这种新东西是什么呢？甚至连老卜自己也说不清，或者是自己也没有完全清醒地意识到。可在他的思维中，就如山巅的涓滴之水，早晚总要汇聚成低洼处的泉流一般，渐渐地，自觉不自觉地，形成了一条通往必然的逻辑脉络。如果表现在对人对事的处理方式上，那就是一种冉阿让[①]式的理性和宽容。本来，他曾想请示高凌霄，在明天的全站大会上，把这事抖搂出来，进行不指名的严厉批评，借以敲山震虎，从而杜绝此类事情的发生。可现在，他的想法变了，觉得还是冷处理更好些。在大河讲话的时候，他脑子里已经形成了一些粗线条的想法。虽然并不成熟，但他很想立即去找高凌霄谈谈，这对将来如何加强北斗站的管理，特别是在对队员的精神疏导等方面，定会有所裨益的。

看到老卜沉思的样子，大河知道方才所谈，对这位做书记的老兄一定有所触动。他起身倒了杯水，放在老卜眼前的桌子上，老卜好像没看见似的，还是仰着脸在吞吐着烟草燃烧造成的浓雾。大河继续道："一上来的时候，我开了个头说到过人性化，这其实是个大题目。现在，很多事为什么难办？难办就难办在不讲人性化，就难办在没有把人真正当人上。这个说法看起来有些荒唐，怎么叫没把人当人呵？不把人当人，那当成了什么？其实细加琢磨，真的就是这么一回事，考虑问题办事情，我们嘴上说的是一回事，实际行动往往是另一回事，并没把'为了人'，当成出发点和归结点。由此以来，便引发了一个又一个荒诞不经的笑话。问题是，在营造着每一个荒诞不经的笑话或者是神话时，我们投入的是虔诚、坚定和百分之二百的努力，最后得到的结果又是什么呵？那就是更多人的痛苦、怨尤和嗟叹……过去的，早已成为历史，化作云烟，我们暂且不去说它了。可现在呢，现在我们就能够真正做到，从人的角度出发去考虑问题了吗？我看也未必然哩。"

---

① 冉阿让：雨果小说《悲惨世界》里的主人公。

大河说到这里叹了口气，又道：“唉，扯这些似乎离题远了些，其实呢，很多问题尤其是社会问题的根源，就出在如何对待人上。不懂得如何对待人，或者说是不把人放在第一位，就是孔子所说的大车无輗，小车无軏，这个样子，承载社会的车子又怎么可以往前行进呵？”

大河说的这些，老卜何尝没思考过？但在这样一个特殊的时空，尤其是在胸衣失窃和卡尔路克醉闹北斗站之后，老卜还是感到有一种晓风拂面般的清新。他掐灭烟头站了起来。本来，还想和大河谈谈尤尼塔，谈谈那个爱斯基摩糟烂醉汉为什么要跑来站上瞎胡闹，但凭他对大河的了解，又觉得这个话题，不仅没有实际意义，而且还带了那么一点点无聊。因而嘴一抿，说了句要大河早点休息之类的话，抓起帽子出了门。下去楼梯又往左手一拐，进了高凌霄的办公室。

尤尼塔随冬冬进了屋，脱下鞋帽和外面穿的衣裤，直戳戳站在地上。

冬冬见尤尼塔一反常态的样子，扑哧笑了，道：“咋了，卖路灯杆的来了呵？”上前一步扯了来搽在床上，道：“还在生那醉汉的气哇，是不是不想当村长大公子的媳妇呵？在咱们卢特吉尔，他老爸可是村里唯一的高干呢，多少大姑娘挤破了门想嫁过去哩！”说完，先自哈哈了起来。

尤尼塔戳了冬冬一指头，嘴一噘，嗔道：“瞧你油嘴滑舌的样，赶等着找个大魔头姐夫，非让你每晚端洗脚水不可！”

冬冬一听，伸了手去拧尤尼塔，嘴里道：“我要端洗脚水呵，你这个丫头子，哼，就叫你喝洗脚水！”尤尼塔去招架，顺手一拉，两人嘻嘻哈哈滚在了床上。

闹腾了一会儿，冬冬见尤尼塔情绪已经大好了，就住手道：“罢罢罢，尤尼塔咱们休战，我还得给你削贡梨呢。”说着一推尤尼塔要爬起来。尤尼塔又扯一把冬冬，有点撒娇地道：“我的好姐姐，尤尼塔想和你说说话呢。”

冬冬打一下尤尼塔的手，笑道：“傻丫头，夜长着哩，还怕没有你说的？”说着，用脚勾了拖鞋下床，到墙角一个小冰箱去取用徽萱包裹着的莱阳贡梨。打开冰箱，发现贡梨只有一个了。她记得来的时候带了四个，有两个先送了老拴爷，剩下的想让大河带着到火岩岛，可不知咋弄的只有一个了。想了一想，猛地记起有回童圆咳嗽，她把一只用来煮了梨粥，让他拌冰糖喝了。她后悔没听妈妈话多带几个，不然还可以送给奥乌里娅大婶尝尝呢。

冬冬拿了梨，倒了杯子里的温水冲了冲，就用刀子一圈圈削了皮，然后捏了长长一个把儿，拿杯盖接着递给尤尼塔："这可是我们那儿的上好水果，拢总一亩来地儿。早年间，这梨园朝廷里要派一个公公，带了很多兵丁来管着呢。结得梨子都是有数的，最后不拘大小生熟，得一个不少交到宫里，供皇上和太后一大家子享用，要不怎么叫贡梨呢。一般的草民百姓连个梨味儿也闻不着的。咱们的尤大姑娘有福气，正赶上我还留着一个，要是再晚些，馋虫子上来，你怕连个梨核儿也见不到了。"

尤尼塔一听，手捧着梨儿倒舍不得吃了。左端详，右端详，非要拿刀子切了一块吃。

"在我们老家呀，吃梨是有讲究的，不能分着吃。分梨，就是分离。人世间万般痛苦，这分离之苦，是最最不好受的。你总不愿和姐姐分离吧？所以你无论如何也得自己吃了它！"冬冬说着，就倚床背在床沿坐了下来。

尤尼塔点点头，小小地咬一口，在嘴里慢慢嚼着，好一会儿才咽下去。

"怎么样尤大姑娘，贡梨不比海豹肉差吧？"冬冬两眼瞅着尤尼塔，有意逗了一句。

尤尼塔没理冬冬。又咬了一口，忽然问道："姐，你说于大河这人怎么样呵？"

冷不丁冒出一句，一下把冬冬问了个直愣怔，脸也刷地红了。冬冬呼闪着大眼，手托腮帮子想了一会儿，这才笑着道："你个鬼丫头子，城门楼子耍鱼叉，大海船里打弹弓，凭空五十咋拎起了这把壶呀？"

尤尼塔看了看冬冬，麻瞪着眼皮道："你甭管，只说他这个人怎么样？"

冬冬笑了笑，摇晃着脑袋道："要问于先生这个人嘛，五官周正，个子适中，能吃能睡，气死郎中……"

尤尼塔脸一耷拉，把梨连同茶杯盖儿，咚地往桌上一放，道："真的，姐姐，不是开玩笑的，我今天来，就是想和姐姐说说心里话儿，谈一谈于大河。说真的，冬冬姐，这话憋在心里很久了，要是不说出来尤尼塔会闷死的。"

尤尼塔说完，抓过冬冬的一只手，紧紧地攥着。淡蓝色的眼睛泪水汪汪。

一看尤尼塔教徒进了圣殿般的严肃样子，冬冬忙收住了笑。心想，这个尤尼塔，又不痴不傻的，今天怎么突然问起这个呢？才待开口，尤尼塔摇了摇冬冬的手，道:“姐姐呀，尤尼塔心里闷，能不能陪我到外面走走？”一看冬冬没放声，又道，“知道姐姐劳累一天身子乏了。可我觉得在这热烘烘的房子里，就和关在笼子里似的，气都要透不过来了。”

冬冬把自己的另一只手，放在尤尼塔合攥起来的手上，轻轻拍了拍道:“我的傻丫头，有几笸箩的悄悄话，非得到那冰天雪地里说呵？难道是想叫天老爷和地老妈一块听吗？看咱们姐妹俩，一会儿不冻成冰棍棍才怪呢。”虽然这样说，却抽出手下到地上，开始窸窸窣窣穿出门的衣服。

午夜的北极，灰暗的天空正飘着稀疏的雪花。因为没有风的催逼，那雪花都是从从容容往下落，一片儿一片儿的，就如梨园落英，安然而又恬静。冰原、鲸头顶、鱼尾岭、北斗站，一切的一切，早就沉睡在无风的雪夜里，只有汇泉湾偶尔传来一两声闷闷的海冰破裂声，像是北极睡神发出的奇怪梦呓。

穿着厚厚装束的冬冬和尤尼塔，互相紧挽着手臂，顺着大家散步时惯常溜达的湖边小路，慢悠悠踏雪而行。忠实的老狗阿黄，摇晃着尾巴跟在后面。

一旦置身室外，特别是更深人静的室外，冬冬顿觉心清气爽，她非但没有倦意，就连寒冷也没怎么觉出来。那些不时落下来的雪花，轻柔柔，软绵绵，似乎带着一种母性的慈柔，在亲吻着老天广覆下的一切。冬冬感到，这些洁白的小精灵，就如漫天飞舞的梨花和樱花，真的是打心里喜欢她们。

在房间里闹着要出来的尤尼塔，出得门来倒成进了曹营的徐庶，闷头锁眉地走了好长一段路，还是个一言不发。

冬冬憋不住了，用肘拐拐她，故作娇嗔道:“傻丫头子，吵着嚷着出来，到外头却成了哑巴。左不成拽我出来，就是为了欣赏午夜落雪吧？”

“我要有姐姐的福气，揣了好心情白夜赏雪，岂不折煞了你的傻丫头子了？”尤尼塔心事重重的样子，简直与平日判若两人。

“看你整天价疯疯癫癫没肝没肺的，没成想也和夏洛蒂·勃朗特笔下的简·爱似的，装了一肚子两肋巴条子的心事哩。好了，今儿晚上，就把你竹筒里的豆子，给姐姐往外倒一倒，让我来看一看是不是有一滴滚烫的油，从瓦罐子里掉在厄洛斯[1]美貌的脸上？”冬冬一面说笑着，又用肘轻轻拐了下尤尼塔。

“尤尼塔怎会有普绪喀那样好的福分呀，”尤尼塔说着停下来，抽出夹在冬冬臂弯里的右手，从防寒服外兜摸出一封信，塞到冬冬手里，“姐姐还是先看看这个吧。”

“鬼丫头子，在屋里为啥不让我看？偏偏跑这雪地里来，存心折磨我呵。”冬冬嘴上不依不饶，手里却早把一封信展开了——借着灰暗的光线一看，信是这样写的——

尤尼塔你好：

谢谢你对我的好感，也谢谢你以及你全家，长期以来对我的关心和帮助！原谅我不能接受你的感情，因为我已经有了自己的所爱。我愿意永远把你当成我的好妹妹。再次谢谢你尤尼塔。

于大河于中国春节后第三日

看完信，冬冬一根橛子似的杵在原地，一时竟不知如何是好了。大河春节后写给尤尼塔的这封信，到现在也就一个多月。从信里不难看出，这位风风火火、敢爱敢恨的爱斯基摩姑娘，曾经大胆地向大河坦露心迹，表示过爱情。而这封信，正是大河做出的一种果断明智而又不失礼貌的婉拒。冬冬心中百感交集，眼里不觉涌出了泪水。一方面，她为大河对她的爱而感动。几年来，两个人的心都不够大——因为他们心里刚好只装得下一个对方；两个人的目光也都不够远——因为那目光也刚好只能注视着对方。如此心心相印，别说谁也没往明里挑开过，就是连一点点在旁人来看是亲昵的举动，或者是暗示，也从未有过。从写给尤尼塔的这封信上，她终于看到了于大河，她亲爱的大河哥哥，对她白冬冬做出的爱情宣言！从这份宣言里，冬冬读出了春风、雨露、阳光，读出了憧憬与希望，还读出了坚定、深厚、真

① 厄洛斯：古希腊神话中爱情女神阿佛洛狄忒之子，与国王女儿普绪喀相爱，普绪喀却不知道心爱的人长什么模样。一晚，她端着瓦罐里藏着的油灯去照美貌的厄洛斯，不妨一滴滚烫的油掉在厄洛斯脸上，疼得他怒而离去。普绪喀从此愁肠百结，痛不欲生。但后来在宙斯的帮助下，他们永远生活在了一起。

挚和纯洁这样一些圣洁的字眼。而表现的方式，又是微风过园林、细雨润草地般的含蓄。这怎么会不让她从心里感动呢！从另一方面，她又替尤尼塔感到深深地难过。在卢特吉尔的时候，当她看到一九九四年三月某日与Y至白熊谷，那一行在地图上用红铅笔做出的标注时，就曾对尤尼塔和大河的关系，产生过一丝猜疑。等到听快嘴二婶说尤尼塔看上了于大河，并且两人还在白熊谷待过几个晚上，那一刻，仿佛她的心上人已经被人夺走，九个魂儿有四对半，也离开了她的躯壳，因而伤心得有点不能把持自己了。如果不是凭着她对大河的万般信赖，还有对自己十二分的自信，真不知如何从那样一种心境里走出来。从那时候起她知道，尤尼塔其实在心里，也是深深爱着于大河的。这原本没有错呵！每个人都有追求美追求爱的权利，只不过，在爱情狭窄的单行道上，她们俩不幸撞上了车……从尤尼塔今天的举止来看，这丫头分明是接受了残酷的现实，独自吞咽下不幸的苦果，承受着上帝给她的最严厉惩罚。还有一点，冬冬本来对卡尔路克夜闯莫愁村，曾有过那么一点迷惑不解，但这样一来，一切冰释雪融。系在心头的哥尔提阿斯死结，也就自动解开了。

在冬冬把心思都用到读信上时，尤尼塔转过身来，向湖边走了几步。站在冻成冰坨子的莫愁湖岸边，眺望着不远处灰暗下来的鲸头顶，满肚子的悲苦酸屈，和着那了也了不断的心事，一齐涌了上来，眼泪吧嗒吧嗒夺眶而出。

也不知过了多长时间，冬冬走到尤尼塔身前，拿一条手绢儿，替她轻轻擦起了眼泪。

“冬冬姐……”尤尼塔叫了一声，双手抱着冬冬的肩膀，呜呜哭出了声。寒夜里，哭声虽不大，在冬冬听来却像撕心裂肺一般。

站在尤尼塔身边的阿黄，自知主人遇到了伤心事，两眼巴巴地瞅着尤尼塔，摇头摆尾不知咋办是好。

冬冬一边流着泪，一边道：“傻丫头，看你鼻子一把泪一把的，让人看见会笑话的。”

尤尼塔抽泣道：“我就知道，像我这样一个因纽特傻丫头，和中国人于大河注定不会有什么结局的。可是，我说服不了自己，当不了自己的家呀。掏心窝子说，尤尼塔喜欢他，爱着他，做梦也想着嫁给他。可他对我的感情，总是比鲸头顶上的寒冰还要冷。在他写给我这封信的时候，我已经感觉到了这种一厢情愿的爱情，有可能像把冰块存放在火炉子里一样不靠谱。但我依然心存侥幸，觉得大河这样做有他的难处，觉得只要我真正用心去爱，仁慈的月亮女神阿尔忒弥斯，一定不会、不会坐视不管的……”

冬冬自己抹把泪，又给尤尼塔揩了揩脸，柔声道：“瞧，这大冷的天，流泪会皴坏脸的，别哭了，嗯。”一边说着，自己的眼泪又止不住往下流。

尤尼塔哭着吁了一口气，又继续倾诉：“自从姐姐来了，尤尼塔的梦，才开始一点一点醒过来。刚见到姐姐的时候，我忽然有一种不安的感觉，虽然只是一眨眼的工夫。可我确确实实感到了一种从未有过的不安，就像有什么宝贝要失去。后来，看了你和慨儿在一起那甜甜蜜蜜的照片，我彻底绝望了，那只属于一个人的梦，随之也就醒了。可你知道梦醒了是什么样子吗？姐姐呵，就是把我永远留在白熊谷里，我也不会有这么孤独；就是把我一百回扔进老冰洋，我也不会有这般的寒冷；就是把我一千回一万回下进地狱，我也不会觉得有这么可怕！我真的是掉了魂了，光剩一副包着骨头的空皮囊了。我多么想再回到梦里去呵……”

接下来，尤尼塔从大河第一次来北极住到她们家里开始，说到她的外祖父鲍尔；从外祖父鲍尔又说到她们在白熊谷的几天几夜，还有如何收养萌萌；从收养萌萌又说到快嘴二婶给卡尔路克的提亲；当然也说到她向大河要求照管慨儿……

一个痴情女子扒心捋肠子的诉说，催人泪下，就是普天下那些用石头雕成的人听了，也会为之动容。尤尼塔是北极的女儿，她熟悉北极，就像熟悉卢特吉尔的每一块石头；她热爱北极，就像热爱自己的生命。于别人看似无情的广袤冰原，对她来说却是温暖的，宽厚的，仁慈的，因为这冰原给了她生命，给了她勇敢，给了她智慧，给了她一切；于别人看似冷酷的浩茫冰海，在她来说又如婴儿之于摇篮，庠童之于学堂，农人之于土地。冰海宽广、无私、慷慨，教会了她太多太多的东西，也赐予了她太多太多的东西。倘若没有冰原，没有冰海，她会有什么呢？她什么也不会有的！然而，在她生活的社会里，在看来最有可能给她温暖和爱情的人群中，她倒像一个情感的弃儿，被冷落在爱情的大门之外，被囚锁于痛苦的羑里[①]之内。

① 羑里：商末囚禁周文王的监狱。

如果胸中忧愁的块垒能搬得出来，只怕比鲸头顶也会高上一千丈；如果肚里的苦水能倒得出来，也会让老冰洋里的海水多出一百倍。

冬冬一开始，还流着眼泪一个劲地劝说，不让尤尼塔哭。可流泪人劝断肠人，哪里还劝得住？劝着劝着，两人竟抱肩搂背，哭作一堆。

哭了一会儿，尤尼塔止住抽泣，两手搓了搓脸，嗓音沙哑地道："姐姐，你别笑话尤尼塔。其实呢，我也想通了，大河是个好男人，只有像姐姐这么俊美优秀的人，才配得上他的。尤尼塔的心里，现在一点也不嫉妒。"尤尼塔说着，眼泪又流了出来。冬冬给她擦擦眼泪，将她更紧地抱在怀里。

尤尼塔接着又道："冬冬姐，你好好地爱大河吧，尤尼塔真心盼望着你和大河，还有可爱的小慨儿，一家子幸福美满。将来，在你们结婚的时候，不，不光结婚的时候，以后永远都不要忘了，离你们万里之外的卢特吉尔，还有个挂牵着你们的小妹妹呀，她会天天为你们祝福、祈祷……"

冬冬深深地点了点头，动情地道："今生今世，我们永远不会忘了你，不会忘了鲸头顶，不会忘了卢特吉尔，不会忘了这片冰原和冰海。"

如果说，有一种东西可以穿越时空，穿越种族，穿越世俗，穿越人心，穿越自然的、社会的、文化的、历史的等一切藩篱，那么，这种东西一定不会是别的，它就是情，一种人间至纯至真至善至美的情。

白冬冬和尤尼塔，正是传递这种人间至情的天使。她们来自不同的大陆板块，担当的却是同一种责任，听从的也只有一种召唤，而发出这种召唤的，是上帝，也是人性。

无风的夜雪，还在静静地飘落，莫愁湖边的两行脚印，还有老狗阿黄浅浅的蹄印，已经被新雪悄悄地遮盖了起来。

洁净，是这片大地穿在身上最华美的衣服。

第十七章 天上掉馅饼

高凌霄早上到万国大厅吃饭，在楼梯口碰到正往下走的马松宝。马松宝小麻种眼一麻瞪，神秘兮兮地道："高站长还不知道吧，咱站上出了档子怪事哩，有人偷——"

昨晚上发生的事，老卜长长短短早跟他说了，两人也交换了看法。高凌霄和老卜一样，最忌讳的正是大家私底下的嘀嘀咕咕，把那些有影没影的当了新闻来谈，一则怕影响站上工作，二则还担心这事万一长了腿跑到国内，就说不清道不明了。东西越捎越少，话越传越多。以往这方面的教训，多得要用火车拉哩。因而就截了马松宝话头："话就到我这儿闸住，小马，不要再和别人说了。事情是幺是两的还没闹清嘛，是啵？"

马松宝热脸贴了冷屁股。本想讨好，倒惹高凌霄来了这样一嗉子，脸上难看，嘴上却讪讪地道："这个站长您就放心吧。"

高凌霄进餐厅的时候，那张铺白餐布的乒乓球案子，已经围了不少人在吃饭。他端碗看了看，吧台一溜钢精盆里，盛的是米饭、馒头、花卷。主菜是一托盘白萝卜烧牛肉，一托盘葱花姜丝蒸海刀鱼。小菜呢，是一盘子切成片的火腿肠，一盘子打成条的酱黄瓜，一盘子擦成丝的咸萝卜，此外还有剁成段的一盘子腌洋姜。这些菜，都摆在吧台下面一个长条木桌上。除了饭菜，木桌上还放着两只圆柱形的钢精锅，一只盛了小米稀饭，一只盛了紫菜、虾皮做料汤下的速冻馄饨。

这几天，马上就要上报的那份《火岩岛考察要实现的科学目标及具体实施步骤》，榨了他不少脑汁，额头的纹路眼瞅着深了些。虽然他和大河、一风几个，翻过来覆过去不知轱辘了几遍，总有几处不熨帖。昨晚想好歹地弄利索，结果一声枪响，再加上那个胸衣门事件，弄得心里更是堵得慌。老卜走后，想好好琢磨琢磨报告，可那些烦心事儿，又小鬼似的跳出来捣乱；却待理一理事儿，报告又满脑子转圈圈。一会儿东吴，一会儿西蜀，扯南朝，挂北国，心里没个清净时候。沏上的一壶大红袍忘了喝，觉也没睡安稳。觉上欠了，食欲也不济，他盛了碗馄饨，坐在另一张没铺餐布的球台子边上，没滋没味地吃着。

那张桌子上，有几个人嘁嘁喳喳在议论着什么。一会儿，只听一个有点粗哑的嗓门，愤愤骂了一句，声音虽然压得很低，但还是听得真切："……这驴操的，干这种下三烂的事，祖宗八辈的脸都丢尽了！要叫我呵，还不如一头撞死南墙上算了！"还有一个略显尖细的声音道："要我看，八成是想老婆想疯了哩。偷件女孩子裤衩乳罩的，就能当饭吃了？就远水解近渴了……"还有个有点低沉的声音道："林子大了什么鸟儿都有，捣大木子（啄木鸟）吃狗屎，竟好这一嘴。"接着，低沉的声音不知说了一句什么，几个人轰然而笑。他顺着声音瞟了一眼，说话的人没看清，却正与马松宝目光相遇，马松宝头一偏，慌忙埋下去吃饭。

高凌霄在心里说，好事不出门，坏事传千里。中国人就这德性，沾着点腥的和臭的就嚷嚷得风快，七大姑八大姨没个不知道的。

咽下一口馄饨，忽然想起娄书仪。抬眼皮撒目了撒目，也没见影儿。心想，待会一宣布名单，还不知这小子文啦武地会咋样呢。唉，你说你个娄书仪，什么不好争，为何偏偏去争上冰？上了冰，脸上就能长朵花？脑门子就能贴块金？你娄书仪就不是娄书仪了？想到这里，那份急着要上报总部的报告，就木偶戏里的小人似的，又打脑子里蹦了出来。

报告实际是一份上冰的科考计划，内容综合了海洋、冰雪、生物还有气候环境等多个学科。总体来讲都还靠谱，只要尽心去做，不出什么意外，完成计划应该是瞎汉擤鼻子——手拿把抓。让高凌霄感到不大好把握的是，这谷一风异想天开，要在火岩岛破冰用绞车放下三千到四千米的尼龙绳，挖取洋底淤泥。一风说，要是能挖上泥巴来，研究价值就大了去了，那里面记录着气候、环境、海洋、生物等多方面信息。一克泥巴，怕是比一克黄金甚至钻石还要贵重哩。但高凌霄觉得，北冰洋冰层那么厚，就是搞透了，那绞车又如何将软软的绳子，放到洋流不断冲击的海底呢？那可是三四公里长的绳子哩，不是扎头的橡皮筋筋。再退一步说，即使绳子到了底，又如何保证系在绳索末端的铁抓斗，就能把淤泥抓上来呢？只怕最后还是水中的月亮，画里的仙女，好是好，可你得不着呀。

谷一风那抓斗，泥能不能抓上来且不说，倒先把高凌霄给抓住了。他在心里一遍又一遍盘算，甚至睡觉的时候，那几千米长的绳子跟水蛇似的，老在脑子里晃来晃去。

咽下一口饭，高凌霄想，要真是这样，还不如报告里不提这档子事的好。提了，再办不利索，黑字落到白纸上，净给人家留些话把儿。他深知衙门里一些官僚，成事不足，败事有余，最擅长鸡蛋里面挑骨头，磨道旮旯找驴脚踪儿。对，就这么着，不要去做没把握的事！官场多年的历练告诉他，凡事多一事不如少一事，少一事不如没有事。让谷一风调整调整计划，别大闺女要饭死心眼子。挖泥可以试，可以大胆地试，但就是不能写到报告里。要是成功了最好，不成功嘛也没啥了不起。不成功的事多着哩，还有谁会去说三道四？当然你得弄得俏撑，别学那笨老鼠偷油，油没吃着，脸上腚上的倒沾满油脂麻花。想到这里，长出了一口气，想马上和一风谈谈。

抬眼又撒目一圈，没有一风的影子，好像大河也不在。不知出于一种什么心理，忽然又想到了那个娄书仪。就嚼着饭，装着漫不经心的样子，从低头吃饭的一堆脑袋中，用目光去扒拉那颗胖得爆起了棱的小平头。要找的那颗脑袋没有，倒从花白头发的后脑勺子上，看到安子儒孤单单坐在角落里，闷着头吃饭。这位安老先生平时落落寡欢，说句话比哑巴开口还难，和大家不怎么合群，高凌霄也没太留意他。

吃完饭往外走，高凌霄忽见伙房外走廊顶头的侧门敞开着，门外还传进来说话的声音，就信步走了过去。上了门口的降踏子，看见大河、一风和白冬冬几个都在这里。老拴头和冬冬，正在抓了瓢里的米，一把把撒到雪地里。那些大大小小的鸟儿，和室内的队员一样，也在开着早餐。一只只啄着食儿，嘴里还发出咕咕的十分舒索的声音。

“我说各位呐，”高凌霄一边打降踏子往下走一边道，“怪不得饭厅里不见你们影子，没成想都跑这喂鸡来了。”

见高凌霄过来，众人都转过头来。

一风道：“大河找老拴头，是商量备办上冰食品的事；冬冬大夫来帮厨，且兼职当鸡场饲养员；我只不过瞎逛悠，遛遛腿儿。”

高凌霄问大河：“兵马未动，粮草先行。怎么样，备办得差不多了吧？”没等大河开口，又道，“干、冻食品可以考虑多带点，另外还有罐头什么的，总之，有备无患嘛。”

老拴头撒出一把米，回过身来，乐呵呵地向高凌霄道：“吃的喝的，干的冻的，咱是王干妈开杂货铺子，要嘛有嘛哩。只要大河说声要，我老拴头是啥都舍得出来，就看你雪橇装下装不下了。”

大河笑着道：“咱们是裁缝丢了剪子，光剩下尺（吃）了。你们放心吧，就是少带件仪器，保证不会少带一包方便面的，哈哈。”

高凌霄也笑道：“很好的、很好的，再抠门的地主老财嘛，收稻割麦的，也得让长工吃饱肚子哩。火岩岛可是天荒地老，前八百里不靠村，后八百里不着店。喝的咱不说，有冰有雪的，啥时候也干不死人；可吃食之物呢，一定得带足，要打出几天富裕来。要不然哇，哈哈，你们断顿了呀，也只好跑到北极熊那儿去讨吃的喽。”

正说笑着，汤姆打莫愁湖边踏雪走来，胳膊向上一扬，向大家打了一个也不知哪国哪邦的敬礼，然后夸张地张开臂膀拥抱了一下冬冬，又逐一和高凌霄等握了手，嘴里咕噜道：“我的上帝呀，天上掉下一个大馅饼呢。”

没头没腚一句话，弄得大家云山雾罩。老拴头诧异地道：“啥，掉下啥、啥馅饼？”

汤姆道：“早晨到帐外取冰烧水，哟嗬，雪地里竟然躺着一头海豹。仔细一瞧，这家伙脑袋破成个血葫芦，身架也只剩了半拉子，硬邦邦冻在雪里。你们说奇怪不奇怪？”

“啊，还有这等事？”冬冬惊讶地瞪大了眼睛，问汤姆道，“乖乖，不会是哪位猎手送你胡子元帅的大礼吧？”

“怕是不会吧，”汤姆摇晃着扣了一顶黑线帽子的大脑袋，慢吞吞道，“卢特吉尔嘛，我也就和尤尼塔家最熟，就是送海豹，那昨晚尤尼塔拉我回来，一块儿捎上不就得了——”

说到这里，几个手指伸帽子里挠了挠，有点不自然地问冬冬：“对了白姑娘，尤尼塔她、她不是就住站上了吗？”

听汤姆一说，冬冬一下想起来，从卢特吉尔回来的路上，大河问她：“你看汤姆和尤尼塔怎么样？”半下空撂下一句话，弄得她纳闷了好一阵子。现在汤姆这一问尤尼塔，突然明白了里面的玄机，就故意把面孔一板，道：“什么住站上了？走了，昨儿个让我把她赶走了。”

“啊？”汤姆惊愕地看着冬冬，“这是为啥呀？你俩不会吵架了吧？”

一看汤姆认真的架势，冬冬扑哧一笑道：“你个胡子元帅呵，逗你呢。姐俩找一块，亲还亲不够呢，吵什么架呀？昨晚上这丫头子光顾和我说话了，睡得太迟，这会子还捂在被窝里呢。怎么，要不要我去把她喊过来呵？”

汤姆连忙摆摆手，道：“我不是这个意思，我是说海豹这事挺蹊跷的，没准呢，尤尼塔也许会清楚……”

大河若有所思地问道：“这海豹周围的雪地里，总该有些异常吧？”

冬冬道：“对呀，胡子元帅，光顾得说话了，走，咱们过去瞧瞧，假如真是天上掉下大馅饼，地上总也会被砸个窟窿是吧？”

大河用眼睛询问了一下高凌霄。

高凌霄点点头，道：“我看呵，大河，你们还是请胡子元帅热乎乎地吃个早餐，把肚子填把饱了，再学狄仁杰雪里探尸不迟嘛。”

老拴头也道：“中哇，大胡子来了，我老拴头可慢待不得。走价，我给你们加个好吃的菜，正好尤大姑娘也来了，冬冬你就喊她过来一块吃，人多了热闹，吃啥也蜜酒甘甜的。”

冬冬答应了一声，就把汤姆叫到一边，小声嗔道：“你个胡子元帅，整天价邋里邋遢的，来见尤尼塔咋也不拾掇得清爽些哩。”说完一笑，前头先走了。

汤姆让冬冬一说，下意识摸了一把胡子，不好意思地笑了笑，就屁颠颠地跟在老拴头后边向屋里走去。

一行人往门里走的时候，高凌霄叫下了大河和一风，谈了自己的顾虑，希望报告里不提洋底挖泥这个事，一风别有些什么想法。

一风道："砸冰取泥，本是想做一件前人没做过的事，别说我们，国外也没有放绞车挖泥这样的先例可循。我们此举无非也是摸着石头过河嘛，至于成功与否，说句老实话，我心里也没底。报告里明修栈道，考察时暗度陈仓，这多少有点刘皇叔在曹营荷锄种圃的意味哩。不过，这样做也最是稳妥，省了以后和国内那帮孙子打些口舌官司，八百年掰拉不清。"

一风说着又问大河："不知大河兄意下如何？"

"说实在的，一风，"大河略沉思了一下，道，"高站长所顾虑的，我倒没怎么去想。但是，我多次假想过，这几千米的尼龙绳放到水里，即使不考虑冰的漂移，不考虑海水的浮力和洋流冲击，就那铁抓斗，你怎么控制它沉到洋底？退一步说，即便它能顺利沉到四千米的水底，又怎么保证它如愿张开，而且还能轻松地抓到淤泥呢？要知道，尼龙绳在水里可是软得像根面条。站在冰面上的人，纵有杨二郎担山赶月的本事，也根本无法给它传导力量。"

高凌霄和谷一风对望了一眼，谁也没说话。

大河接着道："其实昨天傍晚，我叫上童圆、刘振宗和大宋几个，到汇泉湾海冰上做过一次模拟试验。"

一风眼睛一亮，道："啥，放绞车抓泥了？咋没告诉我一声呢？"

大河道："是呀，光考虑出发准备就够你忙的，也没惊动你。在汇泉湾海冰上，我们花了两小时二十五分钟，凿了一个直径一米二、深三米六的冰洞——可能因靠岸近的关系，冰层较大洋中心要厚实一些——然后我们开始放绞车，按照水深一百二十六米的要求，共放下二百多米长的绞绳。"

一风着急地问道："怎么样，挖上来了吧？"

大河两手一摊，道："没有。绳子放下去二十来分钟，我们摇绞车回收绞绳，结果抓斗里除了淋淋拉拉的海水，其他什么也没有。"

一风搔了搔脑袋："怎么会呢？按照设计，铁抓斗一碰到硬底，便会自动张开挖取器的。绳子回收时的轻轻拖动，底层稀软的淤泥，就会进入抓斗内。而铁抓斗在提起来的时候，挖取器又会自动闭合，以保证不让进入里面的泥巴随水流失。”

高凌霄道：“抓斗到了海底，能否确保它是打开的呢？”

大河道：“根据一风的多次测试，抓斗在触底的同时开启，应该没有问题。上岸后，我和大宋找到一处大石砬子，模拟海底的样子，站在上面反复收放了几次，抓斗触地即开，收起则合，也没发现有什么问题。”

一风道：“大河兄你说有没有这样一种可能，铁抓斗在沉到海底的时候，恰恰碰在礁石或是乱石上，开启的抓斗遇到硬光光的东西，当然抓不到什么了。而且，你们模拟的地方距岸边近，海底礁石比较多。”

高凌霄道：“如此说来，这倒是一种不能排除的可能，或者说是一种较为合理的解释。”

大河道：“这是在岸边，水浅流缓，相对来讲还容易操控。设若在冰洋深处，要放下比汇泉湾水深长十倍、二十倍甚至是三十多倍的绞绳，其难度恐怕是不会小的，更何况在风大流急的情况下，一些新的变数和未知数，只会增加而不会减少。关于这一点，一风你还得再想得周全些，别到了关键时候掉链子。”

一风点头说好。

高凌霄叮嘱一句道：“一风呵，也不要因为挖泥巴，疏忽了常规项目的开展。新的东西要创，要试，我们也鼓励大胆地搞。但传统的一直做着的东西呢，也得弄得漂漂亮亮的。海洋这块嘛，你是老手，别人不太好插手，靠得也就是你了。”

昨天夜里，尤尼塔不顾天寒地冻，拖着冬冬来到莫愁湖边，把肠子里九曲十八弯的心事，像瓷缸子泼琉璃蛋儿，稀里哗啦往外一倒，觉得心里好受了许多。说实在的，一段时间以来，一个情字，就像鲸头顶一般压在心头。明知所心仪和挚爱的人，心里已有归属，自己辛辛苦苦播撒下的爱情种子，搁浅在伤心谷里，撂荒在无情岭上，永远也不会有什么收成。可她就是绕不出这个弯子，过不了这道坎。曾经，对于冬冬的出现，她怨怼过，懊恼过，伤心过，绝望过，甚至把爱情的一切不如意，一股脑儿归结到了白冬冬身上——要不是半路杀出这么一个白冬冬，大河对她频频伸过去的橄榄枝，为什么会视若不见，表现得像石头和木头那样冰冷麻木呢？不要说她尤尼塔聪慧漂亮，又念完了大学，正处在含苞月季带露开的好时候，就是个相貌平平斗字不认三升的乡妞村妮呢，对他一腔赤诚，情烈如火，他于大河也不至于如此绝情吧？你总不至于是个石头蛋子吧？纵然是个石头蛋子，也会被焐得发热吧？更有甚者，还写了那样一封信，看起来宽厚包容，淡定冷静，其实那是一把刀子哩，就插在人的心尖上！

但是这会儿，经过了一番摘心挖肝般的痛苦折磨之后，思想上突然来了一百八十度的大转弯：她觉得以前对冬冬的怨尤和懊恼，是那样的浅薄无知，毫无来由。她甚至暗自庆幸，上帝在关键的时候把冬冬打发来，为的就是要叫她尤尼塔早早得到解脱，早早从本就不能成真的美梦中走出来。要不的话，她就会用十二万分的执着和坚韧，苦守着那片孤零零又空荡荡的爱情高地，没有结果，还满怀希望。到头来，这没有结果的希望，铺成了一条单边的铁轨，无限地向前伸展过去；而创痛，心上的创痛呢，则会相应地成为铁轨的另半边，同样也会无限地向前延伸。试想一下，爱情的火车，跑在这样的铁道线上，除了颠覆之外，难道还会有什么别的结局吗？！

早晨，在冬冬起床穿衣服时，她也醒了，却闭着眼睛佯装睡着的样子。冬冬出门时给她掖了掖被角，她也没做什么反应，直到听见门轻轻响了一声，这才睁开眼来，斜倚在床帮上想开了心事。她把从认识于大河起到冬冬的出现，又从冬冬的出现到眼前发生的一些事，来回轱辘着想了个遍。原先，这些问题一想，就会掉进九头妖怪摆的迷魂阵里，越想越乱，越乱越想，脑袋胀得如同鲸鱼头，绕来绕去总找不到个靠边靠沿的地方；现在好了，尤尼塔像喝了月亮女神阿尔忒弥斯亲手配制的醒神汤，忽如醍醐灌顶，恍然而悟，就有了把世事把自己前三百年和后三百年都看透的样子。

“唉，”尤尼塔叹了口气，道：“妈妈说得好哇，这爱情讲得是个缘分。缘可遇不可求，而分则是一种宿命，是上帝早就安排好了的。谁跟谁结合，那是既要有缘又要有分的。有缘无分，就跟《基督山伯爵》里的梅茜蒂丝和埃德蒙·邓蒂斯似的，即便要拜堂成亲了，也一样会成为一个破碎的梦……”

尤尼塔下了床，拉开窗帘，明亮的阳光顿时洒满屋内，她感到心里也亮堂了。到盥洗间简单一梳洗，顺手抓过桌上的一本什么杂志，到床头坐下来——却待要翻，忽又瞥见冬冬放在床头柜上的那双靴子。

已经缝好的靴子，在白色原皮上，每一只靴筒的上部，又绣了几朵通红通红的花儿。她不晓得这叫什么花儿，但因为是绣在素雅的皮子上，立体而又极具质感，尤显俏丽生动，真是漂亮极了。这也可见冬冬的用心。尤尼塔忍不住，放下了书，将靴子捧在手上端量。头年三月，她在东北沟子下面的海冰上打猎，趴雪里快一天了，也没啥动静，就在她懒懒地要收枪起身的时候，有只褐斑橙纹的海豹爬了上来。她从没见过这么好看的海豹，那些橙色和褐色交织的斑纹，多么像穿在身上的一件华彩的衣服呵！一刹那，她真有点犹豫，不知该不该将扣住扳机的食指，再继续勾下去……这一头海豹，后来绷出一副质地和毛色都是上好的皮子，妈妈把它一裁为二，打算留着日后给尤尼塔缝件坎肩。现在，曾经穿在海豹身上的那件华服，变成了这样一件堪称艺术品的靴子，里面褐色与橙色交织的绒毛，摸上去柔软光滑，看一眼就让她心动……不久，这样一双靴子，就要穿到那个人儿的脚上……她不知道，心仪多年可又不能不忍痛割舍下的那个人，在两脚蹬进这双柔软皮靴的时候，会是一种什么样的心情？当然，他首先会想到缝靴子的人，这是自然而然的，而且会触景生情，感慨万千。其次嘛，也会想到送皮子的妈妈。可是，他会想到这缝靴子的漂亮的皮子，又是怎么来的吗……嗨，真是没出息，怎么想着想着，又绕到了这里头！

尤尼塔拧了一把大腿，叫着自己的名字道："尤尼塔呀尤尼塔，把过去的都忘掉吧，就当什么事儿也没发生过……"

嘴里这样说着，眼泪又禁不住流了下来。她放下手上的靴子，去拿桌上的纸巾。

恰在这时，冬冬开门进来。一见尤尼塔那样子，知道她还没从感情的纠结中走出来。就从衣兜里掏出小手绢，帮她擦了擦眼睛。

冬冬道："傻丫头子，不是说好不哭的嘛。你看你，又来了。我可告诉你呵，在我老家有句话，叫作哭鼻子的姑娘肯变老，要是不听姐姐的话，我们漂亮的尤尼塔姑娘呵，可要早早地变成丑老太婆喽！"

冬冬这一说，尤尼塔不仅没止住流泪，反倒顺势伏在冬冬胸前，扭动着肩膀，抽抽搭搭地又哭了起来。边哭边道："姐姐，尤尼塔不哭，不哭。"

"好了，好了，"冬冬拍打着尤尼塔的肩膀，"再哭姐姐可就不喜欢尤尼塔了。"

虽然这样说着，冬冬鼻头也是一酸，使劲克制着，才没让眼泪滚落下来。

由着尤尼塔哭了一会儿，冬冬道：“大河和一风老师，在等着咱们吃饭呢。哎，共进早餐的还有一位贵客呢——”说着两手把尤尼塔胳膊往外一撑，看着她的脸道，“尤尼塔你猜，会是谁呢？”

望着冬冬，尤尼塔泪眼婆娑地摇了摇头。

冬冬又给尤尼塔擦擦脸，笑着戳了戳她的鼻子，道：“告诉你吧丫头，那个胡子元帅也过来了。哎，”冬冬轻握粉拳，往尤尼塔肩窝捶了一把，笑道，“瞧那样子呵，人家可是为了你才过来的哩。你说我们的尤尼塔，魅力该有多大哇！”

说完，也不管尤尼塔情愿不情愿，就把她硬往盥洗间里推：“快去洗把脸，好好拾掇拾掇，粉底口红什么的都是现成的。”

冬冬拉着尤尼塔的手走进餐厅的时候，吃饭的队员早走光了。大河、一风和汤姆三人，已经把着桌子头坐了下来。汤姆左手握着一支碳素笔，在一张白纸上画着什么，一边画一边说，似乎是在讲与他高爷爷有关的一些事情。

看见冬冬和尤尼塔走过来，汤姆两只深陷的眼睛放了蓝光，笔一扔，纸一推，呼地站起来，挓挲着手道：“尤尼塔，早安、早安。我想你昨天晚上，一准会在汇泉湾住下来的，所以我一大早就过来了。你看，我们正说着话在等你呢。”

以往，尤尼塔对这位胡子拉碴的生物学家，并没什么太多印象，更说不上什么留意。自从那天他和大河去了卢特吉尔，特别是知道了外公的曾祖父和他高爷爷那段不平常的经历后，忽然觉得这个大胡子还真的有些意思。带汤姆去老君岭，她能感觉到这或许是大河的有意为之。虽然起初心里并不怎么情愿，一路上也耷拉着个脸，但汤姆倒是说说笑笑的，并不怎么介意。这让她心里多了些许安慰。这会看见汤姆那语无伦次的样子，要搁在往常，会不失时机地调笑他一番的。现在，她没有这份心情。木然地跟大家点点头，打了招呼，就挨着冬冬坐下来，也不说话。

汤姆见尤尼塔没精打采的，以为她晚上没休息好，就道：“刚换新地方，认生，没睡好是吧？”也不管尤尼塔爱听不爱听，又絮絮叨叨地道，“噢，对了，姐儿俩见了面，亲亲热热的，说起来就没有头了。”

坐在汤姆旁边的大河，悄悄拉了一把汤姆，道：“咱们坐下来说好吗？”

谷一风也笑着打趣：“瞧你这大元帅，这头儿话才撂一半呢，那头儿铁匠炉子点火，叮当五十地又敲打上了。别看了漂亮姑娘摘不下眼，我看你呢，还是坐下来说话更稳便些。”

汤姆挠了挠乱蓬蓬的胡子，重新坐了下来。这时候，老拴头上齐了饭菜汤水的，又嘱咐汤姆和尤尼塔多吃点，就退下去了。

大河一边吃着，一边接着前面的话题，问汤姆道：“如此说来，冰包里埋的那些东西，很有可能是克林斯特他们留下来的，是不是呵，汤姆？”

从尤尼塔进屋，汤姆魂儿就不在自己身上了。大河一发问，也没听得明白，眼珠子直露露干瞪着。再瞧瞧冬冬和谷一风，一个手掩嘴儿想笑不好意思笑；一个故意绷着脸做出副滑稽样子。汤姆知道走了神儿，一时窘得手足无措，便伸了筷子去夹盘子里的洋姜段儿。洋姜段儿本圆鼓轮墩的，汤姆又使不惯筷子，这下夹的和被夹的就在盘子里骨骨碌碌打开了官司。

眼瞅着一向大大咧咧的汤姆，突然间像个大男孩似的害了羞，大河乐得直想笑。再一看尤尼塔，脸上紧绷绷的，全不似往日欢蹦乱跳的样子，便忍了回去。心里想：“尤尼塔单纯得跟玻璃人儿似的，心里有什么都挂在脸上。像这样紧绷着脸子，是不是还在为昨晚卡尔路克的事生气？或者是因为前番给她的那封信，无意中把她给伤害了，至今没能走出来……尤尼塔可是个要脸面的姑娘，不管怎么样，守着这么多人，也不能让她尴尬。”想到这里，就对汤姆道：“噢，胡子元帅，我是说老君岭的事呢，看来还真有几分希望哩。”

汤姆还没开口，大河又问尤尼塔：“你觉得呢？”

一风也看出尤尼塔有些不对劲儿，就借着大河话引子，没话找话地问道：“对呀，尤尼塔，你觉着雪窝子里那些破包烂罐子的，会是汤姆老祖宗的吧？”

尤尼塔才待开口，汤姆抢过话头，道：“我刚才已经说过，我和尤尼塔所看到的，虽然只是一床烂毛毯包裹着一些前人用过的东西，但我凭克林斯特家族后人的直觉，感到这很可能与那支失踪的探险队有关。在这里，”汤姆看着尤尼塔，神色庄重地继续说道，“我还要宣布一个重大发现：尤尼塔外公的曾祖父，著名的大英地理学家斯蒂芬，是克林斯特先生的好朋友，同时又是当年北极探险队的一个最重要成员！”

“我说胡子元帅呵，”谷一风拿筷子夹起一个花卷，咬一口，又放在手里，道，

“这可真是一个可喜可贺的好消息哩。原来，尤尼塔姑娘的祖上，也是一位了不起的英雄呵，佩服、佩服。我看往后呢，寻找失踪探险队的事，尤尼塔姑娘也是责无旁贷的了。”

尤尼塔拿一把小勺，从碗里舀了馄饨汤喝着，也没搭一风的腔。

“丫头，”冬冬用肘拐了她一下，道，“一风老师问你话呢。”

尤尼塔这才慢慢地道：“也许是吧。”

一风哈哈一笑道：“什么也许是吧，这可是一件不算小的事呢。想当年，克林斯特探险队的突然消逝，举世震惊，欧美八国元首联合下令搜救，至今还是一个天大的谜呢。说来真的是有趣，”接下来，一风话锋一转，突然感叹道，“一百年前，你们的祖上在一起生死相依，不顾身家性命到老冰洋探险；现在，他们的后人，又在这里相会，这怕是上帝他老人家有意安排的吧？所以呵，要解开这个世界之谜，也是指日可待了。”

汤姆高兴地道：“等找到克林斯特探险队，我汤姆发誓，一定请诸位中国朋友们，撮一顿真正的法国大餐！”

冬冬端起盛着馄饨的碗，向着汤姆照了照，又啪地碰了一下尤尼塔的碗，大声道：“咱们可就等着这一天了！来，干杯！”

大河、一风、汤姆和尤尼塔，也都端起碗，互相照了照，齐声道：“干杯！”

第十八章 绝望

昨夜雪地里一声枪响，在娄书仪听来，就有洪宪皇帝登基听到十八响礼炮那样的效果。卡尔路克这一枪，管保叫北斗站里里外外乱了套，于大河勾引爱斯基摩妇女引发民族矛盾，这个型号不大不小的帽子，怕是甩不掉了。哼，头上三尺有神明，好草能叫一头驴都啃了吗？

一想到这里，娄书仪心里产生的快感，比意淫好莱坞大明星伊丽莎白·泰勒，还要强一百倍。这种打心底潮起来的阴暗，凸显了他性格上的缺陷和品质里的不足，而这些缺陷和不足，无形中又在导引着他观察与认识事物的眼光，操控着他判断是非曲直的标准，也决定着他人生的价值取向。

因为从卡尔路克的枪声中找到了平衡，或者进一步说是看到了某种契机，一种德纳第[①]式的得意就在心里洋溢开来。摸出一瓶茅根斋，嘴对嘴咕咚了几口，这才晕乎乎躺下。大明星泰勒杏眼含露地看过来，但他没和往常那样去搭理她。明天上午——他歪头看了一下桌上的石英钟，已经是凌晨三点多，其实是——今天上午，站上要开会，只要那个包括他娄书仪在内的上冰人员名单一宣布，眼前打开的就是另一片天地了。于大河、谷一风、安子儒……他心里又拨拉了一遍小九九，抛开刘

① 德纳第：雨果《悲惨世界》里一个卑琐的小人物。

部长的因素不说，单凭个人实力，七人中也得有他一席之地，更何况……他又一次歪了脑袋去瞅桌上的石英钟，真盼望时间过得再快一点，最好马上就到起床时间，大家都开始了正常活动……到那时，他要好好欣赏一下，这场卡尔路克出演的活剧会在队友之间产生什么样的反应。他不信地处极北之地的莫愁村，经过这样一阵子闹腾，还会比有生物之前更平静。

眯瞪了一会儿，觉得时候差不多了，爬起来胡乱洗刷几下，穿戴好了走出门去。

他悄没声地沿着梅花瓣状分布的站区房屋四处转悠着，企图从空气里嗅出一些他巴望嗅到的气味，从雪地里寻出一些他想寻觅的踪迹。但什么也没有。甚至连昨夜留在球场上杂乱的痕迹，也早被一层新雪覆盖了。阳光、冰雪、冷飕飕的风、飘动的云，还有近处的汇泉湾、鲸头顶，一切都和往日没什么两样。

在莫愁湖边，他看见老拴头、于大河、谷一风和白冬冬几人，正在生活栋外面的雪地里，喂那些厚颜无耻的鸟儿们。说说笑笑的声音，被晨风送出很远，想不听都不行。从这些迹象上，也丁点儿看不出什么不对劲的地方。“乖乖，这不是在做梦吧？”他拧了把自己的腮帮子。

绕个弯子，避开这一群好像生活在另一个世界的人们，从正面的防雪门楼进了生活栋。走近餐厅的时候，见前面有个人，正经过厨房门口，走向敞着的那扇通往室外的小门，只瞟一眼颇显老态的背影就知道是高凌霄。要搁以往，没准会追着屁股，觍脸跟出去凑个热闹。可今天，他没有这个心情，仅仅多瞅了一眼，便一头钻进餐厅。

吃饭的人嘈嘈杂杂。他端着盘子往人缝里一扎，头埋得比球台没高出多少，看上去是只顾着往嘴里扒饭，实际上两只耳朵却像觅食的公狐狸那样，老是支棱着，仔细捕捉着大厅里那些有价值的声音信息。

他感到好奇怪，一屋子人刚才还吵吵嚷嚷，他一坐下，仿佛都叫饭堵了嘴，突然间静得能听到筷子落地。

坐在身边的刘大个子和魔力王及马松宝几个，以往吃完饭，筷子碗一推，就南朝北国开了聊，但今儿不知咋的，最后一口饭还在嘴里嚼咕着呢，一个个抓着盘子走了人。难道是因为一会儿要开会，得早早回去做些准备？可他们不做报告不发言的，准备个屁。要不就是自己身上有瘆人毛，没人敢沾边？娄书仪眼角的余光看到，那个高高瘦瘦的打枣竿子赵乐诗，在离开的时候，甚至还莫名其妙地向他瞜候了一眼。哼，你瞜候我干什么？我又不少鼻子不缺眼的，脸上也没抹了酱鸡屎，真吃饱了撑的！

娄书仪满腹狐疑地从万国大厅回到二楼房间。他实在搞不明白，那个身体里酒精含量接近饱和状态的爱斯基摩猎手，又是打闹又是放枪地发了一晚上飙，天都要豁拉开个大口子呢，可站上竟然会风平浪静，连个小石子投进水里的涟漪都没有。尤其那个看上去像正人君子的于大河，不知道自己要倒霉，还跟喝了痴老婆尿似的，和白冬冬几个笑哈哈的，居然还有闲心去喂鸟，真是愚蠢得可笑。

想到他们一帮恬不知耻的样子，一股火儿接着顶到了心窝子，娄书仪嘭地向桌上擂了一拳，小石英钟跳了跳，险些歪倒。

“毛驴车上拉洋片，”他嘴上恨恨道，“咱们走着瞧吧！”

走廊上响起一阵脚步声，娄书仪瞅一下表，到了开会时间，抓起杯子，忙不迭地咕咚了几口水，拎件外衣出了门。在楼梯口的拐角处，碰到也要下楼的谷一风。他想搭讪几句，但谷一风只装没看见，两只大手往后一背，嘴里哼句击鼓骂曹的戏文，噔噔噔地下了楼。

“唉，怎么搞的，一个个病得不轻！”娄书仪嘴上咕哝一句。

娄书仪再次走进万国大厅的时候，童圆他们早把两张球案子拆了抬到一边，大厅里摆满了七八排折叠木椅。先到场的一些人，往往是些大烟鬼，他们一人手上捏一个铁罐头盒儿或是玻璃瓶子，抢着坐到了后几排——坐在后几排就和打仗占领制高点一个道理，除了吸烟方便之外，还有一个最大好处，就是在开会的时候，不愿意听了就不听，就可以歪头晃脑开小会，可以两眼一闭睡小觉，再不耐烦了，拔腿从后面的门溜出去，比哪儿都便捷。

娄书仪坐在了最前排。相距不足一米就是蒙了一块红布的主席台——红布下面，其实是早餐摆菜盘汤锅的一张脏兮兮的长条木桌。说起来这也是他的好处，或者是一种本事。逢开会总愿坐在聆听领导指示最近的地方，丝毫也不因为正处在领导唾沫星子喷发的有效射程，感到有什么不舒服。实际上领导在报告做到慷慨激昂时手一拍案，出现喷发淡露疏雨这样的情况，也不是没有过。娄书仪不仅不在乎，而且能自始至终地怀着一颗平常心，目视上方，规规矩矩，既不交头接耳地乱说，也不伸胳膊撩腿地乱动，即便承受一点雨露滋润，也自岿然不动。这一点就像一年级刚入学的新生，在恭恭敬敬地等候老师给分班。娄某人这做派，和他平日里的行为方式真是判若两人。

今天这个会更不消说了。我们甚至可以这样认为，当年长征红军在遵义开的那个会有多重要；那么，这个会对娄书仪来说就有多重要。因而，他更有一万条理由，要坐在最前排——而且是最前排的正中间。想一想跷脚伸脖盼望的那个结果，马上要开盒揭晓，娄书仪心里还是一阵乱扑腾。虽说上冰没有什么大问题，这从他和刘部长的一次次通话里，也可以明确感觉得到。刘部长不止一次给高凌霄和高凌霄的分管领导打招呼，像这样级别的领导，虽说退了下来，但那招呼的分量，还是可以想见的。但是，没有大问题，并不代表没有小问题，并不能说心里一点担忧也没有。事情在没出来结果之前，变数总还是存在的，这也符合唯物辩证法嘛。说白了吧，毕竟还没有谁向他打过保票，更没有黑字落到白纸上。娄书仪一念至此，心头发紧，额头就微微有汗冒出来，以至于从昨晚到今晨还窝着的那股子邪火，竟在不知不觉间，不熄自灭。

他在心里开始了又一轮快速盘算，正过来倒过去，是骡子是马都拉出来，甚至连驴也拉了出来，又码又推弄了好几遍，结论是上冰如果没有他娄书仪，再怎么组合都不成体统。

像这样的算盘，他已经拨拉过成千上万次了，其结果自然都和上面毫无二致。这就和进了魔圈一般，虽然结果屡屡一样，但他还是在一回又一回不停地盘算着。大概，只要上冰的结果不出来，他就会这么一直盘算下去的。磨道里的驴就是这样子，围着一个石碾子，能走上一辈子。

“唉，上冰就好了。”他在心里说，“只要叫我上了冰，什么都会一顺百顺，你于大河的账呢，也不和你论究了。我老娄还是有这个雅量的嘛。至于白冬冬……”

正胡思乱想着，会就开起来了。也不知主持会议的老卜讲了多久和讲了些什么，就见他看了看坐在一边的高凌霄，两手相合向大家扬了扬，做个示意，带头鼓起掌来。噼里啪啦的呱唧声中，高凌霄站起来向台下鞠了个躬——随着腰际弯曲以及脖颈一带的适度下颌，头顶那片地中海，像面小镜子似的闪了闪亮光。高凌霄目光自信地扫视了一下大厅，然后慢慢打开文件夹，又抽出一张纸，用带着福建味的普通话，配合着一脸严肃表情，将纸上打印的铅字，一个个掷铅蛋子似的，从嘴里掷了出来——

……于、大、河，谷、一、风，安、子、儒，牛、得、田，刘、振、宗，童、圆，白、冬、冬……

嗡的一声，娄书仪脑袋像被大叫驴踢了，顿时发了蒙。

方才，高凌霄每重重地读到一个名字，他的心都随着咯噔一下，往嗓子眼一蹦，似乎被那铅蛋子击中了胸膛。“下一个就该念到我了……”娄书仪总是这样想。可胸膛连连中弹，一颗心蹦了又蹦，巴巴望望的“娄、书、仪”三个字，并没从高凌霄的嘴里掷出来。

一颗悬而又悬的心，啪嗒一声带着响儿，从高处重重摔到地上。

没有他，竟然会没有他！那个怨屈和恼怒，那个悲情和绝望，乘着九重乌云，挟着三千雷霆，兜风裹雨地就上来了。泪水冲决了眼帘构筑的防波大堤，哀伤充满了五脏六腑，心里全是露尖带刃的碎玻璃碴子。

散了会，大河和一风、冬冬、刘振宗几人，到海边汤姆的营地看海豹。尤尼塔本来说好要一起来的，但一来因为心里头还有点儿不顺劲，二来惦着明天爸爸随队出发，她得帮着收拾狗橇及携带用品。所以吃过早餐，也不顾汤姆和冬冬的一再挽留，就赶橇回了卢特吉尔。这里，一行人说说笑笑来到海边，汤姆已经站在帐篷外等候一会儿了。他指指帐篷，笑着问大伙：“诸位来宾，是否先到府上喝杯咖啡？可是地道的巴西货呢。”

一风朝汤姆摆摆手，笑道：“尊府的鲜味儿怕是比巴西咖啡的味道还要足哩，罢罢罢，还是饶了我等吧。”

一风说得众人笑了起来。汤姆不好意思地挠了挠胡子，便带着大伙来到雪地里。

那只本就残缺的海豹，被雪埋了大半个身子。它的周围，除了汤姆留下的一行脚印外，平整光洁，再无别的痕迹。面对这天来之物，众人皆慨叹不一。

“胡子元帅，”大河拍了几张照片后，站在雪地里向冰海方向打量了一会儿，指着前面对汤姆道：“前方六七十米处有一道雪岭，如果猜得不错的话，答案该在那上头。”

随着大河话音，众人都把目光投向那道低矮的雪岭。

“啥？答案在那上头？”冬冬仰起脸，茫然地看着大河。

“没错，咱们过去看看。”大河说着，往前走去。大伙深一脚浅一脚跟在后面。

“你看我咋就没想到这一层呢！”汤姆捋一把胡子，嘿嘿地笑了起来。

雪岭长一二百米，呈东南西北走向，比地表也就高出一二尺的样子，它甚至算不上是道岭。走到跟前，众人止住脚步。大河沿雪岭走了一段，弯下腰，在雪地上仔细看了看，就招呼大伙道：“你们瞧，秘密在这里呢。”

大伙围过来，顺着大河手指的地方一看，哇，地上有碗口大一个脚窝儿。

汤姆一拍巴掌，兴奋地道：“果不出我所料，白熊干的！”

“大河哥，”紧挨着大河的冬冬，一脸惊奇，“这是不是萌萌所为呢？”

大河手持一架尼康机械相机，正对着蹄印调焦，顾不上说话。一风接腔道：“冬冬大夫说的萌萌，可是放归白熊谷的那家伙？”没等冬冬答话，又道，“只是，这雪岭上怎么光一个蹄印呢？”一风一说，冬冬和刘振宗也感到纳闷。

“这没有什么好奇怪的，”拍完照的大河，收起相机放到了包里，道，“如果不是后来落了一场雪，从这里到冰海，会有一来一往两行清晰蹄印的，那样，此案昭然若揭，也不需我们来侦破了。话说回来，也正是因了这场雪，所以要揭开谜底，我们才只能在冰岭上找证据。你想这地儿高耸，上面又结层硬雪壳子，雪叫风一刮就跑，有啥蛛丝马迹的自然便留了下来。至于为什么蹄印儿只有这一个，那是因为其他地方冰壳太过坚硬光滑的缘故。”

“蹄印的主人如果真是萌萌，”一风道，“那么，这种行为便应了艾奥诺的故事；如果是别的哪位爷凭空弄来头海豹，就不好说了。嘿，这世道！”

大河看了看汤姆，汤姆胡子上都挂满了沉思，就自言自语道：“也许，这只是一个无须揭底的寻常谜面……”

在高凌霄宣布上冰队员名单的时候，老卜不经意间朝下面扫了一眼，见娄书仪脸上没个正经颜色，腮帮子的肉直哆嗦，鼻子不是鼻子，眼不是眼，整个人走了架子。他怕娄书仪一时想不开，因而一散会就找到高凌霄，商量如何做做工作，免得弄出些鸡翘脚来。这一点正好高凌霄也想到了。两个人就关起门来鼓捣大半天，同时也想出一些如何向刘部长交差的主意。

老卜走后，高凌霄惦记着卫星云图的事，就披衣到了传真报房。童圆说已经和友邻站联系妥当，最新的卫星云图会尽快以电传形式发过来。

从传真报房出来，高凌霄见医务室的门开着，就抬脚走了进去。

冬冬桌子上放了一堆瓶瓶罐罐和胶布、纸条、浆糊、剪刀什么的，此刻，她正在把写了字的白胶布，仔细地往一个个玻璃瓶子上粘贴。那些字有大有小，大的是一些中英文对照的药品名称，小字是主治、用法和用量等医嘱术语。

一看高凌霄进来，冬冬连忙放下手里的活，口里甜甜地叫声“高叔叔”，就站了起来。

一般公众场合，冬冬都随大伙叫高凌霄为高站长，私底下则以高叔叔相称。

高凌霄答应一声，也不用冬冬让，就在桌侧看病者常坐的一张硬木椅上坐了下来。

“我说冬冬呵，”高凌霄伸手往下压了压，示意冬冬坐下，道，“从卢特吉尔回来，有没有给你爸爸妈妈打个电话呀？千山万水的，别让他们牵肠挂肚的。”

冬冬坐下来，道：“打了。别的他们倒不担心，就是觉得我个人的事儿还没明确下来，老心里挂着。唉，我说过不知多少回了，叫他们别操心，可他们不听。一打电话，不上三句准得又提这码子事，真拿他们没办法。”

高凌霄道：“老人嘛都这个样子，不管儿女长到多大，总觉还是膝下娃娃，啥事儿也放心不下。你菊萍阿姨也这德性，操心操得孩子总烦她。一辈辈呢，人就是这么过来的。”

感叹了一会儿，高凌霄话锋一转，单刀直入地道：“不过呵冬冬，你和大河的事还是早明确下来好，老是递哑谜打闷葫芦的，也别怨你爸妈操心，就我这当叔叔的也跟着急哟，哈哈。”

冬冬眼看着高凌霄，点点头嗯了一声。

高凌霄接着说起了上冰的事。他道：“这会上火岩岛既艰苦又危险，你又是个女孩子家，我本来不打算叫你去的，老卜也是这么考虑。可冰上队没个大夫我不放心，万一出点事，你就有孙猴子翻筋斗云的本事也来不及呀！实在没法子，最后才下了这番决心。当然啦，尽管上冰名单宣布了，但你仍然有选择不去的权利，因为名单到明天上午才能传回总部——退一步说，即使传回了总部，写进了文件，登上了报纸，你要不想去，也照样可以不去，这个嘛我说了还是算的。”

冬冬道：“高叔叔，我知道您能做出这么个决定，是非常不容易的。您放心吧，我一定不会成为大家的累赘，不给您和站上队友丢脸。”

高凌霄一看冬冬如此坚持，也没再说什么，嘱咐了几句到了冰上要小心一类的话，就撤身上楼，去找大河了。

经过一夜一早晨的发酵，胸衣门事件在汇泉湾畔的莫愁村里，终于达到了它传播上的最大值：这事除了老拴头门外那群鸟儿，会喘气的大概没有谁会不知道了。正如台风眼里反而感受不到风暴冲击一样，人们唇枪舌剑所瞄向的标靶，也就是事件传说中的主角，却并不知情。他虽然恰在这时瘫倒在地，恸哭哀号，但致伤缘由则是另有其情——

从高凌霄口里掷出最后一颗铅蛋子，娄书仪脑子里就是一片空白了，究竟怎样回的宿舍，也一点不知道了。“完了，上冰就这样完了！”两脚一蹬踢掉鞋子，倒床上被子一蒙，呜呜噜噜哭了起来。

他从来没受过这等委屈，像号号啕啕跟一个女人似的哭也极少有过。早先，也有过一些不如意的事，比如工作安排和晋升职称，比如几次恋爱又最后分手，顶多在心里憋屈些日子，放几句气话狠话的，也都过去了。顶难受的是和苗子那会儿。苗子聪明漂亮，夏天穿裙子，露在外面的两截小腿儿，跟三月里的笋似的，一掐都会冒白水的。现在想起来心里都酥酥地痒。黏黏糊糊有一年光景，北大还没毕业的苗子，跟一个富商跑去了美国。那一会儿是伤了伤心，但并没伤到心要碎了的程度。三个礼拜后，他又和一位副所长的千金，手拉手压到了马路上。这一回不同了。上冰，他把这事当成人生的一个转折点，将希望、成功、幸福等那些属于未来的最闪亮最具诱惑力的东西，一起捆绑着押到了这上头！似乎一上了冰，猴子就会变老虎，跳蚤立马成龙种，他娄书仪平地可健步青云……

事情偏偏不是这个样子。如果说昨晚医务室门外偶然偷听到的谈话，还只能算是一场单相思半边恋的终结；那么，上冰的落空则让他永远跌入痛苦的渊薮。从这个意义上讲，夺爱的于大河固然可恶可恨；但手握上冰大权的站长高凌霄，却让他感到结下了杀身之仇……怪道喘不过气来，原来脖子被人套了绳子，在狠劲地勒呢！而紧抓绳子两端的，一个是于大河，一个是高凌霄……一刹那，觉着两人的形象是那么丑陋和狰狞，即使魔鬼也要比他们美丽一百倍！

“我和你们近日无冤往日无仇，又何苦把我往绝路上逼呀！”娄书仪擂着脑袋，哭着叫道，“我本来应该上冰的，论专业、能力和在部里的影响，不管哪样，都拿得起放得下，凭啥不让我上冰？于大河、谷一风和老牛，我就不说了。那个安子儒年老体弱，办起事来不出脓也不出血的，上了冰能干出什么名堂？刘振宗更论不着了，他也只是个搞大气的，多他一个不多，少他一个不少。再说了，搞大气还非得跑到火岩岛上去，鲸头顶就搞不了了？汇泉湾就搞不了了？还有童圆，那个嘴上还没长毛的毛孩子，虽说是搞海洋学的，可搞海洋的有谷一风，你主要的任务就是翻译兼报务员。那么这就来了，你说跑到那一二百公里开外的冰上，翻译给谁听呀？给海豹和北极熊听吗？就是搞搞联络，这谁捎带着还干不了呢？非得占上一个名额！”

胡嘟噜一阵子，渐渐就止住了哭，他起来找手纸擤了把鼻涕，擦了擦眼泪，又想道：你说区区几个人的小考察队，犯得着非配上大夫不中？不配上大夫就会死了人？如果白冬冬不去，我娄书仪岂不又多了个机会？话再说回来，那白冬冬上冰，又靠的是什么法术呢？噢，对了，听人说高凌霄和她爸爸是老同学，而且关系一直过从甚密。是呀，不沾亲不带故的，他凭什么要叫当大夫的上冰！

想着想着，又恼上了刘部长：亏你还是个大部长哩，放在前朝怎么着也得个正二品吧，那是跺一跺脚，城门楼子要打呼闪的呀。如今虽说退下来了，没了权，威总还是有的吧？！办这么点子事，按说是举手之劳，谁还敢道半个不字？可就是有人不理这胡萝卜咸菜。看来，在位和不在位大不一样了，臭鱼烂虾蔫了的菜，过时的乌纱当柴卖，这俚语说得好着哩，你的那乌纱帽只配当柴、当草烧。还有那高凌霄，也忒势利眼了，刘部长才下来多长时间呵，他的话就成了耳旁风！刘部长的劲没使上，高凌霄老婆那家报社的瞿社长，劲也没使上，公公屁用也不顶，高凌霄荤素不吃……

一场美梦在瞬间的破碎，就像泰坦尼克号撞上冰山，娄书仪感到了一种深深的绝望。这个天底下最可怜的人儿，从企望的高处跌落下来，直橛橛倒在黑暗的谷底，忽然间就和遭受了苔丝[①]那样的屈辱一般，心中有了一种于连·索海尔[②]式的恼怒与愤懑。

正暴土狼烟想着，有人敲门。娄书仪翻了个身，也不理会。

笃、笃、笃，敲门声不重却有点锲而不舍，看来只要不开门，那声音将永远响下去。

“真他妈烦死个人！”娄书仪骂了一句，赤脚下地，没好气地把门一拽，又扭头上床缩进被窝，脸朝里躺着。

“怎么啦书仪，是不是病了呵？”是布尔什维克大叔老卜。

娄书仪心想：少弄猫哭耗子的把戏，老子不是三岁孩子，打一巴掌再给个甜枣，就能哄好了的。告诉你吧老卜，娄大爷不吃那一套！

“书仪呀，”老卜坐在床边，把一只手放在他身上，道，“有什么心事或是想法，就跟你这个老大哥拉一拉，千万不要憋在心里，那样会聚病的。只要你信得着我，说什么我都会好好听着。”

“说得比唱得还好听。给你说顶屁用呵，难道你还有权做出决定让我上冰？真是恬不知耻，以为你是当今皇上呀。”娄书仪心里说。

“咱们撇家舍业的来到这里不容易，在北斗站上，咱们就是兄弟，就是亲人，不管有什么不顺心的事，都得想开点，别在肚里系了疙瘩。”老卜也不管娄书仪爱听不爱听，只顾自己吐噜自己的。

“谁他妈和你是兄弟是亲人！要是兄弟和亲人，你们怎么不让我去火岩岛？”娄书仪在心里狠狠骂着，一点不买账。

“我说书仪呵，你也许在为上冰的事心里委屈，其实上冰不上冰的，都是为了工作嘛。在哪儿干不一样呵？上了冰身上就多长块肉啦？不上冰就会比他们矮一头吗？我看不会的。希望你能正确对待，不要有什么情绪。这些上冰人员，都是经过

---

① 苔丝：英国著名作家托马斯哈代《德伯家的苔丝》中的女主人公，一个生活在英国维多利亚时代的底层妇女，一个被污辱与被损害的人。

② 于连·索海尔：司汤达《红与黑》中的主人公。

站党委慎重反复的研究，才集体做出决定的，这既是考虑到冰上调查取样的需要，同时也要兼顾站上的正常科研，两者是同等重要哩。”老卜道。

“狗鼻子插大葱，孙子才信你那一套呢。”娄书仪使劲咬着被角，眼泪不停地流。

“这样吧书仪，我看你不太舒服，也不愿意说话，那就歇着吧。我还得帮老拴头包大包子呢。一会儿吃饭，让人直接给你送上来。”

老卜说完，拍了拍娄书仪，给他掖好了被角，又在缸子里倒了些开水，端了放在床头的桌子上，这才起身离开。

听着老卜咚咚咚走远，娄书仪呼地爬起来，抓过那个刚倒满热水的缸子，咣一声向墙上摔去——大明星伊丽莎白·泰勒的眼睛、鼻子和下巴上，顿时扎满了碎玻璃碴子。一些脏污的水珠，滴滴答答从那张妩媚的脸上滚落下来……

第十九章 蚂蚱菜开花了

昨天晚上，鲸头顶下的莫愁村接连发生两桩蹊跷事：一桩是莫愁女胸衣失窃；一桩是爱斯基摩猎手醉闹汇泉湾。胸衣失窃很快弄得满村风雨，那些好事的队员在茶余饭后，就多了一个津津乐道的话题，即使是后来发生的克林顿和莱温斯基的事，也未必让他们有如此兴趣。而且这个话题，全不似报纸上那些所谓的新闻，第二天便大贬其值被当作垃圾收走。它注定了将在此后很长一个时期内，占据闲议杂谈的头条位置——这还不算，本事件因为它的稀缺性和公众的好奇性及传播欲，未来会在国内一个适度的空间里边，引起一场轩然大波，一些有才的人把它弄上了小说和电视，仨猫七个眼的，越来越离谱。至于卡尔路克闹的这一出，却像放了一个出溜子屁，一点动静没有就收了场。这又是为何？在下可以负责任地告诉诸位：这事之所以没像数年后发生在纽约的恐袭事件那样震惊全球，不是因为卡尔路克的枪声不够清脆，不是他异族猎手的身份不够特殊，更不是因为胸衣门事件把它压下了，或者干脆是人们对此了无兴趣。须知道，在国人诸多伟大品行中，素有这样一种奇异古怪的优良心理，即看失火时不怕火高，看出殡的不怕殡大，但凡有一星半点可资闲议和取笑的材料，多半会如蝇逐臭般叮上去，不会这么便宜就放过的。所以，千万不必担心谈资的浪费和不巧被遗忘。更不要忘了还有一个娄书仪，正幸灾乐祸躲在一边等着看热闹呢。

既然如此，卡尔路克这事为啥没闹腾起来呢？原因其实也不复杂：因为他是个糟烂醉汉。

在下对糟烂醉汉一词，曾有过一点小小的考证。发现该词在长江与黄河之间一些中下游地区流行甚是广泛，尤其地图上像葫芦把儿的东部那个半岛，谁耳朵眼里刮进这四个字，猛不丁的，胃里都要起生理或是物理反应的。糟烂醉汉，不能不说是个很好玩的词儿：醉汉不须细解，人人清楚明白。至于糟烂二字，就有糟糕、朽腐和烂泥糊不上墙等意思。若与醉汉搭配，自然便把一个嗜酒无行之人的状貌品性，十分里勾勒出个八九。有趣的是，在卢特吉尔当地方言中，恰也有糟烂醉汉一词。虽发音咿里哇啦的甚是难懂，但其表达的意思，却与葫芦把儿那地场惊人相似。不啻如此，似乎还附带了些诸如说话办事不靠谱甚或下三烂等意味。因此谁若戴上这顶桂冠，不独人立不起来，就连说出的话，也和灯草灰似的轻飘飘。

卡尔路克在卢特吉尔是出了名的糟烂醉汉，这一点莫愁村里也是尽人皆知，因此他就是一条泥鳅，再扑腾又能翻起多大浪花？还有一个是大河的处世为人，自己把自己捆得跟苦行僧似的，人们即使相信泥塑的和尚会违禁犯忌，也不会认为大河能做出有悖常理之事。更何况，有些人朦朦胧胧也知道了他和白冬冬之间的关系，知道他心中有了月亮，自然也不去理会一颗星星的光芒。如此一来这一事件便悄然化解于无形，只有娄书仪在跟自己使绊子。不过，这事因娄书仪的一封信，数年之后在两次部领导办公会上，还是起了点作用——那两个会，一个是研究于大河是否作为科学院院士人选，一个是拟提升他为某某研究所所长。一位副部长拿信说事，坚持认为外国猎手在北斗站里开枪，是无风不起浪，造成了不良国际影响。不管是参选院士还是提拔当所长，一个位子不知有多少人饿狼逐肉似的盯着呢，连不沾边的人都削尖脑袋往前拱哩。既有异议，自然先搁置一边，这一搁置时间就久了，于大河到最后还是个普通研究员。

再说大河从海边回来，先招呼刘振宗去了伙房，逐一清点了一遍老拴头给他们准备的若干食品，然后让刘振宗带着站上几个闲得蛋发痒的小伙，分门别类打好包，并在包皮上标明品名与数量，再与其他物资设备放到一起，等候次日装橇。接着，又挨个去找上冰队员，检查了一遍上冰的工作准备。在童圆的传真报房，还和艾奥诺村长以及古里班古老爹、帕波雷克大叔三人，分别通了电话，把出橇的事做了进一步落实，同时交代了一些别的注意事项。看着一切都在有条不紊地进行，就放心地回到了自己在二楼的房间。

写字台上，赭红色泥盆里栽种的蚂蚱菜，昨天还顶着羞答答的骨朵呢，今天就半隐半显的，有一些要放开的样子了。花儿好像解得人意，就那么几株，竟红的、黄的、紫的、粉红的，显出了几种不同颜色，仔细一闻，已经淡淡地飘出一缕清香。斑斓的色彩和清新的花香，似乎要把一个缤纷的春天呈现在这里，小屋子因此生机蓬勃。

大河拎着塑料瓶改装的喷壶，给花儿稍稍喷了点水，蚂蚱菜更显精神，椭圆的叶片青翠欲滴，朵朵花苞儿觍着俊俏的小脸蛋，似乎有许多情话要跟他讲。大河神情专注地盯着花儿，仿佛母亲端详初生的婴儿，心里愉悦无比。小的时候，佝偻着背的娘，每逢浇完了水，就这样站在那里静静地瞧着，即使蚂蚱菜没开花，也是那样瞧着，好像这野花里有些什么秘密。当时自己很不理解，几棵村花野草，有啥好看的？后来在自己面对这些花儿的时候，就理解了娘那时的心情，知道这些花儿寄托了娘的心思。现在回想起来，娘当时看蚂蚱菜花时的那眼神，流露出多少爱怜和希冀呵，这是他一辈子也忘不了的。由花想到娘，不觉心里酸酸的，眼里泪水流了出来。“娘要活着，今年该有七十岁了……”大河嘴里喃喃了一句。

这样守着蚂蚱菜花怔怔地出了会神，忽又想到前些日子有感而发写的一篇《蚂蚱菜赋》，有几处还不太熨帖，就想趁这个工夫再改一改。他在写字台前坐下来，拉抽屉拿出写在一摞信笺纸上的底稿，从头到尾先顺过一遍，又逐字逐句斟酌。

大河学的和干的是生物，真正喜欢的却是古典文学，这大概还是因为那本《古文观止》的缘故。大河的外祖父是位老中医，一辈子有很多书，却只有一个不识字的女儿。在女儿也就是大河的娘出嫁第二年，老中医撒手西去。咽气的时候，先是指指女儿怀孕的肚子，复又指指一直放在枕边的那本中华书局民国元年版的《古文观止》，从喉咙里艰难吐出这样一串字符：“书多无用，只此一本足矣……”女儿深懂爹的意思，这本泛黄的旧书，便是老人家给外孙或是外孙女的传家宝了。从此，她把这本书用油布纸包裹好，珍藏在箱底下。大河上了小学三年级，娘认为儿子会识字了，就打箱底取出油布纸包裹，郑重地交给他。让娘欢喜的是，儿子得了书，竟如得了至宝般，得空就拿出来看，虽然大部分字不认得，看书不如查字典费得时间多。到了高中，这本书已经读过不下十几遍，其中大部分名篇，都背得出来。一本书的封面，用草纸包过，报纸包过，牛皮纸包过，油毡纸和洋灰袋子纸也包过。内页许多破损之处，用浆糊打了五花八门的补丁。尽管如此，这本书就如同基督徒的《圣经》，再也没和他分离过。

毫无疑问，一本《古文观止》，使他思想深处存在了一个奇妙而又浪漫的文学世界。这个世界和他的生物王国一样，也有连绵起伏的群山，奔涌不息的江河，生机勃勃的花草树木，千奇百怪的鸟兽虫鱼。如此，他便获得了生活的另一份馈赠，科学中汇入了文学元素，仁厚刚毅里还多了一对想象的翅膀，精神空间不用说变得更为高远辽阔。读大二的下半个学期，他创作的两篇古体散文，登在校刊《春芽》上，白老师看后大加赞赏，认为此子颇有宋玉、曹植之才，大可造就，倘改攻文学专业，日后或成为巴金、沈从文式的人物，也未可知。为此，白昆仑带着一种甚是复杂的心情，为大河改专业的事上下奔走，自是少不了一番张罗。大河自己呢，也觉得将来从事文学会更有用武之地。眼看着事情就有了眉目。假若不是大河在抉择关头发生的动摇，也许文人队里就会多一个优秀作家的。说起来真有点不可思议。那会儿在白家的书房里，老师让他最后表态是否转系攻读。可一刹那，他突然意识到离开生物系，此后再也不能来这间小屋子讨论问题了，因而感到了一丝惆怅和不安。这真是要命的事情，他自己也不清楚为什么会有如此想法，就这么一犹豫，生物学界就注定了要多一段传奇。想来，这也是命里注定的事情。

大河作的这篇《蚂蚱菜赋》是文言文，文中借陈蔡断粮时孔子与隐士土人的对话，赞美作为野菜总代表的蚂蚱菜五德咸具，而且将其提升到礼和仁的高度。文章里用了不少生僻字，为减少错讹，凡遇到稍微拿不准的，必得翻检古汉语辞典，细细校勘，绝不马虎敷衍。

改完文章，从头至尾顺过两遍，觉得还算满意，就工工整整抄下来。那是一张印着中国北斗科学考察站蓝色字头的信笺纸，一笔刚劲有力的楷体字，颇有欧柳风骨。手捧着抄好的稿子，心里有个念头跳出来，想让冬冬看看，这不仅是因为冬冬也喜爱诗词歌赋，更要紧的，是他心里的那个蚂蚱菜情结，愿意让冬冬知道。这就如用心血培育出一个精神的果子，而这果子是必得心上人分享的。

想到冬冬，心里似有万丈阳光照了进来。刚才在海边察看白熊踪迹时，冬冬叫了他一声大河哥。这一声叫，在别人听来也许平平常常，可在大河，要比春天里呢喃的燕语还好听呢。燕语再好听，也就是鸟的歌唱。而一声大河哥，除了鸣唱的乐感，他还感觉到了鲜亮的色彩，炙人的温度，还有奔涌的生命活力。或许，这里面还包容了更多的东西，因而即便不经意的一句，也沁入肺腑……在从阿尔里斯来莫愁村的雪橇上，他已经有过这种感觉，那是他第一次从冬冬嘴里听到这三个字，虽然当时表现得平平静静，此后跟什么也没发生过似的，但那感觉却实实在在地在心头累积着、发酵着、凝结着。岩浆在地层深处的涌动奔流，地表是无法看到的。

其实在很多时候，大河的心里又是纠结的，甚至是非常矛盾的。他知道冬冬深爱着自己，自己也深爱着冬冬，就是不能大胆而又果决明快地表达自己的心迹。不仅如此，平日里还在有意减少与冬冬的接触，好像要避什么嫌。就是碰了面，心里有若干话要对她讲，但到了嘴边又咽回去。那些说出来的，往往是肚皮外的，四平八稳，言不由衷。在别人看来，两个人就是普通的队友关系。对于这一点，冬冬毫不介意，他却在心里重重责备自己，不该这么躲躲闪闪的，要爱就策马扬鞭，金鼓齐鸣，或者像烈火一般熊熊燃烧，或者像海浪一样汹涌澎湃。责备之后再和冬冬见面，依旧还是那个样子。

“唉，”想到这里，叹息着一低头，道，“我算没法子治了。”然后赌气似的把稿子往额头一蒙。

“啥没法子治了？”随着说话声，高凌霄推开虚掩着的门走了进来。

大河一听是高凌霄，忙将捂在额头的稿子放到桌上，一直腰站了起来，嘴里嘿嘿地笑着，伸了手把高凌霄往沙发上让。

“不坐了，不坐了，”高凌霄在写字台前弯下腰，伸出两个手指，托了一茎蚂蚱菜的叶片儿，歪着脑袋端详了一会儿，像是植物学家要观察分析叶脉的分布与走向一样，嘴里却道，“就是想看看你这儿还有问题没有。说实在的，你们所做的准备工作，虽然看上去都挺周到。可我这心里呢，总还觉着欠缺了点什么。究竟欠缺点什么呢，一时半会也没理清楚。好在，离出发还有一天时间，咱们静下心来想一想，别疏漏了什么，是不是呵大河？”

大河道：“出发前我和上冰队员还要碰个头，把所有环节再仔细过遍筛子。帕波雷克和老爹那里，也盯着再落实落实。”

高凌霄点了点头，直起腰，却看到桌上放着的稿子，白纸黑字挺扎眼，就俯身拿过来，嘴里念道：“蚂——蚱——菜——赋，颜回、子路二三子从夫子游，厄陷陈蔡，绝粒七日，众病莫兴，哀哀以毙……”念了几句，侧脸问道，“这篇文言出自你的手笔？”大河道：“一时心血来潮，写来闲读，怕是不成什么体统的。”高凌霄笑道：“哈哈，不然，不然。养此花，作此赋，闲情雅趣，言志抒怀，倒真有你的哩。”说罢，埋头继续看下去。看完了，点头赞道：“很好的，很好的，之乎者也的，真有点儿孔老夫子时候的味道。蛟龙藏深渊，真人不露相，想不到你还有这两把刷子哩。依我看呐——”高凌霄说到这里停下来，看一看大河，“你将来还是改行当作家吧。”说完，手举稿子在眼前晃了晃，便哈哈大笑了起来。

大河知道高凌霄最后一句，指的正是他大二改专业的事，有点不好意思起来。红着脸儿摆摆手，笑着道：“惭愧，惭愧，岂敢当什么作家。我也只是借了个古文的壳子，装进点自己的念想，旧瓶新酒，借墙贴画，其实粗浅得很哩。”

“要论起诗赋文章来，”高凌霄摸了把光光的前额，叹了口气，道，“我这辈子嘛，岁月蹉跎，无甚用心，这方面怕是赤光着脚也追不上喽。唉，还是你们年轻人有作为呀，赶上了好时候，身上有啥本事也使得出来。我们这一茬呢，老了，老了呀。”

大河道：“高站长如此奖掖后学，我倒很是汗颜哩。要讲到文学爱好，虽说先前读过几篇古文和旧体诗词，但比起真正的文人来，到底还差了一截子。嗨，搞了这么多年自然科学，什么都是据实考证分析，弄得一脑子都是逻辑思维，哪里还敢谈什么诗赋文章？就是还有那么一点子想象力，也被牢牢囚禁在笼子里，像关久了的鸟儿，怕是想飞也飞不起来了。”

高凌霄道：“你这个说法呢，我不完全赞成。鸟儿关得再久，终归还是鸟儿，一鸣依然婉转，一飞照样冲天。你毕竟有这个底子嘛。在这方面，你和冬冬呢，还真有共同语言。我说大河呀，”高凌霄把稿子往大河手里一递，一语双关地道，“美景共欣赏，奇文相与析嘛，你该和冬冬交流交流，不能老在茶壶里煮饺子嘛，是啵？哈哈。”

送走高凌霄，大河正要将赋再看上一遍，却听有人敲门。嘴上说一声“请进”，忙将稿子往抽屉一塞，就走上去拉开门。见是上身穿一件红毛衣的冬冬，提个纸袋子立在外面，心里一阵惊喜，口里连声道：“快请进，快请进。”然后提暖瓶，抓杯子，冲一阵，涮一阵，手忙脚乱地弄茶倒水。

冬冬进门来，却不坐下，把手里纸袋子往沙发上一搁，忽闪着那两只上帝赐予她的美丽大眼睛，新奇地打量着屋子里的一切。一间屋子并不比一个救急箱更复杂，瞳仁的搜索也不比雷达的扫描差多少。眼睛里没有出现那类在其他房间儿无例外都会出现的嫩模女星，她心里少不得为有这样一方净土感到一点儿惊异，或者是一种说不清楚的窃喜。这种感觉，甚至就和一个跋涉千里的佛教徒，终于在印度比哈尔邦平原上看到菩提迦叶那座我佛觉悟的古寺一般，心里因激动泛起的波澜，是和一种神圣的东西连在一块的。

“大河哥到底和别人不一样哩。”她在心里悄悄说着这话的时候，由甜美和幸福酿造的红润，即刻泛到脸上。那是太阳给果子着上的一层颜色。

忽然，她看见写字台上那盆含苞欲放的蚂蚱菜花儿，虽然瓣片尚未打开，花儿的颜色却在探头探脑了。大力神赫拉克勒斯见到宙斯圣园里的金苹果，也未必有这么激动。她眼睛陡然一亮。

“这蚂蚱菜花儿真是太美了！”冬冬惊叫一声走向前去。

“噢，你这大城市长大的姑娘，也认得乡下野花儿？”大河把一杯冒着热气的茶水，递到冬冬手里，故意调侃了一句。

冬冬道了声谢，把茶放在桌上，然后用那双纤小白皙的手，将赭红色花盆轻轻捧起来。那亲昵的样子，像是捧起一个熟睡的婴孩。蓬勃向荣的花儿上，即刻洒满一个姑娘纯情的目光。冬冬看着花儿动情地道：“岂但认得，我还养过这花儿呢。大河哥你忘了吗？那年家里养的第一盆蚂蚱菜花，还是你带去的呢！不过，那时候，你和爸爸时常谈论的，都是什么有脊椎、无脊椎的生物，不是天上飞的，就是水里游的或地上跑的。蚂蚱菜花倒没提过。”

这一切，大河又怎能忘记呢！一晃十几年过去，物换星移，世事飘忽，生命中经历的许多事情烟尘漫漫，有些早从记忆的硬盘中删除殆尽，但大学生活中与白老师一家的交往，却和商周的青铜器一样，时间越久越显其价值，越让人难忘。冬冬一番话，仿佛让他从现实世界穿越了回去。大河站在桌子边，陷入了沉思。良久，脸色凝重地对冬冬又像是对自己道："我从小是吃着蚂蚱菜长大的，打记事起就跟着娘上坡挖蚂蚱菜。要是没有这野菜，恐怕连老家的泥窝子也爬不出来。"

"采苦采苦，首阳之下……采葑采葑，首阳之东。"轻轻吟诵着《诗经》里的句子，大河眼圈有点发了红。

"所以对蚂蚱菜便情有独钟，念念不忘。送人送蚂蚱菜，远行带着蚂蚱菜，大概梦里还会梦见蚂蚱菜吧？古有陶潜种菊，米芾爱石，东坡喜竹，放翁养兰，此皆大雅之人，饱享后人追捧。想不到大河哥亦有如此风骨情趣，这是不是可以叫作蚂蚱菜情结呢？"冬冬把花盆放回原处，眼睛看着大河说道。

"量我一介凡夫，岂敢比陶米苏陆？我喜欢蚂蚱菜，是因为它有济世活命之功，悦目醒神之效，想着它，人就忘不了本哩，就懂得啥叫脚踏实地，啥叫活着，怎么活着。"大河说到这里，把手放在桌子上，拳起几个指头轻轻敲了敲，又缓缓地道，"其实呢，蚂蚱菜最土不过，你瞧名字吧，叫啥蚂蚱菜，是不是土到家了呀？而且其长相姿态，与那些名花异卉比起来，也显得难登大雅之堂，'尔之陋陋，其貌不扬'。可是，它不惧旱涝，不畏贫瘠，随便在沟里坡上，撒个籽儿能发芽，掐个枝节会生根，生命力无比坚强，这一点，什么花儿也比不了！况且，逢上饥年馑月的，家家用它来填充肚皮，度荒延命；年景好了，它就成了猪呵兔呵鸡的口粮。现如今连猪、兔、鹅、鸭的也不吃它了。那好，它就在坡前沟沿，路旁墙边，默然而又恣意地长着，开着，不以尧存，不为桀亡，不管你睬不睬它，永远那样无私地自然地存乎于天地之间……要我来看这花儿呢，自是比月季、芍药更斑斓，比牡丹、玫瑰更雅致，比红梅和翠竹更有傲骨……"

"没想到大河哥对这不起眼的蚂蚱菜花儿，认识竟是如此深刻，理解透骨入髓，取譬精辟独到，比黄山谷的论菊、龚自珍的病梅疗谈，并不逊半分。倘若能将此番宏论吟成一首诗，做成一篇赋，或者是结构一篇散文，料来定会情景交融，引人入胜，超过文人墨客那些不咸不淡的牡丹赋、桂花吟和芍药颂之类，也是极可能的。"冬冬道。

听冬冬如此一说，大河拉抽屉拿出稿子，把一叠纸在桌面上立着杵了几杵，双手递过去，道："写倒是写了一个东西，就算是赋吧，草草成章，正想向你讨教呢。来，你就坐椅子上慢慢地看。"大河把椅子正了正，让冬冬坐下，自己则退两步坐在床头上。

冬冬坐下来看那稿子，其上写道——

蚂蚱菜赋

颜回、子路二三子从夫子游，厄陷陈蔡，绝粒七日，众病莫兴，哀哀以踣[①]。夫子力不胜牍，抚髯而吟之："昊天苍苍兮，靡大道以行之；大野茫茫兮，微一物而果腹。奈何奈何，堕我以荒郊与？"

一土人[②]荷蓧至，闻夫子言，笑而谓之："其饥乎？其饥乎？俾田中之物，可疗之。"夫子曰："有诸？有诸？道与粟者，予寤寐以求之。"

土人引夫子于路，挥而一指，旋见四宇之垄，萸者艺者，蘩者莛者，芃芃如也。土人薅一赤茎之蔬，向之曰："僻岭幽谷，岫阿河曲，彼之菽矣，生生郁郁。冬尽而发，莫春则翳，仲夏华其斓也，八荒灼灼，其臭履霜而贻。会其凶时馑月，揠而食之，涂无饿殍，生民攘攘兮祈上[③]之景祜[④]。矧若登年丰岁，爽农人之神，飨鸡豖以糈，人共畜其乐怿怿。"

夫子容，怡怡如也。曰："丘也孤陋，寡闻之与，寡闻之与。"

土人继之曰："若夫其菽，或附高焉，或就隰焉，水之旱之，沃之瘠之，折节犹发，断茎瘳愈，芃芃其然，淡定贞一。岂其问春耶秋耶，岂其畏臧乎否乎。岁岁信然而发，如日之晨腾夕逝；匪图滴露之饮，曷贪微尘之饲。鸣呼，爰嘉卉矣，惟不入圣人之目。"

夫子欣欣然而有喜色曰："伟乎哉，斯谓唐虞[⑤]之仁已乎，敢问奚以名之？"

土人对曰："天生厥苋，亚属土族，菜名蚂蚱，卑之卑之。"

夫子躬思之，杖而地，曰："善哉斯言。夫绽英流芳者，观也；度人穷厄者，济也；蕃蕃不息者，韧也；不择不欲者，质也；期期而至辄不失其时者，信也。观、

① 踣：因病或身体受伤倒下去。《左传・哀公二年》："郑人击简子中肩，踣于车下。"
② 土人：农夫，这里为隐士。
③ 上：指天，《尚书・文侯之命》："昭升于上。"
④ 景祜：景，大。《诗经・鄘风・定之方中》："景山与京。"祜，福。《诗经・周颂・载见》："永言保之，思皇多祜。"
⑤ 唐虞：唐，尧；虞，舜。

济、韧、质、信，斯为五德咸具。苟秉五德，不亦仁乎？不亦君子乎？皇皇其美矣，堪与吾道而媲之。”

土人曰：“然也已，然也已。”

夫子曰：“世可无佳蕙兮，亦可无菊；宁无蚂蚱之菜乎？诚君子而忧悒。居可无美室兮，行亦可无华服；宁无蚂蚱菜之精魂乎？如大车之无輗[①]。命也时也，崩我周礼；君子之菜，出我西鄙。采之采之，洎之以釜。烹彼蚂蚱之菜焉，快吾朵颐。”

门人小子唯唯。奋而起，芼[②]而饭，神色悉如初者，琴瑟之声铿而鼓焉。

“果是一篇上乘之作！”冬冬读罢，不禁喝一声彩道，“既承宋玉、司马谋篇行文之遗风，又受论语、孟子论道喻理之浸润，将区区一山野之菜，放在仲尼陈蔡绝粮受困之时，而且假托夫子之口，大胆设譬，称颂它有尧舜之仁，堪比大周之礼，真是精妙之极，精妙之极呀。”

冬冬说到这里，端杯子轻轻呷了口茶，又继续道：“你瞧这一句——苟秉五德，不亦仁乎？不亦君子乎？皇皇其美矣，堪与吾道而媲之。以物拟人，寓理其中，把蚂蚱菜的美德，赞美得简直无以复加，那些梅和菊的，即令是国色天香的牡丹，又算得了什么呢？！圣人都这样说了嘛，天下悠悠之口可闭！尤其出彩的是后二段，在老夫子称颂世上不能没有蚂蚱菜，更不能没有蚂蚱菜之精魂后，笔势一转，写道：君子之菜，出我西鄙。采之采之，洎之以釜。烹彼蚂蚱之菜焉，快吾朵颐。这把一个饿得颤颤巍巍的干瘪老头的状貌情态，表现得惟妙惟肖，而且十分俏皮有趣，简直呼一声，那位长髯飘胸的两千五百年前的大成至圣先师，就会咳嗽一声，拄杖而出。再者是，颜回、子路一班弟子们，听了老夫子要吃蚂蚱菜的号令，虽然已经饿得三根筋吊着头，仍然一个个骨碌着爬起来，挖来野菜煮着吃——填饱肚子有了劲，接着就席地而坐，看书的看书，唱歌的唱歌，琴瑟之声铿而鼓焉。哈，有意境，有形象，有个性，有动感，竟把一拨子四体不勤五谷不分的读书人，愣给写活了过来！”

---

① 輗：车辕与驾辕的衡木相衔接的销子。《论语·为政》：“大车无輗，小车无軏，其何以行之哉？”
② 芼：拔取。

一篇偶或为之的赋文，竟获冬冬如此评价，这倒让大河无论如何没有想到。

“倘要讲究起文字来，特别是那些格律什么的，”大河道，“其中的粗陋错讹处，定然在所难免。但不管如何，终归是把自己对蚂蚱菜的一种特殊情感，借此表达了出来，借物寄怀，有感而发，总算没辜负了它的一番济人好生之德吧。”

冬冬若有所思地点点头，两眼盯着蚂蚱菜花出了会神，突然一拍巴掌，柔柔地说出一句道：“大河哥，请借纸笔一用，我也有了几行诗句，要步兄后尘，赞一赞这蚂蚱菜，只不知能否及兄于十之一二，望万勿见笑。”

大河道：“哪里，哪里，能有你来唱和，实是求之不得。”说完，急忙取过纸笔，递给冬冬。冬冬铺开纸，挥笔先写下咏蚂蚱菜四字，然后以手托笔，支着下巴颏儿，略沉吟了沉吟，便在题目下面又打一破折号，写上读大河兄《蚂蚱菜赋》有感，之后笔走龙蛇，一路行云流水般铺陈下去，一首咏蚂蚱菜诗，顷刻而成。写毕，又涂涂画画改过几字，将诗稿双手递与大河，道：“比起大河哥蚂蚱菜赋，此属些小之作，实难脱续貂之嫌，还请不吝赐教。”

大河接过诗稿，还只看了前头数句序语，心内已是十分佩服。冬冬那诗写道——

咏蚂蚱菜

——读大河兄《蚂蚱菜赋》有感

蚂蚱菜乃山苋野蔬，名以草虫冠之，其贱其卑可见一斑。然，蚂蚱菜有美德者五：一曰可赏；二曰善济；三曰坚韧；四曰质朴；五曰淡定而有信。有此五德，不亦君子乎？感君之诚，因赋诗以歌之。

不争妖艳不争奇，
匍匐尘埃五岭西。
高贵贫贱等闲看，
观赏为食任裁之。
是雨是旱由天来，
乃肥乃瘠随地去。

年年秋尽冬雪飞，
花开花落不经意。

“黄绢幼妇，外孙齑臼！”大河看后，当下以手击膝，由衷而赞，“借一句蔡邕褒奖少年才俊邯郸淳的话说，这真是绝妙好辞。小妹有蔡琰、易安之才，一首咏蚂蚱菜诗，七言八句，寥寥数十字，竟以野苋喻人，将其奇崛之风骨，淡然之情怀，跃然纸上。最是年年秋尽冬雪飞，花开花落不经意两句，堪为神来之笔，把蚂蚱菜这一寻常而又嫌土气的山野之菜，真写出了佛一般的境界，立意高深，着笔大气，一切都如露打绿荷、风动山竹，来的是那么自然而然，比起拙作来，自是又大有升华。”

冬冬来找大河，本是想让他试试靴子合脚不合脚，顺便也帮他收拾一下东西。没想到在这里见到了蚂蚱菜花儿，这可是只有在老家郊野才能见到的呵。心里顿时有了一种新鲜而又亲切的感觉。她好像一下回到了十几年前：面对着那盆蚂蚱菜花儿，听大河跟爸爸谈天说地，她纯洁的心灵里，似乎也有一朵花儿在悄悄开着……而现在，远居北极之地，身处冰雪之乡，竟能和心上的人儿对花谈诗，纵论文学，此景此情，比当年情窦未开时的感觉，更是有着霄壤之别。无论是诗，无论是赋，也无论是他们的评说交谈，看似寻常，甚至与谈情说爱风马牛不相及。其实，这里面有一种东西，一种只有他们俩才能意会到的东西，在暗暗地相互感应、吸引，相互化育、牵动，相互交流、融汇。这种叫作情的东西，就像巴颜喀拉山坡谷里隐隐而动的溪流，表面看也许什么都没有，但点点滴滴的汇聚，石缝、草底的渗涌，却发源了滔滔长江、滚滚黄河。

白冬冬心里愉悦无比。这间屋子此刻给予她的快乐和幸福，比得上这个世界任何一个地方，即令是亚当夏娃的伊甸园，即令是爱情女神阿佛洛狄特驻跸的阿尔卑斯山。

大河一番讽物论诗之言，自是让冬冬感念万千。此前，对于蚂蚱菜的全部认识，不超过她对一颗非洲椰子的了解。听了大河对蚂蚱菜的一通感慨，尤其是读了《蚂蚱菜赋》，她感到这是与大河相识以来，走进他心灵最深远的一次。透过一扇窗户，窥测到的是一座大山，看到的是一泓碧海。蚂蚱菜的品格，何尝不是大河的品格？蚂蚱菜的厚德，又何尝不是大河的厚德？

冬冬正信马由缰地想着，只听大河又道：“受《咏蚂蚱菜诗》启发，我也偶得了几句，题目就叫作《蚂蚱菜赞》。”冬冬递过纸笔来，说道：“请大河哥抄录下来。”大河接过纸笔，却不去写字，只将笔在手里上下掂弄着。稍顷，嘴里略做沉吟，便朗声诵道——

红黄粉紫默然开，
蜂蝶蚁蛹不见采。
庭前宅后蓬蓬发，
山阿河曲处处栽。
一枝横向大地去，
不问夏日秋月来。
精魂如禅随风逝，
泥身一躯归尘埃。

冬冬听罢，拍了拍巴掌，连说：“好诗，好诗，意境在赋的基础上又有新的拓展。要论赋，前者更多的是体现了儒家仁爱思想，而这首《蚂蚱菜赞》，则如幽谷觅兰，空门踏雪，从里到外透出的，完全是让人心灵净化的超尘拔俗之气，心里如白云般洁净，半点垢泥不存。只是山阿河曲处处栽一句，在我看来，处处栽三字稍嫌平直，倒不如改成亦自在，和最后两句精魂如禅随风逝，泥身一躯归尘埃，也照应得更熨帖一些。”

大河道：“所言极是，亦自在三字，改得很恰切，正如金线缀珠，脱凡见奇。比起前村深雪里，昨夜一枝开中的一字之改，你就是三字师喽。”大河一向不苟言笑，说完，先自哈哈笑了起来。

冬冬闻言也笑了，她道：“三字师倒比一字师好些，假若我要是一字师，你岂不就成了那个写诗的僧人齐己了？你遁入空门，六根清净，落得个空了了空，那我可不愿意哩。”

冬冬故作娇嗔地说完，便拿眼来看大河，却正和大河目光相遇，冬冬略带调皮地咯咯笑着，大河倒两手交互搓着，脸上有些不好意思。

笑了一会儿，冬冬站起来向大河道：“哟，光顾得谈诗论赋，纵情翰林，差点忘了还有这事呢。来，你坐沙发上，试试这靴子是不是还合脚。”

“靴子？”大河挠了把头皮离开床头，一脸茫然地问，“试啥靴子？”

冬冬推了把大河，让他在沙发上坐下脱了鞋。就拿过纸袋，取了海豹皮靴子，蹲在地上往大河脚上套。

靴子上绣的蚂蚱菜花儿，红艳艳的，此刻正和那盆里的花儿一样，让人赏心悦目。

“大婶给了两块海豹皮子，”冬冬道，“一块送了老拴爷，一块给你做了双靴子，到了冰上好穿。”

大河关切地道：“你应该做一双自己穿，别忘了，你也要上冰呢。”

冬冬道：“放心，妈妈给我做了两双棉毛袜，厚厚实实的，暖和着呢。前些日子我还愁，如果不上冰，这么好的棉毛袜，岂不是派不上用场？！”

绣了花的海豹皮靴子穿到脚上，又软又暖和，像踩了一团棉花，却比棉花有质感，大河心里甜美无比。冬冬让大河站起来走走看。大河跟个顽皮孩子似的，在屋子里夸张地迈着步，来回走了两圈，然后分别以单腿着地，抬起另一只脚，让冬冬检查。靴子像是比照着脚量过的，既宽松又跟脚，再合适不过。冬冬一颗心放下来，道：“你看我笨手笨脚的，从来也没摸过针线活儿，甭管做个啥样子，将就着穿吧。”

试完靴子，冬冬帮大河整理了一些必带的物品，两人就又说起了尤尼塔和汤姆。冬冬道：“尤尼塔是个好姑娘，就是脾气刚烈些，不过，我看和汤姆还是挺适合的。”

大河道：“这位胡子元帅也是怪人一个。因为高爷爷的事，魂儿就被勾了来。每年大部分时间都单枪匹马跑来这里，一边做生物学调查，一边苦苦寻找高爷爷他们的踪迹。你想一想，北极区域这么辽阔，时间跨度这么长，环境又是如此恶劣，要找到一点有价值的线索，无异于大海捞针。所以多少年过去了，事情还是停留在原来那个样子，克林斯特这支探险队伍，好像真的从地球上蒸发了。汤姆倔就倔在这里，不信邪，坚信只要不放弃寻找，早晚一定会解开谜底。”

冬冬道:“说来也是有意思得很，汤姆祖上和大婶祖上竟然同在一支探险队，而且还是过从甚密的好友。一百年后他们的后人，又在这里相聚，这不是缘分又是什么？拿大婶的话说，全是上帝的安排哩。”

大河道:“这次去火岩岛，汤姆最大的愿望就是能发现点什么，哪怕是一缕烂成灰末儿的篷帆的布条，一枚锈透了的来复枪的弹壳，甚至是一根永远无法带回的头发丝呢，他都不会感到遗憾。去白熊谷的一天晚上，他告诉我，在当年克林斯特探险队能够到达的区域里，这些年他驾橇乘船的，走遍了大部分陆岸、海域包括一些岛屿，只有火岩岛这条线还未涉足过。”

“苦心人天不负，但愿汤姆好梦成真。”冬冬说着一转念，又道，“你说汤姆这样一个硬汉啥世面没经过？咋遇到尤尼塔和鼠见了猫似的，连走路说话都和平常不一样了呢？”

“也许，这就叫卤水点豆腐吧。”大河迟疑了一下，道。

“什么时候看看胡子元帅如何？尤尼塔嘟噜着脸一走，汤姆都不自然了——我是担心他想多了呀。”

“好呵，”大河赞同道，“尤尼塔这样离开，肯定闪了汤姆一下，说不定还以为朝他使气哩。另外，我有些想法也要跟他交流交流呢。”

“那就午饭后去怎样？这会儿我还得去老拴爷那呢。”冬冬说着拉了一副要走的架势。

“咱们一起走，鲸头顶正开工建联合工作站呢，我得上去看看。”大河说着穿了外出的衣服，登上雪地鞋，又把墨镜和一顶线帽抓在手里，两人就一前一后往门口走去。

忽然，冬冬停下来，嘴里喘吁吁叫一声:“大河哥，”便倚在了门框上，两片红云霎时飞到脸上，“能抱抱我吗……”大河迟疑了一下，转过身来，猛一把将冬冬搂在怀里……

第二十章 熊踪

尤尼塔一走，汤姆还真被闪了一下子。

按说他与尤尼塔交往尚浅，真正有机会相处，也就是昨日跑了趟老君岭。但一路上尤尼塔老是心事很重的样子，除了坐上车时嘱咐汤姆“手抓紧点”，要他把稳前面的横杠，此后再不肯多说一句话。到了老君岭，帕波雷克照着先前做的标记，手握一把冰镐，扑扑哧哧一阵刨，从冰雪窝子扒出一堆乱糟糟的东西，那是些似乎一碰就会变成粉末的老古董。这时候的汤姆，就像摩西承接上帝的诫板一般，双手捧着一角硬邦邦的烂毛毯，一条腿跪在雪地上，久久不肯起来。尤尼塔也帮帕波雷克掏了回雪坑，老古董一出来，上去扑拉了一阵沾结的冰凌碴，便垂手站在一边，对眼下发生的一切，好像并不为之所动。返回的路上，情绪亢奋的汤姆没话找话，一回回要和她搭腔，尤尼塔绷着脸，嘟着嘴，顶多只把个脑袋点点或者是摇摇。送汤姆回汇泉湾时，尤尼塔回家套了狗橇，几十公里的雪路走了大半天，一路上尤尼塔眼睛只盯着起伏不平的雪道，再就是前面狗们一翘一翘的圆屁股，和汤姆说的所有话加起来，还不如吆喝狗的次数多呢。大咧咧的汤姆一点不在乎。他喜欢尤尼塔，喜欢她眼窝深陷的眼睛、椭圆的脸蛋，也喜欢她风风火火中还透着书卷气的性格。总之，尤尼塔身上体貌、性格、文化等东西方既冲突又交叉融汇的多重因素，就跟树林和鸟儿，流水和鱼儿一样，都对他形成了一种强烈的吸引。因而当丘比特金箭射来的时候，汤姆这个先中箭的珀罗普斯[①]，心里便只有一个连众神都要嫉妒的希波达弥亚[②]了。这真是一位上帝赐给凡界的妙人儿，看她几眼，甚或想她一想，心里都会颤悠悠的。那甜美，从心尖尖上往外渗，连魂儿都勾得出来。只可惜，自己对上帝的赐予反应太迟缓，就和蜂儿对花朵的觉醒过晚一样。但没关系，现在一切都来得及，在从今而后的日子里，他将会用心犁去开垦情感的沃野，播种下上帝都会赐降甘霖来浇灌的爱的稻禾。如此想来，他自然就有了一种罗密欧见到朱丽叶那样的快乐。只要能见到朱丽叶，罗密欧还会计较别的吗？！

让他感到闪了一下，也是情生有因——在汤姆看来，他和尤尼塔的关系，似乎正在经历着一种前所未有的让人大可乐观的变化。这种变化好比是登山，前不久还处在零度海拔呢，而现在，扯紫蔓攀青藤的，明显是步步往高处走，要到达希望的峰峦，那是早晚的事。他心里觉着，所有的兆头都很利好，这从早晨白冬冬、于大河他们的言谈举止上，显而易见可以看得出来。就是从尤尼塔身上，虽说好像正在和哪路神仙使性赌气，但他仍能感觉到，这个姑娘对自己并不反感，岂但不反感，他甚至还能从她看似冷淡的外表，读出内心深处的火热与温情。冰原的地底深处，一样有岩浆奔流哩。正因为此，在上冰远行前尤尼塔来到汇泉湾的时候，他想和她多接触接触，聊聊自己的家乡，聊聊父亲和高祖父，聊聊卢特吉尔的未来，等等。总之，阿尔芒想给玛格丽特[③]聊的，他都想和她聊。奥德修斯坚信一定会和珀涅罗珀[④]团圆，汤姆也坚信会赢得尤尼塔的芳心。可尤尼塔风打旋似的，说走就走了，憋了一肚子的话没处说，空余一帘幽梦，便怅怅然回到他冰海岸边的帐篷里。

汤姆两手搂着后脑勺躺在睡袋上，眼睛瞅着橘红色的尼龙绸篷顶，前前后后把事情想了想，又有些释然了。自己和尤尼塔虽然早就相识，可那时善射金箭的天神，还并未打算将目标锁定自己。要说这位漂亮的混血姑娘真正走进并占据他的心灵，还是在白熊谷大河对他的点化之后。诸位，千万别小看了大河像是不经意间的

---

① 珀罗普斯：希腊神话里的人物。

② 希波达弥亚：希腊神话里的人物，珀罗普斯的恋人。

③ 阿尔芒和玛格丽特：为小仲马小说《茶花女》里面的男女主人公。

④ 奥德修斯和珀涅罗珀：希腊神话里的人物。

点化，这可是勾兑进酒里的陈年缸头，掺和到面里的老面引子，添加在豆浆中的纯正卤水，传播到另一朵蓓蕾中的雄性花粉，那是让世界都要起大变化的。可巧，汤姆又是个温度和湿度都很适宜的培养基，爱神撒下的情种，一着床就扭嘴扎下了根。“一切才是个开头哩，怎么能愁伊甸园里不长果子呢？！”汤姆嘴上说了一句，即刻精神大振，拳头朝防潮垫上猛一擂，跃身打挺爬起来，伸头拱到帐篷外面。

那只从天而降的海豹，此刻还挺挺地躺在雪地上。有几只胆子比贼还大些的鸟儿，也就是贼鸥，站在冻实了的海豹尸体上，用尖锐无比的喙，锲而不舍地撕啄着。这肯定是一顿免费的美味盛筵，虽然珍肴异馔铁蛋子般坚硬，吃起来既具有很大的挑战性，又要有相当高的专业技巧，但它们仍然以十倍的信心和一百倍的执着，表现出一副完全的专家派头和良好的职业素养。一边不停地啄食着，一边快活地咕咕着。在距海豹尸体不远处一个冰疙瘩后面，一只和周围冰雪几无二色的狐狸，骨碌着两个比贼鸥更贼的蓝眼珠子，一会儿看看海豹尸体和那些快活的鸟儿，一会儿又不安地打量着那顶橘红色的帐篷。屁股抬起来放下，放下又抬起来。一面要吃肉，一面怕挨打，饿得有些干瘪的肚子与还算没失去冷静的大脑，不断进行着不好协调的斗争。这种斗争因为天性的原因，往往没有果敢的结局，所以只能是一阵犹豫跟着一阵更长的犹豫。

汤姆细心观察着这一切，觉得那头雪狐既好笑又可爱。心里道，你这家伙，想吃肉就学那鸟儿，尽管大大方方来吃嘛，谁又能扣你二斗红高粱？看那鬼头鬼脑又缩手缩脚的样子，真没出息。这样想着悄悄钻进帐篷，取来相机拍了几张照片。心下突然又想，帐篷外面这只看似蹊跷的海豹，虽说他和大河等人已经认定与白熊脱不了干系，但总觉得还有那么一点儿疑问，让心里不踏实。即使是白熊干的，那么会不会真像一风和冬冬他们认为的那样，就是萌萌所为呢？搁在往常，说一说也就过去了，但现在不一样了。萌萌是在尤尼塔家养大的，它的身上倾注了尤尼塔的情感和心血，这事果真与它有涉，那么就能说明兽类的这种行为，完全是向人类的报恩义举，是一种自觉而有意识的理性行为。这即使是在人性里面，也是至美至善的。如果把这一点弄清楚了，对自己的生物学研究将大有裨益，至少他的某些观点，又会多一个极具说服力的实例论证。要是不经意间放过去呢，其损失也将是不可弥补的。这么一想，觉得这海豹来得真是时候。

除此之外，汤姆觉得这也是对尤尼塔和众人的一个交代，特别是对尤尼塔，毕竟没有白养活萌萌一场嘛。他听大河说过，萌萌放归白熊谷的时候，大河与尤尼塔着实捏着一把汗哩。怕它不能适应野外环境，怕它受别的白熊欺负，因而好长时间里提心吊胆。去年春上，有人说二百多公里外一个冰谷中有具半成年的白熊尸体，尤尼塔饭也吃不下了，带上托尼心急火燎赶了两天雪路，直到看清楚那半埋在雪窝里的干瘪尸体，只不过是一只冻馁而死的小熊宝宝，这才放心回来。这一回要真的求证明白，是萌萌送来了海豹，那就说明它不仅活得好好的，而且时隔这么久还不忘本，这又多么值得欣慰呵！假如自己能当面告诉她这一求证结果，真不知道尤尼塔会高兴成啥样子呢！说不准，当场就会激动地抱住自己，啪一声送来一个甜蜜热吻呢！

汤姆这样想着，心里便美得和雨果《海上劳工》里那位水手听到心爱人的歌声一样。嘴里吹着口哨，把莱卡相机往细长的脖子上一挂，骗腿上了雪地摩托，沿着白熊足迹所指示的大概方位，一路向冰海追踪过去。

岸边全是龇牙咧嘴的大块冰凌，不要说找白熊蹄印，就是前面蹲着一头大白熊，如果不动不叫，要发现也不是那么容易。再走进五六百米，冰面开阔平坦多了，即便有沟坎峁梁的，分布也有规律可循。汤姆停下车来，估量了一下白熊可能走过的大致路径，开始由东向西偏北的方向走。这是一种依岸而行的呈半扇面的横切方式，白熊不论从冰海哪个方向上汇泉湾，这样行进都会遇到它的足迹，除非它插上了翅膀。好在这一带冰面上积雪比较硬实，要有白熊走过，总会留下印记的。

开车又走一段，发现了一行白熊蹄印，看上去每个都有并排起来的两只成人手掌那么大。在一处冰丘的背风处，还有一摊冻得发白的动物粪便，没有消化掉的皮毛和骨头清晰可辨。汤姆心里一阵窃喜，嘴里叫道："哈哈，巴希拉[①]，总算揪到你的小尾巴棍子了！"说罢，拿出相机拍了蹄印和粪便的特写，又拍了反映环境的中景，就又抬腿上车，顺着熊迹一口气追下去。

十多分钟后，视线中出现一片让人心惊胆寒的乱冰丛。

离着约一箭之地，汤姆把车子熄了火，摘下脖子上挂的相机，小心翼翼地观

① 吉卜林小说《老虎！老虎！》中的黑豹。

察着。

右前方有块三四米高的冰礁，其底部可见一个蓝幽幽的洞口。影影绰绰地，好像一个什么东西正抻着大脑袋冲他张望。汤姆瞪大眼睛看了半天，又用相机的长焦对过去，才发现那只是一个冰墩子。

“见鬼。”汤姆嘟噜一句。

那行椭圆形蹄踪在乱冰丛前面消失，汤姆相信白熊一定是踅进了里面。也许，这时候正在哪个冰洞做着与相好的幽会美梦哩；当然，更多一种可能是躺在某块冰砬子后面，舒舒服服在消化着肚子里的美食。

汤姆沿着乱冰丛外围警惕搜寻着。这里安静极了，安静得让人心里发虚。忽然，他感到脊梁沟发凉，头发也直竖起来像要把帽子顶飞。下意识摸了把后脑勺，慢慢回过头来，我的上帝呀——在离他三四十步远的地方，赫然立着一头大白熊！

虽说见惯了这些凶猛的家伙，但一头成年白熊在毫无觉察的情况下近距离出现在身后，还是惊出一身冷汗。嘴里说了声：“仁慈的主呀……”连忙在胸前画开了十字。

嘴上嘟囔着，眼角却瞥了一下摩托车。真要发生不测，跑过去无论如何是来不及的，而且那样只会激起白熊加倍的愤怒。他有点后悔没有推着车做屏护。现在想这些都没有用了，他和熊大眼瞪小眼，正面面相觑着呢。

“不要慌，”汤姆拧一把大腿，告诫自己，“镇静下来。任何慌乱，都只会帮倒忙。”

站立的白熊高大壮硕，眉心有铜钱大一个黑点儿，左肩胛有块耷拉下的毛皮，上面沾满了黑色血痂。虽然如此，依然不失凶悍威猛。汤姆猜思，这会不会是萌萌呢？他想起那晚白熊的打斗，第二天还在雪地里看见了血迹和毛团。

正想着，忽见白熊将一颗粪斗大小的脑袋朝左面歪着，接连摆动了几下，然后把两条粗壮的前腿往前平伸开，身子狗趴了下来——一张黑炭般的嘴巴随即贴到了前腿上，懒洋洋地像要假寐一会儿。

提到嗓子眼的一颗心放了下来。汤姆知道，白熊趴下来并做出这样的动作，是在向人表示，它不仅没有恶意，而且还非常爱好和平，你一点也不用害怕。让他大惑不解的是，这只白熊趴下的姿势，为什么会和狗一个样呢？

汤姆屏住呼吸，调焦距，对光圈，轻轻按下快门。白熊狗趴在冰上，只把黑黑的两只小眼，拿来看着汤姆。它好像并不太讨厌这个长了一脸大胡子的家伙。

汤姆想，乖乖，看这傻傻的样子，一定是萌萌了，要不然怎么会这么温顺呢？既不攻击人，也不知道害怕和躲避人。

“萌萌！”汤姆想着，脱口叫了一声。

白熊嘴巴往回抽了抽，一只耳朵似乎也动了动。

“萌萌，你是萌萌吧，我的朋友！”像要拥抱久别的亲人，汤姆向白熊伸出两手，快步走了过去。

白熊抬起头来，警惕地盯着走过来的汤姆。

“萌萌，亲爱的朋友，你知道吗，自从离开卢特吉尔，很多人一直惦记着你哩。怎么样，你生活得还好吧？身上的伤是怎么回事，是不是那晚在白熊谷落下的？还有，昨天夜里，是你送的海豹吗？一定是你对吧？！我们也都是这样想的，一定是你萌萌哩。”汤姆唠唠叨叨，脚步还在继续向前挪动。

在汤姆靠得更近一些的时候，白熊忽地爬了起来，黑嘴巴子像要挖坑似的，朝雪里插了几插。做完这个令人费解的动作，掉头一溜小跑踮到几十米外，还是和先前一样，头朝汤姆，把两条前腿一伸趴在那里。

一看那颇顽皮的样子，汤姆笑了。他知道它不愿意让人离得太近，即使经人类养过也是一样的。试探着又往前靠近了一些，就停下脚步，对着白熊又絮絮叨叨说起话来。

“巴希拉，不，萌萌，来，咱们认识一下，”汤姆继续对白熊说道，“我叫汤姆，就住在你送去海豹的那顶帐篷里。往后咱们就是好朋友了，你要是愿意来做客，汤姆什么时候都欢喜，你说好不好呵，萌萌？”

似乎远处有什么动静，白熊昂起头，两只耳朵直直地竖着，仔细捕捉和辨别着空气振动中传来的信息。也许声波里只是鸥鸟忽闪了几下翅膀，或者是它的同类打了一个饱嗝，骚狐狸放了一个臭屁，海豹在透气孔里喘了声粗气，白熊神情专注地听了一会儿，觉着大概没啥了不起的，又伏下头来，眨巴一对小眼看着汤姆。

方才在白熊昂起头来的时候，眉心间那颗黑痣看上去更加醒目。黑痣是这头白熊的典型特征，汤姆后悔没提早问问大河或是尤尼塔。

“我知道你是个好宝宝哩，聪明，又有良心，也知道你受了委屈，”汤姆又道，“前天晚上古里班古老爹说，你去卢特吉尔遭了狗咬，还差点挨了枪，尤尼塔一家人都担心着你呐。特别是尤尼塔，提了吃的到处找你，差点都要急疯了呢。哎，萌萌，我的好朋友，汤姆还要告诉你，这可是一个连你听了也会高兴的好消息哩——我汤姆爱上了你的恩人，也就是爱上了尤尼塔，真的，哈姆雷特爱奥菲利娅[①]有多深，我爱尤尼塔就有多深。萌萌，我现在说给你，也是想请你来为我作证哩——”

也不知白熊爱听不爱听，听懂听不懂，孤独久了的汤姆，只顾语无伦次地说着疯话。

一只飞经此地的雪鸥，对雪地里一人一熊那暧昧又滑稽的样子，甚是不解。便一收翅膀落在人和熊之间。这只漂亮的鸟儿，歪着鸭梨似的脑袋，骨碌着眼眶子里面一边一颗的黑豆，看看这边，又望望那边，一颗好奇心不知怎样才能得到满足。

白熊还是狗一样趴在那里。那个说话的人，神经病一样，口里仍喋喋不休地在胡乱嘟囔。雪鸥看了，反而有些糊涂起来。它失去了最后一点耐心，索性谁也不搭理，咕咕咕地梳理了一会儿羽毛，唰一下飞起来，把一道漂亮弧线，大大方方展现在冰洋上空。

下午两点多钟，大河和冬冬两个人，从生活栋里并着膀儿出来，一路说说笑笑走向汤姆扎帐篷的海边。还未走到帐篷跟前，却见那头死海豹周边雪地上，围了一圈大大小小的鸟儿。一只尾巴像扫把的雪狐狸，俨然以主人的架势，占据着海豹尸体，独自一个又撕又啃，大过饕餮之瘾。有几只不嫌弃残汤剩羹的鸟儿，大着胆子跳到雪狐身边，拣拾着甩出来的肉沫骨屑。

两人站在远处看了一会儿，冬冬感慨道：“白熊大老远送来的礼物，想不到竟成全了它们。”

“这也算是它的最好结局了。”大河朝海豹那里看了一眼，道，“它在活着的时候，海洋里的鱼虾作为饵料，转化成了它身上的能量；当它也作为一种饵料，先是喂了白熊，再喂了雪狐，继之又喂了野鸟之后，能量便又转化到其他动物身上。经

① 哈姆雷特和奥菲利娅：莎士比亚经典作品《哈姆雷特》里的男女主人公。

过一段时间，其他动物身上的这些能量，可能又要通过种种方式和途径，再回到别的海豹身上去。这样循环往复，永远没有穷尽，便保持了生态能量的总体平衡。眼前这头海豹的生命方式，其实也是谁都无法逃脱的自然规律。呦呦鹿鸣，食野之苹，自然界就是这样生生不息，一代代顽强地繁衍生长。”

冬冬若有所思地点了点头，眼睛一忽闪，忽然问道：“大河哥，你相信动物会报恩吗？”

“哈哈，想起白熊变媳妇了吧？”大河笑着道，“在农耕文明里，其实哪个民族都有类似的传说，这也反映了人们的美好想象和良善愿望。当然啦，所谓变什么什么之类，也没有必要太去较真。不过，动物也都是有感情的，没见过那猫儿狗儿嘛，因此说，艾奥诺的故事也不是不靠点儿谱的。”

“那依大河哥来看，”冬冬又紧追了一步道，“这只海豹会是萌萌送来的吗？”

大河略沉思了沉思，没有直接回答，却自顾自说道：“萌萌特别懂事，要论智商和情商，实际上，要远比一般的狗和猫高……”说到这里，白熊谷那一幕又闪现在眼前，心里忽然有了一种感动，“假如不是它，那这场断打又该怎么解释呢？”

大河没头没脑的话，让冬冬如在云里雾里，她不解地望着大河，步都忘了迈。

大河看到冬冬的样子，忽然意识到自己的一时忘情，不好意思地笑了。然后把在白熊谷和汤姆的经历，仔细说给了冬冬。冬冬像听天书似的瞪大了眼睛。她想起了在卢特吉尔做过的那个噩梦，脸色忽然和纸一样煞白，气也不够喘的。努力镇静了一下，克制住就要流出的眼泪，方缓缓地道：“大河哥，你相信人是有感应的吗？”

大河深情地点了点头。

关于送海豹和白熊谷解围的是不是萌萌，两人谁也没再提及。默默地走近帐篷，刚才还在美美进餐的那只雪狐，一见有人靠近，扫把子往屁股沟里一夹，溜溜地又跑到冰疙瘩后面。倒是那些鸟儿，连飞带扑啦地跳过来，重新享用一度被雪狐中断的美味盛馔。

大河和冬冬在帐篷里没见到汤姆，就留了一张于大河、白冬冬某时某分造访的纸条在睡袋上，然后返身走了回去。

进了生活栋，冬冬说要帮老拴爷淘米摘菜的打个下手，便回房间换下了衣服鞋帽，洗了把手，去了伙房。大河因为不放心洋底挖泥的事，就上楼去找谷一风。到了一风宿舍门口，嘭嘭嘭敲了几下门，忽见机电班人称刘大个子的刘子超，鼓涌着又矮又胖的身体，从楼下跑上来。

“大河老师，您找一风老师是吧？他在万国大厅舞弄那些挖泥设备呢。绞车的摇把出了点状况，转不动了，他叫我到他房间取零件呢。”刘大个子擎着一双沾满油污的手，大口喘着粗气。

“哦，原来是这样。别的没啥问题吧？”大河问道。

“其他没什么，换个件就妥了。”刘大个子进屋，摸来一个纸盒抓在手上，又连忙跑了出来，和等在外面的大河一前一后向万国大厅走去。

万国大厅成了谷一风几人的仪器设备陈列室。盛样品的标本盒、标本罐，挖泥的采集器，测量海水温度、湿度、盐度的海测仪，捞浮游生物的网子，铲雪的铲子，凿冰的凿子、锤子、雪兜子，测风的风速仪，观天的气象仪，取水的量水器，还有钩、环、钉、瓶、桶、胶带并一大堆绳子、袋子、套子、塞子、夹子、海绵垫子，靠乒乓球台放了三四个绿铁皮箱子，倚墙脚立着七八节白塑料管子，北京最有名的土产店，上海老字号的杂货铺，怕也未必比这里货物齐全。

忙得脸上挂了汗珠的谷一风，手捏着绞车上一个以塑料充不锈钢材质的部件，站在球台边对牛得田、赵乐诗和大宋发着感慨：“你说这世道，人心怎么就那么不值钱，为了多骗几个铜子，就弄些假货糊弄人，幸亏咱火眼金睛发现得及时，要不然到了冰上，奶奶的，还不坑了爷爷？”说完眼皮子往上一抬，拽出一句，“觚不觚，觚哉！觚哉！”

“什么姑栽、姨栽的？”大河和刘大个子进来，正好踩着了一风的话把儿。大河道，“嗨哟好家伙，地下炕上的，弄了这么一屋子！”

一风道：“这些东西，也就万国大厅还能铺排得开。”

大河道：“子超方才说绞车还有点小问题，怎么样，换上件能妥实了吗？”

一风道：“没问题，除了配件，我还备了一套方案呢，保证上了冰万无一失。”

牛得田哈哈一笑道：“一风兄这叫生了孩子再娶媳妇，结婚耽误了，办事没耽误。”

大河一听也笑了，他道：“什么话到了老牛嘴里，也就不一样了。”笑了一会儿，又和牛得田、大宋聊了几句，就见冬冬从门外伸进个脑袋来，冲大河招招手，又把一个手指压在嘴边，小声说道："大河哥，快，老拴爷找你呐！"

牛得田见冬冬诡秘的样子，就笑着推了大河一把，故意学着冬冬腔调，道："大河哥，你就快去嘛！"

大河一边笑着，就随了冬冬来到伙房门口，见老拴头正解了围裙往外走。大河道："老拴爷，您老找我有事？"老拴头伏在大河耳边，悄声道："你说这桩子事，是不是灶王爷拉洋片——好玩得很哩——"老拴头一边说着，一边把一只湿漉漉的手往解下的围裙上擦，"侧门外降踏子下面，我的老天，不知什么时候下了一窝鸟蛋，我查了查，一共三只。一只大鸟抱窝鸡似的，见天守在那里。看样子，小鸟儿也快抱出来了。"

"还有这样的事？"大河心里不无惊疑，催促老拴头道，"快领我看看。"

于是，老拴头在前，大河和冬冬在后，三人从侧门出来，轻手轻脚来到木降踏子下面。

木楼梯下面的拐角，形成了一个很好的避风处。一只刁嘴鹬，趴在一堆由废旧塑料纸、地衣、海草做成的窝里，一动也不动。大河弯下腰往前凑了凑，刁嘴鹬咕咕了一声，红红的肉眼睑，不停地翻动着。看得出，它对来访者说不上欢迎，可也没有明显的敌意。

大河蹲着看了一会儿，又悄无声息退回来。他神色凝重地做个手势，要老拴头和冬冬都跟着他回到了走廊里。关上侧门，大河皱着眉头道："这是只刁嘴鹬，它的故乡应该在楚科奇半岛和阿纳德尔湾沿岸一带。奇怪呀，这种鸟儿很少能飞到这么高纬度的地区，即使来了，也是在夏季，不等冬天来临，又成群结队飞回南方越冬地了。"

冬冬好奇地瞪大了眼睛，问大河道："如此说来，这是一只落单的鸟儿了？夏天结束的时候，没来得及跟着它的亲友们飞走。可是，既然生了蛋，这说明它并不是一个单亲家庭……"

老拴头道："敢情这鸟儿也和人似的犯了病，该回家时不回家，孤孤单单流浪在冰天雪地？"

大河轻咬嘴唇，没接冬冬和老拴爷的话头。他在想：从常理讲，这种刁嘴鹬，和北极燕鸥、绵凫、雪雁、滨鹬、北极黄金鸻一样，都是五月份才能飞过来，而产卵则是在六到七月。让人大感疑惑的是，这只鸟儿为什么会在寒冷的季节，匆匆早产呢？难道不知道此时生产凶多吉少吗？或者是这里面还有什么别的原因？疑云重重地想到这里，忽然长出一口气，道："反常，反常，生非其时，必受其殃！"

"管它反常不反常的，下了蛋就会抱小鸟。小鸟长大了，又会下出蛋来，完了蛋再变小鸟……鸟嘛，就和人似的，一辈接一辈，辈辈不断根。"老拴头咧着缺了一颗门牙的大嘴，笑着晃了晃头发花白的脑袋。

大河道："这些就不用说了。往后呐，这道侧门要锁好，谁也不能打这里进出了，免得鸟儿受惊吓。"

老拴头答应着进了伙房。这里冬冬和大河，又站着说了几句话，也分了手，各自忙活去了。

冬冬在伙房里待了一会儿，看看肉鱼米菜，该切的切了，该洗的洗了，该淘的淘了，一切准备妥当，只等到时候点火下锅，老拴爷一时也没啥要帮的了，就洗了手回房间。路上一边走着，心里想，大河见了那生蛋的鸟儿，为啥脸色都变了，说起话来的样子全然不似以往？不就是笨鸟儿在冰天雪地早产了一窝蛋嘛。时候是不对头，可又有啥大惊小怪的？人孕育生产，不也有算不准日子的时候嘛。又一转念：大河为什么会说生非其时，必受其殃呢？他岂是那失惊打怪的人，这里面恐怕要有些蹊跷的——心里突然涌上一种不祥的感觉，手心冰凉冰凉的。

她记起红楼梦里怡红院枯棠发花，就是在不适宜的时候。结果不久，失通灵，宝玉疯，元妃薨，红楼空，万丈大厦呼啦啦就崩塌了……鹬鸟早产，这算不算一个不祥的异兆呢？

冬冬胡思乱想着，就到了洗衣房门口，忽见前面报房有个人影一闪，倏地不见了。冬冬吓了一大跳，以为是童圆，就叫道："小童，小童，是你吧？"连喊两声不见应，就推门走进报房，四下里一看，室内空空，哪里有什么人影？遂以为看花了眼，心下疑疑惑惑，低头回到了自己房间。

第二十一章 鹬鸟之殇

冬冬早晨醒来，想起大河昨天说的话，还是隐隐不安。昨晚临睡前，他们出去为慨儿放纸鹞，她把心里的疑惑跟大河说了。大河劝她不必多虑，他说生非其时，必受其殃，是指刁嘴鹬在这个季节产卵，成活率太低，甚至干脆没有成活的希望。

简单地梳洗收拾一番，冬冬就去了伙房，冰上队上午十时出发，早晨这顿饭，老拴头少不得要加几个菜的。她怕一人忙活不过来，就跑去帮忙。到了伙房，见老卜和大宋已先她一步来了，两个一人一块砧板，老卜切牛肉，大宋叮叮咣咣剁鲅鱼。扎围裙、戴套袖的老拴头，手上挽一根白毛巾，在一溜电气灶上掇弄着那些蒸锅、炖锅、炒锅和熬稀饭的锅。屋子里白雾轻漫，热气蒸腾，干饭、稀饭、炖肉和炒菜的各种味道掺和在一起，能把人的馋虫子勾得往上爬，就连雪狐、贼鸥、雪燕和雷鸟，也从不远处招了过来。

又干又瘦的老卜今天兴致很好，秃顶上那些还未脱下的头发，不仅梳得溜光，而且还进行了合理而有效的分配，各司其职地遮掩着那些过于荒芜的地方。脸上几颗浅浅的麻子，也放着少有的光泽。小老头边切肉边道："我们家王老师，就宾服我的刀功，我切的土豆丝，那是长如豆芽，细如发丝，下锅几个翻炒，出来火候正好。王老师别看舞弄小孩子心细，一动了刀，就不敢恭维了。"大宋不服气地道："反正王老师也不在这儿，咱咋吹也没人来辩。"两个人由切菜又说到下棋，一来一往打起了嘴官司，恨不得当场摆了棋来定输赢才好。老拴头时不时也插进一杠子，抬己贬人，以显示自己的象棋技能比厨艺还高超。冬冬就在三人的口战中，一会儿洗炊布、刷蒸笼，一会儿开罐头、切咸菜，还要抓着抹布擦锅台，提着拖把擦地板，忙忙活活一早晨，心里倒也轻松愉快。

吃过早餐不多久，古里班古老爹、帕波雷克大叔和尤尼塔，各自赶着一架狗橇，一路迎风披雪到了站上。高凌霄和老卜，忙带了大河和童圆几人，把老爹父女迎进了万国大厅，帕波雷克则留在雪地里照看狗。老卜在大厅里屁股没落座，接着又急匆匆出门，找来打枣竿子赵乐诗、刘大个子刘子超和大宋，嘱咐他们把帕波雷克换进屋里喝茶休息，同时拿些吃食之物喂狗。大宋道："刚才我问过帕波雷克，他说狗们一天吃两顿，早晨出发前已经喂过了。"老卜道："礼多人不怪，狗也是咱们的客人哩，就算是加餐，请它们喝个上午茶，去吧去吧。"大宋几人刚要走，老卜又赘了一句，"喂完狗，你们几个就寨在那伺候这些祖宗，看着别叫它们打起来。"

打枣竿子几人，帮着帕波雷克把四十多条狗，一只只在雪地里安顿好，就让他进了屋。

万国大厅里，两张乒乓球台铺了洁净的白桌布拼对在一起，四周摆了一圈折叠软椅。老爹几个人刚在桌边坐下来，忽听走廊里又一阵嚷嚷起来，原来是村长艾奥诺和托尼，一人开了一辆雪地摩托，拉着尤尼塔的母亲奥乌里娅、村长的夫人贝拉娜、帕波雷克的女儿伊莉娅以及快嘴二婶玛尼米尔，来给冰上队送行，呼呼啦啦一群人，在谷一风、牛得田和马松宝、王骥数人引领下，浩浩荡荡走过来。高凌霄几人又忙不迭地起身迎接，把大家都招呼了坐下。主人们忙着端茶倒水，劝烟递火。有几个，居然还洗上来几大盘子烟台苹果、新疆甜枣、广西龙眼和东北雪梨——这些稀罕之物，就如同战备物资，一直放在冷库里舍不得动用，如今果然排上了用场。

高凌霄和老爹以及艾奥诺他们寒暄了一会儿，发现尤尼塔和玛尼米尔等女士在桌子边冷冷清清坐着，就招手大河过来，俯耳低语道："冬冬咋没过来呀？快去看看，没见尤尼塔这姑娘心事的样子，话都不愿意张口说。"

尤尼塔脸上的抑郁之色，大河一见面就看出来了，是文是武，他当然心知肚明，但当着这么多人，也不便多说什么。见高凌霄叫他找冬冬，忙点点头快步走出门去。

宿舍、卫生室、阅览室和洗衣房，都没有冬冬的影子，问了几个闲人，也说没看到。大河忽然想到了老拴头，就匆匆穿过生活栋门前的球场，向伙房侧门外绕过去。

开过早饭，冬冬帮老拴头刷出锅、盆、桶、盘，就端了些残饭剩菜的，和老拴头去喂那些鸟儿。

爷儿俩转个大圈到了侧门外，忽见降踏子下面两只贼鸥，正在刁嘴鹬窝里撒野。两个丧心病狂的家伙，扑过去爪抓嘴捣，一心要把那鸟蛋来做充饥的点心。那只鹬鸟也不是孬种，虽然个头上小不少，又是以寡抵众，却毫无畏惧之色，扑打着翅膀，一边大声尖叫着，一边伸了带弯的长喙，拼了命去啄来犯的死敌。一时间，雪尘腾腾，羽毛乱飞……

老拴头见这光景，一股火直攻头顶，骂了声："还反了你娘的！"把手里钢精盆子往雪地一扔，舞划着两只空拳去赶贼鸥。

冬冬没见过这阵势，让贼鸥一惊，手里端的一煲剩饭啪嗒掉到了地上，人呆呆地愣着不知如何是好。一些饿急了的鸟儿，呼啦围过来，纷纷抢了雪地上的食吃，她也像是没看见。

老拴头连吼带骂一阵拳打脚踢，将两只贼鸥赶跑。看那鸟窝，三只蛋早被啄碎，有两只的碎壳儿，竟被远远甩到外面，蛋黄、蛋清哩哩啦啦散在雪冰上。那位失去孩子的母亲，此刻趴在空空荡荡的窝里，瞅着一地碎蛋壳，像痴了似的咕咕地叫。凄凄哀哀的声音让人心里滴血。

"这俩坏蛋，到底还是把这一家子给祸害了，唉！"老拴头跺着脚，愤愤地道。

冬冬看着一地惨状，心里像被什么扎了，嗖地疼了一下，眼里不由得涌出了泪水。

"可怜的鸟儿呵，"冬冬蹲下来，看着鹬鸟妈妈难受的样子，话语里充满爱怜和感伤，"昨天，你还是一个幸福的母亲，用长满柔软羽毛的胸膛，紧紧守护着温暖着你的宝宝，把多少的慈爱都给了它们，把多少的希望都寄托在它们身上呵。那几个还没冲破蛋壳的小生命，一定感受到了这一切。而现在，你的宝宝，你的希望，你的爱，刹那间化为乌有。鸟儿呵，这对你太不公平了！”

冬冬说着，想起大河讲的生非其时、必受其殃那句话。就又道：“可怜的鸟儿呵，你真傻，为什么会选择在这么一个不该来的时候来呢？而且又是在不该来的地方，还生下你的宝宝来！难道你不知道，这样会让你付出什么样的代价吗……”

冬冬摘下手套，从衣袋里掏出一方洁白的手帕，展开来铺在雪地上，然后将那些碎蛋壳，一片片捡起来放到上面。在鸟窝里，还有几片刁嘴鹂的羽毛，那是在与贼鸥撕打中掉下来的，也捡来和碎蛋壳放在一起。“这样，你们母子也可常相厮守了。”冬冬说着，用那双外科医生灵巧的手，将手帕包好，扎了一个棺材的形状。

在冬冬做着这些的时候，老拴爷已经明白了她的意思，就找来一柄木把雪铲和一节刮雪的竹板。冬冬感激地看了看老拴爷，道：“让小宝宝弃尸雪地，它们的妈妈会更加伤心。”

老拴头也受了冬冬情绪感染，指指不远处一个小山坡，声音低沉地道：“孩子，就到那边雪里，挖个坑儿埋下吧。”

冬冬答应一声，两手捧了布棺，跟着老拴爷来到山坡下。

“背风向阳，就将它们的家安在这儿吧。”在一处积雪厚实的地方，老拴爷道。

“一个生命的终结，原来竟是这般容易。”冬冬犹自凄伤。

“幸亏是蛋，要是抱出小鸟来再遭了殃，就更惨了。”老拴爷道。

“这蛋就是生命呵！”冬冬眼里又溢出泪花。

老拴爷叹口气，手持木铲，哧哧哧地挖雪。

眨眼工夫，一个长方形雪圹挖好了，大小足容得下一只骨灰盒。冬冬把布棺放进雪圹，两手捧了雪，在上面浅浅盖了一层。

“孩子，还是我来吧。”老拴爷让冬冬站在一边，铲了雪一下一下填到坑里。填平了，又筑起一个小小的坟头。

“这也算入土为安了。”培好最后一铲雪，老拴头重重地出了一口气。

“老拴爷，”冬冬叹息一声蹲下来，拿竹板拍拍打打，修整着坟头，“你说这鸟儿，也跟人似的，生下来就得受这风风雨雨，总有那么多的不如意，说不定什么时候，还会有不测之祸飞来……唉，心里一时发堵，有些话儿，就想借几句诗来表达表达。”她看一眼老拴爷，又继续着手里的工作，“只是，老拴爷，您可别笑我犯傻呀。”

“有话就说出来，不能憋肚子里，管他是诗呵还是啥的。唉，老拴爷虽说是上了年纪，可你们年轻人的心思嘛，我还是多少懂一点的。”老拴爷道。

冬冬看着白雪堆成的小坟丘，用竹板在雪地上写着字，一边写，一边口里念着——

洪荒寒千重，
鹛鸟振翮翎。
栖迟矮檐下，
嘤嘤祈太平。
鸱鸮①殊可恨，
鬻子②成噩梦。
泣血叩苍天，
待我何不公！

“好一首葬鸟诗！”冬冬刚诵完，不想大河在背后说道，“既有黛玉葬花吟的凄婉，又不失屈子天问的浪漫。”

“是大河哥，”冬冬扭头站起来，心头一喜，收起脸上的悲戚，“你是什么时候过来的？我咋一点儿也没觉到？”

大河道：“尤尼塔她们来了，高站长让我来找你。兜了一圈，见你和老拴爷在这山坡下，就悄悄地过来，正巧听到你在吟诗呢，也不好打断。是那刁嘴鹛出了事吧？”

“都是那两个混账东西干的。”见大河过来，老拴头把木铲往雪里一插，就把贼鸥祸害鸟蛋的事说了一遍。

“大河哥，”冬冬一脸戚容道，“好好的一家子，眨眼间阴阳两隔……”

---

①鸱鸮：猫头鹰，古人认为是一种恶禽猛鸟。《集注》云：“鸱鸮，鸺鹠，恶鸟，攫鸟子而食者也。”
②鬻子：诗经《豳风·鸱鸮》有句——“恩斯勤斯，鬻子之闵斯！”鬻，通育；子，指卵或雏鸟。

大河见冬冬因物伤情，就拍了拍她肩膀，道：“不该来时来了，不该生时生了，唉，这也算是它的命吧！你也不必太为它难过。”

“生非其时，必受其殃，”冬冬抬眼看着大河，心里一阵酸楚，“真是一语成谶呀！”

一窝被糟蹋的鸟蛋竟让冬冬如此伤感，这连大河也没想到。怕她待雪地这么久了冻坏身子，加之站上又有客人等着，大河就从雪里拔起木铲，笑着催冬冬道：“咱们走吧，一切都有上帝呢！”

冬冬点点头，和老拴爷打了招呼，跟上大河走了。

万国大厅里，尤尼塔一家及其他卢特吉尔来的乡亲，和高站长他们都熟，大家坐在一起，一点拘束也没有。童圆一见豁了好几颗牙齿的艾奥诺，心里就欢喜。艾奥诺一落座，忙甜甜地凑过来，非逗他讲段大白熊不可。

艾奥诺齉齉下鼻子，笑着摇头：“呜呜不讲了，今天不讲了。”

童圆剥一颗大龙眼填他嘴里，调皮地道：“那变成俊媳妇的，究竟是大白熊呢，还是雪狐狸？”

艾奥诺缺牙的嘴里嚼着龙眼，却抬头看了一眼斜对面的老伴贝拉娜。在和贝拉娜一块出来的时候，他从来都看老伴眼眸子行事。这时候，贝拉娜正拿一颗大枣儿，边吃边和奥乌里娅说着什么，对艾奥诺这边似乎并不在意。

童圆又剥一颗龙眼，送到艾奥诺嘴里，紧追着道：“您今儿要不交代明白了，我上了冰也有心事哩。”说着，两手推了推他的大腿。

艾奥诺拗不过，就呜呜噜噜地道：“那呜呜，当然是大白熊啦！”说着，伸手打童圆头上猛撸一把，慌得童圆伸手去招架。艾奥诺哈哈一笑，道，“你这浑小子！”

高凌霄、牛得田等见了，都喜得哈哈大笑。

“我说艾奥诺村长呀，”牛得田两个手指，在桌上梆梆地敲了敲，笑着道，“大白熊变媳妇这事可马虎不得。咱们小童是童贞男子，又是单身贵族，等上了火岩岛，可就要按您说的标准，去寻个大白熊做媳妇呢！”

满屋子人听了，都大笑不止。玛尼米尔正喝着一口茶，一下竟笑喷了出来。伊莉娅见状，忙拿了一摞纸巾，给姑妈擦拭着身上腿上的水。

大家笑过了，贝拉娜道：“小童呵，你就饶了那个老傻子吧。他要能把那故事讲明白，恐怕早到华盛顿当市长去了，还用坐这里呜呜噜噜？”

贝拉娜一开口，笑声就停了。谁知她的话说完，大家笑得越发不行了。

一屋子人正笑着，冬冬和大河推门进来。坐在门口的托尼，一见了冬冬，上去就拉住她的手，满脸高兴地道：“亲爱的冬冬姐，我有好几天没见到你了。要不是正准备着去南方读书，早就来看你了，是不是呵妈妈？”说着，得意地看了奥乌里娅一眼。

这时候，奥乌里娅大婶、贝拉娜、玛尼米尔以及伊莉娅，一齐离开座位拥上来，扯手拉胳膊的，亲亲热热围着她，问长道短，说个不休。

前唐后赵、娘姨姑舅地乱拉呱了一会儿，冬冬就请她们回到原位上坐下。这时，赶眼色的童圆，连忙拉来把椅子，放在大婶身边，让冬冬坐在这里说话。

屋子里的热烈气氛，显然冲淡了鸟蛋事件带来的忧伤，冬冬一时精神大好，满脸是笑。大婶打从冬冬坐下，拉着她的手再也不肯放下。

“我的闺女，”大婶话语里充满了爱抚，“咋觉着你瘦了呢？”

冬冬没答话，倒笑着问大婶：“您腰病这两天没犯吧？”

大婶笑道：“闺女，你那针可真灵，扎好了再也没犯，现在一点不得劲的感觉也没有了。”说着站起来，把腰左右扭了扭，“是不是再好也没有？！”

“托尼的妈妈，”正抽着烟的老爹，歪头向坐在一边的高凌霄和老卜道，“说了好几回，得感谢这个腰病哩，不然的话，怎么能认下冬冬这么个好闺女？！托尼也说，将来他要讨媳妇，就比照着冬冬姐这个样子找哩。”

高凌霄和老卜对望一眼，都笑了。高凌霄道：“我看托尼将来从南方读书回来，保准找个卢特吉尔最漂亮的姑娘。”

坐在老爹旁边的帕波雷克道：“恐怕在巴芬卡地区，也得挑样儿找哩。”

和大婶说了会话，冬冬又隔着玛尼米尔，关切地问起伊莉娅的病情。伊莉娅还是一副羞怯怯的样子，紧抱姑妈的一只胳膊，只是不说话。快嘴二婶抢着道：“这些日子，伊莉娅吃着白大夫临走留下的药，感觉挺好的，再也没犯过病。”冬冬道：“二婶呀，留给伊莉娅的药管得了一时之痛，治不了根上的病。照我说的，赶快去巴芬卡做个彻底检查治疗，不能再耽误下去了！”玛尼米尔忙道：“等送你们走了，也就这一两天吧，我就带她去巴芬卡看医生，一路上吃的用的，也都预备好了。”

冬冬这才放心地道："等我们回到汇泉湾，就赶紧来把检查结果告诉一声，也省得心里老挂着。"玛尼米尔答应着，又是感谢冬冬，又是感谢主，好一阵祈告作揖，还拉着伊莉娅跪在地上，为冬冬许愿。冬冬拉起伊莉娅，顺便又嘱咐了几句，就攥了攥奥乌里娅大婶的手，趴她耳朵边小声说了句什么，然后起身离座，去找尤尼塔说话。

搁在早先，尤尼塔在这种场合是麻雀市上遛鹦鹉——怎么着也要唱主角。猛然间感情上出现的阴阳大逆转，让最欢乐的鸟儿也停止了歌唱。她的心里正在经受一次五味杂陈的痛苦嬗变。虽说事情的根由不怨别人，是自己像俄奇吉亚岛那个可怜的女仙[①]一样，一厢情愿爱上一个本不该去爱的人。即使如此，也同样情丝千缕，要喀嚓一下痛加斩断，一时还找不到这样的利刃快刀。多少天来，这个能果敢地一枪将海豹脑袋打开了花的姑娘，倒没有勇气从梦幻中完全彻底走出来。她知道，她和大河只是擦身而过的两颗星星，来时无约，去时无果；知道冬冬也就是心目中把她当了亲姐姐的冬冬，和大河才是真正的天配地偕，鸾凤和鸣；也知道只有毅然决然的放弃，才是最明智的选择，而且这种放弃，过程越短越好，时间越快越好，程度上越彻底越好。让她无奈的是，虽然心里头一次又一次地痛责自己，一回又一回祈求月亮女神阿尔忒弥斯给自己以智慧和勇气，但跑到一百八十迈的车子，即使突然间熄了火，可那惯性，哪里又一下子停得下来呢？！前天晚上对冬冬的倾吐，心上一块石头搬走了，但情绪还是像冰原上经常翻脸的天气，一时阴一时晴，一时雾一时风。刚才走进万国大厅，勉强和高凌霄、谷一风、于大河几人打了招呼，此后一屁股坐下，把个茶杯子捧在手里，既不喝水，也不放下，一副若有所思的样子，谁说话都懒得接腔。冬冬进屋，她也只是点点头，用眼神招呼一下。这时见冬冬坐了过来，就放下茶杯，脸上挤出一丝笑容，道：

"上冰的事，都准备好了吧？"

"万事俱备，"冬冬拿根手指轻剜下尤尼塔脸蛋，笑道，"傻丫头，只欠你来送我了。"

---

① 俄奇吉亚岛女仙：希腊神话中，奥德修斯在特洛伊战争后沦落到俄奇吉亚岛，被女仙卡吕普斯看中，因而一厢情愿想嫁给他，并许诺他会长生不老。但奥德修斯丝毫不为所动。奥德修斯对妻子珀涅罗珀的忠诚感动了神明，终在被困七年后获得解救。

尤尼塔故意把脸一歪，道："也不管人家心里想什么，姐姐还有心思开玩笑。"

冬冬小声道："走，到我房间说话。"

冬冬说完便站了起来，尤尼塔也站起来背上包，两人脚跟脚走出门去。

"哎，"在走廊上正走着，冬冬扯一把尤尼塔，问道，"怎么不见你的保镖过来？"

尤尼塔道声"稍等"，两个手指往嘴里一伸打了声唿哨。眨眼间，趴在楼梯口泰山石下面的阿黄，箭一般蹿了过来。

尤尼塔手一指冬冬："阿黄，来，这是冬冬姐，还认得吗？"

阿黄伸舌头舔舔尤尼塔的手，表示认识。然后摇着尾巴，用毛茸茸的一张脸，就往冬冬身上贴。冬冬忙弯下腰，在阿黄的脑袋上亲热地拍了拍，道："好阿黄，真是聪明。"

"好了，阿黄，这里没你的事了，去吧。"尤尼塔一声令下，阿黄摇晃一下尾巴，又跑泰山石下面趴着去了。

进了房间，冬冬把尤尼塔的背包拿下来，往桌上一放，拉着她一只手，二人并肩坐在床沿上。

"说吧，我的大小姐，"冬冬笑着道，"是不是那件事还没放得下？看看你一脸的乌云，姐姐就知道了。"

尤尼塔叹了一口气，道："什么也瞒不过姐姐的眼睛。其实，尤尼塔心里啥都明白，也能放得下了，但总得有一个过程呀。"

冬冬攥了攥尤尼塔的手，道："这个姐姐明白。哎，我说傻丫头子，"说着将话题一转，一脸正色道，"你觉着那个胡子元帅，人怎么样？"

尤尼塔打了冬冬的手一下，截住她的话头："咱先不说这个，今天我带来两样东西，看姐姐是不是还喜欢。"说完，从背包里拿出来一张雪狐皮子和一双驯鹿皮袜子，一并递到冬冬手里。

"袜子是尤尼塔一针一线缝的，"尤尼塔道，"皮子也是尤尼塔一口一口咬的。唉，头一回做这营生，粗手大爪子的，怎么样也板整不了。姐姐休要笑话，你将就着穿吧，反正妈妈说我比那大白熊嘛，还不能算是笨。至于那块雪狐皮呢——"尤尼塔停顿了一下，那种开枪后麻酥酥的战栗感，忽然又在肩头滚过——过了好一阵，她才继续说下去，“是我随父亲上冰原打猎得到的，那是我生平第一回打枪。卢特吉尔全村人都记得，那年我才十二岁。就因为这，妈妈从来不舍得动用这块皮子。这回姐姐上冰，正好用得上，我把它用红绸布托了，好垫身子底下防防潮气。妈妈说，女孩的身子要紧着哩。”

接过袜子和狐皮，又听了尤尼塔一番表述，冬冬不觉心头一热，泪水盈满眼眶，她一下搂紧尤尼塔，道：“你这个丫头子呀，咋就这么傻呢……”

尤尼塔情绪本来正在波动，见冬冬掉泪，也不管是喜是悲，露水珠就引了河水出来——竟也流开了泪。

冬冬拿纸巾给尤尼塔擦擦眼泪，佯嗔道：“姐姐刚才是不小心有灰尘落在眼里，可你倒来了真的。我马上就要到好远的冰上去了，你总不能用哭哭啼啼来送行吧？来，咱们说点高兴的。”冬冬说着，顺手在尤尼塔腋下挠了一把，“笑一笑嘛，嗨，看你傻的！”

尤尼塔忍不住，果然破涕为笑。她接过冬冬递上的纸巾，擦一下眼睛，道：“感谢月亮女神阿尔忒弥斯，尤尼塔听姐姐的，不哭了，就说点高兴的，说说汤姆——”

冬冬双手合十，高兴地道：“哈利路亚，这还差不多。”

尤尼塔俏皮地把嘴噘一噘，道：“可这个大胡子邋里邋遢的，有啥好说呢？！”

“烧包！”冬冬笑着呛了她一句，“知道帕里斯是怎样看海伦[①]的吗？汤姆见了你呀，嘿，就是那样的目光！哈哈，要是那目光是张嘴的话，只怕有十个尤尼塔，也早被吞进肚子里了！”

“姐姐你真坏！”尤尼塔说着，就势往冬冬怀里一滚，两人咯咯笑着，闹了起来。

就在冬冬和尤尼塔离开万国大厅不一会儿，高凌霄也回到了自己办公室。

冰上队再过一两个钟头就要开拔，件件事情都备办得周细精密，可就是没收到那张友邻站的卫星云图，这不能不让高凌霄心里打小鼓。童圆前、昨两日，没断了

① 帕里斯与海伦：二人均为希腊神话中的人物。特洛伊王子帕里斯到访斯巴达时，为国王墨涅拉俄斯的妻子、“世上最美丽的女人”海伦所倾倒，并深深相爱。二人的私奔，引发了长达十年的特洛伊战争。

和友邻站联络，人家说没问题，所需要的卫星云图一定会及时传过来。可到现在也没见影子。说起来和友邻站关系一直不错，两下里没断了来往，特别是在卫星云图的支持上，对方从来是有求必应，没误过一次事。

高凌霄握着那块油光发亮的黄河石，沿着房间对角线慢慢踱着步子。走了一会儿，心里还是跌跌鼓鼓的，就摸了电话，给友邻站拨过去，照例又是一阵接通传真的声音。从早晨起床到现在，他和童圆一遍遍地，把这个电话打了不下上百遍，全是那个听上去把肺管子气炸的声音。

“传真、传真，”高凌霄把电话听筒狠狠摔到机座上，“打了你八百年，还是个传真！”

老卜推门走了进来，一见高凌霄生气的样子，突然哈哈笑了起来：“我说高司长呵，跟了你这么多年，还头一次看到你生气上火的模样呢。”

高凌霄铁青着脸，一屁股坐到椅子上，道：“这张卫星云图，小童伺候两天了，泥牛入海呵。这不，我也打了好多遍电话，喘气的一个没有，总是那传真的声音，吱吱的，像三伏天的知了。”

老卜道：“今天是礼拜天，人家电话往传真上一拨，四仰八叉都在睡大觉，哪还会有人守着接电话？”

高凌霄道：“那昨天呢，前天呢，干啥去了？这么重要的事情，我们可是提前打了招呼的呀。”

老卜挠挠头：“是有点不可思议。不过，这家子人可从未失信过呀。”

“要不说呢，”高凌霄手在桌子上拍了拍，道，“上天难，入地难，求人难，薅着自己的头发过河难。我看这四大难里，求人比什么都要难！这，这——”高凌霄想说“这世道！”忽又觉得是在学谷一风，不太合适，再说也不习惯，就这、这了两下，停下不说了。

“离出发不到一个钟头了，”老卜看了看腕上的手表，道，“云图怕是等不及了，高司长您说咋办？”

高凌霄从椅子上站起来，掂弄着黄河石，脸上渐渐恢复了平静。少顷，他对老卜道：“难道说死了张屠夫，就得吃混毛猪？准备到这份上了，卢特吉尔送行的乡亲也来了，我看一切还是照原计划进行，你说呢，老卜？”

“昨天上午，”老卜迟疑了一下，道，“高司长说过会有气旋生成，这会不会对冰上队造成什么影响呢？”

高凌霄道：“根据先前预报，这个气旋倒不是很强，生成的时间是在今天晚上十点以后，而且其中心地带又是在距我站以北八十公里的洋面上。我和大河、一风他们推算过了，按照冰上队滑雪和驾橇行进的速度，从出发到傍晚扎营休息，如果一切正常的话，可向北偏东方向推进三十到四十公里。这样一来，大河他们完全可以在气旋生成之前提早安营，夜里即使天气突变，也不至于受大的影响。关键在于第二天行军的时候，气旋又会给我们北上队伍带来怎样的冲击呢？刚才呀，我就这事在万国大厅请教了老爹。你猜老爹他怎么说？”

老卜看着高凌霄，只在嘴角笑了笑。

高凌霄摸着下巴颏，笑道：“老爹说，这天荒地老的地方，风啦雪的是家常便饭，有个气旋啥的不算稀罕。没关系，啥时该走，啥时该住，怎么顺应，怎么躲避，他们这些祖祖辈辈在风雪里干营生的猎手，还应付得来哩。”

老卜道：“要照这样说，也就没有不放心的了。”

说着话高凌霄抬腕一看表道：“时间差不多了，我们过去吧。”就从衣帽架抓了帽子往脑袋上一扣，又扯过羽绒服来，一边往身上穿着，一边和老卜大步向门外走去。

莫愁湖边，打从盘古他老人家开天辟地，大概还不曾这么热闹过——

队员们不知何时修起了一条宽二十多米、长一百多米的雪道，雪道两边，各矗立着一道用冰块雕塑的巨幅标语。西边靠湖岸是：热烈欢送冰上队员慷慨出征；另一边为：衷心期盼科考健儿早日凯旋。标语每个字比人还要大，等距排列，东西对应，寒光闪闪，气势夺人。标语夹成的雪道，宛如一条银色长廊，宽畅且又平直。下了雪道，跨过雪坡，再往前不远便是浩茫无边的冰洋。

此刻，四十多条爱斯基摩犬分作三队，每队拉一大一小两只橇——大橇装载的是仪器设备和食品、帐篷等物资，而挂在大橇后面的小橇，拉的是一些个人用品和路上随用随取之物，大小雪橇都用帆布紧紧包裹着——三组雪橇按照纵队行进方式，依次排列在雪道上，就如三架等待起飞的飞机。那些吃饱喝足又歇过劲来的狗们，情绪跟吃了伟哥般亢奋，有的昂首竖耳，有的甩蹄刨雪，有的呜呜低吼，有的嗷嗷乱叫。不同的展现方式，却在向主人们表达着拉橇奔向冰洋的共同渴望，尽管它们对前程和未来，知道得并不比一只飞鸟更多。

与那些拉雪橇的狗比起来，阿黄所享受的隆遇，自然是谁也比不了的。它就好比狗们的形象大使，凭借着身上所集中体现出的狗们最好的美德，跟随着它的主人，自由而又风光地出入在人群中，享受着人们的垂怜与爱抚。它懂得主人的喜怒，体贴主人的好恶，主人不待见的，它也会厌烦；主人所亲近的，它又会表现出比主人还要多十倍的热情。好多时候，特别是在主人默言少语的时候，它甚至能帮助主人传递人类用语言无法传递的信息。阿黄的这些表现，在人是十足的小人，在狗却是绝对的忠诚——这时候，阿黄的主人尤尼塔，和冬冬手拉着手，低声细语，不知在说着什么悄悄话。懂事的阿黄，依偎在冬冬身边，拿脑袋不停地蹭着她的裤脚，替它和它的主人，表达了说不尽的依恋。阿黄还时不时抬起头来，望着和主人说话的冬冬，眼眶里似乎隐隐含有泪滴，流露出的眼神，也是忧伤的样子……

旁边的安子儒、牛得田和艾奥诺村长及奥乌里娅大婶等，则站了一个圈子，在听老拴头讲贼鸥抢夺鸟蛋。老拴头绘声绘色的描述，把王骥、大宋、魔力王和刘大个子一班前来送行的队友，也吸引了过来。

雪橇边上，大河、一风和古里班古、帕波雷克几个蹲在雪地上，小声在商议着什么。

在冰雕标语欢送二字中间，好奇的托尼，正缠着汤姆打听克林斯特探险队的事。从知道了外公的曾祖父斯蒂芬是克林斯特探险队成员之后，托尼的心里就再没平静过。外公的这位先祖，让他心生敬仰，引以为豪，几乎斯蒂芬和这支探险队的所有经历及故事，都让他产生了兴趣。然而汤姆的心思今天不在这里。他嘴上讲着克林斯特，眼睛却斜到了尤尼塔那边。一来二去，托尼也看出了蹊跷，逮一个空子，就善解人意地道：“汤姆哥哥，克林斯特和斯蒂芬的事以后再说，快去两个姐姐那儿吧。”

汤姆感激地看了托尼一眼，连忙走到尤尼塔跟前。

“我想、我想说说萌萌的事，不知是不是有扰二位？”汤姆有点不好意思地道。

冬冬一看汤姆发窘的样子，就松开拉着尤尼塔的手，道：“怎么样丫头子，要不要到一边单独谈谈？今儿虽说阴天，但雪地里还是明晃晃的，你们也不需要我这个电灯泡吧。”冬冬说完，俏皮地向尤尼塔挤了挤眼睛。

“去你的，”尤尼塔打了冬冬的手一下，佯嗔道，“胡子元帅不是要说萌萌的事嘛，姐姐就在这儿，咱们一起听听他的美联社新闻。”

“这可是独家报道——”汤姆挠挠后脑勺，向尤尼塔道，“昨天上午你走了以后，思来想去，总觉得海豹这件公案实在诡异得很。究竟是不是萌萌干的呢？咱可不能稀里糊涂收了礼，不知道答谢谁……”接下来，就把追踪萌萌的事，汤水不漏地说了。

“脑门子有个黑点，还会和狗一样趴着？”尤尼塔听汤姆讲完，抱着冬冬，激动地连跳了好几跳，道，“汤姆说得没错，这是咱们的萌萌！头上那个黑点，实际上是一撮黑色的毛毛哩。我告诉你姐姐，白熊一般是浑身白毛，只有两眼、鼻子和嘴巴几个地方发黑。像额头上有黑毛毛的，嗨，把全地球上都说着吧，恐怕也只有咱们家的萌萌……”

“那它怎么和狗似的，还会那样趴着呢？”冬冬好奇地瞪大了眼睛。

“这还不是天天和它一起待的！”尤尼塔指指阿黄，道，“跟啥学啥，跟着乌龟四脚爬嘛。”

汤姆道：“一开始，咱可是出了一身冷汗哩。”

尤尼塔也不管别的，只是问：“那萌萌后来呢？”

“后来嘛，”汤姆有些怅然地道，“后来进了那堆乱冰丛里……但我敢保证，乱冰丛不会再有第二只白熊的。所以说嘛，送来汇泉湾的那头海豹，是萌萌干的——”

冬冬一看尤尼塔高兴的样子，自己也心里欢喜。就笑着对汤姆道：“你说你这个胡子元帅，有这么重大的头版头条消息，为什么不早一点向尤大姑娘禀报？”

尤尼塔眼睛里忽然闪过一丝忧虑，怔怔地看着汤姆，道：“萌萌也是老大不小的了，怎么到现在还是孑然一身？”

冬冬一看尤尼塔发呆的样子，手一掩口，乐得不行。心里想，这丫头，上来一阵还癔癔魔魔的哩。

正说着话，高凌霄和老卜走了过来，大河和一风几人忙从地上站起来，冬冬和尤尼塔等也都迎了上去。

高凌霄问大河："都妥了？"

几人齐答："妥了。"

一风上前一步握着老卜的手，道："老卜，别的话不说了，回来见！"

老卜见一风这样，忽然就有些激动，他使劲攥攥一风的手，道："我在家好好练练，等你回来，咱杀上几盘！"

大宋一旁听了，悄声对老拴头道："就老卜那臭棋篓子？哈哈，练上三年吧，谷老师也能让他两匹马哩。"

老拴头瞪了大宋一眼，笑着挖苦一句："嘿嘿，兔唇笑话豁子嘴哩。"

"其他的我都放心，只一件——"高凌霄和大伙打过招呼，指了指冬冬对大河道，"人呢，从上到下囫囫囵囵，一样不少，我可是都交代给你了，有一点差池，拿你是问！"

大河郑重地点了点头，就站到雪橇后踏板上。

穿一身大红羽绒服的冬冬，斜挎着救急箱站在雪橇下面，和尤尼塔、奥乌里娅大婶、托尼、贝拉娜、玛尼米尔以及伊莉娅，恋恋不舍地拥抱告别。

冬冬尽量想表现得轻松一些，就笑着道："也就是十多天嘛，很快就回来了。到那时，咱们不是又可以见面了？"

一直扯着姑妈衣襟也不说话的伊莉娅，不想突然冒出一句："姐姐，老冰洋上危险……"一句话没说完，扑簌扑簌掉开了泪。尤尼塔几个眼里也都含了泪。大婶拿手绢抹把眼睛，嘱咐冬冬："孩子记着，你的两个妈妈，都盼着你平安回来。我在家里，会天天为你祈祷！"

冬冬流着泪点点头。尤尼塔就抓了她一只胳膊，扶她上雪橇。不想阿黄突然从后边蹿上来，咬住冬冬一条裤腿不松嘴。

众人一片愕然。

第二十二章 浓雾中，白熊大吼三声

昨天上午，布尔什维克大叔走后，娄书仪打床上爬了起来。他想好了，一定要整一个材料，把站长高凌霄徇私舞弊让他老同学的女儿上冰，而搞科研的却无缘科考；把科考队长于大河勾搭爱斯基摩妇女，引发严重国际纠纷；把考察站存在的其他诸如此类的问题，翻筐倒篓，统统兜个底朝天。这个材料爨好了就给刘部长，在自己上冰的事上，这位前部长大人也是灶王爷肚子里刮旋风，受了窝憋气。这一下，老部长想放马，他给配好鞍；要拉弓，他给安上箭……刘部长这人，娄书仪还是略知三四的，在大半辈子的发迹史上，大致是一路革着别人的命走过来的。这就如猴群里的王，首领只有一个，你想挤上宝座，就得把别人打下去。起身本自平凡，终得封侯拜相，这中间得有多少人给当垫脚石呵。善于革别人命的人，是容不得别人革自己命的，也容不得别人对自己的不恭，尤其是在刚刚退下来的时候。

材料就弄成匿名的——他喜欢这种方式，就和高明的猎人总喜欢抹去自己行踪一样，猎物中了箭，却不知道箭是从哪发出的。同胞们生活的这个环境，他熟悉得不能再熟悉，甲见到一根鸟毛，到了丙或丁那里，就有可能变成一群大雁，何况所反映的问题都是有凭有据，在北斗站上，除了门口堆的雪人，还有谁会不知道呢？

“你高凌霄和姓于的，别高兴太早，开场大幕才拉开，这出戏究竟是文是武，是悲是喜，还得坐车逛庙会走着瞧哩。”娄书仪说着，在脸上撸一把，狠狠地抹过了眼泪鼻涕，从抽屉里拿出笔和纸，趴在桌子上，将心里的碎玻璃碴子，重加收集归拢，又经了番特殊的加工提炼，锻打出一件全世界兵器库里都难以搜寻到的利器，准备投入他的战争里。

咚、咚、咚，有人敲门。娄书仪连理不理，继续用偏狭、妒忌、丑陋、阴暗、怨尤、愤懑和癫狂等，这些世间最有毒性的东西所调和成的配方，淬着最后一遍火。

“书仪呀，”外面又是老卜，“请开一下门，给你送大包子来了。嗬，圆葱牛肉馅的，你小子最爱吃了。”

“老子最爱吃的是气，是他妈的怨气、晦气、丧气，是夹板气、憋肚气、窝囊气！”娄书仪心里愤愤地道。

“我说书仪呀，咱和谁过不去，也别和香喷喷的牛肉大包子过不去呐！来，芝麻，开开门。”他听出来，老卜笑嘻嘻的。

“到底是谁和谁过不去呀，他妈的黄鼠狼给鸡吊孝，这些西洋景、片儿汤，拿了哄三岁孩子去吧！”娄书仪心里这话，差点从嘴里蹦出来。

“要不然这样吧书仪，身上不得劲就好好躺着。包子呢，我让老拴头给你扣锅里温着，啥时想吃了就到伙房去。”走廊里响起踢踢踏踏的脚步声，娄书仪知道老卜离开了，长叹一声：“老天呵，你为何总与我娄某人过不去？”一股无名火带出了一股无名气，又催出来一股无名泪，愤怒地又骂又诉，然后又将新增的怨愤，才添的郁闷，勾兑上一些连化学元素周期表里也不见得有的化学成分，作为铜锌镍铬，电镀和抛光到那件利器上。

看看到了半下午，娄书仪用一万种不良情绪锻打磨制的利器，业已在没有阳光的心理作坊制作成功，就悄悄拉开门。侧耳听听，外面一点动静也没有，便揣了材料，蹑手蹑脚去了传真报房。还好，报房里一个人没有。他迅速拨通刘部长家传真，心里在说：“刘部长呵刘部长，但愿您这会别失了往日威风。”也是天遂人愿。过去发电传，走着走着就卡壳儿，让人恨不能将传真机一巴掌拍碎。今天从续上第一页，突突突，十几页纸一页连着一页，页页争着往前拱，既像是自己长了腿儿，又像是有只手在往里拽。只一会儿工夫，这件秘制的利器，便穿越了黑暗黎明，穿越了浓云淡雾，着陆在了大洋彼岸的那一头。

一块石头落了地，娄书仪感到了一阵轻松。至于说这些纸质的利器，将来在科研界甚至社会上所引发的震荡，会不会像当年美国丢在日本广岛和长崎的那两颗原子弹一般管用，心里倒一点也不怀疑。利器的当量，刘部长的能量，二者相加所产生的巨大变量，谁也不敢过低地估量！娄书仪在生长与毁灭之间，找到了一个平衡点；在得到与失去之间，找到了一个中间点。这个平衡点和中间点，就是一剂让他产生心理平衡的灵丹妙药。

收起材料，想再和刘部长通个电话，把心里的怨气进一步发散发散。抓起听筒，却发现传真机上有几页尚未取下的电传，刚才急急忙忙光顾着发了，也没在意。心里一时好奇，就扔下听筒，翻转了那传真来看。不想这一看，心头一惊——原来那是一份预告特大气旋突然生成的卫星云图，是友邻站刚发的，也许就在他进报房前才传来，上面还标了紧急字样！

气旋？气旋！冰上队出发后就会遭遇上特大气旋，而且又是突然生成……娄书仪忽然幸灾乐祸起来！

一个黑色的幽灵，忽然间占据他的心头。韭根生了地蛆，棉蕾招了铃虫，伊甸园游进了一条蛇。

“老天爷总有开眼的时候！”娄书仪狞笑一声，想也没想，伸手撕下传真，连同自己发过的那份材料，窝巴了几下塞进怀里。也顾不得给刘部长打电话了，急匆匆推门想走，忽见前面有人走过来，吓了一跳，忙撤身避在门后。没想到来人竟是白冬冬，喊了几声童圆，进门又往里瞅了瞅，就扭头走了。

“这要童圆回来就啰唆了。”想到这里，脊梁沟出了一片冷汗。竖耳一听再无别的声响，赶紧从门后钻出来，耗子似的顺墙角溜了回去。

进了门，娄书仪一颗心犹自狂跳不止。他喘吁吁摸出那卷卫星云图，仔细看了一遍。没错，就是它，就是高凌霄他们日思夜盼的那张卫星云图。云图显示：未来四十八小时之后，在中国北斗站以北二百余公里的洋面上，将突然有特大气旋生成，而火岩岛一带，恰是中心。届时，将有暴风和强降雪出现。再看云图发布时间，是今天下午两点四十分，也就是说，这是一张最新的卫星云图，除了他娄书仪，站上谁也没看到……

好呵，你高凌霄不是不让我上冰吗？那么，老天爷就把这张云图送到我手里。

你们去吧，去吧，还有于大河、白冬冬，还有那个自己一张口就给塞个土蚂蚱的谷一风，你们去吧，前面正有一个个大气旋，还有一场大暴风雪，在热情地等着你们呐！知道草丛深处的狮子，是怎样恭候瞪羚的吗？那些气旋、狂风和暴雪，就是恭候你们这些瞪羚的狮子！那可是上帝对你们的厚爱，是造物主无私的施舍，你们不领受都不行哩。哈哈，到时候，狂风会把你们像稻草一样，不，像鸟的羽毛一样，吹得打着旋儿，翻着个儿，头下脚上，飘飘摇摇就上了天，然后再结结实实摔到地上来，鼻青脸肿，头破血流，求告找不到庙门，啼哭摸不到坟头。老冰洋上的雪，也不是吃素的，它可是风的帮凶哩，最擅长的就是落井下石、助纣为虐。它乘着风的淫威，补充着风的不足，将风摧残不到位的地方，再变本加厉进行一遍重复摧残。它会迷你的眼，打你的脸，绊你的脚，挡你的腿，叫你看不清，走不动，最后再巧妙地掩盖现场，把你一点点一寸寸深埋下去，外面一丁点儿痕迹不会留下。假如狂风和暴雪还太仁慈，太宽厚，还没把你折腾得挺了摆，那也不要紧，老冰洋上的寒冷，不比地府里的阴冷好受多少，那可是连阎王爷和他的小鬼们也打怵得很哩。它会单打独斗，以弥补风与雪的缺憾，或者干脆和风与雪亲密联手，将你像一块肉或者是一条鱼一样，放置在比一万台冰箱冷冻机制造出的寒冷还要冷上一万倍的超低温里，造成冰棍棍、冰坨坨、冰块块、冰团团、冰条条……哈哈，在人烟稠密之地，温柔富贵之乡，阎王爷生意一向很好，勾死判杀的忙活不大过来；而他老人家在老冰洋上开的分公司，倒是经营惨淡，很少有送客上门者。这一下来彩头了，无常、索命有了差事，森罗殿少不得有一桩新公案要料理……

“天不灭曹呵！”娄书仪把那卷卫星云图往桌子上一扔，一个得意的公猪跨槽，仰面翻到了床上。伊丽莎白·泰勒，立马向他露出了含情脉脉的微笑——只是，因为她满脸的碎玻璃碴子，还有那些像泪珠似的尚未干透的水渍，使那欢颜中倒添了几分苦笑的意味，甚至还有点疯疯癫癫。

看到破了相的泰勒，娄书仪忽然又有些不忍。泰勒何罪，我却以恶相向，残其姣美之容貌？好好的一张俊脸儿，叫我弄成了啥模样？虽说不是故意的，可这和在外面受了冤屈回家拿老婆撒气，又有啥区别呢？真是不该呀不该。由泰勒想到白冬冬，想到冰上队，自己与他们近日无冤，往日无仇，也只不过是自己想掰的棒子没到手，想逮的兔子没进套，就犯得上扣压下卫星云图，置他们于凶险难测之途吗？

这是不是有点太过分了？如果因为这张卫星云图冰上队出了事，不怨天不怨地，罪过全在我娄书仪，我那样不就成了罪人，成了连禽兽不如的畜牲了吗！想到这里，心里像藏了一窝野蛤蟆，扑通扑通地跳，手上脸上冒出冷汗。他一下从床上跳下来，抓过桌上的那张图，拉开了门要去送给高凌霄。

忽然，听到走廊里有几个人走路。娄书仪贴在门缝听着外边动静，想没人了再出去。结果不知哪两位仁兄，竟在楼梯口扯开了闲篇，屁话一句接一句，哇哇啦啦刹不住车了。

“真是无聊之极！”娄书仪心里骂了一句，就想，不如趁晚上人少再去找高凌霄，反正离明天出发时间还早。

晚上到万国大厅吃饭，竟觉着忽然间那么生疏，人们一个个古里古怪地看着他，就像要在自己的脸上寻找什么破案线索。更加忍受不了的是谷一风和牛得田。不就去个火岩岛嘛，又不是去探月，不是到木星开 Party 上水星找媳妇，有啥可展扬的？你看两人在饭桌上那德性，你一句他一句，舞手划掌的，唾沫星子乱飞，饭都堵不住各人鼻子下面的窟窿，一个劲显摆上冰如何如何，如何如何。如何你娘个头，再如何也不过是去上冰，也不过是到比鲸头顶再往北的冰洋上去，能如何出个狗屎来呢？还真的上了天不成！可见也是小人得志，老鼠肚子盛不下二两油。

娄书仪端着一碗饭，绕开了谷一风和牛得田，来到里面的饭桌上。正巧桌头大宋那里有个闲位，就坐了下来。大宋文化水儿不高，却是个大能人，喝得来大酒，抽得来大烟，会侃能聊，交际广泛。尤其是动起金、木、漆、电诸般营生，这老兄围桌子转一圈儿还要打个余幅。往日里，他和这位修理工还算薄有交情，也很能吹上来几句。谁知大宋见他过来，就跟躲避来借债的，先是侧目，继之侧脸，然后把个身子一转，将大半拉子肥肥的屁股给了他。

大宋这样做，就像獴群哨兵向它的同类发出信号，左右几个本来正叽叽喳喳说得欢，顿时闭了嗉子，都闷了头往口里扒饭，谁也不再吱声，就连目光也吝啬得深藏在眼睑之内，没有谁去搭理他这碟子菜。

“怪道是人走时运马走膘，这人要倒了霉，打喷嚏也能扭了脚懒筋。哼，老子还真不服你们这些羊上树！”娄书仪心里骂了一句，费劲咽下一口饭，像吞下一只绿头苍蝇。

吃过饭，好不容易挨到好睡觉的时候，便仍旧揣了那图，做贼似的下楼找高凌霄。走到洗衣房门口，听到里面有人说话，忙住脚避在了墙根。

“你说好好的洗衣房也招了耗子，人家白大夫泡在盆里的乳罩、裤头的，也给拖了去，而且还不是一回了呢。”听声音，像是搞遥感的魔力王。魔力王大号郑鸣来，因为一家生产魔力王牌蜂王浆口服液的厂家，赞助过他的项目，就整天穿一件前后都印着魔力王商标的摄影马甲，开口闭口离不了魔力王仨字。日子久了，大家把这仨字做了他的外号，大名私下里没人叫了。

“耗子的确是个耗子——”这一个说话的是打枣竿子，看来他和魔力王两人是在这里边洗衣服边闲拉呱儿——且听他说下去——“倒是个长着两条腿的。呸，白披了他娘的一张人皮。”说完又接连呸、呸了两下，好像有不洁的东西掉在口里。

娄书仪心里嘀咕，怨不得这两天人们脸上都一副怪怪的样子，特别是晚上吃饭的时候，一个个那夹刺带芒的目光，讥诮、不屑里还掺杂着几分怒气，像要把谁吃了似的，原来是站上出了这种事！要不是碰得巧，听了这两块吃货的议论，还以为一屋的人是朝自己来的呢！可见人还是少做亏心事的好，心中无暗事，不怕鬼叫门嘛——说来这事也真够恶心的，什么不好偷，你去偷人家姑娘的乳罩和裤头？真是贱骨头！可这是谁干的呢？沉住气，再听他们往下说——

“那么，”魔力王道，“这又是谁犯贱，干出这种下作事？”

“谁？”打枣竿子道，“你魔力王不是搞遥感的嘛，半边地球一个航测整明白，咋眼皮子底下这事，倒看不清了？”

魔力王：“好了，你打枣竿子也别卖啥关子了，就照直说是谁吧？”

打枣竿子：“哈哈，这北斗站上全国人民都知道了，就你魔力王还蒙在鼓里。其实，你就是闭着眼睛一想，也猜个八九的。”

魔力王：“恕我眼钝，还真没场儿猜上。”

打枣竿子：“嘿，还能有谁，不就是那狗日的黏毛糕嘛！”

……

娄书仪脑子里嗡一声，像要炸了开来。他妈的，好事绕着走，屎盆子倒往头上扣，我娄书仪就那么下三烂吗？连女孩的……唉，招谁惹谁了，亏你们也想得出！一股屈辱而又愤怒的眼泪，不觉间流向了面颊。他咬了咬牙，一跺脚折回宿舍。

倘若说娄书仪对白冬冬的单边恋，破灭的不过是一种梦幻，不伤骨头不伤肉；没去成火岩岛所遭受的打击，也只是打掉牙咽肚子里，即使心里再怨愤难受，再不服气，也搬不到桌面上去；可是，将偷窃女人亵衣这种人人不齿之事，打了标签强安到头上，这让他无论如何也想不到，更是无法忍受。从小到大，走南闯北，娄书仪一直生活在一种优裕的环境里，喝的是奶与蜜，吃的是膏与肉，走的是顺坡道，看的是笑模样，又何曾受过如此屈辱！简直岂有此理，是可忍，孰不可忍！

本来，占据心头的幽灵就要被赶走，游进伊甸园的蛇也知道了悔过。但从子虚乡突来的不堪之辱，打乌有国骤降的不白之冤，使他觉得自己仿佛成了窦娥，成了杨乃武和小白菜。他不想将云图交出去了。凭什么要交呢？这帮孙子，你们不是要看娄某人的笑话吗？好呵，就叫你们看吧，尽情地看。我娄书仪不是软柿子，想怎么捏把就怎么捏把。

忽而又想，卫星云图和偷盗亵衣，这是抽大烟和拔豆茬，根本的两码事儿，不能扯一块儿去。没有卫星云图，冰上队照样可以出发，队伍里不是还有爱斯基摩人嘛，他们什么样的风雪没见过？来个气旋啥的就能刮死了人？偷盗亵衣这件事，却是要命得很，它关乎一个男人的名声。这男人没了名声，就像鸟没了羽毛，树落光了叶子，或者是树干被扒光了皮。一念至此，他想去找高凌霄和卜维国，想找于大河和白冬冬，想到万国大厅守着大伙儿申明：那不是他娄某人干的，干屎抹不到人身上！可那样做管用吗？人们会信吗？弄不好，又要麦糠擦腚找些不利索……

难不成就这样忍气吞声，人家扔个绳扣扣，自己就得往里伸脖脖？缩头乌龟好做，窝脖子气儿难咽……

转念又觉自己想的毕竟是芥豆小事，卫星云图就不同了。假若他们看不到这张图，就不会知道天气变化情况，那么在出发后的第二天上午——最迟在下午，就会一步步钻到风暴眼里去……

一个晚上，娄书仪不太宽广的心里，像有两个人舞马挺枪地打仗。一个要交，一个要不交，刀来枪去一阵乱打，脑子里像头发丝油炒碎麻线，乱成了一团。

娄书仪躺床上烙大饼，贴火烧，干瞪两眼折腾了一宿，始终也没想明白，麻子王婆的脸上，到底有多少个坑坑点点儿。到了该起床时候反倒睡着了，迷迷糊糊中，忽见一头大白熊龇着獠牙扑了过来——这一惊便醒了过来，侧脸瞄一眼桌上闹钟，已是上午九点四十，就揉揉红肿的眼睛爬起来，坐在那里发怔。

还有一刻多钟，冰上队就要出发。这个时候，全北斗站的人都会跑到莫愁湖边，热热闹闹地为他们送行。要不是窗户隔音性能良好，人们的喧闹声和狗的吠叫声，能听得清清楚楚。

娄书仪忍不住，走到后面的小窗户跟前，将厚厚的遮光绒布帘掀了一道缝，莫愁湖边的光景，立时映入一双嫉妒、无望而又惶惑的眼中——雪地上，几架狗橇，一堆男女，乱哄哄围了一片。湖边一行冰雪雕成的标语，亮得一塌糊涂，在没被人群遮挡的两边，隐约可辨别出热烈和出征几个字。也不知出于一种什么心理，他顺着窄窄的缝隙，在人群中搜寻着那些他所熟悉的面庞和身影。窄缝和距离，加之红红绿绿颜色夸张而又式样单一的着装，使他辨认上的努力，并不那么容易见到效果，但他还是在努力地搜寻。终于，他看到穿了一身大红羽绒服的白冬冬。这个妙人儿，这个莫愁村里的伊丽莎白·泰勒，不用在当面他也能想象得出，此刻那张粉嫩粉嫩的小瓜子脸上，定然像三月里的杏花一样，带露含情，春风荡漾，真的是要迷死人呵……可是，这都是因为她要上冰，而且是跟着心上人于大河上冰……想到这里，心里又是一阵酸溜溜的……嗤一把将窗帘拉上，怅怅然躺到床上。

“泰勒，”娄书仪瞅着惨不忍睹的泰勒，道，“白冬冬、于大河他们就要走了，你告诉我泰勒，到底应该怎么办？”伊丽莎白·泰勒依然故我地媚笑着，那眼神像埃及艳后，又像曼哈顿的应召女郎葛罗莉娅，不管表现得是高贵，还是卑贱，所传递出的全部信息，似乎除了易于让人分泌荷尔蒙，再鲜有其他。他挠一把起棱的头皮，又到桌子上拿起那张气象卫星云图——从得到这张图到现在，除睡着了的短短一会儿，他已经不知道反反复复拿起过多少回了。薄薄几页纸，倒成了烫手山芋，他甚至后悔不该拿来这张图，真是赤着脚踩蒺藜，没有事找罪遭。

怎么办？那个想了一宿没想明白的问题，像一道箍儿套住了他。如今这箍儿又紧了紧。娄书仪尝到了孙猴子被妖怪拿住的滋味，抓耳挠腮，蹙额皱眉，站起来坐下，坐下又站起来，就算贾天祥中了凤姐的局，也不会有这般难受。

不比西瓜大的脑壳子里，鸡撕猫啃的争战，进退去留的抉择，依然没完没了。娄书仪颓丧地跌坐在椅子上……

就在娄书仪心焦目乱、举棋不定的时候，于大河他们冰上队，已经斜迎着北风，踏上奔赴火岩岛的路途。这路途——如果说这也叫路途的话，怕是天底下再也找不到第二条这样的路途了。在此前很久的某一年某一月某一天，他们的脚下其实只是一汪深深的海水；又是某一年某一月的某一天，地球发了阵疯，这汪海水便被持续的极度寒冷，给冻成了一层厚厚的冰壳子。往昔的万顷狂涛，一个晚上便被牢牢锁在了壳子下面，就像桀骜不驯的野马给圈在厩里。在冰结过程中，由于北风、东风、西风和斜风、逆风、旋风的轮番夹攻和强劲吹拂，加上波浪、暗涌、旋涡、洋流等海洋的小丑和巨匠们，按照自己的意愿，不规则地推拉搅拌，将那些渐渐或迅速凝聚成固体形态的淡水、咸水，堆积、揉搓、抻捋、冲撞、锯割、撕扯，撕扯完了再来新一轮锯割、冲撞、抻捋、揉搓、堆积，九九八十一道工艺，乱七八糟地颠倒使用，没完没了地无序操作——这便有了那壳子。其实这事也没有那么复杂——某一时辰，上帝只是吐口气儿，将一节小拇指，插在地球北边这片老冰洋里，随随便便那么一搅和，就成了现在这个样子。如此，我们便大概地知道了这冰洋的路途是怎样的坎坷、怎样的险峻了。当然，这并不是它的全部。因为这破壳子上还覆盖着经久未化的积雪，积雪上面还有随时而至的新雪；此外，还不时会遇到黑黝黝的冰缝，像魔鬼裂开的、随时想吞噬点什么的大嘴……

冰上队滑雪和驾橇走着的，就是这样一条路。假如风和日丽，这样的路，也算是走在长安街或是香榭丽舍大道了。问题是，在他们出发不久，本来阴乎乎的天空，渐渐又起了雾，而且这雾就和涝雨天河里发的水，越往前走，涨得越厉害——在刚起雾时，老爹和走在前头的大河调换了位置，由他驾橇带路，那些滑雪的队员摘下雪镜，瞪大眼睛，就和幼儿园小朋友扯着阿姨衣襟玩的那个著名游戏一样，紧咬着老爹头橇行进，生怕不小心掉队，成了被老鹰叼走的小鸡。

也多亏老爹摸着老冰洋的脾气，又有百步开外能分清海豹公母的眼力，因而在弥天大雾里，总能寻找到最适合下脚的行进路径，尽管那些骇人的冰裂缝蜿蜒如蛇，也没挡住他们的脚步。洁净的雪地里，一行人与狗的凌乱踪迹，倔强地向东北方那个谜一样的荒岛迤逦延伸。

下午一点多钟，这支由三架狗橇和六位滑雪者组成的奇异队伍，绕过一条有数节橇身那样宽的黑色冰缝，穿一身海豹皮衣裤的老爹突然喝住狗，并将雪橇翻倒在地。

“瞧那边，”老爹那双猎人的眼睛里射出一道亮光，脸上皱褶像蚯蚓一般生动。他指指右前方，声音尽量压得很低，“是不是蹲着一个什么怪物？”

老爹的话让人头皮发炸。队员们一齐抻长脖子，试图从针眼中发现一头昂首穿过的骆驼。

浓雾堆满了世界。前方，如同隔着一万光年混沌模糊的未知星球。

那边，橇犬们静静趴在雪地里，唯独阿黄一副烦躁不安的样子，眼瞅着浓雾深处，将两只前爪在雪地里不停地刨，扒起的雪把身后一只叫冰之花的母狗都快埋住了。在奋蹄刨雪的同时，阿黄嘴里还呜呜低吼，听上去明显带了几分无助的哀伤。阿黄之所以能随队远征，完全是因为出发时它咬着冬冬裤腿不放造成的。也不知当时尤尼塔是怎么想的，一见阿黄和冬冬那恋恋不舍的样子，心一横，硬是把一条领路的大青狗卸套换上了阿黄。尤尼塔的这一看似唐突的举动，让大河、冬冬甚至高站长及古里班古等人大惑不解。

“豁——”前面雾深处传来一声低沉有力的吼叫。众人敛声屏息，狗们也竖起了耳朵。

“豁——”

“豁——”

连着吼过三声，戛然而止。狗们倒来了威风，一齐仰脖狂吠，像起了第三次世界大战——要不是沉重的雪橇翻倒使阻力增加十倍，怕已拉着扑进了迷雾。

这时候，阿黄安详地趴在雪地里，却像什么没发生过一样。

阿黄的反常表现和什么东西的三声吼叫，让大河陷入了沉思。他在想，这会不会是那个可爱的小精灵呢？因为在傍晌天过一道雪脊的时候，他曾隐隐约约看到后面有一个影子，像一头白熊，那会儿雾还淡些。休息时悄悄跟老爹讲了，居然老爹说也看到了，那确实是一头白熊，只是觉得并没有攻击人或狗的意图，也怕说了会影响了大家赶路，便没吱声。

如果这是萌萌，它为什么要有这样一种匪夷所思的举动呢？吼声传递着的又是一种什么呢？

第二十三章 白毛风

送走冰上队，高凌霄和老卜几人，陪尤尼塔以及艾奥诺村长一行参观了站区，又留他们在万国大厅吃了饭。临上雪橇，贝拉娜鼓了鼓劲，终于向高凌霄等替那个不争气的儿子道了歉，最后流着泪道："真恨不得即刻就有魔鬼撒旦来把他带走……"

高凌霄回到办公室，觉得身子有点沉，就靠在高背椅上想迷糊一会儿。才闭上眼睛，忽然想起童圆走前发回国内的传真，也不知部里领导看了后会有什么想法。特别是那位退下来的部长大人，一回回明里暗里的替娄书仪说项，一看上冰没有娄书仪，会不会一下将嘴巴鼻子的气歪？他能够想象得出，这位多年官居高位的大部长，在他的权威或者是权力的余威受到挑战后那种歇斯底里的模样。想到这里，心里还是免不了有些嘀咕，觉着往后得和他弥和弥和，犯不着把关系弄拧，谁知道鞋窟窿啥时候会落进个蒺藜呢？因此，应该在他知道上冰名单前先打声招呼，不管怎样，礼数还是要有的。于是就一手抓起电话听筒，一手扒拉电话簿查号码。猛一想不对，这个时辰，刘部长怕正在暖和和被窝里做着香甜的美梦哩，遂苦笑了一下放下电话。

下午，他先和老卜上了趟鲸头顶，看了看王骥、大宋和刘大个子他们的施工情况。眼下这些日子，联合工作站基面已经修整好，几根坚固的铁桩，也按要求打入岩石里，就等找个日子，将集装箱式板房捣鼓上来加以固定了。到了工地，正遇上王骥和大宋几个在发愁。原来是一块两人高的长条巨石横在半路，这与陡崖边的巉岩夹成一条小胡同，空身一人走过还算勉强，但要搬运板房和一些大型设备，就等于要赶着骆驼打针眼里穿行。为此，大宋主张炸掉巨石，让这条上下山的通道彻底畅通，可这就得破坏山体。王骥和刘大个子认为从巨石前辟路绕行比较好，这样又要像陀螺似的，山后山前一圈圈地转上去，工作量不知要增大几倍。几个人抓耳挠腮的，不知如何才好。高凌霄和老卜一合计，觉得王骥和刘大个子的意见虽说费时费力，到底稳妥可靠。大家就共同商量，最后决定按这个办，等选个没风没雾的天，把板房和设备弄上来。下山的时候，高凌霄又叫上王骥和刘大个子，跟着他和老卜去鱼尾岭上转了转。明年夏季来船，站上将要再建一个油罐储放基地，高凌霄的意思是要选在鱼尾岭，现在先初步勘察一下，也好心里有个数。

挨到晚上八点多，高凌霄盘算，刘部长也早该起来了，就抓起听筒拨电话。那头是一个听上去挺成熟的女性："喂，请问您找哪位？"

高凌霄想，这可能就是部长夫人了，就道："请问您是刘部长的爱人吗？"

那头急忙道："不是，不是，我是领导家的保姆赵明明。请问您是找何阿姨吗？"

高凌霄这才记起，刘部长的夫人叫何雅萍，退休前是资源环境所的副书记，因为酒量大，人称喝二瓶，就道："噢，对不起，不找何书记，我想找刘部长听电话。"

赵明明道："您等着，刘部长在客厅里看报纸哩，我就去叫。"

稍一会儿，赵明明回来，问高凌霄道："对不起，忘了问了，您是哪一位？"

高凌霄心下有些不快，但话里听不出来："呵，我是北斗考察站的高凌霄。"

赵明明忽然惊喜地道："呵呀，您是北斗考察站的？知道知道，我在电视里看到过你们，真是了不起。哎，那里是不是很冷呵？"也不等高凌霄回答，就接着道，"叔叔您等着，我去叫刘部长。"

又过了一会儿，高凌霄听到拿起听筒的声音，以为是刘部长，刚要开口，那头却说了话——还是赵明明："对不起叔叔，刘部长他、他不在家，可能到公园散步去了吧。要不，您晚上或者其他什么时间再打打看？"

放下电话，高凌霄心里疙疙瘩瘩的很不是滋味。搞什么名堂，神神鬼鬼的，赵明明已经说你在客厅看报纸了，眨巴个眼子工夫就去了公园。你的腿就那么长，一步跨得没了影？分明是不想接我高凌霄电话嘛！由此看来，刘部长已经知道了没让娄书仪上冰的事。好家伙，消息也真够灵的！不知是谁连夜向他透露了电传内容，还是站上什么人给他打了小报告，立马现世现报拉下脸子，可见也是袁绍、周瑜一般的心胸！

高凌霄斜躺在座椅里生了会闷气，又拿起那块黄河石在手里转悠着。也是奇怪，黄河石一上手，就像在有杂质的水里放进明矾，心情立即清爽了起来。管你秦汉的明月隋唐的星星，管你刘家的牌楼赵家的勾栏，时间之河的水，总是裹挟着一切汹涌向前，什么泥沙浮萍，岸杨滩柳，又算得了个啥呢？当然啦，找个适当的时候，还得给刘部长打个电话，表个歉意，说明说明情况。这关系嘛，尤其是像刘部长这样的人，还只能缓和疏络，万万不可弄僵。宁得罪君子，不得罪小人。犯不着为工作上的事“积下些憋死牛”嘛。

高凌霄正这样想着，马松宝敲门进来。童圆上冰，报房的事暂由他代理。马松宝拿着一个电传件，趋前一步，道：“站长，这是部里刚发来的，请您过目。”

高凌霄接过电传一看，这份以部办公厅名义发过来的文件，先是对北斗站前段工作和火岩岛考察计划做了肯定，接着又进行了委婉批评，说他们没有把冰上队出发时间，特别是人员的确定，及时向部里报告。最后提醒他们密切关注野外科考人员，一定要确保安全云云。

“看来呢，”马松宝道，“部里对咱们工作，多多少少是有点儿看法的。”

“去、去、去，”高凌霄不耐烦地摆摆手，“忙你的去吧，小马，这里没你的事了。”

马松宝走后，高凌霄攥着黄河石，陷入了沉思。

次日上午，高凌霄让马松宝抓紧联系友邻站，问问气象卫星云图究竟怎么回事，为什么说了好几天，到现在还没发过来。高凌霄端坐在椅子上，道：“告诉友邻站，我们对于卫星云图，是大旱之望云霓呀。盼星星，盼月亮，冰上队都要到火岩岛了，云图却依然是阴天翻跟斗，连个影儿也没有哇！”

马松宝询问的结果，让高凌霄大吃一惊。友邻站说早在星期六下午两点多钟，就将最新的气象卫星云图，传真到了北斗站，因为将要生成的特大气旋，不仅来得突然和凶猛，而且正处在冰上队将要到达的范围，他们还特意标了紧急二字，以期引起重视。为了证明此说不虚，友邻站将那份卫星云图，重又传了一遍过来……

“抓紧联络于大河他们，快，小马！”高凌霄额头呼地出了汗，他猛一下站起来，把攥在手里的黄河石，往桌子上当啷一丢，脸色难看地向马松宝喊道。

“我们约定是在火岩岛扎下帐篷后，才开始第一次联络……”马松宝小心地说道。

高凌霄意识到自己的失态，便来回走了几步，略微镇定了镇定。重又拿起刚刚扔下的黄河石，语气缓缓地对马松宝道：“去把卜书记叫过来。”马松宝转身刚走出几步，高凌霄把他喊住，一字一句地道，“小马呀，找来老卜后你啥也别干，抓紧把收到卫星云图和冰上队可能要遭遇气旋的事，草拟一份报告，等我和老卜看了以后传到国内。另外，从现在开始，电台保持二十四小时开机值守，不能有误！”

听到三声熊吼之后，于大河他们继续破雾前行，到晚上八点多钟，在一处冰面较为平坦的地方，一行人收住疲惫的步履，扎营支帐，烧水做饭，又是一通忙忙活活之后，就歇息了下来。

翌日晨，人们正睡着，忽听牛得田在外朗声大叫：“亲爱的同学们，亲爱的战友们——”

刚刚钻出睡袋的童圆，揉着惺忪的眼睛，从帐篷里伸出半个脑袋，道：“牛老师，您一大早这么亢奋，是不是发现了新大陆？”

牛得田换成一副惯有腔调：“我站在庄严雄伟的天安门城楼上，向你们报告一个特大喜讯：今日虽然阴天，但万里无雾——嘿，万里有点夸张，我看至少五里无雾，我们不用像钻面口袋里那样，受他娘的窝憋气了！”

童圆一听没了雾，哧溜钻出帐篷，双脚一蹦，在雪地里翻了一个跟斗。

做过早餐吃了，人与狗又浩浩荡荡踏上了冰雪之途。不多久，西北风越刮越劲，队伍斜逆着风向行进，风扑到脸上像叫马尾巴扫了似的，硬戳戳的难受。到了中午，风把洋面上的积雪，搅得像羊群一般在地上飞跑。老爹带着大家找到一道冰岭做屏障，停下来吃了干粮，喝了热水，人和狗的也歇息了一阵子。

看着风吹积雪一阵紧似一阵，大河问老爹：“这风好像越来越大了，老爹你看要不要就地扎营，避避风头呵？”

老爹把两只冻得发硬的鹿皮手套，对着敲了敲，道：“照眼下风势，赶路还不成大问题。不过走的时候呢，大家都跟得紧一点，不要有谁掉了队。”

听老爹说不要掉了队，正坐背包上整理滑雪装具的安子儒，一张脸又热又臊，于大河心里也打了个咯噔——

昨天下午，就在抵达宿营地之前，人们又累又饿，谁也没有发觉安子儒掉了队。是冬冬坐在雪橇上偶然回头，也是一时之念，就查了查滑雪的人数，一、二、三、四、五，咦，怎么少了一个？她想也没想，脱口嚷了一声：“不好，缺了一个人呢！”

队伍立即停下来。胡萝卜白菜的一清点，才知道没了安子儒。浓浓大雾中，一个大活人不见了，这还得了？牛得田和刘振宗，向着后面的浓雾，“安老师！”“安子儒！”“老安！”抻着脖子一通喊，两人嗓子岔了声，也没见人应。大河就对一风道：“刚才我还见到过安老师哩，想必落得不远。我看这样吧，你和汤姆、老牛三人，顺着来路迎他，每回撤一百多米，就留下一个人，在原地等候。如果三百多米还没见到老安，最后一人也不要再走了，立即呼喊上一个人，这样我们全队回撤，一节节倒替着呼喊，直到找见人为止。”

“这个安子儒，”一风道，“平常日一锥子攮不出个血来，怎么不声不吭就丢了呢？盆儿罐儿的，落地上还有个响哩。”说完，就和汤姆及牛得田滑着雪，向来路踅回去。

往后折了二百来米，发现安子儒直戳戳站在雪地里，正用两根雪杖支着个没生胡子的下巴在哭哩。一风见了，又好气又好笑，嘴一撇道：“我亲爱的安老师，您演的是诸葛亮吊孝，还是雪里送梅娘？就不怕大白熊追上来，把您当了果腹的点心？”

听一风一数落，安子儒像个孩子似的，忍不住哭出了声，眼泪鼻涕的，滴滴答答往下淌。

一风有点不耐烦，道：“你也是吃过若干年咸盐的人了，这样号号啕啕的，也不怕叫年轻人笑话。”

汤姆拍拍安子儒肩膀，也劝道："没事的安先生，大家不会丢下你不管的。"

"你是不知道呀谷老师，"安子儒从包里扯出一块纸巾，擦了擦脸，"刚才正滑雪走着，雾蒙蒙的也没看清，跌进一个大雪坑里，爬出来走了几步，发现丢了防雪镜。你想咱们整天在雪地里行走，没这玩意儿咋行？我又折回去找——"

"那你得招呼声呀，这雾腾腾雪朦朦的，真要走丢了，不说冰缝和白熊，光冻和饿吧，你老安这小身子骨儿，嘁！"

安子儒道："原本想找了雪镜赶紧追队伍，哪晓得是讨饭的追卖火烧的，越追越远，喊吧你们听不见，看地上的脚踪又雾罩罩地不分明，我也不知往哪走好了，只好原地站着不敢动。心里想，你们要能找回来，有我这半截子木桩杵在这里，总比雪地里躺着个骆驼好发现些……"

安子儒掉队这事，引起了大河的警惕。在早晨出发的时候，就和一风、汤姆几人商议着，让三驾橇行进中尽量再放缓一下节奏，兼顾上滑雪队员的速度；滑雪队形也做了调整，年老体弱的安子儒在前，依次是童圆、刘振宗、牛得田。谷一风和汤姆两人体力好，雪也滑得好，就在后收尾。大风使下午的行进增大了困难，大河担心安子儒会吃不消，就劝他乘雪橇。

不想安子儒却坚持滑雪走。他道："昨天掉坑里，右脚崴了一下，但现在没事了。队长你放心吧，往后别说掉了雪镜，就是掉了帽子，掉了背包，我也不回去捡了，免得把大家伙儿拖累了。"

"这世道！"一风站在雪橇边，做了一个打高尔夫球的动作，将一块乒乓球大小的碎冰，一雪杖击打得看不见影，嘴上说道，"安老师你这是矫枉过正。背包的事咱不说，就说丢了帽子吧，你老人家真要不捡，光着个白花花的大脑袋，风吹雪打的，那尊贵而又充满智慧的伟大脑壳，就不怕给速冻成一个石葫芦吗？"

大伙听一风这么说，一齐笑了。

牛得田道："安老师是研究气候与环境变化的。要是果真如一风兄所言，掉了帽子头就能冻成个石葫芦，那岂不自己先变成了气候与环境的一件即兴作品了吗？"

安子儒干咧着嘴，又是一副笑不像笑哭不像哭的模样。冬冬看了，倒替安子儒不得劲起来，想帮他解解围，可这种西北风刮蒺藜式的俏皮话，一时又说不上来，因而心下有些发急。

终于，安子儒咽了口唾沫，话就打嗓子眼挤了出来——他倒是不抬杠："真要是冻，也不要只冻个局部，索性把整架身子骨儿，一块儿变成冰雕，也好给后人留下个完整的研究标本。这对于文物考古来说虽然没啥意义，但对于同行也不见得一点不欢迎。"

"真要能冻成冰雕，"汤姆一脸凝重地道，"那也就好了，就能几年、几十年甚至几百年保存下来了。后人再看看老祖宗，也能见到个原先模样，这总比什么也见不着要强得多。"

大河知道汤姆又想起了高爷爷，就道："我们走的这条线路，比较冷僻，到达火岩岛，说不定还真能发现点什么。假如能得到一些克林斯特探险队的线索，即使不是什么人体冰雕，也是莫大的快慰哩。"

汤姆道："倘能如此，也就不虚此行喽。"

谷一风道："发现别人尤其是古人被冻成冰雕，看来是一件不坏的事。从某种意义上讲，那也的确是上帝留下的杰作。可要是具体到成为冰雕者的那一个人，也或者是一群人，则是一场大大的不幸。"

冬冬道："仁慈的上帝与我们同行，冰上队员的一根头发丝儿，也不会被拿去做什么冰雕。"

"冰雕的事咱们先不讨论，"大河对一风道，"我看这老天爷和咱们摽上了。为了避免再出现意外，我建议，此后每走半个来小时，橇和人，一律都要停下来喘口气儿，确认无事再继续前进。另外，"大河看了一眼安子儒，"谁要是崴脚、冻伤，身体有什么不得劲儿，一定不要硬扛，赶快坐到雪橇上来，或者是全队进行休息。"

一风点点头："如此甚好。但我琢磨着，得给咱们的白大夫封上一个官衔儿，"说着看了一眼冬冬，冬冬一脸茫然，"让她当冰上队的安全观察员。有了观察员，狗橇走得快了，或是后面滑雪的有了什么问题，随时发个信号，这样全队就能首尾兼顾，不至于出大的岔子。"

大河想，这个主意真不赖。但他没说出来，而是看了看冬冬，爱意深沉的眼神似乎在问："怎么样？"

冬冬很感激队友对自己的信赖，面对大河，爱意同样深沉的眼神在答："没问题！”

“可是，”大河道，“风这么大，你说的信号，又是如何个发法？总不能跟放羊似的扯着嗓子吼吧？”

“这个无须阁下操心，”一风在背包里唰唰啦啦掏着，像个变戏法的道，“山人早就有所预备。来，宝贝，你给我出来！”说着摸出一个红塑料哨子。一看，自己先瞪了眼——原来是昨晚进帐篷睡觉，觉得里面拥挤，就把背包放在帐外，不想这玩意儿不抗冻，裂开了两道大口子。一风气呼呼地骂道，“他妈的这世道，真是反了！”抓了那破哨子，猛一把撇了出去。

“你看这个行吗，一风老师？”冬冬从包里取出一块红丝巾，搁在肩头披了披，又举手里扬了扬，哗哗啦啦的，像面小旗子在飘。

一风见了高兴地叫道：“好、好，这就相当于我们中军帐的帅旗。大河的这驾雪橇呢，就是中军帐。不管是驾橇还是滑雪，在行进中都要听从帅旗指挥。只要帅旗一举，大家就得赶紧收住脚，向中军帐靠拢。”

再次上路，坐在雪橇里的冬冬，果真履行起观察员的职责，前前后后地长着眼色，队里每一个人每一条狗，自始至终没脱离开她的视线。如果觉得哪里有什么不对劲，就及时报告给大河。她所执掌的令旗也管上了用，有几次跨越小冰缝，都是靠它的指引和召集，使全队安全有序地通过。

到了下午两三点钟，风力明显增大，而且还下起了雪——那雪，不是我们司空见惯的雪，更不是下在低纬度地区特别是长江以南的雪，一见了地面上的花花草草，立时酥了骨头，失了正形，糖稀似的黏黏地沾了上去……这北极的雪，这奇寒、狂风中的北极的雪，却从来不懂得仁慈和温柔，也从来不讲究规矩和套路。你看吧，一会儿是雪花，一会儿是雪刺，一会儿是雪粉，一会儿是雪毛，什么雪砂子、雪豆豆、雪片片、雪尖尖……就像山西人做的面食，啥长相模样的都齐全，但用料和加工方式，却永远只有一种。这些形状各异，如同是若干个产地和车间生产的，其标准与批号都大不相同的雪制品，本是天上的精灵，温度与湿度的骄子，雨和霜露的胞弟，水跟蒸汽的化身，在屈尊下落时，却偏偏不直接扑向或是掉落到凡尘，而是借着云的托举，乘着风的淫威，充满了唯我独尊的霸气，尽显了随心所欲的逍遥。平着走，横着行，转着飞，斜着扑，既逞三千雷霆之威，又带十万狂飙之怒，朗朗乾坤，让它搅得没了一寸安宁。如果把迎头打来其实是射来的雪，比方成箭；那么，人便是靶子。如果比方成鞭子，人便成了一个个被不断抽打的陀螺。更令人难以置信的是，狂风一边发射着这些雪的利箭、挥舞着这些冰的响鞭，一边又在进一步逞能施威，履行着上天赋予的另一道钦命：变成了一个可怖的搅事精——先是挑唆着飞雪，在横行跋扈一阵后，再死命地俯身下冲，挑逗和侵凌冰面上的积雪。先前落下的积雪，失了往日尊贵，早就觉得失落和无聊，一见来犯者，哪里忍受得了？当然旋即奋起反击，一阵阵大战的烟雾，便腾腾不息；继之，它又撺掇着已经不那么安分的积雪，去挑战天上飞雪的威严。于是，飞雪与积雪，这对一母同胞，这枝并蒂之花，又在地面之上的空中，互不相让地扭打在一块。它们一团团地升腾，又一团团地被肢解，变成冰屑雪灰，飘得无影无踪。

但最终，风，这个自始至终处在统治地位，把天下一切都当成面团来揉搓的魔君，又担当起了另一个角色：不知是做了为西门庆和潘金莲拉皮条的王婆呢，还是成了帮助张生和崔莺莺配对成双的红娘，反正是羁留了飞雪的狂放沉雄，点化了积雪冷酷的温柔，将他与她，将雄与雌，将飞雪和积雪，撮合成全。天下与地上这片偌大空间，是它们偕鸳俦鸯的阔大洞房；老冰洋酷寒而又坚硬的躯壳，则成了它们颠鸾倒凤的甜蜜婚床。它们在亲密地相依相拥，它们在欢快地接吻交媾，它们合二为一所孕育的最了不起的爱情果实，就是让老冰洋的壳子，在不断加厚加固。然后再刮风，再下雪，再挑事厮打，再妥协交配，老冰洋的冰壳子，就又得以加厚加固。如此循环往复，从盘古辟地，从女娲补天，老冰洋就这么一直演绎着极北之地冰冷而又恒久的故事，虽然常有中场休息，但却从来不会出现剧场歇业。

今天的大风飞雪，来得实在邪乎。只一会儿工夫，它们便成了天地间的主宰，一切有气息有感知的生灵，在这极具毁灭性的恶劣天气中，似乎都面临着生与死的考验，存在着去与留的抉择。冰上队迎头撞上的，正是守候在老冰洋的一个常见的魔鬼。即使习惯了风雪的爱斯基摩狗们，对这阴险狰狞的魔鬼，也是十分地惧怕。它们歪着脸，斜着身，夹着尾，绷着蹄，蜷头缩腚，摇摇晃晃。因为只能侧顺着风走，因而将一挂雪橇拉得歪三扭四，完全失去了平日风采，任凭驭手的呵斥和鞭子抽打——实际上，在这样的风雪中，从人嘴里发出的任何声息，都不会比一只蚊子在十步之外发出的声音更大——吆喝是不起任何作用的；而鞭子在更多的时候，只是一种象征，驭手怎能舍得将无情的皮制器具，抽打到本就劳累不堪的爱犬身上？

滑雪的队员，自然不会比狗更适应这样的恶劣天气。疾雪如同一把把迎面撒来的沙子，把人眼睛打得睁都不敢睁。戴上黑乌的雪镜，差不多又跟半瞎的驴子罩上了一个遮眼儿，更加看不清楚。身子被吹得摇摇欲倒，往前走的时候，除了地心吸引力自身所起的作用之外，腰以上部分，还得刻意向这吸引力发出来的地心，再做进一步的低委俯就——即使头颅再高贵，也必须像圣徒一样谦卑地低下来。如果你想将腰杆子如伟人那样挺直，那么来吧，你过于暴露的躯体和不能顺应变化的姿势，就要多三倍地忍受来自魔鬼的蹂躏。狂风疾雪，对于出现在它们面前的任何挑战者，从来都是毫不留情地残酷吹打，绝不会忍让，不会手软——再不可一世的法西斯的进攻，也有被打败的时候，而风雪不会。脑袋前面叫作脸的这一部分，因为要好和爱美的缘故，再加上五官这种身体仪表盘的特殊需要，不像其他部位有衣物遮挡，这一会儿它就比后背多付出了十倍的代价，首当其冲地饱受摧残：那是一种什么滋味呢？你想象一下，一把蒺藜猛摔在脸上的感觉；如果体会还不够，就再想象一下，一根棘条狠抽在面部的滋味。而且这些蒺藜和棘条，总在没完没了地摔和抽打着……

遇到魔鬼的最好办法是退避。队伍让开了风头，斜迎着飞雪缓缓而行，往往是进三步，退两步，人人跟醉汉似的晃晃悠悠。安子儒有几次，让雪打得蹲在了地上，两手抱着脑袋久久不肯起来。刘振宗也被掀翻好几个骨碌，左脸颊连冻加磕，黑黑地鼓起了一小片……

大河用手势比画着，让冬冬举起了红披巾——风里顿时伸出了一千只魔爪，噼噼啪啪地在无情扯夺……

队员们趔趄着步子，艰难地向大河这边围拢。老爹和帕波雷克看见信号，也放倒了雪橇，侧棱着身子，一步一踉跄地挪了过来。

雪地里，大家蹲在地上，手臂挽着手臂，紧紧围了一个圆圈。

老爹大声喊道：“白毛风[①]，白毛风！”

大河趴在老爹耳朵上，同样大声喊道：“不能走了老爹，必须尽快扎下帐篷，

---

① 白毛风：一种极具危险性的极地暴风雪。

躲避暴风雪！”

老爹：“不成，这里是碎冰湾子，到处都是裂缝！”

大河：“那怎么办？”

老爹：“马上往回撤！顺着风向走，找安全地场扎营。”

大河：“好！还是老爹打头，我压在队伍最后。”

三十分钟后，人与狗，如数撤离到一处浮冰大面积隆起的地带。大河和老爹、一风几人一商量，就把这里当作了宿营地点。老爹和帕波雷克两人，找了一道低洼的冰沟，踉里踉跄地在风雪里挥舞着锤子，把铁橛狠狠砸进冰里，拴好了那些疲劳而又饥饿已极的狗。其余队员，一齐在大河和一风的招呼下，卸橇扎帐篷。

这是一场勇敢与智慧的较量，也是一场意志与力量的比拼。他们的对手是老冰洋上的三个巨人：寒冷、强雪和暴风。双方的作战策略如出一辙，都是将五指并拢成一个拳头，或出击，或防卫，抱紧团儿以求最大战果。而目标和目的，却又是大相迥异：一方，要用老冰洋上最惯常也是最残酷的方式和手段，将贸然踏入者，一律变成它们最上手的冷冻制品，起码也得把他们逼退三舍之地；而另一方，则是在巨人们的轮番打击之下，奋而防御自卫——能保护好自己，也就是战胜了对手——

雪橇上包裹物资设备的外衣解开了，刚刚脱离开绳索束缚得到自由了的一大块帆布，随风扶扶摇摇上了天。一看帆布被吹跑，童圆撒丫子就撵。大河扯了把没扯住，急得大喊：“快回来！”

帆布在眼前打着旋飘，童圆哪里肯停住？牛得田一看不好，几步蹿出去将小童扑倒。牛得田搂着浑身是雪的童圆，熊他道：“不要命了你？这是白毛风！人都站不住，你还敢跑，刮冰缝里咋办？”

看到牛得田和小童好好地回来，大河什么也没说。他迅速打量了一下周围，挑选了一个积雪比较厚实的地方，作为扎营之处。然后指挥着牛得田和刘振宗两人，各持一把铁锹挖雪坑。没想到挖雪坑就像在沙漠里掘洞，一锹下去，狂风立时堆着雪，把坑儿填平；再挖，再填，甚至是挖多快，填埋得就有多快。这就像神话里的九头怪，剁了头接着长出来，任凭一路剁下去，九头怪到老还是九个头。

“来，咱们站成一排挡着风！”冬冬一把挽住了大河臂膀，向大家大声呼喊道。于是，汤姆挽住冬冬，童圆挽住汤姆，安子儒挽住童圆，谷一风又挽住安子儒，六个人组成一道人墙，铁箱、帐篷等物也堆在了脚下，以此阻挡流沙一般的雪流。

有了这道人墙屏护，风雪似乎减小了些。牛得田和刘振宗加快了挖雪节奏，两人挥锹酣战，一铲铲雪刚从锹头抛离，风婆子立马扑上去，恶狠狠将它们拍成粉、扯成丝、搓成灰、揉成末，然后一口气儿，吹得无影无踪。雪坑一尺尺在扩大，一寸寸在加深，虽然听不到他俩大喘粗气的声息，但却可以看到那上气不接下气的样子。

"换人！"谷一风大吼一声跳进坑里，夺过刘振宗手里的锹，舞车轮子一样飞速地挖。

童圆紧跟谷一风跳进坑，拿过牛得田的铁锹，也拼命地挖。

看看谷一风和童圆也累得喘不动气了，大河和汤姆又跳下去。

往常里，要挖一个两铺炕大小、深若大半个人的帐篷坑，像刘振宗这样的壮小伙儿，耍着玩着也就抽袋烟工夫。今天在白毛风中，完全不是那么回事了。虽然上面有人墙遮挡，那无孔不入的雪流，还是呼呼地往坑里涌，挖坑的人十锹中，倒有六七锹，是在应付这些流进来的雪。

一阵更猛的风刮来，人墙像飓风中的稻草障子，晃了几晃，呼啦被掀进坑里。

大家粉头雪脸爬上来，等再挽成人墙时，却见老爹和帕波雷克也加入其中，和他们紧挽着手臂。而且两人还将一架雪橇并一些压风的重物，搬了来挡雪。墙厚实了，流雪进得少了，帐篷坑总算挖出了个模样。

大河在一风的配合下，打开了一顶橙黄色帐篷，众人一齐上前摁着，怕它走了那块帆布的老路。大河吩咐，每两个人为一组，每组拉住一个角，砸橛的砸橛，穿铝杆的穿铝杆，齐心协力，同时下手，务必在最短时间内，将这顶可供十来人居住的帐篷支起来。只要有了它就算有了避难所，全队人员的安全及宿营，就不怕了。一看大家都明白了他的意图，大河喊了声："上！"四个组各扯着一个角，几乎同时下到了雪坑里，众人紧三火四一阵忙活。大河与冬冬，汤姆与安子儒，牛得田与刘振宗，三个角一个接一个，哗哗啦啦都立了起来。一顶保命的帐篷，眼看着就要在雪坑站起来了。也不知咋的，一风和小童那一角老是软面汤似的趴着。风呼呼地刮，雪哗哗地流，急得个谷一风，恨不得钻进去用脑袋把这个角顶起来。童圆也急哇哇一副要哭的模样，手攥着一根穿帐篷扣鼻的铝杆，大瞪两眼不知往哪里插。

大河吼了句："怎么了，一风？"

一风大声应道："帐篷扣鼻断了，他妈的这世道！"

牛得田赶忙凑过去，想帮点什么忙。冬冬则从随身背着的急救箱里，取出一个大号缝衣针和一穗粗线，上前一步递到谷一风手里。

冬冬伸手比画了一个动作，意思是："我来吧？"

一风拍拍胸膛，也表达了一个意思："俺谷一风还中！"

一风背着风蹲下来，摘了鹿皮手套，想往针眼里纫那线。牛得田和童圆见了，赶忙并肩立在一风的后面，帮着挡风。线头在一风粗大的手里，就像鱼吞钩后的钓线一般，晃晃悠悠，就是不从针眼里过。冬冬倒急了，一把打一风手里拿过来针线，将线头在嘴里舔一舔，瞅个仔细，将瞬间冻得僵直的线头，一下从针眼穿过去，然后又给了谷一风。

"牛！"一风佩服地点点头，立即戴上手套钉扣鼻。手忙脚乱一通缝，扣鼻子是钉上了。那只捏扣鼻的左手，却怎么也拿不下来——原来情急之中，连自己手套也一起缝了上去。

"这世道！"一风自我解嘲地骂了一句，只得抽出手，将一只鹿皮手套留在了帐篷上。

支好了帐篷，众人又一齐下手，为它穿上了厚厚的防雨绸罩衣，罩衣四个角做固定用的钢钉，也被牢牢地揳进冰里。最后，汤姆等又在帐篷四周培雪加固。

看看没有什么问题了，大河又号令着大伙，在老爹拴狗的附近，费尽周折支起了一顶仓储帐篷——在如此暴烈狂猛的风雪中，人们所能做的大概也只有这些了。此后，他们七手八脚将那些物资设备，还有眼下不急等用的物品和食品等，连拖加抬全都捣腾进里面。

全队人员进了那顶大帐篷。铺垫刚摊开，一个个就歪在自己睡袋上，大喘开了粗气。

童圆刚才扎帐篷，不知怎的把右手无名指划破了，伤处有血水往外渗。他攥着那根指头问冬冬："姐，能给一块创可贴吗？"

冬冬进了帐篷，感到胸闷气短，四肢乏力，脸上冒虚汗，就脸朝一边在里侧坐下来，悄悄摸出一粒药放进嘴里，闭着眼想静静地休息。听童圆要创可贴，忙转过脸来，朝中间隔着一个老爹的童圆，道："伤着了吧，小童？来，让姐姐看看。"

"没事的，算叫蚊子叮了一口。"童圆说着，擎了个手指头，迈山过岭伸向了冬冬。

冬冬探身看了看伤口，刚要说话，忽听童圆惊叫一声："啊，冬冬姐，你的脸咋这么惨白？"

童圆这一叫，惊得大伙儿呼啦都坐了起来，一齐歪头来看冬冬。

"看你失惊打怪的，就跟石头缝里蹦出个孙猴子似的。"冬冬用药水处理了一下童圆的伤口，外面又包了纱布，眼一瞪，故意嗔道，"兴你叫蚊子叮一口，就不兴姐姐让风老婆子扑一下了？我只不过呛了一口冷风，没缓过劲来罢了。"

老爹仔细端详了端详，心疼地道："你这孩子，雪地里动体力的活，往后就别跟着干了，那都是老爷们的事。看累得这脸，就跟雪粉儿似的。"

冬冬感激地看了老爹一眼，道："其实也没什么，真的是让风呛了一下。"

坐在帐篷门口的大河，在冬冬进帐篷的时候，已经注意到她的脸白得失去血色。当时就暗自诧异。但听到冬冬说冷风呛的，心里就想，这位天资聪颖的外科大夫，是不是有意在遮掩什么？

第二十四章 冰夜惊魂

这真是一个惊心动魄之夜。冰洋上的风雪，如同地狱里被幽闭一万年的恶魔，一经释放，便以十二万分的疯狂，尽情宣泄着压抑已久的愤怒，滥施着残暴凶狠的淫威。把一个被冻瓢偏冻麻木了的老冰洋，当成一坨子面，一边随心所欲地揉搓，一边用十足的妖性和魔力，把那些坏汤儿毒汁儿当作添加剂，不断地往里面掺兑着，所有和它遭遇的生灵，都得被逼着到鬼门关上走一遭，和敬爱的阎王爷打上一个照面儿——至于还能不能买上返程票回来，那就要看各自的造化了。确实，活着无法一睹其尊容的阎王老爷，一高兴看顺了眼，把谁谁留下来，那也是再正常不过的。

临近半宿，恶魔把它的一百零八种手段全使了出来。一顶橙黄色的帐篷，若不是因为埋下雪里大半截儿，怕早被连根拔起，这一会儿也不知刮到天边哪个旮旯去了。即使对露在地面的那部分，看上去也并不存半点佛心善念，凭借着它的那些看家宝贝，冲、撞、捣、砸、压，拧、拉、扯、拽、掀，一招不成，再换一招，一招都比一招狠，变着法儿想将这个不顺眼的东西，最大限度地改变其结构和物理性状，把它变成丝儿条儿粉儿末儿，然后施行最终的一道工序：轻轻鼓一口气儿，将它吹个千里万里的见不着影子——没发通行证便擅闯这一亩三分地，那好吧，就请你开开眼儿，见识见识魔鬼颁布的王法，领教领教风暴创立的哲学，温习温习狂雪写就的讲义，看看真理到底是不是攥在大爷的手里。

昨晚冬冬什么也没吃，喝了两口水就钻进睡袋。气喘得匀和了些，胸口不那么憋闷难受了，立时感到身子乏得紧。毕竟风里雪里折腾一天，这阵子歇下来，头一挨着实落地方，就如同一朵莲花在夜幕中闭合上她美丽的花瓣，呼一下睡了过去。进入梦乡或许不会比鸡打盹的时间更长，突然被塌下来的帐篷顶子弄醒。风把帐篷拿来当了一个情趣玩具，攥在手里肆意戏耍着——哗啦一声，尼龙绸顶子像鞠了九十度一个大躬，被低低压了下来；哗啦一声，又如一个被大力弹射出去的皮球，被疾速托举上去，俯仰之间大起大伏。可怜那些比大拇指还粗的铝合金撑杆，在猛撞重压之下，发出吱扭吱扭的呻吟。更有那些乘风而来的冰块雪团，和装了铁砂子的炮弹一般，咚咚咚地击打在帐篷上，真担心不知哪一下，能崩烂薄薄的篷衣，飞落到哪位值得尊重的脑瓜子上。

突然，一声炸雷般的轰鸣，从远处滚了过来，冬冬心头一惊，蜷缩在睡袋里大气也不喘一口。海冰的断裂让人毛骨悚然。也不知老冰洋蓄攒了多久的能量，储积了多少的怨恨，今日里借助风势与洋流，仿佛要来算一笔总账，把紧裹在它身上的这层水结的硬壳子掀翻，从此再不受它的禁锢与奴役。

嘎啦啦——老冰洋向限制了它自由强奸了它意志的海冰，一面大声说着不字，一面发起再一次猛烈冲击。沉闷的炸响里，一股连地幔都能穿透的力量，毫不留情地楔进海冰阔大的肌体内部，让以冷酷著称的它也感到了不寒而栗。海冰畏惧了，妥协了，开始像打摆子一般不停地战栗着、抖动着。震怒的老冰洋可不是仨瓜俩枣能哄得了的，它一点也不手软，依然我行我素地践行着自己顽固的主张。果然，紧接着那连整个世界都想掀翻的冲击，一种利器锯切般的咔嚓声随后传来——这证明就在不远处，在某种强大势能作用下的海冰，已经无法再继续维持它大一统的局面，一个封闭的王国受到前所未有的挑战，革命在它最脆弱的地方爆发了，悲惨像丑陋的裹尸布一样缠绕住了它。曾为霸主的海冰，在巨痛中遭到肢解，震颤、断裂、破碎……那一声声巨响，既是对它无情的审判，又是它自身发出的哀鸣与呻吟。被封裹、压抑已久的海水，像脱逃出牢狱的死囚，趁了这机会，从海冰的断裂破碎处，不顾一切地汹涌而出……

冰裂声主宰着老冰洋夜晚的声音世界。通过耳鼓膜传到大脑皮层的也不知是多少赫兹的声波振动，刺激着蹂躏着也是锻炼着考验着帐篷里每一个人的神经。几乎每一波能引起耳蜗内纤毛细胞兴奋的振动，都如同有千千万万的小虫子，闹嚷嚷乱哄哄地爬到了人身上，钻进眼睛里、耳朵里、鼻孔里、嘴巴里，拱入肉里、血里、骨缝里、毛孔里甚至经络里。它们在里面横行无阻，任意妄为，或单兵突破，或集团攻击，啃、啄、啮、吮、嘬，搔、掐、抓、搓、捏，比孙猴子钻进铁扇公主肚子里所用的本事，还要多上六六三十六招。如果说，这种锉皮蚀骨镂心砢胆的折磨尚堪忍受；那么，下一秒钟究竟会发生什么的悬念，则比让一个最胆小的人置身在鬼火闪动的荒坟乱冢间，更为恐怖。

下一秒钟，是呀，就是下一秒钟，一声紧连着一声的冰裂，越来越剧烈的海冰的颤抖，似乎都在提醒着你，生怕你有片刻的遗忘：下一秒钟，也许就在帐篷底下，你铺睡袋躺着睡觉的那个地方，驮载着你的浮冰，那层将人与深不见底的老冰洋隔离开来的固态的水，那层说硬时很硬、说脆弱时又异常脆弱的叫作冰的物体，一秒钟前是你的守护神，一秒钟后就可能变成你的丧门星。它可能就要嘎的一声断裂，然后分崩离析，不负责任地将这伙子不知天高地厚的男女，哐啷一声扔进那个把南极洲全部吃进来还填不满的大肚子里。这既不是危言耸听，也不是杞人忧天。一只在活火山口坐窝的知更鸟，永远也不晓得能熔掉一切的岩浆，什么时候会从神秘的地壳中突然喷发。

想到也许什么时候会发生冰裂，甚至掉进可怕的老冰洋里。缩在睡袋里的冬冬，确实感到一种从未有过的惶恐。这惶恐，并不是对危险即将来临的悚然之惧，也不是对死亡的莫名畏惧。打从进入医科大学那天起，她就知道未来从事的职业，说白了就是和死亡打交道。在她独当一面主持外科手术之后，这种意识就更强烈了。她感觉医生这个行当，其实就是在生与死、阴与阳的交接地带，一面虔诚地替上帝做工作，用种种医学的也包括非医学的办法，杂之以各类植物或矿物弄成的片丸膏散，把一个个垂危之人的生命，从死亡的半路上拉回来，或是长时间留住，或是短期内加以延长；另一面，又在医学的黔驴技穷之后，再通过她们的查验鉴定发放人生的最后一张通行证，绝不马虎也绝不通融地为地府冥都添丁扩容，帮着潇洒无比又说一不二的阎王老爷，增加他管辖的永久性户籍人口。不管男女老幼，贵贱穷富，一概照此办理。例外这个字眼，在这里永远不存在。从医时间虽说没有多少年，但她却并没少见了灵魂和躯体分离这样的情形。死亡无非就是那么回事，实在没有什么可怕的，不管灵魂的去向是往上而是往下，是被上帝恩宠还是遭到遗弃，反正一溜儿烟走了就再也不会回来。而留下来的一副躯壳，正如同烟花爆竹燃放后的纸胎，最后总得回到泥土里去。从哪里来再回到哪里去，有一阳必有一阴，有一喜必有一忧，既无多又无少，既无长又无短，任你是谁，早早晚晚都得打这条路上走过去，而且是一站式到达，连个歇脚的半路客栈也不会有。想明白了生和死，世间一切扣子都好解，其余还有些啥了不起的呢？其实，冬冬的这惶恐，就跟查体抽血的人在针头将要扎入血管的那一瞬间一样，所引起的只不过是一种生理或者心理上的反应罢了，是再正常不过的，即便你是一员久经沙场、见惯流血与死亡的战将，这时候冷不防打个哆嗦，将眼皮眨上几眨，也是难免的。

短暂的惶恐过后，冰裂的炸响虽说还是一声不罢一声，但冬冬倒渐渐有了适应。一颗秀发如瀑的俊美的脑袋，慢慢又从鸭绒制品的遮盖下露了出来。她抬头向外打量了打量，见大伙一个个安卧睡袋，就跟躺在自家大炕上似的。似乎那些强烈摧残、折磨着神经的炸响，与他们并没多大关系。尤其是横在帐篷门口的那条深蓝色睡袋，淡淡的光线下，简直就像蓝天上一片动人的云霞，碰巧栖落在这里，安恬、静谧、泰然，给人一种山一样的安全感。一想起那里面安睡着的于大河，就和梅雨天突然透射出一缕温暖的阳光，冬冬立时心里热乎乎的，一种恐怕普天下的人们都没尝到过的幸福感，像春雨后黑土地上的小草芽子一般，噌噌冒了出来。当一片爱的绿色葳蕤在情感原野上的时候，天空会比任何时候都要洁净高远，大地上即使是最不起眼的花朵，也会散发出玫瑰的芬芳。因为一个人，眼前就出现了一座高山、一片树林、一泓清泉，还有一群欢乐鸣唱的鸟儿……一只刚才还在风里打转的小船，安然靠在了永远值得信赖的安全港湾，冬冬心里一下有了底。如果说冰裂的惶恐，刚才还残存着一韭菜叶儿、一头发丝儿，那么现在，连一丁点痕迹也甭想找见了。美丽的姑娘不禁为刚才出现过的短暂惶恐而感到了羞惭，甚至因此而自责："看这点儿出息，不就是放鞭炮似的响那么几声嘛，退一万步，即使海冰崩裂在帐篷底下，又有什么可怕的？"因此再听那响声，不仅不那么瘆人，而且还有了一点催眠曲的意味，或者像是交响乐中的某一个特殊变奏，动静是大了点，闹了点，但还不至于将人的睡眠完全拒之于梦乡之外。一阵困倦袭来，数不清的蜜蜂嗡嗡叫着，振羽而翔，迷住了初开的香艳异常的花蕊，冬冬秀美的眼睑，如两片含羞的虞美人的花瓣，在隆隆作响的冰裂声中，不知不觉又闭合在了一起。

正如一棵树上结的果子未必同样香甜一样，众人对海冰炸裂造成的响声，也各个反应不一。古里班古老爹、汤姆和帕波雷克几人，都是风里来雪里走的人，就像艄公之于海浪，驭手之于悍马，对眼下这般情景，也就当了家常便饭，吃饱肚子一抹嘴钻进睡袋，上下眼皮往中间一靠拢，不多会就鼾声如雷。要是按照发声体大小与所发声音的比值来衡量，几位伟大人物所打之呼噜，怕是比海冰爆裂的声音还要大出许多呢。牛得田、刘振宗、童圆三人，躺下后也曾让阵阵冰裂搅得心神不宁，因为不知道冰洋这老魔头，依了自己的性子，接下来还能闹出些啥观目，因而有好长时间未能入眠。二十年后一个大雨滂沱的傍晚，已经在某研究所当了所长的童圆，和妻子卜莎莎到某地出差，遇上了里克特级数不小于五级的一次地震，所下榻宾馆的墙角裂开一道道明显的缝隙，一楼人惊慌失措、洋相百出地往大街上狂奔。这个时候，童圆正伏身在写字台上修改一篇有关海洋环境方面的论文，那是为出席联合国气候与环境演变大会准备的。听着楼道里传来的一片混乱之声，急得卜莎莎一再催促他赶快离开屋子，躲到外面的安全地方。童所长笑了笑，将满满一杯子茶水，慢慢搁在平伸出的左手手掌之上——一边神定气闲地看着绿茶翻动的杯子，一边静静地对颇有些慌乱的妻子说道："那一年的那个晚上，老冰洋上闹的动静，要比现在大多了！"对中国北斗站冰上队那次惊心动魄的历险，卜莎莎听爸爸卜维国和丈夫童圆说过不知多少回，自己已是耳熟能详。没想到在这样一个当口，丈夫竟然如此轻松地又提起那个话题，卜莎莎先是感到脸红，但很快心里便安静踏实了下来。她伸出手，轻轻取下来托在丈夫手掌上的杯子，不好意思地道："你看我，真没见过阵势。"

安子儒鼓涌着缩进睡袋的时候，身上一包骨头像散了开来——如果不是有一层睡袋紧紧包裹着的话，他相信一定会是这个样子的。虽然身上穿着羽绒衣裤，羽绒衣裤外面又套着厚厚的羽绒睡袋，他还是感到有一股寒冷，从下面海冰上不可抵挡地冒了上来，穿透帐篷和睡袋，又穿透了一层层的衣服，嗞儿嗞儿地往骨头缝里扎，冷得他上牙梢子直往下牙根子上碰，两排牙齿不住地打嘚嘚，身子跟蚕蛹似的，老往一堆里鼓搐。尤其那只在雪坑里崴伤过的右脚，滑雪时还没觉着怎么样，这工夫闲下来，倒一撅一撅疼起来。最使他心里发毛的，还是海冰的爆裂，轰地一响，身子底下嘎啦啦地颤，人好像悬在高空中的钢丝上，晃晃悠悠的，不知道哪下子颤抖，会成为压断骆驼腰的最后一根稻草。脆弱的冰呵，你的下面便是万丈深渊，那其实是一座永远敞着口的坟墓哩。而漂在上面的浮冰，浮冰上只有两三米的厚度，不过是人们走向埋葬的一条世界上最短的路。这条小路上的魔鬼，往往是殷勤而又急不可耐……安子儒一脑子胡思乱想，竟和《聊斋志异》中寄宿在停尸房中的店客见到诈尸一样，挡不住一阵心惊肉跳。一个魂儿像惊了枪的麻雀，只扑棱着要往外面飞。“唉，受这份洋罪，这又是何苦呢！”安子儒慌乱中顿生悔意。本来上冰争得打破了头，可自己为何要顶着个大脑袋来凑热闹呢？你要不来，娄书仪可以来，马松宝可以来，打枣竿子可以来，甚至退一步讲，冰上要做的工作，完全可以由别人来兼顾嘛。少了前庄半片瓦，难道就盖不起后村一座土地庙了？而今这步田地，只怕是奈河桥上翻跟斗——两脚落地，真不知道会蹦到阴间呢，还是会落在阳间。即便能顺利度过这个令人恐惧的风雪之夜，走出脚下这片不祥之地，可是想一想要再踩回到那两头翘翘的细长滑板上，像个大蜗牛似的往前滑动，没边没岸的连个尽头看不见，头皮就一阵阵发麻，那条崴伤了脚的右腿，也在以加剧的疼痛表示着抗议……

铺位把在帐篷门口的于大河，见大伙都躺进了睡袋，里里外外检查一遍，最后又和一风两人将一根长长的绳子，牢牢固定在雪橇上，预备谁夜里出去方便，就捆绑在腰间当安全索。那架雪橇是扎帐篷时老爹他们拖来挡雪的，现在两人把它移在了帐篷外面，当了一尊把门的将军。

看看风雪一时半会没有要煞下的意思，大河拉好帐篷门，摊开防潮垫，将一张底子和周边衬了红绸布的雪狐皮铺在上面。这张狐皮就是尤尼塔送给冬冬的那张。晚饭后，冬冬见大河把了门口睡，便不由分说地把狐皮塞给了他。冬冬道：“靠门这地方，人进进出出的，容易透风进雪。身子下面铺块皮子，免得受了凉。”这真是一张好皮子！漂亮光洁，除了眼睛和嘴巴几处地方，白得几乎通身一根杂毛没有，摸上去柔柔软软，滑滑腻腻，极像幼鹿或者是海獭的肚皮。假如这不是在老冰洋上的帐篷里，而是装裱在一个漂亮的楠木框中，挂于伦敦万国艺术博览会大厅中央，相信所博取的目光，一点不会比那些装模作样的大人物肖像和蹩脚的绘画少。

雪狐皮正如观音菩萨手里的净水瓶和杨柳枝，且不说其实际用场如何，单是你看一看，甚或是想一想，她慷慨透进你心田的阳光，已经超过了一千个艳日的照射；她所蕴含和昭示的幸福，更是驾乘祥瑞之云源源而来，让人感觉即使拿来美国五十二个州的财富，你也不会与之交换。上帝的甘露只消一滴，伊甸园的百木千草，就会蓬勃争荣。大河抚摸着松软的狐皮，像潮汐受着月亮的吸引一样，侧转过脸，朝里面冬冬的睡袋，悄悄投过去深情的一瞥——那个睡袋，红红的颜色，像盛开的石榴花一样鲜艳，只看一眼，心里就有了石榴籽般的甜蜜。“唉，光顾上瞎忙活了，也不知冬冬这一会儿，是不是缓过劲来了。这脾气古怪的海冰，一晚上没完没了的折腾，她是不是还能休息得好呢？看她刚搬进帐篷时的那模样，真叫人心里难受……要是能够替她的话，真愿意让十倍的不适和痛苦，统统都降临在我一个人的身上！可这能办得到吗？！这老冰洋，本来就不该是女人涉足的地方嘛。”大河的一颗心柔肠百折，真后悔当初高凌霄和他谈冬冬上冰的时候，没有严词加以拒绝。现在看来，这是自己犯下的一个不可饶恕的错误。

大河一边自责着，一边在漂亮柔软的雪狐皮上躺了下来。那床深蓝色睡袋，被他伸开当了被子盖在身上。他之所以这么做，一来担心万一发生紧急情况，即可一蹬睡袋爬起来，这样至少会争取到二十秒或者是半分钟的主动；二来也是方便夜里到外面巡查。眼下处境，不能不使他心存忧虑。这支深入老冰洋腹心的考察队，出师不久，便与白毛风迎头相遇，很显然，如果明天天气还这个样子的话，也就是说，魔鬼和它的喽啰们继续以这种方式，作为它们庆祝狂欢节的盛典，那么全队人马只能困在这里，耐心等候仁慈的上帝显现圣迹。因为风雪，耽搁一点赶路的时间犹自小可，可怕的是，从此起彼伏的冰裂声判断，他们所在的这片区域，极有可能是洋流的交汇区。要真是这样事情怕要糟糕得多了。这个季节可不比酷寒的冬天，老洋上的浮冰让不断升高的温度，诱骗了贞洁，盗取了精魂，剩下的庞然一片，已经像流失掉钙质的骨头，或者像断了支撑骨架的水泥构件。表面上看亮晶晶的又硬又厚，一副坚不可摧的模样，其实里面早就酥了筋骨，断了血脉，糠了瓤子，哪经得住身子底下巨大洋流交错往复的冲击？须知道，老洋里头的暗流，左一道，右一道，深一道，浅一道，就如同一个国家中白党、黄党再加上黑社会明里暗里的争斗，你想整垮我，我想推倒你，翻云覆雨，冷枪暗箭，软的硬的，阴的损的，哪脚能踢散了你的蛋子窝，绝了命根子，就用哪脚。残暴阴险便是政治，倾轧颠覆即为真理，而且没有一刻消停的时候。人类社会的常态，说到底也就是老冰洋的常态。在人类社会的党伐中，倒霉的总是平头百姓；而在老冰洋暗流的争斗里呢，遭到破损的当然也只有浮冰了。这便是我们敬仰的老冰洋最大的政治，哪个要是不信，保准就是一个不可救药的大傻瓜。

想到这里，大河将身子连同铺在下面的狐皮，悄悄挪向谷一风，然后伸了一只手，就要去拍一风的睡袋——一风也没睡着，在大河向他移动时已经觉察到了，知道这位当队长的有什么话要说。

“队长，怎么了？”大河手还未到眼前，一风就把头向大河一歪，“是不是想起了什么不放心的事呀？”

大河嘴巴紧贴一风耳朵，道：“一风你想没想过呀，这海冰崩裂的声音没完没了，而且比一开始更密集了。特别是刚才那一声，身子底下簌簌地动。我担心咱们现在的位置，是不是正处在洋流的交汇中心？”

一风点了点头，道：“你的担心不是没有道理。刚才我也在琢磨哩，为啥这冰崩声炒豆子似的一劲爆响？而且分贝越来越高，裂冰的振幅和振频，似乎也越来越大，如果不是洋流作怪，那就见鬼了！”

大河沉吟一下，道：“如此说来，咱们的处境并不乐观呵。”

一风点点头，道：“能有啥法子？这狂风暴雪像跟咱结了八辈子深仇似的，他妈的这世道！”

一风说完，两人半晌无语。

大河伸腕看了看表，又对一风耳语道：“现在刚好十二点多几分，让大家再睡上五六个小时，恢复恢复体力。我的想法是，到早晨六点整，一分钟不耽误，全队立即起床拔营，向安全地带转移。一风你看怎么样？”

“好，”一风态度坚决地道，“君子知命不立于危墙之下。”

大河没再吱声，拍了拍一风的手，将睡袋往上扯扯，盖住肩膀和脖子，就侧过脸去睡了。刚打个蒙眬，忽然被一阵剧烈的震颤惊醒。轻轻掀开睡袋爬起来，想到外面看看那些狗是不是安全。伸了手才待打开帐篷门，一风从后面拉了他衣服一下，大河转过身来比画一个手势，意思是：“我到外面看看那些狗。”一风嘴上无声，也是用手势比画道：“腰里系上绳子。”大河又比画了一句让一风放心睡觉的哑语，一拱腰钻了出去。

这时候，外面的雪小多了，风力比先前也有明显减弱。帐篷门口预留的一条一米多深的通道，已经大致被飞雪填平。那道挽在雪橇上的绳子连同雪橇，都被捂在雪里。大河戴上手套，摸了预先放置在帐篷门边的铁锹，先清理了通道，又清理了雪橇周围，然后将绳子解开来缚在腰上，沿着通道向外走去。身后溜着的保险绳，蛇一样蜿蜒在雪地上。

雪地看上去一切如常。那顶存放食品和器材的仓储帐篷，有小半边被风掀了起来，一角黄布有如酒幌，哗啦啦上下翻飞，如果没有什么东西在下面拉住的话，只怕早就上了月球。往前又走了几步，找到那道冰沟，大河站了下来。这里一片白茫茫的雪地，看上去空空旷旷，好像除了冰雪之外再无他物。其实不然，此处正是狗们恬适的营地，四十几条橇犬，井然有序地在雪沟及雪沟两侧的冰雪中高卧而眠。它们都是久经风雪的爱斯基摩良犬，聪明、勇敢、耐寒，又很善于适应环境以保护自己。当主人用铁橛和锁链这一看上去很有点残酷的手段，强制着将它们与寒冷的浮冰拴联在一起的时候，狗们多半会在雪里扒一个小坑，把身子委入其中，而降雪或者是风吹起来的积雪，不多久就会埋住它们裸露的身子，这就等于在厚毛的身上又加盖了一床棉被子。风雪再大，照样安然酣睡，一夜毫发无伤。当然，如果哪一只自视高贵，或者喜欢特立独行，或者吃不了苦受不了屈，以为铁橛和锁链让它变成了奴隶或囚犯，非得加以挣脱以求自由解放的话；那么，等待它的结局往往十分不妙。因为魔鬼引诱你的目的，并不是想唱着赞美诗把你送进天堂。凡事总有例外，以往像橇犬挣脱羁绊这样的情况，也还是有的，最终的结果自是可想而知。冷酷暴虐而又慷慨热情的老冰洋，总在以各种无可辩驳的铁的例证，反反复复絮叨着一个颠扑不破的真理：约束在很多时候就是爱护，放任倒会成为无情的戕害。

眼前冰雪中有个小小的凸起的雪堆。大河清楚，松软的雪下，正是一条狗的温暖的床。他带着一种爱怜甚至是敬意蹲了下来。突然，那凸起的雪堆呼地鼓了起来，一条大黄狗扑扑棱棱抖落着身上的雪，忙不迭地拿头往大河身上拱，弄了大河一身一脸的雪沫沫。大河一看是阿黄，就把它揽在怀里，一只手轻轻抚摸着它的脑袋，亲昵地说道："阿黄怎么样，在雪地里睡得还好吧？"阿黄伸了舌头，转动着脑袋要舔大河的手。大河连忙摘下一只手套，将手递到它嘴边。大河道："阿黄呵，拉了一天的橇，雪扑风呛的，是不是很累呀？一会儿呵，再回到雪窝里你的床上，继续好好睡觉，把劲儿攒得足足的。咱们早晨就要撤离这个地方，到时候还指望你出力呢。"

大河正和阿黄说着话，前面陆续又有花狗冰之花及雪上飞五六条狗爬了起来，摇晃摇晃身上的雪，好像也要等候讨封主人待见这一奖赏似的，一齐摆甩着尾巴，三狗六个眼地瞅着大河这里。"好了，听话，乖乖地睡觉吧。"拍了拍阿黄脑袋，大河起身想往花狗跟前走，却觉腰间绳子一紧，背后站了一个人。

"我说让你放心睡大觉嘛，一风，看看，还是爬起来了不是。"大河以为来人是谷一风，头也没回地道。

"哈哈，一风倒也是想起来的，叫我硬给摁下了。"说话的是老爹，"怎么样呵，这些狗没惹什么乱子吧？"

大河转过身来，拉着老爹的手，关切地道："我说老爹呀，半夜三更的，天又这么冷，你跑外头来干什么，真是的。"

"人一上年纪，觉就少了。"老爹说着，来到冰之花跟前蹲下来，两手接住它递上来的俩爪子，握手似的连连摇晃着，"看看这些狗一条条都还安顿，也就没啥惦记的了。再睡觉做个梦也踏实。"

爬起来的每条狗，都被搂脑袋、摸脊梁地安抚过一遍，两人就拉紧了手，哈趴着腰往回走。不想在经过阿黄跟前时，这条以往非常驯顺的大黄狗，却和出发时缠住冬冬一样，又一口咬了大河的裤脚。两人停了下来，大河伸出手摸索着阿黄的脑袋。阿黄的嘴是松开了，却偏过头，嗷嗷低叫几声。大河道："瞧阿黄，还婆婆妈妈的哩。"老爹道："要不说嘛，这些狗就像一群孩子，个顶个贴护人。平日里，不要说它们受罪吃屈，就是有点渴着饿着的，也让人心疼哩。"大河爱怜地对狗道："好阿黄，快睡觉，早晨咱们又见面了。"大河说着抬腿要走，阿黄再次咬住他的裤脚，并不将口松开。老爹道："今儿这狗怎么了，黏黏糊糊的？"大河眉头一皱，想：不对呀，阿黄咋这么反常呵，以前可从没见这个样子呢。心里犯嘀咕，嘴上却道："阿黄呵，你就放心地去睡吧，到啥时候，俺也不会扔下你不管的。"说着抬起头看着老爹道，“你说是啵老爹？”老爹点点头，对阿黄做了个手势，指指它刚才睡过的雪窝，命令道：“去，趴下！”阿黄一副很不情愿的样子，趴了下来，却并不到雪窝里去。

离开阿黄，两人拉手蹚雪，一路无语。快到帐篷门口的时候，大河解开腰里的绳子，一节节捋好挽个蝴蝶式样，系到了雪橇上。慢慢做完这些，问老爹道：“老爹呀，你没觉着今夜里的海冰，响得有些邪乎吗？”

老爹伸手帮大河拍了拍身上的雪，又自己扑打了几下子，道：“起先睡着了没觉得什么。后来闹腾厉害了，我也醒过来几回，就琢磨，咱们是不是正巧赶上了转窝子疯呢？”

大河不解地问道：“啥，啥是转窝子疯？”

老爹道：“这转窝子疯嘛，是咱卢特吉尔一句土话，说的是冰下面的海水，不投脾气打起仗来，就跟发了疯似的，不停地折腾起一个个大旋涡。这些旋涡虽然看不见，摸不着，可是能把它上面人头高厚厚一层冰拱破、鼓碎。懂门道的猎人要是在冰上打宿程，都会小心地躲避。不过，”喘了口气，老爹又道，“这转窝子疯嘛，有时真不大好防备。要是它下面不打旋涡，或者是这冰还没漂到打旋涡的地方，那你一时半会的还真没法判断呢。”

听老爹一说，大河心里迭鼓了一下，就又问：“老爹你看咱们营地，像不像碰上转窝子疯？”

“卢特吉尔还有句话，”老爹没直接回答大河的话，“也是说这转窝子疯的，叫不怕响炸雷，就怕打齁齁。”

大河惊讶地看着老爹。

老爹道：“不怕响炸雷嘛，是说冷打景地裂冰炸响，像打了一声呼雷，倒没啥了不起。可怕的是冰就像人得了哮喘病，不停地喘粗气，不停地打颤颤，这个时候呵，就得小心着了，十有六七要遇上转窝子疯。”

大河道：“依你看现在这冰，算不算是打齁齁？”

老爹道：“光说咱腚底下这块地，眼下不会有啥问题。怕的是离咱们近的冰，别是在发疯闹啥动静哩……”

忽然，大河听到风中有个什么东西在叫，时断时续的，不太分明。就摆摆手，打断老爹的话，道："老爹没听到有啥动静吧？"

老爹闻言，侧耳听了听，除了风声冰裂声，啥响声也没有。

两人谁也没再说什么，脚跟脚钻进了帐篷。

"怎么样，没啥事吧？"大河刚躺熨帖，盖着的睡袋还没抻好，一风就凑到他耳边，提着嗓子问道。

"外面浮冰上，倒没感觉出什么异常，"大河悄声道，"但老实说我这心里，还是有些摁下葫芦起来瓢的。"

于是，大河就把阿黄不安地老咬他裤脚以及老爹说的转窝子疯的事，给一风讲了。沉吟良久，一风道："若是仅凭这些，也还说明不了什么问题。不管怎么样吧，到早晨，咱们无论如何也得离开这鬼地方。"

大河两手托着后脑勺，看着一起一伏的帐篷顶子，没有说话。

又过了一会儿，一风道："大河有件事我心里一直在疑惑，你说出发前友邻站的气象卫星云图，为什么就接不到呢？而在以前，可从没出过这种事呀？"

大河道："是呀，我多次想过这个问题，也是百思不得其解。如果早一天接到云图，咱们至少可以避开气旋，或者干脆晚两天出发，不受白毛风这个窝囊气。"

稍停了停，大河又趴在一风耳边道："一风呵，说实在的，这白毛风我觉得倒没有什么。怕的是那浮冰崩裂，一阵又一阵的，心里没有一刻安宁过。你看这样行不行，咱们把起床时间再提前两个小时……"

"事情还没紧迫到唱国歌的地步嘛，"一风打断大河话头，道，"顶风冒雪奔波一天，人困狗乏，大家受不了哇。还有——"一风抬手指指冬冬位置，"你没见咱们大夫，让人多不忍心呀！"说着挤眉弄眼地笑了笑。

"既如此，"大河没理会一风脸上掇弄的观目，"还是按原计划吧！"

说罢两人截了话把儿，各自蒙头睡去。迷迷糊糊躺了一会儿，阿黄那两只看上去有些惊恐的眼睛，像一对萤火虫似的，老在眼前闪。有时候，那萤火虫和投向灯火的飞蛾一般，直朝他脑门扑过来，似睡非睡中，伸了手去挡，结果半空里一捞醒了过来。一只橇犬，风里雪里啥都不怕，为何却那么不安呢？这看上去太不合常理。"不行，得到外面看看。"大河一骨碌爬起来，扣上帽子钻到了帐篷外面。

风小雪住，雾却一重重漫了上来，能见度低了很多。大河沿通道走出去二三十步，抬眼一看，啊的一声，人像半截树桩似的杵在了雪地里。愣了也许只有十分之一秒的时间，以为是突然起床眼前出现幻觉，便揉揉眼睛再看——眼前的情景让他心头发凉——

老冰洋上的魔鬼跟他们开了一个天大的玩笑：仓储帐篷和狗们所在的浮冰，不知什么时候断裂开来，犹如扁舟一叶渐行渐远。驮载着冰上队帐篷的浮冰，并不比已经走远的那块幸运，在洋流这只魔掌的操控下，也从母体浮冰上断裂了下来，大小和篮球场相仿。断裂的浮冰间形成了一条宽大的冰河，黑黑的海水，闪着地狱般的光亮。狗们无助地哀叫着，一声声让人撕心裂肺。

让人难以置信的是，虽然此前的某一声炸响为浮冰的分裂创造了先决条件，但它的断裂过程，竟然是那样的温良及隐秘，就像意识离开大脑、灵魂脱离肉体一般。剥离、断开、漂移，一切都在一点一点悄然进行，这种渐变式的带有改良色彩的革命，甚至连神仙也无法感觉得到，一场惊心动魄的和平演变便实现了——毫无疑问，大河他们碰上的，正是老爹所说的转窝子疯——只不过，洋流的交汇点没有撕扯扭打在他们的帐下……也许，这也算是他们的幸运？

“于大河你这混蛋！”他朝胸膛猛擂一拳，愤愤地大声骂道。骂完了，举起拳头又要打——却突然被一双有力的大手抱住——原来是一风跑了过来。

“这事怪我，是我他娘的浑呐，没听你的话，要不然咱们早两个小时撤离，也许就不会、不会……”一风话也说不出来了。

这时候，老爹、汤姆、牛得田、冬冬和刘振宗等，一齐围了过来，人人是一脸惊魂不定的样子。驮着仓储帐篷和狗的那块浮冰，还在视线之内，狗们悲怆的叫声隐约可闻。老爹、冬冬和童圆难过地流下了眼泪。

“阿黄——”

“冰之花——”

……

老爹流着泪，捶胸顿足，大声呼喊着一条条狗的名字。喊了一会儿，嘴里又怒冲冲地连声骂着：“阿吉奥托克[1]！阿吉奥托克！”

---

① 阿吉奥托克：爱斯基摩语意为恶鬼。

第二十五章 心之门

从北斗站回来的路比往日还显漫长。坐在摩托雪橇里的尤尼塔，将身子朝向车外，看上去是在欣赏美丽的冰原风光，实际上，那些司空见惯的只有起伏却鲜有色彩变幻的雪景，并没在她的视觉中留下什么印象。脑子里突然空空荡荡，像挖空瓤子的丝瓜。尤尼塔的心事，连阿黑也看得出来。它乖觉地趴在车斗里，眼瞅漂亮而又忧郁的女主人，神情中流露出少有的焦躁和不安。一手搂着伊莉娅的快嘴二婶，坐在尤尼塔的对面，看着对她不理不睬的样子，心里早就有了愧疚，觉得在帮卡尔路克提亲这事上，不能不说有些轻慢了这位堂侄女。尤尼塔虽说生性孤傲，心气儿高，脾气大，但也确实不是一般女子可比，若要硬拉了去配那个卡尔路克，倒真像把天使般的珀涅罗珀，嫁给那些卑鄙污浊的求婚人[1]一样。因此就觍着脸想搭讪几句，又怕一时说得不对付了，再挨一顿狗屁刺。可一路枯燥，憋得难受，就没话找话和奥乌里娅拉了几句闲呱，谁知一张口又拐到了卡尔路克那里，弄得奥乌里娅也懒塌塌不愿接腔。伊莉娅什么都看得明白，在一边悄悄拽扯姑妈的衣襟，不让她多嘴撩舌，这使玛尼米尔一脸尴尬，倒觉不如个孩子。托尼似乎十分理解姐姐心思，不说不道中，将一辆塔拉马斯牌车子开得飞快，后面扬起一阵阵雪尘，像拖了一颗

① 见古希腊神话。

拉白扫把的哈雷彗星，雪丘、冰包，七沟八梁，唰唰唰一闪而过，恐怕中国神话里的缩地术，也未必有这般快捷。很少出门的伊莉娅，只觉得还没新鲜够就回到了卢特吉尔。

就如同大风带走头上一片云彩，冰上队一走，尤尼塔一颗心也跟着走了。回到家里觉得腿软软的，身上发懒，什么也不想做，就嘱咐托尼给阿黑弄点肉啦骨的，打发它吃饱。自己简单一洗涮，给妈妈说道："我累了，想早点儿休息，没事就别叫我了。"

女儿的脸像电视屏幕，心里有什么都在上面挂着。这一点，不要说在北斗站上，就是早在前些日子，奥乌里娅便已经端详出了其中门道。于大河是个打灯笼难找的好后生，她知道闺女心里独独装着一个他。假如真的成就了这段姻缘，别说是称了尤尼塔的心，就是自己和老伴也是说不出的愿意。这样优秀的小伙子，和漫长极夜后刚出的太阳一样，谁能不喜欢呢？自打见了冬冬姑娘，高兴中不觉又多了几许忧虑，心里隐隐觉着尤尼塔命里有了克星。果不其然，这几天尤尼塔进进出出都是闷闷不乐的样子，连问也不用问，奥乌里娅就猜到怎么回事了。至于卡尔路克呢，那是夏天沼泽地里的水虫虫，别看蹬腿撩胳膊地瞎扑棱，其实就是再借给他卡冈都亚和庞大固埃[1]的本事，也折腾不起多大浪花花来。奥乌里娅心知肚明，对于这个见了酒比见了爹娘还要亲的糟烂醉汉，尤尼塔烦是烦，但她才不会去当回事呢。看明白了这些，她既没有主动说破，也没有试图去劝慰。当娘的有哪个摸不透闺女脾性？她倒是担心说多了，或者说得不是时候，不在点子上，净惹了闺女烦。因此听尤尼塔说要回房休息，就叹口气道："唉，你爸爸和大河哥哥、冬冬姐他们往老冰洋上这一走，我也觉没着没落的，也不知一路上是不是顺当，连个信儿够不着。"

尤尼塔心里乱乱的，不是葫芦就是瓢，也不想和妈妈多谈论这个话题，就道："妈妈您瞧您，又开始东亚南美地为天下人操心了。没有事的，您把心放肚子里，该干什么就干什么好了。"说着道声再见，走回自己房间。

当冰上队人橇一行渐隐在滚滚雪尘里的时候，连尤尼塔自己也感到惊讶了，心

---

① 见法国作家拉伯雷的小说《巨人传》。

里居然嗖的悸动了一下。这一下悸动，虽然有如蜜蜂纤细的绒脚蹬踏了花萼，有如蝴蝶柔滑的翅翼闪动了叶瓣，其轻盈和短促，都令人难以觉察。可是，这悸动所带来的微微战栗，却和石印铁痕一般，长时间占据她的心房，以至于躺在温暖舒适的床上，那隐没他们身影的雪尘，依然飞舞在她的眼前。她甚至还感到了那雪尘的冰冷，就像溅在了裸露的脸上和脖颈上一样。

人心真是不好琢磨。不要说别人之心不好琢磨，其实在很多时候，自己的心思也一样没法揣测和把握。那个飘雪的莫愁湖之夜，她曾向冬冬姐痛加剖白，一颗心赤条条净光光原样托了出来，流出的泪水和泪水濡湿雪花形成的雪水，融合一起在脸上毫无顾忌地淌着。原本想从此将一份纯真美好的情感，挽了结，打上封条，像鲸头顶深谷里万古长寒的冰一样，做个不见天日的永远珍藏。她是这么想的，也是这么去做了。正如当初情感之门的突然开启一样，经过了一番撕心裂肺的痛苦争斗之后，这扇本来神圣无比的爱之门，又砰一声戛然而闭，决计从今往后只把于大河当哥哥来看待，自己就是他一个异国异族的小妹妹，再不存半点不着边际的幻想。那一刻，心里确如一块石头落了地，感到了一种少有的轻松。而且，当冬冬她们极力要把她和汤姆往一起撮合的时候，她也并没觉着有什么不对劲的地方，相反，还对这位大胡子有了一种好感。特别是汤姆想故意讨好又不知如何讨好的滑稽样子，和他的性格脾气形成很大反差，也不知为什么，这总让她想起堂·吉诃德这个可爱的宝贝，虽然这样想的本身更为滑稽。其实很多时候，她都在强迫自己努力去多想一想汤姆，想想他那滑稽笨拙的样子，想想他祖上和自己祖上的谁也说不清的模模糊糊的联系，努力从缤纷的落英中择拾着那些零散的玫瑰色叶片，借以掩压未见荒芜的心径。

门关得再严实也会有缝隙。何况是肉生肉长、情浸性润的心造之门。而且这缝隙随了心性变化，也会跟着变化，这也就保不了在什么时候，一不小心把门外刻意要关住的东西再放进来。说到底，感情这事儿就是难办，芽子一旦冲破胞衣和壳子长出来，就不容易再塞回去。你想把她封得严严的，可这像拿了玻璃板去挡那阳光，无论怎样地努力，阳光总是很容易就透了过来。这个样，心理上又觉得对不起冬冬姐，好像是侵犯了她什么似的。尽管这都是意念里面的事，而且又和朝雾一样，虽然突如其来，但终归还是要被太阳收服的。

“我永远崇拜的月亮女神阿尔忒弥斯呵，”她在做出一次次努力可结果总是大打折扣之后，时常这样呆呆地发问，“愚顽不明的尤尼塔怎样才能像您那样，从容不迫地抵挡住心头跑出的魔鬼呀，请您告诉我吧。或者，您发一发慈悲，用您上弦月之弓和月光之箭，帮我来将那心魔射退，永远不再引颈奢望一颗无法摘取的果子。尤尼塔长跪在尘俗的世界里，虔诚地叩拜着您，神明的阿尔忒弥斯呵……”

头上方那只灰褐色的小蜘蛛，真是令人钦敬。在毫无凭恃的光秃秃的天花板上，不辞辛劳地长途跋涉，居然在主人一点也不知情的情况下，尾拖着一根纤长的柔丝，到它结下的第一张网的斜对面，也就是说，选取了房顶一段最长的距离，在那网子的对角，又从无到有开始结着第二张网子。这张网看上去刚铺工不久，七八道纵长的丝线颤颤悠悠，好像互不交叉连贯，真不知道接下来，这个可爱的小家伙，将它这一宏伟壮丽的工程，怎样建造得美轮美奂并画上一个圆满的句号。不过，小蜘蛛的所作所为，也给人留下了很多的疑惑。本来已经有了一个很好的空中家园，这个家园有柔软的丝床供它休憩，有能捕获飞虫的细密的网具供它随时享用鲜活的美食，它甚至还能经常用倒挂和空翻这类的高难度动作，来创造性地进行工作或者是自我娱乐。而且只要它愿意，还可以利用居高临下的便利，像神一样一览无余地随时俯瞰整个世界——房间的瑰丽景象。至少，这个穹宇下的一切，对它来说没有任何秘密可言。可它又为什么要冒着一些不可预知的危险，远路风程，耗时费力，跑到不可思议的斜对面，去再造一座也许根本用不着的楼堂馆所呢？是仅仅为了享受建造的这一过程呢，还是另有所图？

此外还有一个颇为费解之处——在房顶这样一个广大不毛之地，这位令人尊重的先生（抑或是位小姐哩），为什么总是独自一个在忙忙地奔走？它的另一半，它的爱情，它的能够拨动人们心弦的浪漫故事，又在哪里呢？要是有的话，它的那个叫尤尼塔的邻居怎么一直没有发现呢？难道仅仅是因为羞怯而暂隐在另一处更为隐秘的地方，到必要的时候才让人见面并为之一喜吗？要是没有的话，这孤独寂寞的世界，这空寥无边的时间，又会是多么可怕呵！它辛辛苦苦的劳作，惨惨淡淡的经营，还会有什么意义呀？

“可爱的小蜘蛛，你这精灵，能告诉我这些秘密吗？”尤尼塔眼含泪水，满腹疑虑且又忧伤地问道，“咱们是好邻居，我看得出来，你的每一天，都是充实而又快乐的。那么，是什么让你在这世事难料的世界上，获取了那么多生活的勇气和信心？”

这位伟大的高空结网大师并不作答。它优雅地蠕动了一下身子，在自己的世界里，用一种永远不被人所理解的痴迷，还有一种唯我独尊的自信与大智慧的淡定，一如既往地勇敢奋斗着创造着。它的从容和满足，它的比佛道更具哲理意味的幸福生活，着实令人羡慕。至少，它安然享受着的这一唯美的劳动生活过程，永远让人可望而不可即。人，切不可坐井观天牛哄哄。在很多时候，并不比一个小小的动物更聪明。

第二天，尤尼塔到学校上课回来，看见穿戴齐整、梳了一个大马尾辫的伊莉娅，一个人坐在家里的椅子上，两手不停地绞着衣襟下摆，样子有些心神不安。妈妈和托尼大概是出去干什么了，尤尼塔到厨房和房间喊了几声，也没见有人答应。

“怎么了伊莉娅，”尤尼塔脱下防寒服在衣架上挂好，走过来摸着伊莉娅的脑袋，道，“看你一肚子心事的样子，小脸蛋儿都挂了霜。来，和尤尼塔说说，是不是帕波雷克叔叔一走就想他了？”

伊莉娅怎么说也不能算是个幸运姑娘。她的妈妈萨玛尔娜，是卢特吉尔公认贤惠而又能持家的女人。五年前一个冬夜，鬼使神差地出门找一条走失的橇犬，不想被白毛风卷走再也没有回来。打那时起，家里就剩下了伊莉娅和爸爸帕波雷克两个人，日子过得甚是清贫凄苦。一年前，她又跌出了个羊羔疯的毛病，这孩子就越发可怜了。

当下见尤尼塔问是不是想爸爸了，伊莉娅绞着衣襟的两手停下来，嘴角一撇掉开了眼泪。

尤尼塔用手轻轻给伊莉娅拭去眼泪，抚弄了一下她的头发道：“你这小孩子，光知道个哭、哭，你哭塌了鲸头顶和鹿角山，又有什么用呵？帕波雷克叔叔他们才刚走呢，少说也得半月二十日才能回来，家里有什么事，要是不愿意和你姑妈说，就来告诉我和你大妈，听到了没有？”

伊莉娅看了看尤尼塔，收住泪，先是点了点头，又像怕吓着似的小声道：“姑妈明天要带我去巴芬卡看病，可我不想去了。”

尤尼塔一听伊莉娅冒出这话，笑了，就戳她一指头，道：“我亲爱的伊莉娅，就这么点儿事也要淌猫尿哩。冬冬姐临走不是嘱咐过你这病要早看嘛，早看了早治疗，打打针吃吃药的也就没事了。”

“不是的姐姐，”伊莉娅摇了摇头，泪涌了出来，“我夜里做了一个梦……”

尤尼塔笑道：“做个梦就不想去巴芬卡了？我的姑奶奶呵，倒真有你的。”

伊莉娅摆摆手，急得差点喊了起来：“姐姐，我梦见爸爸和白姐姐他们，还有阿黄那些狗，一齐掉冰窟窿里了。真的，现在想起来都好怕……”伊莉娅伸手擦着眼泪，身上哆哆嗦嗦的，说不下去了。

伊莉娅一说梦，尤尼塔忽然想到阿黄咬冬冬裤脚的事，本就心里犯疑，这会儿只觉得有颗烟幕弹爆开来，眼前雾罩罩的，脑子里一片空白——如果有面镜子照照，她一定会看到自己一张脸儿连点血色也没有。

伊莉娅走了不多一会儿，妈妈和快嘴二婶脚跟脚的进来了。二婶带来一个令人不安的消息：这几天将有大暴风雪……结果她人走不到煮杯咖啡工夫，就起了大风。尤尼塔到窗口一看，一堆积雪被风搅了起来，像条打滚的银龙，在地上左冲右突打了会旋儿，又乱纷纷蹿向空中，眨眼间不知所踪。房前靠街地方竖着的一根雕刻着太阳和月亮的木图腾柱，早上的时候还好好地立着。这一霎，已经叫风给吹得倾斜了至少四十五度。这种崇拜大地的卑躬屈膝状，恐怕维持不了多久，就会彻底匍匐在冰雪的怀抱里。

妈妈脸色忧郁地重重呼出一口气，道：“别的不打紧，就挂心你爸爸和冬冬姐他们，可千万不要出啥岔子呀。你二婶在这里叨叨的时候，我心里跟掉了魂似的，扑腾扑腾直跳哩。”说着，在胸前画了个十字，小声祈祷起来。

妈妈的话让尤尼塔在情绪的薄雾中，又加蒙了一层冰冷的灰暗。

这个极北之地的民族，生来就是和冰洋、风雪打交道的。就连她，也不止一次在冰洋上遇到过大暴风雪。可这一回又是怎么了？

尤尼塔烦躁不安。一会儿坐下，一会儿站起来，一会儿又跑到门口呆呆地看着外面。奥乌里娅看到女儿这个样子，心里着急，不知道说什么好。

“妈妈，”尤尼塔又一次跑到门口张望回来，脸色忧郁地道，“我想去北斗站一趟。”

奥乌里娅一愣，道：“傻孩子，你没见外面什么样子吗？雪狐狸都趴洞里不露面了！”

尤尼塔道：“我要是不去呢，心里就急得难受。真的妈妈，尤尼塔也许只有到北斗站上，见了高站长和卜伯伯他们，心里才会得到片刻的安宁。”

再没有谁比奥乌里娅更能理解尤尼塔此时此刻的心情。她看着女儿有些瘦削的面庞，叹息了一声：“就是要去，也得等天爷爷把火劲头过了再说。”

第二天清早，咆哮了一宿的风雪歇息下来，人们昨天留在这个世界上的痕迹，一点不见了。一夜无眠的尤尼塔，望着天花板尚在睡梦中的灰蜘蛛，一翻身爬起来，简单地梳洗过，吃了点东西，就穿戴好发动车子，拉着阿黑去了北斗站。

冰上队出发后的第二天下午，伴随着窗外越来越猛烈的风雪，高凌霄心里的不安，像血压计正在鼓着气的水银柱，眼瞅着就在不断地蹿升着、加剧着。大半个下午了，手里攥着黄河石，双眉紧锁，表情凝重，一动不动站在办公桌对面墙下，两眼紧盯墙上那幅大比例尺老冰洋地图，心情极为复杂。手里石头让汗水浸得湿漉漉的，像刚从河里摸上来。

按照冰上队滑雪和驾橇的行进速度，到现在路程应该走了差不多一半。行前，他曾和大河、一风三人，将这张拓在木板的地图上虚拟了一条行进线路，并用红笔标示出来，每隔十公里插上一枚绿色大头针，从北斗站到火岩岛一百六十多公里的图上距离中，像栽电线杆似的一共插了十六枚这样的大头针。“要是不出什么意外，大河他们这工夫应该到达这个位置了。”高凌霄一边自言自语说着，一边拿起一支红色碳素笔，在第七枚与第八枚绿色大头针的中间，重重地画了一个圆圈。画完圈，嘴里又念叨起来：“可是，如果和那个新生成的特大气旋遭遇上呢？现在的情况，也许比想象的要更糟糕，不要说前进受阻，就是能不能安全躲避过去，也让人心里没有底……”

高凌霄光秃秃的大脑门上，不知不觉渗出一片汗珠。撩一把其实已经无甚可撩的头发——一只手在那半圈草腰子上稍停了停，忽然想到上午让马松宝写的报告也不知怎么样了，急得猛搔了一把半是光秃的头皮。

“不能等了，必须把给国内的报告抓紧发出去。至于下一步怎么办，就看联络上大河他们之后了，但那得等到达火岩岛的时候。”想到这里，急忙去找马松宝。

不想，老卜和马松宝正推门走了进来。高凌霄一看，嘴里说着："巧了，巧了！"忙伸了手将二人让到屋内。

"高站长，您看报告这样写成不？"马松宝递过来几页打印的材料，一脸恭敬地说道。

高凌霄站在桌子边，身子连动也没动地看完，头向老卜一歪，扬了扬手中材料："卜书记是不是看过？"

老卜点点头，道："小马倒是先给我看了，提了点意见也都改过来了，我觉得情况基本上说明白了。"

高凌霄道："既然你看了，也没啥问题，就马上报走吧。"说完抓过笔，歪扢在桌子角上签了字，又把材料交给马松宝。

马松宝接过材料，连忙回报房发电传去了。

目送马松宝走出门，高凌霄指了指椅子让老卜坐下，他也坐回到自己座位上。

"我老是在闷惑，"老卜坐下后，一手摸着下巴颏子，慢悠悠地道，"友邻站卫星云图分明早发了过来，为什么就没收到呢？刚才我和小马也闲聊了几句，他说发来电传而没收到，这样的几率就和银河系两颗行星发生碰撞差不多。"

高凌霄唔了一声，道："依你来看，是怀疑电传被谁取走了？"

老卜道："我想不是没有这种可能。"

高凌霄猛地撸一把脑袋，站了起来，道："真能有这样的事？"说完，打托盘里抓了黄河石在手里轻轻转着，脸上出现了少有的凝重。

过了一会儿，高凌霄道："有一点让人不明白，如果你分析的这档子事成立，那么，这位尊贵的先生出此下策，又图得什么呢？咄咄，我们北斗站灶王爷坐月子，出了大大的怪事了！"

老卜道"这个报告到了部里，也不知道衙门那帮老爷会怎么看。特别是我们的刘部长大人，会不会抓着让冰上队顶着特大气旋出发这件事，横生枝节做文章哩。"

高凌霄道："说实在的，卜书记，至于部里怎么看，或者是刘部长会不会借机生茬，我都不在乎。真的。大不了嘛，将来再回到所里搞我的地球物理学研究嘛。可是，眼下大河和一风他们的冰上队，因为收取传真卫星云图这个环节上出了问题，此时此刻正暴露在狂风和暴雪之中，不知道这会儿是不是扎下了帐篷？如果扎下了帐篷，又不知道帐篷能不能经受住暴风雪的打击？这一个下午，心里没有一分一秒宁静的时候。”

“是呵，”老卜沉默了一会儿，道，“上午风一起，我的心也悬了起来。有几次想过来谈谈我的顾虑，可又不忍给你添上些堵。”

望着这位和自己同样是秃了顶的心地善良、宽厚的老同事，高凌霄心里禁不住一阵感动，但他并没轻易表现出来。这也是官场多年历练的结果，喜忧好恶，所思所想，不是别人一下子就能看透的。

“我看这样吧卜书记，”高凌霄使劲握了握手里石头，语句缓缓地道，“有关云图电传是不是被盗这件事，就到咱俩这里为止，不再向外扩大。而冰上队的安危，是咱们北斗站比天还大的事，一定要多从不利或是最坏的方面想一想，万一出现不测，应该采取哪些迅速而又有效的应对措施……”稍停了停，高凌霄又道，“我这样想，是不是有点多虑哇？”

老卜一脸严肃地道：“不是多虑高司长。冰上队处在这样的险境，我们就应该把情况想得复杂一些，应急办法考虑得周密一些！”

高凌霄像是自言自语地道：“那样就好，那样就好。”

看看高凌霄没有别的要说了，老卜便告辞走了出去。

老卜刚走，高凌霄桌子上电话响了起来。抓起话筒一听，原来是菊萍。

高凌霄有几天没和菊萍通电话了。不通吧，想通；可一通电话，又怕菊萍老是唠叨那些他不愿听的事。果然，菊萍一开口，先说起了宝贝儿子小强。这孩子最近和一块出去留学的一个女孩谈起了恋爱，为了经常出去兜风，非要买一辆越野吉普不行，这自然又得需要钱！孩子一天天大了，谈恋爱，追女孩，买汽车，这都没有什么，无非往里砸些银子就是。让菊萍气不打一处来的是，就在昨天下午临近下班的时候，那位被戏称为公公的社长瞿太坚，把她喊到办公室里，向她宣布报社刚刚做出的决定：离岗待退……

“老高你说说，他们这是凭什么呀！不给评职称咱不要了，从编辑部调到资料室，咱落得个轻松，也认了。可我还不到五十岁呢，就要我离岗待退，这依据得哪家子王法呀？”菊萍越说越委屈，就在电话那边呜呜哭了起来。

一听菊萍说公公叫她离岗待退，高凌霄立马知道什么原因了。可这一层，又不便说破，只好安抚她道："我说菊萍呵，小强谈女朋友了要钱买车，我看这很正常，目前咱又不是拿不出这个钱来，我看就支持他吧。孩子那边好好的，咱俩也没心事。要说到叫你离岗待退，按理讲是早了点，可能也不一定合乎规矩。但菊萍你有没有换个思维想想呵，早退心里落个清净，从从容容开开心心地去做自己愿意做的事，谁的脸子也不用看，也不用风里雨里起早贪黑地去上班，这才是神仙过的日子哩。哈哈，说不定是塞翁失马，焉知非福哩！"

菊萍让高凌霄说得破涕为笑，道："其实我也想来着，与其在单位受些夹板气，还不如早一些回家享清福呢，省得再看这等人的脸面，折了寿限。世事难料，人生无常，怎么着还不是一辈子哇。"

高凌霄一听菊萍如此达观，放下心来。家长里短拉扯了一会儿，就关切地道："你一个人在家不容易，要紧照顾好自己，没有事多到外面锻炼锻炼，呼吸呼吸新鲜空气。最好嘛，学学太极养生之道，过几年我退下来一起练练吧。咱们两口子也别多想，就争取活他个一百七八十岁吧。"

高凌霄说着哈哈大笑了起来。那边的夫人菊萍，也被逗得乐了起来。

第二十六章 冰向西北漂移

风与洋流，合伙绑架了驮着狗和仓储帐篷的浮冰。它在时隐时显的雾中，在大家的眼皮底下，像惯于嫌弃不幸者的快乐和从来不喜欢穷人的财富一样，人们越是巴望越是不舍得，它越是离去得匆忙。狗们无助的哀号，把恐惧、痛苦、绝望和无奈等种种生灵界的不幸，化作了搅动寒冷空气的最后一丝震动，悄然消逝在魔鬼狰狞的窃喜里面——在撕心裂肺的这一幕过去二十年之后，童圆回想起来，心里仍隐隐作痛。他总觉得当时就像站在对面的山头上，眼瞅亲人两手攀伏在万仞壁立的悬崖上，最后因为意志和体力的不支，而一点点向深不见底的巨壑滑落……那时他突然觉得：人，其实是最渺小最无助最可怜的。

眼巴巴看着浮冰在视线里逝去，老爹跪在水线边上，依然像呼唤自家娃儿一样，大声叫着狗们的名字。冰洋上除了冰崩再没别的动静。寂寥有时候比喧闹更摧残人。“狗日的转窝子疯！”老人朝着狗们消失的方向怒不可遏地骂着，两只青筋暴突的手，深深地插在雪里，绝望的老泪在脸上纵横流淌。

老冰洋生涯数十年，被大雪或迷雾困在冰上，这样的事发生过三十多回；就是被狂风刮进雪洞和冰沟里，他能够记起来的也至少有十八次。有一回，因为贪图走一条到达海湾的捷径，甚至就在离家门不远的东北沟子，掉进一个足有七八米深的雪窟窿。在适应了底部光线的时候，忽然发现已先于他不知多少年躺着一具猎手的尸体，同时还有两头雪狐和三只狗。由于天然冷库的超低温保鲜功能，那猎手面部表情与狐和狗的狰狞形态，都较好地保留了灵魂在离开肉体时最后一个瞬间的样子，从而显得异常生动。当时，急着出门的老爹只带了一块够两顿吃的冻海豹肉。就凭这块冻肉，他在下面撑了九天九夜，一口咬钢嚼铁的牙由于吃了过量的冰凌，在此后四个多月连软软的海豹肝都不敢嚼了。最后，还是阿黄这条忠诚而又聪明的义犬，经过千辛万苦发现了他，这才得以重见天日。以往经历的险情，倘要编成故事，不说《一千零一夜》吧，至少也得有个《十日谈》。每一次历险，虽然也挺要命的，但比一比眼下遭遇那又算得了什么呢？天哪，这是四十多条狗哇！条条聪明伶俐，忠诚勇敢，能吃苦，通人性，即使它们身上少了一根毛，都会叫人心疼的。而这一会儿，眼瞅着就远去了，自己却帮不了它们。孤立无援地匍匐在悬崖边上的结局谁都知道。狗们进入的是一道地狱之门，森罗殿里盛大筵宴的操持者们，正在以阳世间永远不可理喻的诡笑，满心欢喜地迎候着这些在哪个世界都不会让人讨厌的宝贝。

忽然，老爹看到了阿黄和冰之花，它们狂躁得又蹦又跳，咔嚓咔嚓在咬那揳进坚冰里的铁橛，急欲挣脱束缚了自由的锁链……定了定神，才知道是幻觉。“阿尔卑斯山的众神呵，你们把我和阿黄它们换一换吧，要死就让我去死……”说罢又是捶胸顿足地哭。

冬冬走到老爹身边，垂了手，紧抿嘴唇站着。海水平静得如同镜面，她清楚地看到了自己的面容。理一把从线帽中流淌下来的秀发，她想说话，可嗓子眼里发堵。情绪调整了好一会儿，这才声音颤颤地道：“老爹，冰上太凉，您这样会冻坏身子的。”说着，弯了腰就去搀扶。冰上的和水里的姑娘，各有两行眼泪，顺着俊秀的面颊往下淌。

“闺女呵，”老爹抹把泪站起来，脚在地上使劲跺了跺，“看着它们让魔鬼拽走，我这心里像刀子剜呵！”

冬冬扶着老爹离开水边。水里那个姑娘脸一闪，也走了。

走出帐篷已经有一会儿的帕波雷克，睡眼蒙眬中只隐隐约约看了个影子，知道几十条心爱的橇犬，再也回不来了，顿时如揪了心挖了胆，两眼发直地盯着前方，浑身颤抖说不出话来。

冰上弥漫着一股死气，升腾的雾里透着说不出的悲凉。汤姆蓝眼珠直碌碌瞪着，伸长脖子仰天大喊他的上帝，喊完了，两只拳头紧攥着，一下下在头顶上方挥动着，好像要擂打什么。胡子上挂的冰豆豆，随着身体的起伏左右乱晃。

大半宿没敢合眼的安子儒，到好起来时竟迷糊着了。也就打个蒙眬，忽然被一阵窸窸窣窣的声音弄醒。睁眼一看，原来帐篷里队友都已经卷起睡袋，穿戴好了衣帽，准备到外面去。自己虽然眼皮发涩，身子打沉，也忙不迭地往睡袋外头爬。等收拾利索来到外面，猛觉哪里不对头：俩爱斯基摩驭手哭啼的哭啼，发呆的发呆，白冬冬、童圆、牛得田、刘振宗几人，个个愁容满面，神色慌乱。再看于大河和谷一风，一个仰着脸，一个低着头，谁也不说话。"这是咋了，是不是地球让扫帚星撞了？"满腹疑虑地走到谷一风身后，赔着小心问道："一风老师，大家伙儿这是怎么了？"

本来不太随和的谷一风，这工夫脸上像挂了一层霜冻，冷峻的样子让人看了打怵。他回头瞥一眼安子儒，没好气地道："眼睛长在你的脑袋上，就不会睁开来自己看嘛！"呛白完了，又转过脸去，继续拿眼睛看着雪地——雪地上只有冷冷的雪和冰，连个蚂蚁啥的也没有。

安子儒被谷一风没头没脑一顿撸，弄得一脸尴尬。咽下一口唾沫，嘴对着一风的脊梁，讪讪地道："我这不就是问问嘛，一风老师就这么大的火儿！"接着，嘴里又咕噜了一句，"真是的，雾罩罩的，啥也看不清。"

见安子儒一副懵里懵懂模样，童圆拉着哭腔道："安老师呀，咱们碰上转窝子疯了。狗和物资设备都让那块断冰卷跑了呀……"童圆说着，哭腔变成了哭，眼泪不停地流，"我的两部电台，一下子都没了，还怎么和站上联络呵……"

安子儒听童圆一说，脸变了颜色，嘴上语无伦次道："我的天，冰断开了，狗和电台啥的都没了，那我们可怎么办呵？火岩岛怕是去不成……"

"还火岩岛呢，"刘振宗垂头丧气地道，"连吃的也没了……"

安子儒白弄一下眼，嘴里絮叨起来："仪器没有了，我的那些仪器没有了，就是到了火岩岛，又能干什么呢？这是怎么回事呀我的天？"说完两手抱着脑袋，沮丧地蹲到了雪地上。

置身在断裂的浮冰上，又失去了狗，失去了食品和其他物资，即使让一个瞎子摸摸，也知道情况是如何严重了。还有更叫人沮丧的呢。冰上队目前立足的浮冰，犹如滔滔巨流中的一叶浮萍，在风和洋流的作用下，正以一股无比强大而又不可逆转的离心力，在慢慢向外漂移。虽然雾霭渐浓，仍然不难感觉到它和相邻浮冰之间距离上的变化——更确切一点说，是看到它和母体浮冰之间黑黝黝的海水，正一点点在增加着宽度……如果说，寒冷的银色冰盖缺少的还只是生命的气息；那么，墨汁般浓黑的海水，将他们和母体浮冰越隔越远的海水，十足就是一片死亡的坟场！而黑色，恰是这坟场最具标志性的底色。

这真是一个天大的玩笑！只一夜工夫，一支兵强狗壮、生气勃勃向火岩岛进发的冰上科考队，便落得铩羽折戟，甚至连自身生死也只能交由命运来摆布！“唉……”于大河轻叹一声，拧眉咬牙，一脚踏在一块棱角突出的坚冰上，眼望着空洞迷茫的远处，心里一遍遍在痛责着自己，“于大河呀于大河，浮冰一声不罢一声的爆裂，已经预示到了危险，为什么还安安稳稳躺在帐篷里呢？虽说昨日赶了一天路，傍晚从碎冰湾子紧急撤离后，又顶风冒雪抢搭帐篷，身子骨跟酥了似的特别乏。可你是队长呵，这么多人身家性命都交给了你，你就应该像诸葛孔明那样谨慎用命，为什么倒成了大意失荆州的关羽呵？你知不知道这是犯罪，犯了不可饶恕的大罪，就是一百次一千次跳进老冰洋，你这罪责也无法洗清，无法偿还！于大河呀，你辜负了高凌霄站长，辜负了北斗站全体队友。你对不住大家伙儿呵！”刚才，老爹一声声凄厉的呼唤，他的心简直要迸裂开来。赤手空拳，孤立无援，这么多人栖身于一块随波逐流的浮冰上，会是一种什么样的后果呢？想到这里，感到头皮要炸开，心脏也一阵阵狂跳不止。老冰洋里没有挪亚方舟，随冰而漂的他们也不见得会像鲁滨孙那样幸运。那么现在，作为队长，这支科考队的核心与灵魂，又应当怎么办呢？他能像希伯来人的先知摩西出埃及那样，带领大家走出这险恶的困境吗？

雾漫过冰，冰便戴上了一顶迷幻的帽子。老冰洋天地一色，混沌有如蛋壳里变了质的液体。那看上去让人恐怖的海水，就像隐身在雾中的幽灵，此时正闪着狡黠而又狰狞的黑光。这个幽灵其实是老冰洋真正的主宰，浮冰只不过是它一件永远不肯脱下来的白色礼服。当它一旦撕破外衣裸露真身的时候，所表现出来的则是一种冷酷的大度和绝情的包容——这大度和包容，其实就是一种死亡的召唤。因此我们甚至可以这样说，它有着一种与阴曹地府中诸位大爷相同的品格与脾性，随时都高兴接纳被浮冰厌弃的一切——不管是生命体，还是非生命体。如果谁在冰上待腻了，或者是厌倦了这个世界，它都乐意加以收容，将它们统统划拉进自己永不言饱的巨腹之中，从来也不会患消化不良症的。

于大河的心里，如有一团乱麻缠绕着。怎么办？他在心里一遍遍问着自己。“眼下有条船就好了！”脑子里突然奇奇怪怪冒出这样一个念头。是呀，如果有条船，全队立刻就可以转移到和陆地结连的浮冰上。又一想，不行，有了船，头一件就去追那些橇犬，不论那块冰漂向哪里也要把它们救回来，一根毛儿也不能少，当然还有那些物资设备。这一步实现了，然后继续上路赶去火岩岛……可是，这现实吗？忽然觉得这样想很滑稽可笑，他为此而厌恶和瞧不起自己。

“就是塌了天，你于大河也不能乱！”他在心里暗暗告诫，“灾难与危险已经降临，着急和慌乱只能把事情搞糟。身为一队之长，越是危急之中，越要起到定海神针作用，如此才是大丈夫本色……”想到这里，心里略安稳了些，就向一风使了个眼色，然后扭头往一边走去，一风一言不发地跟在后面。在离人群稍远的一块人头高的冰包前面，两人住脚站了下来。

“唉，没想到老冰洋说翻脸就翻脸，而且如此不留情面。”大河看一眼谷一风，大喘了一口气道。

听了大河的话，一风只是紧蹙眉头，并没有马上回答。突然而至的险情，无疑将冰上队推上了绝境。谷一风第一眼看到面前出现漆黑的海水，脑袋轰地大了。他想：“糟糕，火岩岛泡汤了！”等到完全弄明白眼下的处境，心里悲凉万分——岂止是去不成火岩岛，能否顺利回到陆地，只怕也成了问题……

见一风只顾想心事没有吭气，大河又道：“情况已然十分危急，单靠我们自身的力量，要想再回到原来的浮冰上去，至少根据目前的风向和潮流来看，是没有这个可能了。现在最要紧的是设法和北斗站取得联系，等待船只或飞机的救援——”

“可是，”一风从沉思中抬起头来，两手一摊，声音有些凄惶地说道，“咱们的两部电台、三台卫星定位仪，还有其他一些科考设备，都存放在那顶仓储帐篷里了……幸亏还有一部手持式 GPS，昨天临睡觉时被我塞到了背包里。要不然，这一彪扎进老冰洋腹地的人马，究竟身处何方，只怕也没法子说清了。”

大河手摸下巴颏想了想，像是对一风，又像是自言自语地道："如果不能和站上取得联系，高站长他们一定会急坏的。另外，如果没有陆岸的帮助，完全靠我们自己摆脱险境，不确定因素就会大大增加……"大河下意识地咬了一下嘴唇，声音突然一沉，"不管怎样，我们都要想尽办法和北斗站联系上！让高站长他们知道我们都活着，就活在漂移的浮冰上！"

一风点了点头，又恨恨地道："他妈的这世道！要不是昨日那风雪，何至于选这么个熊地场扎营，真是见了鬼！"说完将一只紧攥的拳头，猛一下捶向自己的大腿。

"这事不能光怨老天爷，"大河难过地看着一风，道，"当时光急着搭住人的大帐篷了，也没顾得了那么多——其实要怨就怨我，压根儿就没想过让那些狗，还有仓储帐篷，离大帐近一点。要是紧挨大帐，即便有什么不测也完全来得及照应，哪至于连个响儿没听到就、就……唉，怪我呵，竟然步了马谡的后尘——"大河又愧又悔，细长的眼睛里闪着泪花儿。

"力拔山兮气盖世，时不利兮骓不逝。骓不逝兮可奈何，虞兮虞兮奈若何。"一风轻吟几句，旋又情绪低落地道，"兵困垓下，四面楚歌哇。咱们别无选择，只能先待在这块碎冰上，随波而去。不过，"一风说着话，弯腰从地上捡起一块拳头大的碎冰，在手里掂了掂，车转身，猛一下扔出去。目送着碎冰划过一道弧线落在海水，又溅起了一簇不易觉察的水花儿，接着道，"这块冰，目前就是咱们安身立命的家园了。至于能够待到啥时候，或者是漂到啥地方，恐怕也只有上帝他老人家明白。我在想呀大河，咱们既然被迫待在这破冰上，首先得把帐篷转移到中心地带。叫转窝子疯这一闹，中军大营已经贴到水边边上了。"

大河道："好，先搬家。剩下的事瞎汉爬坡坡，到了哪步说哪步吧。"

"对，"一风道："天无绝人之路，大活人总不能让尿憋死吧。"

在转移帐篷之前，大河和一风打开 GPS 定位，发现此地距火岩岛直线距离竟不足七十公里。两人各自在心里好一阵惋惜。过了一会儿，两人又叫上汤姆和牛得田几人，顺着浮冰的边沿踏勘了一圈，觉得这块大致上呈椭圆形的冰，虽然面积不很大，倒也坚固得很。汤姆用连接起来的两根滑雪杖，在浮冰的不同方位作了一下测量，结果发现，浮冰的平均厚度在三到四米间。在目前气温下，别说待个七天八天，就是天天阳光照射，日日暖风吹拂，再化上半月二十日的，也不至于出什么大问题。因此，要将它作为一个暂时栖居或者避难之地，还是胜任有余的。这一点，倒让大伙儿松了一口气。

帐篷重新搭建之后，大河他们站在雪地里，对所有食品和物资进行了清点。除了各人随身所携带的物品及滑雪装具之外，全队仅有——

帐篷一顶，雪橇一架，手持式 GPS 一部，救急箱一个，煮饭钢精锅一口，饭盒子两个，煤油炉子一台，暖水瓶两把，煤油罐二十六个（每罐可连续燃烧三个小时），挂面一箱（净重两公斤），榨菜三箱（共十八罐）。此外还有：防冻膏四盒，防风火柴十包，切菜刀一把，锤子一把，铁锹一把，利斧一把，绳子若干米……

就和巴尔扎克笔下高老头数着自己的全部家当——最后一文钱的时候一样，盘完家底，大河暗自叫苦不迭。其他队员心里也凉了一大截。

手上拿了一盒防冻膏的牛得田，一字一句阅读完了使用说明，扑哧笑了，他道："俺老牛本以为一场转窝子疯发了，冰上队便会被洗劫一空。没成想人家还给了些面子，吃的用的留了这么多，这比杨白劳卖豆腐积攒的家底厚实。咱们不光有挂面，有四川榨菜，而且还有上好的白鲸牌防冻膏哩。哈哈，最起码这生冻疮的问题嘛，列位就不用发愁了。"

牛得田的话，好像拳头打在棉花上，没引起大伙一点儿反应。老牛忽然觉得有些语不择时，两个手指不好意思地搔着脑袋，再不言语。

突如其来的变故，虽然也使冬冬不知所措，甚至心里还隐隐有几丝害怕，但一看场面僵冷，队友们一个个蔫头耷脑，大河看上去虽然沉稳如常，但她能感觉到此刻他的心里火烧火燎。想到这里，就稳了稳神，接了牛得田的话茬儿，道："这也多亏了老爹和帕波雷克大叔呢。昨晚拖过来这架雪橇挡雪，里面盛了这些东西。要不的话，可真惨到家了呢。"

"早知道有这一出，"情绪已经平复下来的老爹，指着雪橇道，"拖橇时就不卸下去那么多货物了。唉，一辈子打海豹，末了倒叫海豹咬着脚脖拖下水。"

"就这么一点点东西，"安子儒谁也不睬，哭丧着脸道，"只怕连牙缝不够塞哩。你们看这老天爷，不是刮风就是下雪，再不就是大雾腾腾，没个消停的时候，唉——”安子儒哀叹了一声，蹲在了地上，“鬼知道在这破冰上，要待多久哩！”

安子儒说出的话，像六月天捂下一场霜。大伙面面相觑，一片片表情的嫩叶，瞬间被打得发了蔫。

是呀，男男女女一大拨子，这么点东西只怕一顿就吃得渣渣不剩。这种情形，三岁孩子都看得出来。人吃饭不是喂雀雀儿，有把米哄着就够了。这是些大活人呢，只要还喘气，每天就得张着口吃。当食物短缺成了生存的第一道坎，人的社会属性就和那五九、六九的冰一样，经不了几天暖阳热风，便会化成水——也就是退缩到物质形态的原点。等到光有本能这一种自然属性的时候，人和那些带翅的、生鳞的、多腿的、长毛的动物，也就没啥区别了。

“安老师所虑极是，”往日里蔫不拉唧的刘振宗，冷不丁冒了一句，“怕的就是这点儿嚼货吃光了，往后咋办？”刘振宗说完脸儿红红的，像谁在上面掴了一耳刮子。

忧虑与惶恐交织的雾，不知不觉中浸淫了过来，它比自然界的雾更让人恐惧和难以把握。身处危机四伏的浮冰，食物又眼看要断顿，这多么像恶魔的两只黑手啊，现在一齐伸了出来，恶狠狠地扼住冰上队命运的咽喉。大伙的眼下处境，似乎不比泰坦尼克号上的乘客好多少；有些队员脸上流露出的神情，甚至比那幅著名油画《世界末日》里的人物，看上去还要惶恐些。

大家拿眼睛瞅着于大河，都绷了嘴没再开腔。

“一风，”沉默半晌，大河说话了——他对一风道，“再定下位看看，脚下这块浮冰到底往哪里漂。”听上去，大河语调倒也平静和缓，就像坐在万国大厅和谁拉家常。

谷一风闻言钻进帐篷，拉过背包，掏摸了一会儿，把包裹在一件厚毛衣中的定位仪取出来，一边忙不迭地打开，一边伸了头往外拱。童圆见状忙跑过去帮着撩开门帘。

大伙目光聚向谷一风，心里头都像打小鼓般咚咚跳。待显示屏图像稳定后，两眼紧盯仪器屏幕的一风，在众人的注视下读取了一组数据。

“浮冰在向西北方向漂移。”一风把定位仪递给大河看了看，有些沮丧地道。

"啥，向西北漂？"童圆惊异地瞪大了眼，道，"那不是离火岩岛越来越远了吗？"

"就是漂向火岩岛又能咋样呢？"一风关上定位仪，叹了一口气，"这叫珠峰顶上擦滑梯，擦不擦的由你，擦起来了就由不得你了！"

"难道就没有法子了吗？"童圆看看一风，又看看大河，眼神里流露出几丝慌乱。

"他妈的这世道！"一风愤愤地骂了一句，折回帐篷，将定位仪重又包好，小心地放到了背包里——这玩意儿眼下就和阿喀琉斯的脚后跟①一样，成了冰上队的命根子，机上仅带的两节干电池，非但不允许他们轻易开机使用，而且还不能搁置在低温环境里，怕的是电量无谓损耗，到关键的时候叫不开门。

在做好这些往外出的时候，一风脑子里火花一闪冒出一念：这冰随流漂向西北，会不会和阿黄它们中途相遇呢？这个念头大概跟牛顿看见苹果落地引发的联想一样，让他眼里放出了亮光——"当年那铁打的江山、八百座军州……"一句戏文从嘴里溜了出来，头顶了门帘急着往外钻，尼龙绸布帘的一个角还在脸上呼呼啦啦飘着呢，嘴里先嚷嚷起来，"我这里有一个哥德巴赫猜想：诸位想一想，咱们和阿黄它们那块冰，有没有可能会碰到一块呢？"

一风这一嚷，就似雾里有缕阳光透过来，大伙心里进了点亮儿。

牛得田道："是呀，俺老牛咋就没想到呢，阿黄它们那块冰无非先行一步而已，乘得是一股流，走得是一条道，这撞腰擦肩的碰上块儿嘛，也是大闺女出阁——再正常不过哩。哎，俺这就看看去——"

牛得田说罢，拔腿往浮冰边沿走去。童圆和刘振宗两人对望一眼，也跟在了屁股后头，去看看会不会出现仙狐献丹那样的奇迹。不多一会儿，几个人头顶一脸霜花踅了回来。

一风迎面看着牛得田，嘴没张，眼睛里却说了话："怎么样呵老牛？"汤姆也把满脸胡子的脑袋一歪，飞过来一个询问的眼神。

① 在古希腊神话中，女神忒提斯在生下阿喀琉斯后，想让儿子长生不老，就把他倒提着放在神火上烧。她抓着的脚后跟没有烤到，这地方便成为命根子，也就是他最易受攻击的部位，后来他果然被箭射中脚后跟而死。

牛得田朝众人摆摆手，学了一风腔调道：“他妈的这世道！近处一片水，远处一团雾，黑漆漆啥也看不清，他牛爷爷只恨爹娘给的这俩眼不好使哩。不过——”牛得田把头转向大河，脸色一下子周吴郑王起来，“方才水边一走，我倒有了一个想法，也算是愚人千虑总有一得吧，说出来你和大伙评评，看中用不中用。”

大河看着牛得田点了点头。

牛得田道：“从海流和风向看，咱们和阿黄它们漂行的方向应该一致，这也就印证了一风老师猜想的合理性——相遇不是没有可能的。问题在于，一旦来了机会，这雾罩罩的天气，咋能保得准及时发现？要是在夜间大伙正睡觉的时候呢？假如真的是两冰相遇偏偏又擦肩而过，你说岂不要悔青九尺肠子？！所以依俺老牛拙见，这时候就得把眼珠子瞪得像小灯笼似的……也没准，明早大伙一觉醒来，亲爱的阿黄它们，就会摇着尾巴跑过来呢！”

牛得田的话，显然使大家低落的情绪又恢复到了燃点。蹲在雪橇边上只顾抽烟的老爹，抬起头来道：“阿黄它们要是能回来，要我跳冰窟窿都行。不然的话，心里就得折念一辈子，你说是吧，他帕波雷克叔叔？”

帕波雷克瓮声瓮气答应一声，脸上绷紧的肌肉还没松弛下来。

“这些狗要真的能回来，”刚才还满脸沮丧的安子儒，腾地站了起来，道，“那咱们起码口粮的问题嘛，也就不足为虑了。”

“你——”谷一风气得指着安子儒的鼻子刚要发作，大河急忙做个手势加以制止，嘴里起的话头，却是一竿子岔了出去——“我看老牛的话有道理，从现在开始，咱们就轮流值班。老爹、大叔和冬冬三人除外，咱们其余的人，按着推磨碾碾那样转，每人一次值守四个小时，从我开始，依次是一风、老牛、汤姆、小刘、小童和安老师。另外呢，”大河看了大家一眼，一字一顿地道，“食品虽然不多，但咱们必须要吃上三天，”大河看了看雪地上的面条箱，语气十分果决，“对，至少坚持三天！”

中午，汤姆和一风两人点着了煤油炉子，又取来一些雪和冰块，烧了满满一锅开水。除了大河尚在冰上值班，其余人员都坐在帐篷里，围着炉子，静静地喝着白水当午餐，谁也没有说话，只有吸溜吸溜喝水的声音。喝了水，大家就闷头钻进各自睡袋，尽量不到帐外活动，以保存体力。只有汤姆是个例外，抱了睡袋到帐篷外，挖了个半人深雪坑躺在里面。他说这样睡得香，还不容易饿肚子。

傍晚，大河和刚值班回来的一风，化雪水为大伙煮了稀稀软软的一锅面条。两个人把全部面条分成了三等份，每一份为全体人员一天的伙食定量。在把第一份面条掰着往开水里放的时候，一风掂了掂手里只够一人吃一顿的面条，颇有点迟疑地拿眼神问大河："这，能行吗？"大河明白一风的意思，牙一咬，也用眼神作答："行，就这样！"

面条在锅里煮着，水咕咕嘟嘟响，一阵阵热气冒出来，香味直往人鼻孔里钻。安子儒躺在睡袋里，只觉得锅里的响声和那些无孔不入的味分子，实在太过于嚣张和疯狂。他努力想睡觉，避免听到那响声，同时还用睡袋上的遮护蒙了脸，尽量将那些比间谍还难对付的味分子拒之门外。但这一切努力都是白费。从早上到这会儿，除了喝水，已经粒米未沾，牙齿咀嚼食物这样的事，似乎是在很久远的时候发生过。这种久远感甚至让他一度认为嘴里上下两排叫作牙齿的骨头，就像尾骨、阑尾和扁桃体，皆是多余之物。肚子里那挂肠子就不是这么回事了。打从该吃早点的那一刻，就一直和他过不去，咕咕噜噜地闹意见。它不信那些红芍药绿牡丹的大道理，也不理你开的空头支票，反正只要不往里填东西，它就使劲叫唤。除此而外，还要在里面热火朝天地闹革命，搞斗争，让你尝尝四海翻腾五洲震荡的美好滋味。如今外面煮饭烹食这一勾，肠子里面连呼带叫弄得他六神无主，只想着锅里的食物怎样才能早早地下到肚子里去。

冬冬中午喝了水，躺着再也没起来。刚开始的时候，饿得心里发慌，脑门子出虚汗，不但昨天晚上的那种憋闷感压迫感重又出现，而且还伴有一阵阵烦躁不安。她知道连累加饿一折腾，那症候又来了，忙拿出一粒药放嘴里含着。过了一会儿，憋闷感消失了，一阵困倦涌上来，这才睡着了。这一睡，便到了吃晚饭时候，老爹一连喊了她两遍才醒过来。

浮冰断裂后第一天的第一顿饭，也是全天中唯一的一顿饭，在大家的一语不发中吃完了。看着饭锅里新烧开的一锅水，安子儒端着一只空碗，上下嘴唇像舔冰激凌似的直吧嗒，一副意犹未甘的样子。

"没了，没了，再吧嗒嘴也没了。"牛得田一口喝干了碗里的水，拿空碗向安子儒照了照，说道。

“安老师，您是不是想喝碗水？”冬冬问安子儒。

“哦，是的，喝碗水，喝碗水。”安子儒有点不太好意思。

冬冬上前一步接过安子儒饭碗，给他舀了小半碗水。

临睡前，大河拎了饭锅和铲子，要去外面铲雪熬榨菜汤。冬冬见了，立即从背包里翻出一个纸鹞，随大河出了帐篷。

“大河哥，”冬冬趋前一步，和大河并肩走在一起，道，“咱们该放个纸鹞了，要是晚了，小慨儿会着急的。”

大河点点头，指着前面一个圆形小冰包道：“到那上边吧，就数那儿还高耸些。”

站在大坟头般的小冰包上，大河和冬冬同时伸出双手，将纸鹞在四只手掌上高高托举了起来，眨眼间，火红的纸鹞便被风抓着上了天。两人深情地目送着火凤凰一般的纸鹞飞翔，心里各自做着美好的祝福。也不知什么缘故，纸鹞飞着飞着，忽然一头栽下来，掉进了乌黑的海水里，就如同一只折了翅膀的鸟儿……冬冬见状啊了一声，身子摇摇晃晃要倒下来。大河忙伸了手扶住，冬冬这才重又站稳。

回来的路上，两人铲了一锅雪。大河一手揽着饭锅，一手扯着冬冬的手问她：“怎么了，是不是饿得难受？”

“没有。大伙儿能坚持，我就能坚持。队上的事够你操劳的了，不用为我担心。”

“那你刚才，刚才在冰包上……”

“噢，没踩稳，脚滑了一下。你看咱这里，除了雪就是冰的，走路真得留心点儿。”

见冬冬如此说，大河也没再放声。两人默默走了回来。

第二天，断冰在风和洋流的作用下，继续顶着迷雾，向西北方向缓慢漂移。饥饿这个潘多拉盒子里放出的魔鬼，此刻成了冰上队的头号敌人，变本加厉地折磨着大家。队员们渴望的奇迹没有发生，恐慌却像瘟疫一样传染和侵蚀着人们的心灵。

到了第三天早晨，大家正迷迷糊糊睡着，忽听有人大声叫喊——那是在冰上值班的汤姆的声音：“喂，伙计们，快起来看呐，海里可能游过来一只狗！”

就像听到火星上的美女下凡，大伙儿一个个爬起来，穿衣戴帽套靴子，忙不迭地往帐篷外面钻。童圆急切之间穿走了刘振宗的羽绒服，刘振宗没法子，只好披着睡袋跑到浮冰上。

雾霭中，水里有个黑影，正在向冰上队落脚的浮冰靠近。再过一会儿，看到那个黑影的后面，好像还有一个。

“是狗，”老爹兴奋地大声喊，“是咱们的狗！啊，宝贝们，你们终于回来了！我慈爱的天父呵。”老爹扯着大河一只胳膊，激动地摇晃着，眼里汩汩流出了泪水。

“加油呀，加油呀，俺老牛可想死你们了！”牛得田把手往嘴边做了个喇叭模样，粗着嗓门喊道。

安子儒、童圆、刘振宗几个，一时忘了挨饿的滋味，也在拼命为狗鼓劲。

后面一只显然力不从心，游着游着，乱扑腾了几下，没了影儿。

“怎么搞的，怎么搞的？”帕波雷克急得抓耳挠腮，恨不能一纵身跳进海里捞它上来。

头里那一只终于挣扎到了浮冰边沿。一风和汤姆两人伸了手一齐用力，呼啦一下把个落汤鸡似的狗给拽了上来——老爹扑上去就抱在怀里，口里一连声地叫着：“是阿黄，呵，是阿黄，是我的阿黄呵……”

第二十七章 无名岛礁

当阿黄从水里上来的时候，这条昔日神勇而又忠诚的大黄狗，瘦弱不堪的身子摇摇晃晃，竟无力抖掉一身的海水。

"阿黄呵，怎么才两天多不见，竟成了这副模样？"老爹把它抱到帐篷外面的雪地上，拿了自己一条厚厚的毛巾，帮它揩擦着身上的水。一边擦，一边心疼得流眼泪。

给阿黄擦干身子，老爹又在外面挖了个坑，将一块冰上打猎用的白帆布折了几折铺上，让它趴下来休息。古里班古就像面对一个出远门刚回来的孩子，嘴上一个劲唠唠叨叨："你饿了吧阿黄？真对不起呀，没有什么给你垫饥哩。那天老冰洋发转窝子疯，你们这些狗，还有那些吃的用的，都叫那断冰拐跑了。我们大伙，唉，也在饿着肚子哩。可是，你又是怎样跑回来的呀？冰之花和雪上飞它们呢？呵，呵，狗日的转窝子疯！"

听着老爹和阿黄说话，大河心里百味杂陈。他忽然想，那天夜里阿黄咬他裤腿，还嗷嗷地发出低叫，是不是这条灵慧无比的狗早已预知了危险从而告诉他多加小心？可自己竟然没多去想一想，以至于酿成此祸。由此对阿黄心生敬意，一边深情地抚摸着它，一边向老爹道："你看这样好不好老爹，咱们少匀出一点儿面条，给它煮顿糊糊喝。"

“不成，这么点点口粮，人还不够填牙缝的哩！”老爹果决地摆摆手。

“它要再不吃点东西，真的会饿死呀。”大河急得两手搓来搓去，一时没了章程。

“咱就是饿死，也不能和人争食，你说是吧阿黄？”老爹俯下身，脸贴着阿黄道。

老爹的眼泪滴在阿黄脸上，阿黄骨碌了一下眼睛。它听懂了老爹的话。

过了一会儿，老爹把阿黄抱到雪坑里，道：“睡吧阿黄，我们也是这样子的，闭上眼睡觉。”阿黄的眼睛闭上了，忽然又睁开，伸了舌头去舔洞壁上的冰雪吃。

正在大伙心里酸酸地看着阿黄的时候，冬冬从帐篷里拿来一个海獭皮小手袋，变戏法似的从里面取出一个肉饼——那是临行前尤尼塔悄悄塞给她的。一见肉饼，大伙比花果山的猴子们看到大圣采摘回王母娘娘的仙桃还要吃惊。刘振宗、安子儒几个，眼睛都有绿光闪了出来，口水流到嘴边，再舔了吞咽回去。

冬冬蹲下身，手掰一小块肉饼，喂到阿黄嘴边——

突然送到嘴上的肉饼，让阿黄想也不敢想。它眨了眨眼，疑惑地看着冬冬。冬冬微笑着朝它点了点头。它又抬眼去看老爹，老爹叹着气，眼泪汪汪地把头转向一边。冬冬用肉饼碰了碰它的嘴巴，道：“阿黄，吃吧吃吧。也真难为你了，在卢特吉尔，在尤尼塔姑娘身边，你哪里还吃过这样的屈呵？”说着竟忍不住掉开了眼泪，“唉，阿黄呵，尤大丫头子要是看到你现在这个样子，心里不知会多难受哩……”冬冬擦把泪，手摸着阿黄，又道，“全队上这么多人，能吃的东西除了一小把面条，就只有这个肉饼了。说实在的，所有这些能吃的全部加在一块，恐怕也只够填饱一个人的肚皮。大家伙儿，哪一个都饿得脊梁贴到了肚皮上，谁吃了这个肉饼也都应该。可是，阿黄呵，我想过了，这肉饼子，我们谁也不吃，就给你……”说罢，再次把肉饼喂到阿黄嘴边。阿黄张开口吞了下去。一块又一块，冬冬把一个肉饼都掰来喂了阿黄。

阿黄的到来给了大家以希望，一只狗泅水能过得来，那块先行分离的浮冰还会远吗？大伙儿在心里谁也不愿意否定：就在上午或是下午的某个时辰，那块断冰会和他们不期而遇。有个好盼头在前面，饥饿感减轻了很多，大家躺在帐篷里一时有说有笑。

两天来，压抑、沉闷、沮丧的浓雾裹挟了人们的情绪，笑声好长时间都没在帐篷里响起过了。大河一方面为大家能有这样一种情绪感到高兴，同时又隐隐有些担忧：设若和那块浮冰遇不上呢？而且从概率学上来说，遇不上的可能性只会更大。要是一心只往好处想，他怕大家在失望来临的时候会受不了。

与那块断冰相遇显然成了帐篷里话题中心。牛得田和安子儒、刘振宗三人甚至做好了这样准备：一旦两冰相遇，先把食品搬过来，一粒米一把面也不丢下，然后再弄那些科考器材。帕波雷克则说，见了断冰，不管三七二十一先去把拴狗的铁橛拔了。一风却表示了一种与牛得田他们完全相左的意见：大家到时把帐篷一抟弄，喝声一、二、三！一齐跳过去……

下午的时候，大家体力和精神头都远不如上午。除了值班的，所有人都躺在睡袋上，既不像是睡着，又不像是醒来，迷迷糊糊半睁着眼，艰难地挨着好像不动弹的时光。

大河心里像爬满了虫子。有几次，他看到汤姆和老爹他们在帐篷外悄悄抓了冰雪吃。他知道到了做出决断的时候了，就小声问一风："还有多少面条？"

一风脸一沉，两手拇指对拇指、食指对食指的一比画，道："就这么多了。"

大河咬咬牙，道："起来支锅，煮了它。"

大河和一风两人，点炉子，化雪水，将最后一把面条全部下在锅里。

煮了不知多长时间了，一风问大河："怎么样了？"

大河看也不看，道："再加两盆冰，煮！"

开饭了，每人分得一大碗面糊糊。大家坐在各自铺位上，慢慢地喝。时间很漫长，食物只有这么多，每一个人都拿出少有的耐心，让这一难得的进食活动，尽量去占用更多的时间，从而使宝贵的食物在口腔和食道中多停留一会儿。这个样，面糊糊从出发点到目的地的旅程，就显得更长了一些。假如说可以有一根吸管来吸食的话，那么这根吸管，他们更愿意用世界上最细的头发丝来做成。

老爹是最后一个将面糊糊盛在碗里的。趁大家不注意，端着来到外面。

趴在雪坑里的阿黄，不知什么时候，已经把铺在身下的帆布，撕啃得七零八落，满地碎片——不用说，这些棉线和化纤的混合物，有一大部分已经落在了它的胃囊中——

“阿黄呵，”老爹看着还在艰难吞吃帆布的阿黄，把饭碗送到它的嘴边，柔声道，“来，把这碗面糊糊吃下去吧。”

阿黄嘴里堵着一块帆布，怔怔地看了看老爹，表情迟疑不决。

“吃了它吧，阿黄，”老爹从阿黄嘴里拉出布条，把碗往阿黄嘴边又送了送，一个忍不住，眼泪滴了下来，“全队这是最后一顿饭了，一个人只有这么一碗，你来把它吃了，我有话要说——”

阿黄眨眨眼，顺从地伸了嘴，吧唧吧唧舔食着面糊糊。

“算起来，你来咱们家少说十几年了吧？上苔原，下冰海，风里雪里的，吃了多少累呵！咱不说拉橇和打猎，就说那年掉进东北沟子大冰洞吧，我在下面守着死尸待了九天九夜，可你狗日的是咋找到我的呵？还有前些日子，卡尔路克要杀萌萌，又是你在危险当口扑上去救了它。这回下老冰洋，我和尤尼塔本不想让你来的，可你怎么就……唉，唉……”

老爹擦了把眼泪，看看阿黄也把面糊糊吃完了，就又道：“阿黄呵，你的好处，你的恩德，我古里班古领了，尤尼塔领了，我们全家都领了——”

眼泪顺着阿黄脸颊的毛毛往下淌。它明白了老爹意思。

老爹一看阿黄也流了泪，心里更加难受，就搂着阿黄道：“阿黄呵，我知道你懂我心思了。请你原谅吧，这实在是没法子的事呵……唉，要不的话，大伙儿都得饿死呀！”

阿黄的头似乎是点了点，流了几颗泪之后，慢慢闭上了眼睛——

“如果真的能有来生，阿黄呵，咱们下辈子再托生到一家子来吧……”老爹絮絮叨叨说完，拔出随身携带的刀子，狠了狠心一闭眼，向着阿黄就刺——

恰在这时，大河赶了过来，上前一步抓住他的胳膊，夺过刀子扔到雪地上。

“老爹呀，”大河大声道，“您咋这样对待阿黄呀？难道咱们再没别的法子了吗！”

老爹一屁股跌坐在雪地上，流着泪道：“大河呵，不是老爹我狠心，你看看，现在一粒米也没了。今天好说，一碗面糊糊糊弄过去，可到了明天、后天呢，我们还有面糊糊吗？唉，你知道阿黄在咱们家里，就和人一样亲哩，我当然不忍心伤它性命。可总不能眼睁睁看着大伙儿……啥、那个啥吧？”

这时候，一风、汤姆、牛得田和冬冬他们，也都围了过来。冬冬一见流泪的老爹和雪地上的刀子，霎时明白了怎么回事。她蹲在地上，两手捧着阿黄的脑袋——狗的眼角还有泪滴在闪亮，就小心给阿黄擦了擦眼角，道:“真是委屈你了呀，阿黄，你看你原先多么健壮威猛呵，而现在就一把骨头。尤尼塔要是知道了，还不心疼死呵！”

阿黄挣扎着想从雪坑里站起来，试图像以前那样去蹭一下冬冬。它的努力失败了。因为饥饿、恐惧和劳累三位魔匠，用冷酷联手打造了一枚无敌铅丸，而今经过用无情做成的枪管的发射，准确无误地击中了曾经十分强壮的阿黄。虽然这一击尚不至于夺它性命，但它的身体却如胶粘纸糊般的软弱，它的四条腿软不拉塌直打哆嗦。

冬冬心里不胜伤感。一边叹息着，一边把坑里撕烂的那些破帆布片儿、条儿的，归拢了归拢重新铺好，让阿黄趴上去。童圆又去拿来一碗水，也喂着阿黄喝了。

屠狗事件之后，老爹被大伙劝回了帐篷。下午和晚上，大家继续在一种期盼中静静等待着。等待中的时间，似乎比把一座金山碾展成细如发丝的金线的长度，还要长出好多。然而，那块只能在想象中出现的浮冰，一直未在现实中露面。时间豢养了饥饿，饥饿又在挑战着人们耐受的底线。安子儒一会儿躺下，一会儿坐起来。躺下时，身子翻来覆去，嘴里一个劲地唉声叹气；坐着的时候，身子又挺直直的，不停地用两手在花白的大脑袋上扤来扤去，而且发出一种沙沙的很是怪异的声音，让人心里发毛。躺在他身边的刘振宗，被安子儒心烦得捂着耳朵，后来干脆钻进睡袋里，用遮护把脑袋也严严实实蒙了起来。

于大河躺在软软和和的睡袋里，倒比趴在钢钉子板上还难受。人困断冰，又无法和北斗站取得联系，已经让他焦虑万分。如今，全队炊断粮绝，一点吃的也没了，队员身体越来越虚弱。又有几个人学着汤姆和老爹的办法在嚼吃冰凌，可这种欺骗嘴巴的小伎俩只能糊弄一时，时间长了又怎么行呢？肚子当然是不会答应的。方才老爹一边哭着，一边举刀欲杀阿黄，他既为这位异族老猎人的侠肝义胆所感动，心里又涌上一种鬻女度荒、易子而食式的悲哀。阿黄虽然是一条狗，可这又哪是条一般的狗哇！他太知道阿黄与这家爱斯基摩朋友是一种什么关系了——说句不恭的话，这比人类社会中很多人与人的关系，要圣洁亲切得多……现实就是这么残酷：肚子里面闹革命，肠子胃的要吃饭！吃饭，吃饭，吃什么饭？或者是把什么拿来当饭吃？忽然，他想到了那双海豹皮靴子。就翻身坐起来，从用来当枕头的背包中，悄悄摸索出冬冬为他做的海豹皮靴子，一种特别的感觉瞬间涌上心头……

靴子又漂亮又柔软，每一只的靴腰处，还绣了五朵红红的蚂蚱菜花儿。这花儿开得真艳呀，下面还有几个绿叶托着，似乎有风一吹，就会颤颤摇动。说不定，还会把蜜蜂蝴蝶什么的招来呢。世上的花儿千万种，可姑娘她单单挑最土气的蚂蚱菜花绣上去，可见多懂自己心思呵！

大河把靴子穿在脚上，踩着试了试，心里真有说不出的美妙。脱下来再捧手上端详，竟感到了一丝丝的疼。一件如此珍爱的东西要是破坏并最后变成食物，这是多么残忍呵！可要不这样，又能怎么办呢……思来想去，还是坚定了原先的主意。

他开始在包里找剪子和刀子，试图用物理分解的方法，来改变这双动物皮靴的存在方式。翻拾了半天，急出一头汗，也没找到一件适用的家什。

“要的是这个吧！”大河一愣，见冬冬蹲在眼前，一只手将一把小剪刀递了过来——而他竟然一点没察觉到她是什么时候过来的。

大河点着头，手里捧着一双靴子掂来倒去的，竟不知该说什么好。

冬冬把剪刀放到他的手里，道：“大婶说，这双靴子的皮子，还是那年尤尼塔从一头海豹身上得来的呢，怎么样，质地花色的还不错吧？”

“不错不错，”大河接过剪刀的时候，激动得顺势拉过冬冬的手，使劲攥着，嘴上语无伦次，“真是太好了，只是，只是……”

冬冬道：“剪吧。也许没有什么比它目前这个用场再好了。”

大河深情地看着冬冬。冬冬把另一只手压在大河的手上，笑了笑，道：“剪吧。”然后抽出手，回到自己铺位。

稍微停了一会儿，大河把躺在睡袋里半迷糊的一风和牛得田叫了起来，让两人取冰烧水。

大河手持剪刀站在锅前，实在下不去手。他捧着靴子，又细细端量了起来。呵，靴腰上那朵朵红色的蚂蚱菜花，是天底下开得最好的花儿，他怎能把这么好的花，一剪刀给祸害了呢？思虑再三，决定把绣着花儿的两个靴腰——准确一点说，是靴腰的上口部分，小心地先裁下来……此后，才哈趴着身子，把靴子一小块一小块剪到了锅里。看到皮子在水里冒着泡泡，忽然想起了什么，就到铺位上一阵翻腾，摸出来一副皮手套——刚要剪，冬冬又走了过来，手上拿着尤尼塔送她的那双驯鹿皮袜子和包肉饼用的海獭皮小手袋子。两人的眼神稍稍做了一下交流，大河却感到有泪要流出来。使劲忍了忍，忽然眉毛一拧，右手一扬，好像一件迟疑不决的事情，一下子有了解决的办法，就对冬冬道："哎——"可刚哎了一声，后面那些涌到嘴边的话，突然又溜了回去。举起来的那只手无力地摆了摆，道：

"唉，算了算了。"

"大河哥，要说什么就说吧，还有啥张不开口的？"冬冬看着大河，眼里流露出一道鼓励的目光。

"既然这么说，"大河还是有点犹豫地道，"我是说那张皮……"

冬冬知道大河指的是让他铺在身下的雪狐皮，就道："进到锅里，物得其所。大河哥，也一块儿煮了吧。"稍顷，又慢慢地道，"尤大丫头子当初打这只白狐的时候，不知道想没想过，她的猎获物有一天竟能够济人活命……"

这时候，一风、牛得田、童圆、老爹和帕波雷克等，也纷纷去扒拉各自行囊，把那些一时能拿出来又下得了锅的皮制品，找出来让大河剪。帐篷里弥漫着一股煮皮子的甚是复杂的气味。

大概明半夜的时候，值班的童圆钻进帐篷，嘴里喘着粗气对大河道："大河老师快来瞧瞧吧，咱们这块浮冰和另一些顶在了一起，好像是不动了。您说，这不会是漂到了陆地或者是岛屿附近吧？"

大河一听，掀开睡袋坐了起来，边往身上穿衣服，边伸手推了一把谷一风："走一风，快到外面看看！"

一风应了一声爬起来。其他队员也都兴奋异常，乱纷纷地爬起来，穿啦戴的，一阵子把自己包裹严实走出了帐篷。

冰上队立足的这块椭圆形浮冰，大约在半个钟头前和一堆乱糟糟的碎冰块拱到了一起。有一块呈不规则三角形的浮冰，看来曾不知天高地厚地挡了路，因而被椭圆形大冰给顶得翘起大半个身子，一个剑一般尖尖的锐角，恶狠狠刺向了浓雾深处。大河和一风、汤姆等人，转着圈儿察看着周围环境。因为雾太大，稍远一点的地方就模模糊糊，而要看得再仔细些，就必须尽量靠向前去。他们发现，在椭圆形的冰四周，虽然都有浮冰堆积，但南、西、北三边，浮冰较为稀少，而且浮冰的横断面与海水，也基本上呈平行状态。在它的东边，也就是顶起三角浮冰大半截子的那个方向，则是大有玄机——碎块浮冰不仅越来越密集，而且因为张三挤着李四、王五压着赵六，看上去里叉外拐、前拱后撅，甚是热闹。

“大伙在这里等着，不要随便离开，我往前去探探情况。”大河说着，抬腿就要往离着三四尺远一块荷叶状浮冰上跳。

“慢着队长，”汤姆一把拉住大河，道，“这样的事还是交给我胡子元帅吧。”说完一纵身，早跳了过去，浮冰轻轻一颤，汤姆身子晃悠了两晃悠，才站稳了下来。接着，他以这块浮冰为起点，连跳加爬、东攀西扯地越过一块块冰凌，一眨眼就看不见影子了。

大河向着汤姆隐没的方向喊道：“胡子元帅当心，我这里用声响给你指示我们站立的方位！”

汤姆回了一声：“明白。”听声音，最多也就离了个三五十米的样子。

大河吩咐童圆取来一个饭盆，让他每数六十个数就用勺子敲一下，以此向汤姆指示站立点。童圆依令而行，数到六十就敲声饭盆。汤姆也是默契，每听到梆的一响，立即嗷吼一声做回应。

过了差不多抽袋烟工夫，汤姆顶着一脑门子汗返了回来。两只脚刚在冰上踩稳当，就兴奋地道：“前面不远，果然有一座岛礁，但根据我对海图的记忆，在我们漂移的这个大概方位——也就是火岩岛西北方向的这片海域中，并没有什么特别标注。这就说明，这是一个无名岛礁，恐怕是不会太大的——”

牛得田顺嘴插了一句：“管它有名没名，是大是小，只要能把咱身子放安稳了就行。”

“感谢仁慈的主，派给我们可以栖身的诺亚方舟——”汤姆喘口气，低了头，右手由额及胸又由左至右比画了个十字，口里小声嘟囔一番，才抬起头继续跟凡间的这些人说话，“不过，要登上这座岛礁怕还得费一番周折，因为浮冰离礁岸有一条二十五六米宽的水带。好处是在接近礁岸的地方，也横着一块梯形冰，咱们冰上队足可容身，登上岛礁之前就先在这里落落脚。”

汤姆说话的时候，大河就想，有了这个岛礁，大伙就可以踩在实落地了。这只怕是脱险唯一的也是最后一个机会了，一定得抓住它！等汤姆说完，他这里主意早打定了，但没有说出来，而是侧过身先问谷一风——

“依你来看呢，一风？”谷一风的智慧和为人历来为大河称道，也让他信赖，因而逢有大事欲决或有犹疑难决之事，总愿意听听他的意见。

一风大脚一跺，道：“好哇，我看就照胡子元帅说的办！既然上帝安排了诺亚方舟，咱们也不能拂了一片美意。”

大河见一风态度如此坚决，就道：“那就事不宜迟，赶快收拾东西转移到无名岛礁！”

大河话音一落，队员们立即奔回帐篷。也就煮碗挂面的工夫，全队连人带物（包括阿黄和那锅没煮好的皮子），就连抱加扛撤到了梯形冰上，总算还不是十分的狼狈。

站在梯形冰上，岛礁大体轮廓总算能弄个差不多了。离他们稍近一些的地方，矗立着两三块一人多高的狼牙礁，只要略往前一点点，也不难辨别出那黑不拉唧的颜色。问题就像汤姆说的那样，在他们和岛礁之间，有一条看上去不少于三十米宽的冰河，虽然也漂浮着很多冰块，但却无法形成一条通途将人度过。如果仅从眼前情形来看，谁也不会怀疑这是一道天堑，因为它的存在，便使冰上队踏上岛礁基本上成为一种不可能。

安子儒看了蓝幽幽的海水倒吸一口凉气，一屁股瘫坐在冰上，手捂那只崴伤的右脚唉声叹气。挎着药箱的冬冬、抱着阿黄的老爹还有拖着雪橇的大叔，也一个个皱起了眉头。

“我说胡子元帅，”牛得田不无丧气地道，“你不会想让大家变成金龙鱼凫水过去吧？”

“别说了老牛，胡子元帅没错。这一回就是变不成金龙鱼，咱们也得登上岛礁，如果实在没有法子了，下冰海凫水也得过去！”大河一脸刚毅，说出的话不容置辩。接着，他吩咐汤姆和一风向南，他和牛得田向北，打探道路。大河的想法是，南北两组，各从梯形冰一端尽量往远处拓展，总之能走出多远就走多远，争取找到一条到达岛礁的最佳途径。

汤姆和一风走出去没多久，垂头丧气返了回来——冰河越往南越宽阔，要想游过去都是枉想。

大河和牛得田两人，沿着梯形冰最宽一段向北走，走了十几步到了头，但附近冰块还算密集，他俩总是能东一块，西一块，借台登坡左扭右拐地把道路向前拓延。这样向前行进了二百多米，两人不由一阵惊喜：宽宽的冰河在这里突然收敛，最窄处距岸边顶多八九米的样子！似乎有杆竹篙就可撑上去。而且从水的颜色和近处冰况来判断，这里的水已经很浅了。

“老牛你来看，”大河指着附近几块小形浮冰，细长的眼睛里闪烁着兴奋的光彩，“咱们只要用这些碎冰块搭成一个桥，大伙儿就可以安全地登岸了！”

牛得田也是激动不已，口里连声道：“俺就知道，他老天咋会绝了牛爷爷的路呢！”

回到梯形冰上，大河给大家简要讲了一下他和牛得田探路的情况和设想，接着做了分工：他和汤姆、牛得田负责前去搭建冰桥；童圆负责带着饭盆往来传递信息；其余的人则由一风带领原地待命，随时准备进行人员（包括阿黄）和物资的转移，全队行动皆以盆声为号。

分派已定，大河、汤姆和牛得田三人带着能带的家把什——其实也就是利斧、锤子、铁锹、滑雪杖和一捆绳子，跌跌撞撞地赶到了搭桥地点——这是距礁岸最近的一块浮冰，也就一间屋子大小，马马虎虎能承受几个人的重量。

大河站在这里一打量，相中了一块浮冰，大小六七米见方，距此也只八九米远近。汤姆七拐八绕跳上去，却是傻了眼。浮冰虽不大，却没法使它移动。手里倒是提着一把铁锹，比比画画了老半天，没个下手处，急得哇哇叫。

“你注意了没有？”牛得田神色不安地对大河说道，“起风了！”

大河光顾上搭冰桥的事了，没觉察出天气变化。听牛得田一说，立即警觉地抬起头来。

一股寒冷的气流吹过，脸上麻沙沙地疼。大河望了岛礁一眼，道：“不好，风从东北方向来，这是离岸风！老牛你赶快让童圆发号，通知一风他们，往这周围的浮冰上撤！”

牛得田急忙转身去找童圆。不一会儿，就听到梆、梆、梆连着三响，那是用钝器敲击饭盆发出的声音，闷闷的，像铜锣外面裹了一层棉花套。

等牛得田转回来，大河道："万一桥搭不成，咱们几个身体强壮又会水的，就下去推冰，度大家上岸。"

牛得田一拍胸脯："那没说的！"

汤姆还在那里和冰块较着劲呢，刘振宗和帕波雷克两人，已经连背加抬把帐篷和一些小件运了一趟过来，大河让他们把东西暂放在一块看上去还牢稳的冰上，两人扭头又返了回去。

这里，大河和牛得田把一块仅可容一人立身的小冰块，在滑雪杖的帮助下慢慢移动了过来。

"喂，老牛，"汤姆在那边喊道，"把绳子拿来试试！"

牛得田拿过来绳子，汤姆把一端拴牢了锹把，再将铁锹插到水下别住浮冰边缘，然后两手使劲摁牢锹把，让牛得田拉动绳子。冰块慢慢就动了起来。

这一招得了手，三人又如法炮制，用绳子拖过来另两块浮冰，一个马马虎虎的浮桥算大致搭成，只是在距礁岸约一米的地方，因为水深才及腰际，实在找不到合适的冰块安放，便留下一个缺口。这工夫，一风也和其余人员，带着最后一些物品，互相扶携着过来了，大家分散在就近的冰块上，等待过桥上岸。

大河踩着晃晃悠悠的冰桥，走到缺口处那方小冰块上，脚一抬一落地试了试，感到没有问题了，就起身一跳蹦到岸上，接着转回身向一风道："就是最后这块小的不太稳当，大家过的时候小心点。好了，现在你和汤姆、老牛，先一件件把物品弄过来，最后再过人。"

一风答应了一声，就和汤姆、牛得田三人拉开距离站在冰桥上，与岸上的大河密切配合，把背包、饭锅、炉具、饭盆、利斧、铁锹、绳索等小件用品，手递手传到了岸上。然后一风把帐篷往雪橇里一放，让牛得田先从大河那里扯过绳子的一头拴到雪橇上，接着再让他跳到岸上和大河一起拽拉雪橇，这边由汤姆推着雪橇调整行进的方向和角度。一番周折之后，雪橇和帐篷安全地过去了，汤姆也跟着跳到了岸上。

"想不到这捆绳子还管大用呢！"大河说着，把绳子一端又抛给了谷一风，让他拉紧了；岸上则由汤姆和牛得田两人握牢——这等于给冰桥加了一道保险索。

其余队员开始过桥了。先上来的是白冬冬。她背着药箱，手扶保险绳，小心翼翼地踏上冰桥，当她跨到那个小冰块上的时候，脚踩得靠外了点，冰块忽然颤悠了一下，身子跟着晃动起来，眼瞅着就要往水里栽……

站在岸边张着两手接迎的大河，一颗心跳到了嗓子眼儿——

“不要慌，把牢绳子！”他向冬冬喊道。

“把绳子抓紧，白姑娘！”汤姆也急得大叫。

冬冬果真抓紧了绳子，身子虽然晃了几晃，终于重新站稳——大家都急出了一头汗！

冬冬上岸后，抱着阿黄的老爹、帕波雷克大叔、刘振宗以及童圆，也一个接一个顺利到达岸上。

轮到安子儒了，他却在最后一米发了怵——为了便于起跳，谷一风早把手里绳子全部放开，岸上汤姆和牛得田却拉紧着。其实只要安子儒握紧绳子大胆一跳，他们会顺势把他带上来——可他望着冰冷的海水，腿肚子一个劲哆嗦，崴伤了的右脚也猫咬似的疼起来——如果在有阳光的时候，我们会看到他虚弱的脸上蜡黄一片。

“安老师，不要怕，您抓着绳子只管大胆跳，这里有我们呢！”大河做了一个随时准备往前去抱他的动作，大声鼓励着。

“你倒跳呀，没见风越起越大吗？！”谷一风冲安子儒吼道，“怎么连女人也不如哇！”

安子儒痛苦地摇了摇头。嘴里嘟囔道：“这可如何是好呢？”眼一闭扯绳子就跳，只听扑通一声，掉进了冰水里……

第二十八章 世界被扣在盆子里

大河他们登上岛礁不一会儿，东北风就刮欢了，浓雾像败兵一样溃退了。久违多日的阳光，犹抱琵琶半遮面般从云层中吝啬地露出来，天空中充盈着红光紫气。于是，老冰洋冷峻的面目，便从迷蒙混沌中得以渐次凸显。这时候，我们会惊讶地发现，就在几个钟头前还成为冰上队登岸天堑的那条不算宽的冰河，哪里还有个影子？一汪深蓝的海水，掀动着癫狂的浪涛，向岛礁发泄着莫名的愤怒。送他们前来的那块椭圆形断冰，一个锐角朝了天的三角形冰，供他们立脚的梯形冰，还有大大小小的一湾子浮冰，像突然间融化了一般，即使站在岛礁的最高处，也再难觅其踪迹。童圆所长在后来一个报告会上讲到人员刚上岛礁浮冰便被吹走的事，说完全是天意。同台而坐的大河很不以为然，觉得这实在太侥幸，侥幸得就像银河系中那么多星球，碰巧只是让地球有了生命一样。

就在大家为一湾子海冰被离岸风吹走而感到后怕的同时，雾开云散的晴朗，也给队员们带来了多日未曾有过的好心情。搭好帐篷把一切都安顿下来之后，大河安排冬冬和老爹留在帐篷照顾落水的安子儒，并继续生火煮那锅在冰上就煮了老半天的皮子，其余的人则同大河一起顺着岛礁的边沿搜寻，看看有没有可用来果腹的食物。从昨天下午那碗面糊糊到现在，一伙子人折腾了大半夜，除了喝水，就是嚼吃冰凌。肚子对食物的记忆，已经从清晰变得模糊，要求也从强烈转向微弱。曾经翻江倒海的肠胃，一旦疾风暴雨的火劲头儿过去，突然变得又麻木又迟钝，仿佛上天赋予它们的消化功能，本来就滑稽可笑。虽然肚饥乏力，个别队员甚至头晕眼花，一站起来眼冒金星，但在对他们的新领地——岛礁的考察上，依然表现出少有的亢奋。

现在，我们可以大致说清楚这块岛礁的模样了。岛礁远看像一个南北躺着的大冬瓜，它的大头在南，小头在北，中间狭窄处是一块长约五十米、宽约三十米的平缓地带——大河他们上岸后把帐篷扎在这里的雪地上。有意思的是岛礁南北两端。北端怎么看都像一头露脊鲸，光洁、平滑而又呈黑褐色的流线条礁石，就是鲸鱼最具标志性的脊背。倘在六七月冰消雪融的时候，上涨的海水会将冬瓜这一头的沙滩淹没在水下，那工夫要远一些看这头露脊鲸，就算最有经验的捕鲸船长，第一眼也十有八九会信以为真。

冬瓜的另一头，也就是礁石的南端，更为稀奇古怪。它就如一个大海螺壳子，口朝下扣在那里。只不过，这只大海螺完全是由赭色岩石构成，而赭岩看上去又是一圈圈螺旋式盘上去的，从海平面到最高点，怪石嶙峋的，其垂直高度总也得有个几十米的样子。

海螺，鲸脊，再加上中间狭窄的平缓带，因为有着这样一个有趣的外形，人们自然也就没有理由不把它看成一个大冬瓜了。大河他们沿着冬瓜状岛礁的滩岸绕了一圈，结果却是非常丧气——除了在鲸脊下面的海滩上发现一堆漂来的乱木及干枯的水草外，偌大一个冬瓜礁，岸上全是光秃秃的石头和冰雪，东西两侧倒是各有一小片沙石滩涂，但都被坚冰封裹，这阵子连个贝壳也休想见到。跑了半天，一无所获，一行人低头耷拉脑，强拖两腿走回帐篷。

吝啬的阳光在云层中的露脸，大概不会比卖火柴的小女孩得到温暖的时间更长。阴霾重新占据了天空，雪花在寒风里肆意飞扬。看着队友们沾了满身雪花钻进帐篷，一个个垂头丧气的，连拍打一下都懒得动手。走在后面的大河，感到有种猫抓般的难受。他本想和大家一起进帐篷的，到了门口，忽然迟疑了一下，又把掀起来的门帘放了下来。

汤姆在冬瓜礁南端和大家分开，独自去爬海螺顶寻找高爷爷。大河想在帐篷外面等他一会儿。奇迹这个东西很乖戾，它总喜欢在人们意想不到的情况下忽闪那么一翅子，对于这一点，他和汤姆的看法从无二致，尤其像这样荒无人烟的岛礁。刚才还在飘飘摇摇的雪花，这会儿突然变成棉花种似的冰雹，唰唰啦啦地从天上往下撒，那些落到地面冰壳子上的，紧接着又往四下里蹦。大河平伸出右手，掌心向上托着，只是那么一小会儿，毛线手套上便落了一层雪粒子。他张开嘴，像吃面沙糖似的，把这些亮晶晶的宝贝一把按了进去，牙齿轻轻一嚼，嗖的冰了他一下，赶紧仰脖下咽。一口冷冰，凉沁沁地滑到肚子里。一连吃过几把冰，大河心里盘算，今天，已经是冰上队出发的第六天了，原计划一到达火岩岛即开机与北斗站联络，可叫转窝子疯这一闹，直到现在，冰上队遭遇不测的信息也没法传递出去。这在北斗站看来，冰上队简直像一碗水在大太阳底下突然被蒸发。水蒸发还有股子热气，可他们这些大活人呢，竟然连一点影儿响的也见不着。大河连想也不用想，就知道高站长、老卜他们这工夫会急成个啥样子。大河在雪地上来回走着，踩下的脚印，不多会就让棉花种给填平。大河想，现在北斗站上甚至包括部里的领导们，肯定会为冰上队的失联，揪心得吃不下睡不着，他甚至毫不怀疑队友们此刻正在想尽一切法子，打破了天搜救，如果不是连日弥天大雾，相信救援的飞机甚或船只，一定会出现在他们期待出现的空中和海里。登上岛礁后，一阵紧似一阵的东北风和云层中投下的短暂而又微弱的阳光，曾一度让他心中暗喜，要是这样的天气能够持续上两三天，不，哪怕只是一天呢，即使船只过不来，阿尔里斯机场的冰上小飞机，也是完全可以搜寻过来的。但他的这种想法仅仅是藏在心里，就像《红字》中海丝特白兰守住一个终生的秘密那样，没有对任何人提起。此后发生的许多让人刻骨铭心的事情证明，他的这种小心并非多余。因为老冰洋瞬息万变的脸皮很快又变幻成了另一个样子，大家两眼巴巴的期冀，就和戳到钢针上的气球一样撒了气。

大河想着心事一抬头，忽见汤姆弓着腰从雪幕里走了过来，整个人像刚从面缸里拱出来，浑身是白，眉毛挂着雾凇，胡子上也结满了雪粒子。如果冷打景一看，说他头上戴着的是一件银制面具，也没人会不信。

“有没有什么发现？”大河迎上一步问道。

“哎呀，这么大的雪，你咋不到帐篷里待着呢？”汤姆见大河站在外面，不禁有几分诧异。

“这不是在等着你嘛，看看摩西领着以色列人过红海那样的奇迹，会不会发生在我们汤姆身上。”大河低下头，两手扑拉了一下帽子上的雪，打趣道。

“别提了，海螺顶那破崖头，目量着不太高，这一下雪呀，便成一座麦金利峰了。四下里转悠老半天，好不容易在东面找到一条缝隙，可这雪下得实在没法子继续爬了。”汤姆声音沙哑，看上去很疲惫。

“这样的天气，”大河帮汤姆拍打着身上的雪，道，“就是上了顶，怕也未必能看得清什么。还是先回帐篷里休息吧，老爹这会差不多也该煮好皮子了，等吃过了东西，天好一好，再去爬也不迟哩。”

大河说着撂开门帘，让汤姆钻入帐篷。自己又上上下下把身上的雪扑拉个干净，这才弓腰进到里面——一股动物皮毛经过在沸水中分解而冒出来的气味，立马强烈地刺激着他的味觉神经，肚子里咕噜了一声，接着是一阵轻微的痉挛——早就饿得贴到了一起的三尺饥肠，又乘机闹腾了起来——如果我们把饥肠也看作一个人的话，也让它有思维，有行为和言论，那么，它现在正在以一种特有的方式，向主人发着哀怨的牢骚：唉，从那碗面糊糊到现在，连一粒米渣渣也没见着，俺一次次提抗议，您要么不理不睬，要么给硬顶了回来。有时候您还会像刚才在外面那样，嚼了硬邦邦的冰凌来糊弄俺。冰凌下到肚里就是水，其实水喝再多还顶得了一粒米吗——主人呵，您要再忍心这样欺蒙下去，叫俺受这份洋罪，可别怪俺使性子耍脾气哩……饥肠咕咕噜噜抱怨一大通，无非还是变着法儿，在表达着千篇一律的生理诉求：我要吃东西！肚子里这一番在情在理的诉苦，又附之以连摔加踢的闹腾，这就有了击鼓喊冤那样的法律效果，主人于大河终于正视了饥肠的这一正当要求，因为他再一次真真切切地感到：饿，实在是太饿了。

这时候天近傍晌，老爹把一锅皮子经过几番剔毛和换水毛洗，已经煮得熟了，还没揭开锅盖，一阵夹杂了膻腥和臊气的香味，便凶猛而又野蛮地向人们最为敏感的器官扑来。人们或躺或卧在各自的睡袋上，一面肆无忌惮地张开用嗅觉织就的网子，努力捕捉逃逸在空气中的味分子，一面悄悄安抚着吵闹不休的辘辘饥肠，在行为与思想的极度对立和矛盾中，经受着史无前例的肉体煎熬。这时候，假如法律、道德和修养三位或威严或正经的君子，高擎着规矩与说教的利器，联合起来向饥饿叫板对阵，最终铩羽而败的也未必就是后者。这是因为，饥饿虽然是个赤裸而又丑陋的小人，但却有着一种颠覆和毁灭一切的力量，而别的却没有，或者只有等温饱之后才会有。

“怎么样呵，”老爹一看汤姆和大河都回到了帐篷，就指指冒着热气的饭锅，迟疑不决地问大河，“出锅吧，大家肚子里只剩一点雪水了。”

大河面无表情地望了一眼饭锅，什么也没说，只轻轻点了点头，把一只碗递了过去。老爹叹息一声，扯着勺子，连皮带汤舀了一碗给大河：

“将就着吃吧。等回到卢特吉尔，我请大伙儿吃最新鲜的海豹肉，吃鹿肉饼。”

“老爹，也真难为您了。”大河感激地看着老爹道。接着把饭碗凑到鼻子底下闻了闻，喊了声，“哦，好香咧！都赶快起来吃饭吧，老爹炖的肉皮，一点不逊于全聚德的烤鸭哩。”

大家呼啦都从铺位上爬起来，拿了碗围到饭锅旁。这里是挑逗人的味分子的发射基地。

“安老师，”大河端着碗，走到安子儒的铺位坐了下来，道，“饿坏了吧？来，快起来吃一点东西。”大河说着，伸了一只手拍拍安子儒，想让他坐起身来。

“安老师的羽绒衣裤还没完全干透呢，就没换上，坐起来有点冷。没关系，让他躺着吃吧。”冬冬说着从自己的铺位上过来，弯腰接过大河手里的碗和勺，“我来帮安老师，你快去吃点东西吧，空着肚子忙了这么久，金刚也早饿趴了架子哩。”

“我没事，底子好着呢。”大河站起来，看一眼冬冬苍白的脸色，不由得想起刮白毛风那晚上的情景，心里隐隐有些担忧，就道，“还吃得消吧？”

“我挺好的，放心吧。”冬冬笑了笑，拿勺子在碗里轻轻搅动着。

大河本来想说：“叫你跟着遭了这么多罪，连口饭也吃不上，真的是苦了你，我亲爱的人呵。”可话到了嘴边，怎么也说不出来，就只能两眼深情地注视着她。

大河的眼神，冬冬完全读懂了，她的心里像有个小火炉子揣着，暖融融的。她抬头看着大河，忽然涌上很多感慨。离开北斗站才几天呵，本来精瘦的他，现在骨架子都凸了出来，满脸胡子拉碴，皮肤像冬瓜礁上的岩石，粗糙得看不到光泽，不由得丝丝的心疼。其实此刻，她也有万千的话语想向大河倾诉——但能够表达出来的，同样也只有眼神：“大河哥，你受累了，全队就指望着你，你可千万挺住呵！”

大河心中有好多话，都急着要通过眼睛说出来：“我于大河无能，没尽到职分，没带好队，更没照顾好你……”

冬冬的大眼睛忽闪了一下，长长的睫毛像雄蕊的花丝那样微微颤动着，表达出的意思甚是关切："大河哥，大家都理解你，你尽了力了。不说别的了，赶快去吃点东西吧，你一定饿坏了。"

大河看着冬冬的眼睛，那是静山幽林里的两汪清泉……心里顿时澄澈无比。他两手抱着拳，使劲攥了攥。

大河离开后，冬冬在大河刚才坐过的位置坐下来，拿了勺子喂安子儒。

因为凌晨上岸时掉进冰海，安子儒连冻加饿捎带上担惊受怕，身子就一直罗麦糠似的瑟瑟发抖，即便到了帐篷，嘴上还一个劲喊冷。冬冬和童圆服侍他喝了一大碗开水后，让他躺进睡袋里发汗，然后又一块儿围着煤油炉子，给安子儒一件件烘烤衣服。不想安子儒迷迷糊糊睡了一觉后，情况便不美妙起来，身上发起了烧，嘴里跟和尚念经似的，一句接一句地念叨："这可如何是好呢？""这可如何是好呢？"有时候还小声嘟嘟囔囔，也听不清说的什么。在大河他们回来的时候，冬冬刚给他量过体温，吃了药，这一阵儿显然好多了，嘴上也不胡言乱语了。在冬冬照顾他吃饭时，安子儒顺从地咽下几口，就摇着头不再吃了。冬冬劝说半天，他只把白花花一颗脑袋摇来摇去，再不张口。冬冬道："安老师，这碗饭给你留着，什么时候饿了再吃。"安子儒听了，头倒是动了动，可也不知是点而同意呢，还是摇而否定。冬冬把饭放盆子里扣好，又鼓励他喝下几口热水，他这才蜷缩着身子睡了过去。

一锅半烂不烂又说不上是啥味道的皮子，不一会儿就被大家连撕加啃吃个底朝天，最后连一点渣渣一口汤汤没剩下。假如此时有只想打秋风的雪狐狸，在一边路过时见到这番美妙绝伦的光景，一定会惊讶得掉出发红的眼珠子，以为这些人全是饿死鬼托生的呢。

一声不响吃完饭，大河抓起饭锅到外面挖冰，想烧开水灌暖瓶里。出来帐篷走不上几步，忽觉风雪比刚才小多了，唰唰而下的小冰雹变成了轻柔的雪花，天色也明亮了不少。心里想，要照这个样子下去，说不定天气很快就会转好呢。一旦气象条件适合了，北斗站的救援，毫无疑问就会不失时机地马上进行，阿尔里斯的冰上飞机，不消几个小时，就可能飞临到老冰洋的上空……可是，这么大一片冰海，没边没岸的，就是救援人员过来了，又怎么能够保证，让他们一眼就看到冰上队是避难在这座无名岛礁上呢？万一飞机来了，下面却因为没有明显标识而耽误救援呢？

“假如到时候点上一堆大火，”大河道，“熊熊烈焰腾空一烧，又是火又是烟的，就不愁看不到了。”

他想到了鲸脊滩那堆漂来的乱木，那简直就是上天给他们预备的礼物哩。于是，手脚麻利地取冰回到帐篷，叫上一风、牛得田、刘振宗和童圆，顶着雪花到鲸脊滩去搬木头。

连皮子加汤吃过了一顿，汤姆感到身上有了劲。在大河他们走向鲸脊滩的时候，他则带了那把利斧和一捆绳子，继续满怀希望地去攀爬海螺顶，搜寻克林斯特他们的踪迹。

鲸脊滩漂来的木头真不少，东一根西一根，长一块短一块，散落得到处都是，有一些还和水里的浮冰冻在一起，成了名副其实的冰棒、冰棍。队员们先是把落到沙石滩的好木头归拢起来，接着又去拣拾那些看上去不成样子的断木碎板，最后连拳头大小的木块块和巴掌长短的板片片，也划拉上块，一并搬运到帐篷前面的雪地上，堆了三个大木头垛子。

牛得田贪心水里的木头，又招呼刘振宗、童圆和他一块，踩了岸边的冰块探头歪身去够。忽然，一只灰白花纹的埃斯埃米尔海豹，爬到前面不远处一块浮冰上躺了下来。望着那圆鼓嫩嫩的肉身，几个人眼都发了直。

就在大家发现海豹的时候，大河正在水边一堆堆冲积过来的海生植物中，弯腰拣拾着一些他中意的海草。一抬头，见刘振宗两手紧握一截木棍，像端了一杆三八大盖，蹑手蹑脚地往海豹跟前凑。

“没用的，”大河道，“别看它躺着不动，不等你走到跟前，早翻海里逃了。”

刘振宗扬了扬手里棍子，心有不甘地道：“眼瞪眼看着吃食摆在面前，干馋捞不到，这他妈也太憋屈了。”他脸上露出一副要哭的样子。

大河道：“画饼再好当不得吃，海豹肉再鲜美，眼下也成不了咱们盘中餐哩。”说着把手里海草抽一根抟弄了抟弄，放到嘴里嚼，然后使劲咽了下去，“这些海草呢，倒是值得咱们研究一下哩，唉，就是味道涩了一点，不像吃牛毛菜或是裙带菜啦那样来劲。来，振宗你尝尝。”说着，把一根扁平状褐色海草递过去。

刘振宗接过那鞋带一样的东西，掐了一节搁在嘴里，怕烫着似的嚼了几嚼，噗一口吐出来：“哎呀，又苦又涩，就跟棉花套似的，要多难吃有多难吃。”说着，又噗噗地连吐了几口。

拣完漂木往回走，大河让刘振宗和童圆，一人抱了一大抱海草。刘振宗怀抱海草，心里却惦记着海豹。走几步回头看一眼，总觉得那懒塌塌的家伙，应该成为口里的美味。

到了半下午，就像接到来自哪里的神秘指令，雪突然间停了。风的威势也由急变缓，由强变弱，勉强撑持了一会儿之后，便将尾巴收住在一道雪岭之后——冬瓜礁在灰暗的天空下，经受着一个宁静、安谧甚至还有点温柔的时刻。但这一番连海豹都要感到有些诧异的升平景象，最多也不过维持了 NBA 球员打一场正规比赛再加上一场加时赛的时间，老冰洋上的气象格局，便风云激荡地开始新一轮排列组合。选择和竞争的结果，是重新孕育了一场为人所始料不及的看上去有点残酷的自然奇观。

这场自然奇观便是大雾。风收雪住的短暂过渡结束，几乎是紧接着，统治老冰洋多日的大雾，这位极区冰洋中永远唱主角的歌舞者，便在中场休息之后，再度以老面目亮相登台。虽然，这雾初升时，也表现出了一种少女般的羞涩与矜持，她步履轻盈地款款而来，秀发飘飘，裙裾摇摇，巧笑倩兮，美目盼兮，充塞乎天地之间，缭绕在有无真境。但温情的面纱，很快被一把撕下，代之而来的是用一种蚁后统御蚁族的霸气，君临于天下。于是，这里的每一寸空间，都飘荡充溢着湿漉漉的雾气。较之前一番，似乎在势头上也来得更猛，后劲也更大。在太阳落向西地平线的时刻，整个世界都像被倒扣在了盆子里，如果站在帐篷前雪坡上看南头的海螺，那个奶头似的尖顶，居然如远远望着的一艘海船的桅杆尖，时隐时现，飘忽不定。

大雾把人的情绪染成了铅灰色。安子儒持续发着高烧，身上烫得像火炉子，冬冬给他吃了几次药，还打了针，然后一直坐在铺边守护着，不停地倒换毛巾上热敷，在他醒过来的时候，尽量多喂他一些开水喝。也是奇怪，冬冬在眼前，安子儒就像个听话的小孩子，叫他喝水就喝水，给他上热敷也很乖觉。冬冬热敷的毛巾换得很勤，几乎不等凉，接着去拧了再用热水浸透。

细心的老爹从起白毛风那晚，对冬冬的一举一动很是上心。他发现，这姑娘虽然表面上装得刚强，但气色好像一直没缓过来，而且在这么冷的帐篷里，白皙的脸上老在冒虚汗。老爹还发现了一个秘密：冬冬在有的时候，好像气不够喘的，但每逢这种情况，总见她偷偷取一粒药丸儿放到嘴里，然后一言不发躺在睡袋上……老爹疼得心里直迭鼓："看把这孩子饿的，都成了什么样子呀，还顾着照料别人哩。"刚才，看到冬冬脸上又有虚汗冒出来，就好说歹说劝她去歇会，由他来照顾安子儒。

不想这安子儒一看换了老爹在眼前，心里却是十分的不乐意。他借着发烧的劲儿，一把将敷在头上的热毛巾扯了扔到一边，叫他喝水，也使性吊气地不听。

安子儒高烧不退，大河心里着急，过一会儿就来摸摸他的手或是额头，那急手抓脚的样子，真恨不得这病长在自己身上才好。能用的药都用了，冬冬一时也没有啥招儿，只是叫看护的老爹，多给他一些水喝。

安子儒的情况，的确让人担忧。吃过冬冬给他喂的那几口饭之后，再没有张嘴嚼过什么。老爹把那碗剩饭，热了好几回，他就是不吃。到了晚上，冬冬又给他量过一次体温，情况不但没有好转，胡话也越说越多，嘴里总是一个劲地嚷嚷："这可如何是好呢？"

安子儒高烧中的一句"这可如何是好呢"，把大家嚷嚷得心烦意乱，谷一风烦得跑到了帐篷外面，去和汤姆扯一万年以前的闲篇。刘振宗和童圆，则用睡袋捂紧了脑袋，免得这几个穿透力特别强的字眼，未经允许，轻而易举地跑到耳朵里来。

见安子儒不停地折腾，冬冬只好说服老爹去休息，自己依旧坐在他铺边上。果然，安子儒又乖乖地听话了，喂着他喝下了半碗水之后，又勉强嚼了几口剩在碗里的皮子，胡话也说得少了。

涨满了冰洋的大雾，把大河心里也塞得一点缝儿不留。原本他还想，如果天气持续走好，救援的飞机可能会随时飞来，因此布置好三大堆木头，准备当作联络信号。想不到老冰洋的脸儿瞬间又变了，这浓雾一上来，天不是个天，地不是个地，冬瓜礁被遮了个严严实实，心里头跟着就和雾一样灰暗起来。救援暂时又没戏了，至少在目前这种气象条件下，再先进的飞机和舰船，也是箱子里面翻跟斗，有劲使不上。唉，冰上队在冬瓜礁上，又不知要困到哪天哪时。如果有吃的，就像鲁滨孙那样，山上有野生动物可打，林里有野果野菜可采，海边有鱼虾可捞，而且还可以驯山羊，种谷物，做面包，那在这里待上他个一年半载，优哉游哉的，又算个啥呢？问题在于，自从傍晌把那些用皮靴子、皮垫子、皮袋子和皮手套之类做成的一锅饭吃了之后，下一餐要吃什么，又和哥德巴赫猜想一样，成了一道解不开的难题。

“是呵，下一餐吃什么？”大河心里闷闷的。晌午在鲸脊滩看到那头海豹，大河首先想到的，就是怎样把它来变成大家的果腹之物。短短几分钟，脑子里在高速运转，他想到过汤姆拿走的利斧，想到过帐篷门口的铁锹和老爹的刀子，想到过海滩的石头及棍子，甚至，他还想到过潜水偷袭……想到过的所有办法要是加起来，只怕比爱斯基摩猎人会使用的还要多——他太了解海豹这种海洋生物的习性了，知道只要是采用几近于肉搏的冷兵器，要实现以猎取其肉身作为终极目的的卑鄙勾当，其实得到的都会是同一个结果，那就是蜘蛛网子捕鲸鱼——一场徒劳。海豹弄不到，还会使身体虚弱的大家白白耗费力气。思来想去，便始终没露声色。不过，那个躺在冰上呼呼酣睡的自高自大的家伙，倒触动了他不知道哪一根神经，让他千里筋斗式的一个跳跃，想到了汇泉湾边雪地里那半批子海豹，由半批子海豹又想到了萌萌。

哦，萌萌，白熊谷，汇泉湾，还有来老冰洋的路上，似乎总有你的影子相伴，你现在又在哪里呢？

这时候，安子儒声音沙哑而又模糊地嚷了句：“这可如何是好呢？”大河忧心忡忡地朝安子儒看了看，见冬冬正在给他喂水，也不知道安子儒这句话，是烧出来的胡话呢，还是在清醒状态下的歉意之辞，真让人心里不是滋味。从安子儒那里，大河的目光往一边又一扫，看到牛得田两手抱后脑勺躺在铺位上，眼睛似睁不睁地想着心事。老爹和帕波雷克大叔，则一脸愁苦的样子闷了头坐着，自始至终谁也不说话。

“这可如何是好呢？”大河轻轻重复着安子儒高烧中说的这句话，心下思量：安子儒这句胡话，倒像是对冰上队眼下处境的一个质问哩。“唉，假如有了吃的，大家就不发愁了……”大河悄声念叨了一句。忽然，又想起了让刘振宗和童圆抱回来的那些海草。

起先，他是想把海草当饭来做的，可又拿不定主意。这些干巴巴的枯草叶子，到底能不能吃？如果吃了，又会不会有啥副作用？先头在海滩刘振宗才嚼几口就噗噗地吐。自己虽然强咽下去，但胃里好长时间像翻酱菜缸，一个劲地折腾，使了好大劲忍着才没吐出来。

海草就堆在帐篷门里，他伸手抓过来一大把。一拨拉，见有的长而细，有的宽而厚，也有些看上去灰不拉唧的全是粗纤维，一瞧那样子就知道没法吃。“假如能吃的话，也就这一种了。”大河说着，抽出一把叶片肥厚些的，用手揉搓了揉搓，感觉上还有一点弹性。这也就是他和刘振宗在海边吃过的那一种。心里想，管它呢，鸡饿了啄沙，熊瞎子饿了舔爪，先煮了尝尝再说嘛。

一念及此，就向牛得田那边招了招手。牛得田会意地走过来，在他身边坐下。

“老牛你看，”大河把手里海草扬了扬，道，“咱下一餐，就拿它来垫饥怎样？”

牛得田拿过一片海草叶子，在手里捻了捻，狐疑地问：“这玩意儿，能行吗？”

大河道：“行不行的，先尝尝再说，反正总比嚼冰凌要强些吧。”

牛得田道：“既如此，就拣那些好吃的来煮。想必和海带裙带菜的也差不了多少。”

两人一边说着话，一边从一大堆海草中，拣拾出他们认为好吃的放在锅里。不一会儿饭锅盛满了。大河又拣了一大把，往锅里使劲摁了摁，道：“老牛，你出去弄些冰来，放在一块儿煮，多毛洗着煮上几遍，去去涩，最后再换上干净水。”

牛得田照大河说的办了，饭锅里咕嘟咕嘟煮起了海草。牛得田拿一把勺子，不断地搅拌着。

看着牛得田煮海草，大河忽然心生感慨，就问道：“老牛呵，在你的记忆中，什么东西最好吃呢？”

牛得田道：“要说好吃的，这辈子山珍海味鸡鸭鱼肉的，也算没亏着。可说到记忆中最好吃的嘛，就是小时候用青萝卜皮包生豆粒吃，那一口哇，嘿，到什么时候也忘不了。我记得，有年秋天和村里几个光腚小要伴在河里洗过澡，爬上岸骑在桥头的青石墩上，就用萝卜皮卷了生豆粒儿吃，一边吃，一边大声唱：萝卜皮，包豆粒，咬一口，牛肉味……说来也有意思，生的花生好吃，生的葵花籽好吃，生葱生蒜的也好吃，独独生的豆粒吃起来像蓖麻籽，嚼着让人恶心。可包上青萝卜皮呢，吃起来就香甜，就有了牛肉的味道。唉，那感觉，真叫刻骨铭心呐！”

看得出，吃萝卜皮包豆粒的童年时代，在牛得田记忆中是多么深刻。牛得田说的时候，眼里是湿润的。

大河沉默了一会儿，缓缓地道："其实在每一个人心里，都为最好吃的留了一个位置，而且这个所谓最好吃的呢，必定又和生命中一段最重要的记忆相联系。"

牛得田从遥远的回忆中拨转马头，定了定神，道："大河兄感悟如此之深，一定有段动人肺腑的故事。"

大河长喘过一口气，才道："我印象中最好吃的是煎面菜。何谓煎面菜？简单说来，就是一种把面和菜拌在一起煎成的饼。小时候家里穷，地瓜干萝卜缨的不够吃，时常得掺和着吃些用茅草根磨粉做成的饼子，这也就是吃草根了。那茅草根饼子乍吃发甜，越吃越堵嗓子眼儿，也没啥营养。吃得久了，人面黄肌瘦，屎也拉不出来。我想我那一会儿，是因为吃茅草饼子病了，娘就拿刀抹了点白菜头，和上面，用油在锅里煎了碗面菜……说实在的，老牛，就像你吃萝卜皮包豆粒一样，一生中，不可能再有比煎面菜更好吃的饭了。一想到煎面菜，脑海里接着就浮现出娘佝偻着身子的模样，"大河从地上拾起一根一尺多长的海草，用指甲一节一节掐着，铺垫上落了一堆草骨节，"我最后一次吃煎面菜，是娘临终前的一天。人叫病拿得一点力气也没有了，可老人家不顾劝阻，挣扎着给我煎了一碗面菜……老牛呵，那是一碗什么样的面菜呵——"大河抹了一把眼泪，继续道，"我是一边吃，一边哭，咽下去的面菜，还没有流出的眼泪多……"

大河说得牛得田也流开了眼泪。

这时候，流了眼泪的还有另外一个——正在照料安子儒的白冬冬，看上去神情专一，和帐篷门口又是隔了几个铺位，实际上大河和牛得田说的话，自始至终都听到了耳朵里，一个字也不曾漏。特别是大河说到娘在临终前一天还给他煎面菜的时候，几乎无法控制自己的感情，美丽的眼睛里突然间噙满了泪水……

大河和牛得田看上去是讲了各自经历中的一餐美味，可细琢磨起来又是多么凄楚呵！此后，两人没再说话，只是帐里帐外地忙着取冰，换水，一遍又一遍地搓洗海草。谁也没在意老爹是什么时候出的帐篷。过了不一会儿，只听一风在外面惊叫一声："快来人哪，看老爹他怎么了！"

正闷头弄海草的大河和牛得田，同时被吓了一跳。两人对望一眼，忙扔下手里海草，一前一后钻出了帐篷……

第二十九章 雾咒

在冰上队遭遇白毛风的时候，鲸头顶下的北斗站，同样受到了特大暴风雪的袭扰并裹挟。这是一场让日月无光、乾坤逆转的浩大游行示威活动。游行的主体只有两个：大气与飞雪，我们姑且将其称为风婆子和雪夫人。风婆子和雪夫人不受任何法律与道德的约束，甚至她们就是法律与道德。果然，到了这天傍晚，风与雪——风婆子和雪夫人狂得就失了正形。天之所覆，地之所载，一切都乱得没了规矩，只有她们两个在中间任意妄为。站区房屋与房屋之间，凡是冲着风向的地方，都成了大风逞强施威的通道。风婆子借着这种通道，癫狂得把浑身疯劲都使了出来——假如有哪个不服，想试一试她的能耐，不敢说人往风口一站会怎样，就说扔一块石头吧，保证不等落到地面，就会像吹一张薄纸片一样被横吹出去——这可不是危言耸听，哪位如果碰巧在极区环境中遇到这种情形，千万别不知深浅地去做冒险尝试，真的，这不是闹着玩的。一般情况下，在老冰洋及冰原这样的环境里，风婆子与雪夫人都是携手联袂形影不离的。例外，当然也是有的。比如在稍微背风的地方，雪夫人就显出悍妇本色。她同样也有着令人咋舌的神通，但却在现实中创造出了另一番奇迹——她用看不见的魔手，神不知鬼不觉就垒起了十几米甚或几十米高的厚厚雪墙，仿佛是哪位大仙突然搬来的雪山。

在风婆子与雪夫人滥施淫威之时，深深的莫愁湖，倒是表现出了少有的谦逊与宽阔的胸襟。它悄然无语地将上天降下的飞雪，地面搅起的积雪，以及风婆子能够搬动的一切，全都来者不拒地收纳进自己的虚怀之中。不到两个时辰，一个不算太小的冰冻湖，就涨得和地面一样平了。

顶顶不济的，是湖畔冰上队出发时的那些冰雕标语。二十多个石头般坚硬、水晶般锃亮的巨字，先前是何等壮观呵！这工夫，让风婆子打得一地破头烂腚，雪夫人又在上面撒了厚厚一层雪。凯旋二字更是离奇，狂风乍起不久，便早早被卷进莫愁湖底。标语的结局与所表达出的内容，往往就是这样南辕北辙。可见口号这种东西，并不太讨老天爷喜欢，尽管这还不是什么人定胜天之类。

一种用忧虑、焦灼和不安交织起来的薄雾，伴随着暴风雪的不断升级，悄悄在北斗站蔓延开来。在高凌霄办公室墙上的石英钟指向午夜十二点的时候，马松宝敲门进来。他把部里刚发来的一份紧急电传递到高凌霄手上，接着又麻瞪着小麻种眼，给高凌霄耳语了几句什么，这才走了出去。

高凌霄接过电传，只见上面写道——

高凌霄站长并卜维国书记：

友邻站紧急气象卫星云图丢失及冰上队将遭遇特大气旋袭击一事，知悉。望务必密切关注冰上队行踪，确保所有上冰人员安全。有情况随时向部里报告。切切。

高凌霄看完，把电传递给坐在对面椅子上的老卜。老卜晚餐时在万国大厅往嘴里扒拉了几口饭，就心事重重来到这里，一直陪他干坐到现在。

“是得密切关注，”老卜看了部里电文，一面抳搔着半撂荒的脑壳，一面对高凌霄道，“问题是冰上队已经踮进了老冰洋深处，这等于一头扎到了风暴眼里，你说我们隔三道河唤鸭，离两座山踢牛，纵然浑身是劲，又能往哪使呢？唉，到这工夫还是一点音讯没有，也不知大河他们是个啥情况。”

高凌霄一看老卜急哇哇的样子，也没拾他的话把儿，而是抓着黄河石踱起步来。老卜则走到小窗户跟前，透过双层加厚有机玻璃，费劲地看着外面被风雪颠倒了的世界。过了一会儿，又转回来坐到椅子上，道：“说实在的，高司长，看着老天爷不依不饶的，心里比有一千只猫爪子抓挠都难受哩。也不知咋的，”他拍打了拍打心口窝，“这里面老跌跌鼓鼓的……”

“但愿大河他们，能平安度过这个暴风雪之夜。”高凌霄像是自言自语说着，又走到那幅大比例老冰洋地图前，驻足停了下来。

在这个连神仙也会烦躁不安的下午，他不知道盯着这张图看了多少遍。假如能像蘸了一得阁墨汁的手摸白粉子墙似的，摸一下就留个黑手印儿；那么，这张地图上大概就是满纸的眼珠子了。刚才，看着老卜那心急如焚的样子，他又何尝好受些呢？在地板对角线握着黄河石的踱步，看上去神态安闲，平静得就如往常一样，其实内心深处，炽烈的岩浆一直汹涌奔流。他不断挥舞着良知的鞭子，一次次无情抽打着自己：作为北斗站一站之长，在向火岩岛派遣考察队这样的重大行动上，为什么不能做到慎之又慎万无一失呢？特别是获取友邻站卫星云图这件事，自己安排了，说过了，就没再催着抓落实，心里总存几分侥幸，觉得有前一张卫星云图作参照，天气不会有太大的变化，因而就没像老鹰抓兔子那样，把云图电传盯紧，以至于出现丢失这样的情况。客观上讲嘛，这些日子事多了点，可事情再多再杂，也不是工作失误的理由呵，何况是这样的失误！此外，还有一个过错，同样也不能原谅和饶恕自己。作为一个领导干部，考虑问题脑子发热，比如说通讯联络，偏偏轻信了个别人的提议，觉得路途奔波不易，因而同意到火岩岛扎下帐篷再开机。现在来看这是一个多大的疏漏呵！简直是荒唐之极！假如当初一锤子敲死必须每天扎营后联络一次，哪至于像现在这样钻闷葫芦，弄得一大家子心悬在半下空里。想到这里再来看地图，插在上面的一溜绿色大头针，仿佛一根根就揳在心头肉里。

自责了一番，忽又想到刚才马松宝打的耳语，就回到桌子前，向着老卜道：

“刚才小马说王骥和大宋他们一直坐在万国大厅等冰上队的消息，这么晚了，谁也不肯去睡觉。你看要不要过去说一说情况，让大伙早点休息？”高凌霄说着，把汗津津的黄河石放到桌子上，又拿起一根毛巾擦着头上手上的汗，“我想大河他们即使一切正常，这个点也不会开机了，都耗下去等也没有意义，这本来就讲好到火岩岛联络的嘛。再一个你也早歇着，看眼睛也熬红了。”

老卜听高凌霄这样一说，就从椅子上站起来，道：“高司长，你也别这么熬炒着了，早点休息吧。反正报房二十四小时有人值班，有什么情况会随时报告的。”

高凌霄点了点头，把老卜送到门口。回来后对着地图发了会愣，心里就有些埋怨大河：你也是的，遭了这么大的暴风雪，怎么就想不到报告一声？不知道家里都揪了一颗心吗？虽说未到约定联络时间，但眼下是什么情况呀！哪怕只报来平安两字，你北斗站的队友们，心里会多么踏实呵！又一想，难道是风雪太大，无法开机联络？或者是变生了什么不测……高凌霄满腹狐疑，坏地瓜烂茄子的想了不少。

次日晨，由着性子把世界摆布够了的风婆子和雪夫人，双双潜影销形，只将合伙裁剪的一件白礼服，套在她们曾经疯狂过的冰原和极洋上。地球某一部分的表层面貌，就是这样简单地被格式化了一次。风雪的消停，固然使关心着冰上队的人松下一口气，但不多久，雾就一点点涨了上来，披着白礼服的世界，渐渐又隐没在高密度的水汽浸润之中。一个期待中有担忧、担忧中有期待的新的一天，随着大雾的弥漫蒸腾，灰暗、沉闷而又不无痛苦地开始了。

天将晌，尤尼塔骑着那辆塔拉马斯牌雪地摩托，拉了阿黑，顶着重重大雾来到北斗站。进了防风门，先到老拴头那里把阿黑安顿好，和老拴头说了一会儿话，就换上了室内穿的衣服和鞋子，径直去了高凌霄办公室。

高凌霄和老卜正坐在办公室说着话，忽见尤尼塔推门进来，两人都有些愕然地站了起来。

“哎呀，尤尼塔姑娘，你怎么顶着大雾跑了过来？有事打个电话不就成了吗？”高凌霄说着，指了指桌前的木椅让她坐下。

“八成是担心老爹他们了吧？”老卜到小会议室里拿来一个干净杯子，泡了一杯大泽春芽递给她，道，“先喝口水暖和暖和，看这一路蹿的。路上大雾不好走是吧？”

尤尼塔道了谢坐下来，轻轻喝了一口茶，这才道：“这点雾算什么？到北斗站的路，尤尼塔闭着眼也摸得过来呢。”说着，突然拿一对眼窝深陷的淡蓝色大眼睛，定定地看着高凌霄，道，“于大河和冬冬姐他们，现在怎么样了？是不是已经顺利到达火岩岛了？”

高凌霄和老卜对望一眼，在椅子上坐了下来，道：“不瞒你说尤尼塔，在你刚进屋的时候，我和卜书记说的也正是这个事哩。不过，站上暂时还没跟他们联系上。放心吧，不会有事的。”

老卜也道：“你就把心放肚子里吧，尤尼塔。大河他们今天无论如何也会赶到火岩岛的，或许是中午，或许是下午，最不济吧，也不会超过今天晚上。咱们北斗站一直开机等候他们呼叫哩。”

“也不知怎么回事，冬冬姐他们一走，尤尼塔的魂儿好像也跟着走了。回到卢特吉尔，心里空落落的，干啥都没了心思。妈妈看我这个样子，都替我着急哩。”姑娘说着，眼泪簌簌地流了下来。

尤尼塔的坦率和真诚，让高凌霄和老卜为之感动。可是，对她掏心掏肺的一席话，一时还真不知道该怎样接答才合适。尤尼塔担心的也正是他们忧虑的，但担心归担心，有一些东西，暂时只能放在内心深处，还不好直接给这位单纯的姑娘表达出来。

高凌霄拿过黄河石来在手里慢慢转着。心里想，这真是一个可爱的爱斯基摩姑娘，一个勇敢而又善良的老冰洋的女儿，那颗心就像水晶般纯洁透明。心里暗暗赞赏了一番之后，悄悄转换一个话题，问尤尼塔道：“你帕波雷克叔叔家里怎么样？叔叔跟着上了冰，家里就剩伊莉娅了，哎，对了，尤尼塔，”高凌霄把石头往桌上一放，“不是说玛尼米尔要领伊莉娅去巴芬卡看病吗？怎么样，是不是已经走了呢？”

“快别说这小姑娘了，”尤尼塔拿纸巾擦擦眼睛，道，“原本说好了去巴芬卡，可昨天伊莉娅突然打起退堂鼓，说晚上做了一个梦，就不想去了。我一听来了气，这不是岂有此理嘛。”

老卜一听，甚觉有趣，就笑着问道：“哦，做的啥梦呀，还这般一惊一乍的？”

尤尼塔道：“她说梦见爸爸和白姐姐他们，还有阿黄那些狗，全掉进冰窟窿里了……”

尤尼塔说完，高凌霄和老卜低下头来，谁也没吱声。

过了一会儿，还是高凌霄打破了僵局。他一摸秃顶的脑袋，朗声一笑，道：“这个小伊莉娅，做个梦就吓成这个样，这哪儿成呢。呵，哈哈，你说是吧卜书记？”高凌霄打着哈哈看了看老卜，老卜微笑着点了点头。高凌霄接着又把脸朝向了尤尼塔，“不过呢，伊莉娅她们今天就是去阿尔里斯，狗橇在这样的大雾里行走，恐怕也是挺艰难的。再一个呢，到了机场又能怎样？天公不作美，飞机也是没法起飞的。”

尤尼塔听着高凌霄说话，猛然想起阿黄咬冬冬裤脚的事，不知是否像老人们讲的那样，预兆什么吉凶。就道：“有个事也不知当讲不当讲，也许，是尤尼塔我有点多疑。”

一听尤尼塔如此说，高凌霄和老卜就一齐催她讲。

尤尼塔喝口茶，把冰上队出发阿黄如何咬冬冬裤脚的事说了一遍。末了道：“奶奶在尤尼塔还小的时候，曾经讲过发生在卢特吉尔的一个真实故事：有一年，村里两个年轻猎人要去老冰洋打猎。临出门，家里养的一只大青狗，也是叼住了其中一个的裤脚。到底还去不去打猎？两青年发生了争执。最后是一个上了老冰洋，一个按青狗的意思留下来。结果那个上老冰洋的，真的掉冰缝里淹死了。”

尤尼塔说完，一看高凌霄的表情，知道他不大信这类事，就有点着急地道：“我奶奶说了，那些狗呵，熊呵，狐狸呵，灵性着哩，有的连前三百年后三百年的事都晓得呢，只是不会说罢了。所以呢，我在家里时就想过，伊莉娅的梦，会不会和阿黄咬人的裤脚有什么关系呢？”

“无稽之谈，无稽之谈，”高凌霄笑着摆了摆手，道，“咱们这里是科学考察站，信得当然是科学啰。你的意思我明白，就一百个放心吧。”说着对老卜道，“我说卜书记呀，尤尼塔既然顶着这么大的雾来了，就不要叫她回去了。正好白冬冬的房间也空着，我看就住在那里，早晚和大伙儿一块等候冰上队的消息，也能安下心来。”

老卜答应着去取挂衣架上的衣服。高凌霄又对尤尼塔道：“怎么样尤尼塔，让老卜伯伯领你到姐姐房间休息，我这里还有一些事要处理。等会吃饭咱们再一起说话。”

尤尼塔向高凌霄鞠了个躬，道过谢，便跟着老卜去了。

恼人的大雾有增无减。北斗站在压抑与不安中度过了一个漫长的极地下午。人们的情绪着上了雾的灰色，也沾上了雾的湿气，就连尤尼塔带来的阿黑，也神情抑郁地趴在伙房外面角落里，整个下午一动不动。

老拴头费劲把力忙活了大半个下午做出的晚饭，并没有像往常一样诱发人们饕餮的热情。万国大厅里，高凌霄、老卜他们匆匆吃过几口垫了垫肚子，站起身来把椅子往桌前一推，一起回了高凌霄办公室。王骥、大宋、刘大个子以及打枣竿子等一干人众，往日里哪餐不吃个肚子滴溜圆？如今，一个个得了厌食症一般，应付差事似的胡乱往嘴里填巴一点，就再没人动筷子。倒是喜欢吃中国饭的尤尼塔，喝了一碗虾皮和速冻菠菜下的猪肉嫩笋馅馄饨，又吃了半个馒头外加一碟土豆烧牛肉。娄书仪这两天是阴天翻跟斗没了影子。不光万国大厅里吃饭不见他的面，就连宿舍门也没有谁见他出来过。也幸亏工作上的事有老陈和打枣竿子几人顶着，那一摊子这会儿又不太忙，因而是过辞灶打了个坡兔子——有它过年，没它也能过年。

看着锅里盆里几乎没有下去多少的饭菜，老拴头心里也不是滋味。他知道，大河、冬冬他们上了老冰洋就没了信，联络又联络不上，大家干着急，谁也不知究竟发生了什么。收拾完锅碗瓢盆，又抹了桌，擦了地，一个人坐在伙房凳子上，闷闷地点上一支烟，有一口无一口地抽着。心里想，先前吃完饭，冬冬都会里里外外帮他收拾一阵子，爷儿俩边干活边说些家长里短。唉，这会子，闺女一定是在老冰洋上遭罪哩。因而嘴上就道："老天爷爷要紧保佑着大河、冬冬他们，这都是些天底下的大好人呐！冬冬闺女，老拴爷等着你全须全尾回来，我给你包圆葱牛肉丸大包子吃……"

时间在焦灼的煎熬中，过得比一座昆仑山那样的金子所抽出的细丝还要漫长。它的每一秒每一分，都像是浸满了忧虑的湿漉漉的井绳，在被一架老旧的辘轳无力地提拉着。世界上折磨人的事，也许有一千种一万种，但没有一种比高凌霄他们正在经受着的更折磨人。挨过了一个痛苦的晚上，紧接着又挨过一个更为痛苦的白日，极昼中的又一个夜晚降临了。这已经是大河他们出发后的第四天，北斗站每一个小时的整点，都要向冰上队呼叫十分钟，但每次呼叫，只听到机器中电流的嗡嗡声，此外还有人们的喘息声。他们迫切想听到的那个声音，即使小如蠓蚋翅翼的扇动，也成为一种奢望。已经有三顿没到万国大厅吃饭的高凌霄，心里隐隐有了一种不祥的感觉。虽然，他在心里努力排斥着抗拒着这种感觉，为这种感觉寻找各种理由，以证明它存在的虚幻性和荒谬性。但是，不祥感还是和阴雨天里锄掉的荒草一样，过不多久就从湿润的泥土中冒出来。大半下午的时候，他曾接到部长亲自打来的电话，询问和冰上队的联系情况，同时指示高凌霄，北斗站要每隔一小时向部里报告一次，部里已经安排一名副部长挂帅值班，负责随时处置突发情况。"凌霄呵，冰上队的安危，事比天大，你可要瞪起眼珠子来。"在要挂断电话的时候，部长一字一顿地说。接完电话一看表，不禁吃了一惊：这工夫国内已经是凌晨三点！知道部长为冰上队失联的事，焦急得彻夜难眠。

第五天早晨，在办公室熬过了又一个油煎火烧的极昼之夜后，高凌霄昨晚的那种不祥感，不觉得又做了无数倍放大。就如同气体充满了气球那样，最害怕出现的那种感觉一下挤满了他的脑海：大河他们一定是遇上了麻烦……这个念头像韭菜芽那样刚冒出头来，身上不由得战栗起来。他一秒钟也没耽搁，忙撵了小马去喊老卜。

老卜顶着木昏昏的脑袋离开高凌霄办公室，结果回到宿舍却没有多少睡意，脱了外衣靠在床头，前前后后把冰上队的事情过了遍筛子。越想越觉得组队过程中有些工作没做细致，出发似乎也稍嫌急促了点。不说别的，假如把友邻站卫星云图这事弄妥实了，再让大河他们走，这阵儿还用悬心吊胆吗？站里这些大事儿虽说都是站长拿大舵，可自己毕竟也是点头同意了的，就后悔没帮高凌霄考虑仔细些。唉，到了如今这个份上想这些，也没有什么用了。但愿大河他们能扛过这场暴风雪，顺利地到达火岩岛……这样想着想着就睡着了。感觉也就迷瞪了吃顿饭的工夫，忽听见一阵敲门声。急忙起身开门，见是马松宝站在外面，口里喘着粗气道："卜书记，高站长叫你去他办公室呢。"老卜心想，离开才多大一会儿呵，唉，也不知道出了什么事，遂扯件衣服一披搭，趿拉着拖鞋踮了过去。

"老卜呵，"高凌霄见老卜进了门，也不等他把屁股在椅子上搁实，急急地道，"大河他们上冰到今天已经第五天了，冰上和北斗站五天没有联系上，这预示了什么呢？预示他们遇上了麻烦。这两天咱们就在不停地跌鼓，但都不肯把心里的担忧说出来。"

老卜和高凌霄共事已非一日，在他眼里，这位老上级稳健、练达，既深谙官场进退转圜之道，又有底线，不失做人之本。尤其让他佩服的是，凡事举重若轻，拎得起，放得下，任何时候都是收放有度，从容去来。像今天这个沉不住气的样子，倒是极少见到。

见老卜没接腔，高凌霄又道："到了这个耥子上，我想我们可以做这样一个基本推定了。你说呢，老卜？"

老卜沉思着点了点头，道："我想也是的。这么长时间了，但凡还能挺得住，大河他们无论如何也会开机联络的。不开机，就说明遇到了意想不到的困难。"

高凌霄抓起黄河石，哐地扔到桌子上，道："大河眼下遇到的情况，也许比想象得更为糟糕……"可能意识到了自己的失态，顺手又摸过石头，在地板对角线上走了起来。

老卜点了根烟，坐在椅子上慢慢吸着，对高凌霄的话未置可否。

走了两个来回，高凌霄回到桌子跟前站下来，语气坚定地道："麻烦肯定是发生了。我想眼下刻不容缓的是必须采取这么几条措施：一是立即向部长报告情况，请求通过外交途径展开国际救援；二是请友邻站、阿尔里斯机场和卢特吉尔村，协助我们进行营救；三是做好派遣人员沿冰上队行进方向搜索的准备；四是继续保持不间断的通讯呼叫。其他的事嘛，咱们随办随商议！"

老卜把手里没吸几口的烟，在烟灰缸里一戳，站了起来，情绪有点激动地道："老司长，对这四条措施，我一点意见没有。您发话吧，我马上落实。"

高凌霄道："事不宜迟，你赶快和友邻站、阿尔里斯机场方面联系，通报冰上队失联的情况，请求他们给予最快最大的支持，立即帮助营救。特别是阿尔里斯机场，最好能马上派出冰上飞机飞临火岩岛一带。现在，最快捷的能指望上的也只有飞机了。还有呢，这个情况也要和艾奥诺村长他们通报一下，必要时，请卢特吉尔的乡亲们也参与救援。"

老卜答应一声，立即快步走出门去，组织人员落实高凌霄的指示。

两只眼睛红肿着的高凌霄，目送老卜出了门，一丝一毫没犹豫，马上要通了部长电话，汇报了与冰上队的最新联络情况和北斗站当务之急要采取的紧急措施。同时请求部长启动国内的紧急救援预案，通过外交渠道吁请老冰洋周边国家，动员有条件提供救援的飞机和船只，立即展开对冰上队的搜寻营救。

事情的发展远没有高凌霄想象得那么简单。老冰洋及冰原上的大雾，就像什么人下的蛊，使的咒，仗着它无边无际的灰暗，也仗着太阳公公和风婆婆对它过度的溺爱与怂恿，当然还有温度与湿度作为它的帮凶，从而恣肆汪洋于天地之间，阻蔽阳光，遮晦星月，横行四野，欺侮八荒，让万类万物都陷入于迷蒙混沌之中，为它的蛊咒所荼毒。更使人可怕的是，谁也不知道它哪里来的那么大后劲，一旦升涨了起来，就越积越厚，越扩越远，越持越久，恐怕就连喜欢倒骑毛驴的神仙张果老，也不一定能清楚它到底在啥时候收场。

中国北斗站冰上队的失联，引起国际社会的广泛关注和猜测。这件事，成了这一年地球上的最抢眼新闻，世界各国各种各样新闻媒体无不把此作为炒作的重磅炸弹。与此同时，沿老冰洋周边的国家或地区，也都尽力参与了搜寻与营救。但这一切人道主义的努力，都让这诅咒的大雾，弄得老牛掉进枯井里，有劲使不上。飞机没办法起飞，就是能起飞，雾气罩罩地到了老冰洋上，又能看到什么呢？船基本上不用抱太大希望，离北斗站最近的港口，那破冰船要蜗牛似的拱过来，至少也得十几二十几天的样子——这么长的时间，什么样的黄花菜还凉不了呢？北斗站这一亩三分地像是炸了锅，高凌霄、老卜这一班人自然便成了热锅上的蚂蚁。一方面是不知道冰上队弟兄的生死，心里越来越焦虑，越来越担惊受怕；一方面又得不分昼夜地与国内国外、站内站外联系，寻求各种途径、各个方面、各种方式、各种办法的救援，可这雾就像是一堵永远逾越不过去的橡皮墙，多大的力到了上面都给软塌塌挡了回来。北斗站上的人，好像哪一个都有跳进老冰洋的心。

老拴头这些天，也怪可怜的。一天三时做了那么多可口饭菜，也没有多少人赏光买账。人们吃饭如同吃药，往往胡乱对付几口了事，好像再多吃了要上税。眼瞅着产品没有销路，急得和讨债人一样，一个一个屋子跑了去央求人们来吃。

中饭时候，光见刘大个子七八个人来万国大厅坐了一会儿，匆匆忙忙往嘴里拨拉几口，又枪攮腚般爬起来走了，其他的人影儿也没见着。老拴头站在空荡荡的餐厅里，守着并不见下去多少的饭菜，口里止不住长一声短一声地叹气。过了一会儿，他端饭菜去热了，也仍不见人来吃。想了想，干脆去炒锅下了面条，又使上肉菜，打了鸡蛋。香喷喷地出锅后，先端了一钵子送到传真报房。报房里一屋子人坐在边上守着，眼瞅老卜和马松宝跟阿尔里斯机场打电话。两人轮番着跟人家讲，一会儿是低声下气地求告，一会儿是平平和和地商量，一会儿又是急急哇哇地解释与争论。两人脸白眼红，嗓子沙哑，有时候跟人家说着说着就发了急。特别是老卜，平常日再沉稳和气没有，满北斗站没人见他发过脾气。可在和机场方面通话时，听他嘴上语气还缓和，有好几回，手里攥着的一只红蓝铅笔，差点被他在桌子上折断，一股子火气强憋回了肚子里。

老拴头把炝锅面往桌上一放，示意坐在一边的大宋几人先吃点。大宋走上来端起钵子，往老拴头怀里一推，小声道：“也不看个火色。”老拴头看了看大家，大家谁也不看他。叹了一口气，端饭钵去了高凌霄办公室。早餐时见高凌霄喝了半碗稀粥，中饭却一直未见露面。

敲了敲门推开，见高凌霄倚了桌子在打电话，只听他嗓子嘶哑地道："……是的，只有阿尔里斯机场有这种可以在浮冰上起降的小飞机。哎，对，对，是的。但是呢，他们说老冰洋上的雾浓度太大，无法起飞。对，对。我们这里正在和他们紧急磋商，是的，是的。机场方面说，只要雾一消退，立马安排两架冰上飞机，启航飞火岩岛。对对，是的，机场方面已经做好了随时起飞的准备，对，当然阿尔里斯机场方面也说了，他们已经接到了他们国家有关方面的指令。嗯，好，好的，再见。"

高凌霄放下电话，忽见老拴头端着个饭钵站在门口，赶紧道："呵，是老拴头，快放下来，快放下来。"说着迎了上去，"也难为你了，还把饭送了过来。"

老拴头把饭钵放在桌子角上，道："到啥时候，也不能不吃饭哩。"

高凌霄道："你也什么都知道了，大河他们这么多天联系不上，十来个人生死不明，心里发堵啊！"

老拴头在围裙上抹了抹手，道："不是说好了让飞机跑一趟那个啥岛来吗？"

高凌霄道："这不是雾太大嘛，飞机飞不起来呢。唉，你说这破雾也来添乱。"

"别的还不担心，"老拴头说着眼里流出了泪，掀起围裙擦了擦，道，"我就记挂着冬冬这闺女，身子单薄着哩，能来这里就不容易了，还跑老冰洋上受罪，她咋能和那些小伙子们比呢。"

高凌霄安慰了老拴头几句，刚把他打发走，老卜急火火推门进来。

"阿尔里斯机场这个值班经理托雷斯，"老卜边走边嚷，"真是一根筋，你跟他说破了天，就是不急不躁不温不火，一口咬定雾太大，能见度达不到起飞要求。急得我心里头这股火儿，直往脑门子上顶！最后急了，我说你们总统大人都表了态，要不惜代价帮助搜寻营救，你却拖拖拉拉不积极，到底啥意思？结果他还是那副死猪不怕开水烫的样子……"

高凌霄仰脸坐在椅子里，双目微闭思考了一会儿，又慢慢睁开来问老卜："远在外海的破冰船拉米伊尔号，怎么样了，是不是开始往这航行了？"

"说是往这走了，"老卜摆摆手，道，"这个怕是指望不上了，隔了那么大老远，几更到火岩岛？慢得跟蜗牛似的。”

高凌霄语调沉重地道：“阿尔里斯方面，你就盯紧了吧，不管怎么说，目前最理想的救援手段还就是飞机……但愿天气能尽快好转。”

“友邻站发过来的气象报告，”老卜脸色一沉，道，“实在不容乐观，未来几天，老冰洋上还是大雾……”

高凌霄道：“实在不行，咱们救援应急分队就拉上去。当然，这得等部里批准。”

老卜道：“人员、装备、食品，特别是无线电报话机等，都准备好了。单等一声令下，王骥、大宋还有尤尼塔他们，就赶上狗橇出发，卢特吉尔那里也早有了预备。”

在冰上队出发后的第六天上午，先是起了东北风，后又下雪，久违多日的阳光，穿过云雾照射下来。老天爷总算睁开了眼。王骥和大宋他们高兴得又蹦又跳。老拴爷咧着没有门牙的大嘴，连说：“菩萨保佑，菩萨保佑！”

高凌霄和老卜的心情也突然疏朗，两人一起跑到传真报房，让小马立即和阿尔里斯机场联系，如果飞机起飞，请他们务必先来电告知，北斗站这边好安排人员在经停时搭乘，一起去火岩岛——这也是早就和机场方面约定了的。

然而，机场方面迟迟未见回复，高凌霄他们急得眼里要迸出火星子。

中午，阿尔里斯那边终于有了回音，却是比没有更令人沮丧：下午还是大雾，飞机依然不能起飞……

第三十章 东门之枌

大河和牛得田出帐篷往前跑了十几步，却被眼前情景吓了一跳：灰蒙蒙的雾中，老爹搂着鲜血淋漓的阿黄，双腿跪倒在地上。膝下的雪被血染得殷红一片，一把尖刀撇出去三四步远，把儿朝上插在冰上。

“咿——咿——”老爹胡子拉碴的脸，紧贴着阿黄的脑袋，像个小孩子似的低声哭泣着，眼泪滴落在已经断气的阿黄脸上。

忠勇的神犬阿黄，因为灵魂升上天堂，留下一具瘦骨嶙峋的肉体，无法感受这种切肤之痛和护犊之爱。寒风善解人意，把老爹流在阿黄面颊的泪滴瞬间速冻，不知它有没有办法，将这份保鲜了的人类之爱，送达到天国阿黄灵魂的跟前。

“老爹咋这么糊涂呵！”大河猛一跺脚，道，“甭说咱们已经找到能吃的东西了，就是没有，就是再难，咬咬牙也就扛过去了，怎么能……”大河蹲下来摩挲着阿黄渐渐凉下来的身子，泪水在眼窝子直打转转。

谷一风难受地道：“汤姆去了海螺顶，我找了会没找到，正想回帐篷呢，忽见影影绰绰一个人影。起先还以为是胡子元帅哩，就走了过去。谁料是老爹他，唉，那时刀子已经扎进去了……”

这时候，童圆、刘振宗以及帕波雷克等人也围拢了过来。

“人要紧，人要紧呐，”老爹慢慢把阿黄放到雪地上，抬起头来念叨着，“阿黄不是一般的狗，它懂我的心思。一直到最后都很乖的，真的，连叫都没叫一声……”老爹抹了把老泪纵横的脸，嗵地站了起来，对帕波雷克道，“赶紧煮上吧，大伙早饿得肚皮贴了脊梁。”

老爹说完，头也不回走了。这里，大河叹口气，拍了拍帕波雷克肩膀，和童圆、牛得田他们也跟着老爹回了帐篷。雪地上，帕波雷克弯腰向阿黄鞠了一躬，口里虔诚地念叨：“阿黄呵阿黄，你活着和死了，都给人留下那么多好处，我们啥时候也忘不了你。唉，也不知道人和畜类的，有没有下一辈子，要是有的话，你千万别再托生成狗了，最好也别到这个世上来……”唠叨了一会儿，拿刀子蹲下来，和刘振宗两人开始剥皮……

一种生物的躯体在沸煮之后，通过另一种生物的咀嚼和消化器官的共同作用，其能量便向它的异类身上发生了转移。阿黄的肉，成了人们肚子里的饭。其实，阿黄这是在用灵魂的飞逝与肉体的毁灭，继续燃亮着人们生命的灯盏。重情重义的老爹，在人们吃饭的时候，闷闷地坐在一边伤心垂泪。童圆端来一碗肉让他吃，他一眼不看。

安子儒的病长得也怪，一时好一时坏，还有的时候，竟表现出一种仓皇奔走的样子，似乎在拼命摆脱什么东西的追赶，脑门子汗珠乱滚，嘴里大喘粗气，弄得别人没法休息。冬冬一遍遍给他擦汗，喂水，上热敷，也给累得够呛。

凌晨两点多，安子儒起来坐下的闹腾过一会儿，让冬冬解劝着喝了几口水，躺下睡了，不久发出了微微鼾声。躺着的老爹朝冬冬打个手势，小声道：“没事了，快睡吧闺女。”冬冬感激地向老爹点点头，就给安子儒掩了掩睡袋，回铺位躺下。也就睡了一觉，忽然感到胸闷气憋，想起来找粒药含着。不经意间往安子儒铺位一看，吃了一惊：安子儒不见了！人病得坐都坐不稳，还深更半夜往外跑，弄不好会出大事的。想到这一层，忙穿了防寒服，蹬上鞋子，趿着脚出了帐篷。

到了雪地叫冷风一扑，浑身颤抖。赶忙伸了手去够帽子，想把帽筒放低捂住耳朵和脖子。摸到光着的脑袋上这才想起来，因为出来得急，毛线帽忘了戴。不管这些了，赶快找人吧。

她在帐篷前面的雪地里转了转，没见影子，往远了看，黑雾漆漆的。想喊吧，怕吵醒大家，弄得鸡犬不宁。思量了思量，觉得不如把汤姆叫起来一块找更好。

汤姆喜欢独处，即便在老冰洋上，也不肯让自己这一伟大习惯向可笑的环境让步。到了冬瓜礁上，他离帐篷不远挖了一个雪坑，把那架没有狗拉的雪橇拖过来，挡在上风头，自己夜里就睡这坑里，感觉比特洛伊王子帕里斯睡在海伦的眠床上还要舒坦。当下冬冬走到雪橇边上，往坑里一看，差点没笑出声来——汤姆搭在坑口的一块防雨布，早被寒风吹来的积雪压趴下，人被雪严严实实地埋在下面，只有头部因为呼吸露出了一个雪洞，像野地里老鼠窝的气眼。有意思的是，打雷似的鼾声，就从这个老鼠气眼里发出来。"这个怪异的汤姆！"冬冬犹豫了一会儿，觉得还是不扰他的清梦为好，就转过身，继续一个人去找安子儒。

冬瓜礁虽然不大，可要在寒冷的大雾之夜，不喊不叫，一下找到一个烧得到处跑的病人，也不是一件易事。冬冬在雪地里东一头西一头，边走边低了头察看有没有新踩下的脚印。旷松的鞋口灌满了雪，挤在袜子底下又凉又滑。靠近帐篷的地方，因为有人不断出来，地上脚印凌乱，不好判别哪是安子儒的。转了一圈，她把搜寻的半径变大。这一招果然灵，稍远的地方，夜风赶着雪早就把白天的一切痕迹抚平，地面有没有新踏过的踪迹，一清二楚。还好，在帐篷西侧，有一行刚踩过的脚印，歪歪扭扭奔海边去了。

"错不了，这是安子儒的！"冬冬蹲下来仔细察看了一下，坚定了自己判断，就顺着踪迹追下去。

原来这安子儒折腾累了，昏昏沉沉睡了过去。倏忽间，脚踏滑雪板来到老冰洋上。这阵子雪下得正猛，比锅盖垫还大的雪花，铺天盖地往下砸。他撑着雪杖，顶着迎头飞来的一个个锅盖垫，吃力地向前滑。滑着滑着，跌进一个冰洞里，爬起来觉得一条腿不吃劲儿，伸手一摸，竟咔嚓一声断了……安子儒这一惊醒了过来——却是似醒非醒，肚子里还叫一泡尿憋得慌。里劲大过了外劲，又不知哪里是撒尿的地方。正惶惶不安，一扭头看到不远处有片茅草地，又空旷又僻静，倒是方便的好去处。这样想着就爬了起来，光头赤脚溜出帐篷，向那片茅草地奔过去。

茅草地白茫茫的，看上去不太远，其实十分顶走，脚一踩就是一个坑。歪头疑惑半天终于弄明白，原来是到了沙漠里。"怪不得这么难走，该死的沙子！"安子儒嘴上嘟噜不清地骂了一句。

眼看着就要走到茅草地了，沙子变得和镜子一般光洁，有时踩不稳就滑一个大趔趄。去还是不去？心下犹豫起来。忽然，前面有两只红灯笼，一闪一闪亮得耀眼，便纳闷：“这破沙漠，谁家会在这里张灯结彩？”又一想，不对，这两个红灯笼，似在哪里见过……噢，记起来了——这是大白熊的眼睛，从他上了老冰洋就跟在腚后头，一直寻思拿他来做充饥的点心哩。想到这里，头皮发紧身子凉，嗷一声倒头栽了下去……

冬冬顺着脚印追了一程，就到了海滩。这里到处是凌乱堆积的大块浮冰，不仅踩上去光滑无比，而且有些暴突的棱角，还像刀剑一般闪着寒光。脚印在这里断头了，安子儒还是没有影。冬冬担心他由此下了冰海，就爬上一块半人高的礁石想朝四下里看看。结果站起来脚一滑，哐地摔了下来——也亏着下面积雪厚实松软，也没伤到哪里。翻身爬起来，却见前面冰块下黑乎乎的，像有个人趴在那里。心里一喜：这肯定是安老师！便紧走几步弯下腰来，一看正是安子儒。就叫他道：

“安老师，您怎么跑到了这里？”

安子儒哼唧了两声，一只手往前伸了伸，想自己爬起来，腿却是使不上劲的样子。

冬冬连忙用力抱住安子儒的腰，帮助他站起来。冬冬道：“您看您安老师，病得这么厉害，半夜五更的还到处跑，冻坏了怎么办？快，咱们回帐篷吧！”

安子儒大喘着气，道：“我看到有片茅草地，白茫茫的，还有一对红灯笼。”

冬冬伸手摸了摸安子儒额头，热乎乎地烫人，也不理会他说的话，道：“安老师，您烧得挺厉害，得快回去吃上药。”说着，搀扶安子儒绕开冰块往回走。

走了几步，安子儒停下来，道：“真的白大夫，那边有片茅草地，还有红灯笼。不过，红灯笼是大白熊的眼睛，老追着我哩，从一上冰就是这样，”说着抬抬右腿，又伸手指了指，“唉，都怨我不小心摔断了，要不的话哪至于就掉了队呢。”

冬冬一听安子儒说摔断了腿，心里一惊，就让他站好，自己弯下腰来给他做检查。大腿、膝盖、小腿、脚……除了崴伤过的脚踝处有点触疼反应，整条右腿并没表现出断、折及扭伤那样的伤痛感。左腿更无问题。只是，他的两个裤管，从上到下结了层冰壳子，硬邦邦的，让人心生疑惑。但冬冬很快明白了怎么回事。就道：“安老师，放心吧，您的腿没事，回去歇歇就好了。”

安子儒道：“大白熊就在茅草地那儿，这是真的。”

冬冬道："安老师，这是老冰洋上的冬瓜礁，哪里有什么茅草地和大白熊？别说话了，省着点力气，前面不远就到了。"

冬冬说着抓起安子儒胳膊，顺势往自己脖子上一搭，架着他继续向营地走着。这一路是上坡，安子儒迷迷糊糊的，两条腿看起来也往前挪，其实只是跟着冬冬的节奏在做下意识迈动，身子的重量大部分压在冬冬肩上。走不上十几步，冬冬累得上气不接下气，一只脚踩进雪里，要拔出来都挺费劲。

前面出现一个跟斗崖儿，高低不会超过五个台阶。也是奇怪，冬冬下海滩的时候并没注意过。她一只手搂紧安子儒，想和他同时迈上去。但安子儒的腿面条儿似的，并不配合，往往是她的脚上去了，安子儒的脚却软塌塌在下边乱踢踏。冬冬身子仄愣着，一点力借不上，最后又被坠了下来。这样折腾了三四回，总是在上到多半截的时候，又突突地倒退到原地。坎儿过不去，冬冬脸上的汗冒出来，心慌腿软，时不时地咳嗽一两声。

"绕一下试试，别在一棵树上吊死。"冬冬说着，架了安子儒转向右边。走出十几步不敢再走了，雾中的跟斗崖像一条大青蛇，弯弯勾勾的，谁也不知有多长，走下去又是个什么样子。她担心这样会迷了路，就又原路折回。

"这一回，咱们无论如何也要趟过去。"歇了一会儿，冬冬对安子儒道。

安子儒好像是睡着了，脑袋半耷拉在冬冬肩膀一侧，没有应答。冬冬轻轻摇晃了他一下，安子儒嘴里哼喂一声，意思大概是听到了。

冬冬大声道："来，安老师，听我号子，咱们一起用力，一、二、三！"

冬冬憋了一口气，架起安子儒，迈开腿使劲往上跨，一步、两步、三步，眼看着就要迈上坡顶了，安子儒的脚打个出溜，带得冬冬没站稳，两个人骨骨碌碌翻滚下来……

在凉沁沁的雪里躺着，看风把雾吹得飘飘忽忽，天宇混沌一片，冬冬忽然有了一种惬意感。她想，要是雾再薄些，云再稀些，天上有星星和月亮露出来，那会儿有多么美呵！想到这里不禁哑然失笑，现在是极昼，哪里会有星星和月亮呢？要是没有云和雾，会看到火红的落日就搁在西地平线上呢。唉，不管怎么说，再等五六个月，老冰洋的晚上就该有了星星，当然，还会有五颜六色的极光哩。到那时候，找一个晴朗些的晚上，就和大河哥并排躺在老冰洋的冰雪上，仰对万里星空，说说心里的话儿。或者，一人做一首卧雪望月的诗。甚至，让大河哥再来一篇像蚂蚱菜赋那样的美文，一定会很有意思！呵，自古及今，即使如司马相如和卓文君，即使如陆放翁与唐婉，也没有这等豪放浪漫。再说啦，司马与陆游之辈，虽然诗词歌赋上是一流人物，可和相爱的人毕竟都没走到底，一时欢娱，终为悲情。她和大河哥就不同了，彼此在心灵上的倚重，如鱼海鸟林，即无陵崩水竭之盟，却互相将生命相托……一想到这里，顿觉身上长了力气，就手撑地站起来，去雪窝里扶起安子儒，向跟斗崖一步一步走了过去——

安子儒和冬冬出去的时候，正睡觉的于大河蒙蒙眬眬也感觉到了，老半天没见人回来，就觉得不对劲。睁眼一看冬冬和安子儒两人铺位空着，担心别出了什么事情，便忙把一风和牛得田叫醒。老爹和其他人一听有情况，也赶紧爬起来，一齐稀里哗啦往身上套衣服。

大河、一风和牛得田几个出了帐篷，很快发现了走向海滩的两行脚印。众人顺着脚印撵过去，果见两人正吃力地往坡上爬——

大河道:“是冬冬和安老师他们！”说着，忙和众人跑上前去。

谷一风和牛得田，一人一边扶住了安子儒。看到他赤脚光头的样子，谷一风笑道：

“安老师你三更半夜这是跑哪看光景了，咋连鞋子也不穿呵？”

安子儒嘴里呜噜道:“茅草地那边，有对红灯笼，是大白熊的眼睛呢。”也不知他是在回答一风的问话呢，还是在烧得说胡话。

一风闻言摇了摇头，对牛得田道:“你在后面措着点，我背了他走。”说着蹲下身，把安子儒背了起来，牛得田就托着安子儒屁股跟在后边，三个人先回了帐篷。

大河搀住冬冬后，见她身上头上都是雪，连帽子也没戴，心疼得抽搐了一下。几乎连想也没想，急忙撸下头上的毛线帽，三下两下给她套在脑袋上，连两个耳朵一块儿罩严实。接着，又褪下手套往她手上戴。冬冬就像背着书包临出门的孩子，乖觉地听凭大人摆弄。

老爹在大河他们出帐篷的时候，也快步跟了来。这工夫，一看冬冬累得人都走了架子，疼怜得一声又一声叹息，两只手则一个劲给她拍打着身上的雪。

冬冬紧紧依偎着大河。突然涨上来的幸福和甜蜜，让她心跳加速，气也不够用的，刚要说话，又不停地咳嗽起来。大河和老爹忙给她轻轻拍打着脊背。稍过了一会儿，她才道："老爹，大河哥，让你们一齐跟着受累！"

大河扶冬冬进了帐篷，待了一会儿，又悄悄出去了一趟。这里，大家七手八脚把安子儒弄到铺位躺下来，刘振宗拿过睡袋，牛得田搬着安子儒的脚，两人就要给他往身上套。

"不能让他这样躺到里面！"还没把一口气喘匀的冬冬，见状制止道，"快把他裤子脱了。"

"啥，把裤子脱了？"牛得田看着冬冬，一脸愕然。

"对，脱了吧，都湿透了。"冬冬手捂着嘴轻咳一声，又转身对老爹、童圆和帕波雷克几人道，"老爹，麻烦你们几位，快点火生起炉子，给安老师把裤子烤干。另外呢，再去外面取两盆冰雪回来。"

老爹和童圆几人答应着，按冬冬吩咐的去办了。

这里刘振宗和牛得田，一人扶着安子儒，一人给他扒裤子。牛得田扯着两条冰凉钢硬的裤腿往下一拉，道："安老师不会又跳冰海里了吧，防寒服怎么成铁甲衣了？"

"还不是发烧给烧的嘛，"冬冬给安子儒喝水吃了药，就到自己铺位上拿了睡袋，加盖在安子儒身上，道，"迷迷糊糊地到处乱跑，帽子不戴，鞋子不穿，你看安老师这脚，都冻得发了红。"

这时候，老爹点起了炉子，一边烧水，一边和谷一风替安子儒烘烤羽绒裤，一股空前绝后的尿臊味儿，以不可抗拒之势，迅速弥漫在既不大又不透气的空间中，供人们嗅觉器官做充分的享用。谷一风低头在裤管上嗅了嗅，立即揪揪起鼻子，道："这个安老兄呀，倒也真有你的！"

童圆和帕波雷克一人端了一盆冰雪，急火火从外面进来。童圆不解地问冬冬："姐姐，你看这冰——"

冬冬指指安子儒脚下，道："来小童，放这儿。"

等童圆放下冰盆，冬冬就在安子儒脚边坐下来，挽了挽衣袖，大大方方把他的两只臭脚捧在胸前，然后抓了冰块，用力给他搓擦起来。搓了一会儿，冬冬问童圆："怎么样，看明白了吧？"童圆点点头。冬冬道："那好，你端了那一盆，和刘振宗按这个方法，给安老师搓擦脸部、耳朵、脖子——”她说着咳嗽了两声，又接着道，“当然，还有手和胳膊。记住，每一处裸露的皮肤，都必须反复搓，一直搓得发了热再说。”

童圆就从帕波雷克手里接过另一盆冰来，蹲在安子儒铺头，和刘振宗两人学着冬冬样子，一个给他擦脸和脖子，一个给他擦双手和胳膊。

冷冷的冰块在肌肤上的反复摩擦，出现了一种奇妙效果，安子儒不知是难受的还是舒服的，也或者是在昏睡中无意识的，嘴里不停地嗷嗷哼哼，就像刚骟过七天马上要拆线的大角猪。还有的时候，嘴里会冷不丁蹦出一句：“这可如何是好呢？”弄得大家哭笑不得。

坐在炉子边上正帮老爹抻着裤脚烤火的谷一风，听到安子儒又说胡话，就小声对刚走进帐篷的大河道：“安老先生别看裤子尿得呱嗒呱嗒的，可烧出来的胡话，总也不失斯文人的身份。哈哈，还这可如何是好呢？光一条羽绒裤子，就两天里烤了两回，真是让山人开了眼界哩。”

大河在雪地里见到冬冬的时候，心里又是疼爱又是埋怨，憋了一肚子的话想说，可觉得场合时候的不合适，无法开口，其实心里涌上的感受，就像台风来临前的海潮，比任何时候都要强烈。进帐篷之后，即使光线暗淡，但他仍然看到（也可能是感觉到）冬冬的脸色异常苍白，嘴唇发紫，说起话来有气无力，却在强打着精神。这一些，瞒得过别人，却瞒不了大河的眼睛，更瞒不过他心灵的感觉。在冬冬忙活着照顾安子儒的时候，他真想过去说一句：“看你累成那个样子，赶紧去休息吧，这些事交给别人来做就成。”他深知冬冬的脾性，在这种时候说了也不会起多大作用。另外，他蒙蒙眬眬地觉得冬冬总在刻意掩饰着什么，这从起白毛风的那个晚上，就觉察到了。可掩饰什么呢？他不知道。但有一点他清楚，只要冬冬自己不肯说，那就到九秋十月了都不能问，更不能说破，不管这种感觉是对还是不对。这是山与水的默契，是树与藤的承诺。

大河正在自顾自地想着心事，猛然意识到一风是在和自己说话，打头不打尾地也听了两句，想也没多想，随口应了一句：“这不是有病嘛。”

一风道：“有病的发烧的也多了，哪有到这份儿上的？居然半宿大夜跑到了雪地里！”

大河没接一风的话，心里却在埋怨冬冬："你叫我怎么说你呀冬冬，安子儒光头赤脚地乱跑，是叫病拿的。你呢，还是大夫哩，怎么连帽子手套的也不戴？知不知道这是在老冰洋上，弄不好要出事的呀！还有呢，这深更半夜的，又是大雾天，就是出去找人，不给我说，总也得给老爹或者别的谁吱一声呵，真要迷了路，或者遇到了啥危险又该怎么办呀……"

"唉，这世道！"一风见大河不愿说话，便摇头晃脑蹦出这几个字，也再无下文，只一门心思和老爹烘烤衣服。这倒也有趣：一方面不愿意闻尿臊的味道；另一方面又用提温加热的方式不断促进化学分解，把那些钻进羽绒裤纤维里面的尿的精华——尿酸、尿素、氯化钠、氮化酸和黄嘌呤之类，更多地驱赶到了空气中，使嗅源得到可持续补充。

冬冬、童圆和刘振宗三人，一直等到老爹和谷一风烘干了裤子，才结束了给安子儒的搓洗。安子儒早就昏昏沉沉进入梦乡，发出的鼾声均匀而有节奏。两盆冰块，在和安子儒皮肤的密切接触与摩擦中，先由固体变化为液体，最后又由液体变成了气体。冰雪形态上发生的这种物理变化，使童圆和刘振宗两个壮小伙，每人都是腾腾的一身大汗；冬冬则累得浑身瘫软无力，到搓最后一把雪时，气也喘不匀了。

原本，冬冬在夜里睡下时感到了胸闷气短，是想起来吃药的。让安子儒这一闹，连冻加累的就撑不住了。在老爹他们为安子儒穿裤子时，冬冬站起身，想回到自己的铺位躺下，哪知刚迈出一步，腿一软，摇摇晃晃倒在地上……

"哎呀，冬冬姐晕倒了！"童圆一声惊呼，老爹和一风他们吓了一大跳，不知出了什么事，一齐围了过来。

听童圆说冬冬晕倒了，大河嗖地一下，像被谁攥住了心脏。这种反应也许只有一秒或者是十分之一秒、百分之一秒，但却让他真实地体验到了窒息的感觉。愣了一下神，腾地往起一站，两手分开众人，来到冬冬跟前蹲了下来。

冬冬半侧半躺地倒在两排铺位间，幸亏有地垫护着，人倒没碰着。大河一条腿跪在地上，两手托起冬冬的脑袋，示意老爹拿个什么来叫她枕着，老爹会意地扯过自己睡袋，折了几折，垫在冬冬头下。此后，大河和一风轻轻把冬冬身体放平，又盖上一条抻开来的睡袋。其他的人在一边急手挠脚，干着忙使不上劲。

做完这些的时候，大河皱着眉头想了一会儿，就在冬冬衣袋里掏摸起来。果然，在羽绒服左面口袋，找到一个红色的小丫丫葫芦那样的塑料瓶子。在从阿尔里斯接冬冬来北斗站的路上，他曾无意间看到冬冬就是从这个小药瓶里，悄悄取了一粒药放到嘴里，当时还暗自纳闷，不知这位当大夫的，吃的是什么药，医的又是什么症。现在忽然明白，起白毛风的那个晚上，她要刻意掩饰的是什么了……

大河从瓶里投出一粒药，他知道这种药叫什么，有什么用，但他什么也没说，只悄悄把它放到冬冬舌头下面。丫丫葫芦又放回到冬冬衣袋里。大河握着她的手，静静地坐在一边，等候一朵被风雨打歪了的花朵，抬起纤细的枝头。

这一定是造物主比照着最美丽的模板，加上他少有的偏爱，制造出来的一尊最为清婉动人的面容。即使是最妖冶的牡丹，最娇媚的玫瑰，包括以自洁为贵的红荷与水仙，在她的面前都会相形失色、惭赧弗如。这不因为它们只盛于一季一时，也不因为它们过于媚俗。那种青春的律动，生命的张力，贤淑与聪慧的内涵，润人以甘饴、怀慈似柔水的至性，怎又是俗花凡草之类可比！大河还从未这么近和这么仔细地端详过冬冬俊美的脸庞。但这会儿，正如同绚丽的彩霞，被突然飞来的一片薄云暂时遮挡了一般，冬冬的脸上呈现出缺少血脉的白色，樱桃般娇美的嘴唇，也像深秋的石竹叶似的，青乌一片。额头、脸上滚动着几颗晶莹的汗滴，多么像夏日清晨蚂蚱菜花上鲜亮的露珠呵！大河心里的感觉，其实就是对一粒种子的感觉——奇怪吗？不奇怪。因为此刻的大河，心里就是这样想的。他觉得有一粒种子，埋进了温度与湿度都特别相宜的心灵土壤，无限的生命张力在美好的希冀中，冲破胞衣，扭开芽嘴，扎下根须，长出叶片，在阳光与春风的爱抚下，在清泉与雨露的滋润下，向着高远无垠的蓝天，用生长书写着爱的宣言——啊，这真是一粒奇妙无比的爱情的种子，她报答土壤、报答大地的方式就是生长，生长，什么力量也不能把她阻挡！

童圆拧了根热毛巾递过来，大河接在手里抖了抖，觉得不热不凉了，这才折叠平整，然后跪着一条腿，轻轻擦拭着冬冬脸上的汗滴。薄云被风吹走了，彩霞重又绚丽夺目；深秋的石竹叶变成了初春的海棠花，冬冬脸上渐渐有了血色，嘴唇也鲜润好看了。终于，长长的睫毛像泉边微风吹拂的青草一般，轻轻地闪动了一下，两湾清泉一样明亮的眼睛睁开了，世界有了色彩与生机，飞鸟的鸣唱也有了音乐的旋律——

"啊，你醒过来了！"大河心里倏然射进万丈阳光。他心情激动地注视着冬冬，满脸都放着欢乐的花儿。

"大河哥，呵，我这是怎么了？刚才好像是睡着了。"冬冬有点不自然地笑了笑。她想动动身子，但又酸软无力。风雨之后的花草，一时还支盛不起稚嫩的叶片。

老爹和一风他们一听冬冬醒了，又一齐围了过来。

老爹爱怜地道："我说闺女呀，你总得爱惜着点自己吧，你看你，唉，都累成了啥模样！"

童圆拍了下手，高兴地道："冬冬姐你醒过来了，刚才，真把人吓了一大跳呢。"

冬冬侧脸看了看，发现是躺在地垫上，就挣扎着要坐起来，回自己铺位。

大河一把按住她的肩头，道："不行，先躺这儿好好休息，等有了劲儿再过去也不迟嘛。"说着又对童圆道，"倒碗水过来。"

童圆答应一声，端了冬冬的碗，腿快手疾地倒了小半碗开水。

大河端水吹了吹，觉着不太热了，就一手搂着冬冬肩膀，一手给她喂水。冬冬慢慢喝了几口，就让大河把碗拿开，重新躺了下来。

老爹、一风等一看冬冬没事了，也都放了心，各自回到了自己铺位。坐了一会儿，一风和牛得田嫌里面憋得慌，一块到帐篷外面找汤姆说话去了。不久，老爹和帕波雷克小声嘀咕了一下，就决定带着刀子和斧头去海边碰运气，看能不能赶巧撞上头拉肚子拉得爬不动的海豹。看着老爹他们的计划，比堂·吉诃德骑士宏大的目标靠谱，童圆和刘振宗也跟在他们屁股后面去了。一顶大帐里，只剩下大河、冬冬，还有一直昏睡不醒的安子儒。

"大河哥，我还想喝水。"一看众人都借着托辞出了帐篷，冬冬知道这是有意让他俩好说话儿，虽然身子虚弱发沉，心里却是幸福无比，说话的劲儿也大了不少。

大河还是和先头那样，单腿跪地搂着冬冬肩膀，另一只手端了碗给她喂水。只喝了一小口，冬冬一推碗，道："我不想喝了。"

"再喝一口吧。"大河劝着，把碗往冬冬嘴边又送了送。

冬冬摇摇头，耳后就有一朵红云，飘飘栖落下来。

大河放下碗，道："那好，躺下来好好休息，一会儿渴了再喝。"就放低姿势，想让冬冬的脑袋枕到睡袋上去。

"不，我就要这样，靠住你的肩膀。"冬冬说着，脖子向上挺着。大河怕她过于用力，再累着了，赶忙挪动膝盖往前凑了凑，扶着她坐了起来。这个样，冬冬的脊背和脑袋，就毫不费力地靠紧了他的胸膛，他的两只手也顺势向前，握住了冬冬两只手。

冬冬忍不住又咳了一声，道："真没想到，怎么叫风给呛着了，又是咳嗽又是头晕的，越来越娇气了。"

大河见冬冬还是如此掩饰，也不点破，就接了她的话道："这些不说了。往后再遇到这类事，千万招呼一声，要知道，这是在老冰洋上呢。"

冬冬脑袋使劲往后仰了仰，柔声道："知道了。"

大河将冬冬的两只手，使劲攥了一把，道："知道了，那为什么跑出帐篷连个帽子手套的也不戴？"

冬冬道："这不瞅一眼安老师铺上没了人，心里发急，就没顾得了那么多嘛。"

"你发急的时候，想没想过，别人会更发急的呀！"大河道。

冬冬温顺地点了点头。当她的脑袋重又在大河胸前倚住的时候，大河却低下头来，把胡子拉碴的下巴颏抵拄在冬冬的头顶。秀发上一股好闻的味道，在强烈地吸引着他。这是一股什么味呢？大河觉得既熟悉又陌生。他一边贪婪地嗅着，一边在努力辨别着。哦，他闻出来了，这如瀑的青丝中，有蚂蚱菜花的芬芳，冬日麦苗的土腥，小河边绿草的青甘，花椒树刚发芽时的清香……再仔细闻闻，似乎还有另一种美妙而又奇异的味道，那是小时候过年新衣服在太阳底下暴晒散发出来的味道，太阳的味道。多少年来，这种味道别说是闻，只消回忆回忆，心里就和醉了似的。

"大河哥，你说时光要是能留住，那该有多好呵！那个样，我就让她永远停留在这一天的这一时刻，一秒钟也不再移动！"冬冬明显地感觉到大河的鼻息，就在自己的头心处一呼一吸，心里暖融融的，身上也通泰了很多。呵，原野里的一棵绿草，所求何多？一缕阳光，几许春雨，就幸福得以为世界全是为自己而存在。

"你真是个傻孩子，"大河笑了笑抬起头，道，"时光要是真的能留住，也许就不会有我们了。至少生命中那些美好的记忆，也就不复存在了，是不是？”

冬冬沉默了一会儿，忽然问道：“大河哥，我想知道花椒树长得个什么样子？”

大河笑着道：“嗬哟，城门楼子菠菜，你咋一下跳这儿来了？”

冬冬让大河说得也笑了，就道：“你不是说生命中有些美好的记忆吗，你就说说花椒树吧，我想它和蚂蚱菜一样，一定是长在你心里的。”

大河才待开口，冬冬吃吃地又笑了起来，笑够了，才调皮地道：“我们家的花椒哇，嘻嘻，可是吃过好多年的哩，于花椒同学！”

冬冬说得大河有些不好意思起来，脸上如有炭火烫了一下。大河抽回一只手，扤了扤头皮，道：“这些陈谷子烂芝麻你也记得呢。”说着叹一口气，道，“说起来，那也是没法子的事，当时娘病得厉害，一天天消瘦下去，最后连床都下不来了。家里没钱给娘治病，我们只能眼瞅着娘在遭罪，眼瞅着她的生命像蚕抽丝一样，被病魔一点一点抽走……最后心一横，也不管三七二十一了，就在学校摆摊卖起了花椒……”

冬冬听到这里，难受得流开了眼泪。大河用手轻轻给她擦了擦脸上的泪滴，又继续道：“不过，那时候，你还是个小黄毛丫头哩。我要是没记错的话，你应该上小学四年级，是吧？”

冬冬点点头，道：“是呀，爸爸把大半麻袋花椒背回家的时候，我正趴桌上写作业呢。”

大河像是刚从梦中醒来，揉了揉也有些湿润的眼睛，道：“回忆中有些东西，既辛酸又美好，特别是卖花椒这件事，在我的一生中留下了深刻记忆。不过，通过卖花椒，也使我对老师和师母有了更深的了解，二老对我恩重如山呐，大河此生不知何以为报。”

冬冬道：“不说这些见外的话了，反正自从有了卖花椒的人，家里就再也不缺炒菜的佐料了。大概也就打那时起，我养成了吃花椒的习惯。做菜要是不放花椒呀，吃起来寡淡少味，难以下咽。”

大河道：“吃龙肝难，吸凤髓难，就是吃这花椒嘛不难！家里一院子花椒树，春天长出叶来，绿绿葱葱的。等树上结了花椒，一撮一撮的，空气里到处飘着清香。到七夕牛郎织女节花椒要收了，满树红彤彤的果儿，真像落下来的一片片红云……”

说起家乡的花椒，大河心驰神往，滔滔不绝，好像这时候，自己正站在花椒院里似的。

显然是受了大河感染，冬冬就像和慨儿在海滩放风筝时那样，心花怒放，充满了对未来的美好憧憬。

“将来在花椒树下，闻着它的清香看书，那一定会有意思得很……”冬冬这样想着，嘴里轻轻吟诵起来——

东门之枌，宛丘之栩。
子仲之子，婆娑其下。
穀旦于差，南方之原。
不绩其麻，市也婆娑。
穀旦于逝，越以鬷迈。
视尔如荍，贻我握椒[①]。

冬冬诵完，大河兴奋地道：“贻我握椒——仅仅才赠人一把或者是一嘟噜花椒，那太小气了点。咱们家可是一院子哩！”大河完全沉浸在对未来的遐想中，他猛地摇晃着冬冬的手，“当然啦，咱们还有蚂蚱菜花，黄的，粉的，红的，紫的，也是满满的一院子！”

冬冬激动地叫了声“大河哥”，便把脸向后仰了过来……

① 椒：即花椒，古代女子用花椒来表示爱情。此诗为《诗经·陈风·东门之枌》。

第三十一章 二头鹰

汤姆上了冬瓜礁，就像埃及王子奈弗尔见到古夫泰河里的魔法书[①]那样，心里的兴奋无论如何没法按捺了。冥冥中，觉得有一种神灵给予忒勒玛修斯[②]那样的昭示，高爷爷一定会在这里留下点什么。其实，从踏上冬瓜礁的第一脚，不，是在雾中的冰上隐约看到岛礁的时候，这种感觉就非常强烈了。人这玩意儿邪乎，只要念头有了，便一根铁橛夯进地，十头老牛也拉不转了——如同坚信耶和华的神谕一定会应验一样，汤姆对发现克林斯特遗踪，连芝麻粒大小的怀疑也不曾有过。

在搭完帐篷和大河他们一起巡视岛礁的时候，他似乎对每一块礁石，每一处隆起的冰包和凹下去的雪沟，都有兴趣。稍觉哪里可疑，就拿利斧敲敲砸砸，好像哪里都有可能隐藏着他迫切想揭开的惊天秘密。劳累和饥饿平等地傲视着每一个人。

---

① 智慧神托特有一本世界最神奇的魔法书，读了不仅会耳聪目明，看清天上人间的一切，还能起死回生，永享幸福。这本书藏在古夫泰河中央，且有巨蟒、毒蛇等守护。古埃及王子奈弗尔费尽千辛万苦得到此书，却遭受托特报复，一家三口命丧波涛。

② 特洛伊战争后，英雄的伊塔卡国王奥德修斯没有回来，人们传说他已经死了。他美丽的王后和年轻的王子忒勒玛科斯掌管不了宫殿，家里涌进众多的求婚人乱政耗财。智慧女神雅典娜化身凡人告诉忒勒玛科斯，他的父亲还活着，要他出海寻找父亲，赶走求婚人，夺回宫殿。后来，忒勒玛科斯和父亲在女神的帮助下，一起设计消灭了求婚人，取得了最后胜利，奥德修斯和王后得以团圆。

迈动的脚步虽然缓慢而又迟疑，但肠胃对食物的近乎崇拜和疯狂的生理渴望，却如斯德朗博利火山的熔岩，不断地在喷涌。美国人汤姆的肠胃，不是铁的，不是钢的，也不是塑料的，因而也并不比中国人多么扛折腾。以饥饿感为主要标志的生理反应，像讨债人似的来了一拨又一拨，每一拨都向这位外表强悍的大胡子，毫不留情地追讨着越欠越难以还清的饥荒。走到海螺顶下面的时候，他在一块高出冰面半米多的冰墩上，手拄利斧坐了下来，口里大喘着粗气。眼望着雪烟迷蒙的小山顶泛着金子般亮光的赭红色岩石，心里面比两腿更发虚。

海螺顶垂直高度不过几十米，但站在下面往上看，倒比西岳华山还要险峻。礁岩下粗上尖，陡峭嶙峋，一圈圈炼乳般白色的石纹，就如缎子飘带缠绕着褐赭色山体。因为风与冰雪的亲吻，山体表面千疮百孔又光滑无比。

恢复了一下体力，汤姆沿着山根寻摸上去的路。山脚的东面，像被什么人从上到下斜拉了一刀，有一道深浅不一的缝隙，飘带在这里被斩作两段。倘若缝隙一直保持着它最初模样，那么，据此攀爬上去，倒是一个不错的选择。但现在缝隙大部分淤结着冰雪，就和滑梯似的光光溜溜，只有靠近顶端才露出石质的裂痕。要登海螺顶，大概也只能从这里下脚了。

汤姆把利斧头朝上插在雪里，紧了紧腰带，壁虎似的贴向了岩缝。一阵手攀脚蹬，好容易拱上去一截子，突然一阵风，把岩石上的雪旋了下来，汤姆似乎连眨眼也没来得及，就随着雪团滚落到利斧旁边。躺在雪窝里他突然想，这么大一个冬瓜礁，老冰洋海图为何竟无标记？从以往各国的资料看，凡是海图所标注的已知岛屿，一百多年来，人类的搜寻足迹早已经踏上过若干回了。可这里居然没有记载……汤姆在大惑不解的同时，又不能不为那些曾经的搜寻者而感到遗憾和惋惜。

下午再爬的时候，他吸取了上午教训，直接带上利斧和绳子。这一回因为手上腿上的有了劲儿，再加上有利斧砸砸砍砍，随时在缝隙的冰雪里清理出落脚之处，这才蝼走蛇行地踞了上去。在上到离顶七八米光景，脚跐上去不滑了，但通道却变得狭窄，身子得贴近岩石一点点往上挪。再攀了几步，猛见一块碾砣大小的石头阻断去路。不由心生诧异，刚才在山脚下打量，为什么没有见到呢？更不可理喻的是，海螺顶石质总体属于流纹岩，而冒出来挡道的却是花岗岩，真是萝卜地长出芥菜头了。抬头来看这块石头，上面结满了溜光的冰凌，不要说爬，想下脚或找个抓手，也和麻雀在电灯泡上垒窝一样困难。

汤姆一着急，拿斧头嘣嘣地捶打着岩石，手虎口被震得生疼。

冰冷的岩石，用一万年的沉默来回答他。汤姆感到沮丧，想一想如果上不去，海螺顶将会成为永远的遗憾和心病，一股子火冒上来，嘣地又给了石头一斧子，上面的冰雪簌簌往下掉。

“呔，老顽石，”汤姆气恼地大声嚷着，“你这冰冷的家伙，难道存心要挡汤姆的路？”

嚷嚷完了往上看，不想就在头顶上方稍偏右一点，有一块树桩似突出的石头，刚才光发急了，却没料到慈爱的主，早已为饥饿的犹太人准备好了无酵饼。汤姆眼睛一亮，想，肩上这捆绳子真没白带哩。

解下绳子绾个活扣悠了悠，扣子套住了石头。汤姆缒了缒还牢靠，就收了斧头，双手抓牢往上爬。过了拦路石，有一条人头高的天然石罅，刺刺丫丫插向岩石里面。汤姆喜得心里头放花，手持利斧折了过去。

即使阿里巴巴看到大盗们藏宝的山洞，也不会比这里更神奇了。走了也就七八步，石劈缝子豁然开朗，最阔处竟像一大间房子的规模，而且是上窄下宽，和起了拱顶一般。地面虽然外高里低，甚至还有点坑坑洼洼，但总的说来还算得上平整，要住下十来个人，谅来问题不大。让人心里发毛的是，两面岩壁的下面，七仰八叉立着一些如人似兽的石头，样子古怪狰狞，如果不似阎殿廊柱下的小鬼判官，也像中国乡间庙门那些泥塑走了样的门神。山洞里干燥温暖，通风透光。从对面扑进来的依依稀稀的亮色，表明山洞前后是贯通着的。汤姆因为刚刚进到里面，一时还没适应暗处的光线，只觉眼前模模糊糊，什么也看不分明。

在原地眯缝眼睛站了一会儿，洞里景物清亮多了。他顺着洞壁慢慢搜索着。忽然，北侧洞壁下一块拱桌样的长方条石头，吸引了他的目光——那上面，黑乎乎的像放了个什么东西，心里禁不住扑扑腾腾跳。急走上前去一看，竟然是一个毛毯裹着的布包。放置年代到底有多么久远，只要看一看石条和地面上散落的那些残片碎屑，就知道个大概了。汤姆蹲下来，屏住呼吸，小心翼翼地打开那布包——裹在外面的毛毯，大部分已经烂成了粉末末，汤姆的手只轻轻一碰便扑啦起一股烟尘，呛得连打了两声响亮的喷嚏，眼泪也流出来了。擦擦眼睛再看，烂毯子包裹着的是一本《圣经》，就和尤尼塔家见到的那本一模一样，黑封面，硬壳装帧，扉页上也有女王题签以及象征权力和地位的皇室徽章。心里想，原来享受女王亲笔签送经书殊荣的，并不只斯蒂芬一个人呵。这一本会是谁的呢？难道是高爷爷的吗？汤姆把书拿到亮处，一页页小心翻检，努力想从中找到有说服力的证据。

书放在山洞里的年岁的确久远了点。尽管洞内并不潮湿，但书里有些纸张还是板结粘连，甚至还带了一种只有穴藏若干个世纪才会有的古里古怪的味道。时间对凡间万物最终都会有个最公正最权威的结论，就书的装帧及纸张的质量而言，不用说皆为上乘，因为在这里风干了几万个日日夜夜，也并没有明显的质变或是破损。一张张揭过去，泛黄的书页里，留下了阅读者用铅笔画的许多杠杠道道，还有一些蘸水笔写下的批注及心得。如今，这些手写的字迹虽然漫漶褪变得不太好辨认，但一个基督徒的虔诚和对所献身事业的敬心用命，却因为这本书而纤毫毕现。这让后人不能不肃然起敬。

汤姆继续翻着书。一页页向后滑过的书纸，恍如飞逝而去的岁月；而翻动的过程，恰恰像在时间隧道里的忘情穿越。透过弥漫了一百多年的历史云烟，汤姆仿佛看到，高爷爷，不，也许是另外一个人——不管是哪一位令人钦敬的先辈吧，反正是这本书的拥有者，当然也是得到女王签赠恩宠的幸运者，此刻正端坐在木船某个舱室的桌子前，神定气闲地阅读着这本记载神迹的基督教经典，用赤子之心才会具有的一万分虔诚，向他所敬爱的上帝做着最令人动容的祈祷。舷窗外透进的光线若明若暗，他的心里却始终被神的圣光点亮。这时候，老冰洋上暴风在肆虐，飞雪在狂舞，险恶的冰山虎伺羔羊般密布在航道上。老人家（那时候应该还是精力充沛的中壮之年）或许还不知道，探险队所乘的埃里加罗尔号和拉斯曼号，这两艘已经被坚冰弄得伤痕累累的排水量只有数百吨的木制机器船，此刻正在冰洋的恼怒与冷酷中，驶向了一条不归之途；也或许，他早就看惯了险阻和死亡，甚至连自己马上就要来临的结局也一清二楚，但是他没有恐惧，更没有一丝一毫的慌乱，依然在信仰与信念的春天里，与绿草和鲜花，与蜂蝶和小鸟，与蓝天和白云，与清泉和翠竹，共同编织着最美丽的花环，鸣奏着最清纯婉约的和弦。因为他从不怀疑这一切都是主的安排，顺从命运就是对上帝最大的恭敬。当木船的动力或者是突然而至的某种危险，使生命中的一切再也不可逆转的时候，他首先想到的不是自己的逃避，而是将他与上帝之间作为沟通桥梁的《圣经》，象征着威严、光明与神圣的宝典，放置到海螺顶的岩洞里——他知道，即使船上的一切包括所有生灵都葬身洋底，而有着女王题签的《圣经》，却一定能留传下来。可是，除了书，除了阅读者在书上留下的印记以及女王题签，难道就没有什么别的要告诉给后人了吗？

正当汤姆暗自猜思的时候，奇迹出现了！这是经书的最后一页，也是一个硬纸的空白页，在其正中靠上一点的地方，压了一方鸭蛋大小的黑色徽章，颜色虽然褪了很多，但淡淡的墨色却清清楚楚地表明，这是一个三头鹰图案——汤姆眼睛刷地一亮，心跳加快到了不能再快的地步：啊，三头鹰，三头鹰！这是多么亲切又是多么熟悉的一个图案呵。从记事起，就在老房子屋山及花园拱形门梁的浮雕上，在床、书橱、写字台和好多家具上，在爷爷卧室里挂着的铜剑上，在家里几乎所有从古时候传下来的物品上，都不难见到这个图案。

三头鹰是汤姆家族的显赫标志。这一象征着争战、血腥及荣耀的族徽，到汤姆这一代传了至少也有六百余年。早先，汤姆的先祖还只是阿尔卑斯山中部的一个小部落首领，在后来各方游牧和地主势力无休无止的地盘割剧中，渐渐占了上风，并最终用血与火这一最原始也是最有效的方式，远交近攻，开疆拓土，征服了众多对手，以至于在此后很多年中，各部族无不俯首臣服。这时候，在生产力水平极其低下的相当大一个区域里，人们都从随处飘扬的部族旌旗上，看到并记住了这样一个颇具威慑力的徽标——三头鹰。

三头鹰，是一只盘踞于高山之巅的雄鹰，金翼，铜腿，铁爪。最为奇异的是，它有三个脑袋，六只眼睛。锐利的目光既能看到千里之外，又洞幽察微，同时兼顾上下、前后、左右各个不同方向。三个脑袋则蕴藏着无上智慧，让它成为一只无所不能的神鹰。作为拥有三头鹰徽记的汤姆家族，经过了最初的辉煌之后，渐趋式微，除了在后世的书籍中留下一些走了样的故事和荒诞无稽的传说，漫长的历史迁演中，人们已经不太记得那些让人说起来都感到疲倦的往事了。不过，这个家族的基因的确非常优异而又强大。当阿尔卑斯山清冷的风中再也闻不到一点有关他们的气息的时候，这个家族中最后也是最重要的一支，辗转到了大西洋岸边的波尔图定居下来。不久，家族里一个被认为有精神分裂症的青年人，随同一些离经叛道者，以巧言令色蛊惑了贪欲的国王，驾了几条大木船去寻找便于殖民的新领土。这青年人和他那班臭味相投的家伙，也真够邪劲的。普天之下都认为地球是方正的平面的，可他们却偏偏说是圆的，而且坚信不疑。几艘破船用了数年时间，先后到过巴哈马群岛、古巴、海地、多米尼加及特立尼达等地，除了在地图上给贪心的国王标注上一些新地名，还发现了一个奇怪现象：大西洋低的纬度刮东风，而较高纬度却在刮西风，事实上，这些刁钻之徒在跑船中，也正是巧妙地利用了这些原理。国王因此给了这伙人很多奖赏和荣誉。不用说，汤姆家族中的这位神经不正常的青年人也名噪一时，给家族争来让人无法理喻的名声。据汤姆的祖父说，这位精神上有毛病的先人，当年在船头和桅杆上雕刻着的图案就是三头鹰。冒险的大航海之后，船上的三头鹰标志，被西班牙、葡萄牙、英国、法国等多个国家的最有影响的博物馆收藏，三头鹰图案声名远播，在有些地区甚至超过了创造离奇故事的主人。

毫无疑问，这本有女王题签又有三头鹰徽章的《圣经》，一定是高爷爷克林斯特的遗物，而不会为别的什么人所有。汤姆兴奋不已，大胡子的脸上泛着灿烂的光。

汤姆再看徽章的下面，还有一段蘸水笔写下的蝇头小字。字迹看上去已经很模糊了，但还能辨认出个大概意思——

某年某月某日，探险队所乘埃里加罗尔号和拉斯曼号两艘木桅机器船，驶入北纬某某度某某分、西经某某度某某分海域，遭遇几乎超出船只承受能力的东风。在此后的十多天中，先是拉斯曼号不幸遭遇冰山，木船几乎解体，幸存下来的人员共二十八个半人（其中有一位船员被救上来就昏迷不醒，上船只有半天就停止呼吸，因而又被抛下船——葬到了冰海），被救到埃里加罗尔号上。噩运接踵而至。仅仅在三天后，探险队最后一条船——埃里加罗尔号，船体也被冰山撞得多处破损严重，机器也出了故障，有三名船员因绝望跳海自尽，有四名队员得了一种怪病，整日不言不语却满船乱跑。还有一名叫哈令·托尔顿的地质工程师，因狂躁被捆绑了手脚，死后葬在无名岛的冰坡上。当然，陪伴这位地质工程师长眠在无名岛的，还有另两位队员。我们祈祷上帝保佑，能修好机器和破损的船体，活着驶出这片险恶的冰海。同时也期望活着的人要有信心，生病的队员身体很快好起来。不知前程是一个什么样的结局，一切遵从主的安排。兹将我最为珍爱的《圣经》，藏于此岛此洞，愿有缘者识遇云云。

落款是一串龙飞凤舞的花式签字：克林斯特。

啊，我的高爷爷，我的令人无限仰望钦敬的先人克林斯特，您原来竟是在这里！世界上那么多国家，从您最后那次拔锚驶向老冰洋不久，一年复一年，一拨又一拨，派出那么多的船只，发了疯般找您。因为找您，在那些让人想起来就心颤的年代里，老冰洋舳舻相接，帆樯如林，竟然催生了一股地理发现狂潮……可是，千千万万的人找了您一百多年呐，结果在这一百多年里，万万千千的人都是无功而返，在寂寥的冰洋上空，留下一声又一声悠远的浩叹。您的玄孙汤姆，打小发下宏誓，一定要到老冰洋上找到您，不如愿，毋宁死。而今，万邦之主的上帝呵，再一次垂怜和眷顾了汤姆，让我终于找到了高爷爷。汤姆眼里流出了激动的泪水，捧着《圣经》的双手不住颤抖。

“亲爱的高爷爷呵，”眼看着三头鹰族徽，汤姆把书贴向心口窝，一霎时，感到就像拥在了高爷爷的膝前，心里有一道电光亮了起来，嘴里喃喃地道，“一切荣耀归于上帝。您尽可以在天堂里安心侍主，后人汤姆虽然愚鲁冥顽，但心里有主的光在烛照着，有责任与使命在呼唤着，我知道下一步应该怎样去做。您老人家放心吧，用不了多久，汤姆就会回来看您的。”

汤姆从背包中拿出相机，把经书扉页、最后的空白页及里面的一些笔记拍了照，又用刀子小心裁下一角没有完全烂透的毛毯，放在塑料样品罐里，准备和老君岭的旧物做个对比。然后脱下了穿在里面的一件花格子衬衫，把《圣经》重新包好并套上一层厚塑料纸，依然端放在条石原来的位置。

忽然间，他觉得条石和锡安山的巨石一般，竟也是神圣无比。汤姆垂手注视着《圣经》和放置《圣经》的条石，恭恭敬敬地鞠了三个躬，嘴里说道：“充满智慧与光明的宝典呵，你能化腐朽为神奇，你能点顽石成金玉，你能把幸福带给万邦，你能将凡人引入天堂。可现在，却要委屈你在这冰冷阴暗的世界里，再待些时日……但你必将受世人永远的敬仰。”

仔细检查了一遍，确信山洞内再无别的人为痕迹，汤姆这才迎着亮光，穿过山洞继续往前走。山顶的西侧和来路一样，也有一道深可没人的石罅，不同的是，在石罅尽处有一个半铺炕大小的平台，上面覆盖着厚厚的冰雪。有些类似橡皮圈一样的黑乎乎的东西，隐隐地在冰雪中露出来，但不知此为何物。拍过照片，汤姆拿利斧砍开坚冰，扒拉出一个一看，原来是旧年的铁罐头盒，壳子锈得散了架，还算囫囵的也只有一个罐底了。汤姆得了异宝似的，拿在手里翻来覆去研究了老半天，这才用样品袋一层层包好，放进背包里。

将碎冰收拢回填在斧头留下的凿洞中，又用手抹拉平，平台表面便恢复得和先前差不多了。汤姆拍了几张平台及石罅的中景照片，作为环境参照，便顺着原路慢慢地下到山脚。这时候，任性的老天爷，已经用迷雾织就的网子，重又将天和地罩在了里面。

汤姆顶着一头一脸冰碴子回到帐篷，却像来到遭了霜的茄子地——这时候大伙儿刚吃饭不多一会儿，除了冬冬起来蹲下的在照顾安子儒之外，其他人蔫头奄脑地坐在铺位上，脖子上像挂着个闷葫芦，都是一副谁跟谁也算不开账的架势。斜倚着睡袋的谷一风，拿一根细长的海草，桄线似的在手指上绕。一圈圈把根海草绕完了，突噜噜扯下来，再接着绕。平素疙瘩话连篇的牛得田，以一种难以描摹的姿势歪抳在睡袋上，手支着脑袋发愣怔。老爹和大河两个人，一个靠里，一个把外，脸上的表情哀凄僵硬，让人一看心里跟着难受。

汤姆一见这场面，猫腰骑在帐篷门口，不知道该把后脚迈进来呢，还是把已经伸进来的前脚再退出去。两个蓝眼珠子直愣愣瞪着，手儿爪儿都不知往哪伸。

“还傻愣着干吗，”谷一风看到汤姆尴尬的样子，将绕在手指上的海草一把扯下，站了起来，抓过汤姆背包往帐篷边上一蹾，低声道，“快进来吃饭吧，是金刚也该饿坏了。”

一风说着话走到炉子跟前，掀锅盖端出一大碗狗肉。这时候汤姆也回身把帐篷门拉好，向大河点了个头，在地垫上盘腿坐了下来。

“吃吧，这是给你留的，还热乎着哩。”一风把碗递到汤姆手上，道。

汤姆一看碗里的肉，自然明白了怎么回事。意识的雪野里，欢蹦乱跳的阿黄，摇着粗大的尾巴跑了过来——他不无伤感地问谷一风：“不是找到吃的了嘛，怎么还动这个念头？尤尼塔要是知道了，唉……”汤姆心里一阵酸楚难受。

一风拍拍汤姆肩膀，道：“事已至此，也别管那么多了，吃了打下饿虫子，先具结了肚里的官司再说吧。”

大河转过头来，看着汤姆道：“咱们好好地活下去，阿黄也走得值了。其实呢，”他轻叹一口气，“尤尼塔要是在这里，也会这么做的……”

汤姆张了张口，想提海螺顶的事。一看这种气氛，还有病着的安子儒，犹豫了一下，就把到了嘴边的话连同涌上来的一口口水，又一块儿咽回去。

晚上躺在雪坑里，汤姆脑子里一会儿是三头鹰，一会儿是高爷爷留在岩洞里的书，一会儿又是阿黄和尤尼塔，这些画面拉洋片似的翻来覆去不断变换，哪一幅都触动着他最敏感的神经，心里且喜且忧，还夹杂着几分说不出的烦乱。舞马挺枪地感叹了好大一阵子，这才扯上睡袋遮护蒙严实了头，一路打着呼噜睡过去。

第二天早上八九点钟光景，汤姆爬起来收拾好了睡袋，坐在雪橇上做笔记。昨天海螺顶上的奇遇，一边让他喜出望外，一边又留下了很多悬念。这些悬念像天边闪烁的星星一样吸引着他，诱惑着他。遥想那个让人发疯的当年，在危险已然降临，眼看着生命的灯盏即将耗尽最后一滴燃油之时，高爷爷为何只想到把《圣经》放在岩洞里？难道仅仅是因为女王题签又有三头鹰族徽吗？岩洞外雪冰里的烂罐头盒又说明了什么呢？还有，偌大一个冬瓜礁，为何连一只飞鸟都见不到呢……汤姆正捻搓着笔杆过山迈岭地想着，冷不防有人从背后一下把钢笔抽了过去，汤姆一惊，搁在膝盖上的本子差点滑落地上。急回头，却是老牛和一风一前一后站在那里。

牛得田晃晃抓在手里的钢笔，笑嘻嘻地道：“冬瓜礁上，就你胡子元帅清静！”

“老汤我来问你，”一风打牛得田手里拿过笔，递给汤姆，道，“这么大一个岛礁，为何不见一只飞鸟？”

一风的话让汤姆犯开了思量。是呀，刚才还琢磨呢，怎么连只鸟儿没见呢？即使没有雪鹀、海雀一类的留鸟，总该有燕鸥和棉凫那样过往的候鸟吧？假如冬瓜礁上有鸟的话，那个藏书的岩洞，就会成为鸟儿们最为理想的家园，在崖壁上和礁石上也会见到它们留下的粪便和脱落的羽毛。遗憾的是，从冰封的海滩到陡峭的海螺顶，上上下下的倒也干净，仿佛连个虫儿也没爬上来过，怨不得一风感到奇怪呢。转念又想，冬瓜礁岩洞里没有鸟，这是不是高爷爷选择把经书藏在这里的一个原因呢？甚至还可以据此做一个进一步推断：高爷爷的探险队，到最后仅剩下几个比已经死去的稍微幸运了那么一点点的人，这几个人，其中当然也包括高爷爷了，又与他们现在的处境一样，也由于某种原因滞留在了冬瓜礁上。结局自然可想而知，导致他们最终殒命的是饥饿，而饥饿的关键也许是在粮尽之后，因为岛礁上没有鸟可打，没有鸟蛋可掏……但紧接着汤姆又否定了刚才想法——无鸟可捕固然会助长“饿魔”的肆虐，但冰洋里有海豹，他们携带的来复枪可不是烧火棍。海螺顶冰雪下埋着的烂罐头盒，似乎也在透露着一个无言的秘密：高爷爷他们一直到死神用绳索套住脖颈，最最缺少的似乎并不是食物。换句话说就是，耗干他们生命之泉最后一滴水的罪魁，很可能是疾病、寒冷、狂风或者其他什么原因……

“唉，这破岛礁，”牛得田见一风和汤姆各人都在动着心思，也不答话，就以一种少有的伤感语气道，“除了死气逼人的冰，就是一点生机也没有的石头，似乎八百万年以来一直这个样子。如此一座死岛，要是再拖下去不见救援，我看就是饿也要把我们变成木乃伊的。”

“没有见到飞鸟，”谷一风望着雾气缭绕的海螺顶，也不等汤姆回答，就道，“或许至少可以说明这样一种情况：此处离陆地或者其他较大岛屿，实在太遥远了。”

一风说完摘下手套，弯腰抓雪抟一个冰蛋蛋，两手来回倒了倒，向雾锁的远处抛了过去——拣了地上东西向远处抛，就和小孩子愿意用脚踢石子一样，谷一风一直有这么一个甚是奇怪的习惯。

“昨下午上海螺顶回来那么晚，”一风抛完雪团拍了拍手，又戴上手套，问汤姆道，“是不是有什么突破性发现，怎么也没听你老兄吭一声呀？”

牛得田也道：“是呀，是不是像阿里巴巴那样，在海螺顶上找到一个大盗们藏宝的山洞，那里面既有数不清的金银财宝，又有克林斯特探险队留下的遗物？”

“海螺顶上确实有一个藏宝的山洞，”汤姆道，“不过，那不是什么金银财宝，而是高爷爷留下的一本《圣经》。”汤姆说着打开背包，拿出一个样品袋和一个塑料样品罐来，“喏，这是我采集回来的一块包裹经书的毛毯残片，还有在洞外冰雪里挖出的烂罐头盒子。”

一风和牛得田听汤姆一说，又看到采集回来的样品实物，立时瞪大了眼睛。

牛得田道：“乖乖，还真让俺老牛说中了，海螺顶上不光有山洞，而且还藏着宝贝哩！嘻嘻，胡子元帅这一趟没有白来呀！”

一风道：“正所谓踏破铁鞋无觅处，得来全不费工夫。只是，仅凭一本经书，一角毛毯和一只烂铁盒儿，又怎能确定就是阁下高祖留下的遗物呢？”

汤姆就把怎样上海螺顶，怎样发现岩洞，怎样在岩洞里发现经书，以及经书上的女王题签、汤姆家族的三头鹰族徽和族徽下高爷爷用蘸水笔写下的一段话，等等，从头到尾给两人讲了。一风和牛得田就跟听了世界上最离奇的故事一样，只顾瞪了大眼看着汤姆，心里说不出的惊讶。

“看来这冬瓜礁，还真有点神秘莫测哩。”谷一风说完，向着雾中的海螺顶出神地望着，脸上一副若有所思的样子。

牛得田也紧绷着脸，显得心事重重。

第三十二章 惊恐的眼睛

在云雾遮挡中渐次升高的太阳，虽然没有透出往昔的光芒，但帐篷里的光线，眼见得比夜里亮多了，羽绒睡袋蓝色商标上的英文小字，诸如生产厂家、日期、品质、规格及鸭绒含量等，皆清晰可辨。冬冬依偎在大河怀里，像藤绕在树上那样安恬自然，身心松弛舒泰，白皙的脸上泛着比蒙娜丽莎更幸福更真实的笑容。这是人世间一个最为美好、宁静的时刻。伊甸园里流水潺潺，芳草碧碧，花果飘香，亚当和夏娃徜徉在永远只有春天的温暖阳光里，看着鸟飞蝶舞，听着虫鸣蛙鼓，享受着天父耶和华赐予的无尽欢乐。

有那么一会儿工夫，她甚至甜蜜地睡着了，而且还做了一个梦，梦见了满山坡怒放的蚂蚱菜花儿。兢兢业业的蜜蜂们，忙不迭地在繁花间飞来飞去。在山坡的高处，还高高低低长着一丛丛花椒树，一朵朵红色的云彩飘荡在枝头。她和大河手牵手，漫步在芬芳馥郁的旷野，风微微，天蓝蓝，她的发辫间缀满了蚂蚱菜花儿。“我还想要一朵红云。”她指指花椒树。大河踮着脚尖，摘下一串通红的花椒果插在她的发际，一股微带辛辣的清香，迅即沁入心脾，醉入风里……

冬冬被自己的一声咳嗽惊醒。倏忽间，花椒和蚂蚱菜花犹在发间，她下意识抬手去摸，却触到大河紧贴着她的烫人的面颊，下巴上毛乎乎的大胡子，刺挠得手心发痒，心里头却是甜甜的。她声音柔柔地道，“你看我，竟然睡着了，还梦见蚂蚱菜花和花椒树，呵，漫山遍野的一大片，真好看呀！只可惜——”

“也就是做了一个梦，还只可惜个啥？”大河抬抬下巴，挪动一下身子，脸便贴着冬冬的脸——呵，这张平素只能远看的带着浅浅小酒窝的漂亮脸蛋，竟如凝脂一般柔软润滑，隐隐间还有一股香气——他不敢贴得太紧，担心那样会使她化了。但在他的心里，却升腾起一种异样的感觉，清风入梅林，旭日照春葵，蝴蝶翅膀的每一下扇动都带来芬芳的气流，山川大地壮丽如画……

冬冬喘了口气，却只顾说自己的："可惜你戴在我头上那些花儿果儿的，唉，梦一醒呀，就像云彩被风吹走一样，一朵也没剩下……”冬冬流连在美好的梦境里，话里带着无限怅然。

大河没说话，却用力搂紧了冬冬。呵，他真的是陶醉了！陶醉在冬冬缠绵的絮语中，陶醉在凝脂的润滑与香气里……那种谷粒儿因为抽芽要顶破糠壳般的异样的感觉，让他感到整个世界美好无比，春雨在滋润着，春风在呼唤着。即令身处如此之绝境，前程未卜，生死难料，依然心潮如海，一波一波涌浪奔袭而来。他的心跳加快，呼吸变急促，三千根毛细血管同时膨胀，八万个汗毛孔眼悉数洞开，口里津枯液涸，腋下汗流如川，肉身凡胎的躯体轻飘飘如登仙境，情峰欲林的猛虎威凛凛狂奔下山……正在火星子要引燃了点火绳、水舌头要舔过大坝顶的当口，他那要命的症候来了——身上像被鬼打墙的冷风扑了似的，不由得起了一阵战栗，骨头和肉齐齐往一下里筛，牙齿嘚嘚作响。这种奇异生理反应持续的时间，虽然比打个哈欠长不了多少，但却和一撇勺卤水点下去一样，再沸腾翻滚的豆浆，也只能逐渐冷却而变成豆腐……一头狂奔而下的斑斓猛虎，被一道无形的网子拦住，大河身上骤升的温度迅即降了下来——方才还叠合在一起的伊甸园与冬瓜礁，就像罩在暗夜外面的晚霞一样，被现实一点点剥离开来。

冬冬见大河没说话，就又道："人要是活在梦里，其实也是非常美好的，现实中得不到的，梦里可以得到；即便上帝也不能满足你的东西，梦里一样拥有——”她忽然想起尤尼塔说过的梦醒了是多么孤独和寒冷那番话，心里有些伤感，摸了摸扎着马尾辫的头发，继续道，“比如这蚂蚱菜花儿吧，在梦里有那么多，五颜六色，尽可以挑着样儿往头上戴哩。最怕的是从好梦中醒来，你看，现在倒好，一个花瓣儿未曾留得下呢！”

大河虽然在不知不觉中，已经对生理心理状态做了调整，一切平复如初，就像什么也没发生过。但对冬冬的话，倒一时没反应过来，口张了半晌，不知怎样应答才好。愣了一会儿，才略有几分尴尬地道："噢，原来你说的是这个呀，那太好办了，将来别说是往头上戴，就是一个花店都开得起来呢。"

冬冬嘴一噘，看上去像撒娇其实是很真诚地道："我可不想开什么花店哩。这蚂蚱菜花儿嘛，我只是要自己戴。将来，也不拘什么春夏秋冬，城里乡下，要是能头上戴着它，盆里养着它，瓶里插着它，地里种着它，举足移步，驰目放眼，哪里都能看到蚂蚱菜花儿，让花陪人，人也陪花，人和花儿永世相伴，这辈子也就值了……"

冬冬这一席话，情深意笃，句句打动着大河心灵中那最为柔软的部分。蚂蚱菜有什么呀，不就是田边沟沿的野菜吗？土得掉渣渣儿——没有挺拔的躯干，没有婀娜的枝梗，就是开了花儿，也不过铜子儿大小，又怎能和那些名花异卉相比？所以你就是翻遍所有的花卉辞典、菜蔬名录，管保找不见它一个字的条目介绍。难怪由古及今那些广闻博学的达官贵人、墨客雅士，鲜有几人晓得这蚂蚱菜为何物。冬冬则不然。她对蚂蚱菜，有一种非同常人的独到见解，有一种感人至深的悲悯情怀。如果说，出发前冬冬和他谈的对蚂蚱菜的认识以及即兴所作的咏蚂蚱菜诗，还只限于一种感性层面上的认识；那么，刚才这番剖白，说明她已经深深地爱上了这土里土气的乡蔬野菜，并且把它当成了一种精神寄托。大河是绝顶聪明之人，他当然知道冬冬是在借物明志，向自己心爱的人坦露心迹……

大河心海里涨满了幸福的潮水，每一朵浪花都是情感的飞溅。他激动地在冬冬手上拍了一下，但嘴上却有点装憨道："原来你竟是如此喜欢这山苋野蔬呵。那好，到时候我把一坡的蚂蚱菜花，全摘来戴你头上——不过呀，冬冬，你头上要真的戴上几朵蚂蚱菜花儿，会是什么样子呢？"大河眼一眯缝，并不等冬冬答话，"我想呵，一定会在清纯妩媚中，再增加上几分村姑的质朴。"大河眼睛向远处看着——一层薄薄的帐幕和雾霭无法挡住他心灵的凝望——老家的小清河边上，似乎正有一位发辫间戴着红艳艳蚂蚱菜花的姑娘，扶杨拨柳，穿竹度兰，向着他微微而笑——那不是别人，正是天使般的白冬冬……

冬冬脸上红润润的，如同擦了一层胭脂。她向往飘着花椒和蚂蚱菜花香甜气息的那片天空，向往曾给予大河快乐童年的那个长满蚂蚱菜的原野，向往未来的一种崭新而又美好的生活，向往一个平常女人能够享有的一切……所有这些，即使嘴上不说，一张脸儿也在明明白白地招认着——心灵深处的秘密，往往都是这样通过窗户泄露的。

两人又默默待了一会儿，冬冬感觉身上有了力气，就掀开盖在身上的睡袋，一手撑着地垫，要爬起来回自己铺位。

“瞧你，刚好上一好，怎么又要挪动了？”大河两手按住她的肩头，故作生气地道。

冬冬嘴一咕嘟，调皮地耸动了耸动肩膀，意思是：“不行，我要回自己的铺位！”

见拗不过她，大河只好先起来紧着一阵收拾，抻平了冬冬铺位的地垫，又用背包做好一个枕头，并搭上一条印着蓝格子的米黄色枕巾。看看铺上光光的好像还缺着点什么，就又拿来自己的睡袋，软和和地铺在地垫上。

回到铺位，她微微喘息着，以手作梳，理整了理整头发，然后拿过毛巾，想擦一把脸。大河见了，忙夺过毛巾，用热水在盆里反复摆了几摆，这才拧干了递给她。

冬冬憋不住笑了，道：“看你讲究的，倒像是贾元春回大观园省亲呢。”就道了谢接过来，双手拿毛巾在脸上捂了一会儿，然后慢慢地擦着。幸福的爱情，对未来的期盼，再加上热毛巾的温度、湿度与柔柔的摩擦，多重作用的结果，让脸上和心里都一阵热乎乎的。春风拂过绿树的时候，柔嫩的杨柳枝和飞红的桃花，就是这样的感觉。

“是不是想喝水？或者是吃一点——”大河本想说吃一点东西来的，可构筑一句话的叫字的那些部件还没全从上下牙齿间蹦完，突然意识到根本没有可吃之物，因而东西二字，也就在半路上又被强行拦截了回去。他想起来，昨天晚上大伙一顿饭，把本就瘦削得皮包骨的一只狗，拾掇得所剩无几，除了给老爹留出了一碗肉，还剩下一些皮、骨、蹄及肠、肚一类下水。当时虽说也想到了要劝大家节制着点吃，别把好日子一朝过完，至少呢，也能多对付它个三顿五顿的。可锅盖儿一揭，就是真主在场也不好控制局面：一群多日未见荤腥的饿汉，就如饿虎扑到了小绵羊上，哪里还管得了一个嘴巴？因此在关键时候发生了犹豫，他便短了一句话。大伙稀里哗啦一阵撮，锅底早朝了天，汤儿水儿也没剩下个一滴半滴。现在看来，也多亏帕波雷克他们当时急着下锅，没把那些皮、骨和下水之类一起收拾了煮上，不然的话，最后剩下的怕只有狗毛一堆了。唉，这饿肚子的滋味，真他妈不是人受的！谁要是相信一个人在饿急了眼的时候，能对香喷喷的食物谦逊客气推位恭让；那么他一定会相信，抓一抔黄土就会止住长江里的滚滚洪流。可接下来咋办？如果大雾紧锁不开，陆地救援一时难以抵达，谁又料想得到在这荒瘠的孤岛上还能待多久？那些没有多少营养又难以下咽的海草，能让他们撑到什么时候？想到这一层，脑子里突然冒出失踪的克林斯特探险队来，这个念头吓了他一跳——心脏和过了电般激灵了一下，焦虑、担忧再加上自责和愧疚，脑子里乱得像撒了一地谷糠。

大河的心思虽然没有明着表露出来，但冬冬从他深思的样子和说话语气上，还是猜思出了个七八分。冰上队流落到这样一个鸟都不落的荒岛上，看上去是比漂在浮冰上安全了，但和站上失去联系，又断了粮，这样的处境，和断线风筝的命运又有什么不同呢？因而对于身任队长的于大河来讲，其心头所承受的压力，不用说也知道有多大了。尽管他每天看上去轻轻松松，实际上无时无刻不在忧虑中思索着、寻找着、煎熬着。方才吞吞吐吐撂出的一句半截子语，就或多或少地表明了这一点。对此，别人不一定听出个东西南北，冬冬心里是洞若观火。她暗暗地在为大河担忧，可两手甩着十个胡萝卜，又使不上劲儿，为此常急得手里攥出一把汗。

“一大早你尽忙着照料我了，”冬冬先是摆摆手，表示不想吃也不想喝，接着道，“你也歇歇喝口水吧。看一张脸子，净戗戗着一蓬大胡子，麻雀柳燕儿的，也坐得下窝了。”叹了一口气，又道，“你说这老天爷，也不知和谁在斗气，整日哭丧着脸，咋就不露个笑模样了呢！”

听了冬冬的话，大河摸着脸沉吟了一会儿，道：“人都说天无私覆，地无私载。也许，上帝这是有意布置了一门功课，在让咱们做哩。看看这拨子人，是不是能像摩西、大卫和以利亚诸位先知一样，经得住神对大家的考验呢——通向天国的路，大概都是这样子的吧，磨难与诱惑都少不了要经受。”

这时候，一直昏睡不醒的安子儒，好像在梦里嘟囔了一句什么，大概又是这可如何是好呢吧，然后翻了个身，将一只胳膊露在外面又呼呼睡去。大河走过去，把他的胳膊塞回睡袋并掩好，把枕边一只喝水用的空碗，也拿起来放到搁炉具、锅碗的生活区，这才又回到冬冬铺位上坐下来，继续说道："我在想，老冰洋的脾气就是再古怪，再不可捉摸，可已经由着性子下了这么多天的大雾，也总该收收场了吧？浓雾怎么会永远遮得住太阳呢！"

冬冬道："要开了天就好了，高叔叔他们就可以派人来救咱们了。我想，这些日子够不着咱们的信，高叔叔、卜书记和老拴爷他们，一定会急坏了吧？老拴爷每天做好了饭，大概就会站在伙房侧门的外头，数着手指头，眼巴巴地掐算咱们回去的日子呢。哦，还有尤尼塔，这丫头保不准天天要跑到北斗站上，缠着高叔叔他们打探消息哩。我了解她，一定会这样子的。再一个是奥乌里娅大婶，老人家晚上也一定睡不好觉的，她会天天为老爹和我们祈祷的。只是，老爹再怎么样，也不该把阿黄……唉，多好的一只狗呀！"她一边说着，鼻子酸酸的，眼里涌出了泪水，忙装作擦脸，拿毛巾揩了去。

大河道："最折磨人的，莫过于失去联络了。冰上队往老冰洋一走，先是狂风暴雪，紧跟着又来了大雾，而且是连日不开，一帮子大活人自此连一丁点儿音讯也没了，这搁谁身上还不急死！不用说，现在高站长他们，一定是想尽了法子搜救。如果不出我的所料，天气只要一有好转，就会有阿尔里斯机场的冰上飞机搜寻过来，这个机场离火岩岛一带最近。不过呢，"大河细长的眼睛眯成了一道缝，说话的语速也明显慢了下来，"咱们一定得做好最坏的思想准备……"也许意识到这句话有什么不妥，大河说到这里突然一个急刹车，语言的轱辘顿时不往前滚动了。

冬冬见大河说着说着猛地拖住话头，心下也犯了思量，但没往深里去想，就低下头来，在手上一下又一下地绞着毛巾。过了一会儿，抬起头来道："夜里用冰给安老师搓洗了手脚，当时看着是好多了，可不知道过了这一宿，现在怎么样了。特别是他那一双脚，在雪地里暴露得久了，都像是失去了知觉。依着好呢，再用冰搓洗搓洗，免得留下病根。"

"既如此，就把安老师叫起来吧，他睡得时间也不算短了。俗语道一睡抵百药，我想他睡了这么舒舒服服的一觉，病也该好得差不多了吧。"大河说着起身去叫安子儒。

安子儒醒来后，揉了揉眼睛，又打了声喷嚏，冒冒眬眬地问这是在哪里。大河还没张口，冬冬那里却笑着道："安老师，咱们这是在老冰洋的一个无名小岛上呢。你看你，这一烧呀，就迷糊得不知仙居何乡了。来，我再给您测测体温。"冬冬将手上的体温表甩了甩，看看水银柱降到三十五摄氏度以下了，就让安子儒夹在胳肢窝里。

让人意想不到的是，安子儒虽然精神头儿还蔫蔫的，但高烧退了下去。"真是神了呢，"冬冬看了体温计，一脸惊异地道，"居然不烧了，一点儿不烧了！"好像是不相信自己的眼睛，又把体温计递给大河。大河看了摸了把腮，和冬冬对望一眼，也觉得不可思议。两个人商量好了似的，一齐把手伸向安子儒的额头，额头凉丝丝的，和昨天简直判若两人——冬冬和大河高兴地对拍了一下巴掌，齐声说道："谢天谢地，真是太好了！"

"人都说，病来如山倒，病去如抽丝，"大河拍了一把安子儒，道，"这话我看在安老师身上就不灵，本来烧得火炭儿似的，夜里又跑出去冰了那么久，我这心里七上八下的，真担心会加重呐。谁知睡了一大觉，不仅没叫病砸倒，反倒一点事没有了，这不是奇迹又是什么，是不是呵，安老师？"

安子儒声音和蚊子似的嗯哪了一句，也不知要表达的是什么意思。接着蜷起身子，好像有点不太情愿又无可奈何地从睡袋里爬出来，倦怠慵懒地在系着衣服上的扣子。

大河笑着向冬冬道："也许，是你在安老师身上的搓冰，管了大用哩。"

冬冬道："说一千道一万，还是安老师身体底子好哩。"说着，把安子儒曾在雪地里暴露过的身体部位，又做了一番仔细检查。脸、耳朵、脖子、手和小腿儿处地方，经过昨夜一番长时间的搓擦，皮肤的颜色已经没有明显异常。但左脚的脚背、脚踝和右脚的大拇指、中指，表面肤色暗红，个别地方还有点发乌，说明这些部位已有轻度冻伤。她让大河到帐篷外面挖了大半盆子冰雪，放在安子儒铺位的下首，自己也在铺尾地垫上坐了下来，卷了卷袖子，准备抓了盆子里的冰块，给安子儒搓脚。

"这活儿，"大河蹲下来，袖子往上一撸，道，"就让粗手大爪子的来吧，我手上劲道大，闲着也是资源浪费。"

听了大河的话，安子儒咧了咧嘴，脸上皱纹不规则地抻开，露出了许久未见的笑模样，虽然还有点怪怪的，但总比紧绷着脸上的肌肉让人放心些。

冬冬道：“倘要细论究起来，由哪一双手来搓擦，自然还是有些不同。”

大河不解地道：“不管谁的手，总得抓了冰往身上搓吧？”

冬冬抿嘴笑了笑，没说什么，却要安子儒斜着身子，把两腿伸平躺下来。安子儒像个乖孩子似的，顺从地在睡袋上斜躺下来。冬冬搬过他的两脚，放在自己腿上，慢慢给他脱了袜子，卷起裤管，随后抓了一把雪，在安子儒的两条小腿和脚上揉搓起来。

又滑又嫩的手，握了冰雪在腿上、脚上，像水蛇般缓缓游走，那种凉沁沁麻酥酥的感觉，自是胜过世上任何一种按摩和抚摸——即使在皮肤与皮肤的接触中，其间隔着冷冷的冰雪，但在无数次重复搓摩之下，冰雪会化成水，凉能变成热，石头人也会恣悠悠地为之陶醉！是的，如果搁在以往，安子儒定然会有如此感觉。

安子儒在病着的时候，心里曾有一种奇怪而又强烈的念头：老盼着由冬冬来看护和照料自己。有些东西，就是过上一百年也是无法说出口的。他能在这样的时间，这样的地点，生了一场这样的病，就和今生前世修了福积了德一样，真感到有亿万分的庆幸——这病不大不小，不早不晚，来得太是时候了！要不然，像他这么一个豆蔻之年渐远黄泉之路日近的糙老头子，哪里有什么机会，能让这样一位天仙般美貌的年轻女大夫，端汤弄水伺候自己？回想以往在站上那些日子，自己鼓捣破了天也抖搂不明白，凭着一大把子的年纪，咋就被这么一个玩手术刀的黄毛丫头，囫囵个儿把魂勾了去？有一段时间，病不病的，总惦着往那间小小的医务室里磨蹭。吃饭的时候更不消说了。明知道那班年轻英俊的后生，早就在万国大厅里端了饭碗瞜候着，单等白冬冬在哪个位置上一落座，便一窝蜂围过去。僧多粥少，蜂多花少，何况又是像白冬冬这样一个天生丽质的佳人呢。秀色与佳肴同在，精神和物质大餐共享，其中美妙，各人肚里自知。他不好硬去挤这个摞，但也不甘心离得太远。就捧了碗默默地在一边吃，既让人觉得他有礼让三先和坐怀不乱的长者之风，同时人丛中发出的属于那个姑娘的说笑声，连半个音儿也休想躲开他聪敏的耳朵。人这类动物嘛，有时候就是这么怪异。对于异性，能老远里看看模样、听听声音，再私下里由着自己的意，上天入地去想上一想，一样打得下痒虫，治得好馋痨哩。这大概也是和其他动物的一个区别。

现在这一病，尽管发着高烧，还伴有头疼头晕，上眼皮八个大汉也抬不动。遭罪是难免的了。但等病劲儿一落，心理上获得的那种快感，恐怕玉皇大帝用一葫芦宝丹来换，他也不会轻易就答应的。真的，安子儒确实是这么感觉的。尤其是在冬冬给他量体温和扶着他喂水的时候，他差不多就半躺在冬冬的怀里，头枕酥胸（安子儒是这么想的），耳闻娇喘，鼻嗅体香，手和脸碰巧了还能接触到她那滑嫩柔软的肌肤（主要是手心或是手背），哇，那可是美妙得很哩。你就是到了天国仙乡，赏绛珠草，品凤髓膏，执警幻仙子纤纤之玉手，啜月里嫦娥亲烹之香茗，又能咋样呢，还美出了个花不成！

今天不知吃错了哪服药，肚里的花花肠子没盘对地方，他以往的感觉没有了。偷窥百灵鸟的那只馋狐狸一溜走，从头到脚感到了不自在——

人就是这么不好捉摸。就在大河把他从梦中唤醒的时候，安子儒一只脚似乎还踩在幻境里，眼神迷离迟疑。见冬冬给他量体温，做检查，犹自窃然怡悦。等到身为外科大夫的白冬冬命他躺下来，大大方方地抓了他两脚放在自己腿上，又把寒冰冷雪的这么一搓，就如游走出去的真神回到躯壳，脑子一下清醒了过来，脸上一阵热辣辣地难受。

"唉，这整天价胡思乱想的是啥！"安子儒忽然为自己一些想法和做法感到了羞愧，两只搁在冬冬腿上的脚，不由自主地就要往回抽。

"别动呀安老师，您坚持一下，再搓过了这一回，就不会有什么妨碍了。唉，往后再从帐篷里出去呀，穿的戴的，可要捂得严实了，要是一旦冻伤了哪里，轻则人要跟着遭罪，要重些呢就不好说了。"冬冬一边说着，一边拿毛巾擦干从安子儒腿上脚上流下来的冰水，接着再拧到盆子里。

"唉，这，这……"安子儒这、这了老半天，也没说出个子曰来，但从他的神情和语气上不难看出，此刻在他内心深处，正经受着一场痛苦的思想交锋。

盆里的冰搓完，大河按着冬冬意思，到外面泼了拧出的雪水，顺便又挖了半盆子回来。见冬冬额头滚动着汗珠，脸色白得像封窗纸，不觉心疼起来，就洗了热毛巾，为她轻轻擦了擦脸。

"你歇会儿吧，看累得脸色都变了。"大河说着就要下手搓。

"再来上一会儿就差不多了，凉哇哇的，你别沾手了，再说这也不是什么累活。”冬冬的两手冻得发红，手扣手对着揉搓了一会儿。

“白大夫，”安子儒看着白冬冬一脸憔悴的样子，心里着实不忍，就道，“不用搓了，我没事了。”说着把腿使劲往后一蜷，就势坐了起来。

冬冬着急地道：“这怎么行呢，起码也得把盆里的冰用完嘛，尽管这是在老冰洋上，可挖来的冰也不能说浪费就浪费了，是吧？”她探身去拉安子儒的脚，“就算最后一个疗程吧，搓上这些冰算完。”

安子儒索性把裤管往下一放，又拿过袜子穿到脚上，道：“你们该干什么就干什么吧，反正我是不搓了！”

冬冬才要再说什么，忽见童圆一掀帐篷门帘，把一颗戴着厚线帽的脑袋伸进来，慌慌张张地嚷道：“有情况大河老师，您快去看看吧！”说完，一口不罢一口地喘着粗气。

大河心里一惊，不知出了什么事。就边穿衣服边道：“小童慢慢说，看你急得这个样，像冬瓜礁要沉到老冰洋底下似的。”

冬冬起来倒了碗水递给童圆，他扯着碗沿喝了一口，又把碗推给冬冬，道：“我们在海边发现了三座冰墓，有一座可能叫风给吹开，棺材露了出来，掀开棺盖一看，哎呀我的妈，里面那尸体像人刚死去，不，就像人还活着一样，眼珠子直愣愣瞪着哩……”

童圆说得人汗毛直竖。大河道：“别扇忽得这么吓人了，走，咱看看去！”说完把绒线帽往头上一撸，借着童圆挑起的篷帘，身子一矮钻了出去——忽然想到要和冬冬、安子儒打个招呼，就又回头掀开篷帘——却见两个人，都在忙不迭地穿鞋戴帽，将自己裹包了个严严实实。

“我说你们两位呀，身体都还刚刚恢复，就好好歇着，别往外头跑了。”大河道。

安子儒听了大河的话，犹豫了一下，便把扣在头上的帽子、穿在脚上的鞋子，一件件又脱下来。冬冬却兴奋得脸上泛着红光，道了声：“我没事！”帽子往下一拉罩住耳朵，低了脑袋就朝外钻。

大河一看冬冬非去不可，也不好再说什么，就道：“那你得把手套戴上。”冬冬一吐舌头，赶快回身抓了手套，急急忙忙往手上套。大河看冬冬收拾得严整了，向童圆一挥手，三人顶雾踩雪，向着鲸脊滩疾步走去——

老爹和帕波雷克几人，一大早持斧执刀地到了鲸脊滩，冰海上雾茫茫的，什么也看不清。近处的海滩，因了一夜风吹潮涌，又有看不尽的浮冰堆积了过来。几个人守候在浮冰边缘，大眼瞪小眼地盯着一块块寒冷的巨冰，恨不得马上就有几头海豹、海狗出现在眼前。

老爹和帕波雷克两人，表现出了作为爱斯基摩猎手的良好心理素质及职业素养。他俩躲在一块大冰坨子后面，只伸了脑袋盯着前面的冰区，大半天过去了，不仅身子一动不动，而且连一句话也不说。

立在不远处另一块浮冰后面的刘振宗和童圆就不同了。两人摇头晃脑，一会儿看看前面，一会儿又看看老爹那里，不停地抓耳挠腮，搓手跺脚。静静的冰海让两人心里没着没落，不知道这样站下去，即便到了下一个世纪，即便站成望海石，又会有什么结果。

刘振宗终于憋不住了，脚踱着一块碎冰，泄气地道："我总觉着冰海里一片死气，又阴又冷，瘆得我脊梁杆子发凉。唉，除了咱们几个，会喘气的怕是不会再有了。"

童圆道："也是奇怪得很，你说昨天捡漂木那会儿，冰上还有头海豹趴着，对咱们洋洋不睬的，今儿个来了打海豹的专家，反倒连影儿也不见了呢？"

刘振宗道："什么专家不专家的，瞅瞅他们那兵器吧，一把利斧，一柄短刃，真看不出比烧火的棍子能管用多少！要是真的来了海豹，我看连吓唬都吓唬不成。老冰洋上的海豹，可不是小沟河里的泥鳅，什么样的风浪没见识过？"

童圆道："老爹可是卢特吉尔有名的老猎手，到时候，他也许会有办法的。"

刘振宗晃了晃脑袋，道："别想得太天真了，老弟，是文是武的，海豹来了立见分晓。"

童圆看着前面一块晃晃悠悠的浮冰，不再说话。又过了好长一会儿，老爹和手提利斧的帕波雷克走了过来。老爹道："咱们再换个地点碰碰运气吧，刚才前面倒是有几头海豹子，老在浮冰之间的水里游来游去的，不知咋回事，就是不肯到近处的冰上来，"他拍拍腰间的短刀，叹了一口气，"它不上冰，还真拿它没办法。"

刘振宗挤弄了一下鼻子，悄悄向童圆道："海豹就是跳到冰上，怕是直脖子吞锄钩——拿这弯弯铁也一样没办法哩。"童圆佯装没听见，也不去搭理。

两个人跟在老爹和帕波雷克后面，紧贴着浮冰与陆地的边缘，绕绕拐拐地向鲸脊滩的西侧转过去。才走了百把米，老爹突然停了下来，眼望着上坡处的几个冰包子发愣。

童圆不解地看着老爹，道："老爹，您是领着我们来捉海豹的，眼不看海里，却尽是望着那雪坡干吗？"

老爹摸了把胡须，神色凝重地道："我看这几个冰包子，有点儿不对劲！"

一直很少开口的帕波雷克道："是呀，我也觉得好奇怪哩。"

刘振宗看看老爹，又看看帕波雷克，脸上就有点不是颜色，嘴上说的话也堆不成句儿："你们说得这么瘆人，不会大白天的看、看见了鬼吧？"

"有鬼也只怕是藏在里面哩，"老爹道，"我要是没走眼的话，这应该是三座坟墓。"说着，就和帕波雷克径直走了过去。童圆和刘振宗互望一眼，也壮着胆子跟在后面。

三座冰包和周围的雪地环境明显不同。一行人到了近前一看，果如老爹所言，是三座用冰块建筑起来的坟墓。其中一座，可能因年代太久，让大风给呼啦去了顶子，一具红漆棺木，十分显眼地露出一大半。墓是何年所建？墓主人又是何方人士姓甚名谁？没有墓志铭，从破败的坟墓上也看不出有任何名堂。

老爹走到洞开的冰墓近前，见棺木的棺身和盖顶已经错开了一道缝隙，就用刀子插进去轻轻一别，棺木吱一声开了。老爹和帕波雷克两人一头一尾把棺盖慢慢抬下来，却见一具头部以下裹着毛毯的十分完好的男性冰尸，像个大活人似的躺在那里：鼻子高耸，大口张开，浓眉下两只眼珠发乌的蓝眼睛，隔了一层薄冰惊恐地瞪着，那样子，似乎是在一直等着和你的目光对视——刘振宗吓得嗷的一声，扭头跑到一边呜呜哇哇呕吐起来。翻肠倒胃地折腾过了，再也不敢向这里看上一眼……

当童圆带着大河和冬冬赶过来的时候，汤姆、一风和牛得田已经先一步到达。汤姆把冰坟、棺木及冰尸，等等，从各个不同角度拍了照，然后又剪了包裹冰尸的一角毛毯，编号并注明时间放在样品盒里。

"哈利路亚[①]，"汤姆手抚棺材，流着眼泪激动地对大河道："让我汤姆又向揭开

---

①"哈利路亚"：希伯来语，意即赞美耶和华。

克林斯特探险队失踪之谜，往前靠近了一大步！”

大河仔细观察了一会儿冰尸，问汤姆：“这片墓地和冰尸，何以见得与阁下高爷爷，哦，也就是克林斯特探险队有什么关系？”

“请看看这里，”汤姆俯身掀了掀他刚才剪下一角毛毯的位置，道，“这是冰尸的脚底，在这裹尸的毛毯里侧，缝着一块写着字的几乎和毛毯一个颜色的小布条，一切秘密都在这上头呢！”

大河仔细看那布条，模模糊糊的字迹中，勉强可辨认出这样几个字：哈令·托尔顿。

“胡子元帅，”大河诧异地道，“哈令·托尔顿，无疑是墓主人也就是冰尸的名字。可是，仅仅凭这样一个再普通不过的名字，又怎么来断定他和克林斯特探险队有关呢？换句话说，怎么能肯定他就是你高爷爷手下的一员呢？”

“是呀，光看名字，咋能知道他是克林斯特探险队的人呢。”很少在别人说话时插嘴的童圆，也附和着道。

“我不仅知道哈令·托尔顿是克林斯特探险队的队员，”汤姆道，“我还知道，他生前是一位地质工程师，后来得了狂躁症，因为怕他惹出事来，高爷爷下令捆住了他的手和脚，使他一点动弹不得……”

一听汤姆越说越玄乎，童圆、冬冬他们如在云里雾里，就连大河和老爹几个人，也是将信将疑。

汤姆一看众人都是一脸的疑惑，又接着道：“如果我判断不错的话，那么，躺在冰棺里的这位地质工程师先生，他的脚上手上，现在依然还捆绑着绳子呢。”

汤姆说着，轻轻地把裹在哈令·托尔顿腰部的毛毯掀开——大家惊异地看到，果然有一道布绳子，把他垂下来的两臂捆在腰际，而且两手的大拇指，也被一道细麻绳紧紧捆在一起。再看哈令·托尔顿的脚部，其两脚的脚脖和脚的拇趾，也和手臂及大拇指的捆法一样，被一粗一细两根绳子绑了个结实……

汤姆神色庄重地把毛毯重新给墓主人掩盖好，见大河他们犹自疑虑重重，就道：“关于怎么会知道墓主人的秘密，而且还敢肯定和克林斯特探险队有联系，想必一风和老牛两位仁兄已经心里明白，因为早上给他们讲了我爬上海螺顶的经过。本来嘛，”汤姆站起身来，脸对着大河道，“是想上午专门给你唠叨这件事的，现在正好，就当着伟大的托尔顿先生的面，说说海螺顶藏经洞的故事……”

听完汤姆讲述，大河、冬冬、童圆以及老爹他们，个个惊叹不已。冬冬不断地用戴手套的手轻拭着眼泪，老爹和帕波雷克两人，则连声称颂：“感谢主的恩典！”

汤姆道：“原先我想，上午就依着高爷爷在书上的留言，去找托尔顿先生安息之地的，没想到倒让老爹无意中给发现了，可见，这托尔顿老先生也是和我们有缘分。”

大河道：“汤姆，能找到你高爷爷他们的踪迹，离揭开探险队失踪之谜也就不远了，从这一点来讲，你，还有咱们冰上队全体队员的付出，就值了。”

汤姆点点头，万分虔诚地道：“神的烛照万国万方的灵光，指引咱们来到这个无名岛上，让我终于找到了高爷爷他们，汤姆即使一死，也没有遗憾了。哈利路亚！”

大河道：“在你高爷爷他们身上，永远张扬着一种人类不屈的探索精神。这种勇敢和不屈，其实也是一种爱，是为了人类为了这颗星球的大爱！让我们向哈令·托尔顿，向克林斯特，向斯蒂芬，向这支探险队的全体成员，向有史以来为着人类生存和发展做出牺牲的所有勇敢的人们，致以最真诚最崇高的敬礼！”

大家站成一排，向着哈令·托尔顿和另外两座冰墓，深深地鞠了三个躬。

此后，汤姆从包里找出一条宽大的毛巾，蒙在哈令·托尔顿脸上。汤姆嘟嘟囔囔地道：“尊敬的托尔顿先生，对不起，今天惊扰您了，请您在天国的灵魂原谅。另外，烦请您给我高爷爷他老人家带个信儿，他永远是汤姆家族的光荣与骄傲。自我曾祖父以下四代儿孙，代代想念他，敬仰他。请他老人家宽心，不孝玄孙汤姆一定要找到沉船，彻底揭开探险队失踪之谜，告慰高爷爷和全体探险队成员的在天之灵！尊敬的托尔顿先生，安息吧！”接着，众人在大河的指挥下，小心地扣好棺木，老爹和帕波雷克，又用利斧和刀子砍了冰块，按原来冰墓的制式和样子，牢牢固固地重新封起来，并圆好坟顶。一切收拾好了，他们又在上面敷了一层厚厚的白雪。

在撤出墓地的时候，汤姆和一风两人，倒退着把凌乱的脚印一一抚平。哈令·托尔顿在代表另两座坟墓的主人接受了后代们深情的探望和慰问之后，他们永久的安息地重又恢复了往日的宁静。

第三十三章 清泪和雪为新土

无边无际又不知何时会散去的大雾，锁住了世界，也锁住了时间。天和地狭小得只剩巴掌大一片岛礁，人们连明天是啥样子都不敢想象。“那雾实在太可怕了，”很多年之后，童圆所长的女儿、知名专栏作家童子心，因为撰写一篇白冬冬之死的文章再一次和爸爸聊起当年困在冬瓜礁上的情形，已是霜飞两鬓的童圆，仍如身临其境，说话语气沉重得像缀满了冰凌碴子，“就和过多吸入游离二氧化硅粉尘形成矽肺一样，大雾把人的思维都抹上了一层水泥壳子，透不出一点希望的亮光。”

时光在痛苦的颤抖中跳转。那段令人不敢回望和翻动的记忆，承载着的是多么沉重而又悲壮的往昔呵，只要稍加触动，本就难以愈合的心痂，便会洒落殷红的血滴——

沦陷在雾里的冬瓜礁，空气中弥漫着冰墓里透出的气息，饥饿像一群疯狂的蚊蚋，不依不饶地叮向冰上队。死寂的幽灵，在充满雾气的上空欢快游荡。

踏上冬瓜礁的第二天晚上，大河把皮、骨及狗的下水之类，拌着海草煮了一大锅，这竟成了天底下最好的美味，捞光内容的汤再煮上海草，还是被吃得丁点不剩。“我说诸位，这就是冬瓜礁的冬虫夏草哩，吃了它百病不犯的。”牛得田鼓着腮帮子，艰难地咽下最后一口，一边说一边使劲勾着脖子，好像不这个样子，到了嗓子眼的粗粝的海草就顺不到肚子里。他的话缺少往日的共振效果，大家听后默默无语，只有嚼海草的声音，夸张地在帐篷里铮铮作响。坐在铺头正啃一块狗蹄爪的刘振宗，意思含混地朝牛得田白弄了一下眼珠，接着又继续卖力啃他的骨头。狗蹄爪光光的，不比石头蛋子多一丝儿肉。

老爹嚼橡皮筋似的勉强把大半碗海草对付下肚子，又喝了一碗水，算是糊弄过了这顿饭。他吃的是第三锅，纯粹的雪水煮海草。粗粝苦涩的海草嚼在口里，还不如嚼驯鹿毛受用，两排咬惯了肉鱼的牙齿，总是消极怠工地应付差事，就连最喜欢做搅拌工作的舌头，也懒得伸动转圜。往肚子里吞咽就更不用说了，娇贵的嗓子眼，万分不情愿地借道于它，每下咽一口，都有一股自下而上的力在强烈抵制。最不好说话的是消化惯了蛋白与脂肪的肠胃，那些硬戳戳的吞咽物一到了里面就遭到无情排斥，翻来覆去总想把它原路打回……如果不是因为有一种维持生命的坚强意志力的存在，这些阴差阳错进入肚内的海洋植物，一定会怎么进去的再怎么出来。这一点毫无疑问。因而当老爹比猎获一头鲸鱼还费劲地吃下这些海草的时候，脸上冒汗，身子也发了软。就搁下碗，什么话也没说，脸朝里侧静静地躺了下来。

“老爹呀，”大河一看老爹吃了这么点东西就躺下，便走过来关切地问道，“您是不是不舒服？”以往在帐篷里，特别是吃过东西之后，老爹总是习惯坐在铺位上，安安详详地听人们闲拉呱，大家不躺他是不会先躺下的。

老爹没开口。他蹲下来一摸老爹额头，竟是一手的汗。心想，老爹从昨天中午吃了那么一点点煮皮子，到现在已经一天多了，肚子里的食物，只有刚咽下去的这碗海草，老人是饿得冒虚汗哩。心里一酸楚，差点掉下泪来，就招呼一风把昨天给他留的那碗狗肉端过来。

“您好赖的，把肉吃下去，别硬扛了，要不然身子骨真撑不住了呢。杀阿黄的时候，您一再说：人要紧呐，人要紧呐，这话可是您老人家说的哩。”他怕老爹还是生拧着不吃，就这样劝道。

听大河提到阿黄，老爹摇了摇头，又叹口气，道：“就是饿死，我也不会动那肉的。你放心，我吃过东西了，就是头发沉，眼前老冒金星星，躺一会儿就好了。”

一风在那里翻锅掀碗，乒乓五十地找了半天，并没见到那碗肉。

“这世道，真他妈见鬼了，”一风将钢精锅盖咣当摔在地上，嘴里骂道，“昨天晚上，小童把给老爹留的肉扣在锅里，大家都看得清清楚楚。早上大叔倒锅子浸泡海草，肉还在的，小童还端了劝老爹吃呢。怎么只隔一会儿工夫，就叫黄鼠狼子叼走了？”

牛得田道：“冬瓜礁冻成了石葫芦，黄鼠狼子是没有的，要有也只是个把雪狐狸。可帐篷里一直没断人，雪狐狸纵有一百个胆，也不敢来我中军大帐虎口夺肉呵。”

童圆走到一风跟前，朝锅里看了看，确是空空如也，纳闷道：“还真是呢，好好一碗肉，说没就没了，”他扤一下头皮，“也怨我，早上好歹要老爹吃了，就没这等蹊跷事了。”

“黑豆囤拱出屎壳郎，荞麦地钻进白毛獾。真是岂有此理！”一风犹自余怒未息，口里愤愤说着，眼睛却不经意间向安子儒那里瞟了瞟。

大河一看狗肉没了，也心生诧异。就想，我这里还口口声声劝老爹呢，哪料到狗肉长了腿，早跑得不见了影。似这等见不得人的事情，会是谁干的呢？脑子里闪了闪，冒出一两个人物，跟着又否了，觉得人虽然都有个小脾气，可要干这种鸡跷脚的勾当好像还不至于。这些天来，饥饿这混账东西把人作践得够呛——除了昨天晚上吃的凑凑合合算顿饭，其他的时间，差不多一直处在持续的饥饿中。要是短暂的饥饿，比如少吃了一顿饭啦，或者是饭吃得不及时啦，等等，这类饿肚子的滋味谁没尝过？可要一顿接着一顿地饿肚子，胃里冒火，肠子里面蹿烟，整个消化系统没个消停地方。可怜见一张嘴巴，虽然恨不得把什么都划拉来嚼巴了，塞进干瘪瘪的肚子，可在这地老天荒的地场，除了冰雪和苦涩难咽的海草，还有哪样是能放得进口里的？即使饥饿在不断挑战着人们生理上的耐受极限，但从老爹、大叔到诸位队员，几乎都展现出了人性中美丽的一面：面对着从天而降的横祸和此后遭遇的一重重磨难，谁也没说一句熊话。狗肉失窃，如同绚丽天空忽然涌上一片乌云，大河眉心蹙起个大疙瘩。

“不就碗狗肉嘛，别嚷嚷了，就权当我吃了。”老爹一歪身子坐起来，捏捏大河的手，小声说道。

大河明白老爹的好意，感激地点点头，扶了一把让老爹再躺下来，然后转身对一风道：“算了一风，没了就没了吧，谁吃了也比糟蹋了好嘛。”

一风道：“话是这么说，可我总觉得跟吃了蛆似的！你说这里有男有女有老有少，就你知道饿？就你的肚子叫肚子？弄出这种生孩子没腚眼的事来，给老祖宗丢人哩，什么世道！”

一风气哼哼地说完，又下意识地向安子儒那里斜了一眼——不想这一斜，把个太平天下竟斜了些事情出来——

原来这安子儒为人最是警觉敏感。平日里谁要说个悄悄话，碰巧又被他瞧见了，便觉得那可能是在嚼他的舌头，心里身上的老大不自在，脸子也会耷拉下来。有一回午饭后，老拴头和大宋、打枣竿子几个站在伙房门口拉呱下象棋，说老卜的棋老戴猴子筋儿，子落地一看不好接着往回抓。说到这里时，大宋粗门大嗓地嚷了句：“这一手真他妈的臭，谁也不喜欢跟他玩！”安子儒吃饭去得晚了点，进餐厅时看到几个人说悄悄话，心里先自疑惑，耳朵梢子也竖了起来。拿碗盛饭，正好听到大宋高着嗓门说的那一句，就以为故意拉长话给他听，当下生了个憋肚子气，脸一郎当，把饭碗一扔，拔腿回了宿舍。老拴头不明就里地撵在后面叫，他也不理。这工夫听谷一风嚷着没了狗肉，他哪里会有个不多心的？你想在这帐篷里，大家都进进出出的，唯有他在里面待的时间最多。特别不好抖搂的是，上午大家都去了冰墓，帐篷里只有他一个人囚着……再还有，往常里一风从不拿正眼瞧安子儒，说起话来多是西北风刮蒺藜，连风（讽）带刺，弄得安子儒见一风，就跟“量天尺”①见了“花里宝”②，总少不了要多赔上些小心。因此一风一咋呼，安子儒先自己对号入了座，觉得句句是在说他，身上鼓起了一层米粒子。就和小孩子怕鬼却越想听鬼的故事一样——本来，他是脸朝里躺，不往这看的，不知出于一种什么心理，越不敢看倒越想看个明白，索性悄悄翻转了身子——这一看刚好和谷一风斜来的一眼对了光——这还了得！安子儒脑袋轰地大了，米粒子肿成了豆瓣疙瘩。心里道：“糟了，怕啥来啥，怕四条腿的偏偏在怀里揣个蛤蟆。这谷一风好事不往我身上安，有屎盆子肯定让我来顶……今儿个这事要是不抖搂利索了，我安子儒就没颜面立在大家跟前了。”可要是和一脸怒容、说话又不饶人的谷一风刀对刀枪对枪来对证吧，心里又怯怯的，既没有勇气，也没有底气，同时又怕别人笑话他是此地无银三百

---

①“量天尺”：一种行动时将身子先高高屈起来的小青虫。

②“花里宝”：青蛙的一种。

两。是呵，眼睫毛扫一下眼珠子，谁又能证明他没偷呢……如此一想，便进了一个自我设定的怪圈。唉，咋办呢，抖搂还是不抖搂？要抖搂，这会儿舞刀上马还是个时候；等凉了铁、熟了饭，大家都相信肉是他偷的，就浑身张开一百二十张嘴也说不清楚了……想到这里，似乎连自己也吃了一惊：呼地从铺上坐起来，向着一风道——

“一风老师，您听我说，那狗肉、那狗肉的事，不是我干的，真的，天地良心呢。”安子儒话说出口，却是有气无力，就像有半截短被人拿着。

“安老师真逗，谷某人说过你偷来着吗？这又不是件小棉袄扯来盖身上，你说你梗梗着头愣往前凑，是什么意思？真是岂有此理！”一风火刺刺地堵了一句。

“咱们可都是些有知识有学问的人，说话要有根据哩，偷了就偷了，没偷就是没偷，干屎抹不了人身上的——”安子儒头一低，想了想，嘴里又嘟囔道，“上午虽说就我一个人在，但烧才退下去，身上没有劲，就躺在铺上一点没挪过窝的。”

“我倒觉得你高烧没退呢，怎么还像昨天夜里似的一口胡话！大家都在场听着了，谷某人哪一句话哪一个字提过您的尊姓大名？噫，倒和知识学问啥的也挂了钩，真是涝雨天蹦出‘气鼓子’，蛤蟆没来你倒先来了哩！”一风越说越来气，腮帮子鼓鼓的。

“您、您，我看见您朝我看了一眼哩……”安子儒嗫嚅道。

安子儒一句话把大家说笑了，谷一风也笑了。他道：“安老师可真有你的，眼睛长在谷某人脑袋上，只要不是睡觉打瞌睡，两只黑睛乌珠便从没闲着的时候。远观，近瞧，旁睃，斜睨，大千世界，纷纷人物，仰有天象，俯则地理，想看哪里看哪里，想看什么看什么，这实在是它们的自由哩。难不成谁被这俩黑珠珠儿看过、瞜过、瞟过、瞥过，谁身上就一定打了偷鸡摸狗标签？果真那样，谷某人就不吃现在这碗饭了，立马去和福尔摩斯们做同行。”

安子儒本来拙于言辞，被一风连消带打一顿戗促，脸色青一块白一块，难看得像个没熟透的涩李子。嘴角也和毛毛虫蜇了似的，痉挛得起了一阵轻微颤动。心里头却是老大的不服气：你谷一风说话像吃了枪药，句句带着火星子，我一句没说完，你倒有二十句在等着。锣鼓听音，说话听声，从你言语间露出的味道，分明还是怀疑我有窃肉的嫌疑哩，你这不是馋猫吃了腥却拿长毛兔子来顶包吗？这么一想，再去看周围人的脸色，觉得个个古里古怪，让人心里越发没有底。尤其是童圆，你说你个小小的孩子，不动脑筋想想哪个才是真正的嫌犯，倒扯着谷一风的尾巴棍子瞎掉拉，眼神儿总偷偷地朝着我瞟。瞟，瞟，你就是再瞟上个李自成坐北京城来，我安子儒也不是那偷肉的贼……哪知安子儒脑瓜子转到这里，愈发心生不忿，一股子罕见的急火，眨眼间从无由山、莫名谷、不晓洞攻了上来，嘴上就猛然冒出一句——

“这到底哪位爷干的，吭个气儿，别叫好人跟着受冤枉！”

安子儒平日一锥子攮不出血来，突然蹦出这一句，让人始料不及。话音未落，忽听嘎的一声，众人循声望去——见是一直在啃狗蹄爪的刘振宗，忽然将骨头吞到了嗓子眼里，下不下上不上地卡在当中，噎得大叫一声，人和一截木桩似的僵在那里，脸憋得通红，眼珠子乱翻。大家一看着了慌，呼呼啦啦围过来，乱腾腾一阵大呼小叫。一风也顾不得安子儒了，两手搬着刘振宗的脑袋就是一通摇晃。

“振宗，振宗，”大河扯着刘振宗的手，叫道，“你这是怎么了，倒是说话呀？”

牛得田道：“大家别急，刚才他在啃一块狗蹄爪哩，八成不小心卡住嗓子眼了。”

大河拍一把刘振宗，道：“唉，你这个刘振宗……”摇了摇头，就没把下面的话说出来。

在一风和安子儒争吵的时候，大河心里头不仅感到难受，而且还有说不出的愧疚。区区一碗狗肉，竟弄得队友之间相互猜忌，甚或侧目而视，说来说去这都是自己的过错。要是断冰的那晚警醒点，能及早察觉危险，起码是在危险刚刚来临之际就采取断然措施，情况就不会和后来那样糟糕了，至少也不会让全队陷身如此绝境吧？再进一步说，假如自己多动动脑筋，早一步预料到可能出现断冰这样的不测，从而及早把帐篷转移到安全地带，天下就会太平无事，火岩岛的科考也会顺利进行，唉，桓公暮途不幸，周郎华年早夭，天不佑人呀……大河不知道这是多少回地自责了，每一次的自责，都恨不得地上有个窟窿钻下去。如果有一口滚开的油锅，哪个人说只要他于大河跳进去就可以让队友转危为安，那么，他眼都不眨一眨就会一头扎进去的。可现实情况远远没有那么简单。险境绝粮，已经万分危急，大家巴眼盼望的救援，不知何时可至，安子儒身体才见好转，冬冬又成了眼下这个样子，忧虑一重又一重，因此自责之后，心里却一遍遍在发誓：无论如何，也得把大家活着带出这鬼地场……

正在大河因为窃肉之争而再次自责的时候，刘振宗忽然又叫骨头卡了嗓子，心里就更添一层堵。

刘振宗翻瞪了一会儿眼，像是顺过了气，接着勾嘎勾嘎地干呕。慌得谷一风、牛得田几人，捋胸的捋胸，捶背的捶背，童圆还在一边帮着拿捏脖梗子。几位蒙古大夫七手八脚一通顾头不顾腚地乱忙，也不知道是真的管了用呢，还是刘振宗的干呕顶了事，只听又是嘎的一声响，一块狗蹄爪带着红殷殷的血丝，从他的嘴里飞出来，落到地面上又蹦了两个高。

“这下子好了！”牛得田高兴地猛拍一下刘振宗脊梁，笑道，“我想阿黄那么好的一条狗，死后怎么会用一个小蹄爪来难为我们刘大工程师呢。哈哈，不愧是名犬阿黄的蹄爪，就是从人的嗓子眼里蹦出来，也带着一道美丽的弧线，唰——”他用手比画了一下，“在地球的引力下，稳稳落到了地面上。”

大家伙长出一口气，一个个回到各自铺位坐下。大河坐下后，随手抓过一把海草仔细择着，想等一会儿煮到锅里。岂料刚择出一小把，忽听刘振宗那里又出了动静。抬头一看，见他弓着身子，低了头，两个肩膀剧烈地抖动着，勾勾嘎嘎，嘎嘎勾勾，一声不罢一声地又干呕了起来。

大河皱了皱眉头，道：“刘振宗今天怎么了，仓老鼠窝里滚豆粒子，折腾起来没个完了呢？”话音未落，便听到稀里哗啦一阵响，刘振宗像是大坝开了闸，胃囊中储存的各种不明之物，在一股强大的离心力驱动下，通过狭窄的管道到达喉咙，最后经嘴巴呈扇面状喷射而出——连他自己也猝不及防，地垫上已经黏糊糊一片狼藉，一股腥臭的味道，随之溢满了帐篷。

“我的老天爷，”牛得田道，“敢情刚才那一阵子还只是个序曲，这一会儿才叫动了真格的哩。哎，也不过是吃了那么几口口海草，咋就吐出来这许多东西呢？振宗可是折了老本。”

童圆忙拿过来一条毛巾，帮刘振宗擦掉留在嘴角和溅在身上的秽物。接着，又弯了腰去擦地垫上的。谁知这一擦，童圆和踩了蛇似的惊叫起来——

“你们看呐，这都是些什么呀？”童圆指指地上一大摊秽物，一脸愕然。

牛得田捂着鼻子朝地上一看，竟是一些嚼得半烂不烂又没来得及消化的肉坨坨！心里想，怪道安子儒一劲地撇清呢，贼原来竟在这里了。

一风过去一看，什么也明白了，气得指了刘振宗鼻子骂道："看你平常日不出脓不出血的，怎么净干拉屎不擦腚的事！你，你，不吃这碗肉能死吗……"

坐在铺位上的安子儒，方才让谷一风戗得窝了一肚子火，连烧加燎的正无处发泄，见事情突然有了戏剧性转折，心里头不由得暗自得意，就抬手捋捋头发，道："怪道是贼不打三年自招哩，嘿，还没等上俩时辰呢，人证物证俱在，也不用三堂会审了。要不然，不知道天底下多少无辜的人要背黑锅呢。"

"瞧瞧安老师，地老鼠爬上杨树梢，这会儿也知道站高枝上说风凉话了。"一风话语中不无鄙夷。

安子儒没理会谷一风，却表情古怪地看了看刘振宗，口里攮一句："要想人不知，除非己莫为，古人早有话撂那儿呢。"说完，一缩脖钻进睡袋，再不搭理世界上的事情。

一直躺着听大家说话的老爹，见事情到了这分儿上，不说几句不太好。就揉揉眼睛坐起来，道："依我看这都叫肚子给闹的。野鹿脯子海豹肝，谁看见了谁眼馋，更别说是人饿大发了劲呢！不就是一点子肉嘛，大家伙儿也别难为小刘了，"说着把脸朝向大河，"一件小虾米大的事情嘛！"

方才老爹捏着自己的手悄悄说的几句话，让大河心里暖煦煦的；这一会儿又宽厚大度地为刘振宗开脱，免得大家心里聚疙瘩，大河便在温暖之外，又感到了一种踏实和深深的慰藉。这是多好的一位老人呵，自己饿得眼冒金星，还替大家伙儿考虑。因此见老爹要他表态，就接着老爹的话道："老爹说得对，一点子狗肉嘛，谁吃也是吃，以后谁也别提这个事了，"说到这里，又关切地问刘振宗道，"怎么样了，振宗，肚子还难受不？"

哪知这一问，刘振宗突然捂着脸，像个小孩子似的哭了起来。

一风倒了一碗水递给刘振宗，道："算了算了，事都过去了，也别挤那两滴猫尿了，快喝口水漱漱口吧，看一张小脸都发白了。"

刘振宗止住哭，道了声谢从一风手里接过碗来，便喝水漱了口，咕咚又咽了下去。然后恭恭敬敬把碗递给一风，好像刚才喝下去的是一口神汤。

一风把碗往刘振宗手里又一推，瞪了他一眼，道:“就这么一口口水，喝了还能撑死你呀，又不是敌敌畏!”

刘振宗乖觉地把水喝了。眼泪从眼角吧嗒吧嗒往下掉。

牛得田吐了吐舌头，悄悄对童圆道:“这刘振宗也是个没福气的，一碗肉在肚子里还没捂热乎呢，让骨头一噎又如数吐了出来。你说这阿黄也忒精灵了不是?偷吃了它的肉，它用一个小小的蹄爪也给勾拉出来哩。”

童圆道:“别说了牛老师，俺这心里头像掖了一把乱茅草……”

冬瓜礁上狗肉失窃，刘振宗又叫狗蹄爪卡了嗓子，帐篷里霹雳火闪的差点闹翻了天，为何却始终未见我们的女主人公、随队医生白冬冬，出来露一个脸儿、说一句话儿、抑或吁一声叹息?据童子心的文章说，当时白冬冬因为又冻又饿，加上去冰墓的时候让阴气一扑，回到帐篷便加重了病情，昏迷不醒，因此后面发生的这些事她都不甚了了。于大河不同意她的这些说法。他说白冬冬从冰墓回来加重了病情不假，但并未昏迷。发生在安、谷间的争吵及刘振宗的卡喉之呕，她都清清楚楚，只是身体酸软乏力，没劲说话而已。大河的说法为谷一风、牛得田和安子儒等人所证实，白冬冬当时神志是非常清醒的……

从冰墓那里回来，已经到了正午时分。冬冬身子沉得好像两条腿都难以支撑起它的重量，胸膛里也和塞满了棉花似的憋闷难受，气不够喘的，还一阵阵冒虚汗。打冰墓到帐篷，撑死了不过二百来米，这段路要搁往日，纵然难走，一口气跑上个三趟两趟的，半点不会打怵的。然而今日，区区几步路仿佛万里之遥，总觉得走也走不到尽头。脚踩在雪窝里就如陷在沼泽地，再拔起来是那样吃力，虽说有大河一路搀扶，走几步也得歇上一会儿。看到冬冬病成了这个样子，大伙心里都不好受，老爹一路唉声叹气，大河更是后悔不该让她跑来墓地，本来身体就亏得厉害，结果经了此一番倒腾，眼见得便比先前重了。

“我这是怎么了，难道会是……可如果不是的话，那怎么……”在帐篷里躺下，冬冬一遍遍问着自己。身为大夫，为别人决疑断症这样的事，做了多少自己也记不清了，可临到自己头上，倒应了那句话——自己的姑娘跳不了自己的神，自己的方子医不了自己的病。冬冬看上去像睡着了，其实心里一直在翻来覆去地折腾着……

冬冬头一回感到心脏不太好的时候，是在前年初春的一次下班之后，当时她在床上躺了大约能有做台中型手术的工夫，那些因为极度劳累诱发的可疑症状才一点点消除殆尽。身体发出的这一警示性信号，曾使她下决心要做一个仔细检查。心脏问题不同于长个疖子疮气的，随随便便一处置便会高枕无忧，那要真的成了症候就啰唆了。到后来一个是太忙，二一个也是再没出现先前那样的征兆，自己就以为是过度透支造成的偶发性身体不适，检查的事自然撂到了脑子后面。临来北极之前倒也动过查一下的念头，可忙得有时一天要做两三台手术，恨不得觉都要睡在手术室里，最后还是阴差阳错落了空。但不管怎么说，犯过一次毛病，便多了一个心眼，提前备了瓶药揣身上以防万一。没想到，在大河接她到北斗站的旅途中，仅仅因为爬上雪坡挖了半桶冰块，竟然又出现了第一次那样的感觉——这一回的不适感因为及时服用了备急药——硝酸甘油药丸，持续了不过抽支烟的工夫也就消失了。但在那不长的时间里，她心里疑惑，慌乱，甚至还产生过一点点的恐惧。再后来，在卢特吉尔尤尼塔的家里，在白毛风中抢搭帐篷的晚上，噢，还有冰裂后那个让人惊恐不安的下午，胸闷气短出虚汗这样的情况，又接二连三发生过几回，尽管每一回症状都得到了有效控制，但其出现频率之高，间隔时间之短，特征之清楚明显，似乎都在无情地挑战着她心理上的承受极限，检验着她神经的健康与健全程度。作为大夫，尤其是像白冬冬这样聪慧过人的大夫，从自己身上反复出现的同一症状，是不难做出一个理性判断的，虽然这个判断冷酷绝情，很难让人不心生畏惧，也很难让人能够坦然接受并勇敢地去面对。可是在她的心里，一方面不甘心承认会得了这种病，另一方面又心存侥幸，觉得身体每次出现强烈的不适，都是在连续的超强度疲劳之后，尤其还是在寒冷与饥饿的多重夹击之下，这即便是放在一个棒小伙子身上，喘喘粗气出出虚汗什么的，也是再正常不过的了。至于她每回小心翼翼地服药和静卧休息，只是出于一种医生的职业习惯和防患于未然的自我保护意识罢了。因此她在做着这些的时候，总是悄不吱声的，怕让大河和其他人看到，以免生出些猜疑与妄议，特别是在冰上队陷入如此之境的时候，她不忍心给大河和这个群体，再增添一韭菜叶子累赘。

雪夜救护安子儒后的突然昏倒，冬冬对大河掩饰说是叫风给呛着了。像这种貌似轻松实则滑稽可笑的说辞，她知道大河也未必就信，无奈情急之下，一时又不知道怎么说才好。虽然大河没有追问，心里倒一阵趺趺鼓鼓的不安。如果按照医学上的解释，昏倒的原因当然有多种多样，但发生在自己身上的这次，却让她蒙蒙眬眬有了一种不祥之感。因此，在独自一人的时候，就把前后几次胸闷发堵的情况，进行了一番冷静的回味思索，觉得问题还真不像喝口凉水那么简单。假如一推六二五，把原因统统归结在劳累、寒冷和饥饿上面，断断有失公允……盛开的蚂蚱菜花儿遇上了寒风冷雨，冬冬心里蒙上了一层阴暗的雾翳，她一时间前汉后唐地想了很多，甚至在诸多想法中，还夹杂了那么一点点惧怕和悲观：你想她才多大的年纪呵，人生大戏的开场锣鼓也就刚刚敲响呢。由此一来，心涌苦泉，肠打忧结，眉拧愁花，凄伤的泪水瞬间在眼眶里面打起了转转，要不是强忍着，立马就会决开眼睑的堤坝滚落而下。“毕竟只是胸膛闷堵一些而已，哪里就鸡毛当令箭想得那么严重？即使真的心脏不好也没啥大不了的嘛，自己是大夫，又有亲爱的大河、慨儿和爸爸妈妈，遇个坎儿梁子的，谅来也塌不了天，尤其在眼下这个当口，腰杆儿更得挺着，为了大河，为了大家伙，挺着！”她一遍遍在心里这样告诫、安慰和鼓励着自己，使劲把事情往宽里去想。

与此同时，她似乎又暗暗庆幸能有这样一次的晕厥，尤其是在这样的一个时间和地点——如果不是上帝的有意安排，又怎么会把那么多的美好和快乐，让她在这里奢侈地享受呢。在她醒来之后，大河守在她的身边，他们紧紧地依偎着，耳鬓厮磨，呢喃絮语，彼此间能感受到对方的呼吸和心跳——这要是在以往，在正常的情况下，简直是连想都不敢想的呀！而慈爱的圣灵，如此不着痕迹地将两颗互相深爱着的心，借助于这样一种形式，让他们大胆地、坦诚地、毫无保留地紧贴到了一起，连跳动都放在一个频率上——呵，即使归巢的乳燕也不会比她感受到更多的温暖，依傍在妈妈跟前的羔羊也不会比她更加幸福！她成为滋润了春雨的一株嫩笋，沐浴着阳光的一棵绿禾，哪怕是一万条长江和黄河都流淌着恩爱，也抵不过她那一刻的感受……冰墓上走了一遭，宛如一桶冰水浇到火盆子上，除了先前的老症状外，还感到身上像捆了绳子似的发紧，前胸后背也隐隐有些针扎般疼痛。她的确不该任了性子到外面跑这一趟。冰墓上看到的情景，即使作为一个见惯了死亡并把破膛开肚、锯胳膊卸腿作为职业的医生，也不能不为之悚然而惧！那双在冰雪中睁了一百多年的惊恐的大眼睛，无神地望着空洞洞的远处，不知道他是在企盼着什么还是在忧伤和畏惧着什么，哪怕目光中有十万分之一不小心和那眼睛相遇，来自墓穴中积攒了一个多世纪的阴冷和惊恐，也会带着一股寒气扑到人的身上，让汗毛倒竖如旗。打墓地回来，大河和一风几个人手忙脚乱地一阵捣腾，把一堆肺、肠、肝、肚之类和海草放在一起煮了一锅饭，一风般般样样专门挑了几块好吃的，拿碗盛了端给冬冬。“快趁热吃点吧，好香呢，我老谷馋得都要流口水了。”谷一风道。冬冬只是将手伸在睡袋外面，无力地摆了摆。一风还想再劝，坐在一边的大河悄悄拉了拉他的胳膊，让他把碗端回去。当一风和安子儒为狗肉的事发生争执，继而刘振宗又干呕并于呕吐物中自泄天机，帐篷里嚷嚷得震天响，冬冬虽然闭着眼睛像是迷糊的样子，其实都听得一清二楚。特别是老爹说出的一番话，让她顿生无限敬意。她真想说一句：“亲爱的老爹呵，我为尤尼塔能有您这样一个好父亲感到高兴。冬冬在这里谢谢您老人家！”可身子软得一点劲儿没有，嘴唇发干，嗓子眼里像有什么东西堵着，急得一阵汗从脸上冒出来。正巧大河过来要喂她喝点水，见了这个样子，就拿毛巾轻轻地给她擦了擦脸。冬冬伸出手来动了动，大河会意，急忙用两手紧紧握住……

躺到晚上七八点钟，大河一手端碗，一手揽着冬冬，让她歪扤在自己胸前喝了几口水。这时候，冬冬觉得身上有了劲，就坚持着自己坐了起来。一风又端了那碗留给她的饭来，问她想不想吃一点。冬冬感激地看着一风，摇摇头说不想吃。一看冬冬的精神头见好，大河的心放了下来，老爹、一风和大伙儿也都感到高兴。最难得的是安子儒，一回回洗了热毛巾，要冬冬擦脸擦手，面上的笑模样较之以前也顺丝顺绺了。安子儒的反常举动像太阳从西边出来，大家一时还不太适应。一风则撇着嘴，表情古里古怪。

过了一会儿，冬冬对大河说，看了冰墓触发联想，因而就有了几句诗，也不知道怎么样。大河一听冬冬此时还能作诗，心里自然更是高兴，就鼓动她念出来。童圆几个也非常兴奋，都要求她立刻朗诵给大家听听。冬冬又喝了一口水，道：“念出来倒也无妨，就算给大家解解闷儿，只是这诗太过粗陋，就请诸位多批评吧。”说罢一使劲坐起来，咳嗽了一声，诵道——

冰墓祭

冬瓜礁上水晶宫，

九重寒雾九重冰。
灵绕三匝侍帝侧，
躯遗一尊戏北风。
焦目欲穿地千尺，
枯洞怎辨西与东。
清泪和雪为新土，
不知先覆哪座冢。

冬冬诵诗的时候，脸上不断冒出虚汗，声音也由大到弱。特别是在诵“清泪和雪为新土”一句时，眼里流着泪，气也喘不匀了，等到一首祭墓诗朗诵完，脸儿白如霜雪。大河怕她累着，忙扶了她躺下休息。老爹也过来问要不要紧。冬冬脑袋在枕上略动了动，算是作答。

没想到这首诗给帐篷里增添了一股阴郁之气，大伙儿听了脊梁沟里凉哇哇的，因此一个个低头耷脑，一时谁也不再开腔。

第三十四章

幽灵在头顶游荡

早上起来，牛得田挥舞斧头，在海滩一块平滑的礁石上，一下一下执着无比地敲砸着。啪嚓、啪嚓，闷闷的声音受到雾气的浸润和阻隔，飞出不远便沉沉地消失了。已经被煮得没了油水的狗骨，在发出沉闷声音的斧头下面断裂、破碎，大块变成小块，小块变成碎渣，碎渣的一部分，又被进一步敲砸变成了粗粝的沫状物。

看着白森森的骨头一点点变成碎渣和粉末，站在一边的刘振宗，只觉得头皮发麻。他想起冰墓中那具被捆绑了手脚的男尸，空洞洞的眼睛，带着一百多年的阴气，茫然地瞪着。心里既恐惧又疑惑，拼命想逃脱那双眼睛的逼视，可不管在帐篷里还是帐篷外，不管睡着还是醒着，就像放高利贷者跟欠债户似的，那双死气森森的眼睛，盯得他躲都没处躲。他成了那眼睛的俘虏。

“牛老师，”刘振宗怯怯地道，“我怎么觉着你砸的都是死人骨头呢。”

“也别管它是死人的还是什么的，只要吃了能活下命来，咱就对付了往肚子里面塞，这总比吃冰或者是石头面子要好吧？至少它还含有丰富的钙质吧？”牛得田继续用手中斧头将骨头朝细里砸着。

“真的，我感觉这些骨头就是打冰墓里来的呢。要不然，怎么尸体上那两个黑洞洞的大眼，老朝这里瞪呢！”刘振宗说着，身子瑟瑟抖动。

“哎，我说你这个刘振宗呐，”牛得田把斧头放下来，看着他道，“你不是叫狗蹄爪噎得还没好吧？怎么净说些不着边的胡话！”

“我没骗你牛老师，那眼睛直碌碌的，就盯着咱们呢！”刘振宗说罢，诡异地朝身后看了看。

“去去去，哪凉快哪待着，别耽误了俺老牛干正经营生。”牛得田不耐烦地向刘振宗摆摆手，继续埋头砸骨头。斧头的力量不大，骨头最终却屈服了。

大河用牛得田砸碎的骨头渣熬了满满一锅海草。这也许是世界上最独特或者说是空前绝后的一餐饭。当这些草末木屑般光光的骨头和苦涩的海草，还在钢精锅里咕嘟咕嘟翻滚的时候，它们——狗骨与海草经加热而成的特殊混合体，便已在饥饿者们的想象中，变得比肉、牛排、法国鹅肝和俄国鱼子酱更诱人。本能和欲望，是一对连上帝也无法将其折断的翅膀。大家对食物的渴望超过了对一切神灵和主义的追求。

“我说老牛呵，”谷一风道，“这啃得比塑料棒子还干净的狗骨头，早扔雪地里了，你怎么想到把它捡回来砸碎，再和这些可爱的海草煮成一锅美味的？”

牛得田叹口气，道：“在俺老家，过去吃不起肉腥，逢年过节了，就买来屠户剔光了肉的猪骨，砸碎了用来做菜，包地瓜面包子。那时候，这真的就是穷人家的美味哩，比啥山珍海味的吃了都香。当然，捡人家的弃骨做菜，也是常有的事。熊饿极了舔掌，人饿极了吃鼻涕，没法子呀。”

牛得田的话让一风一时语塞。

饭锅还在以单调的旋律唱着诱人的曲子，冒出的热气，早已把人们的胃口高高吊了起来。帐篷里充满了美丽而又具体实在的期待，蒙娜丽莎来了也会受到冷遇。

美味的盛筵并不是每一个人都能欣然接受。

老爹凡是与阿黄沾着点边的东西，哪怕是一口汤、一根海草，也不往嘴里去。清汤寡水煮出的海草，他也吃得很少，如此一来，老人体质眼见得越来越弱。如果不是童圆或是一风强叫他到外面透透气儿，他也许会一整天都在铺位上僵硬地躺着，很少翻身，也很少说话。当骨渣海草饭带着一种奇怪的味道出锅时，大河和一风费了许多口舌，劝他好歹吃一碗，倔强的老人就是不听。

饿死鬼托生的刘振宗，在牛得田抡斧捶骨时还疑惧万端，这一阵儿却是什么也不忌口了，一阵子急风带雨，扒掉了一大碗。饭在肠胃里待了还没有海豹扎个猛子的工夫，哇地吐了出来——有些海草嚼得半爿呼打，还有的就像牙齿压根没碰到过——也幸好是汤水不漏地全呕在自己的铺位和睡袋上，别人只是跟着分享一下不太美妙的气味，却并未受到这些在粗略咀嚼之后又拌上肠液胃酸的食物的株连。

“振宗这是怎么了，”刚给冬冬擦过汗，在盆子里透着毛巾的大河，皱了眉头问道，“老是呕吐？”

刘振宗端着个空碗，两眼无神地低了头，嘴里哼也不哼一声。

“八成又胡思乱想了，什么冰墓啦死人的，真撞上邪了。”牛得田一边贪婪而又卖力地嚼着海草，一边有些含混地道。

大河把涮好的毛巾拧干，叠了叠放在一边，而后拿了盆子，帮刘振宗收拾铺位上的呕吐物。童圆见了，也忙扔下饭碗，过来帮着擦洗。

正从外面进来吃饭的汤姆见刘振宗呕了，颇觉意外，就道：“小刘是不是饿大劲了，吃下东西就反胃呢？”

“胡子元帅有所不知，”牛得田这时已经吃完了，边用手指抠着牙缝里塞的草筋，边咂巴着嘴，道，“我在海滩砸骨头的时候，小刘就说这些骨头像从冰墓死人身上取来的——心里要是一直这么想，吃下去还有个不吐的？噢，他还说那个什么托尔顿的眼睛，就朝这里瞅着呢！”

汤姆摇晃着一脸乱胡子的大脑袋，一本正经地道：“这怎么可能呢！他们可都是我高爷爷的麾下，个顶个的探险英雄。即使死了还瞪着两个大眼，那也是金刚怒目呵，是因为宏愿未了嘛，断断不会再去魔障人的。话又说回来，咱们那么多人去冰墓都没事，怎么单单就小刘——”

却不料刘振宗突然打断汤姆的话，道：“是真的汤姆，那双黑咕隆咚的眼睛，一直在看着这里呢，死气森森的。”说着身上又微微颤抖起来。

汤姆见刘振宗这个样子，倒不知道说什么好。

童圆拍了刘振宗一把，道：“看你说的刘振宗，怎么像大天白日撞见鬼，这么瘆人呀！”

大河搂过刘振宗来，摸了摸他的额头，道：“振宗大概是饿病了，头烧得跟火炉子似的。来，小童，快着点收拾，好让振宗躺下来休息。”

安子儒听了，也急忙撇了筷子过来，帮着童圆一阵紧三火四，把吐脏的地方弄干净。几个人抻平睡袋，连拉加推把刘振宗捣弄了躺下。

闭眼躺着的冬冬，其实并没睡着，大河刚才为她擦汗，还嘴角一动，轻轻说了声谢谢。这阵听到大河说刘振宗烧得厉害，就挣扎着起来翻她的药箱。

大河见冬冬爬起来，就道："要找什么说一声嘛，怎么又爬起来了呢？"

冬冬拿过体温计，要去给刘振宗测体温。大河忙接了过来，道："快躺着，让我来吧。"眼看着冬冬又躺下来，且盖好了睡袋，这才帮着把体温计给刘振宗夹在腋下。

刘振宗吃过退烧药，喝了两碗水，又结结实实睡了一大觉，烧就奇迹般退了下去。醒过来后，神情黯然地坐在铺位上，拿了一叠信纸垫在膝盖上，不停地用圆珠笔在写着什么。一张信纸写满了，又一点一点撕碎，然后皱了眉头再写——写了还是撕碎，谁也弄不懂这是为什么。

刘振宗的反常举动，让牛得田越看越纳闷，实在忍不住了，就道："振宗呀，咱能不能不写了？俺都替你累哩。要不，咱到海螺顶那儿逛上一逛，喘几口新鲜空气？"

刘振宗抬起头来，眼睛无神地看了看牛得田，一声儿不吭，又埋头写下去——写完了还是和先前那样，一点一点再撕个粉碎，那样子既像是在做一项很严肃的工作，又像是一个专心致志在玩橡皮泥的孩子。

"这到底弄得啥把戏呀！"牛得田说着起身要过去看个明白，却被大河一把拉住。

过了一会儿，忽见刘振宗停止了手里的书写，两眼朝上出神地凝望着，似乎帐篷顶上出现了一道神秘的宇宙密码。望着望着，耳朵梢子也竖了起来。

"你们听，"刘振宗喊了一声，"飞机！"

啊，飞机？所有人的中枢神经和周围神经，都一下亢奋了起来。大河、一风、牛得田等一个个屏住呼吸，冬冬和老爹也睁开眼坐了起来，众人听了半天，除了喘气的声音，并无别的动静。

谷一风、牛得田和童圆三个人，蹬上鞋，抓了帽子钻出帐篷。躺在雪窝里的汤姆，见几个人慌里慌张出来，不知发生了什么，就爬起来问一风："看你们毛手毛脚的，是不是有外星人来访？"

一风一面仰脸朝雾漫漫的天上看着，一面问汤姆：“听到什么声响了没有？”

汤姆摇摇头，一脸茫然。

一风道：“哎，我说的是飞机，飞机飞过的声响。”

汤姆正色道：“那就更是天外之音了，我做梦都想听见呢。”

一风不再说话，只是侧了耳朵听。过了一会儿，泄气地道：“唉，这个刘振宗，好好的一个人，咋发了癔症呢？”说完，也没理会汤姆和牛得田他们，扭头拱进帐篷。

大河他们见谷一风垂头丧气的样子，也明白了怎么回事。冬冬和老爹重新躺了下来。安子儒倒替刘振宗难过起来。他起身倒了碗水，让他喝了下去，道：“小刘老弟，你肯定前头发烧出了幻觉，要不然，就是心里老盼飞机过来，盼着盼着，就以为真的来了。”

刘振宗用圆珠笔戳了戳脑袋，道：“没错呀，安老师，我就是听到有飞机来了嘛，轰轰隆隆的，好像还不是一架呢。怎么，您不信？”说着翻动眼珠去看安子儒。

安子儒道：“别说了，老弟，你还是再睡上一觉为好。说实在的，我发烧那阵，比你又糊涂得大了，我还看见茅草地和一对大红灯笼哩，烧一退才知道，这都是幻觉呢。”

听了安子儒的话，一风朝大河吐了吐舌头，悄声道：“真看不出，这老安倒像换了一个人哩，敢情是高烧烧得过了火，也有治病的功效呢，嘿嘿，西边出了太阳。”

大河笑了笑，道：“行了，往后你嘴上也积点儿德。人不能一棍子打死嘛。”

一风也笑了笑，道：“我倒是愿意积点口德，只是看不得那些没出息的。唉，真是惭愧，天生就没有圣人的宽怀能容之德呀。”

这时候，牛得田、童圆和汤姆一个跟着一个进了帐篷。汤姆进来是想看看冬冬是不是好了点。发冬冬生病，汤姆不住地为她祈祷，希望这位上帝差来的天使，能尽快好起来。美丽就好比花儿，需要健康这绿叶儿托着。同时，他也想看看老爹。如果老人身体状况允许，他很想和他聊一些高爷爷那个年代发生在卢特吉尔的事情，即使是传说呢，也有兴趣听听。

大河见他们进来，就使了个眼色给一风，让他到外面说话。

两人出来帐篷，踩着雪慢慢向西侧海滩走着。

大河忧心忡忡地道："要是救援不来，往后可吃的东西也只有海草了。一风你说照这样下去，咱们还能撑持多久呵？"

一风往下拉了拉帽檐，道："是呀，上顿下顿地嚼海草，不说别人，我就受不了了。有时候吃下去，肚子里比饿着还难受，使劲忍着才没吐出来。说实在的，要不是为了活，这些烂草叶子就是打死了也咽不下去的。"

大河道："人都说靠海吃海，可咱们两手抡空拳，守着一片冰海又能怎样呢？前番见了一头海豹，大家伙恨不得立即打来炖了，可肉在眼前，咱有吃它的本事吗？昨天老爹他们还想着海豹呢，可拿着斧头啥的去了，结果还是无功而返。"

一风搔搔头皮，道："打不到海豹，咱们是不是还可以想想别的法子，你比如——"

"钓鱼！"这两个字，大河和一风几乎异口同声说出来，说完两人点点头，相视一笑。

大河道："钓鱼、捉蟹、拾蛤的这些事，我倒也反复想过。海滩冻成了冰坨子，蛤啦蟹啦甭去想了，唯有可以一试的是钓鱼。只是，这钩儿线的怎么整治？"

一风道："线的事好说，咱们有毛巾，有衣服，有背包带子，拆了线一搓就成。至于钩子呢，谅来问题也不大，冬冬那里不就有现成的缝衣针嘛。"

一风这样一说，大河心里感到舒展踏实了不少，就道："如此说来，咱马上就办。不过，可不能学那个渭水垂钓的人呵，任凭风浪三千里，只图弦月一轮新，哈哈。"

一风道："姜尚要钓的是国家社稷，咱们却是图活命的口粮，不可同日而语哩。但话说回来，他姜子牙再有宏图大志，再有救国治世平天下的本事，要放到这冬瓜礁上，怕也得先考虑喂脑袋问题，一顿饭照样饿倒英雄汉呀。"

大河道："假如能钓上鱼来，咱们就有救了……"

一风道："只要它海里有鱼——当然，海里又怎么会没有鱼呢？要是没有鱼，海豹还来干吗呢！我看，就别愁老母鸡没有奶子啦。"

大河让一风给说笑了，就道："没有奶子不要紧，怕的是没有脑子哩。"笑了一会儿，大河又正色道，“往后这些日子，要警醒着点，特别要留意着点海边。”

一风不解地望望大河，大河却没再说什么。

因为惦记着钓鱼的事，两人也没心思在外逗留太久，沿海滩又往前走了几步，就赶紧回了帐篷。

鱼钩很快制作好了。一风、牛得田、童圆和帕波雷克几人，怀揣着能拉上几头抹香鲸来的伟大梦想，兴致勃勃地跑到鲸脊滩海冰上。耗去了大半天时间，用上了甩钩垂钓的般般手段，才钓上了三条菜扁豆大小的黑不溜秋的小鱼——牛得田连片鱼鳞虾须的也没见着，气得嘴里骂骂咧咧，恨不能像孙悟空那样到龙宫里闹它一场。

三条叫不上名字来的小鱼，为冬瓜礁的占领者同时带来两种东西：希望与沮丧。大河见到鱼有了信心。老冰洋的馈赠虽然稍嫌吝啬，几条小鱼好像也解决不了什么问题。可是，这毕竟又找到了一条生路！只要有这条路在，他们就能坚守到救援的到来。更多的人却是比先前还要沮丧。没钓上鱼来的时候尚抱一线希望。等到看见下海猎获的最后结果，竟是这般惨淡，心里凉了半截——

三条小鱼煮了一碗汤，一半给了老爹，一半给了冬冬。牛得田、童圆和帕波雷克到海边折腾半晌，连饿加累得腿发颤，心发慌，回到帐篷脱鞋就上铺位躺了下来。一风身体一向也算个强壮的，和大河炖过鱼汤之后，也撑不住了，鞋没顾上脱囫囵个子倒下，一会儿便迷迷糊糊睡了过去。

冬冬的情况似乎不太乐观。一首冰墓祭虽说是情真意切，却满篇透着一股死寂的悲凉之气。听来不独让人心里疑虑重重，而且还暗暗为她捏了一把汗，似乎这里面隐喻了某种不祥之兆。果然，大河服侍她喝了水，吃了药，重新躺下之后，咳嗽和出虚汗的情况，比先前眼见着就重了。一张没有血色的脸，看了让人既心疼又害怕。今天勉强喝了点鱼汤，什么话也没说，躺下来只是迷糊。守在跟前的大河，紧紧攥着她的一只手，反复问“感觉怎么样了？”她听得清楚，心里也明白，只是眼皮沉得睁不开，没有力气说话。

一只纤软柔嫩的小手，握在粗粝有力的大手中，就像菟丝依住豆棵，青藤缠牢绿树。她是那么的自然、熨帖、温暖。如果你不是一条游鱼，就无法感受水对鱼的爱抚；如果你不是一只飞鸟，就不能体会到天空对鸟的重要。呵，一只小手，谁能知道呀，她就是天使派出的代表，她躺在大手宽阔的胸怀中，用她特有的方式诉说着心灵之语——

小手:“我的最亲爱的，原谅我不能用人世间通行惯用的方式来和你交流。这虽然是手语，表达的却是心声。”

大手使劲握了一下小手，十个指头瞬间把十倍的深情传递了出去。他对小手表示完全理解，而且也听懂了她说的话。

小手:“真没想到我会是这个样子呀，帮不上忙，反倒成了累赘，我真的是不甘心呵。”

大手:“快别这样说了，谁能保准没个病呵痛的？这都是饿的累的，过一阵就会好的。”

小手不知为什么停顿了一会儿。大手却使劲握了她一把。

小手:“唉，也许这病，会比想象得严重哩……”

大手:“不要悲观，更不要担心，一切有我呢！”

小手颤抖了一下。

大手:“让我们再努力坚持一下，雾再大也锁不住太阳，救援一定会很快到来的，一切都会好起来！”

小手:“我的最亲爱的，我是多么盼望着我们永远在一起呵，可是，当我胸闷得透不过气来的时候，又感到是那样的害怕，眼前一片黑暗，没有一点亮光……唉，我像掉在一个黑洞里，怕离开了你……”

大手:“有我在，什么都不用怕！我就是豁出生命，也会保护好你的！”

小手:“不，不，我真的好害怕呵！”

小手手心里出了汗，像是心里流出来的泪。

大手:“听我的，别胡思乱想，安心调养调养就会好的。”

小手感觉到，大手的手心里也涌出了心里流出来的泪。

小手:“唉，我们能彼此靠得这么近，真好哇。手在你的手里，就和身子躺在你的怀里一样，光这幸福，恐怕也要遭天妒呵。”

大手才要说什么，小手轻捏了他一下加以制止，自己却接着说了下去——

“真的，我是太幸福了！假如生命的钟摆现在就停止下来，我同样感到，我是这个世界上最幸福的人……”

这下轮到大手捏小手了，他不让她继续说下去。

小手感觉到大手的手心里越来越潮湿。她不忍心使他太难受，就把手掌舒展开，像小羊羔依偎着妈妈那样，温存地紧贴着宽大厚实的大手，不再说话了……

大河两手捧着冬冬的手，捂在自己的额头上。这样停了好长时间，直到冬冬睡着了，喘气的声音听上去匀和了，这才把那只小手轻轻放进睡袋，心情沉重地悄然离开。

昨晚冬冬说作诗的时候，虽然看上去精神还不错，没想到短短一首七言诗，总共不过五六十个字，字字如在千年冰窟冷冻过，没有生气，没有希望，也没有半点热乎气儿，让人闻之慄慄而抖！这与她咏蚂蚱菜诗时的心境，简直判若两人！想来才几天的工夫呵，蚂蚱菜诗恬淡超然，若有佛风道骨之慨。而这首冰墓祭，却叫人不由得不产生一丝不祥之感。更让人难以接受的是末后两句：清泪和雪为新土，不知先覆哪座冢。冬冬你这表达的是什么意思呵？清泪和雪为新土还好说些，葬在冰墓里的毕竟是人类的先驱嘛，他们为了探知地球的奥秘，舍了身家性命，最后长眠在这个不为人知的荒岛上。为他们和雪洒泪，也是一种敬仰与祭奠。关键在于不知先覆哪座冢一句，泪和着雪做成的新土，到底是先培覆哪一座坟茔？你说的哪座，是这三座坟茔中的哪座呢，还是借题寓意，暗暗向人们预示着什么……

“冬冬呵，可以用来入诗的题材车拉船载，你，你为什么单单要选这阴气重重的冰墓？即便是身体有病，遭罪难受，可诗中为何又要出此不吉之言？你能告诉我这是为什么吗？呵，我亲爱的冬冬，请你告诉我……”大河心里这样说着，眼泪一忍再忍，不让它流出来。

下午的时光悄然流逝。大河斜倚着睡袋，静静地想着心事。苦涩的海草严重影响了大家的体质，队友们躺在垫子上，半是清醒半是迷糊。假如不是非出去不可，谁也懒得站起来虚耗体力。老爹从喝了那半碗鱼汤之后，身体状况也并未见有所恢复，一直闭目而卧，样子就像睡着了似的。大河曾几次想叫老爹坐起来喝口水，他也不答应。刘振宗锲而不舍的书写终于结束了，他把写满的最后一张纸扔在一边，也顾不上再去撕碎，便累得沉沉睡去。帕波雷克本来寡言少语，躺下来身子未见动上一动，就和这个人压根不存在一样。倒是年老体弱、又是刚刚病好了的安子儒，似乎比谁都要强健些。躺了一会儿之后，肚子里饥饿难忍，睡又睡不着，就爬起来往肚子里灌了一通水，然后到外面挖了冰雪，点炉子煮开了海草。

“歇一会儿吧安老师，你身子骨也不是个强壮的，这些琐事嘛，由我们这些体力好的来干就可以了，不用一齐跟着忙活。”大河说着，一仰身坐起来——看到安子儒忙这忙那的如此勤快，他多少有些诧异。

“我前面生病已经歇足了，倒是你操心操劳的，需要好好歇歇呢。唉，我这人只是一介书生，没啥大用处，只要还不添乱就是烧了高香。”安子儒声音很小地说完，低了头，像个做了错事的孩子。

“安老师快不要这么说了，你只要好好的，就是帮了大忙。希望你保存体力，无论如何挺过去眼下这道坎儿……”大河道。

“唉，我，我做的，我做的事……”安子儒摸了把脑门子，忽然支支吾吾起来，似乎有什么话要说。可黄瓜土豆的还没说出个究竟，只听刘振宗梦里喊了声：“飞机来了！救咱们的飞机来了！你们看，就在冬瓜礁上空，呜——呜……”

刘振宗一句梦话，把大家都吆喝醒了。一风、牛得田、童圆和帕波雷克，一个个立麦捆儿似的坐了起来。安子儒以为刘振宗也醒了，就殷勤地倒了半碗水，端过去让他喝。叫了几声没啥反应，就想撤步回来。抬起脚的时候，瞥见刘振宗扔在一边的那张写满了字的纸。忙放下碗，弯腰捡起来看——上面密密麻麻一大篇，从头至尾却只是重复两个字：飞机飞机飞机飞机飞机……

安子儒蹙着眉头，把纸在手里拍了拍，小声道：“瞧瞧，写的都是啥呀？”

牛得田揉了揉眼睛，道：“不会是给女朋友的情书吧？可情书写得再动情，就是像拿破仑写给妻子约瑟芬、达尔文写给表妹艾玛那样打动人——我敢和上帝打赌：在这冬瓜礁也是没法子投寄的呀！”

童圆道：“哎，我看刘振宗那认真的样子，恐怕是写的账单吧？害怕万一回不去了，就把欠了谁谁谁的债，明明细细写下来，好叫家里人慢慢还，免得殉了职还落得个亲友埋怨……”

已经坐起来的一风，听童圆说出这种不吉利的话来，就拿眼来剜了他一下。

话一出口，童圆也自知失言，又见谷一风拿这样眼神来看他，脸儿一下烧成了红皮鸡蛋，忙把手来捂了嘴，再不敢放声。

安子儒手里擎着那张纸，往门口走了几步，犹豫了一下，恭恭敬敬递给一风，嘴里讨好地道："一风老师，您请看，这划拉得都是些啥呀——"

谷一风头也不抬，一只大手往起扬了扬，道："谷某人眼累，不看！"

安子儒马屁拍到驴蹄子上，赚了个没趣，竟挓挲两手，不知道该走开呢还是站着。

大河一见安子儒窘迫的样子，就解围道："安老师，请拿过来我看看。"

安子儒一看有了台阶，就忙踩上脚——将那纸两手捧着递给大河。

大河接过来看了，沉思半晌，什么也没说，又把纸还给了安子儒。

"飞机，飞机，你到底什么时候才能飞过来呀！"刘振宗虽然看上去精神有些不对劲，可是，他梦里说的，纸上写的，却都是大家心里盼的呀！大河心里清楚，大伙儿看上去嘻嘻哈哈的，该着干什么就干什么，谁也不提飞机俩字。但在内心深处，又有谁不盼望飞机，盼望北斗站的救援早一点到来呵！只是碍于情面和自尊，都不愿把皇帝的新衣说破而已。其实在静静躺着的时候，他在心里曾无数次严厉地问过自己："于大河，假如救援再晚五天、七天或是十天到来，你还能不能保证让这支病弱不堪粮草断绝的队伍，活着走出冬瓜礁？"而自己的回答，却往往是软弱无力……现在的大家，从体力到信心，差不多已经到了临界点，这就像最后压垮骆驼腰的那根稻草，也许只消轻微的一点震动，表面看似有序的多米诺骨牌就会轰然坍塌……美梦难以成真，彩虹也不会成为登天的梯子，一切一切，似乎都是那么脆弱、虚幻、不真实和不牢靠……

大河悄悄看了一眼睡着的刘振宗和迷糊着的冬冬，心里说了一句："飞机呀飞机，你快一点飞临冬瓜礁吧——"

看到大河读了刘振宗用圆珠笔划拉的那张纸之后，表情刻板严肃，眉毛拧着一言不发，牛得田便猜到这不是个开玩笑的事，就起身向安子儒要过那纸来看了，而后也是一声不响地又还给了安子儒。

安子儒转过身，又悄悄把纸放回刘振宗的垫子上。

消沉、压抑、悲观和沮丧，像一群黑色的精灵，游荡并充斥在帐篷里，慢慢磨蚀着人们的信心与意志。而与封裹着灰暗情绪的帐篷仅一布之隔的外面，则是连天的阴雾、刺骨的寒冷和冰墓里散发出的森森死气——它们是妄图绞杀人们肉体与精神的另一拨青面鬼怪。薄薄的一层尼龙绸布，怎能阻挡得了黑色精灵与青面鬼怪的内外勾结？于是，帐篷里外的精灵鬼怪沆瀣一气，组成了一个名字叫幽灵的团伙，狰狞巡弋在冬瓜礁的上空，它们占据了每一尺、每一寸、每一丝米和每一忽米的空间，也充斥了每一小时、每一分钟、每一毫秒和每一微秒的时间。它们的目的只有一个，那就是图谋合伙绞杀全部的生气和希望，将这拨擅闯九宫禁区的男女，治得个天堂路远、地狱道近。

睡了不知多长时间，刘振宗突然翻个身醒了，手一撩睡袋坐起来，两眼直愣怔看着前面——前面空荡荡的什么也没有。

“振宗，”大河一看他那个样子，心里面跟着皱巴巴地发紧，就道，“想不想喝点水？”

刘振宗茫然地朝大河这里看了一眼，头像是动了动，但不知道是肯定还是否定。

安子儒见状，忙把方才倒的那半碗水又端给他，道：“小刘老弟喝口水，去去心火。冬瓜礁上吃的虽说不上是多么好，但喝的却是天下一等的纯净水哩。”说着把水碗递到他嘴边。

刘振宗顺从地喝了一口，把碗推开，两眼继续傻傻地盯着空洞的前面，好像那里是四十大盗藏宝的山洞。

安子儒把水碗又往他眼前一递，道：“再喝一口吧。”

“还有完没完？老子不喝了！”刘振宗突然暴怒，啪地一巴掌将水碗打飞。一阵急雨哗哗啦啦从天而降，好几个人的铺上身上，都跟着过了个泼水节。安子儒捡了水碗，灰不溜丢坐回自己铺位。

看到刘振宗忽然喜怒无常，大河心里顿生无限忧虑，真担心这样下去，他会变成什么样子。暗暗叹过一口气，便拿了毛巾，给刘振宗擦拭溅到脸上身上的水。

“振宗呵，”擦完了水，大河在刘振宗身边坐下来，道：“你如果觉着心里头憋闷得慌，那我陪你到外面走一走好不好呵？”

岂料大河一说到外面去，刘振宗脸上变了颜色，忽然哇一声哭起来。号号啕啕了一阵，箭杆雨便变成了毛毛雨，声音也降下来八度。只听他抽泣着道：“我不到外面去，我、我不到外面去！”

刘振宗一哭，弄得大家一头雾水，谁也不明白云彩是从哪里飘过来的。大河更是暗暗担心，怕他哪根神经出了毛病。

等刘振宗抽抽泣泣哭完了，大河道：“外面有什么不好呵，你看，胡子元帅就一直睡在外面雪窝里，叫他进帐篷还不愿意呢。”

“我不去，我一出去，那双眼睛就死死地瞪我，阴沉沉的。我真的是好害怕呵，冬瓜礁就像个大坟墓……”刘振宗说着，两手捂着脑袋又哭了起来。

倘使刘振宗不说这番话，谁也不会多去想冰墓里的那双眼睛如何如何。如今经他这一提，大伙立马觉得有股阴嗖嗖的风，从外面直透而来——那一双带了坟墓中死气的阴森恐怖的大眼，果然就像瞪过来了一般，死死地逼视着——即便是大天白日，也让人头发梢直直地竖着。

大河沉默了一会儿，把毛巾递给刘振宗，让他擦擦眼泪，就道：“你看净想些乱七八糟，这都是哪有的事呀！来，既然不想出去，就再睡一会儿吧，至少还可以节省点体能。”

刘振宗摇摇头，道：“不，我也不想再躺着了，睡觉睡得脑仁儿又胀又疼哩。”

大河想了想，忽然道：“哎，振宗，你要是睡够了觉，又闲着无聊，那我来教你下马虎咬小孩怎么样？”

刘振宗不解地瞪大眼睛，道：“什么、什么是马虎咬小孩？”

大河笑道：“马虎咬小孩嘛，是我们老家的一种游戏，小时候常玩。‘马虎’就是狼。”

于是，大河讲了行棋规则，找纸笔画了棋盘，又搓了一些纸蛋并捡了两块小石头，做小孩和马虎，然后就拉着刘振宗下起了棋。童圆则蹲在一边看热闹。哪知只走了几步，刘振宗一阵心不静，口里道声：“不下了，不下了。”一抬手，呼啦就把棋盘掀翻了，马虎和小孩滚得到处是……

晚上开饭，冬冬、老爹和刘振宗都没爬起来。冬冬像是一直在迷糊，大河几次叫她喝水也不见应。一风、牛得田、童圆和安子儒等，一人盛了一碗海草，坐在铺头默默地嚼着。海草似乎成了他们的全部，大家只和它较着劲儿，谁也不看谁，谁也不说话。一碗饭终于像完成任务似的吃完了，筷子和碗就地一撂，一个个滚骨碌子憩下了。

大河吃过饭，心里闷闷的。本来，身子软得也想倒下来歇歇，可看看帐篷里面东倒西歪的一堆人，越发惆怅难安。半过晌的时候，汤姆说要再去趟海螺顶，这工夫也不知回来了没有，大河给他在锅里扣好了饭，就到外面去找汤姆。雪窝子那里没有人，大河就坐在雪橇上等着。过了也就在炉子上烧开一壶水的工夫，大河听到呼哧呼哧踩雪的声音，知是胡子元帅回来。就问道——

"这回上海螺顶，是不是又有新发现？"

"唉，别提了，"汤姆走到跟前，把背囊往雪地一扔，粗粗地喘过一口气，道："我是打算再上去一趟的，可这腿脚的今天老不听使唤，爬了半截就没了力气。唉，我想，高爷爷该告诉我的都告诉了，所以就疼爱我，不让再费劲去爬了。"

大河道："那就早回来歇着嘛，咋又磨蹭了这半天？"

汤姆故作神秘地笑了笑，道："高爷爷不让我上海螺顶，是因为上帝另有安排呢……"

大河被汤姆说蒙了，就道："啥呀，看神神秘秘的样，该不是有救援的消息了吧？"

汤姆道："那也差不离。"于是，就把离开海螺顶又去鲸脊滩时所见到的秘密，跟大河和盘托了出来——

汤姆因为体力不支上海螺顶失败后，就顺着海冰线往鲸脊滩方向走去。他想趁晚饭前去一下冰墓，一来测定一下墓地方位和三座冰墓的规格尺寸，二来顺带拍几幅照片。不料往前走了才几十步，忽见一块薄海冰像被什么踩了一脚似的，有一个圆洞。也是一时好奇，就前后左右小心查找。这一找，高兴得差点叫起来——就在一块海冰表面的积雪上，竟有几枚清晰的白熊蹄印！再继续找下去，蹄印在冰海断了头。

老冰洋是白熊故乡，在这里见到个把白熊的脚踪，怎值得汤姆如此兴奋？原来自从和萌萌有过几次交道之后，他心里就对大河和尤尼塔救养过的这只白熊，不仅产生了浓厚兴趣，而且还喜欢上了它。兵困冬瓜礁之后，他甚至不止一次地在想：萌萌是头灵慧的义熊，救命恩人的行踪一定知道得清清楚楚。它如果见到大河这些人没了吃的，保不准还会重演汇泉湾的故事呢！因此夜宿帐外，时时留意奇迹的出现。下午发现白熊脚印，心里当然是喜不自胜，连弯也不打就想到了萌萌身上！

“咱们可不能把求生的希望，完全寄托在一个畜类身上……”听了汤姆的叙述，大河道。

话虽这样说，但大河还是希望萌萌能够早一点出现。他太知道萌萌是怎样一头熊了。实际上，在踏上冬瓜礁的第二天早上，他就在海滩发现过熊蹄印子，但没有吭声。

两人进帐篷之前，他让汤姆夜里睡觉警醒着点，发现有萌萌的踪迹就赶紧告诉他。同时又特意叮嘱汤姆，这件事暂时对谁也别放声。

次日凌晨三四点光景，大河睡得正香，忽听汤姆在他耳边小声道：“有情况！”

大河一骨碌爬起来，摸了鞋就往脚上套。睡在一边的一风也醒了，拉了他手一把，也是小声道：“要不要我和你一起去？”大河趴在他耳边道：“没事，你睡吧，我去就成。”说完，跟在汤姆后面钻出帐篷。

到了雪地，汤姆掩饰不住兴奋地道：“嗨，我猜得没错，果然是巴希拉！”大河问：“啥？”汤姆道：“唔，萌萌。”说完牵起大河的手，就向鲸脊滩方向走去。迎着灰蒙蒙的雾走了五六十步，汤姆停下来指着雪地上一摊黑乎乎的东西，道：“看，和汇泉湾那会儿一样，也是海豹！”

大河俯下身一看，果是一头海豹，头被什么弄得血糊糊的。再一看雪地上，分明就是一行白熊的蹄印！

“呵，是萌萌，是萌萌！”大河激动地说着，猛拍一下汤姆肩膀，“哎呀，胡子元帅，你是怎么发现的呢？”

汤姆笑着道：“你嘱咐我夜里警醒着点，结果我就不敢睡了，一直瞪着眼小心听着雪地里的动静。也合该咱们和萌萌有缘分。过了也不知道多长时间，忽然听到北面雪地里沙沙响。爬出雪窝再听，声音又没了。再躺下越想越不对劲儿，生怕萌萌悄悄地来了，又错过见它的机会。就赶紧起来向北面找过去，结果就看到了这个家伙……”汤姆说着拿脚踢了一下海豹。

“汤姆，”大河按捺不住心中的欣喜，道，“你说萌萌现在会在哪里呢？”

汤姆连想也没想就道：“走不远的，没准就在前面海冰上呢。”

大河果决地道：“找它！”说罢，两人顺着蹄印急步向鲸脊滩奔过去。

第三十五章 我们都还活着

大河和汤姆赶到鲸脊滩，窝头地瓜大叫驴，胡黍穇子三脚猫，雾罩罩的，啥也辨不清，印在雪地的蹄窝早断了头。大河手扶了腰，一边呼哧呼哧喘着气，一边岔了声地喊：

"萌萌——"

冰冻的世界寂然无声。他扯着嗓门又接连喊道：

"萌萌——"

"萌萌——"

汤姆眼睛瞪得比雪狐狸的还圆。他机警地观察着四周，肯定地道："萌萌走不远，一准儿在附近！"

前面是高高低低一片乱冰，两人几乎没犹豫走上前去。忽然，大河向后摆了摆手，示意汤姆停下来。大河指着前面欣喜地道："是萌萌，胡子元帅，这一定是萌萌！"汤姆定睛一看，果见一只白熊，头向着他们一动不动站着。

"萌萌，"大河走上前一步，和白熊保持了五六米距离，亲切地道，"你是萌萌对吗，来，走过来，让我好好看看你。啊，可爱的小家伙，两年多不见竟长这么壮了，是一头威武彪彪的大熊了。唉，萌萌，知道我是多么想你吗？呵，还有尤尼塔，托尼，大叔，大婶，大家都非常想你呀！"大河唠唠叨叨，像见到失散多年的孩子。

白熊像一个冰坨子，还是那样站着，并不见要走过来的意思。

汤姆趋前一步，道：“和你两年未见，有点认生。再往前靠靠，大河先生。”

大河又往前靠了靠。嘴里轻轻道：“萌萌，我的孩子，怎么，不认得我了？来，好好看看，我是谁——”

那白熊忽然趴了下来，脑袋一歪，嘴巴顺势搁在平摊开的两条前腿上，就像一条温顺的苏格兰牧羊犬，眼睛一眨不眨地看着于大河。

“还是那个调皮的样子，哈哈，跟阿黄神态一模一样。”大河说着，走到白熊跟前蹲下来，“萌萌，你好吗？咱们两年没见了。为了你，我去了好几趟白熊谷，为什么一回也没见到你呢？难道你一直在冰海里游荡？还是大天白日趴窝里睡懒觉？哈哈，反正不是有意躲我对吧？”大河说完，仔细端详起眼前这头让他时时牵挂的白熊：额头正中那撮黑毛毛，曾经像滴在白布上的墨汁一般扎眼，但现在已经不那么明显了，这大概是身上太过脏污的缘故吧？这撮黑毛是萌萌独一无二的身份证明，大河在想起萌萌的时候，黑毛会像黑宝石一样在眼前闪闪发亮。大河的目光，从萌萌头上又滑向全身，最后落在它的左肩上。还没完全死性的伤口，毛皮比别处要高出一块，血痂也没褪利索，这不由得让他想起白熊谷那个令人惊恐的夜晚……

“萌萌你长大了！”大河激动地伸出手，轻轻摸索着萌萌的脑袋。脑袋毛茸茸的，就像一个大绣球。以前在卢特吉尔的时候，萌萌就是学着阿黄的样子，狗趴在门前雪地里，十分舒坦地让大河或是尤尼塔抚摸它的脑袋。那时的萌萌，就如躺在母亲怀抱中撒娇的稚口小童，它享受的是天底下至情至爱，趴在花蕊中的蜜蜂都不会有它幸福。

“离开我和尤尼塔，”大河把右脚从一块冰疙瘩上挪开，继续摸着萌萌的头，道，“你是不是吃了很多苦呵？在把你送回白熊谷以后，我和尤尼塔一家真是难受极了，就连阿黄也有好多天没吃东西呢。”

聪慧的萌萌，显然听懂了大河的话。也许，它想起了小村的木房、雪包、冰沟，想起了尤尼塔一家，想起了阿黄，眼角湿乎乎一片……

“大河先生你看，萌萌哭了！呵，萌萌太通人性了。不，它比这世界上很多的人，更有人性！它简直就是天使，我的上帝呀，这简直就是一个天使！”汤姆好像比萌萌还激动，嘴里语无伦次说着，也凑上前去亲切地抚摸着它。

大河用手擦了擦萌萌眼角，对汤姆道：“那一年，和尤尼塔刚捡回它的时候，小家伙还傻头傻脑的。过不了多久，就发现萌萌出奇的聪明，有灵性——”萌萌脑袋在大河身上蹭了蹭，大河就势搂住了它脖子，“有一回，噢，那工夫已长得和阿黄个头差不多大了——托尼和伊莉娅、玛格丽几个孩子，带着它、阿黄和阿黑，到东北沟子溜冰。托尼他们正玩着，忽然看到萌萌和阿黑打了起来：萌萌死死咬着阿黑，把它从一个小冰丘上往下拖。身高力大的阿黑，一边恼怒地叫着，一边回过头来，龇牙咧嘴地要咬萌萌。萌萌松了口。阿黑上了冰丘，萌萌又跑上去咬着往下拖。一连几回，托尼心里犯开了嘀咕。心想萌萌和阿黑一向和睦，今儿怎么打成了这个样呢？他满腹疑虑上了小冰丘，低头一看，冒出一股冷汗——不知谁在那上面埋了一把捕狼刀，冰血疙瘩已经被阿黑舔开，锋利的刀刃露了出来……”

汤姆道：“这么说，萌萌是在捕狼刀下救了阿黑一命哇。可它又是怎么知道冰丘上的血包，是不能动的呢？是它有什么预感呢？还是在它的基因里本来就带有这种信息警示？”这位生物学家眉心蹙了个疙瘩。

“萌萌刀下救阿黑的故事，一直让托尼和尤尼塔他们大惑不解。我也想不明白，一个小熊崽子，怎么竟会有如此令人惊讶之举呢？后来我想，也许解释只有一个：萌萌是一个天使，是一个受上帝差遣的精灵！”大河把脸紧贴着萌萌的脑袋，问萌萌道，“是不是呀萌萌，你就是天使，你就是上帝差遣来的精灵！”

萌萌伸了又长又肥的大舌头，就和阿黄似的，轻轻舔了舔大河的脸颊。大河心里有说不出的愉悦。就想，世上的奖赏、荣誉有千万种，可比起萌萌的这一舔，又算得了什么呢？

“萌萌，我来问你，”大河静静想了一会儿，看着萌萌结着血痂的伤口，心疼地道，“你身上受的这伤，是不是那晚在白熊谷落下的？”萌萌的脑袋乖觉地蹭了大河一下，大河又道，“即使你不表白出来，我也知道。那天晚上，除了你萌萌，不会再有谁来干这傻事了！呵，萌萌，我来告诉你，那晚上你舍命相救的不光有我，还有这位大胡子先生呢——”他指指汤姆，“他叫汤姆，大家都称他胡子元帅，除了邋遢一点，脾气古怪一点，人还不赖。”

“咱们已经见过面了是吧萌萌？”汤姆亲昵地拍拍萌萌，道，“唔，就在汇泉湾不远的乱冰丛边。那天，咱们俩说了好多好多的话。我还告诉过你，我爱上了尤尼塔，因为她是你的恩人，我又和卡西莫多爱着埃斯美拉达一样爱她，所以就把心里的秘密告诉了你，对吧？”

在汤姆和萌萌说着话的时候，大河想，冰上队随断冰漂流至此，天气如此恶劣，又和北斗站失去联系。就目前来看，要想脱离险境，除了上帝，能依靠的也许只有萌萌了。

求助于萌萌脱险这一异想天开的构思，在于大河上冬瓜礁的第二天早晨开始有了雏形。当时，他跟一风几个在雪地里找到冬冬和安子儒，只听安子儒嘴里嘟嘟囔囔说茅草地的红灯笼，还有什么大白熊。一行人都觉得他是烧得说胡话，于大河听后心里却打了个艮。当冬冬他们进了帐篷，手忙脚乱地照顾安子儒的时候，他却抽身帐外，沿着安子儒留下的脚踪来到了西侧海滩。就在安子儒一跤跌倒的地方，他瞧见了几个白熊蹄窝浅浅地印在冰上。似乎一切都是明了的，不会是别的白熊，这一定是萌萌。站在迷雾的冰滩上，他甚至仔细回忆起冰裂那天夜间隐约听到的奇异声音，为此还问过老爹呢，现在似乎也可以做出这样的判断，八九不离十是萌萌在向他们发出的警示，无非是因为顶风和冰崩太响的缘故，他们没有听得分明，因而就失去了一次及早发现冰裂危险并加以规避的机会。由此，于大河脑子里就有了一道清晰的轨迹：白熊谷的两熊相斗，站区从天而降的海豹，乱冰丛与汤姆的邂逅，迸发老冰洋途中的三声大吼，冰裂之夜的奇怪声音，还有冬瓜礁上的红灯笼和蹄印……如果把这一切连缀起来，就不难发现，随着他们走过的足迹，总是有一头白熊或是白熊的影子，在不近不远、时隐时现地跟随着，相伴着……还有什么疑问吗？没有，这当然就是萌萌。关于这一点，其实大河早就猜测到也预感到了，但他自始至终没有说破。

至于如何让萌萌来帮助脱险，大河也早想好了。那就是：给萌萌脖子上拴一个牌子，上面写好冰上队所处的位置，让它送给尤尼塔。当然，他也想到另一个办法：在小瓶子里装上纸条，让萌萌把信瓶叼到陆地……可是，萌萌毕竟是一只白熊，即便它和人有感情，谁又能保证它会百分之百的过来呢？它要是不过来怎么办？再退一步讲，萌萌就是能现身过来，也让人靠近。那么，又有谁能保证它真正理解人的意图，百分之百地把信送出去呢？这里面充满了未知数，甚至就是天方夜谭，是和小孩子过家家一样滑稽可笑……可如果不这样，还能有什么别的法子吗？冰上队一没吃的，二又没法和外界联络，光傻狍子似的等着救援，无异于坐以待毙。大河想了有三万六千八百遍，还是决定要大胆一试：设法让萌萌做一次信使，让它把冰上队遇险的消息，传递到北斗站上。“对，就这么办，只要萌萌能现身过来，事情便成功了一半。到那时，无论如何也得让它跑一趟汇泉湾，是好是歹，全在这一下子了。”在去冰墓回来的路上，大河下了最后一次决心。

有了这个想法以后，就和小孩子盼过年似的，冰上队长于大河特别盼望着萌萌出现。时间在一分一秒地溜过去，就连坚硬的礁石上面，也要留下它走过的刻痕。希望的晨曦被乌云遮住，魔鬼喜欢上了这座岛礁。情况对大河他们来说，显然是越来越不利了。随着狗骨最后一点渣渣和着海草被吃光，饥饿、疾病、绝望、恐惧和沮丧，和一群毒蚂蚁一般，开始袭击沦落在冬瓜礁上的这拨人。安子儒病情才有好转，白冬冬病倒了，刘振宗发了癔症，就连一向身体健壮的老爹，也体力不支躺下了……萌萌呵，你什么时候才能现身呀？大河几乎一分钟一分钟地数着指头盼望，心里急得那个样子，如果划根火柴就能点起一把火。

幸好，翘首盼望的萌萌，寄托着大河期望的萌萌，终于出现了！大河搂着萌萌，比穷光蛋得了一座金山还要高兴。

“萌萌呵，”大河几乎是贴着萌萌的耳朵，一字一句地告白，“我和我的队友，现在遇到了危险，唉，你可能也看得出来，我们被困在这个孤零零的岛礁上，眼看就撑不下去了。我想拜托你一件事——”

汤姆和萌萌，一个是挂着一脸大胡子的人，一个是长了四条腿的熊，一齐用惊讶的目光看着于大河——

大河歪过脸去亲了亲萌萌，继续道：“我想让你返回陆地，去找尤尼塔送个信，唔，找尤尼塔。只要找到了尤尼塔，萌萌呀，你就立了大功一件。我，还有我的队友们，就有救了。”

“哦，仁慈的主呵，原来如此！”汤姆嘟囔着，在胸前画了个十字。

萌萌伸出舌头又舔了一下大河的脸。那意思似乎在说：“我明白了，您放心吧！”

“我就知道萌萌一定能听懂我话的。”大河高兴地对汤姆道，“你看胡子元帅，它在亲我呢，它在舔我的脸。呵，冰上队有希望了，汤姆，萌萌就是咱们的救星！”

“噢，萌萌，咱们现在就回到帐篷，我的队友都在等着见你呢。走，你跟着我和胡子元帅。”大河说完，和汤姆站起身，兴冲冲地走在前面，萌萌则一步不落地紧随其后。

很多年后，童圆回忆起在老冰洋孤岛上初次见到北极熊萌萌的情景，仍然激动得热泪满面。他会向认识的或不认识的人反复絮叨：“哦，真是不可思议，不可思议呀。一头北极熊，哟，比绵羊还温顺，比猴子还机灵，比警犬还听话，比人……唉，怎么说呢，说句不中听的，比我们当中很多的人还善良，还有人性哩。嗨，你们别不信，这可都是我，还有我的那些亲爱的队友们，亲身所经历的，半点儿也不会假的！”

在萌萌跟大河和汤姆摇摇晃晃走来的时候，站在帐篷前面的童圆，第一个先看到了。他和亲眼见到孙悟空降服了牛魔王似的，惊奇地尖着嗓门喊道：“嗷号，老爹，一风老师，牛老师，你们快来看呀，大河老师和胡子元帅，领着一个什么过来了！哈哈，不会是北极仙翁跟前的银毛兽吧？”

谷一风、牛得田、安子儒，一个接一个从帐篷里钻了出来。安子儒一看到白熊，揉揉眼睛失声叫道：“哎呀我的妈，真是显了灵了，就是它，就是它呀！”

一风和牛得田猛见大白熊走过来，也是吃了一惊。但再一看大河和汤姆兴奋、从容的样子，当即也明白了怎么回事。

还没回过神来的安子儒，又嚷了一句：“没错，就是它哩。”

一风白了安子儒一眼，道：“看你失惊打怪的样子，啥叫就是它哩？怎么和刘振宗似的犯了癔症！”

“不是的，一风老师，”安子儒手指萌萌，急忙分辩道，“我说的是它哩，那晚在雪地看到的红灯笼，就是它的俩眼睛，嘿嘿。”

一风烦气地撇了撇嘴，觉得这个矫情的安子儒，净说些不靠谱的，刚想再刺挠一句，牛得田却抢着道：“哈哈，久闻大河老师曾经和爱斯基摩朋友救过一只小熊宝宝，敢情这就是了，”说着大胆走向前，仔细端详着萌萌，“啊呀，长得高高大大，威风凛凛，在这老冰洋上怕是没有啥对手呢。嗨，真要在野外冷打景地遇上，什么人不吓个半死！”牛得田吐了一下舌头，又接着道，“哎哎，大河老师，忘了问一下这位阁下的尊姓大名了。”

大河还不等张口，童圆忙接腔道：“嘿，叫萌萌，这是当初大河老师给它取的名字，这个我早就知道了，”说着脱口叫了一声，“萌萌！”

一风道：“好，萌萌这名字好。这一回——”他向萌萌跟前靠了靠，问萌萌道，“亲爱的萌萌小朋友，你到冬瓜礁来有何公干？是认祖归宗呢，还是探亲访友？或者是顺路捎带着看望看望故主？”

一风一副认真的样子，让大家一阵大笑。笑声未落，忽见帐篷门帘一掀，老爹和帕波雷克两人脚跟脚走了出来。老爹一见萌萌，精神大振，软塌塌的身上立时有了力气，他边走边高兴地叫着：“哟，咱们小萌萌来了，我有两年多没看见你了，哈哈，都这么大了，是头正儿八经的大熊了。来，小家伙，让我好好瞧瞧你。”老爹说着，伸了手亲切地摸萌萌的头，摸着摸着，忽然惊道，“咦，萌萌，你身上的伤咋回事？”

大河道：“老爹你还不知道，萌萌这伤呢，是为了保护我和汤姆，在白熊谷跟一头白熊打架留下的。不过，看样子也快长好了，您不用担心。”

老爹点点头，道：“噢，那就好，那就好，”接着叹了一口气，“一晃这么长时间过去了，萌萌长大了，可咱们的阿黄，唉，萌萌的好朋友阿黄……”身体虚弱的老爹，控制不住流开了眼泪。

萌萌善解人意地拿脑袋拱了拱老爹，老爹越发动情。他一把将它搂在怀里，头伏在萌萌身上，竟然抽抽搭搭地哭了起来，浑浊的老泪一颗接着一颗，颗颗都落在萌萌的身上、脸上。一风等见此情景，一个个连连感叹，心里也跟着不好受。

童圆惊奇地道：“我感觉，怎么像是走进了童话里面？真真是奇事一桩呢。或者，这就是艾奥诺村长大白熊故事的现实版？可再怎么说，那也是个故事，是一辈辈添油加醋编出来的。而萌萌呢，不是故事，不是传说，我们能摸到它，它也拿头来拱我们。啧啧，可真是奇了！”

在一边站了半天没吭气的汤姆，也感慨万端地道：“这样的事，也许只在好莱坞的科幻大片里才能看到呢！”

就在他们几个围着萌萌说话的空当，大河悄悄和一风耳语了几句，看着一风点点头，他就一弯腰进了帐篷。从昨天下午喝过几口鱼汤之后，冬冬便一直迷迷糊糊睡着，身上软绵绵的，没有力气，胳膊腿的似乎也不属于自己。有好几次，知道大河就坐在铺边上，甚至还问她想不想喝水，是不是很难受，等等。她真想坐起来呵，睁眼看着大河，和他说说话儿。努力了半天，两扇眼皮的大门，一扇也打不开。有些时候，她也不知道这是在哪里，到底在干什么。往哪里看都像是黑咕隆咚的，世界既空虚又黑暗，连点亮光也没有。她想大喊几声，嗓子发不出音来。心里那个急呀，真恨不得冲破房顶飞出去，又觉得这不是在房子里，四周全是冰凉的岩石，身子有如一片羽毛，老在飘飘地往下落。有时落着落着，又变成给慨儿放飞的纸鹞，可纸鹞也是在飘飘地下落。呵，那种往下落的失重感，像贴着地狱冰冷的墙壁飞翔。一墙之隔的那个所在，已经有股阴冷之气透了出来，让她的身上不停地战栗，心里面发慌、害怕，好像再也回不到有阳光的地方了。

折腾到后半夜的时候，竟沉沉地睡着了，一直到早晨才醒过来。只这一觉，那片羽毛或者是纸鹞，才算踏踏实实落到了地面上。身子不那么沉了，胳膊和腿这些零部件，也一个萝卜一个坑地归了位。她觉得嗓子发干，想起来倒碗水喝。才从睡袋里爬出来，忽听帐外闹闹嚷嚷，传来一阵说话的声音。仔细听，好像和萌萌有关系。再一看铺位，除了刘振宗还躺在睡袋里昏睡，其他人不知何时全都出去了。坐在铺上喝了小半碗水，润了润嗓子，压了压咳嗽，又擦了把脸上冒出的虚汗，就穿好衣服，想到外面看看。才收拾好要出去，忽见帐篷帘子一动，大河钻了进来。

“哎呀，你怎么起来了？身上舒服些了吗？要是不得劲就躺下吧，看你那脸色！”大河关切地说着，把帽子一把从头上揪下来拿在手上。

“睡了一觉，身上好多了。刚才听到外面一声不罢一声地嚷嚷，好像说的是萌萌，就想出去看看。”冬冬道。

“没错，是萌萌来了。我正想找东西做个牌子写上字，或者是弄个玻璃瓶子，里面装上封信，让萌萌送给尤尼塔呢。唉，能不能走出冬瓜礁，看来也只有这一条路了。”大河说着轻叹一口气，去拿自己的背包。

“呵，真的是萌萌来了？”冬冬因为兴奋，苍白的脸上出现了两片红晕。

大河就把汤姆凌晨发现海豹，以及他俩到鲸脊滩找萌萌并把它带回来等，连同自己的一些想法，从头给冬冬讲了一遍。末了道：“成不成的，眼下也只好这么试一试了。只要萌萌能把信送出去，咱们就有救了。”冬冬听了啥也没说，拿过自己的背包和药箱，一样一样翻拾着，七七八八的，摊了一睡袋。

“要依我看，大河哥，”冬冬咳嗽了一声，喘息着道，“如果找一个什么东西来做牌子，再写字缚在萌萌身上，后面又是爬冰又是涉水的，等费尽周折到了岸上，那牌子、那字的，还中用吗？只怕冰磨水泡的，啥也看不清楚了。可要是用瓶子来装信，那瓶子最起码得封闭严实，不能渗进去一点海水，”说到这里喘一口气，又继续道，“别看箱子里有些盛药的瓶瓶罐罐，但哪一个也不顶用……”

“这咋办呢？”大河摸着下巴，想了想，突然又冒出一个主意，就道，“你看这样好不好，咱们找一块木头刻上字，或者捆在萌萌身上，或者是让它叼着过去。”

“咱们的家当都摆在这里，哪还有块可以刻字的木头呢？”冬冬皱起了眉头。

“这个好办，利斧的把就是现成的木头。另外，咱不是还有架雪橇嘛——”大河说到这里，忽然意识到不妥，就摇摇头道，“不行、不行，木头也不行，万一路上磨损了、泡坏了，或者是让萌萌不小心咬烂了怎么办？岂不误了大事！”

两人各自凝神思索，半天谁也没说话。

稍顷，冬冬道：“大河哥，你说咱们来缝制一件脖套怎么样？”

“缝脖套？”大河下意识地摸了摸脖子，不解地问：“缝那玩意儿做啥呀？”

冬冬喘息了一下，笑了笑，道：“上回煮皮子，不是剪下来一对海豹皮靴腰吗，你看看，这会还在包里吧？”

大河翻了翻背包，拿出那两只靴腰，看到白皮子上精心所绣的蚂蚱菜花儿，在绿叶的衬托下，一朵朵像是开得正红的样子，心里顿时感奋不已。靴腰本裁自靴口，曾经连结着它的那大部分，早变成了延续大家生命的另一种物质形式。而今，这一对项圈似的靴腰，却成为主人最心爱的珍藏。大河什么时候在背包里触摸到它，心头便有一股爱的暖流滚过。他非常清楚，一块没有熟过的海豹原皮，要变成一双穿着舒适的靴子，不知得用牙齿咬上多少遍，不知得用双手揉上多少回，不知得细细地缝上多少针。加之，又绣了花儿，而且还是他最喜爱的蚂蚱菜花儿……这靴腰的意义就非同寻常，里面包含的情义，比大海还要深上一万倍！但此刻，他不明白冬冬要找靴腰做什么。

见大河一脸疑惑，冬冬笑道：“我想用靴腰来给萌萌改一个脖套，然后再把我们要报告给北斗站的信息，凝炼成最简洁的一句话，用线绣在上面。如此，当会万无一失。”

大河听了拍下脑门，高兴地道：“哎呀，好主意，真是个好主意！来，你赶快找针线，我这就来缝！”

“你？”冬冬扑哧一笑，道，“亲爱的于队长，这可不是要去扛一麻袋花椒哩。”

大河不好意思地挠挠头，道：“唉，我是怕你这身子……”

冬冬道：“不要紧，我又不是公主小姐的，没那么娇贵。”

冬冬一边说着，找出了针、线、顶指和剪刀等物，先是把两只靴腰剪开，接着又针脚细密地把它们连到一起。她把接好的皮子，手捏着往起一对，左右端详了端详，道：“大河哥你来看，项圈大小的可以吗？”

大河看了看，道：“这宽窄的我看是再合适不过了。至于长度嘛，也没问题，给萌萌戴上只怕富富有余呢。嘿，就绣字吧，真是要劳驾你了。”

冬冬道：“大河哥拟个词吧，我来绣。”

大河咬着嘴唇想了想，道：“字不能多了，多了盛不下；要少了吧，又怕说明不了情况。哦，就绣、你就绣上咱们冬瓜礁所处地理位置的坐标吧，这是最重要的，高站长他们只要知道了这个坐标点，飞机立马就可以飞过来的。”说着，又喊一风进来，打开卫星定位仪，再次测量并确定了精确的经纬度。

“就委屈你坐在这上面吧，好歹的也算个座位了。”大河把自己的睡袋拿过来，卷了个卷当凳子，让冬冬坐。

冬冬戴上顶指，拿过一桄黑丝线纫上针，就在睡袋卷上坐下来。她先确定了所绣字体的大小，又比画了比画这些字所占的尺幅。心里有了数，就在红彤彤的蚂蚱菜花之间，飞针走线绣了起来。

靴腰的皮子比较厚，针扎起来有点费劲。尤其是冬冬尚在病中，身体极度虚弱，浑身酸软乏力，虽然她打起了百倍的精神，使出了全部的劲儿，但针穿到皮子上，常常显得力不从心，而且还带着一点点从未有过的迟疑。有的时候，手里擎着一枚针，像是举了根棍子，看着是瞄向了皮子，可不知为什么，总有那么一霎的犹豫，才软绵绵攮了下去。按说，尖锐的钢针逢着皮子，即使它再厚又能怎么样呢？应该是一穿而过，不存半点悬念。但今天的冬冬却不一样。那针落在皮子上，倒像是知了的吸针扎在硬树皮上，也就是勉强进入而已。如果不是用戴在中指的顶指再顶上那么一下子，大概针尖要走到皮子的对面，都不会有那么容易。大河看着冬冬的这个样子，心里有说不出的难受。想一想从前那初开玫瑰雨露微沾的模样，蜻蜓勇立碧波中荷角菱尖的神采，她总是那么有朝气，有活力，像阳光下林梢欢唱的小鸟，像飞栖在东天晨曦中的红霞，听到她的声音，看到她的影子，都会让人心里舒坦，觉得活着就是美好，就是幸福，就是有滋味有奔头！而现在……大河心里一阵阵发酸……

绣了一会儿，脸上豆粒大的汗珠子，不断滚落下来。胸膛憋闷难受，忍不住又轻咳起来。大河手拿毛巾给她揩了揩脸上的汗珠，又倒了小半碗水，让她喝了一口。他心疼地道："累了就歇歇，急不急的，也不差那么一会儿。"冬冬又咳嗽了一声，手上的活停了停，不好意思地道："你看我咋这么不中用呢，也不过前天夜里叫风一呛，唉，就、就——"又咳过一声，气喘匀了，才接着说下去，"就虚弱成这个样子，真是让人笑话呢。记得读研究生的第二年，学校和社会有关方面，利用假期组织我们到春秋时期的一段长城废墟搞了三周考察，我们背着干粮和水，天天走草地，钻密林，穿山越涧，寻找两千年前的文化遗迹。在第二周，我也是呛了风，发烧咳嗽。领队的一位爷爷级的人物，非得要我下山去医院不可。但我硬是坚持走完了最后一程。唉，这一回，真的是太不争气了，怎么和大观园里那个颦儿似的，越来越弱不禁风了，真是的。"

大河道："你也不必多虑，身子发虚，主要是饿的。你想想，从刮白毛风那天到现在，咱们的肚子里，哪里还吃下去点正经东西？特别是这几天，除了可怜的一点点狗肉和海草，大家就是靠喝水，始终处于一种难以忍受的饥饿状态。唉，也不要说你啦，就像老爹那么强壮的，不是说倒下就倒下了嘛。"

大河嘴上这么说，心里却和刀子剜了似的难受。他感觉她的气色比前一天还要难看，咳嗽的次数明显增多，胸闷似乎也变得严重，这从她呼吸的困难上就可以看得出来，喘息带来的痛苦经常让她紧皱着眉头。他知道，冬冬现在是强撑病体在缝制脖套，甚至可以说，她在拿着生命来为大家赢得宝贵的救援时间。冬冬呵，我心爱的人儿，如果可以替代的话，就把你身上一切的病痛，即便是致命的病痛，都让我来承受吧！我愿意把我的健康乃至寿命，毫无怨言地奉送给你……大河强忍住眼泪，不使它滚出眼眶。

冬冬听了大河的话，眼睫毛忽闪了忽闪，点点头，继续在脖套蚂蚱菜花的花丛中绣着字。那些红色的花儿，在黑字的衬托下，更显俏丽。黑字也因为有红花相映，分外的凝重。

冬冬的气力看上去不如开始。几乎每缝上几针，必得歇一会儿，喘上口气。在绣到北纬的纬字时，不知怎的，竟让针扎到了手上。左手食指，很快有血流出来，滴到脖套的蚂蚱菜花上。她倒像是没有感觉似的，还是一声不响接着绣。大河心里疼得剧烈颤抖了一下，口里哎哟一声，抓过冬冬的手，放到嘴上吮吸了起来。看看不出血了，这才把她的手放下来。

“疼吗？”大河道，“你看你，也不小心着点儿。”说着端过碗，又让她喝下一口水。

冬冬喘过一口气，道：“权当叫蚊子叮了一口嘛。不过这样也好，蚂蚱菜花上，这会有了真正的红色，花儿倒更好看了呢。”

冬瓜礁的坐标绣好之后，两个人抻着脖套仔细检查了几遍，觉得一点问题也没有了，大河长出了一口气，就要拿着去给萌萌套上。

“大河哥，”冬冬手指着脖套的一块空白处，道，“这里留了点空，还能再绣上几个字。依我看，你再琢磨一句心里最想说的话吧。”

大河几乎连想也没想就脱口而出：“我们都还活着！对，就绣上这句话——我们都还活着！让高站长，尤尼塔，老拴头，还有老卜他们知道：我们都还活着，就在老冰洋的冬瓜礁上……”

要说的话，一字字都绣了，黑丝线忠实地记录并表达了冬瓜礁漂流者们的心愿。绾好最后一个线头，冬冬坚持要把脖套亲自给萌萌缝上。大河拗不过她，只好让她穿戴好了来到帐篷外面。

说来真让人难以置信，萌萌一见了冬冬，就和五百年前已经熟得不能再熟了似的，摇摇晃晃跑到她的跟前，拿着一个毛茸茸的脑袋，就紧着往冬冬的身上蹭。冬冬见状连忙弯下腰，亲得两手就抱住了萌萌。

牛得田惊讶地道：“呵呀，原来冬冬大夫与萌萌小朋友，你们二位早就相熟哇！”连大河和老爹也感到纳闷，萌萌见其他人还有些认生，怎么和冬冬这么亲呢？它和她，可是第一回谋面哩。莫非，这个宝贝把冬冬当成了尤尼塔？

“萌萌呵，”冬冬咳嗽了一下，流着眼泪道，“你的故事我很早就知道了。我为你感到高兴，感到骄傲。你碰到了这世上最好最好的人，所以说你是个幸运儿。可惜咱们刚见面就得分开，你得替这些最爱你的人，去送一个非常非常重要的信。”喘过了一口气，冬冬摸着萌萌的脑袋，就像和一个小孩子说话似的，“萌萌呀，在这里，我还得向你转达一位小朋友对你的问候——这位小朋友住在远隔万里的东方，她叫慨儿，今年八岁了。在我来北极的时候，慨儿特地嘱咐，要我一定替她好好看看你，说她衷心地祝福你，希望你好好地活着，而且还要我带回一张你的照片呢。”

听着冬冬跟萌萌说的话，特别是说到慨儿，大河的眼泪就忍不住了。他怕别人看到，悄悄地转回身，用衣袖擦掉。一来怕耽误时间，二来也是担心冬冬在外面太久身体受不了，大河就提醒冬冬赶快把脖套给萌萌缝上。

冬冬拿手绢擦去眼泪，就把绣着鲜红蚂蚱菜花，绣着冬瓜礁坐标和我们都还活着字样的脖套，套在萌萌脖子上，然后一针一针密密地缝结实。缝完了，冬冬摸着萌萌的脖子，道：“萌萌呵，这可不是个一般的项圈哩，这么多人的生死安危，全都寄托在你身上了！”

大河伸手拽了拽脖套，觉得十分地牢固。便对大伙道：“一切都停当了，就让萌萌启程吧。”

众人眼看着萌萌，一齐点点头。大河搂过萌萌，脸贴着它的脸，一字一顿地叮嘱：“萌萌呵，冬瓜礁上的人，就全指靠你了。去吧，到卢特吉尔，到北斗站，找尤尼塔！知道吗？萌萌，找尤尼塔！尤尼塔！！尤尼塔！！！”

萌萌伸出舌头，在大河脸上舔了舔。接着，又去舔冬冬——冬冬手摸着萌萌，已经是泪流满面了。

大河知道聪慧侠义的萌萌早已领会了人们的意图，就拍拍它的脑袋，道：“萌萌，我的孩子，去吧，去吧……”

萌萌踮开步，向着南边海滩跑去——才跑出十几步，忽然停下来，又回头向着大河、冬冬以及大伙，恋恋不舍地望着——

“拜托你了，萌萌！”大河他们呼喊着，一齐向萌萌挥舞着手臂。

萌萌一溜小跑向南去了……

第三十六章 老天疯了

萌萌撒开蹄子朝南一蹽，众人心里一块石头落了地。大河让冬冬和老爹赶快回帐篷休息，他则招呼了一风、牛得田和帕波雷克大叔几人，手脚麻利地收拾海豹并煮了一锅肉。

海豹的肉香把大伙对美食的记忆，从遥远的往昔拉回到现实。希望与信心在肉味的蒸腾中回归，噬嗑着人们精神的毒蚁害蚜悄然而退。大河要求，这头海豹一定得好好算计着吃，至少也要坚持七到八天时间。他让一风和帕波雷克两人把着关，一日两餐，一餐吃多少，严格按计划来，除了病号，其他人必须以吃海草为主。

吃过一顿海豹肉之后，帐篷里有了活力，冬瓜礁也不死寂得吓人了。人这东西就是贱，肚子里缺了食，似乎一步就可以退回或降低到和所有动物一样的水平。人呐，比起其他动物来，其实只多了一身衣裳。除了一个吃字，其他都是瞎扯淡。所以，饿得三根筋吊着一个葫芦的时候，谁敢说他就比一条狗一只猫啥的崇高多少呢？可一旦填饱了那些张口要食的卑鄙器官，一挂弯弯肠子就成了暖和过来的蛇，立时就活动起来。主义、理想，七规八章，三纲五常，四百三十七条军规，两千零八种律令，蜜虫子一般围住了菜心花蕊。人于是就成为一个人了，四肢发达又过于表里如一的畜类们，也就望尘莫及了。

哦，永远伟大而正确的食物！

海豹肉就如同还魂散，还有聚魄凝神的作用。刘振宗吃了一大碗肉，又喝了满满一碗汤，两个腮帮子红润润的，眼睛也有了光。昨日的癔症一溃千里，毛儿没留半根，口里说的句句人话，就如孔子从娘肚子里一拱出来就通了五经六艺似的。他坐在铺位上端着个汤儿不剩一滴的空碗，看着正在吃饭的童圆，吧嗒了一下嘴，道："好你个小童，像北极熊萌萌来了这样的奇事，咋不告诉俺老刘一声？"童圆就道："你叫我怎么告诉你？萌萌来的时候，你还迷迷糊糊昏睡不醒，也说不定，那时正美滋滋坐在什么飞机上呢。"大伙知道童圆是指昨天刘振宗发癔症的事，都捂着嘴笑了。刘振宗见童圆提飞机的事，想起了自己不停书写的那张纸，就有些不好意思了，脸上臊得像鸡冠子。他咧了咧嘴，道："不管你咋说，到帐篷里喊一声，总不至于身上少了块肉吧？"童圆贱卖不赊地道："得，有你这句话就好办，下一回萌萌再来，管你坐飞机还是坐轮船的，我一定会叫你的。"

牛得田在刘振宗和童圆对答嘴的工夫，早吃完了饭。一只手的食指指甲，在锲而不舍地挖掘着塞在牙缝里的一根肉丝；另一只手，则是用了三根手指捏只空碗，到帐篷外雪地里去拿雪刷。说来也是不可思议，忍饿的时候，看这冬瓜礁，阴气重重的，四面都是一堵墙。听啥动静，也像是鬼哭。这一会儿却大不相同。虽说还是雾气蒙蒙，但看海螺顶，隐隐的如同仙境。近处海滩上的冰礁石，也跟赫尔辛基街头的雕塑一样引人入胜。心情一爽，嘴上顺口就念了几句："莫愁在何处，莫愁石城西，艇子打两桨，催送莫愁来。"

"哈哈，我说老牛呵，才吃了一顿海豹肉，就莫愁起来了？"冷不防谷一风从雾里冒出来，把牛得田吓得一惊。原来一风也是早吃完了饭，到海滩方便了一下刚回来。

"嗨，原来是一风先生，俺老牛还以为海螺顶上下来了仙人呢。"牛得田抄起一把雪，唰唰地擦了几下碗，道。

"雪地诵诗，实属雅兴。你这样一弄，害得我喉咙里也痒起来，戏虫子往上爬，真想吼它几嗓子呵。唉，也不知道有多少日子没唱了，我操它姥姥的雾，就没个开了天的时候。"一风愤然道。

"那就来上一段嘛，反正冬瓜礁上干净，冰墓里的人也不会爬出来收场地费。"牛得田把碗里的雪唰地一泼，道，"唱唱戏也好，你看这些天把大家伙弄得，憋屈呵。”

一风抬眼望天想了想，亮开嗓门唱道——

汹汹大江水，

只把日月流……

刚唱了两句，嚓地打住，向牛得田摆摆手道：“罢，罢，罢。老子心里发堵，提不上气来。不唱了，不唱了，免得真把那边雪里躺着的啥土里蹲惊出来。多那么一个瞪眼扒皮的人，冬瓜礁就不素净了。”

牛得田道：“托尔顿，哈令·托尔顿。没关系，他老人家要是能出来，就叫胡子元帅替他买票好了，那不是他高爷爷的手下嘛。来，唱上一段吧。你看你才唱了两句，半下空里的雾都撄散了不少哩。哈哈，你这里一唱，可是冬瓜礁上的千古一吼呀，那叫个气派！”

一风见牛得田如此说，也不再推辞。打扫了打扫嗓子，抬手拿个动作，便接着刚才那两句戏文唱下去——

吃过一点海豹肉，又喝了几口汤，冬冬身上好受多了。她说想休息一会儿，大河就服侍她吃了药躺下，给她掩好了睡袋口，这才转身离开。不想也就抽袋烟工夫，冬冬憋得突然坐了起来，一声不罢一声地咳嗽着，两个肩膀剧烈抖动，样子十分吓人。大河赶紧上前蹲在她的铺边，问她要不要紧，是不是再喝口水。老爹和一风、童圆几个，也慌得围了过去，挓挲了手不知如何是好。

安子儒端了一碗水，从后面挤过来，声音发颤地道：“白大夫，你没事吧？唉，请喝口水压压咳嗽。”

大河从安子儒手里接过碗，问冬冬道：“安老师给你倒了水，喝口吧？”

童圆也急哇哇地道：“冬冬姐，喝口吧，把咳嗽压下去就好受了。”

冬冬道了谢，低下头，从大河伸到她嘴边的碗里，浅浅喝了一口，就抬起头，不想再喝了。

“来，再喝一口。”大河一手揽着冬冬，一手把碗又往她嘴边凑了凑。冬冬顺从地又喝了一口。哪知一口水没咽下，忽然涌上来一阵咳嗽，嘴一张，全喷了出来。

大河把碗递给安子儒，连忙拿过冬冬身边的毛巾，替她擦拭落在身上和睡袋上的水滴。

咳嗽过了，冬冬喘息着对大河道：“大河哥，真是难为你和大家伙了，跟着我受累。你看我、你看我，真没出息……”

大河鼻子酸酸地道：“都病成这个样了，还说这些，快省着点力气吧，看咳嗽的——”停顿了一下，忽然换了一种语气，故作轻松地道，“上来一阵子，脸上那么大俩酒窝儿，都抽抽得没了影，要想看呵，恐怕得拿你们医院显微镜才找得着呢。”

大河本想调侃一句，缓和气氛，但冬冬气不够喘的，脸上没有血色，也没有表情。大家伙看了心里不是滋味，一个个紧绷着脸，模样比先前还要沉郁。老爹一直叹着气，难受的样子让人凄然动容。

过了一会儿，安子儒忽然脸一红，嗫嚅着道：“白大夫，哎，哎白大夫，我，我早就想给你说说……唉，那件事，你看……”

一看安子儒又来了这拉不出屎的劲，一风嘴里轻轻道声“德性！”烦得一扭头，回到了自己铺位。其他人都一脸疑惑地看着安子儒。连帕波雷克这样的老实人，也觉得这人怎么怪怪的呢。

大河想起昨天下午安子儒也是这样吞吞吐吐、欲言又止的样子，好像要说一件什么事来着，话刚要开头呢，就被刘振宗一句梦话打断。当时他有些纳闷：这个安子儒究竟要说什么呢？还转三十里山坡打酱油，拐弯抹角费这么多周折。但此后一直到晚上，没见他再提起过，也就没往心里去。这一会儿，又守着冬冬要讲，还是要说又说不出口扯扯拉拉的样子，让别人看了也跟着累得慌。

大河正想着，就听冬冬道：“安老师，您别客气，有什么就说吧。”

童圆白了安子儒一眼，也道：“就是呀安老师，别磨磨唧唧的，没看冬冬姐还病着吗？”

牛得田和老爹，也在一边催着他快说。牛得田道：“有话就说，有气就喘，怎么和栾平到了威虎山似的？”

安子儒想了想，嘴唇一咬，突然道：“噢，没事了，没事了。”头一低回到铺位，闷坐着再不吭气。

大伙见安子儒这个样子，更猜不透是唱了哪一出，既不好再催，又不便深问，只好由着他去了。

冬冬坐了一会儿，身子老是要往一边歪。大河看她这个姿势挺累，就叫她躺下来休息。不想她却挺了挺身子，道："大河哥，我想看你和振宗下马虎咬小孩呢。"

大伙一听，都有点诧异。人病成了这个样子，哪还有精神看那些糊弄小孩子的把戏？大河却明白冬冬心思。她哪里是要看什么马虎咬小孩？她是怕大家这么闷坐着，别憋出啥毛病来呀。此外，一齐围着她长吁短叹的，心里也不太得劲儿。想到这一层，大河显出很高兴的样子，道——

"好呵，我这手还真痒痒了呢，就想着谁来和我下一盘哩。以前，我们那个村子，要说进过城、看过火车的不多；但要说不会下马虎咬小孩的，几乎没有。可以这么说，男女老少就没有不会摆弄这玩意的。有些大人，逢年过节或碰上婚丧嫁娶，常常是用下马虎咬小孩来代替酒令行酒呢！有一回，一个外号耳不齐的老光棍子，看好了村里的张寡妇，就牵了自己养的一头牛外加五只羊去下媒柬。谁知，张寡妇同时又收到邻村一个李光棍的定钱，是一头大灰骡子。要按市值匡算，两下里出的聘礼，算是一千文钱两下里分——都是半吊子，要谁不要谁的都差不离。可又总得淘汰一个。怎么办？张寡妇既想贪利又不愿得罪人，灵机一动，叫二人下马虎咬小孩来定输赢。谁要是赢了，她就跟着谁走。"

"结果怎样，张寡妇是骑着大灰骡子走了呢，还是牵着牛赶着羊走了？"牛得田急着想弄出个究竟。

大河道："结果是她既没骑上骡子，也没赶上牛羊。"

这下轮到刘振宗发急了。他道："这又是为何，总不至于下了和棋吧？照两个光棍子心急要吃热豆腐的样子，就是下了和棋，还可以加赛嘛。火燎着了油，张寡妇又岂是那耐住性子的人！"

刘振宗说得大家都笑了起来。连冬冬也笑了，但跟着又是憋气、咳嗽，眼泪都带了出来。大河给冬冬捶了捶背，叫她喝了点水，又继续说下去："张寡妇定的棋规是下五盘，三赢为胜。但在下完前两盘的时候，俩光棍子起了争执。耳不齐棋高一着，连胜两局。李光棍料想下马虎咬小孩不是他的对手，可张寡妇又搅得他几年来没睡安稳过，再下下去，寡妇一定准要跟着牛走了。情急之下还管了那么多？李光棍一不做二不休，推倒葫芦洒了油，一把掀翻棋盘，拉了张寡妇就跑。耳不齐眼看炖烂的鸽子要飞，哪容得李光棍撒野？也不知打哪抓了根柳条棍子，撵上去朝着李光棍的腿上就抡……”

刘振宗惋惜地道：“完了完了，俩光棍子，哪一个也弄不到这寡妇了。”

大河道：“振宗说得没错。这事惊动了公社的公安大老刘，扛了杆钢枪进村，把一个寡妇、两个光棍，一根绳子拴了回去过堂……”

在大河说话的工夫，童圆早把棋盘和马虎、小孩预备好了，就摆在冬冬铺位下面，好让坐着的冬冬，不太费劲就能看得清楚。

大河和刘振宗席地坐下，拿了棋子才要走，忽见冬冬又是堵得喘不过气来的样子，一只手直往心口窝上抓。大河扔了手里棋子，连忙扶住冬冬，用手在她的后背一上一下慢慢地铺撒着。安子儒又端了水碗过来，问要不要喝口水。大河才伸了手要接碗，就见冬冬的头无力地摇了摇，声音很是微弱地道：“谢谢安老师，不要麻烦您了。”话刚说完，咳嗽了一下，突然哗地呕吐了起来。惊得一风、老爹等，又一齐围了过来。

老爹含着泪，心疼道：“闺女呵，你到底怎么了呀！唉，上帝呵，圣母呵，耶稣呵，千万让孩子平平安安！”

汤姆这时也进了帐篷，口里不断念叨着主，手则不停地在胸前画着十字。

大河和童圆等，把冬冬的呕吐物揩干净，就要扶她躺进睡袋。冬冬却攥着大河的手，摇摇头道：“大河哥，我想多坐一会儿。”

一风见冬冬还要坐着，连忙到铺位上，三把两把将睡袋叠个方块，拿来倚在冬冬身后。看看一个不够，老爹和安子儒，又各自去把睡袋拿来摞在上面。

“也真难为老爹，难为一风老师和大伙了。”冬冬嘴唇乌青，说话的声音很小，得仔细听才听得明白。

“冬冬姐，你要是觉得累，就别说话了。”童圆话一出口，眼泪扑簌扑簌跟着流。

“姐姐不累，”冬冬的眼角也挂着泪珠儿，她忍住没叫淌下来，道，“小童呵，我想和大河哥，唉，和大河哥说几句话——”

童圆点了点头站起来，两手捂着脸，哭着走出了帐篷。一风、老爹、牛得田和安子儒等，也心情沉重地一个个跟着到了外面。

“大河哥，人生就是这么不好预料，就是做梦，也没想到我们还能来到冬瓜礁上。”冬冬的头垂下来，右手向着大河伸了伸，好像要去拉他的手。

大河把冬冬揽在怀里，攥着她的手，声音颤颤地道：“冬冬，你身上难受是吧？唉，我怎样才能帮你减轻一些痛苦呢？来，你把头靠近我的胸膛，让我的心来为你分担一点烦闷。”

冬冬流着泪道：“大河哥，对不起，有个事我不该瞒了你——”大河刚要开口，冬冬捏了一下他的手，示意别说话。她接着道，“其实，前年春上我就觉察心脏有点问题，想瞅空子查一查，可忙起来脚沾不了地，加上也没再表现出可疑症状，检查就忘到九霄云外了。临来北极又下了决心要查，碰巧又是特别忙，便存了侥幸心理，以为原先的不适，也不过是因为疲劳过度带来的偶然反应，心脏不会有什么事的。但为了预防万一，我还是悄悄在兜里揣了硝酸甘油。也没想到，在来北斗站的半道上，这药真的就用上了。往后，在白毛风的那个晚上，还有……我都亏了这药……我真是没想到哇……”

大河流着泪道：“我早就知道了，我看到了那个丫丫葫芦……唉，冬冬，有病咱们不怕，它暴露出来了是好事，咱们就知道应该怎么对付它了。等结束了任务回去，我陪你好好治疗，如果你们的医院不行，咱就找全国最好的医院，找全国最好的医生。你放心吧，这点小症候，也算是常见病，好治。”

大河的眼泪，无声地滴落在冬冬的脸颊上，和冬冬的眼泪流在一块，合成为一个更大的泪滴，最后再滚落下去。冬冬道：“但愿还有去就医的机会，和咱们的慨儿一起，就在一家医院，你也可以少操点儿心……可是，”她咳嗽了一声，“我，只怕没有这个福分了……”

大河哭着道：“你这说哪里话呀？不是好好的嘛，咋就没有福分了？唉，身上一难受了，净拉些丧气的，哪里就有那么严重呢，过去这一阵就会好的。”

冬冬道：“大河哥，你知道的，我是医生……”

大河擦了把泪，轻轻摇晃了冬冬一下，道：“医生怎么了？医生自误和误人的事多着哩！哎，今儿不说这个了好吗，咱们说点高兴的。”

“那咱们说说慨儿吧，”紧紧依偎着大河的冬冬，抬起头来望着大河，道，“原本我想，这一次打北极回去，就把慨儿接出来，先给她找家好医院做手术——其实，我们医院做这种手术就挺好的——爸妈把给慨儿治病的钱也预备好了。治好了病，就跟我们住到一起，去上最好的学校，受最好的教育。那时再把爸妈接来，我们一家子永远也不再分开……"

冬冬说到这里叹口气，闭上了眼睛。她忽然想起，断冰后的第一天晚上，她和大河为慨儿放纸鹞，看那冰包无论怎样都像一个大坟包。特别诡异的是，纸鹞刚飞起来，突然一头栽落进水里，当时就预感到了一种不祥……还有——她又想起来了——出发那天在莫愁湖边，阿黄突然蹿出来咬住自己裤腿。此外，她还想起北斗站上被啄碎的鸟蛋和鹬鸟妈妈那失神的眼睛。这一桩桩一件件不可思议的事情，难道都是偶然的吗？会不会就是上帝对自己发出的一种命运暗示？如此一想，就觉得也许这一切，都是命运的安排，任是谁也更改不了的。而自己所行所做的，无非是循着上帝或是命运的预先计划，用痛苦、悲伤、血泪乃至生命，来走完一个必须走的过场而已……

大河见冬冬说着说着，突然停下来，好像想起了什么心事，也不再问，就接了她刚才的话头，道："慨儿虽然跟着我吃了不少苦，但她能遇到你，遇到白老师和师母，也算是幸运了。在这里，我替慨儿谢谢你！"

"你看你，跟我也学着客套了——"冬冬费劲地喘过一口气，道，"唉，打我晕倒的那天开始算，是不是有两个晚上，我没和你一起放纸鹞了？"

大河难受地道："唉，还惦着这事。等你身体好了，咱们再一起放，"想了想，又道，"你放纸鹞的时候，小慨儿会感受到你；你不放的时候，她也会感受到你，知道心爱的冬冬阿姨，是生病了……唉，我想，这会儿，小慨儿一定也在牵挂着你哩！"说完，轻轻为冬冬擦了擦脸上的泪滴。

"大河哥你知道吗，"冬冬道，"每回放纸鹞的时候，我总在心里悄悄地说：纸鹞呵纸鹞，你快快地向南飞吧，飞吧，飞到小慨儿的身边，飞到那片深情的黑土地，把我的问候与祝福，憧憬与希冀，带给慨儿，带给爸爸妈妈，带给每一棵蚂蚱菜和花椒树……看着纸鹞儿翩翩飞走，就觉得我是这个世界上最幸福的人，真的，这幸福即使是老天也会嫉妒的。"

冬冬泪眼婆娑中望着上方，好像那里正有她放飞的纸鹞……

“纸鹞呵纸鹞，你快快地向南飞吧，飞吧……”大河小声重复了一遍冬冬刚说过的话，心生无限伤感。

冬冬脸贴在大河胸膛上，道：“咱们今晚在冬瓜礁上，再一起放个纸鹞好吗？”

大河哭着点点头。

一风和老爹他们守在帐篷外，有的站，有的蹲，一个个哭丧着脸，望天瞅地的，谁也不开腔说话。老爹一把把地抹着泪，口里却念念叨叨，也听不清楚他在说些什么；牛得田好像和谁有深仇大恨似的，只顾拿脚掌狠命地踩一个冰块；安子儒蹲在地上，低头瞅着一个雪坑，自始至终没挪窝；童圆的眼泪从出帐篷就没干过，他眼瞅着一风，一次又一次地问：“一风老师，您说冬冬姐不会有事吧？”弄得谷一风心里凄凄离离，嘴里一声不罢一声的叹气，不知该如何回答。

“不行，”安子儒呼地站起来，以少有的果敢道，“不行！我得和白冬冬大夫说说。”

他走到帐篷门口，抬手刚要掀门帘，突然像烫着了似的，猛地缩回胳膊。

大家惊讶地看着安子儒，怀疑是不是上次发烧没去了老根？

安子儒情绪激动地在雪地上往前走了走，然后又折回来，一连往返了三四个来回。童圆流着泪道：“安老师，您是不是想进去和冬冬姐说几句话？”安子儒看着童圆，点了点头，但接着又摇摇头。

“不，我必须和白大夫把那事讲清楚！”安子儒大叫一声，不顾一切冲进帐篷——

进到里面，安子儒双膝跪倒在冬冬面前，哭着道：“白大夫，我不是人，我对不起你呀！”

冬冬和大河一下子愣了。冬冬道：“安老师，您这是怎么了？快、快起来。”

大河也道：“你这弄得什么景！好歹也是有岁数的人了，还跪在地上，不是要把年轻人折煞嘛。快起来安老师，有什么话咱慢慢说，别让人看了笑话。”

安子儒眼泪鼻涕地抹了一把，羞容满面地道：“在北斗站的时候，你在洗衣房里两次丢失的衣服，唉，都是我干的……我不是人呀，白活了这把子年纪，鬼使神差地，竟弄出这种没出息的事。现在想起来，我、我这张老脸，唉，真是臊得没地方搁了，恨不能一头碰墙上撞死……”

冬冬听安子儒一说，先是吃惊，但接着就释然了。她安慰安子儒道：“事情已经过去了，安老师，以后谁也别提了，您也别往心里去。您和我爸爸的岁数差不多，安老师，冬冬永远尊敬您。”

安子儒听冬冬这样一说，呜呜地哭出了声。然后举了拳头，猛地擂向自己那头发花白了的脑袋。

大河见状，对安子儒道：“安老师，冬冬既然说一切都过去了，那么咱就把这事永远从心里抹掉吧。快起来擦把脸，咱们还要有几天更艰难的日子，等着熬哩。”

安子儒见冬冬和大河这样说，压在心中的一块大石头卸掉了。他拿衣袖擦把脸，向冬冬和大河深鞠一躬，又弯腰钻出了帐篷。

“大河哥，”听到安子儒的脚步声出了帐篷，冬冬咳嗽了一声，感叹地道：“我知道大家对发生这样的事，很吃惊，也很愤怒。其实，我们换一个角度来理解，譬如从人性的角度，就很容易想得通了。”冬冬歇了歇，气顺畅了点，这才接着道，“我才来北斗站的时候，在大家的宿舍里，看到几乎每个队员都挂着女明星的画或照片，有的还很露骨，我把这叫‘美女门’。经过思考，我找到了答案：一个性别的人是离不开另一个性别的，这就和上帝造了亚当就必须造夏娃一样。北斗站里的‘美女门’，就说明了这个问题，你即使不和一个真实的女人在一起，那么，也会和一个幻想的女人在一起。我想，这就叫作人性吧。”

大河听着冬冬的话，不住地点头答应着。

冬冬道：“因此，我在做着极地人体生命医学研究时就想，考察站人员心理的稳定和健康，在一定程度上取决于性别比例的平衡。如果队员可以带着家属，或者是夫妇两人同做考察，或者在选拔考察人员时，多考虑一下性别交叉的因素，对工作的长远来看，可能更有些好处。‘美女门’是一个客观存在，即使不贴在墙上，也会贴在心里，贴在意念中。这是人的一种正常的心理需求，是阴阳协调，是生态平衡，就和饿了要吃饭，渴了要喝水一样，不须大惊小怪。安老师的事，其实再清楚不过地说明了这一点。”

没想到冬冬一口气说了这么多话，而且有条有理，大河看她上气不接下气的样子，怕她累着了，就心疼得不让她再说了。

到了晚上，冬冬的情况似乎又好了一点，大河喂着她吃了一块海豹肉，还喝了小半碗汤。大伙儿都为她高兴，她甚至还躺着说了会话，夸奖伊莉娅是个可爱的小姑娘，叮嘱帕波雷克大叔，等病确诊了要抓紧治疗，千万别落下病根。冬冬又休息了一会儿，就挣扎着要起来陪大河放纸鹞。结果才起身又无力地歪倒了。再坐起来后，她要大河拿过来一个纸鹞。红板纸折的鹞儿，多么像个呢喃欢语的小燕子呵！此刻立在她缺失血色的手心里，似乎一振翅膀就会翩翩飞去……她仔细端详着，恍惚间，仿佛慨儿就站在眼前，大苹果般粉扑扑的脸上正绽露着甜甜笑容……可是，她现在连放飞一只纸鹞的力气也没有了。想来这才是多久的事呵，和慨儿在海滩上挖蛤蜊、捉小螃蟹……以后，唉，还能有以后吗……冬冬不敢想下去了，流出的眼泪一阵就把纸鹞打湿，殷红的水珠像血一样从板纸上滴下来……

大河扶她重新躺好，把眼泪濡湿的纸鹞也放在她的枕边，此后冬冬一直昏睡不醒。

半夜时分，冬冬忽见穿一身白衣白裤的慨儿怒冲冲走来。先问爸爸在哪，为什么要把她扔在别人家里，自己连管也不管。接着又质问冬冬："你装模作样说得倒好听，怎么好几天了连个纸鹞也不放？"冬冬连忙解释，说这两天身子不舒服，等好些了一定放。说着伸了手去拉慨儿。慨儿啪地打了一下她的手，愤愤地道："我告诉你和于大河，你们不是不管我嘛，好了，我也顾不了这许多了。从今天起，我就要远走高飞，到好远好远的地方去，再也不回来了。你要是有心，就再去放一个纸鹞，为我，也是为你。另外，"她指着冬冬道，"你也不用操许多的闲心，牵这个挂那个的了，不出两个时辰，你的大限也到了，很快就会追上我的……"说完扭了头就走。冬冬心疼地大叫一声："慨儿，你等等我，我这就去放纸鹞——"说着泪如雨下地痛哭起来。

大河正睡着觉，忽听冬冬喊"慨儿等等我"，又说"我这就去放纸鹞"，心里一怔，知道她在做梦。但紧接着却听冬冬抽抽泣泣哭了起来，声音不大，却往心窝子里钻。赶快掀开睡袋来到冬冬跟前，看到她右手里紧攥着那只像是在流血水的纸鹞。这时老爹、一风等也醒了，都关切地走了过来。

冬冬大睁着眼睛，呼吸比下午的时候还要急促。见大河过来，把手里的纸鹞往上举了举——还没举起来，手又无力地垂了下去。大河急忙托住她的手。冬冬喘过一口气，眼里含着泪，声音变得异常微弱："大河哥哥，有你，我、我其实已经很幸运了。真的，我挺知足。只是、只是，这纸鹞没有放——"

大河哽咽着道："不说这些了，好好休息，咱们明天再放好吗？"

冬冬像是摇了摇头的样子，眼里又涌出一股泪水。说的话更加断断续续："慨儿刚才来、来叫我了，她嫌我不放纸鹞，就走、走了，还说在前面等着我。呵，我，"她费力地咽下一口唾沫，晃了晃手里的纸鹞——纸鹞好像连动也没动——又艰难地说下去，"我好想，好想再放一回纸鹞……让它向南飞……"

睡在帐外雪窝里的汤姆，这天夜里异常烦躁，一宿大睁了两眼合不上，望天猴似的只瞅着上面。天空晦暗混沌，惨雾漫漫，只怕冰墓里的哈令·托尔顿他们，也会被压得憋闷难受。到明半夜，神乎腾突然起了一阵怪风，看眼前阴雾，鬼撵羊般呼呼地转圈圈，地上积雪被搅得左盘右旋，宛如恶龙戏水。恶龙舞划一通刚刚不见，纷纷黑雪又和一群野蜂子一样自天而降，无耻地四处乱扑。闹闹嚷嚷过了大约喝杯咖啡工夫，北面天际唰的一道闪电，焊弧一般亮了亮，紧跟着又起了一声闷雷，听起来像隔着裤子放屁。汤姆想，神经，这是要来雷阵雨了呢，便盘算着是不是搬到帐篷里去。可这一闪一雷的过去，老天不光没下什么雨，反而奇奇怪怪地挂出一道虹，就像极夜时的极光一样，飘飘忽忽乱晃悠。这虹又不是寻常颜色，而是说红不红，说黄又不黄，紫不露嘟，黑乎烂糟，一道道不正经地混杂在一起，把大半劈子天弄得斑驳一片，好似天宫里哪个不守章法的打翻玉皇大帝的调色瓶，接着又叫谁甩了几拖把。可是，这道让人头皮发炸的虹，只持续了很短时间，又鬼火一样倏然而灭。风不刮了，雪不飞了。穹窿下依然冥雾如盖，像上帝创世纪之前那样死寂一片……

汤姆从未见过如此惊悚诡异的天象，心里发了一阵毛，便隔着睡袋狠踹了一脚雪墙，嘴上愤怒地骂道："老天哪，你疯了，你疯了……"

第三十七章 迎面走来的白熊

时间有如一把无情锉刀，在用分和秒排列起的无坚不摧的锉锋，一下下刻刮磨蚀着娄书仪本就过于敏感的神经。这种痛苦的煎熬甚至是蹂躏，仿佛使无数的神经元在参与记忆编码中紊乱了程序，也或者是催变了脑物质的奇异转换，弄得他满脑子豆腐渣糨糊绳子头，乱窝窝黏糊糊，八辈子理不清爽。夜深人静中翻来覆去烙着大饼，人像一台出了毛病又一时熄不了火的机器，既萎靡困顿，又没有睡意。半是恼怒半是叹气地折腾了一会儿，打床底摸出茅根斋咕嘟了几口，酒劲儿勾连上了困劲儿，眼皮这才包裹牢靠了眼珠子——这是冰上队出发后的第一个晚上，整座鲸头山都沉没在雾的汪洋里。

忽然，大宋、魔力王、打枣竿子及刘大个子几人，嗵嗵地来砸门，一边砸，嘴里还骂骂咧咧，声音震得房顶嗡嗡响。娄书仪慌得打开门。打枣竿子劈胸一把揪住他，喝道："你这鳖羔子做的好事！"大宋更横，也不答话，上来就扇大嘴巴子，打得他满口窜血，话也说不出来。几个人又扯又拽，推推搡搡，连防寒服也不让穿，把他拖拉到了莫愁湖边。湖边雪地里，乌压压围了一大群人，还停着一辆警车，车旁两个高大威武的警察，一个拿锃亮的手铐，一个拿沉甸甸的脚镣。两人抖抖手里家伙，笑嘻嘻地向他招手："娄书仪你来试试，看看大小的合不合尺寸？"说完，两副械具就上了他的身。娄书仪一惊，心凉半截，口里喃喃道："完了，完了，他们什么都知道了。”更让他始料不及的是，满头白发的刘部长，还有李小玫、李小妹、于秀爱等一大帮子初中同学，也一个个站在那里。三个女同学，模样还是十多年前的那模样，但眼神变了，都在用一种奇奇怪怪的目光瞅着他。娄书仪的脸，突然臊成了猴子腚，恨只恨莫愁湖冰上没裂个大窟窿。正觉着没脸面的时候，刘部长指着他鼻子怒斥：“你真给我丢了大人了！背后打个小报告什么的也就罢了，可你，竟然连人命关天的卫星云图也敢偷！晓得这样做的后果吗？我告诉你，于大河他们一离开北斗站，就叫风刮上了天。现在，就来拿你以命相抵！”三个女同学绿尾巴雀儿似的，在人群里小声叽叽喳喳。诡异的是，这嘀咕声发出的动静像有扩音的功能，传到耳朵里竟比刘部长呵斥他的嗓门都高。先是身材瘦小的李小妹道：“原先看他还算人模狗样，怎么能干出这种伤天理的事来呢？”身材高大的李小玫接着道：“不能看着驴屎蛋子外面光，人都是会变的。唉，多情麻雀现在成害人精了。”魔力王郑鸣来则是一副幸灾乐祸的样子，道：“你们是不知道哇，这块黏毛糕下作得很呢，连女人裤衩乳罩的也偷哩。”说着“呸、呸”，朝娄书仪的脸上连吐了两口唾沫。为人厚道老实的于秀爱，突然像吼唱西北风的那个女歌手似的，脖子一拧，腰肢一展，声不是声音不像音地唱起了歌。细一听，歌词唱的正是当年初中同学给自己编的顺口溜——但唱着唱着，于秀爱又变成了大学生苗子，在得意地朝着一大帮子人夸耀：“我苗子有眼光吧？早看出他山猫长翅子，不是什么好鸟……”

娄书仪心里头难受得正到处找地缝，忽然叫一泡尿给救了——他被憋醒了。爬起来上洗手间，一边哗哗啦啦撒尿，一边回想刚才的梦。一切就和真的一般，手上脚上现在还能感觉到械具的冰冷哩。刘部长和李小妹他们说的那些话，也似有回音在耳。

让梦一惊，再躺被窝里，整个人恍如掉进深不见底的大冰窖，那地狱般的阴暗和寒冷，杂糅了恐惧、绝望、懊恼、愤懑、后悔和无奈等至少三百九十八种成分，让他从内心深处感到彻骨之凉。好在，这阻碍阳光遏制生气的阴冷，还没让脑子完全冻僵，思维还在像一条活力不足的蛇似的蠕动着——他想：于大河他们要真的和梦里那样，叫大风刮上天，或者是掀到冰下面，最后追查原因，还是要顺着蔓子摸葫芦，扯拉到传真电报上来，到那时等着自己的，就怕真的不是好果子了……本来没日头出光明的，一切都有板有眼，为啥竟忽然间酸了酒馊了醋？掉进了火坑坑不说，还夜叉保媒，赚了个人不是人鬼不是鬼……想一想，老根子都出在高凌霄、于大河和卜维国这班人身上——人有时候就和蚕似的——蚕吐出丝来封裹缠绕住了自己，茧子里面的蛹，却在埋怨透不进亮儿，得不到自由——人心如蛹，真就是这般不可捉摸。当下娄书仪一肚子要拱破肚脐眼的无名火，又爆土狼烟乱窜起来，恨不得逮着谁咬上几口。娄某人大丈夫，几时受过这种窝囊！心里就如刚割过的谷子地，短根根长茬茬的，竖竖了不少。

炼狱里过堂似的挨过这一宿，肚子饿得咕咕叫。脾性是拗不过肠胃的。爬起来胡乱翻腾一气，终于在箱底找出一听不知驴年马月放在里面的午餐肉罐头，还有几袋快过期的油炸花生米。一口酒一口吃食，胡好辣歹把这堆东西塞进了肠胃。肚子里面安稳些了，这才躺下来一觉睡过去，一直到吃了中饭也没爬起来。

看看万国大厅里有几顿饭没见着娄书仪的影子，老卜又不得劲起来，就对老拴头道："这浑小子要憋死牛哩，饭也不来吃了，你说这不是傻鹅子钻鸡窝——非得自己找上些不济不是？"

这时候才开过饭，餐厅、伙房，里里外外收拾完了，老拴头正坐在小凳上，端了茶缸子喝茶。听老卜一说，知道指的是娄书仪。就把茶缸往面案上一蹾，道："平日人们常说小娄子这糕那糕的，我不光没往心里去，有时还替他遮护着些。谁猜思杂货市上买棉袄，面子上看是好布，里子却是一堆黑心棉——背腚后净干些姥姥不喜舅舅不爱的事。自己不觉，倒叫旁人替他害臊哩。"老拴头就把别人议论的七长八短，又跟老卜叨叨了一遍。

十年碰不着个闰腊月。关于胸衣门这事，老卜和高凌霄已关在屋子里盘算过，觉得上上之策还是得大事化小小事化了。说形象点嘛，就是把大象变成驴驹子，驴驹子变成蝎虎子——对付这种事，中国人招儿多的是，慢慢就自生自灭，要么变成了土，要么变成了空气……因此，见老拴头又提起这茬口，老卜就道——

"这事儿嘛，我倒也风闻过，都是扯云彩摸呼雷的，谁又揪着谁的尾巴棍子了呀？吹鼓手给抬丧舆的叫道，哪儿喊哪儿撂，往后别再提了。有些事就像水里的葫芦，漂起来容易摁下去难呐，弄得不好，满站上都是汽水雾露的。"

老拴头低头琢磨了琢磨，觉得老卜话在理。就道："说是这么说，就是心里膈应得慌。当然啦，面是揉的，话是传的，到底是不是小娄子干的，只怕搬了神仙来，也不好查验哩。罢了，罢了，点了麦秸垛烧屁，权当没有这码子事吧，大家伙儿心里都素净。”

撑到第三天早上，饿得肚子里面敲小鼓弹弦子的娄书仪，趁大伙还在梦乡酣睡，蹑手蹑脚溜到伙房。一看食品橱饭和菜的样样现成，也不管凉热咸淡，连汤加菜的，稀里哗啦一顿撮，扒拉了一大碗米饭，啃了两个馒头，吃光了一碟子酱腌疙瘩条。临出门，又兜了五个大麦岛鲭鱼罐头、八盒薛家营方便面和两包顶河崖面饼火烧。有了这些吃食之物，还有啥好担心的？回到宿舍，仰八叉一躺便蒙头大睡，哪里还管外面是风是雪、是阴是晴……此后几日，雾把世界装进了口袋里，于大河他们还是一点音讯没有，北斗站里炸了锅，人人都为冰上队的生死安危揪着心。高凌霄和老卜更成了热锅里的青豆虫，心肝肺胆肠，没有一处不受煎熬。到了这种八步干馋的时候，谁还有心思再顾得个娄书仪？因而他吃没吃饭，闹不闹憋死牛，是文是武，驴东狗西，芝麻地里拱蝼蛄，也只有他自己知道了。

娄书仪钻进了死胡同。外面塌了天他也不晓得。在北斗站上下为救援冰上队而焦虑而奔忙的时候，他整日捋着肠子胡思乱想，越想心里越堵得慌，糊涂油蒙了一层又一层，总是见不着个亮儿。这一天上午，他想起了卡尔路克。北斗站上那一枪没见闹出多大个动静，听说还叫个爱斯基摩女人搅了局，多日过去，不知这位半吊子哥们是不是出过了一口恶气。烦闷难受又加上不知转了哪根筋，就想叫卡尔路克过来，一块儿倒一倒肚子里的苦水。箱子里还剩最后两瓶茅根斋，有了它，卡尔路克即便隔着十座鲸头山都不会爽约，因而就趁开饭空当，溜到报房挂了个电话。

卡尔路克和娄书仪倒真像一根藤上结的俩苦瓜，谁也别笑话谁不甜。这些天来，在娄书仪遭罪难受的时候，他也如中枪又逃了性命的海豹，一方面惊魂未定，一方面又伤痛难忍，全身上下没有一处自在地方。自从那天夜里趁着酒醉到北斗站闹事，本想出口恶气灭一灭那个外国鬼子威风，叫他往后少打尤尼塔的主意。没想到半道杀出夜叉奶奶，先挨了一通骂，又受了阿黄一阵吓。前一晚惊飞的魂还没回来，此时连窝囊加害怕的往一起勾兑，病根就种下了。等丢魂落魄地驾车回了家，风啦雪的一顿灌，人就跟得了口蹄疫的驴似的，呱哒一下就被撂倒了。卡尔路克这一病就是个狠的。一连两天高烧不退，一滴水没喝，一口肉没吃，胡里胡通的只是个昏睡，还一阵阵发疟疾似的浑身打着寒噤。烧到第三天，贝拉娜流着眼泪，一面闷惑不解，一面又心疼地骂道："这个糊涂东西，八成在外面闯祸了，怎么弄成这副模样？唉，看看他这只手——"她没好气地转身对丈夫艾奥诺道，"也像叫什么咬了似的，虽说没破皮，但几个牙印子一直没见消下去。"等她知道这个不省心的儿子要杀萌萌和在汇泉湾开枪的事之后，简直没气疯掉，也不管卡尔路克病不病的，兜头一顿数落，说了儿子又说老子，新谷子陈芝麻摆布了一大通。末了给儿子下令："病好了老老实实在家待着，哪儿也不准去！"等退了烧，又熬炒了几天，便闲得浑身不自在起来。这日午饭后正在客厅拿干骨头逗舍利，忽然接到娄书仪找他喝酒的电话，那个恣劲儿，比三个月没捞着滚过粪蛋的屎壳郎，突然撞上了一大摊鲜牛屎还要激动。正巧妈妈和父亲又不在家，跨上雪地摩托，一溜烟就奔去了北斗站。

北斗站上，人们都在为搜救冰上队而乱成一锅粥，谁也没在意卡尔路克是怎样溜进来的。当然，更不会有人注意到这样一对宝贝，躲在房间里，拿妒心闷气外加大麦岛鲭鱼罐头佐酒，把那些富含乙醇、能辣得嗓子冒烟的液体，一杯杯灌进各自的肚子里面。也不知是过了多长时间，两瓶茅根斋见了底，两眼发了直的卡尔路克，吹吹咧咧地要带娄书仪上冰打猎，说放几枪打个猎物见见血，驱赶驱赶晦气。娄书仪一肚子碎玻璃碴子，正好也没处扔，脑子一热上了卡尔路克的摩托。七转八拐走到汇泉湾东北的海滩上，冷风一吹，卡尔路克就上了酒，哪里顾得了打什么猎？摩托车一扔，一块泥坯似的躺在雪窝里，海豹皮袍子把头一蒙，呼呼大睡过去，任凭娄书仪怎么吆喝，也爬不起来……

在卡尔路克和娄书仪走到海滩的时候，尤尼塔跟弟弟托尼的雪地摩托也从东边开了过来。这些天来，北斗站与冰上队的失联，让卢特吉尔的乡亲们也焦虑不安。艾奥诺村长找了几个好猎手，吃的喝的用的一切都预备好，甚至连村里正在准备捕鲸的工作，也暂时停了下来，随时等候参与北斗站对冰上队的救援。奥乌里娅大婶惦记着老爹和冬冬，皱着的眉头一天到晚不舒展。她打发因大雾一时没去成南方的托尼，天天和姐姐开着车子沿海滩巡查，希望能发现点什么。到底这样做有什么意义？能发现点什么？她和尤尼塔都说不清。但也没啥别的法子，坐在家里等消息，心里更窝憋得慌。此外，大婶除了吃饭和睡觉，几乎一整天都和伊莉娅的姑妈玛尼米尔、艾奥诺的夫人贝拉娜、玛格丽的妈妈米西卡娅和锅腰子约克的寡妇妹妹艾荻等，到教堂里为老爹、冬冬、帕波雷克及冰上队全体人员祈祷，请仁慈的上帝看顾着这些好人，让大雾早些消退，让太阳照亮天空，让他们一切都平平安安。这段时间，祈祷，成了卢特吉尔全村一件大事。

坐在车后斗的尤尼塔，从冬冬他们出发就悬了一颗心，尤其是这么多天不通音讯，总害怕要发生点什么。她想起了伊莉娅的梦，想起了冰上队出发时阿黄和冬冬的恋恋不舍，就一遍又一遍祈求月亮女神阿尔忒弥斯，千万别让爸爸、姐姐和于大河他们遭遇什么不测。再也没有比这件事更让她揪心的了。尤尼塔把村里的事放在一旁，学校兼任的课也交给了另一个老师，每天一睁开眼就和托尼驾车跑到外面，从卢特吉尔到北斗站的冰滩上印满了他们的足迹，虽然并没有什么收获，可她和弟弟依然满怀希望。她坚信阿尔忒弥斯女神一定知道她的苦心，也一定会用她那无边的神力护佑着这块大地，这片冰海。

雪地摩托旁顺着从东北方向吹来的寒风，由低向高驶过了一道冰雪覆盖的山岗，再走过一片冰碛地，前面不远就是鱼尾岭了。这时候，雾在不知不觉中早已变淡，海滩平缓的冰雪地貌，也比较容易看清楚了。摩托车以缓慢的速度，穿行在略有起伏的雪地上，尤尼塔半侧着脸，一双机警的眼睛扫视着冰海方向，仔细搜寻着她认为有价值的目标。突然，视线里出现了一个人，心里一阵惊喜，大声喊托尼停车。

开着车子的托尼，这时也发现前面雪地有个人，便嘎一声停下车。尤尼塔从后斗一跃而下，打了眼罩仔细再看，旁边还躺着一个呢。就背上枪，拽开步，急急忙忙要走过去。

“姐姐你看，”眼尖的托尼一把拉住她，指着更远一点的前面道，“白熊！会不会是咱们萌萌呢？”

尤尼塔顺着托尼手指的方向一看，果见一头白熊正犹犹豫豫向那两人走去。从走路的神态来看，不是萌萌又是谁呢！

“我的阿尔忒弥斯女神哟，”尤尼塔的心激动地跳了起来，“萌萌，没错，是咱们的萌萌！”接着放开嗓门呼喊一声：“萌萌——”撒开腿，就和托尼跑向前去——

娄书仪跟着卡尔路克打猎，猎手却醉倒雪里爬不起来。叫了几遍没有应，自己让寒风一扑，酒劲儿也上来了，头重脚轻站不稳，就寻思着找个避风的地方，也坐下来歇息歇息。正打了眼撒目，忽见一头大白熊颠颠地走过来——娄书仪尖叫一声，吓尿了裤子，人像一截烂树桩子向后便倒——却正砸在卡尔路克身上。这尊醉着的金刚猛然间醒了过来，睁眼一看，一只白熊正晃悠过来，惊叫一声："我的爷！"慌慌张张摸起家伙，朝着白熊啪地就是一枪。也是奇怪，白熊听到枪声不但没跑，反而像个大冰疙瘩一般直愣愣杵在了那里——

听到枪响，尤尼塔大吃了一惊，慌得连忙大喊："别开枪！别开枪！！"

可是，一切都晚了。卡尔路克啪、啪、啪地又是几枪。枪管里的蓝烟还在飘着，白熊挣扎了几下一头栽倒。血把雪地染得赤红一片……

尤尼塔和托尼跑到白熊跟前，看到了它前额中央那撮已经有些变淡的黑毛。尤尼塔喊了一声："萌萌！"捧着它正在流血的脑袋，失声痛哭了起来。

哭了一会儿，尤尼塔猛地站起来，愤然举枪，指着卡尔路克和娄书仪大骂："你们这些遭天杀的，你们这些混蛋、流氓，我打死你们，打死你们！"骂完，砰、砰、砰，连着就是几枪。

尤尼塔余怒未息，举了枪还要打，同样是流着泪的托尼，走过来抓住枪管往下一按，道："别和这些畜牲置气了。你看萌萌脖子上是怎么回事？"

尤尼塔撇下枪，看到了萌萌脖子上的皮项圈，看到了熟悉的红蚂蚱菜花，也看到了蚂蚱菜花之间黑丝线绣的字。此刻，花和黑丝线上，已经染了萌萌红殷殷的鲜血……她顿然明白了怎么回事。也顾不上许多了，擦一把泪，连忙取下项圈，喊了声："快走，托尼！"

托尼答应一声跳上摩托，轰地发动起来，拉着尤尼塔加大油门向北斗站疾驰……

第三十八章 纸鹞向南飞

太阳终于从厚重的大雾里羞答答地闪了出来。阴影，悲情的阴影笼罩在人们心头。

北斗站从未像现在这样沉闷。冰上队从冬瓜礁上被营救回来，出发时十个人，回来只有九个。漂亮的队医白冬冬姑娘，永远留在了老冰洋深处那座无名岛礁，海螺顶自此又多了一段凄美故事。此外，没有回来的还有阿黄以及它的同类——那四十多条忠勇的爱斯基摩狗。历史就如发洪水时的河流，并不按规定和设计的路子走，往往是流着流着就拐了弯。有时弯子拐得猛了些，世界的安宁和生活的秩序，就要被打破。有很多东西，或者像刚出苗就遭了灾的庄稼不得不重新翻种；或者如同中了病毒的电脑硬盘，不得不彻底格式化。万万千千，林林总总，琼浆鸟粪，龙鳞虾须，八万年不变的安稳日子是没有的。剧变与微调，就和白日跟夜晚的更替，再正常不过，也没见哪个能拦得住。但太阳和月亮，带给人们的东西是不一样的，对心理的影响也是微妙的。有人高兴得蹦了高，有人难受得闪了腰。天上的云彩地上的泥，王母娘娘的仙桃萝卜皮。世事难料，未来难卜，人千万别牛哄哄。你其实和树叶、草末、浮萍、鸟羽、鸡毛，和那些渣啦屑的一个球样，在历史的河流里一个个皆被波逐浪打，漂到哪里又沉到哪里，最后有没有的，除了神仙，谁又能料得到呢……

高凌霄握着不知握了多少遍的黄河石，在办公室那条不知走了多少来回的对角线上，慢慢地走着，心情似乎和乔治·巴顿将军，不得不离开他寄托梦想的战场一样复杂。这应该是他离开北极、离开老冰洋，在北斗站这间屋子里的最后一次踱步了。过了这个太阳搁在地平线上的深夜，也就是到明天的早晨，他将和他的几位队友，分乘站上和艾奥诺村长特意为他们安排送行的雪橇，赶到阿尔里斯机场，准备从那里坐飞机撤返回国。

他接到的指示是回部里述职。但有领导已经暗示：述职以后，他将留在国内，可能被调到老干部局当调研员。不消说，听听这个部门和官衔，就知道这是一个不是处分的处分。他的仕途到此将画上一个句号。显然，成为高凌霄仕途滑铁卢的就是火岩岛冰上考察。部里有人公开指责他目无领导，冰上队准备不充分，甚至连气象情况没摸清就贸然出发，失联后又救援无力，致成败绩，成为近几十年来老冰洋考察的一大悲剧。有些对革命事业极为负责的人，就一力建议将他革职查办，削官为民，以为前车之鉴。幸亏现任部长为人仁厚，既讲政治又有人情味，便给高凌霄留了条出路。高凌霄想，自己这把子年纪了，什么也无所谓了。部里怎样处分，他都会坦然接受。接替他的新任站长，是曾经为刘部长当过秘书、现在是办公厅副主任的一位少壮派，名字大概叫魏蜀吴——瞧瞧这大号，字面上就刀光剑影，拉着一副三国争战的架势哩。在高凌霄返程的同时，这位魏副主任，不，魏站长，也将搭乘国内最早的一个国际航班，星夜兼程往北斗站上赶。有去的，就有来的；有下的，就有上的。这同刮风下雨、起雾落雪一样，没有啥好奇怪的。站长的宝座有那么几天，可能因为没有屁股落上去，要被蒙上一点点儿灰尘。好在这又不是金銮殿皇上那龙蹲，差不差个几天的坐上去，还不至于祸起萧墙。说到交接嘛，唉，左右就是那么一个摊子，材料、报告上的也都弄得明白。其他的事呢，白菜萝卜的，闭眼一想就那么个熊样子。新官旧衙，见不见面的又有啥意思呢？

让高凌霄心里万分难受的是，回去后没有颜面再见老同学白昆仑。唉，百花园中那么鲜艳俏丽的一朵牡丹，正沐浴春风朝阳灿烂地开着呢，却让无情的风雨摧折了；浑身上下充满着青春气息的水灵灵的白冬冬，就在他高凌霄高叔叔的眼皮子底下，仅仅因为参加了一次冰上考察，竟然葬身孤岛再也没有回来。这可是一个大活人呵，来的时候活蹦乱跳，走到哪里都是一片笑声，给北斗站上带来多少生气和欢乐呀，而现在……他觉得对不起老同学，对不起白冬冬，也对不起北斗站上的各位兄弟。和白冬冬相比，自己仕途上的这点子破事，鸡毛蒜皮的，又算得了个啥呢！

此外，家里的事依然让他不胜其烦。夫人吕菊萍办了离岗手续，退后一步天地宽，算是不用再跟驴置气了。可儿子那里就没法招架了。小强这个花钱的祖宗，前一段刚缠着要钱买了越野吉普，这两天又说要和女朋友搞全欧游，催着家里速打两万英镑过去。他妈的，以为你老爸是开银行的还是抢银行的？还搞全欧游，你好不好去弄全球游、全太阳系游、全宇宙游？高凌霄告诉菊萍：旅游的事，一分钱也不往那打，不愿留学了赶快滚回来，大家都素净！这样一来，儿子和他妈妈也翻了脸，道：回来就回来，谁在乎谁呢，反正也学够了……你说这养的是块什么东西！

滚圆而又油光发亮的黄河石，跟了高凌霄少说也得二十年了。他本以为从激流中来的这块石头上，能把为人为官的道门都参透，炼性冶情，外圆内方，知进善退，从容去来。但现在来看，自己实乃凡夫一介，终究也没能从它身上把真正的东西学过来。可见禀性这玩意儿实在顽固，为什么说江山易改禀性难移呀？高凌霄想到这里，掂一掂手里的黄河石，很是无奈地笑了笑，觉得实在是辜负了这石头……

布尔什维克大叔老卜，因为是站上的临时党委书记，出了火岩岛这样的事，当然脱不了干系。部里对他的要求是八个字：提前离岗，等待退休。虽然距正常回国还有三个多月，但经过上级领导研究，这一回，也必须随高凌霄他们一起飞返国内，参加述职。老卜这小老头非常想得开。夫人王老师已经退了休，女儿莎莎研究生毕业，到外地参加了工作。老伴一个人孤孤单单，上菜市场买菜不敢多买，下厨房做饭不敢多做，一多了就吃不了，扔还舍不得。这回好了，提前离岗心里清爽，可以天天陪着老伴，买菜逛店打太极，安享晚年快乐生活，优哉游哉，还有啥比这个更有滋有味？活神仙哩！

可是，到了要告别北斗站的时候，他还真是舍不得呢。大宋、王骥、老陈、刘大个子、魔力王和打枣竿子等十多个人，晚餐后在万国大厅又打开了几瓶茅根斋，咋呼着要给他饯行。这些蛮重情义的家伙，车轱辘似的轮番敬酒，喝得他干瘦的小脸上，那几颗浅麻子也亮闪闪的发了光。本来都收拾完厨房的老拴头，见一班人这么敬着老卜，也大受感动。想起素日里老卜一有了空就跑来伙房帮他的忙，家里外头的啥也跟他拉，心里就有股热流涌出来。老拴头重新启灶升火，剖鱼切肉，剥蒜刮姜，炒了几道热菜上来。老拴头敬了老卜一杯酒，动情地道：“唉，老卜，咱们在一起的工夫咋这么短呵……”

谷一风从冬瓜礁回来只调整了一两天，身体就恢复了正常。白冬冬的死，使这位很少流泪的硬汉，什么时候想起来，眼里就汪满了泪。在大宋和王骥他们为老卜饯行的时候，他正与大河、尤尼塔及汤姆一起，在冬冬的房间里为她整理遗物，等大河带回国内。收拾利索的时候，万国大厅的酒局也散了，一风特地跑到老卜宿舍，恋恋不舍地向这位宽厚善良的兄长道别。一风紧攥着老卜的手，道：“老卜兄，没想到这地老天荒的地方，倒使咱们结了缘。能认识你，实在是谷某人的荣幸。客套话不说了，等我回了国，一定找你下棋！”老卜感动得泪花子在眼眶里乱窜。

娄书仪吃萌萌这一吓，不独大小便失禁，连精神也不太正常了。加上又听说白冬冬死了，忽然哭一阵笑一阵的，眼珠子直碌碌瞪着，谁跟他说话也不搭理。给他把饭端到眼前，也往嘴里扒拉；可要是不端呢，好像连饭也不知道吃了。有天晚上，他端着吃得还有半碗米的一个饭碗，大赤着脚跑出来，满走廊上咋呼：“哎，白冬冬老同学，我又打老拴头那里讨来一盆漳州水仙，赶快来送给你。瞧，开得多好呀！”大宋和打枣竿子几个连拖加抱地把他弄回房间，捺到床上。他却一下子抓过伊丽莎白·泰勒——那个早就被打破了的镶着大明星的镜框，嘴巴贴上去就是一顿狂吻，叫碎玻璃碴子弄得嘴上、画上，哩哩啦啦的到处都是血。一边亲着，嘴里还爱怜地道：“呀，我的老同学，你的脸怎么破了？啊呀，冬冬，你的脸流血了。那么漂亮的脸蛋，俩小酒窝儿，也流血了……”接着就呜呜嗷嗷，不像人声地号啕了起来。一楼人听了心焦目乱的。老拴头不停地叹息：“唉，你说好好的一个人，咋成了这个样子……”

鉴于娄书仪目前状况，部里也不得不破例做出决定，让他回国治疗。明天早上，他也将随高凌霄、老卜和大河他们，一同赶往阿尔里斯机场。大伙心里明白，娄书仪这一去，十有八九再也回不来了。唉，但愿他换个环境会好起来，别因此落下病根。将来真的光腚拉碴满大街跑，到过老冰洋的这些人看了，心里会多么难受呵！

天底下最悲惨、最伤心、最愁苦、最不幸的人，莫过于北斗站冰上队长于大河了。身为考察队长，带着一拨子人和狗，豪气冲天地踏进老冰洋，结果一毛钱的科考还没开始呢，便损人折犬，丢盔弃甲，无比狼狈无比凄惨地铩羽而归。连最心爱的姑娘，也没能保护好……唉，一场噩梦觉难醒，此生只做断肠人。

那天，已经是心碎了的他，两脚才从冰洋的凶险里踏上北斗站，一脸肃穆的马松宝，两手递给他一份传真电报。

电报是姐姐早就发过来的。上面说：就在某月某日某时某分，他的宝贝女儿慨儿，已骑鹞西去，到了虹的故乡，永远也不会再有病痛和愁苦了。姐姐还说，慨儿咽气的时候是在下午，本来好好的天，突然彤云密布，电闪雷鸣，一阵子狂风急雨过了，天上起了一道五颜六色的虹，她和白老师一家惊奇不已……大河当时就泪如泉涌，痛不欲生……

在极度悲痛中熬过最初几天。他想起冬冬咽气的时间，不仅和姐姐电报上所说的慨儿离世相差无几，而且连天象也是惊人的相似……这是巧合呢，还是上帝的有意安排？虽然有时差，虽然地处两个半球，但娘儿俩像约好了似的，说走就赶在一个时辰走了。他记得冬冬在那天后半夜里，忽然喊叫："慨儿等等我！"心中不由得感念，这真是奇事呀！难道冬冬和慨儿这是前生之缘，本来就是血气一脉骨肉同体的母女，此一番世间修度成了正果，结了善业，又共约在同年同月同日，再一块儿并履联袂，共步金光万丈的天堂？要真是如此，母女两个有依有靠的，就不会寂寞了……这样一想，心里得了些安慰，稍稍好受了一点。

但转过头又觉得这样想是自欺欺人。真要是有天堂，世上乌压压一堆人，还不早抢着去了？只怕头也挤破了。如此一来更加痛心裂肺，几回不能自已。毕竟，一个年仅八岁的生命，这么早地离开人世，好日子还没开始，又是病又是孤单的倒受了不少的苦。一朵刚打了骨朵的花蕾，被无情的风雨摧折了。一棵才钻出泥土的嫩芽芽，让罪恶的蝼蛄拦根咬断了。就是把自己杀死一千次一万次，他也不愿意让他的小慨儿，遭此殄殇之殃。大河恨恨地揪着自己的头发，好像他就是夺走慨儿生命的魔鬼。

这几天在房间里，他感到四面墙之间夹着的，似乎除了孤独和悲伤，其余什么也不存在。就连自己也只是一副空壳儿。想一会儿慨儿，又想一会儿冬冬，脑子里全被她们娘儿俩占据着。还有什么比同时失去两个至亲至爱的人，更使人悲痛欲绝的呢！想到难受的时候，他就把自己蒙在被子里，号号啕啕再恸哭上一场。

次日一早，就要和高凌霄他们离开北斗站了。此一去，还能不能回来，自己也说不准。因而就和一风及尤尼塔、汤姆他们约好，午夜时再去冬冬和萌萌的坟地祭奠祭奠，做一个告别。

前天上午，大河和一风、安子儒、童圆、尤尼塔以及汤姆等人，在鱼尾岭上凿冰开石，修建了两座坟墓。一座是萌萌的。大家用温水给它揩干了身上的血迹，做了一口橡木棺材，铺上崭新的棉褥棉被，还加了一个棉枕头，让萌萌静静地睡卧其间。不用再在风雪中奔波了，不用再为生存打斗了。它享受的是与人殡葬一样的规格，却得到了比好多人还要高的尊重。此后很多年中，因为鲸头顶下的这一座熊坟，因为萌萌作为一头义熊的特殊经历，让巴芬卡地区特别是卢特吉尔一带的旅游业大为火爆。白熊谷的名气一点不比黄石公园、南美亚马孙河和非洲大草原差。世界上很多国家的人都慕名前来游览、观瞻、凭吊。萌萌的故事感动着越来越多的人。联合国一个机构专门派员考察，并为此设立了一个尊重并保护动物的专项基金，而且就以萌萌冠名，旨在为今后地球所有生命的和谐共处开一个好头。世界上那些拍电影排在前几位的大公司，比如好莱坞、欧罗巴、高蒙什么的，知道了萌萌的故事，感动得不得了，都争着要投巨资拍电影。

另一座是冬冬的。按照其生前遗愿，她的芳灵安息在了冬瓜礁。这里的坟实际是一个衣冠冢。橡木棺材里面，放了她常戴在头上的红围巾，常穿的衣服鞋袜和常盖的被子及其他用品，等等。此外，她最喜欢读的《全唐诗》以及大河的传家宝《古文观止》，也一并安放在棺木里。活不能同室，死不能同穴，就让彼此最喜爱的书，在地下永远地陪伴吧。

当然，下葬时大河没有忘记把小慨儿和冬冬阿姨合影的照片，还有慨儿亲手制作的粘贴着彩色纸星星的毛巾包裹、写给爸爸的信等，都盛在一个小橡木匣子里，端放在棺木中——慨儿和冬冬阿姨住在一起了，她再也不孤单了。这个样，这座坟墓也可以看作冬冬和慨儿的合葬。生时不能相依，死后永远为伴。这一定也是娘儿俩的共同心愿。

那个海豹皮项圈，本来也要放进棺材里的。但在盖棺覆土的最后时刻，大河又拿了出来，用手绢仔细包裹了揣在怀里。这个救了冰上队九条性命的海豹皮项圈，实在太不寻常了，上面既染了冬冬的鲜血，又染了萌萌的鲜血。海豹是尤尼塔打的，皮子是奥乌里娅大婶送的，后来经过冬冬嘴咬针缝，又在两只皮靴的靴腰上各绣了五朵鲜红的蚂蚱菜花儿，变成了一双送给大河上冰穿的靴子。这双凝结着冬冬绵绵情意的靴子，大河还没舍得穿，腰身以下被煮着吃了，腰口绣着花儿的部分，则成了萌萌喋血传送消息的项圈。那上面，又是冬冬在生命的最后时刻，耗尽心血气力，一针针绣上的冬瓜礁坐标，还有我们都还活着这句话。

我们都还活着——是呀，我们都还活着。而你，却留在了那里，要永远与孤礁和海冰为伴。没有绿草地，没有鲜花，甚至连飞鸟也没有……

最后再到鱼尾岭的坟地，看看萌萌，看看慨儿，看看冬冬，他只觉得有比沙滩的沙子还要多的话语要说，有比老冰洋还要深的情意要表达。思来想去，就在和一风、尤尼塔他们收拾完冬冬的遗物之后，回房间含悲挥泪，为冬冬和慨儿撰写祭文。

先为慨儿作悼文一篇，其曰——

哭我慨儿

龙年夏日，柳绿花红。忽闻凤鸣，栖我梧桐[①]。己巳[②]三月，尔母赐名。官称慨儿，宝宝乳名。寒门老树绽新蕾，残荷嫩芽曳煦风。吾志可寄云可遏，青苗一育成梁栋。

孰料凄雨，频袭牖蓬。漏舟洞舢，迭遭苦风。无奈尔母，遁影销形[③]。可怜慨儿，沉疴稚童[④]。自此急风带寒来，苦瓜黄连煨亲情。篱下日日望秋水，星流月食夜惊梦。

倏尔总角，庠序逞英。方圆十里，靡不称颂。爷爷奶奶[⑤]，甘饴而奉。视如己出，阿姨冬冬。关山万里心念念，纸鹞飞飞凭大风。虽是为父思切切，相比犹觉颜面红。

---

①“龙年夏日……栖我梧桐”一句：指慨儿 1988 年出生。

② 己巳：指 1989 年。

③ 指慨儿生母改嫁远离。

④ 指慨儿患先天性心脏病。

⑤ 指冬冬的爸妈。

夤夜无眠，浊泪扰梦。发下誓愿，医汝顽症。今生今世，厮守为命。福如霖降，泉流淙淙。飞雪飘飘明我心，炽情融溶万里冰。借得北风报信去，人间自此变仙境。

逝电走雷，流云飞星。金露已泄，宝玉殒崩。噩耗突至，日月失明。哀我慨儿，天道不公！叹命嗟运肠欲断，不知如何了残生。作此小诔祭宝宝，文尚未成人已病。

公元某年某月某日夜，为父泣泪于老冰洋鲸头顶下

大河写完最后一个字的时候，已是满脸的泪水，桌上纸上，湿乎乎一片。捧着打湿了的纸稿，哭着诵读了一遍，搁在一旁。想了一想，又开始为冬冬作祭文。万千的思念涌上来，往事历历在目，冬冬犹如站在眼前，柳眉弯弯，杏眼含笑，一对酒窝儿，溢出了多少的柔情与妩媚呵。“大河哥、大河哥”，亲切的叫声，现在还在耳旁回旋着呢，心里愈加悲痛。两行眼泪流了擦，擦了再流，好像昆仑山里的泪泉，永远也流不完。终于，一篇《祭冬冬》，和着泪怆然而成。大河知道时候已经不早，简单收拾了收拾，穿戴整齐了衣服，揣起冬冬临终前想放却没能放飞的那个纸鹞，再用厚布袋子蒙了那盆蚂蚱菜花捧在手上，步履沉重地下了楼。

在一楼门厅的泰山石旁边，谷一风、牛得田、童圆、安子儒、刘振宗，还有老卜和老拴头，早就一脸戚容等候在了这里。见大河下来，童圆上前一步接过他手里的花盆，大家伙一言不发地簇拥着他，顶风冒雪向鱼尾岭走去。

在走向两座并排着的坟墓时，大河突然想到了慨儿的妈妈。曾经，他恨过他的这位前妻，恨她无情，恨她做出了天底下一个母亲无法做出的事。现在他不恨了。不但不恨，而且还宽容和原谅了她。说到底，她也是个不幸的人儿。唉，在这个世界上，谁又是幸福的呢？幸福像彩虹那样被人们向往着，像美梦似的被人们津津乐道着。可是，又有几人真正理解它的含义？其实，人这一生就是悲剧。不是吗，从一出生就要啼哭，要给母亲带来分娩的阵痛。在中间这个叫作人生的漫长过程中，要送走一个个他最不想分离的亲人，而每一次的分别，都是涕泪涟涟，不胜其悲。到了最后，在自己的生命终于要画上句号的时候，自己可能不哭了，可又要有那么

多的亲人，以不忍分别的恸哭，为自己唱着挽歌……人活不到百年，自始至终得有多少的哭泣呵！所以说，那眼泪如果能留住的话，只怕几个贝加尔湖都盛不下的。因此上，幸福不就是花上的露珠草上的风、刮起的浮土放出的屁嘛。即使真有，那也和天边的虹、觉里的梦一样，都是短暂的，虚幻的，飘忽不定的，麻瞪个眼工夫就有可能改变。如若牙犟不信，自以为幸福的哪位君子站出来试试，也许下一秒，不幸就会和索命的无常一样找到你。如此说来，不幸倒更是一种常态。

在随裂冰漂流的时候，一风和大家就幸福问题曾发生过激烈争论。其实争啥呢争，每个人的幸福都是主观的，是一厢情愿的一种感觉。没钱的有了钱是幸福，有了病的治好病是幸福，那些内急憋崩了肚脐眼的，拉了撒了就是幸福。一万个人有一万种幸福。但究竟啥叫幸福？拿一风的话来说就是："他妈的只有鬼知道。"

一行人到达鱼尾岭墓地，尤尼塔和汤姆带着阿黑，已经先一步来到了这里。他俩担心大风会吹走培在新坟上的雪，就铲了一些大冰块，把两座坟整个的又砌了一遍。这样就和爱斯基摩人的小冰屋一样，既漂亮又结实，俨然如两座银色的宫殿。当两个人忙着整修坟墓的时候，阿黑在萌萌的墓前，低着头，转来转去地用嘴巴嗅着什么。嗅完了，又呜呜地哀叫，眼里也是湿乎乎的。

在冬冬，不，在冬冬和慨儿合葬的坟头上，大河摆上了那盆蚂蚱菜花。本为寻常之物的一盆野花，里面藏了大河多少心思呵！冬冬懂得，小慨儿也懂得。如今把它敬献在坟头，红的、黄的、紫的、粉红的花儿，一朵朵的，也好像是明白他的心，悄悄地把放开的瓣片收了起来，就如向被悼念的人垂下默哀的眼睑。花儿呵，你应该知道，用你来祭奠的人，还有被祭奠的人，都非常喜欢你爱戴你。你来自遥远东方的那一角黑褐色的土地，你汲取过那角土地的营养，你受过那方天空的甘露，你带着永难磨灭的深情的记忆，在这个冰冷的世界里，陪伴着永不散失的精魂……花儿呵，有资格够得上与她们为伴厮守的，也只能是你！"我亲爱的冬冬，亲爱的慨儿，看到这盆蚂蚱菜花儿，你们就是看到我了……"大河心里想着，眼泪呼呼地又涌了出来。稍稍稳定了一下情绪，他开始念诵《哭我慨儿》。一字一滴泪地念罢，哽咽着对慨儿道："慨儿，我的孩子，你和你最亲爱的冬冬阿姨，此后再也不分开了。极昼里你们一起晒晒温暖的太阳，极夜中一起看看绚丽的极光，再苦闷了，还可以和萌萌一块玩耍呢。噢，作为邻居，它就住在你们的旁边。只要喊一声，它一定就能听到。你不是很喜欢它吗？哦，对了，我想起来了，你在让冬冬阿姨带来的信上说，你还想要一张萌萌的照片呢，因为你班里的同学，也都想看看它。照片汤姆叔叔已经拍了，回国后我就送给你们的同学……”

和慨儿说完话，又絮絮叨叨和冬冬说起来。一边说，一边流着泪。因为声音压得很低，风和雪又越来越大，别人也听不清楚说的是什么。叨叨了一会儿，就展开为冬冬写的诔文，跪在雪地里，放着悲声念了起来——

祭冬冬

某某年，某某月，某某日，子丑时分。河以破碎之心、怆疚之怀，偕卜、拴二叔辈并尤、谷、牛、安、童、刘、汤诸友，具蚂蚱菜四色之花，趁冰洋赤日待腾之际，践冰履雪，栉风沐寒，乃致祭于君与慨儿鱼尾岭合寝雪冢之前曰：

河与君者，初识于庚申暮秋，迄今凡十有六载矣。彼时也，高堂病笃，心如绞刀穿矢；寒门囊涩，愧无汤石之资。负笈市椒[①]，且慕哭竹拾葚[②]之德；乞怜青蚨[③]，遂效怀橘恣蚊[④]之义。恩师倾箧，俶解黔娄尝粪探病[⑤]之忧；杏坛播名，乃就匡衡偷光苦读之志。余揣惴惴，莽诣尊府；宇闼轻启，幸睹芳姿。虽在暮霞落英相映之夕，恍如瑶池祥瑞纷呈之地。丹枫染霞，白荷润露；倏忽经年，已然仙子。柳眉弯弯，半月犹抱两泓碧潭；酒窝澹澹，洛神[⑥]且居媚渊艳湖。茝香蕙馨，怎喻其性？姚黄魏紫，难比其仪；朗星明月，何昭其德？美璇良玑，不胜其质。倏尔日昃月盈，岐黄蹑屦；俄顷霜飞雪落，悬壶济世[⑦]。尔乃慨儿，谁言孤苦？啮指痛心[⑧]，虽姨犹母。鸥戏倩影，燕眷笑语；滩沙易数，厥恩难蠡。茂桐妒嫩禾，春阳沃土泉

① 负笈市椒：谓大河读大二时，一面读书，一面卖花椒筹措母亲的医疗费用。
② 哭竹拾葚：见二十四孝中孟宗哭竹生笋和蔡顺拾葚异器的故事。
③ 青蚨：本为虫名，后借指金钱。
④ 怀橘恣蚊：见二十四孝中陆绩怀橘遗亲和吴猛恣蚊饱血的故事。
⑤ 尝粪探病：见二十四孝中庾黔娄尝粪忧心故事。此指白家出钱为大河母亲治病。
⑥ 洛神：远古时中国神话传说里的女神，居洛河，乃伏羲氏之女。
⑦ 从“岐黄”至“悬壶”句，指白冬冬学医，并做了外科大夫。
⑧ 啮指痛心：见二十四孝中曾参啮指痛心故事。借喻冬冬喜爱并尽心照顾慨儿。

承露；猛隼嫉雏鸲，高天长风云绕竹[1]。灵槎苇杭[2]，天帝感而堕涕；牛斗[3]曜地，紫气蒸而和颐。若夫雪飘八荒，冰连万里；帝喾之女[4]，御风而至。铅华未着金钿无，霜拢云髻凇增衣；虹霓鲸顶[5]破雾来，北斗[6]自此不孤寂。莫愁[7]梦醒，裙裾窣窣随风舞；昭姬[8]情动，胡笳铮铮对雪抚。貔貅添勇，鲲鹏振翼；北溟之极，堪比通衢。卢村[9]父老，银针称奇；鹊佗[10]再生，景邈[11]显迹。浩浩乎重霄，茫茫乎壤土；功高于山岳，行美于晨曦。更兼才情，善文能诗；颂咏野苋[12]，弗竞艳奇。泣血叩问，鹂鸟栖迟[13]；清泪和雪，冰棺以祭[14]。曲昌[15]倬倬兮星灿然，风骨辞采果超逸；班谢[16]赫赫兮文卓尔，咏絮修史[17]斯可期。玫本娇嫩，怎禁螟噬其蕊？棣虽茁茂，何堪蠡啮其柢！孰料螣贼，害我田稚；叵耐雹霰，复加青圃。膏肓之瘥既抱；履艰之心未

---

① 从“鸥戏倩影”至“高天长风云绕竹”句，指冬冬带慨儿在海滩尽情玩耍，小慨儿承受的恩惠，连“茂桐”和“猛隼”都要嫉妒的。

② 灵槎：典出晋张华《博物志》，指能乘往天河的船。苇杭：典出《诗经·卫风·河广》：谁谓河广？一苇杭之。

③ 牛斗：天上星宿，指牛宿和斗宿。

④ 帝喾之女：指嫦娥。

⑤ 鲸顶：指鲸头顶。

⑥ 北斗：指北斗站。

⑦ 莫愁：莫愁女是中国著名民间传说中的人物。莫愁女一说为石城郢州（今湖北钟祥）人，《唐书·乐志》载：“莫愁乐者，出于石城乐，石城有女子名莫愁，善歌舞。”一说为洛阳人，梁武帝有诗写道：“河东之水向东流，洛阳女儿名莫愁。莫愁十三能织绮，十四采桑南陌头。十五嫁为卢家妇……头上金钗十二行，足下丝履五文章。珊瑚挂镜烂生光，平头奴子擎履箱。人生宝贵何所望？恨不早嫁东家王。”还有一说为南京人，此说自宋方有记载。

⑧ 昭姬：蔡文姬，名琰，原字昭姬，晋时因避司马昭之讳改字文姬。

⑨ 卢村：指卢特吉尔。

⑩ 鹊佗：指扁鹊和华佗。

⑪ 景邈：指张仲景和孙思邈。

⑫ 此句指冬冬所写《咏蚂蚱菜诗》。

⑬ 此句指冬冬所写《葬鸟诗》。

⑭ 此句指冬冬所写《冰墓祭》。

⑮ 曲昌：指文曲星与文昌星。

⑯ 班谢：班，指东汉女史学家班昭；谢，指谢道韫，东晋女诗人，宰相谢安的侄女。

⑰ 咏絮修史：咏絮，谢道韫因“未若柳絮因风起”而被誉为“咏絮之才”；修史，指班昭奉旨为兄班固续写《汉书》之事。

已；娲娘[1]痛而含悲，麻姑[2]知则垂泣。维思曩日，方援枹鼓[3]；韩卢咥裈[4]，焉解其意？黾勉坚行，寒凝飚疾；灵罴三吼[5]，嘣然忠义。水云[6]晦兮行迟迟，眠卧石镜[7]兮凉透脊；梦里依稀梁园好，乾倾坤覆兮滚霹雳。矧若洋逾千丈，阴界阳间咫尺；凌花[8]含笑而绽，娥英[9]舒眉以宓。白毛飕戾[10]，三百厉鬼逞能；裂冰漂忽，十殿阎君宣旨。龙及辎重[11]，奄忽而逸；馁啖银笋，复嘬琼粒[12]。狐褥豹靴，齕而食之[13]；色呈颇颔，肚忍痛饥。桃颜红褪，岂奈香喘娇嗽？命在旦暮，胡惧安危生死？纸鹞翩翩兮南翔，庶几达乎万里[14]；大荒沉沉兮欲灭，终归存焉生气。俟陟荒礁，不毛之地；涩草作粳，枯骨为粝[15]。惨惨愁霭，弇光蔽日。初欲造乎东岛[16]，卒竟沦之西矶[17]；昊天曚朦未央，时也运也悖歧。寒更四鼓，六霙[18]纷舞；子儒[19]仆雪，疢迷滩埸[20]。嫕娴[21]其女，攸畚病羸之躯；匡之扶之，玄圃[22]之官廙[23]之。手执其冰，怀拢

---

① 娲娘：指女娲。
② 麻姑：汉族民间信奉的女神。
③ 方援枹鼓：枹鼓指战鼓，此句喻冰上队出征之时。
④ 韩卢咥裈：韩卢，战国时韩国名犬；裈，古代指裤子。此句指冰上队出发时阿黄咬冬冬裤脚之事。
⑤ 灵罴三吼：此指萌萌雾中三吼之事。
⑥ 水云：雾的别称。
⑦ 石镜：冰的别名。
⑧ 凌花：指冰花、雪花。
⑨ 娥英：指娥皇和女英，中国古代传说中尧的两个女儿。
⑩ 白毛飕戾：指白毛风。
⑪ “龙及辎重”句：指群狗及器材、设备和干粮等被裂冰带走。
⑫ 银笋和琼粒：皆指冰雪。
⑬ 此句指煮食雪狐皮褥子及海豹皮靴子等。
⑭ 此句指为慨儿放飞纸鹞。
⑮ 此句指吃海草狗骨。
⑯ 东岛：指东面的火岩岛。
⑰ 西矶：西面的冬瓜礁。
⑱ 六霙：指雪花。
⑲ 子儒：指安子儒。
⑳ 滩埸：指海滩，埸为田界与边境之意。
㉑ 嫕娴：美好、文静。
㉒ 玄圃：一说为神仙居处，一说为黄帝下都，在昆仑山顶。
㉓ 廙：恭敬。

其足；汗飞粉腮，灵绕纤指。儒之瘼瘃稍释，君缘瘅疴厥迷；众心忧兮惕惕，余神伤兮戚戚。至若针走魂荡，线动魄弛；女红花间，拥疾而蔫。毕根丝以尽命，罄滴蜡而竭力；螺顶[①]隐隐怊怛，鲸脊[②]昏昏恻悒。讵虞星坠迢空，月迷太虚；花摧木折，晅蒙罭蔽。恸泪易蓄，须掘地千里为池；大悲难书，纵斫竹万顷作笔。天愦地懵，宇反宙逆；石烂海枯，肝刳肠披。憩永幽于冥城，伴酷寒于远鄙；不闻丝韵竹律，但听鬼呼魔啼。嗟夫其君，懿灵安息；慨儿萌萌，捉襟绕膝。乃洪乃荒，匪寂匪僻；夫殁亦荣，元元归一。呜呼哀哉，伏惟尚飨。

念着诔文的时候，大河几番哭出了声，有时甚至不得不停下来抽泣上一会儿，喘匀了气，擦了眼泪再读。薄薄几页纸，像石头似的压得手都托不动了，身子颤抖得有几次险些歪倒。童圆和刘振宗，一边一个跪下来，紧紧搀扶住大河，不时地轻拂去落在他头上身上的雪花。他们两个人也同样泪流满面。

安子儒几天来，本就处在一种愧悔交并的心理纠结中，虽然冬冬生前已经原谅了他的行为，可自己倒是越来越和自己过不去了。特别是冬冬一死，心里难受得不行，即使睡着了觉，眼泪也会偷偷摸摸流出来。刚才，听大河念到“寒更四鼓，六霙纷舞；子儒仆雪，疢迷滩埸”及“手执其冰，怀拢其足”几句，感到自己简直就是十恶不赦，而白冬冬医生的品行，则如日月星辰之德，让人心里又暖又亮堂。如此好的一个姑娘，怎么会香消玉殒，这么早地就和这个世界告别了呢？难道是这个世界太污浊，她在这里停留得久了，会亵玷了美丽姑娘的圣洁吗？唉，这天道，也真是太不公平了……一面这么想着，一阵酸楚涌上来，呜呜地就哭出了声。牛得田怕他影响了大河，就把一只手放在安子儒肩膀上，轻轻地拍打着，让他注意控制情绪。结果拍了几拍，安子儒没劝住，牛得田反倒也跟着哭了起来……

冬冬的死，在每一个人心里都劃了一道深深的口子。人们眼睛在淌泪，心里在滴血。冰上队被救援回来的那天，老卜正帮着老拴头在伙房里剁牛肉馅，原是要包一顿大包子犒劳大家伙的。一听说冬冬没有回来，两个人就像傻了似的杵在那里。

① 螺顶：指海螺顶。
② 鲸脊：指鲸脊滩。

老拴头嘴里一个劲地喊着老天爷，浑浊的老泪止不住簌簌地流。老卜当时惊得手里擎着一把刀，竟忘了是在干什么。等抬了袖子擦眼泪，才想到得把这玩意儿放下来。在冬冬的墓前，听着大河一个字一个字地诵读着祭文，两人把带来的八个牛肉包子，用纸碟儿盛着，一字儿在墓前摆开。老拴头边摆边哭着道——

“闺女呀闺女，咱爷儿俩福分咋这么浅呵！俺和你一块儿真没轧合够哩，你倒先走了。你送俺的那块皮子，俺好好保存着，往后啥时候想起你来，俺就看看那皮子、皮子……还有，这是你最乐意吃的牛肉包子，俺和老卜给你带过来了。看看，八个大包子哩，都是牛肉馅的，你就放开了吃吧。以后再包大包子的时候，我老拴头定准还会来给你送……孩子呵孩子，你知道白发人送黑发人是啥滋味吗？我这心，都碎了呵……”

老卜也擦着泪道：“孩子，我们都知道你愿意吃包子。今后每年到了你的忌日，我都会和你大姨一起包包子，咱们还是一起来吃，唔，就和老拴头那样，吃饱了再给你留出来，好下顿再吃……唉，赶明儿我和高站长、大河他们几个，就走了，回国去，我老卜今生今世，可能没有机会再来这里看你了。但是，你这个没啥大本事的叔叔，永远记着你，永远忘不了你愿意吃包子……”

谷一风也悲伤地道：“对对，老卜说得好。往后到了白冬冬大夫忌日这天，咱们大家都要用包子来祭奠。冬冬大夫去世前，是饿着肚子走的，往后就让她吃饱吧。”

牛得田、童圆、安子儒和刘振宗等都挥泪点头，答应以后永远以这种方式，纪念像天使一般的白冬冬医生。

尤尼塔从得到冬冬姐的凶信那一刻，眼泪就再也没有干过。时间才过去几天呵，好像也就眨巴了眨巴眼工夫嘛，姐姐给自己削吃的贡梨，那甜甜的滋味，还在口里留着呢；那天夜里在莫愁湖边说的话，一句句也音犹在耳。可是姐姐呢？那个活蹦乱跳、一笑起来俩酒窝儿都灵灵动动像是在说话的仙女姐姐呢？怎么就不见了？她睁着哭得红肿的眼睛，一遍遍地问同样是深陷在悲情里的妈妈：“冬冬姐这工夫会在哪里？妈妈您说，她会在天堂吗？”妈妈总是肯定地点着头：“会的，尤尼塔。姐姐是上帝的好孩子，我们慈爱的主，让她回到了天堂。放心吧，只有世上最好的人，才会受主的恩惠进入天堂的。”尤尼塔就问妈妈：“上帝为什么不考虑大多数人的感受，让姐姐这样的好人晚些进天堂呢……妈妈，您说呀，这是为什么呀……”

跟妈妈的对话，在和汤姆一起为雪墓培护冰块的时候，她又一字不落说给了姐姐。她真盼望姐姐能和她再说说话，能再剜着她的鼻子叫一声：“傻丫头……”可刮进耳朵里的，只有呼呼的风声。风呵风，难道你就是姐姐说的话吗？或者是姐姐让你这样回答的吗？方才在老卜和一风等人说每年要用包子来祭奠冬冬的时候，尤尼塔就在想：“姐姐为什么不太愿意吃鲸和海豹的肉呢？这可是我们最好的饭食哩！爱斯基摩人祖祖辈辈就是靠这才活下来的。要是姐姐愿意吃，我尤尼塔将来每年到了该祭奠姐姐的这天，都要亲自下冰海去打猎，一定会把最新鲜最可口的美味供在她的坟前——”转念又想，“管姐姐愿不愿意吃呢，到了这一天，我都要带爱斯基摩人最喜爱的吃食，来看姐姐，来和姐姐说说话！”这样想着，冬冬好像又站到了自己的眼前，还是笑盈盈的，手一指她的鼻子，嘴里说着：“傻丫头子”——尤尼塔忍不住凄怆地叫了声：“姐姐！”下意识地伸了手去拉，却是什么也没有。泪水唰唰地凄然而下。忽然，她一下子趴倒在冬冬的坟前，手抓着坟上的冰雪，失声痛哭了起来。一边哭，一边语不成句地诉说着：“姐姐呀，姐姐，你的尤尼塔舍不得你走……你走了，我的姐姐呀，这里、这里再也没有人叫我傻丫头了，再也没有人听我说心里的话了……”

老卜和老拴头怕尤尼塔这样会冻坏身子，就一声声地劝她起来。但尤尼塔只是趴在冰坟上哭，一点也没有起来的意思。一风向站在一边的汤姆使个眼色，汤姆抹了把泪，俯下身把尤尼塔从地上连拉加抱地扶了起来……

“咱们把给慨儿和冬冬的祭文，”一风对大河道，“就在墓前烧化了吧。这样，她们在天之灵就会感知到的。”

大河点点头，把浸透了泪水的两篇祭文交给一风。一风和老拴头用衣服挡着风，划燃火柴，点着了祭文。燃烧的祭文像个大火球，在坟前滚了几滚，随着一阵风，腾地飞上了天，一眨眼就不见了。雪地上干干净净，连一丁点儿灰烬也没留下……

祭罢冬冬和慨儿，大伙儿在萌萌墓前站成了一排。老拴头拿过来一块生牛肉，汤姆拿过来一块海豹肝，也都用纸碟盛了，像祭奠冬冬和慨儿那样摆在坟前。老卜神情肃穆地说道：

“萌萌，我们的朋友，我们的孩子，今天来看望你、悼念你，也是来向你作最后的告别。今后想起冬冬，想起北斗站，想起老冰洋上的日日夜夜，就会想起你。别嫌埋你的冰雪寒冷，可它纯洁无比；别嫌没给你树碑刻匾，萌萌呵，人的碑立在地上，你的碑永远立在人的心里……”

老卜说完，带领大家向这只灵慧无比又立了救人大功的白熊，深深鞠了三个躬。

搁在西地平线上的太阳，遵守时间的铁律，按着固有的轨迹，丁点儿不差地又向北面缓缓腾挪。如果到了早晨六时，便会御归正位，那是正东方。然后再一跃而成为普照天下的朝阳。北半球的中国，在经历了昨天的夕阳落日之后，新一天最早见到的晨曦，就是这时的太阳。现在，尚处低位的夜阳，十分谦卑地把她橘红色的光芒，镀熔在老冰洋以及极北地带的冰原上。

这颗星球的洪荒之地，一切都如童话王国，一切都那么神秘诱人。

大河从怀里取出纸鹞，站到一座雪岭之巅，双手高高托起——

那只经由慨儿之手又洒满冬冬眼泪的纸鹞，那只曾满载希冀而今却凝结无尽哀思的纸鹞，那只在北极夜阳中愈显火红的灵动的纸鹞，在众人和阿黑的目光的注视下，在洁白雪花的簇拥陪伴下，扶摇直上，乘风向南飞去……

2016 年 1 月初稿于济南

2019 年 4 月修改于珀斯

图书在版编目（CIP）数据

雾咒／一也著. —北京：中国工人出版社，2019.10
ISBN 978-7-5008-7287-0

Ⅰ.①雾… Ⅱ.①一… Ⅲ.①长篇小说—中国—当代 Ⅳ.①I247.5

中国版本图书馆CIP数据核字（2019）第218317号

雾咒

出 版 人	王娇萍
责任编辑	周小彦
责任印制	黄　丽
出版发行	中国工人出版社
地　　址	北京市东城区鼓楼外大街45号　邮编：100120
网　　址	http://www.wp-china.com
电　　话	（010）62005043（总编室） （010）62005039（印制管理中心） （010）62379038（社科文艺分社）
发行热线	（010）62005049　（010）62005042（传真）
经　　销	各地书店
印　　刷	天津嘉恒印务有限公司
开　　本	710毫米×1000毫米　1/16
印　　张	28.75
字　　数	500千字
版　　次	2019年12月第1版　2019年12月第1次印刷
定　　价	58.00元